JN138836

石川啄木論攷

青年・国家・自然主義

田口道昭

和泉書院

目次

凡例

・石川啄木の著作に関しては、原則として『石川啄木全集』全八巻（筑摩書房、一九七八・一〜八〇・三）を使用した。ただし、啄木の短歌については、久保田正文編『新編啄木歌集』（岩波文庫、一九九三・五）を使用した。歌の通し番号も『新編啄木歌集』による。
・資料の引用等に際しては、作品名、記事名等は「　」に、単行本・新聞・雑誌名は『　』に統一した。雑誌・紀要等の巻号については省略した。
・本文中の年次については、原則的に西暦で統一した。ただし、雑誌の発行年を示す時に元号で表す場合もあることや、西暦と元号を併記する場合もある。
・引用文中の旧漢字は原則として新漢字に改めた。歴史的仮名遣いに関しては、原則としてそのまま使用した。ルビや、圏点・傍点などの記号は適宜省略した。また、誤字・誤表記と思われる箇所については、「ママ」と付し、句読点などを補った場合は〔　〕で記した。
・地の文に組み込んだ引用文中内のカッコについては、二重カッコで表した。
・初出のある拙稿には加筆訂正をほどこした。注において、特に訂正事情を説明する場合、初出原稿を「旧稿」と表した。

序

本書は、石川啄木（一八八六〜一九一二）の評論を中心にした論考をまとめたものである。

石川啄木と言えば、まず歌人として、歌集『一握の砂』（東雲堂書店、一九一〇・一二）や『悲しき玩具』（東雲堂書店、一九一二・六）に収められた歌が、一般によく知られている。

東海の小島の磯の白砂に
われ泣きぬれて
蟹とたはむる

不来方のお城の草に寝ころびて
空に吸はれし
十五の心

ふるさとの訛なつかし
停車場の人ごみの中に
そを聴きにゆく

うたふごと駅の名呼びし
　柔和なる
若き駅夫の眼をも忘れず

途中にて乗換の電車なくなりしに
泣かうかと思ひき。
雨も降りてゐき。

猫を飼はば、
その猫がまた争ひの種となるらむ。
　かなしきわが家。

青春時代への愛惜や感傷、望郷や回想、そして、勤労や家族等の日常における苦い思いなどを、啄木は、身近な日本語を使って、多くの人々――とりわけ、産業資本主義時代に農村から都市への人口移動が行われた時期に生きた人々――が共感できる普遍的な体験として歌い上げた。啄木は、短歌（和歌ではなく）を日本人の身近な文芸にするうえで大きな役割を果たした一人である。

しかし、啄木自身と短歌との関係は複雑である。『一握の砂』刊行直前に「一利己主義者と友人との対話」（『創作』一九一〇・一一）という文章があり、ＡとＢとの対話で綴られるこの歌論の末尾、Ａは、「おれはいのちを愛するから歌を作る。おれ自身が何よりも可愛いから歌を作る」と発言して、Bを納得させるのだが、その後、やや唐突に「おれはしかし、本当のところはおれに歌なんか作らせたくない」、「おれはおれに歌を作らせるよりも、もつと深くおれを愛してゐる」と言って、Bを戸惑わせる。そして、「おれは初めから歌に全生命を託さうと思つたことなんかない」と言い放つ。啄木にとって、歌は全生命を託すものではなく、むしろ〈残余〉のようなものとしてある。さらに、『一握の砂』が刊行された頃に発表された「歌のいろ〳〵」（『東京朝日新聞』一九一〇・一二・一〇、一二、一三、一八、二〇）では、その末尾部分で次のように書いている。

> 私自身が現在に於て意のまゝに改め得るもの、改め得べきものは、僅《わづか》にこの机の上の置時計や硯箱やインキ壺の位置と、それから歌ぐらゐなものである。謂はゞ何うでも可いやうな事ばかりである。さうして其他の真に私に不便を感じさせ、苦痛を感じさせるいろ〳〵の事に対しては、一指をも加へることが出来ないではないか。否、それに忍従し、それに屈伏して、惨ましき二重の生活を続けて行く外に此の世に生きる方法を有《も》たないではないか。自分でも色々自分に弁解しては見るものゝ、私の生活は矢張現在の家族制度、階級制度、資本制度、知識売買制度の犠牲である。

啄木にとって、短歌は第一義的なものではなかった。「私は小説を書きたかつた。否、書くつもりであつた。又実際書いても見た。さうして遂に書けなかつた。其時、恰度夫婦喧嘩をして妻に敗けた夫が、理由もなく子供を叱つたり虐めたりするやうな一種の快感を、私は勝手気儘に短歌といふ一つの詩形を虐使する事に発見した」（「弓町より――食ふべき詩」（『東京毎日新聞』一九〇九・一一・三〇、一二・二〜七）という言葉もある。ただし、小説の執筆活動は一九〇六（明治三九）年からのことである。

啄木の文学活動は、盛岡中学校時代に、高山樗牛の評論や与謝野晶子の『みだれ髪』（東京新詩社・伊藤文友館、一九〇一・八）に親しみ、その影響を受けたことにはじまる。短歌を詠み、文芸時評を書いた。それは、当時の、文学に親しんだ教育のある青年たちの間ではそれほど珍しいことではなかっただろう。しかし、盛岡中学校を中退せざるを得なくなったとき、啄木にとって、文学活動が生きていくうえで切実なものとして浮上した。そして、樗牛の〈文明批評家としての文学者〉という言葉に触発された啄木は、時代や社会に対する批評活動を自らに課すことになった。最初の上京に失敗した後は、詩を中心に書き、詩集『あこがれ』（小田島書房、一九〇五・五）を刊行した。「ワグネルの思想」（『岩手日報』一九〇三・五・三一、六・二、五〜七、九、一〇）という評論も書いた。しかし、現実には文学者として生計を立てることはできなかった。当時、文学を〈職業〉にできた者は、ほんのひと握りに過ぎない。啄木は、小学校の代用教員、北海道での新聞記者、東京朝日新聞の校正係という職を重ねながら、創作活動、執筆活動を続けた。

ところで、日清・日露戦争後は、産業資本主義が進み、〈共同体〉から切り離された〈個人〉が台頭した時代である。それは〈市場〉の要請でもあったが、その規模は〈個人〉の〈欲望〉を満たすにはまだまだ小さく限られており、そこに日露戦争の戦費の負担の重圧や、戦後の恐慌が重なった。軍部の台頭や増税・緊縮政策が国民を苦しめるとともに、明治初年以来青年層をとらえてきた〈立身出世イデオロギー〉は行き詰まりを見せ、学歴があっても職業に就くことのできない〈高等遊民〉を生み、〈煩悶〉する青年を生んだ。日露戦後に、明治三〇年代の浪漫主義思潮が後退し、自然主義文学が台頭するのはそのような背景があってのことである。

日本の自然主義文学は、周知の通り、文学運動という側面を持ち、評論と創作が両輪となって展開された。また、「人生観上の自然主義」(1)（片上天弦）という表現にもみられるように、自然主義文学は、それ以前のいわゆる〈読み物〉としての文芸ではなく、人生観・世界観の変革を迫る文芸だった。そこには、〈個人〉もしくは〈個人の欲望〉の肯定、またそれを支える〈現実主義《リアリズム》〉があった。それは、既存の道徳とも衝突した。当時の為政者は、その意味で、〈個人主義〉の拠り所となった自然主義をはじめとする〈文学〉を警戒した。それは、本書で取り上げる〈実行と芸術〉論争の原因となるものである。自然主義を擁護した文学者は、「本能満足主義」という批判に対して、〈文学〉の領域を守らなければならず、〈文学〉・〈芸術〉と〈人生〉・〈実行〉は異なるものであることを主張した。その〈後退〉を批判したのが、自然主義文学を支持した青年たちであり、啄木もその一人である。

さて、啄木が小説を執筆しはじめるのは、日露戦後の時期からであるが、小説家として成功することはできなかった。こうした青年の経歴は、ある意味でありふれていたことだったかもしれない。田山花袋の『田舎教師』（佐久良書房、一九〇九・一〇）に共感し、そこに時代の批評をみたのは、啄木自身の心的閲歴と重なり合うものがあったからだろう。

しかし、おそらくこうした〈失敗〉がなければ、啄木の評論及び短歌は生まれなかった。啄木と同時代の青年たちとを分かつものがあるとしたら、『明星』派浪漫主義の中に育ちながら、独自の短歌世界、詩世界を創り上げたことを、まず挙げることができる。啄木が残した二冊の歌集には、北原白秋が言うように「詩人としての彼の技巧を経て来た上の一種の白棄的な技巧」[2]がある。また、歌集『一握の砂』にみられる普遍性・大衆性への志向は評論の文体にも活かされた。日常的な風景から書き起こし、普遍的な問題に至るそのスタイルは、その思考方法とともに、評論の内容と同じくらい重要であろう。そして、樗牛経由の〈文明批評家としての文学者〉という〈経世済民〉意識は、大逆事件にも鋭く反応した。以上が、啄木を〝啄木〟たらしめたのである。

与謝野晶子は、啄木について、「終りまでもの、くさりをつたひゆくやうにしてはた変遷をとく」[3]と詠んだが、二六歳で死んだ啄木は、その最後に至るまで、当時の文学や思想を能う限り摂取しようとしていた。また、啄木が残した作品とおびただしい分量の日記や書簡は、文学者・思想家だけではなく、同時代に生きた多くの人々の

〈声〉を伝えている。それらは、啄木が彼等と〈対話〉することによって、自身の文学と思想を創りあげた証である。

本書の目的は、以上のような啄木の文学活動及び文学世界を、その評論を中心に、同時代的文学・思想の中に位置づけることにある。「田園の思慕」（『田園』一九一〇・一一）という評論で啄木自身が書いているように、近代化・産業化は、〈共同体〉から〈個人〉を切り離すことによって〈田園〉を思慕する都市浮遊層を生み出し、労働力のストックとして位置づけられ農村に取り残された人々は都会への思慕を強める。啄木の短歌はそれらの人々の思いをすくい取ることによって〈国民〉の愛唱歌となり、若くして亡くなった啄木は、〈神話化〉・〈物語化〉されたりもした（啄木への嫌悪さえ〈神話化〉の裏返しである）。しかし、文学も思想も時代の〈知〉の枠組みの中にある。同時代文学や思想の中に位置づける事によって、できるだけ〈等身大〉の啄木を明らかにし、同時に〈啄木〉を通した日本の近代思想史、近代文学史の一端に近づいてみたい。

本書収録の論文を執筆する際に心がけてきたのは、啄木の文章をはじめ、できるだけ当時の資料に語らせるという事である。そのため、引用や注の多い章もあるが、啄木の文学に関する考察の当否をできるだけ客観的に判断できるようにと考えた。また、収録論文の趣旨を活かすため、本文内容が重なる箇所もいくつかある。なお、各論文の本書収録にあたっては、明らかな間違いや説明不足の点について、注を中心に可能な範囲で修正を加えた。

注

（1）『早稲田文学』（一九〇七・一二）。
（2）「啄木のこと」（『短歌雑誌』一九二三・九）。
（3）『東京朝日新聞』（一九一二・四・一七）。

第一部　啄木と日本自然主義

第一章　啄木と日本自然主義
――〈実行と芸術〉論争を中心に――

一

石川啄木は、一九〇九（明治四二）年秋より旺盛な評論活動を展開するようになる。そのとき焦点となったのが、自然主義文学論であり、自然主義文壇を賑わせた〈実行と芸術〉論争だった。[1]

論争について、啄木は、「きれぎれに心に浮んだ感じと回想」（『スバル』一九〇九・一二）、「文学と政治」（『東京毎日新聞』一九〇九・一二・一九、二一）、「一年間の回顧」（『スバル』一九一〇・一）で触れている。

普通「人」は実行し且つ観照しつつあるものであるが、氏には余りに其観照――隔一線の態度が多過ぎはしまいか。私は田山氏と人生との間に、常に一定の距離が保たれてゐるやうな感じを不満足に思ふ。

（「きれぎれに心に浮んだ感じと回想」）

私は、芸術は自然人生を理想化したものであり、従つて人生自然を批評するものであるといふ事を「確定した真理」として徳田秋江さんの意見に（細かく論じ合つたら相違もあるだらうけれど）全然同意するものである

（「文学と政治」）

若し強ひて両者を説明するなれば、観照は観念的実行であるといふ徳田秋江氏の意見が最も妥当である。従つて実行即ち実際的行為は直接したる観照であるとも言へる。而して文学その物は広い意味に於て観照の所産であり、作家の文学的製作の努力は実行の一種であり、読者が文学的作物を読むといふ行為は「観照せんが為」といふ目的を置いた準備的実行（学生の勉強と同じ）である。理窟はこれだけである。（「一年間の回顧」）

「きれぎれに心に浮んだ感じと回想」では、田山花袋の「観照――隔一線の態度」を批判し、「文学と政治」及び「一年間の回顧」では、花袋、抱月に対峙して論争していた徳田秋江（近松秋江）に対して共感を寄せている。(2)「一年間の回顧」では、さらに、島村抱月に対しては「美学者の言ひ古した仮象論から一歩も踏み出してゐない芸術論（題は忘れたが、）隔一線の態度といふ事を言つた論文を担ぎ出して、成るべく敵及び第三者から乗ぜられまいとする政党の主領の演説的な言議を試みた」と批評し、相馬御風の評論「自然主義論最後の試練」（『新潮』一九〇九・七）の主旨を「自然主義者最後の試練は観照の一事なり」という言葉にまとめたうえで、「あの議論を読んで笑つたといふ人は別に聞かなかつたが」、新時代の夫婦の第一の条件が愛であるのが当たり前のように、「文学は昔から観照の所産」であると揶揄し、「観照と実行」の「問題に事実上の解決を与へたものは、私の潜かに畏敬する岩野泡鳴氏の樺太行である」と書き、二葉亭四迷のロシア行きの真意を解さなかった文壇は、泡鳴の樺太行きにも冷淡であり、そのことは、「常に目的論を回避し、実生活を顧慮する事を屑《いさぎよ》しとせざる現時の文学者批評家の、卑怯な、空想的な態度には関係してゐないと言へぬ」とまとめている。

本章では、こうした啄木の〈実行と芸術〉論争に対する発言が、啄木の自然主義観や文学観、また、啄木自身の小説の創作活動とどのようにかかわっていたのか、また、当時の文壇・論壇に啄木の批評をどのように位置づけられるかを考察したい。

二

啄木が〈実行と芸術〉論争に言及するのは、主に『文章世界』一九〇九年一月一五日号の田山花袋の「評論の評論」を起点とする論争を念頭においてのことであるが、今井泰子の整理[3]に従うと、一九〇八（明治四一）年四月五月頃が論争の発端に当たる。生田葵山の作品「都会」（『文芸倶楽部』一九〇八・二）に対する発禁事件など、自然主義に対する風当たりの強さに対して、長谷川天渓が「自然主義と本能満足主義との別」（『文章世界』一九〇八・四・一五）で、「自然主義は、文芸上の問題であつて、本能満足主義とは、人生上の実行問題であることである」、「自然主義とは、人生観上、無解決を標榜するもので、本能満足主義とは、一の解決を得て之を実行せむとするものである」と書いたこと、島村抱月も「文芸上の自然主義」（『教育時論』一九〇八・五）で「本能主義は実行の主義であるが、自然主義は文芸上の一傾向で、これは実行と直接の関係を有つてをらぬ」と述べたことがその起点である。それは、「自然主義にふりかかった火の粉をふせ」ぐための「弁疎、論難の文」（吉田精一[4]）だった。

一方、岩野泡鳴は、「一体、僕等の新自然主義は人生観であり、同時にまた芸術観でもあり、人生と芸術とに何等の区別を置かない程切実であるべき筈だが、花袋氏を初め、天渓氏も抱月氏もただ区別された芸術の範囲で之を考へてゐるらしい」（「文界私議　中島氏の『自然主義の理論的根拠』」（『読売新聞』一九〇八・四・二六）と書き、天渓、花袋、抱月らを批判した。〈論争〉への発展は、この論文をきっかけとする。このあと、泡鳴は「刹那主義と生慾」（『東京二六新聞』一九〇八・五・一、二）、「霊肉合致の事実」（『読売新聞』一九〇八・五・一〇）などで自論を展開している。

僕が新自然主義といふ刹那主義には、区別された芸術はない。たゞこの人生観――無解決、無理想の主義――を以つて芸術に実行すれば、そこに自己が芸術として生きて居るのである。
（「刹那主義と生慾」）

ただし、後に啄木は泡鳴の散文を評しつつあえて「詩人泡鳴」と呼んだように(5)、その文章は論理的にわかりやすいとはいえなかった。天渓も「霊肉合致の意義如何」（『読売新聞』一九〇八・五・一七）で、「僕は君の論を読むごとに、非常の困難を感ずる。これは僕の頭の鈍い故でもあらうが、同感の士も尠くないやうであるから、数学式流に明晰に立論されむことを先づ懇望する」と書いている。一方で、人生と小説世界との違いを強調する事によって、自然主義文学に対する「火の粉」を振り払おうとする天渓たちにとって、泡鳴の次のような主張は誤解を与えかねないものだったに違いない。

之を体現する人の芸術になるとどうかと云ふに、この刹那的自我存立の事実――無理想苦悶の人生――が、芸術中に取り扱はれる世の所謂有理想の主義者的、偽善的主人公または副主人公にも背景または生命となつて出て来るだらう。
（「霊肉合致の事実」）

その後、天渓「自我の範囲（岩野泡鳴君に与ふ）」（『読売新聞』一九〇八・五・三一）、「現実主義の諸相」（『太陽』一九〇八・六）、抱月「駁論二三」（『読売新聞』一九〇八・六・二一）、泡鳴「文界私議（九）」（『読売新聞』一九〇八・六・一四）などを経て、抱月は「実生活」に対して、「観照」がどのようなものか、美学的に説明した一文「芸術と実生活の界に横たはる一線」（『早稲田文学』一九〇八・九）を発表した。

実生活から離れると同時に、擾々の声、執着煩労の情が稍朦朧となり、静な観照の態度にはいる。行ふ態度から味ふ態度にかはるのである。手や足の活動からは引き退くかも知れぬが、それだけ心の活動に突つ込んで行く。実生活で経験することの出来なかつた別意識の香りがさして来る。所謂生の味に到達するのである。（中略）つまり一局部に跼蹐してゐた種々の心生活が其のまゝ全関的に暢達する所に生ずる気持である。今までは其の局部々々の嬉しい悲しいの情緒にくらまされて、気づかなかつた我が心内の諸観念諸情意の活動すなはち天地一切を包含する我が生の営みの味もしくは意義を感得するのである。生そのもの、味にまで覚到した生活である。此所に至つて芸術活動は実生活と異なる条件を完成する。芸術と実生活とは実に局部我より脱して全我の生の意義すなはち価値に味到するという一線によつて区界せられる。

啄木が「美学者の言ひ古した仮象論から一歩も踏み出してゐない芸術論」（前掲「一年間の回顧」）と呼んだのは、この評論をはじめとする抱月の「観照」論のことだろう。今井はここまでを論争の第一期としているようである。いわば、自然主義文学に対する世間の非難に対して、「本能満足主義」を「実行」とみなして、それが「芸術」とは異なるものであり、「芸術」＝「観照」という視点を抱月が強く打ち出すまでの時期といっていい。泡鳴はこの論文に対して、「附言（島村抱月氏に答ふ）」（『読売新聞』一九〇八・九・二七）で批評するが、まもなくこれを収めた『新自然主義』（日高有倫堂、一九〇八・一〇）を発行しており、論争にひとまず区切りをつけたといってよい。

そして、今井は、第二期を一九〇九年一月号の『文章世界』に掲載された花袋の「評論の評論」にみている。

実行上と芸術上と自然主義に区別はないといふ説が大分多いやうだ。例としてロシアの文芸がよく引き合ひに出される。（中略）けれど自分は実行上の自然主義といふものは意味を成さぬと思ふ。自然主義の傍観的態度は既に始めから芸術的学問的である。また自然主義はさうした処にそのまことの意義を有して居るのである。その他に外れて冷かに見るといふ処から基礎が発して居るのである。巴渦《うづまき》の中に熱中して居るやうな態度は自然主義の態度でない。

三

一九〇九年の論争は、右の花袋の発言をきっかけとして、抱月、泡鳴、秋江、金子筑水、田中王堂らや、後藤宙外や樋口龍渓ら文芸革新会のメンバーが論争に参入し、日比嘉高の指摘するように、「第一期において『実行』は『本能満足主義』の『実行』という文脈を保持していた」ものが、「第二期ではこの限定性が薄まり、問題は人生と文芸との関係一般や、行動というほどの意味における現実生活の『実行』と文芸創作時の『観照』との関係などに開かれていく」(6)。今井は論争第二期の終わりを一九〇九年夏頃にみているが、泡鳴は、先にも述べたように、「実行文芸、外数件」（『読売新聞』一九〇九・三・二二）、「デカダン論、外数件」（『読売新聞』一九〇九・四・一一、一八）を残して、蟹罐詰業に従事するため、樺太へと旅立っていってしまった。抱月は、「観照即人生の為也」（『早稲田文学』一九〇九・五）で、「観照とは、言ふまでもなく単に見聞することとも違ひ、単に実行することゝも違ふ。部分的現実に即して直に全的存在の意義を瞑想する境地である」と書き、さらに、泡鳴への反論を含んだ「第一義と第二義」(『読売新聞』一九〇九・六・六)で、「芸術は結局我等をして第二義人生の奥に容易にほぐし得ざる第一義の塊あることを自覚せしめる。芸術の効果はたゞ此自覚にある」と書き、「実行的人生」＝「第二義」、「芸術の観照意識」＝「第一義」として位置付けている。この間に、評論集『近代文芸之研究』(早稲田大学出版部、一九〇九・六)を刊行し、「序に代へて人生観上の自然主義を論ず」を発表している。徳田秋江は『読売新聞』紙上を中心に、抱月批判を繰り返していたが、これに対する抱月の直接の反論はない。御風の「自然主義論最後の試練」に対しても、秋江は批判を加えているが、これに対する応答はないまま、抱月が、明治四二(一九〇九)九月号の『早稲田文学』に「懐疑と告白」を発表し、このあたりでほぼ論争と呼べるものは終結したものと思われる。

なお、啄木も言及している御風の「自然主義論最後の試練」に比べて、長谷川天渓の「芸術と実行」(『太陽』一九〇九・八)はあまり注目されないが、この間のやや錯綜した議論を、整理し、簡潔にまとめているほか、一九〇八年の論争が一九〇九年になってどのように拡がっていたのかを測るうえで指標のひとつとなるものである。(7)

まず、「芸術を製作すること即ち実行」という意見を「余りに無意義な論」で、「今の問題の範囲以外」とする。これは、先に挙げた啄木の「一年間の回顧」が秋江の議論を踏まえて「文学その物は広い意味に於て観照の所産であり、作家の文学的製作の努力は実行の一種」と述べたものが該当するだろう。言うまでもなく、啄木は、論争の不毛さを指摘するためにあえてこうした言い方をしている。

また、「芸術に表現された意義が、総て他人の実行に現はるゝことあるが故に、両者は密接なる関係がある」という考えを徳田秋江の「実際的効果論」といい、これを、「岩野氏の想念上の実行説とを結合して、文芸上の実行論だといふてゐる」ものと述べ、天渓は批判する。これは、金子筑水や田中王堂らに共感した秋江の「人生観の新解釈――新批評――は、遠くの方に実行を予想してゐる」(「島村抱月の『観照即人生の為也』を是正す(五)」『読売新聞』一九〇九・七・一一）と述べたものが該当するといえよう。

以上のような議論を退けて、天渓が、論争の重要点とするのは、「芸術家が実際に生活して行く態度と其の製作した芸術とは、一致するものか、或は異るものかと言ふこと」である。これに対して、岩野泡鳴の議論は「芸術に表現された行為は、作者が想念上にて実行しつゝあるもの」であり、「例へば姦通者を描くとすれば、作家は想念上にて之れを実行しつゝあるといふ考へ」だという。ただし、「想念上たりとも、所謂実行に至らずして、冷静なる観察を為しつゝあることがあ」り、結局、両者の区別は、「芸術中に表現された事柄と、芸術家の生活とは、全然異なつてゐる」ということである。「小説中に密通事件を描写したからとて、其の作者が恆に密通してゐるとか、或は之れを是認するとかと論断することが出来ぬ」と天渓は述べるが、これは、結局、一九〇八年の〈弁疏〉から出ていないともいえよう。(8)

ところで、天渓が、芸術と実行の「両方面が一致するのは何れの点であるかと言ふに、作家の人生観に外ならぬ」、「無理想無解決の態度を以つて芸術を製作するとせば、作家其の人の日常生活も亦、無理想無解決である。刎論刹那々々には、或る解決を下しつゝ、生活するであらうが生涯全体、若しくは或る時期を通じて観ずれば、無解決、無理想である。芸術と実行とが一致すとは、此の意味に於いて言ひ得るであらう」と述べていることにも注目したい。以前、「自然主義とは、人生観上、無解決を標榜するもので、本能満足主義とは、一の解決を得て之を実行せむとするものである」（前掲「自然主義と本能満足主義との別」）と述べていたことと比較すると、「実行」を「無理想無解決」の「人生観」に結びつけている点に変化が見られるのである。

島村抱月も、これまでの文芸評論をまとめた『近代文藝之研究』の序である「序に代へて人生観上の自然主義を論ず」において、「人生の中枢意義は言ふまでもなく実行である。人生観は即ち実行的人生の目的と見えるもの、総指揮と見えるものに識到した観念では無いか」、人生観とは「実行的人生の理想又は帰結を標榜することで無いか」と書いており、「人生観」に踏み込んでいる。ただし、抱月は、「現下の私は一定の人生観論を立てるに堪へない。今はむしろ疑惑不定の有りのまゝを懺悔するに適してゐる。そこまでが真実であつて、其の先は造り物になる恐がある」と書き、これを「日常の第二義生活」と見なし、「第一義生活若しくは精神生活の中枢」であるところの「観照」もしくは「文芸」の生活へと憧憬していく（前掲「懐疑と告白」）。

四

さて、泡鳴が論争の半ばに樺太に行き、秋江の批判も抱月らの「観照」論を突き崩す事はできず、〈実行と芸術〉論争は「観照」派の優位で終わったかのように見えるが、以上みてきたように、「観照」派も「人生観」に言及しており、日比嘉高はそこに「『観照派』側の軟化・譲歩」を読み取っている。そして、それに加えて、「青年たちの発言の増加によって、一致側優勢の雰囲気のうちに終息した」と論争を捉え直している。(9) 日比も挙げている当時の「青年たち」である松原至文、谷口源吉らの発言、また、谷口と同じ投稿欄に挙がっている松下稲穂の文章をみてみたい。

吾等近代人の一元的思想、霊肉合致的思想の下には、第一義第二義もない。滔々たる現実又現実の人生である。吾等は此の中にあつて、唯だ現実の人として生くるのみである。

吾等は芸術に対しても、生活に対しても、乃至は人生の一切の事象に対しても全人格を挙げ、全内容を挙げて之れに当りたい。半人格を以て、半ばは人と共に泣き、半ばは自らをも嘲けつて、芸術の為めの芸術的態度を取るには、我等の個性は余りに遊戯分子が少ない、我と人生と芸術と三位即ち一体である。

（松原至文「傍観と実行」『新潮』一九〇九・七）

　自然主義は、その発頭当時に於て、単に芸術上の主義として唱へられた。その後とても、その論議は主として芸術観上の論議であつた。けれども、我が国青年多数の頭は、その人生観の中に自然主義を受納すべく用意せられてゐたのである。青年の清新にして固まらざる頭は、漸やく従来の道徳習慣なるものを懐疑の眼を以て見やうとしてゐた。人生問題を取り扱つて疲れやうとしてゐた。無理想無解決の思想は、枯草を焼くが如く、煽々として心から心へ燃え拡がつた。即ち自然主義を単に、芸術観上に止まらしめず、之れを人生上に移し、はては、実行上に於ても、この主義的気分を以て行ふやうになつたのである。

（谷口源吉「芸術と実行」『文章世界』一九〇九・八・一）

◎ある一派の論者は、自然主義が人生観照の態度を以て、此解決を解決するものであると云ふ、而しこれは考への到らぬものではあるまいか。自分は思ふ、自然主義者が人生を観ずる態度は、解決を絶したる、少くとも解決無解決を眼中に置かぬものでなくてはならぬ。あらゆる観念の何れにもオーソリテイーを置かぬと同時に、あらゆる観念の何れをも無視し除去せぬのである。拡充せる刹那の絶対的態度である。
◎又自然主義者があらゆるオーソリテイーを無視する態度を以て、やがて新らしきオーソリテイーを得んがための破壊であると断ずる人がある。甚だしいのは自然主義を以て新理想主義の階段であると観ずる人がある。これ又考の至らぬものである、（以下略）

（松下稲穂「自然主義雑感」『文章世界』一九〇九・八・一）

以上のような「実行」側への共鳴は、日比、王憶雲(10)の指摘する通り、岩野泡鳴への共感をうかがわせる。「刹那主義を体現する芸術は人生の一部または手段ではない。肉霊合致的人生の全部または内容である」（「霊肉合致の事実」『読売新聞』一九〇八・五・一〇）、「僕等は実感の芸術を主張する。して《ママ》、実感は実行によつて最も痛切に得られる。して《ママ》また、実行には、手段的もしくは玩弄的余裕がない。そこに達してこそ、人生の味ひが充実して実際に感じられるのだ」（「実行文芸、外数件」『読売新聞』一九〇九・三・二一）などの泡鳴の言葉は、彼ら「青年たち」によって反復されているのである。さらに、やはり日比、王が指摘するように、泡鳴への共感は、岩城準太郎『増補明治文学史』（育英舎、一九〇九・六）にも投影されることになる。

樗牛等の予言的運動は、今日始めて鮮明なる色彩と重要なる意義を有せる一般的運動となれりと言ふべし。されば自然主義は、単に文芸上の新主義たるに止らずして、又人生観上の新主義たり。此の主義や、所有伝習を破壊して後に起りし新自我の所生なれば、即ち解放せられたる新人の人生観にして、物心合一肉霊一致、自己は唯全一体として存するのみ、心性は知に非ず情意に非ず、又全一体として存するのみ、現実の外に理想なく真の外に善美なしと称する一元的新見地に立てる者なり。

岩城準太郎を含む「青年たち」は、「芸術観上の」主義ではなく、「人生観上の主義」を自然主義に求める点において、抱月ら「観照」主義の論理を拒否したのである。

こうした〈実行と芸術〉論争が展開される中で、啄木とのかかわりで注目したいのは、先に紹介した松下稲穂の一文である。同じ頃、啄木は、『ローマ字日記』に、「予の到達した積極的自然主義は即ちまた新理想主義である」、「あらゆるものを破壊しつくして新たに我等の手ずから樹てた、この理想は、もはや哀れな空想ではない」と書いた同じ日に「今朝書いておいたことは嘘だ、少なくとも予にとっての第一義ではない」（一九〇九・四・一〇、原文ローマ字）と書くなど、自然主義に対する態度を決めかねていた。五月一七日の日記には、「夜枕の上で『新小説』を読んで少しく思い当ることがあった。『ナショナル・ライフ！』それだ」という記述がある。明治四二（一九〇九）年五月号の『新小説』には、田中王堂の「近世文壇に於ける評論の価値」が掲載されており、啄木が何等かの示唆を得た可能性がある。啄木が、田中王堂の考え方への共鳴を明確にするのはその半年後のことである。

松下が「考の至らぬもの」とする「自然主義を以て新理想主義の階段であると観ずる人」が具体的に誰を指すのか明瞭ではないが、それは王堂の「具体理想主義」の論理に通ずるものであった。王堂は、「現代は過去の継続であるのみならず、又過去の修正である。吾人が現代といふもの、裡には、過去の活動と理想とが悉く包含されてある」、「人間は統一あり幸福ある生活を持続する為めには、是非とも過去の経験より幸福なる生活を実現し得るやうに、同時に起る慾望或は前後に起る慾望を整頓することが必要になる」、「人間の生活は変化し又は発展するものであるから、理想はどの位変つても差支ないのであるし、又変る方が好いのである」（「具体理想主義は如何に現代の道徳を理解するか」『文章世界』一九〇九・一）と述べており、「理想」を過程的なものとして把握している。王堂は〈実行〉側に与していたとはいえ、その後、泡鳴との対立点が浮き彫りにされていった。その後の啄木の泡鳴に対する共感と違和感の並存は、王堂の視点に負うところも大きい[11]。

ところで、一九〇九年の後半になると、『朝日文芸欄』の設立に伴い、後に〈大正期教養派〉と呼ばれる青年たちの自然主義論も展開される。抱月の「懐疑と告白」に対して、「あれ程迄も大胆に正直に自己をさらけ出して居るやうであるにも係はらず、同時に我々の感じてゐる処に直接関係を有する問題を取扱つてゐるにも係はらず、ちつとも痛切に我々の胸に響かなんだ」、「此疑ひは知性上の疑ひであつて、内部感情本然の疑ではないやうに見える」、「我々が自然主義の文芸に満足する事の出来ないのは、単に真のみを目的として、其れ以上に憧憬の心を欲しないからである」（「『懐疑と告白』と『移転前後』」『国民新聞』一九〇九・九・一〇〜一二）と批判した小宮豊隆や、

「島村氏の内心の止むに止まれぬ要求から出た懺悔であるとはどうしても思はれぬ」（「軽易なる懺悔」『国民新聞』一九〇九・一〇・二三）、「現実の観照即ち文芸は人心の要求である。而かも更に其の要求の来る所を思へ。これ究竟人心至深のプラクチカル（浅近なる功利的要求の意にあらず）の要求に基くといはざるを得ぬ。此の要求を外にして文芸の人生的意義はないと自分は思ふ」（「九月の評論」『ホトトギス』一九〇九・一〇）と批評した安倍能成ら、彼らもまた、「人生観上の自然主義」に言及していた。安倍は「自己の問題として見たる自然主義的思想」（『ホトトギス』一九一〇・一）においても「文芸上の自然主義とか実行上の自然主義とか、様々に分けられることでもあらうが、之とて全く峻別し得られるものでもない」と述べ、抱月のいう「第一義の真といふ如きは一種の価値意識、気分」に過ぎず、「我等にとつて切実なインテンスな経験」である「現実」に触れることを要求すべきことを主張した。(12)安倍らは、抱月らの「観照」主義に対する批判者であると同時に必ずしも泡鳴へ共感しているわけではなかった。安倍は、泡鳴に対しては、「氏の盲目的活動、無理想主義がやがて一種の理想主義たらんとする傾向を有して居る」と見、「氏の見た人生は斯く〳〵であると云ふより外に、氏が人生を斯く見たいと思ふ気味が見える」と批評しているのである。(13)

今井泰子は、〈実行と芸術〉論争の「第三期ないし終息期」として、「明治四二年暮から四三年にかけての石川啄木、折蘆らの介入期」を挙げているが、(14)あえて「第三期」を設定するならば、『朝日文芸欄』の設立にも伴い、抱月の「懐疑と告白」に触発されるかたちで、折蘆も含む〈大正期教養派〉の青年たちが発言を開始したことに注目すべきだろう。その周辺に、おそらく〈大正期教養派〉の青年たちの階層とも一部重なる泡鳴の〈実行即芸術〉論に共鳴する青年層の存在とともに、泡鳴に一定の批判を加えていた田中王堂、石川啄木らの発言があるといっていい。

五

啄木が「観照」主義の論理を否定し「人生観上の主義」としての自然主義を求める青年の一人であったことは、評論「弓町より――食ふべき詩」(『東京毎日新聞』一九〇九・一一・三〇、一二・二～七、以下「食ふべき詩」と表記する)で、「私は最近数年間の自然主義の運動を、明治の日本人が四十年間の生活から編み出した最初の哲学の萌芽であると思ふ。さうしてそれが凡ての方面に実行を伴つてゐた事を多とする。哲学の実行といふ以外に我々の生存には意義がない」などと書いていることにも明らかである。(15) また、次のように書いていることにも注意したい。

即ち真の詩人とは、自己を改善し、自己の哲学を実行せんとするに政治家の如き勇気を有し、自己の生活を統一するに実業家の如き熱心を有し、さうして常に科学者の如き明敏なる判断と野蛮人の如き卒直なる態度を以て、自己の心に起り来る時々刻々の変化を、飾らず偽らず、極めて平気に正直に記載し報告するところの人でなければならぬ。

この詩論が、啄木の思想や文学観の変化にとって切実で極めて重要なものであることは啄木研究の中では周知の通りであり、同時にこれまで見てきた〈実行と芸術〉論争にかかわる発言でもあることも見て取ることができる。ただし、創作論としては、言語や表現に関する思考を欠落させて、主体の変革の問題に還元してしまっていることも事実である。それは、「きれぎれに心に浮んだ感じと回想」(前掲)において、啄木が「田山氏と人生との間に、常に一定の距離が保たれてゐるやうな感じを不満足に思ふ」と述べ、「田山氏の人としての卑怯」を指摘しているように、作者主体の変革を求める点は小説論においても同様である。

　しかし、この論理を〈実行と芸術〉論争に照射すると、そもそもこの論争が、作中人物が作者主体と同じか、それに近いものとして想定した上で、議論を展開していたことに改めて気づく。

　先に触れたように、天渓が、論争の重要点とするものは、「芸術家が実際に生活して行く態度と其の製作した芸術とは、一致するものか、或は異るものかと言ふこと」であり、両者の区別は、「芸術中に表現された事柄と、芸術家の生活とは、全然異つてゐる」ということだった。「小説中に密通事件を描写したからとて、其の作者が恆に密通してゐるとか、或は之れを是認するとか論断することが出来ぬ」という文章からわかるのは、作者と作中人物とが極めて近いものだと考えられているという前提である。

　大東和重は、国木田独歩の再評価にみられる日露戦後における文学評価の座標軸の変化は、「作品を通して表現された作者の自己に、作品のオリジナリティを認め、作品の意味を収斂させて」いった、「作者の個性が、作品の起源となり、オリジナリティをもたらす。この、作者の自己こそ作品を統合する表現の中心であるという〈自己表現〉の座標軸にしたがって、文学を読む行為は、作品を通して作者を読み込む行為となり、また作者を主体化する行為となる」と指摘する。そして、「高く評価されるべき作品とは」、「大胆に自由に作家が主観内面の事実を主として叙述するに至ツた結果、従ツてまた個々の作品の上に、最も著しく作家個々の性格を表現するに至ツた」（「彙報」『早稲田文学』一九〇六・一〇）「結果として、作品を通して作者を感得することのできる、つまり作品に作者のオリジナリティを確認することができるものである」と指摘している[16]。また、日比嘉高は、明治「三〇年代においては、作品と〈作家情報〉、作品と〈題材／モデル情報〉、といった組み合わせでのテクスト享受しか存在しなかった」が、「四〇年代にはいると〈作家情報〉と〈題材／モデル情報〉という組み合わせのテクスト享受が可能にな」ったこと、このような結びつきの背後に「作家の身辺が題材になるという自然主義文芸の台頭があった」と指摘する[17]。

このような〈実行と芸術〉論争の背景を踏まえるならば、天渓が、自然主義に貼られた「本能満足主義」という批判に対して、作者と作中人物の相違を殊更に強調しなければならなかったことと同時に、啄木も含めて自然主義を受容していた〈青年〉たちにとっては、人生上の問題として、「自己の問題として」（安倍能成）自然主義文学を受けとめ、作中人物に、作者・読者を強く投影していたことが分かる。日比は、明治四〇年代の〈自己〉論の三つの系統として、自己の文芸論、自己の描写論、自己の探究論に分けて論じ、「自己の探究論」として、「よりよい文芸を創り出すためには〈自己〉そのものの変革・発展が必要であるというように、作家の実践行為の変化を」要請するとして、啄木もこの系統に位置づけられると指摘しているが[18]、「食ふべき詩」の論理は、まさにそのことを証明しているといえよう。

ところで、啄木が、こうした論理を展開する背景に、啄木自身の小説の執筆活動があった。

六

啄木が小説を執筆し始めるのは、一九〇六（明治三九）年のことである。啄木は、漱石、藤村の小説を読んだ後、「夏目氏は驚くべき文才を持つて居る。しかし『偉大』がない。島崎氏も充分望みがある。『破戒』は確かに群を抜いて居る。しかし天才ではない。革命の健児ではない」（「渋民日記」）と書き、「雲は天才である」を執筆する。作品は、小さな農村の小学校を舞台に、校長に抵抗して、児童たちに「革命歌」をうたわせる新田耕助、学業半ばにして乞食のように旅する石本俊吉、石本が新田に伝える天野朱雲の風狂の人生等が描かれている。その世界は、高山樗牛を受容してきた啄木の浪漫主義的意識に彩られたものだった。しかし、自然主義文学、とりわけ、作中人物に作者を投影させつつ、〈現実〉の中に呻吟する作者の〈真面目〉が評価されようとしていた時期に、「鬱勃たる革命的精神のまだ渾沌として青年の胸に渦巻いてるのを書く」（「渋民日記」）という試みが、〈錯誤〉でしかないことは明らかだった。

啄木が、〈自然主義的現実〉を自覚するのは、一九〇七年から〇八年にかけての北海道漂泊時代である。一九〇七年一二月二八日の日記には「正宗白鳥君の短編小説集『紅塵』を読み深更にいたる。感慨深し、我が心泣かむとす」とある。一九〇八年に執筆された評論「卓上一枝」（『釧路新聞』一九〇八・三）は、啄木が〈自己発展〉と〈自他融合〉の〈一元二面観〉の哲学ないし、高山樗牛――ニーチェ流の〈天才主義〉と、目の前に叩きつけられる〈自然主義的現実〉との折り合いをつけようとしたものだが[19]、うまくいかないまま、四月には上京している。

上京した年の一九〇八年、啄木は、「菊池君」、「病院の窓」、「天鵞絨」、「二筋の血」、「刑余の叔父」、「札幌」、「鳥影」、「赤痢」といった作品を執筆しているが、そのうち公になったものは、「鳥影」（『東京毎日新聞』一九〇八・一一・一〜一二・三〇）のみである（「赤痢」は翌年『スバル』一月号に掲載）。「病院の窓」は森鷗外を通じて原稿料を得ることができたものの発表には至らなかった。「天鵞絨」、「二筋の血」は、『太陽』にいた長谷川天渓に掲載を依頼したが、不採用だった。天渓が、どのような作品を〈今日的な作品〉としていたかは、先に見た〈実行と芸術〉論争の渦中にある発言を見ても明白である。上田博が「文壇の主潮である自然主義文学の趨勢が『生』、『春』といったいわば『自己を描いた大作』によって方向づけられていく中にあって、『病院の窓』『天鵞絨』『二筋の血』といった小説は自然主義の主流の傾向から見ればねじれた傾向を示していたことは否めない[20]」と指摘しているように、啄木は、自己を描いた作品を描いていない。また、「消しては書き直し、書き直しては消し、遂々スツカリ書きかへて了つた。自分の頭は、まだまだ実際を写すには余りに空想に漲つて居る」（「明治四十一年日誌」一九〇八・五・八）と日記に書きとめているように、自己の内にある浪漫主義的心性を持て余してもいた。

翌年に発表された「赤痢」（『スバル』一九〇九・一）、「足跡」（『スバル』一九〇九・二）、「葉書」（『スバル』一九〇九・一〇）のうち、寒村における天理教布教師を主人公にした「赤痢」は、作者自身が主人公ではないが、主人公に『自惚と空想』に生きてきた啄木の自己像を本質において表出した姿」（上田博）[21]を託しており、佳品といってよいが、やはり当時は注目されていない。「足跡」は、「雲は天才である」と同じく渋民小学校代用教員時代に材を得た作品で、日記（一九〇九・一・二六）に「予はこれに出来るだけ事実をかいた。作家の苦痛。」と書きとめていることからわかるように、啄木なりの自然主義受容、自己の剔抉を試みたものだったが、文壇的には「誇大妄想狂式の主人公を書くのは好い、作者まで一緒になつてはたまらない」（中村星湖「小説月評」『早稲田文学』一九〇九・三）と評されてしまう。しかし、この時期の啄木が、なお浪漫的自己を描こうとしていたかというとそうではない。一九〇九年一月一〇日の日記は、「束縛」と題する小説を書こうとして、「先づ情誼の束縛を捨てて紙に向はねばならぬ」と決意し、「予は、今夜初めて真の作家の苦痛――真実を告白することの苦痛を知つた」と書きとめる啄木の姿を伝えている。しかし、啄木はこれを書き継ぐことはできなかった。「葉書」は、学校を舞台にした作品という点で、「雲は天才である」「足跡」に次ぐものであるが、二作に見られたヒロイックな形象はなくなったものの、主人公は平板に描かれており、〈作者〉自身の真摯な〈告白〉を求めた文壇の眼にとまることはなかった。

啄木の旺盛な評論執筆活動は、この時点から開始されている。それは、創作家として苦しんだ体験に基づき、自然主義文学を積極的に受容しようとしつつも、既存の自然主義文学及び自然主義内外の批評家・評論家たちの言説に満足できない地点からなされている。その導き手となったのが田中王堂の評論である。

七

一九〇九年秋以降の啄木の自然主義批判は、妻節子の家出をきっかけとして、生活を見直し、改善していこうとする啄木自身の生活の反省と不可分のものであったが、そのときの啄木の理論的な支えとなったものが、田中王堂の哲学であった。[22] 田中王堂は、明治期、プラグマティズムを紹介、普及した哲学者であり、（一八六七〜一九三二）また、「文明批評家」をもって任じ、自然主義をはじめとする当時の思想的潮流について論じていた。

啄木が公に発表したもので、王堂について最初に触れたものは、「一年間の回顧」（『スバル』一九一〇・一）の中の「田中喜一氏の批評に重要な教訓を認める」というくだりであるが、王堂の影響は既に「百回通信」（『岩手日報』一九〇九・一〇・五〜一一・二一、断続連載）あたりからみられる。例えば、啄木は、「人類の歴史は要するに其限りなき欲求と生活力との調和を図り来れる努力の記録とも言ふべし」（「百回通信」十三）と書いている。こうした考え方は、当時の王堂の言説にしばしばみられるものであって、啄木が「性急な思想」の中で引用する「生活の価値生活の意義」（『新小説』一九〇九・一二）にも、「人間が生活を継続するには、彼れが置かれたる境遇と、彼れが持てる慾望との斉整又は融合を計り行くことが必要条件である」と書かれている。王堂の哲学は、生活の持続ということを大前提として、人間の欲望と境遇との調和、及び、欲望と境遇とは調和を図りながら絶えず発展していくということを説明する。そして、欲望を整理する方針が理想であり、理想とは現実の中にこそ見いだされるものであった。また、そうした人間の欲求を実現していく方便なり手段となるのが、科学であり、道徳であり、文芸であった。

啄木が王堂の哲学に共鳴した背景には啄木自身の〈生活の見直し〉という契機があったが、そこで問題とされたのが、自己の欲求、自己実現――あるいは〈理想〉――を〈生活〉の中でどのように位置付けるかということであった。「遠い理想のみを持つて自ら現在の生活を直視することの出来ぬ人は哀れな人です、然し現実に面相接して、其処に一切の人間の可能性を忘却する人も亦憐な人でなければなりません」（大島経男宛書簡、一九一〇・一・九）という言葉は、王堂哲学によって、啄木が、実生活に対する態度にひとつの解決を与えられたことを示している。また、「一切の文芸は、他の一切のものと同じく、我等にとつては或意味に於て自己及び自己の生活の手段であり方法である」（「食ふべき詩」）という言葉もまた、王堂哲学の文脈で理解されるのである。この王堂哲学に援軍を得て、啄木は旺盛な自然主義批判を展開していく。啄木の批判は、「文学を人生に近づかしめ」ながらも、それを徹底させ得なかった自然主義の「二重生活」に向かう。特に〈実行と芸術〉論争を取り上げたのも、そこに「常に目的論を回避し、実生活を顧慮する事を屑《いさぎよ》しとせざる現時の文学者批評家の、卑怯な、空想的な態度」（「一年間の回顧」）を見たからにほかならない。「自己及び自己の生活の改善」、「二重生活の統一」がこの時期の啄木の批評の根底となる。

　こうした視座から、啄木の批評の矛先は、いわゆる「観照」派だけでなく、泡鳴や〈大正期教養派〉の青年たちにも及ぶ。泡鳴に対しては、「彼の説く『現実』は、現実の現実に非ずして理想の現実也」と批評し、「自然主義の浪漫的要素を力説したい」（「驚嘆と思慕」『東京朝日新聞』一九〇九・一二・一〇）と主張する阿部次郎に対しては、「浪漫主義は恐らくは我々の心の底に永久に生きるものであらう。それは私も認める。然し私は、どう考へても、この身体、この心を全く盲目的に感情の命令の下に投げ出して了ふ事は出来ない」と書いている。[23]

　ところが、啄木は、一九一〇（明治四三）年三月一三日付の宮崎郁雨宛書簡で「今日の我等の人生に於て、生活を真に統一せんとすると、其の結果は却つて生活の破壊になるといふことを発見した」と言い、「僕は最も確実なプラクチカルフイロソフイーの学徒になるところだつた」と書き、はやくも前年秋以来の思想からの転換を告げている。こうした転換はなぜなされたのか。

片上天弦は、王堂を評して、「田中氏は初めから、生活の矛盾や分裂をどうして統一して行くかといふ問題を閑却して、たゞ統一せらるべき筈のものだとばかり言つて居られる」（「現代思想の特徴に就て」『国民新聞』一九一〇・二・二七、三・一）と述べ、王堂哲学のアキレス腱というべき点を突いている。つまり、王堂は、生活の統一を既定の事実として扱い、現在の社会においてその統一がどうしたら行われるのかを説いてはいない。また、島村抱月の「実生活に好都合なやうに統一すると、一口に言つて了へば何でもないが、事実其の統一が満足に行はれてゐるか否かといふことが第一問題である」（前掲「懐疑と告白」）という発言は、その〈統一の枠組み〉自体を問いかけるものとなっている。

啄木にとっては「生活の統一」は既定の事実ではなかった。「『二重の生活』といふものに対する私の此倦厭の情は、どうしたら分明《はつきり》と人に解つて貰へるだらうか」（「きれぎれに心に浮んだ感じと回想」）という嘆声や、「人間の生活を司配して来たものは人間それ自身である。近代の我々の生活にして我々に不幸なるものであるとすれば、その不幸は人間自らの謬想と不用意の招いた当然の結果でなければならぬ。既に然りとすれば、我々の損失を償ふ者は矢張我々自身の外に無い。即ち、我々は我々の自己を徹底し、統一し、其処に我々の行くべき正当なる途を発見し来つて生活を改善せんが為に、先づ何よりも先きに自己及び自己の生活を反省せねばならぬではないか」（「巻煙草」『スバル』一九一〇・一）という言葉は、統一を求めて模索する啄木の姿を伝えている。一九一〇年三月の啄木は、あらためて生活を統一するという〈場〉、その〈枠組み〉自体を問うことに直面したといっていい。

まさにその時期、大逆事件が起きた。啄木を、同時代の青年たちと分かつものがあるとすれば、啄木が、生活を統一するという〈場〉、その〈枠組み〉自体を問うことから、具体的な政治批判、国家批判へと関心を向けていったことにあるだろう。

八

先に見たように、今井泰子は、〈実行と芸術〉論争の「第三期ないし終息期」として、「明治四二年暮から四三年にかけての石川啄木、折蘆らの介入期」を挙げていたが、啄木の評論は当時ほとんど注目されなかったし、周知の通り、評論「時代閉塞の現状」（一九一〇・八下旬頃執筆）は当時未発表であり、〈論争〉に介入したとはいえないだろう。

しかし、啄木の〈実行と芸術〉論争への関心が、文学の批評性という問題につながるものであること、また、一方で、野間宏をはじめとして「時代閉塞の現状」が文学の方法論たりえていないことの指摘があるが、[24] その〈弱点〉も〈実行と芸術〉論争の延長線上で考えることができる。

魚住折蘆は、自然主義は「意志の力をもつて自己を拡充せんとする自意識の盛んな思想」と、「現実的科学的従つて平凡且フエータリスティツクな思想」（「デテルミニスティツク」な傾向）との結合であり、彼らは、「共同の怨敵」である「オーソリテイ」をもつために結びついたという。「オーソリテイ」とは、国家、社会であり、日本人にとっては、家族も「オーソリテイ」であるという。

一方、啄木は、折蘆のいう自然主義の二つの傾向という枠組みを了承しながら、「オーソリテイ」を「強権」と読み換え、「我々日本の青年は未だ嘗て彼の強権に対して何等の確執をも醸《かも》した事が無い」、「従つて国家が我々に取つて怨敵となるべき機会も未だ嘗て無かつた」という。

両者の相違は、「自己主張の思想としての自然主義」が「オーソリテイ」と戦っているかどうかの判断、及び、「オーソリテイ」を国家、社会、家族（制度）と見る折蘆と、国家に集約して考えている啄木、というかたちで現れている。中山和子は、「折蘆の国家観念が有機的体制のイデオロギー支配を問題とした『広義の国家』（共同体即国家）であ」り、啄木は「『狭義の国家』（共同体内国家）の観念に立つ[25]」とみなしたうえで、「『家』を無視した啄木の発想」に、「魚住の論の含んだ『大きな問題』――今日も有効性のある問題を単一化した[26]」と指摘している。

しかし、今日からみれば、「有機的体制のイデオロギー支配」とは、〈国家〉の努力目標のようなものであって、〈国家〉は必ずしも〈共同体〉（もしくは〈家族制度〉）――さらに、〈市場〉を付け加えるべきであろう――を十全に包摂しきれているわけではない。「有機的体制のイデオロギー支配」を問題にしたというのならば、当時の地方改良運動や〈天皇制イデオロギー〉を俎上に挙げねばなるまい。その意味で、「自己主張の思想としての自然主義」（特に前半部）の折蘆は「学理的[27]」（助川徳是）であり、〈原理的〉であった。啄木が、〈国家〉を主要な敵として認めたことは必ずしも〈家〉を無視したことにはなるまい。〈家長〉としての責任回避から発せられたものではあるが、『ローマ字日記』中の「現在の夫婦制度――すべての社会制度は間違いだらけだ。予はなぜ親や妻や子のために束縛されねばならぬか？　親や妻や子はなぜ予の犠牲とならねばならぬか？」（原文ローマ字、一九〇九・四・一五）という言葉や、「時代閉塞の現状」執筆後の「私の生活は矢張現在の家族制度、階級制度、資本制度、知識売買制度の犠牲である」（「歌のいろ〳〵」『東京朝日新聞』一九一〇・一二・二〇）という言葉も併せて考えるべきであろう。ただし、啄木が「強権の勢力は普《あまね》く国内に行亘《ゆきわた》つてゐる。現代社会組織は其隅々まで発達してゐる」という認識も事実と相違しているだろう。「貧民や売淫《ママ》婦との急激なる増加」や犯罪の増加、若い世代の就職難、進学難などは、「強権」をもってしても包摂しきれないからこそ「時代閉塞」状況を呈しているのである[28]。

ともあれ、両者は、「自己拡充の精神」の行く先を見据えている。ただし、折蘆は、「桑木博士が自然主義をもつて自己拡充の精神の一発現と見られたのに全く服する」と言い、「淫靡な歌や、絶望的な疲労を描いた小説を生み出した社会は結構な社会でないに違ひない。けれども此の歌此小説によつて自己拡充の結果を発表し、或は反撥的にオーソリテイに戦ひを挑んで居る青年の血気は自分の深く頼母しとする処である」という。平岡敏夫が指摘するように、啄木の「時代閉塞の現状」第四章の後半部分はおそらく折蘆への反論である。[29]「自然主義を捨て、盲目的反抗と元禄の回顧とを罷めて全精神を明日の考察――我々自身の時代に対する組織的考察に傾注しなければならぬのである」と言う言葉は、「自己拡充の精神」の持つ浪漫的心性を撃つものとして、「巻煙草」（前掲）における阿部次郎批判の延長線上にある。

大逆事件を経て、啄木は、自己に〈二重の生活〉を強制する〈社会組織〉とその〈時代〉の究明をすすめていく。「時代閉塞の現状」の中の「我々は今最も厳密に、大胆に、自由に『今日』を研究して、其処に我々自身にとつての『明日』の必要を発見しなければならぬ。必要は最も確実なる理想である」という言葉は、生活を統一するという〈場〉、その〈枠組み〉自体を問いながら、一方で「必要」という概念によって〈実生活〉及び〈日本の現実〉を見据えて、どう「理想」を実現していくかという発想がなされているように思われる。以後、啄木は、社会主義、無政府主義に思想的に共鳴していくが、啄木の晩年の思想的葛藤が、これらの思想と日本の現実との折り合いにあったことに注目したい。田中王堂の生活哲学は、そうしたかたちで啄木の思想に受容されてもいるのである。

ところで、ここに〈文学〉論はないように見える。たとえば、相馬庸郎は「明治四十三年春以降の啄木の精神構造をあえて図式化して言えば、やはり政治性優位と文学性喪失の構造と呼ぶしかないだろう。『実行と芸術』にかかわる〈二重の生活〉が、啄木の意識面においては、芸術の面を放棄してしまうことにより、〈統一〉ではなく、いわば『単純化』されてしまったのだ」と指摘する。[30] しかし、これまでみてきたように、自然主義文学は、作中人物に、作者・読者を強く投影するかたちの文学観に支えられていたのであり、「よりよい文芸を創り出すためには〈自己〉そのものの変革・発展が必要であるというように、作家の実践行為の変化を要請」（日比嘉高[31]）したのである。「時代閉塞の現状」もそうした文学観の枠組みにあったことを銘記すべきであろう。[32]

なお、相馬は、「歌のいろ〳〵」の「私自身が現在に於て意のまゝに改め得るもの、改め得べきものは、僅《わづか》にこの机の上の置時計や硯箱やインキ壺の位置と、それから歌ぐらゐなものである。謂はゞ何うでも可いやうな事ばかりである。さうして其他の真に私に不便を感じさせ、苦痛を感じさせるいろ〳〵の事に対しては、一指をも加へることが出来ないではないか」という一節を引いて、「ここにあるのは、どうにもやりきれない無力感の表白以外の何物でもない」、一九〇九年の「〈積極的自然主義〉の提唱の時期と『時代閉塞の現状』を書いた時期との相違は、〈二重の生活〉が強いる内部矛盾に耐え続ける主体と、一方を意識的には切り捨ててしまった主体とのちがいという点にある」と指摘している。[33] しかし、「歌のいろ〳〵」から読み取ることができるのは、果して、〈二重の生活〉の意識の切り捨てだろうか。むしろ、〈二重の生活〉の意識は、歌集『一握の砂』や『悲しき玩具』を生み出し、未完の詩集『呼子と口笛』に収められた詩群を生み出したのではなかったか。

自然主義を〈本能満足主義〉から区別することにはじまった〈実行と芸術〉問題は、啄木の文学批評の底流となって、その評論活動はもとより、啄木の代表作というべき詩歌の制作に及んでいる。

注

（1）〈実行と芸術〉論争の研究史については、今井泰子「実行と芸術」（『近代文学3　文学的近代の成立』有斐閣、一九七七・六）、王憶雲「『芸術と実行』論争の発端―明治四十一年の長谷川天渓と岩野泡鳴との論争を中心に―」（『京都大学国文学論叢』二〇〇九・二）を参照。

なお、啄木が「一年間の回顧」で使っているような「観照と実行」という呼び方のほか、「芸術と実生活」（島村抱月「芸術と実生活の界に横たはる一線」『早稲田文学』一九〇八・九）、「文学と実人生」（金子筑水、『中央公論』一九〇九・五）、「芸術と実行」（長谷川天渓、『太陽』一九〇九・八）というさまざまな呼称があり、そこにそれぞれの含意があるが、本稿では、それらを総称するものとして〈実行と芸術〉という言葉を採用した。

(2)〈実行と芸術〉論争に対する啄木と秋江の接点と相違については、本書第一部第七章参照。
(3)注1、今井泰子「実行と芸術」。
(4)吉田精一『近代文芸評論史　明治篇』(至文堂、一九七五・二)七一八頁。
(5)啄木は、「百回通信　二十二」(『岩手日報』一九〇九・一一・一三)で、「詩人泡鳴てふ一個性の存在は、明治文明の一意義を語りて永遠の味ひあり」と書いているが、その含むところは、所謂「詩」作者としてのみに限定していない。本書第一部第六章参照。
(6)日比嘉高『〈自己表象〉の文学史』(翰林書房、二〇〇二・五、増補版二〇〇八・一一)一一二頁。
(7)和田謹吾は、御風の「自然主義論最後の試練」の解題で、「同月、徳田秋声が『早稲田文学』に、翌月長谷川天渓が『太陽』にそれぞれ『芸術と実行』にふれた感想を発表したのを峠に、この問題もまたほぼ一段落を告げたと見られる」と書いている(『近代文学評論体系3　明治期Ⅲ』角川書店、一九七二・二、四八七頁)。
(8)ただし、一九〇九年の論争においては注目されていないが、天渓は、『太陽』明治四二(一九〇九)年五月号の「諸論客に一言を呈す」では、丁酉倫理講演会における吉田静致の「動物的欲望のまゝに行動する放任主義即ち自然主義」という発言に対し、そのように「論じたる者、何処に在りや、聞かまほし」と問いかけ、「自然主義は、あくまでも芸術上の主義なり、断じて実際上の人生に応用すべきものにはあらず」、「実に自然主義を奉ずるものは、其の傍観的態度を守りて、人生を描写せむとす」と述べているほか、樋口龍峡、大町桂月、後藤宙外らの自然主義論に言及し、自然主義に対する世間の誤解に対する反論に努めている。このことは、自然主義作家・評論家内部の論争の外側で、自然主義に対する非難・批判が継続していたことを示している。
(9)注6、日比『〈自己表象〉の文学史』一一三頁。
(10)注6、日比『〈自己表象〉の文学史』、王憶雲「明治四二年の『芸術と実行』論争─岩野泡鳴の位置づけを再考する─」(『国語国文』二〇一一・一〇)
(11)本書第一部第六章参照。
(12)ただし、安倍は、「現実に対する不満は、やがて第一義的のものに対する憧憬とならねば止むまい。自然主義に於けるロマンチツクの傾向は、我等も等しく力説したいと思ふ」と書いており、抱月の主張に通ずる面もある。啄木は、安倍らのこうした傾向に対する批判者となっていく。なお、木村洋『文学熱の時代』（名古屋大学出版会、二〇一五・一一）二〇六頁参照。

（13）「『耽溺』を読む」（『国民新聞』一九一〇・七・三　署名ＡＹ生）。

（14）注1、今井「実行と芸術」。なお、啄木が、この時期、旺盛に評論を執筆したことは事実であるが、その舞台は『スバル』や『東京毎日新聞』であり注目されたとはいえず、〈論争〉に参加したとはいえない。『スバル』明治四二（一九〇九）年一二月号には「きれぎれに心に浮んだ感じと回想」が発表されているが、これに言及したものはほとんどない。『スバル』明治四三年一月号に掲載された「老人より」（署名、四谷の老人）が「石川啄木氏の『感じ』が好きだ。話せる。といやに脂下つたものだ。年に似ず苦労した人らしい。一所に画あそびしてあきの来さうでない人だ」と書いているのみである。「一年間の回顧」「巻煙草」が掲載された『スバル』明治四三（一九一〇）年一月号を紹介する月旦子・ＡＢＣの「作物と評論（一）」（『時事新報』一九一〇・一・一三）は、「生活の苦痛なく芸術を味ふ事の出来る幸福な若い人達が、経費に頓着せず、自由に、大胆に、思ふ通りに編輯をやつて居る文学雑誌があるとすれば、それは江南文三等諸氏が経営する雑誌『昴』であらう」と書き出し、鷗外の「独身」、森しげの「あだ花」、木下杢太郎の「医師ドオパンの首」など、小説を中心に紹介したり、短歌、長詩の執筆者名を挙げたりしているが、評論を書いた石川啄木の名前はない。それどころか、この号の『スバル』「消息欄」には、啄木に次いで発行名義人となった江南文三の筆で「肥たごくさいと言へば、石川君の評論も少し臭い様だなと言ひかけてこの通り口に手を当てて居る。此通り。」と書かれていた。啄木とほぼ同年齢（一八八七年生）で東京帝国大学文学部英文科を卒業した江南には、啄木の評論は揶揄の対象だったのである。これに対して、今井泰子が指摘する通り（『石川啄木論』塙書房、一九七四・四、二七六頁）、啄木は「国家といふものに就いて真面目に考へてゐる人を笑ふやうな傾向が、或る種類の青年の間に風を成してゐるやうな事はないか。少くとも、さういふ実際の社会生活上の問題を云々しない事を以て、忠実なる文芸家、潑溂たる近代人の面目であるといふやうに見せてゐる、或ひは見てゐる人はないか」（「性急な思想」『東京毎日新聞』一九一〇・二・一三、一四、一五）と書いて、江南のような「青年」への批判を行っている。

さて、『帝国文学』の「最近文芸概観」（一九一〇・二・一）は、安倍能成の「自己の問題として見たる自然主義的思想」(ホトトギス)、長谷川天渓「強者の文芸」(太陽)などを取り上げ、『ホトトギス』に「一月の評論」(一九一〇・二・一)を執筆した安倍能成は、姉崎嘲風の「予言の芸術」(帝国文学)、岩城準太郎の「旧文芸破壊の運動」(帝国文学)、片上天弦「誇張の核心」(趣味)を取り上げているが、やはり啄木の名前はない。

また、『新小説』同年六月号に発表された啄木の評論「硝子窓」についても言及はない。同じ号に掲載された評論で注目されたものは片山孤村の「輓近派の現在と将来」で、「六月の評論」(小宮豊隆執筆、『ホトトギス』一九一〇・七)、「最近文芸概観」(無署名、「帝国文学」一九一〇・七)などで紹介されている。

以上のように、今井が言うように啄木が〈論争〉に介入したというにはほど遠い。周知の通り、「時代閉塞の現状」も当時は未発表である。

ただし、平岡敏夫は、魚住折蘆が「自己主張の思想としての自然主義」(『東京朝日新聞』一九一〇・八・二二、二三)で「自然主義と国家主義とを綴り合せて居る」と花袋、天渓を批判しているのは、『スバル』掲載の「きれぎれに心に浮んだ感じと回想」を読んで、「啄木の青年批判を反論的に受けとめたとみられるふしもある」と指摘している(『石川啄木論』おうふう、一九九八・九、一三〇頁、初出『日露戦後文学の研究』上巻、有精堂、一九八五・七)。折蘆は、一九一〇年一月に母の病気のために郷里に帰っており、友人亀井高孝に雑誌(『太陽』など)を送ってくれるよう依頼している。『スバル』に関しては、二月二五日付亀井高孝宛書簡に「来月は『太陽』と『スバル』とを送つてくれ」と書いており、もしかしたら「きれぎれに心に浮んだ感じと回想」を読んだ折蘆が、啄木の評論が掲載されているのを期待してのことかもしれないが、断定はできない。可能性があったことのみ指摘しておきたい。

(15)「食ふべき詩」については、本書第一部第五章参照。
(16)大東和重『文学の誕生　藤村から漱石へ』(講談社、二〇〇六・一二)八五～八六頁。
(17)注6に同じ。一六二～一六三頁。
(18)注6に同じ。一五六頁。なお、日比は、「自己の文芸論」を「文芸の性格や役割・目的と〈自己〉とのかかわりを追求しようとする」もの、「自己の描写論」を「〈自己〉をいかに描くべきかという」ものとしている(一四八頁)。この二点も「食ふべき詩」の主張と重なるものだろう。

（19）「卓上一枝」については、本書第一部第三章参照。
（20）上田博『啄木小説の世界』（双文社出版、一九八〇・九）一五頁。
（21）注20に同じ。一八頁。
（22）上田博『石川啄木の文学』（桜楓社、一九八七・四）、若林敦「石川啄木における田中王堂の理論の受容」（『長岡技術大学　言語・人文科学論集』第10号、一九九六年）参照。
（23）啄木の〈大正期教養派〉批判については、本書第三部第二章参照。
（24）野間宏「芸術と実行」（『講座　現代芸術』5、勁草書房、一九五八・四）。
（25）中山和子「『啄木と折蘆』書評」（『日本近代文学』一九八四・一〇）、『中山和子コレクションⅡ　差異の近代』（翰林書房、二〇〇四・六）に収録、二二五頁。
（26）中山和子「魚住折蘆論」（『文学』一九七八・九）、『中山和子コレクションⅡ　差異の近代』（翰林書房、二〇〇四・六）に収録、二〇四～二〇五頁。
（27）助川徳是「啄木と折蘆」（福岡女子大学文学部『文芸と思想』一九六八・一一、『啄木と折蘆』洋々社、一九八三・六に収録、一〇三頁）。なお、助川は、啄木の文章は「時代批評的」としている。
（28）木股知史は、「時代閉塞の現状」で取り上げられている、国家と無関係であろうとする青年の動向に言及しながら、「啄木が指摘した『時代閉塞の現状』とは、わたしには、フーコーが言う『権力の偏在』（遍在？――引用者注）という事態に極めて近いもののような感じがする。国家から距離をおいて、個人であることに自足することが、権力の関係の内側に属してしまうことを促進してしまうということが、『時代閉塞』という言葉の内実なのである」と見ている（「啄木の何が新しいのか」『増補新訂版　石川啄木・一九〇九年』沖積社、二〇一一・七、二九四頁）。しかし、たとえば、本書第二部第三章に見るように、当局者から「警戒」され、社会主義者から「期待」された「遊民」の存在は、「権力の関係の内側に属してしま」っているといえるだろうか。むろん、フーコーの〈権力〉概念は「国家権力」に限定されない。木股は、「向こう側に法や制度を決定する力を独占した、抑圧の象徴としての国家、権力があって、こちら側に思索の自由を保った個人の内面が存在するという見方は、ロマンチックな虚偽をはらんでいるように思える」という（前掲、二九〇頁）。しかし、あらゆるものに「権力の遍在」を見るのもそれと同じくらい「ロマンチックな虚偽をはらんでいる」のではないか。ドゥルーズは、フーコーについて、次のように書いている。

私が思うにフーコーはひとつの問題にぶつかった。権力を「超えるもの」は何もないのか。自分は権力関係に閉じこもって袋小路にはまりつつあるのではないか。こうしてフーコーは何かに呪縛されたようになり、本来なら憎悪の対象であるはずのもののなかに投げかえされたような状態になる。そして、権力と衝突することは現代人（つまり汚名に塗れた人）の宿命であり、私たちが見たり話したりするよう圧力をかけてくるのは、ほかでもない権力なのだ、と自分に言い聞かせるわけです。

（「フーコーの肖像」一九八六年、宮林寛訳『記号と事件　一九七二―一九九〇年の対話』河出書房新社、二〇〇七・五）

「権力の袋小路」に陥ったフーコーは「主体への回帰によって救済を求めようとする志向のうちに置かれ」（フレデリック・グロ『ミシェル・フーコー』白水社、一九九八・四、原著は一九九六年）たが、「『主体』へと回帰することで、はたして『権力論のアポリア』は解決されたのか、疑問は残されたままである」（岡本裕一朗『フランス現代思想史』中央公論社、二〇一五・一）。

「自己主張的傾向」の行く先に「明日」の必要という「理想」を、「既成」をそのままにすることなく、その「外」に「自力」で求めようとした啄木の念頭にあるのは、やはり「抑圧の象徴としての国家、権力」であり、「強権」という存在だったのではないか。

(29) 注14、平岡敏夫「啄木『時代閉塞の現状』前後」（『石川啄木論』一三一〜一三三頁）。

(30) 相馬庸郎「石川啄木　啄木の「実行と芸術」」（『日本自然主義再考』八木書店、一九八一・一二、二四〇頁、初出は『啄木研究』第三号、一九八〇・一〇、原題「啄木の実行と芸術―『ローマ字日記』と『時代閉塞の現状』」）。

(31) 注6に同じ。一五六頁。

(32) もっとも、啄木に〈文学論〉がまったくなかったわけではない。田山花袋の『妻』（今古堂、一九〇九・五）、『田舎教師』（佐久良書房、一九〇九・一〇）、「罠」（『中央公論』一九〇九・一〇）を評した評論「巻煙草」にはその一端がうかがえる。もっとも、「『妻』に表はされた田山氏の人生観照の態度の案外幼稚な程度にあること」、「日露戦役といふ大舞台を背景にして、主人公の淋しく死んで行くところに、私は田山氏の未だ何人にも公言しなかつた或る野心を見た」、「『罠』が唾棄すべき作である事は明白である。表白の大胆、形式の自由といふ二つの理由が、一部の人々をしてあの作を買はしめたけれども、私には、所詮、田山氏の人生観にはまだ〳〵幼稚と不聡明と不統一とが夥しく含まれてゐるといふ事を、同じ人の徹底しない論文を読む時以上に思はせたに過ぎなかつた」などといった批評には、作品批評と言うより作者批評と言った趣がある。しかし、「作品を通して作者の精神を論じることを目的とする批評」（注16、大東和重、五〇頁）は、日露戦後、自然主義の勃興にともなって主流になっていった批評であり、「時代閉塞の現状」もその圏内にある。

（33）注30、相馬『日本自然主義再考』、二四二頁。

第二章　啄木・樗牛・自然主義
――啄木の樗牛受容と自然主義――

石川啄木は、その短い人生において、同時代の文学や思想を摂取し、自家のものとすることによって、その思想を形成していった。本章では、啄木の思想形成の上でもっとも大きな影響を与えた文学者・思想家である高山樗牛との関係、また、樗牛の受容がその後の自然主義批判にどのようにつながっていったのかという問題を中心に、啄木の思想形成について考察したい。

一

啄木は、評論「時代閉塞の現状」（一九一〇・八下旬頃）において、「明治の青年」の精神史の変遷をたどる中で「青年自体の権利を識認し、自発的に自己を主張し始めたのは」「日清戦争の結果によつて国民全体が其国民的自覚の勃興を示してから間もなくの事」であるとし、「自然主義運動の先蹤として一部の間に認められてゐる如く、樗牛の個人主義が即ち其第一声であつた」としている。このような見方は、安倍能成の「自己の問題として見たる自然主義的思想」（『ホトトギス』一九一〇・一）において、「兎に角自分達は氏によつて粗笨ながらも『我』といふものを教へられ、『我』の自覚を有するに至つたと思ふ。我等は恰も恋するもの、如く、このロマンチックな心持を、極めて華やかに涙多く、熱き血のめぐりもて経験した」と回想されていることにもうかがわれる。

さて、啄木自身の樗牛受容は盛岡中学校時代から始まった。友人であった伊東圭一郎の回想(1)によると、級友ら数名による英語のユニオン・リーダーを自習する「ユニオン会」の集まりで、一九〇〇（明治三三）年頃より『太陽』に掲載された樗牛の評論が評判となり、啄木はそれに傾倒していったという。伊東が「啄木からドイツの哲学者ニーチェの超人論や天才論を聞かされた」と書いているのは、樗牛の「文明批評家としての文学者」（『太陽』一九〇一・一）以降のことを指すのだろう。そして、現行の『石川啄木全集』に「高山樗牛」の名が登場するのは、評論「寸舌語」（『岩手日報』一九〇二・三・一四）からである。

◎『太陽』誌上の姉崎博士の論文「高山樗牛に答ふるの書」完結せり。其高邁なる識見欣度すべき態度共に能く一世を圧すべし、彼の独逸の文明を痛罵し、日本現代の風潮を諷誡するに至つては吾人案を拍つて叫ばざるをえず。ニイチエを説き、ピリチスムを説き欧州文明の思潮を透観して祖国幾多の迷へる者を誡む。其暗々裡に樗牛氏を諷する想と筆と共に近来の大論文なり。

◎高山博士病重りて枕に就くと、蓋しわが文壇の恨事なり。文芸時評の欄、桂月氏代りて筆を取る。愚劣遂に見るべからざるを如何にせん。天渓の『新思潮とは何ぞ《ママ》』汝何ぞしかく没分暁なる。然れどもニイチエニズムの誤りたる反面の評として、吾人斯の如き論者あるを忘るべからず。

樗牛は、この年の一二月に死去したが、啄木が言及しているのはその最晩年の動向であり、姉崎嘲風の「高山樗牛に答ふるの書」（『太陽』一九〇二・二〜三）を通してのことである。この評論は啄木にワグナーを注目させるきっかけとなったものであり、「樗牛氏を諷する想」という言葉から、このとき啄木が嘲風に一層傾斜していたこともうかがわれよう(2)。啄木は、『太陽』に掲載された、この嘲風、樗牛の往復書簡に大きな刺激を受けていく。

また、「ニイチエニズムの誤りたる反面の評」とされている長谷川天渓の「新思潮とは何ぞや」は、同じ『太陽』の一九〇二（明治三五）年三月号に掲載されている。天渓は、「ニーチエ主義」を「個人主義、本能至上主義、自我発展主義」としたうえで、「本能至上主義」とは、「昔日のロマンチシズム一派が、感情と想像とを生活の中心としたるが如く、一切の形式を棄てゝ自我（重《ママ》に感情及び想像）の自由活動を尚ぶもの」であると述べ、「科学的事実」や「科学的法則」、「自然法則」が消滅、破壊、蹂躙され、「歴史」や「発達」が無視されたり、否定されたりするとして疑問を投げかけている。

天渓は、樗牛が「美的生活を論ず」（『太陽』一九〇一・八）を発表したとき、「美的生活とは何ぞや」（『読売新聞』一九〇一・八・一九、二六）を発表し、いちはやく疑問を表明している。樗牛が人生の目的とは「本能の満足」、「人性本然の要求」を充たすことであり、それが「美的生活」であると述べたことに対して、「美的生活といふものは、寧ろ人間本性の要求を斥けて、理想的要求に向ふ所に成立する」と批判し、さらに、登張竹風が、樗牛の美的生活論は「ニイチエの説にその根拠を有す」（「美的生活論とニイチエ」『帝国文学』一九〇一・九）と述べて樗牛を擁護したのに対し、「ニーチエ主義と美的生活」（『読売新聞』一九〇一・一〇・二八）で「ニーチエの哲学を根拠とすれば、人生の目的は肉体的快楽を追求するに在つて、其快楽を獲た者が、美的生活を送つたのである」と皮肉った。先の「新思潮とは何ぞや」も、こうした樗牛、ニーチェ批判の文脈の中にある。

啄木が天渓の見解を「ニイチエニズムの誤りたる反面の評」というのは、先述の伊東の回想にもあるように、啄木が樗牛、ニーチェに「我」の自覚の肯定、「文明批評家としての文学者」（前掲）でいうところの〈詩人〉、〈文明批評家〉、〈天才〉、〈超人〉をみていたからにほかならないのであって、「本能満足主義」に還元されるべきものではなかったからではないか。

二

ところで、啄木の姉崎嘲風への傾倒は、先にも触れた通り、樗牛との往復書簡のかたちで綴られた評論をきっかけとするが、盛岡中学校中退後の最初の上京の失敗という体験も大きいように思われる。「ワグネルの思想」（『岩手日報』一九〇三・五・三一、六・二、五〜七、九、一〇）に見られるワグナーへの研究に没頭するのもこの時期からである。

「ワグネルの思想」には、直接樗牛や嘲風の名前は出てこないが、ニーチェとトルストイ、ワグナーの思想の比較は、樗牛や嘲風をはじめとする同時代評論の磁場の中にある。木股知史が指摘するように、[3]「中島徳蔵の『ニイチエ対トルストイ主義』[4]の枠組に、嘲風のワグネル理解を加えれば、啄木の『ワグネルの思想』の発想の基盤が明らかになる」。一方、木股は、それに還元できない部分として、人間が「現象」（物質世界）と「実在」（本源的な理念）の二界にわたって存在すると考えられていることを指摘している。この点について、啄木は次のように書いている。

> 人間とは、所謂神の如く実在にのみある者でもなく、又現象許りに存ずる《ママ》諸々機物でもない。能くこの両界に亘つて全分の調和を成す所に其究極の標的を有する者である。（中略）此問題は蓋しニイチエ、トルストイ両氏の分岐点であつて、又同時にワグネルが綜合の基源をも含むものである。

木股によると、「『ワグネルの思想』の段階では、意志消滅か自己拡充かという倫理的な懐疑にもとづく二元と、

『実在』と『現象』という物心の二元という複層の構造が保たれているが、完成した〈一元二面観〉では、『意志』と『愛』という二元が、『意志』の一元に統合されてゆく」という。そして、この「物心二元から意志一元への変化の過程」は、「閑天地（十八）霊あるものは感応す」（一九〇二・六）にも書かれており、そこに「嘲風の導き」があったという。[5]

こうした、嘲風の受容によって失われていった啄木の物心二元の発想は、木股の指摘する北村透谷の〈想――実〉の発想のほかに、美的生活論争の中で、樗牛――ニーチェ――本能主義と理解されてきたこととも関係があるだろう。[6]

そして、それは、「ワグネルの思想」において、「超人」とは「権力意志の権化」であるが「世人が常に誤解するが如く、彼等の頭脳には決して利己の念慮――物質的欲望の外に何者をも認めざる――の一点と雖ども存して居るのではない」と書きつつも、「吾人の二元観を以て論ずると、ニイチエは人間の差別性（物的）を見て他の平等性（心的）を視ない者である。否寧ろ差別を平等の上に置いて、相対的事実たる現象を、絶対的性質と誤想した者である」と啄木が書いていることと対応するだろう。木股は「啄木は、ショーペンハウエルの『意志』を、『生活意志』というように、現実的次元に引きよせて理解しており、嘲風の宗教的なスピリチスムとは一線を画している」と指摘しているが、当時の啄木の念頭にはいわゆる「現象界」の、欲望をもった存在としての個人の問題があったといっていいのではないか。国崎望久太郎は、啄木における樗牛の受容に対し、「ただ樗牛の美的生活論の中に内包されていた本能＝性欲の充足を要求する見地、もっともラジカルな進歩的見解がほとんど継承されていない。すくなくとも、人間を生物学的に把握し、そこに人間主義の基礎をおこうとする所謂自然主義的思想は、啄木には少しも顧慮されていない」と指摘しているが、少なくとも「ワグネルの思想」においては、そうした「自然主義的思想」がわずかであっても見られることも確かである。[7][8][9]

ここで樗牛に関連した啄木と嘲風の関係についてみると、啄木は、一九〇四（明治三七）年一月一三日に嘲風に初めて手紙を送り、その後、樗牛を顕彰するために設立された「樗牛会」の趣意書を嘲風から受け取り、『岩手日報』に「樗牛会について」という入会を勧誘する文章を発表しており、二月一日には講演のため盛岡に訪れた嘲風に初めて会っている。それに先立つ一月三〇日の日記には、嘲風の「性格の人高山樗牛」（『太陽』一九〇三・一二）を読んだとあり、また、啄木が嘲風を訪ねたのは、盛岡での講演「信仰の人高山樗牛」が行われた晩であるから、啄木が講演を聴いていなかったとしても、その晩、嘲風との間で講演の内容が話題にのぼったであろうことは想像に難くない。

「性格の人高山樗牛」は、「性格の人は、性格の要求にあらざれば動かず、生死猶枉ぐ能はざる根本要求の本能」を持った人であるとし、変転を重ねた樗牛の中に一貫するものがあったことを説明したものである。「『己れに忠なれ』、嗚呼是れ彼の一生を貫く大警語なりき」と嘲風は書く。「信仰の人高山樗牛[10]」（『妙宗』一九〇四・三）は、「自らを捧げて人に帰依せん為には、自らの自信自覚が明白鞏固にして、この自覚と相投合し得る偉大なる人格を発見して之と合一するを要す」と述べ、樗牛は「自らを信じたるが故に、又信頼して己れを捧ぐるに足ると信ずる人に対しては、満幅の尊敬と絶対の同情とを注ぐを敢てしたり」という。そして、「樗牛が自己霊性の奥に入り、永遠の覚醒に依りて永遠に帰敬すべき大人格は、過去と未来とを『今』の一瞬に接し、久遠実成の妙法を自己の人格に実現し、色読したる宗教的大信者、大行者の中に発見せられたり」と述べ、樗牛の日蓮への「完全なる意気の投合」を指摘している。

姉崎嘲風は、「文は人なり」（『帝国文学』一九〇二・一）において、樗牛について、「個人の心霊天才の精神を尊重する方に向つて、茲に美的生活論となり、曾てのホイトマンに発見したと（同――引用者補）様《ママ》の精神をニーチエに発見して、霊性の尊厳、意志の力、人格の権威を高調或は達人の如くに人を教へ、或は悪魔の如くに世を罵倒した」と述べ、さらに美的生活論がむしろ樗牛の「根本性格に基づいた意志生活の余迸」であることを示唆している。「ワグネルの思想」以降の啄木の樗牛理解はこうした嘲風のスピリチュアリズムの線に沿ったものである。(11)

こうした樗牛観は、例えば、啄木の「秋草一束」(『盛岡中学校校友会雑誌』一九〇四・一一・二〇)における「自らのまことの『我』の中に、不変の色彩を読み、不滅の諧音を聞く者は、諸有《あらゆる》困難、諸有災厄と健闘して、其『本然の必至』のために身命も亦重しとせざるなり」といった一節や、「真理と美との不滅のために凱歌を唱へ、偉大なる人格を以て一世に反抗する人のために進行の曲を奏せざるを得ず」という一節などにも投影されているように、詩集『あこがれ』(小田島書房、一九〇五・五)も含め、当時の啄木の思想と文学活動に大きな影響を与えている。

三

しかし、樗牛がその時代の思潮に大きな影響を与えることが可能であったのは、時代の要求や課題をジャーナリスティックに表現する才能があったからにほかならない。日本主義、個人主義、美的生活論、日蓮主義と彼の思想の変遷について語られる言葉は、その時々の思潮の要求に応えたものであった。〈美的生活論〉が大きな論争を巻き起こしたのも、明治三〇年代に「我」の自覚とともに、〝欲望を持った存在としての個人〟の問題がクローズアップされたからにほかならない。樗牛の真意がどうあれ、論壇は、樗牛、ニーチェの思想をそのようなかたちで理解しようとした。

そして、啄木の評論には、右のような視点を洗い清めたかのような嘲風経由の樗牛観に収まらない視点が顕在化してくる。その一つが社会と対峙する〈天才〉・〈天才主義〉の強調である。一九〇六(明治三九)年一月一日発行の『岩手日報』に掲載された「古酒新酒」では、「我今に当りて切実にニイチエと共に絶叫せんと欲す。凡庸なる社会は、一人の天才を迎へんがためには、よろしく喜んで百万の凡俗を犠牲に供すべき也」と書かれ、樗牛についても「故人樗牛博士によつて当時の思想界に要求せられし時代精神界の救済は、今猶依然としてパンを求めて石を得るのみの状態にあり」と書いている。こうした考え方の背景には、前年八月にユニオン会の仲間が、花婿欠席の結婚式やその後の盛岡での啄木の生活態度に反省を促すための除名勧告を行っていることや、『小天地』第一号を発行したものの第二号発行のめどが立たず、自宅で懊悩していたことなどがある。「自己を信じ得る如くに信じうべき人、この世に自己一人の外になし。自己の次に信じうべき者は、恋人一人のみ」という言葉は、こうした周囲の人々との対立をうかがわせよう。これらは、〈現実〉を処する上での様々な葛藤や苦悩となって、啄木の思想にも影響を与えずにはおかなかった。

なお、周知のとおり、啄木の教育論「林中書」(『盛岡中学校校友会雑誌』一九〇七・三)は、〈天才主義〉の考え方が色濃く反映されたものである。啄木の渋民村小学校での代用教員の経験に基づく発言や、日露戦後の文明批判、教育批判における視点など、今日にも見るべきものを有した教育論であるが、「教育の最高目的は、天才を養成する事である。世界の歴史に意義あらしむる人間を作る事である。それから第二の目的は、偉る人生の司配者に服従し、且つ尊敬する事を天職とする、健全なる民衆を育てる事である」という言葉は、樗牛の天才論を踏襲して書かれたものだった。(12)

また、「小児の心」という言葉がクローズアップされてくるのも、この「古酒新酒」を契機としている。(13)啄木は、「孤負の性」を持ち、「たゞ一向に己れの欲する道を行き、己の欲する所を行」ってきた自分が、「過去数月間の長き強き失敗を悔」いることもなく、「其由つて来る所を探つて改むる」こともないのは、「我が心余りに小児の如くなりければ也」だという。そして、「小児の心乎、小児の心乎、噫これ我が常に望む所なれば也」と記している。この「小児の心」という概念は、ワーズワースの受容も関係しているが、樗牛にも「嗚呼小児の心乎、小児の心乎。

玲瓏玉の如く、透徹水の如く、名聞を求めず、利養を願はず、形式、方便、習慣に充ち満てる一切現世の桎梏を離れ、あらゆる人為の道徳学智の繋縛に累はされず、たゞ〳〵本然の至性を披いて天真の流露に任か《ママ》すもの、あゝ独り夫れ小児の心乎」（「無題録」『太陽』一九〇二・一〇）という文章があり、修辞的なものを鑑みれば、より樗牛との親近性がうかがわれるだろう。そして、ここで注意したいのは、この「小児の心」が、「本然の至性を披」くものとして説明されており、〈美的生活論〉の「人間の本然の要求」に通ずるものを持っていることである。樗牛には「吾等をして自然の児の如く語らしめよ。夫の性欲の発動の醇なるものは、実にこれ天下の至美、人生の至楽也。性欲無きところに人生幾何の価値ありや」（「性欲の動くところ」『太陽』一九〇一・一二）という言葉もあり、嘲風が観念的に洗い清めてしまう以前の人間の内部の〈自然〉へのまなざしがあるように思われる。また、樗牛は、この「小児の心」という言葉で現実世界の中で汚されてしまわないものを考えているが、それは、啄木において、「一握の砂」（『盛岡中学校校友会雑誌』一九〇七・九）の中で、ワーズワースの発想と結び付き、「今の世に見るに、人は成人たらむとして先づ小児を殺さざるべからず。噫、神は小児を作りき、然れども人は成人を作りぬ」、「小児こそ誠に成人の父たるべきなれ」と主張されることになる。以上のように、嘲風の理解に収斂してしまわない樗牛の発想そのものが啄木の評論の中に顕在化してくるのである。

　ところで、この時期は、「完成した一元二面観」[14]（木股知史）が登場する時期でもある。「渋民日記」一九〇六（明治三九）年三月二〇日の記述には、「意志といふ言葉の語義を拡張して、愛を、自他融合の意志と解」き、「宇宙の根本を意志とし、この意志に自己発展と自他融合の二面」があると解し、「ワグネルの示した人生の理想は、完全なる基礎に立つて、初めて真に我が最高最後の目的となつた」と書かれている。しかし、「一元二面観」は、ニーチェの哲学を止揚するものであったはずである。ほとんど同じ時期の相矛盾する見地をどのように理解したらいいか。

ここで、注目しておきたいのは、啄木が、日露戦後の社会主義の登場に過敏な反応を示していることである。

余は、社会主義者となるには、余りに個人の権威を重じて居る。さればといつて、専制的な利己主義者となるには余りに同情と涙に富んで居る。所詮余は余一人の特別なる意味に於ける個人主義者である。然しこの二つの矛盾は只余一人の性情ではない。一般人類に共通なる永劫不易の性情である。自己発展と自他融合と、この二つは宇宙の二大根本基礎である。

社会主義という〈物質的・現実的〉問題に対して、啄木は慌てて答えを提出しているように見える。樗牛はかつて「人道の目的は衆庶平等の利福に存せずして、却て少数なる模範的人物の産出に在り。是の如き模範的人物は即ち天才也、超人也」(「文明批評家としての文学者」)と書いていたが、樗牛の天才論を信奉する啄木に、社会主義を肯定することはできない。と同時に、樗牛――ニーチェ流の個人主義もワグナーによって止揚されねばならなかった。「一元二面観」は、こうして「自己発展」と「自他融合」を孕む「意志」の問題として理解された。ただし、木股も指摘するように、これが世界に対する具体的な「認識」であるより「倫理」の次元において語られたものであることを忘れてはならない(15)。

この時期、「一元二面観」とニーチェ主義という二つの傾向は、前者が後者を止揚したものに見えながら、併行して展開されていく(16)。

四

さて、北海道時代に書かれた「冷火録（三）」（『小樽日報』一九〇七・一〇・三一）は、「超人と凡人」と題したコラムであるが、そこでは、進化論と超人思想とが結び付けられる。

進化の大法から考へても、人間が猴類から進化した如く、現在の人間即ち凡人の境遇から、更に夫以上の境遇即ち超人の境遇に進まうとする慾求は決して理のない事と云へぬではなからうか。

こうした考えは、評論「卓上一枝」（『釧路新聞』一九〇八・三）の中にも再登場するが[17]、ここで特筆すべきは、啄木が右の文章の前に、ニーチェの超人思想について、「学者の多数は此思想を本能満足主義と称へて、箇人々々の本能満足は社会を破壊する、社会の破壊は一切の文明をして動物的状態に帰らしむるのだと云つて、世の青年を戒めて居る」が、「已に人間に何等かの本能ありとすれば……已に其を本能と呼ぶからには、其本能を抜去つたなら人間にして真の人間でない事になりはすまいか」と述べていることである。ここで、啄木は「本能」の問題、欲望をもった存在としての個人の問題に向き合っているのである。

ところで、進化論とニーチェを結び付ける言説は、野村幸一郎が明らかにしているように[18]、美的生活論争当時をはじめ、ニーチェを紹介する論説の中に見られる。例えば、登張竹風は、「超人の意義解釈」の一つとして、「超人を以て超種となすにあり。この説はダアウインの進化論に基くもの、如し」と述べている（「フリイドリヒ、ニイチエを論ず」『帝国文学』一九〇一・六〜八、一一）。また、坪内逍遥は、「馬骨人言」（『読売新聞』一九〇一・一〇・一四）

の中で、ニーチェの「芸術観は、言ふまでもなくショオペンハウエルの煑返し、焼直しからはじまツてたのであツたが、中ごろからルウソウの復初主義の煑返しやダアキンの優勝劣敗論の生煑などを混合せて、つひに其の倫理観(海豚《ふぐ》汁台《じるだい》の暗汁《やみじる》にも比喩《たと》ふべき悪倫理観)を調理した」と書いている。また、中島徳蔵も「人間と云ふものは、実に生甲斐のない下等な弱い奴等であるから、之を進化論の真理に依つて改造して、人間以上の種類を拵へねばならぬと云ふので、其人間以上のエライ人、それを超人と言つたやうです」などと書いている（「ニイチエの説に就きて」『丁酉倫理会倫理講演集』一九〇三・一）。しかし、進化論と超人の結び付きについては、逍遥の発言はもとより、竹風も「こは転生説の如く、大なる詩なり、空想なり、夢想なり」と書き、中島徳蔵も「スペンサー流の遺伝作用があるとしても、一代や二代で此超人間が都合能く出来るものでない、空な話である、故に間もなく是は間違だと云ふことをニイチエ自からも悟つた」と書くなど、否定的に見られていた。

また、樗牛自身、「文明批評家としての文学者」の中で、ニーチェについて、「哲学界に於てはヘーゲル以来、科学界に於てはダルヰン以来、一代の思想を殆ど残り無く風靡し来りたる歴史発達説も、彼れの眼中には偽学者の俗論に過ぎざるものとなれり」と説明しており、また、啄木の評論にも何度か引用されている(19)「新しき声の最早や響かずなりたる時、人は死語の中より所謂法則なるものを造り出だす。是れを以ての故也、所謂法則の栄ある処、そこには必ず生命の死滅あるは！」（「法則と生命」『太陽』一九〇二・五）という樗牛の言葉は、進化論という「法則」をも否定したものとして考えられるだろう(20)。

「冷火録」の啄木の発言は、三宅雪嶺の「人類が猴類の上に一階級を占むるが如く、超人が人類の上に一階級を占めんこと極めて難たし(21)」という発言に対して、異を唱えたものであるが、同時代思想の磁場の中に置いてみると、時代錯誤の感は免れない。もっとも啄木は、「超人といふ語は畢竟近代人の理想を最も簡潔に現はしたもの」、「何時の世に於ても社会に多数の凡人と少数の天才との戦闘が絶えぬ。此天才者が詮る所皆超人の境に憧るゝ勇ましい人生の戦士である」といったように、「超人」を言わば「憧憬」の対象とすることによって進化論との関係を比喩的なものにしているが、いずれにせよ、啄木が超人思想と進化論とを結び付けようとしたことは、欲望する存在としての個人の問題を（啄木の理解する）樗牛、ニーチェ思想の文脈の中で理解しようとする試みにほかならなかっただろう。

ところで、このような啄木の試みの背景には、盛岡中学校中退者であり、いわば学歴社会からドロップアウトした啄木の、優勝劣敗、適者生存という社会ダーウィニズムに対する強い意識がある。日露戦後という時代と北海道漂泊の時代が重なる中で、啄木は何度か「世に適者生存の語あり。我等恐らくは今の世に適せじ。されば我等遂に敗れぬ。然れども思へかし、真に永遠に死し果つべき者、果して我なるべきか、果た彼なるべきか」（「冷火録」）という言葉を書き留めている。現実には敗れても、それは「永遠」の観点からすると、「死し果つべき者」ではない、そうした観念が、啄木の拠り所だった。

評論「卓上一枝」は、自然主義思潮とそれまでの樗牛、ニーチェ流の〈天才主義〉、あるいは〈一元二面観〉との接合を試みたものだった(22)。啄木は、自然主義を「どうにか成る」という言葉に代表させ、「自己を信じ深く個性の権威を是認する者にとりて、此上なき屈辱の声」であると指摘しつつ、「自然の力に屈服するは却つて動かすべからざる自然の力を以て自己の力とする」ことだという。そして、自然主義は「一切の法則と虚偽と誤れる概念とを破壊して、在るが儘なる自然の真を提げ来る」ものであると説明する。これらは、進化論と超人とを結び付けようとした言説とともに、自然主義をこれまでの自身の哲学の中に何とか接合しようとしたものにほかならない。しかし、ニーチェの哲学や〈一元二面観〉を説明したあと、この評論の末尾には「予は、予の半生を無用なる思索に費したるを悲しむ。知識畢竟何するものぞ。人は常に自己に依りて自己を司配せんとす。然れども一切の人は常に何者にか司配せらる。此『何者』は遂に『何者』なり。我等其面を知らず、其声を聞かず。之を智慧の女神に問へども黙して教ふる所無焉《なし》」と書き、その試みが不調に終わったことを示している。啄木は〈天才主義〉をひきずったまま、東京での文学生活を開始することになる。

五

その後、啄木は、一九〇八（明治四一）年七月六日の日記に、金田一京助との会話として、「明治新思潮の流れといふ事に就いて、矢張時代の自覚の根源は高山樗牛の自覚にあつたと語つた。先覚者、その先覚者は然しまだ確たるものを攫まなかつた。……自分自身の心的閲歴に徴しても明らかである。樗牛に目をさまして、戦つて、敗れて、考へて、泣いて、結果は今の自然主義（広い意味における）！」と書くなど、樗牛に言及しながら〈天才主義〉の敗残の様相を自嘲的に語ったりしていたが、一九〇九年の秋以降、妻節子の家出をきっかけに、啄木はそれまでの生活を反省し、空想的・浪漫的態度から、具体的・現実的なものに価値を置くようになった。田中王堂（喜一）のプラグマティズム哲学に傾倒するのもこの時期である[23]。

樗牛から王堂へといった啄木の思想変遷の底流にあるものは、「本能」「欲望」の価値を再評価することである。そして、この時理解される樗牛は、かつての「天才」主義の主唱者としての樗牛ではない。

この時期の啄木が共鳴したのが、評論家徳田秋江（後の近松秋江）である[24]。秋江は、樗牛、王堂に教わり、師事してきた人物である。秋江は、「本能満足論は、或る意味に於て恰もルツソーの『自然に反れ』の辞義と同じく、直接にして力あれども、つまり鉱《あらがね》也。之れを調整せざるべからず候。田中喜一氏が具体理想主義に於て『人間の実質は理想を以つて情欲を調和するに在り』といふは、即ち本能満足説を、内容的のまゝに調整せんと企つるもの」だと指摘する[25]など、樗牛と王堂のつながりを示唆している。また、同時に、「高山イズムと後の高義自然主義とに関係」(「文壇無駄話」『読売新聞』一九〇九・五・九)のあることを指摘し、あえて樗牛と自然主義とを区別しようとする論調に異を唱えている。

自然主義の註釈者は、今の自然主義と高山氏の本能満足説――美的生活論――とを区別しやうとする。曰はく、本能満足説は実行上の主義である。自然主義は芸術上の主義である。と。何うしても註釈者の口吻である。創始者の口吻ではない。創始者の言説には常に幾多の陥欠がある。が、註釈者の遂に持つことの出来ない生命を有つてゐる。固に芸術上の自然主義と人生観上の本能満足説とには前述の如き区別はあるに相違なからうが、併しそれは実に一つの側面観に過ぎぬのではないか。

(「文壇無駄話」『読売新聞』一九〇八・八・二三)

島村抱月は、樗牛を「自然主義運動の先蹤」として、「我が邦に於けるスツールム、ウント、ドラングの驍将」(「梁川、樗牛、時勢、新自我」『早稲田文学』一九〇七・一二)と指摘し、「今の自然主義は実に此の小ロマンチシズムの後に起つた特殊の現象である」(「文芸上の自然主義」『早稲田文学』一九〇八・一)とした。しかし、抱月は、自然主義を芸術上の態度、「観照」の態度とし、「本能満足主義」に基づく「実行」と弁別しようとした。また、美的生活論争で樗牛に対峙していた長谷川天渓は、「自然主義は、文芸上の問題であって、本能満足主義とは、人生上の実行問題である」(「自然主義と本能満足主義との別」一九〇八・四)と述べ、やはり「自然主義文芸」を「本能満足主義」＝「実行」とを区別している。

林原純生は、「日本の自然主義は、その発生、成立、『私小説』の創出を通して『美的生活論』の問題圏内にあり、自然主義の形成は『美的生活論』に提示された問題を内在化し、自然主義陣営の内外に渡る発言は、『美的生活論』に対する反撥と牽引の中に、すなわち日本の自然主義は『美的生活論』の掌中の運動だったのである」とし、さらに「『実行と芸術』の問題こそ、何よりも『美的生活論』から直接継受した問題」であることを指摘しているが、抱月、天渓の態度は、樗牛のロマンチシズムのみを認めて、それと表裏のものであった「本能」肯定の思想を弁別しようとしたのである。秋江の批判は、そうした抱月、天渓らの姿勢に向けられていた。(26)

また、このような〈実行と芸術〉を区別する考え方、あるいは抱月らの「観照」論に対して、啄木は、「一切の文芸は、他の一切のものと同じく、我等にとつては或意味に於て自己及び自己の生活の手段であり方法である」（「弓町より――食ふべき詩」『東京毎日新聞』一九〇九・一一・三〇、一二・二～七）という視座から批判すると同時に、一方で、「本能」に関しては次のような考え方を示している。

人間を実際以上に評価してゐた事は、人間それ自体の生活を改善する上に刺戟を与へた功績はあつたけれども、畢竟、過去の人間の抱いた謬想中の最も大なる謬想であつた。人間を実際以下に評価する事は、人間それ自体が特に偉いものだといふ謬想を破るべき自省を起した効果はあつたけれども、遂に、現代の人間が抱くあらゆる謬想中の最も大なる謬想である。

謂ふ心は、「人間も他の動物の司配されると同じ法則に司配されるものだ。」といふのは可い。それだけなら何の差障りもない。が、「だから、人間の一切の行為中、他の動物も有するだけの範囲以外の事は、総て虚偽である。」といふやうな考へ方をするのは、恐るべき誤謬だといふのである。

（「きれぎれに心に浮んだ感じと回想」『スバル』一九〇九・一二）

啄木は、〈天才主義〉を棄てる一方、「本能」主義のみで人間を理解することを諫めている。その点、秋江が「理想とは、生物――その中には無論自然主義の文学者もあり――が、自己の生存欲を到達する際に『あゝしやう、かうしやう』といふ、思意の形式に他ならず候」（「文壇無駄話」『読売新聞』一九〇九・七・四）と、「理想」と「現実」の問題を矮小化していったことと対照的である。

また、この時期、「自分及び自分の生活といふものを改善すると同時に、日本人及び日本人の生活を改善する事に努力すべきではありますまいか」（大島経男宛書簡、一九一〇・一・九）という発言にみられるように、啄木に個人の欲望の肯定が他者の欲望への肯定に結び付かねばならないという考え方がみられることにも注意したい。「自己発展」と「自他融合」の問題は、「実際的、具体的、政治的」（「文学と政治」『東京毎日新聞』一九〇九・一二・一九、二一）な場で論じられようとしていた。

しかし、「欲望」は調整されねばならず、その範囲としての「国家」と矛盾、衝突することもある。一九一〇年三月の〈意識しての二重生活〉宣言は、「国家」という既定の枠組みそのものをも相対化するものだった。そんな時期に起こった大逆事件は、啄木を社会主義、無政府主義思想へと近づけ、より〈外部〉の視点へと導いていくことになる。

ところで、啄木の最後の小説「我等の一団と彼」（一九一〇・五～六執筆）において、新聞記者同士である高橋と亀山の会話の中に樗牛が登場する。「僕にもこれで樗牛にかぶれてゐた時代が有つたからねえ」という高橋は、「常に鋭い理解さへ持つてゐれば、現在の此の時代のヂレンマから脱れることが出来ると思つてゐた。然しさうぢやないね。それも大いに有るけれども、そればかりぢやないね。我々には利己的感情が余りに多量に有る」という。亀山はそれを「時代の病気」だといい、「何うかしたくつても何うもすることが出来ない」、「我々が此の我々の時代から超逸しない限りは。――時代を超逸するといふのは、樗牛が墓の中へ持つて行つた夢だよ」と言う。これに対して、高橋は「さうだ。あれは悲しい夢だね。――然し僕は君のやうに全く絶望してはゐないね」と言うのである。ここで描かれるのは、樗牛の有名な「吾人は須らく現代を超越せざるべからず」という言葉をめぐるものである。

この一文のもととなった文章は次の通りである。

現世に於ける一切の学智と道徳とは、其の根底に於て既に現世を是認す。彼等は現世を超越せずして附随し、審判せずして讃美し、戒飭せずして阿従す。一代の文教詮じ来れば現世の註釈に外ならざるのみ。山に入て山を見ず。此の世の真相を知らむと欲せば、吾人は須らく現代を超越せざるべからず。斯くて一切の学智と道徳とを離れ、生れながらの小児の心を以て一切を観察せざるべからず。

（「無題録」『太陽』一九〇二・一〇）

徳田秋江がこの「吾人は須らく現代を超越せざるべからず」という言葉を「一片の空想に他ならず」（「文壇無駄話」『読売新聞』一九〇九・五・九）とするのは、秋江が樗牛の中に「本能満足説」しか見ていないからである。一方、啄木が、高橋の言葉を通して、それを「悲しい夢」とするのは、樗牛が時代を「超越」しようとして「超越」できなかったことを指すと同時に、「利己的感情」を抱えた個人が具体的にどのように他者と関わるのかという問題を新たな視座から見ているからであろう。

「利己的感情」を抱えた個人、欲望する存在としての個人が、どう他者と関わっていくのか、樗牛、嘲風、王堂の思想の受容を経て、啄木は、社会主義、無政府主義について改めて考察していく。「時代閉塞の現状」中の「明日の必要」という言葉は、王堂哲学からクロポトキンの思想への結節点として発せられたが(27)、それは遠く、日清戦後の樗牛の個人主義の「第一声」とも響きあうものを持っていたのである。

注

（1）伊東圭一郎『新編人間啄木』（岩手日報社、一九五九・五）二五頁。

（2）なお、樗牛自身は、嘲風に応えて「ショペンハウエル、ニイチェ、ワグネル、此三人の間の関係を論じた君の文によりて、僕は此三人間の関係其者を知ることよりも、君の精神の要求の那辺にあるかを知る処に、僕は少からず幸福を感ずる。此事に就いては、僕は君に満幅の敬意を捧げねばならぬ。恐らくは、僕は尚ほニイチェの理想に彷徨する者であらう」と書いている（「樗牛嘲風往復集」一九〇二・七・三、『増補改訂　文は人なり』博文館、一九一八・一二）。啄木は、この嘲風と樗牛の思想の間にあって思想を形成していったと指摘できる。

（3）木股知史「同時代思想のなかの石川啄木」（『宇部短期大学学術報告』一九八三・七）。

（4）中島徳蔵「ニイチエ対トルストイ主義」（『丁酉倫理会講演集』第七　一九〇一・六・一五）。なお、「孤島」署名で、同じく中島徳蔵の「十九世紀末の二大教説（トルストイ伯とニーチェ氏）」（『読売新聞』一九〇一・四・一、八、二二）がある。

（5）「閑天地」（『岩手日報』一九〇五・六〜七）に次のように書かれている。

我嘗て、人性に第一我（物我、肉我）と第二我（神我、霊我、本来我）あるの論を立して、霊肉の抱合もしくは分離争闘より来る人生の諸有《あらゆる》奇蹟を解釈し、一日姉崎博士と会して之を問ふ。博士曰く、第一と云ひ第二と云ふ等級的差別を画せんよりは、寧ろ如かんや、意識以下の我、及び意識以上の我と呼ぶの、用語に於て妥当なるに、と。然り、第一第二の別はたゞ我が弁説の上に煩なきの故を以てしか称呼したるのみ。

（6）例えば、長谷川天渓の発言のほかに、樗牛を擁護した側の登張竹風においても「人間の根本的本能は、自由の本能なり。自由の本能とは無限なる自由を得むとする欲望の謂なり」（「フリイドリヒ、ニイチエを論ず」『帝国文学』一九〇一・六〜八、一一）といったように、「本能」を強調したニーチェ解釈が見られる。

（7）注3に同じ。

（8）なお、伊藤淑人は、「この〈実在〉〈現象〉という両界は、物質と精神だけでなく、現実と理想と置き換えることもでき、〈権力意志〉〈意志消滅〉の思想は、自我と他我、個人と社会というように発展し、将来の啄木の文学論を拡げていく可能性は充分に持っている」と指摘している（『石川啄木研究　言語と行為』翰林書房、一九九六・一二、五九頁）。

（9）国崎望久太郎『増訂啄木論序説』（法律文化社、一九六六・一）五七頁。

（10）姉崎嘲風・山川智応共編『高山樗牛と日蓮上人』（博文館、一九一三・六）所収のものを引用した。

（11）上田博にも「このとき啄木の樗牛理解は多分に姉崎のフィルターを通してみた樗牛と考えてよいだろう」という指摘がある（『石川啄木の文学』桜楓社、一九八七・四、一二九頁）。

（12）例えば「凡人を作るのみが教育の目的には非ざるぞかし。天才無き人類を想像せよ、是れあらゆる想像中の最醜最悪なるものに非ずや」（「無題録」『太陽』一九〇二・一〇）などの樗牛の発言がある。

（13）ただし、「小児の心」という言葉自体は、一九〇三（明治三六）年七月二三日の日記などにも使われている。

（14）注3に同じ。

（15）注3に同じ。

（16）なお、「秋風記　綱島梁川を弔ふ」（『北門新報』一九〇七・九・一八、二四、二六、二七）で展開された〈一元二面観〉では、「人生の両面は何に基くか。曰く、『生命』の二つの慾望に基く。二つの慾望とは何であるか。曰く、自己発展の意志と自他融合の意志である」とあるように、「慾望」という言葉が使われている。

（17）「卓上一枝」には次のように記されている。

　　進化論を是認する者は、啻に過去に於ける進化を是認するに止まらずして、又当に未来に於ける進化をも是認せざるべからず。猿猴の化して人類となる事或は望むべからざらん。然も人間が人間以上たらんとする希望は、如何なる力を以てしても之を滅却する事能はじ。

（18）野村幸一郎「明治の社会ダーヴィニズムと美的生活論争」（『森鷗外の歴史意識とその問題圏』晃洋書房、二〇〇二・一一）。

（19）「無題録」（『岩手日報』一九〇三・一二・一八、一九）、「戦雲余録」（『岩手日報』一九〇四・四・二八～三〇、五・一）、「林中書」（『盛岡中学校校友会雑誌』一九〇七・三・一）、「初めて見たる小樽」（『小樽日報』一九〇七・一〇・一五）、「北海の三都」（一九〇八・五・六稿）。

（20）池田功「石川啄木――社会進化論の影響（一）」（『明治大学大学院紀要』一九八六・二）は、樗牛のこの一文を

『進化』なる語はないが、進化論の影響を十分に受けて書かれている」とし、「啄木は当時の一大流行思想であった社会進化論を背景に、樗牛の『法則と生命』を手中にすることにより、常に自分を『青年』のイメージに与することにより、『事物』を進歩、進化させてゆかねばならぬという強い認識を持ったのである」としている。しかし、啄木の引用の真意は、むしろ「進化論」も含めた「法則」の否定にあったというべきであろう。確かに池田が引用しているように「所謂社会思想を論ず」（『太陽』一八九七・七）には、社会進化論に即した適者生存の考え方が樗牛には見られるが、「文明批評家としての文学者」あたりを境に、「進化論」も含めた「法則」を手放したと見るのが妥当であろう。にもかかわらず、啄木が進化論を持ち出すのは、社会ダーウィニズムが説明するような現実を実感として受け止めたうえで、自分の思想の中に何とかしてとりこもうとしているからにほかならない。

(21) 三宅雪嶺『宇宙』（一九〇九・一）「第三篇第十五章超人」所収。啄木が読んだ初出は、『日本人』と『日本及日本人』に「原生界と副生界」の題で、一九〇六（明治三九）年二月から、一九〇八年一〇月まで、約二年半にわたって連載されたもの。『明治文学全集33　三宅雪嶺集』（筑摩書房、一九六七・三）参照。

(22) 本書第一部第三章参照。

(23) 上田博『石川啄木の文学』（桜楓社、一九八七・四）。

(24) 本書第一部第七章参照。

(25) 徳田秋江「文壇無駄話」（『読売新聞』一九〇九・五・九）。

(26) 林原純生「美的生活論、自然主義、私小説」（『日本文学』一九七八・六）。

(27) 本書第二部第三章参照。

第三章　「卓上一枝」論

――自然主義の受容をめぐって――

一

「卓上一枝」（『釧路新聞』一九〇八・三）[1]は、石川啄木がはじめて自然主義について言及した評論である。このとき啄木は「さいはての地」釧路にあり、数か月後には「創作的生活」（大島経男宛書簡、一九〇八・四・二二）を目指して上京することになる。上京後の啄木の創作活動は自然主義との関係を不問にしては語れない。また晩年の啄木の自然主義批判が如何にして可能になったかを考えるとき、この自然主義受容の出発点の考察は不可欠である。

日本の自然主義は、一九〇六（明治三九）年三月に島崎藤村が『破戒』を発表して話題を呼び、一九〇七（明治四〇）年九月には田山花袋が『新小説』に「蒲団」を発表し、『早稲田文学』の評論の権威島村抱月をして「僕は自然主義賛成だ」（「『蒲団』評」『早稲田文学』一九〇七・一〇）と言わしめていた。「卓上一枝」が執筆される直前の『早稲田文学』明治四一年一月号は自然主義の特集を組んでいる。また、評論家長谷川天渓は、「幻滅時代の芸術」（『太陽』一九〇六・一〇）、「論理的遊戯を排す」（同上、一九〇七・一〇）、「現実暴露の悲哀」（同上、一九〇八・一）などセンセーショナルな表題とともに自然主義のアジテーターの役割を果していた。天渓は自然主義について次のように説明していた。

吾れ等現代の人々は幻像を失ひて後、帰るべき家なく、倚るべき保護者なきにあらずや。実に宗教も哲学も、其の権威を失ひたる今日、吾れ等の深刻に感ずるものは幻滅の悲哀なり、現実暴露の苦痛なり、而して此の痛苦を最も好く代表するものは、所謂自然派の文学なり。

啄木が、「卓上一枝」の冒頭にとりあげるのもこの天渓の言葉である。

一切の生活幻像を剥落したる時、人は現実曝露の悲哀に陥る。現実曝露の悲哀は涙なき悲哀なり。何となれば人一切の幻像に離れたる時唯虚無を見る。虚無の境には熱もなし、涙もなし、唯沈黙あるのみ。此境に入れる者は所謂平凡なる悲劇の主人公なり。どうか成ると言ふ人なり。

吾人は自然派の小説を読む毎に一種の不安を禁ずる能はず。此不安は乃ち現実曝露の悲哀也。自然主義は自意識の発達せる結果として生れたり。而して其吾人に教訓する所は唯一つあるのみ。曰く、「どうにか成る。」「成る様に成る。」

「現実曝露の悲哀」という言葉はもとより「生活幻像」（ライフイリユージョン）という言葉が、天渓の評論に負っていることは明らかである。ただ、「虚無」という言葉に関して言えば、天渓は後に自然主義の「根柢は」「虚無主義的世界観に存する」（「自然派に対する誤解」『太陽』一九〇八・四）と言っているものの、「現実暴露の悲哀」で使用しているわけではない。啄木がこの評論から何よりもこの「虚無」という言葉を読み取り、自分の論を展開しようとしていることに着目したい。

また、啄木は「現実暴露の悲哀」という言葉に言及し、その帰結が「どうにか成る」「成る様に成る」という態度であると述べているが、自然主義の評論で「どうにか成る」「成る様に成る」という表現を使用しているものはいない。この言葉は「卓上一枝」の冒頭――「『どうにか成る』てふ思想は人間の有する一切の知識中の最も大なる知識なりとは、神秘家マアテルリンクの言へる所なり」――に紹介されているとおり、メーテルリンクの言葉、正確に言えば、メーテルリンクを紹介した上田敏の「マアテルリンク」（『明星』一九〇六・五、六）からの引用であると思われる。その一節に次のようにある。

> どうかなるといふ思想は、人間の最大智慧であらう。此どうかなる主義を以て孜々として勉強してゐるマアテルリンクは過去十数年間其詩作に其思想に着々たる進境を現してゐるが、今後、またどんな大傑作を出すかも知れぬ。

先回りして言えば、「卓上一枝」の末尾に「智慧の女神に問へども黙して教ふる所無焉《なし》」とあるのも、メーテルリンクの「智慧」であり、敏はそれを人間に圧迫を加える不可思議な「運命」を避け、免れて進んでいくためのものであると説明している。

しかし、啄木の言うこのメーテルリンクの思想と自然主義との結合は、敏の理解とも天渓の理解とも異なる。上田敏の説明をもう少し付け加える。

> 運命は一条の河のやうなもので、吾々は盃で、其水をしやくつて飲む。或る人は白い盃を以て飲む、他の人は赤い盃に水を受ける。水は元来無色なれど、此方の覚悟一つで、どんな色にもなる、これが人間の豪い所だといふ説は、殆ど東洋の哲学に似て居る。心さへ確であれば、幸福を得られる、そこが智慧だ。（中略）人間

は悟が肝腎だといふ非常な雄壮な楽天観を得たのはマアテルリンクの特色だ。

このあと敏は「都合の好い小楽天観でもなく、呑気な楽天観でもなく、一旦絶望の淵に立ち至ったのを、奮然盛返したのが、マアテルリンクの長処だ」と述べているが、力点はやはり「楽天観」の方にある。ところが、啄木は敏のマアテルリンク論から「どうにか成る」「成る様に成る」といった言説をとらえて、自然主義の「虚無」を強調する。

一方、長谷川天渓はメーテルリンクについて既に次のように述べていた。

現実を忘却して、神秘的より演繹せむと勉むる。此の神秘的、これ亦、論理的遊戯の一変体で、此の実の世界を説明するに足らぬものである。（中略）吾人の理性は哲学者の信ずるほどに有力円満なものでなく、此の現実世界は其れのみにては説明が出来ぬ。其の出来ぬと言ふ不満足を補充せむが為めに設けられたものは、即ち神秘的意識で、言はゞ談理家の最後の隠れ家である。メーテルリンクは此の隠れ家に逃げ込んだ人だ。

（「論理的遊戯を排す」『太陽』一九〇七・一〇）

不可思議な「運命」を生き抜いていく「智慧」を説いたメーテルリンクが「神秘家」として理解されたことは、岩野泡鳴が『神秘的半獣主義』（佐久良書房、一九〇六・六）で、「今、近世神秘家の系統を、第一、スヰデンボルグ、第二、エメルソン、第三、メーテルリンクと定めることは、差支へあるまい」、「遺伝と意志と運命と、これがメーテルリンクの神秘説を一貫して居る要目であ」る、と書いていることからもわかる。天渓もメーテルリンクの哲学を「神秘的意識」に逃れ、「現実」から離れるものとして批判したのである。しかし、問題は、メーテルリンクの言葉〈正確に言えば敏が説明したメーテルリンクの言葉〉を自然主義の理解と結び付けずにはいられなかった啄木自身の抱える必然性である。「どうにか成る」という言葉について啄木はこう記す。

然れども此一語は、蓋し深く自己を信じ深く個性の権威を是認する者にとりて、此上なき屈辱の声たらざるなからんや。

啄木はその文学的活動の出発期に高山樗牛のニーチェ主義の影響を受けてきたが、一方で姉崎嘲風のワグネリズムの影響をも受けて、〈一元二面観〉という哲学を自己の世界観として形成していった。それは自己発展と自他融合の統一と調和をめざした哲学であったが、盛岡中学時代の友人たちとの絶交や、父一禎の宝徳寺再住運動をめぐる故郷の人々との対立によって、やがて「調和から対立へ」、「ワグネル融合愛の世界観から、ニーチェの権力意志へ」「逆流」(伊藤淑人)[2]していく。「卓上一枝」執筆に先立つ一九〇六(明治三九)年頃から〇七年にかけて啄木は、樗牛――ニーチェ流の〈個人主義〉及び〈天才主義〉を第一義に掲げていたのである。そうした啄木にとって、意志の否定と思われるような考え方は対決すべき対象であった。自然主義はそのような考え方を体現しているかに思われたのである。「どうにか成る」「成る様に成る」という言葉をあえて自然主義の説明に付け加えたのは、これが個人の意志の否定を端的に表した言葉に思われたからにほかならない。

しかし、啄木の批判は、自然主義を反道徳、不健全な思想として単純に批判した当時の論調とは異なる[3]。啄木は、「自分は現在の所謂自然派の作物を以て文芸の理想とするものではない」とする一方、「然し乍ら自然派と云はるる傾向は決して徒爾に生れ来たものでないのだ」と記している(「明治四十一年日誌」一九〇八・一・三)。ここには啄木の自然主義に対する複雑な心情が反映されている。

一九〇八年二月八日付の宮崎大四郎宛書簡はちょうど「卓上一枝」執筆時に書かれたものであるが、ここで啄木は次のように語る。

自然主義といふ傾向の勃興したのは、今の人間の心に如何に深く「虚無」といふ思想が動いてるかを示すものだと自分は考へる、自然主義が人を教訓し得る唯一の言葉は、唯「勝手になれ」といふ事の外にない、善もなければ悪もない、美も醜もない、唯々「アリノマヽ」有の儘！　勝手になれとは何たる心細い語だらう、然し乍ら君、人間の有し得る絶対の自由は「虚無」の外にない、

「虚無」が人生の厳然たる事実であるとすれば、この「虚無」と「自己を信じ深く個性の権威を是認」する〈個人主義〉とにどう折り合いをつけていくか。この「虚無」の背景にある「運命」――「自然」の考察へと啄木は論をすすめていく。

二

啄木は、先に引用したように「どうにか成る」という一語が「自己を信じ深く個性の権威を是認する者にとりて、此上なき屈辱の声」であり「自暴自棄の嘆声」であると述べた後、「再度此境に思念し来れば、自然の力に屈服するは却つて動かすべからざる自然の力を以て自己の力とする所以なる事あり」と述べている。当時の啄木はこの「自然の力」という言葉に「運命」に近い意味を付与していた。先の宮崎大四郎宛書簡に「僕が釧路に来たのは、天、乃ち自然の力が、僕をして静かに修養せしむる所以なのかも知れぬ」とあるほか、前年の評論にも「あはれ万

人の命運を司どれる自然の力」（「秋風記」『北門新報』一九〇七・九・一八）、「離合もとより天にあり。自然の力なる而已焉《のみ》」（「主筆江東氏を送る」『小樽日報』一九〇七・一一・一九）とある。留意すべきは、この言葉が故郷を追われ北海道を漂泊することになって頻繁に使われはじめたことである。北海道の自然が国木田独歩の自然観、運命観に影響を与えたことは周知のことだが、啄木もまた「自然の力」という言葉によって自己の人生を左右する冷厳な「運命」を表そうとしたのである。北海道の自然とそこでの生活は無力で卑少な自己を意識させた。この「自然の力」に従うことは「自己自らの世界を自己自らの力によって創造し、開拓し、司配せむとする」（「初めて見たる小樽」（『小樽日報』一九〇七・一〇・一五）ことと矛盾せざるを得ない。この二つの相反する考えに折り合いをつけるために啄木は「自然の力に屈服するは却つて動かすべからざる自然の力を以て自己の力とする」ことと考えるのである。ここには、前述のメーテルリンク流の「運命」観を一方で拒否しながら、それと折り合いをつけようとする啄木の意向がうかがえる。

さらに、啄木は第二節で、次のように言う。

自然主義あり、一切の法則と虚偽と誤れる概念とを破壊して、在るが儘なる自然の真を提げ来る。「我は我によつて我の中に我を見る」といふ語、古印度の吠陀《ばいだ》讃歌にあり。自然主義は、我によつて我の中に見たる自然の我を以て、一切の迷妄を照破し、一切の有生を率ゐて、一先づ「自然」に帰らしめんとする運動なるのみ。

「自然の力」が主に外的なものを表すとしたら、ここでいう「自然」は内的なものを示している。ところが、啄木が言及する天渓の評論「現実暴露の悲哀」にこのような「自然」観はない。天渓の評論の中心点は、一切の理想を虚偽であるとし、それら「幻像」を失ったところには「現実暴露の苦痛」ないし「幻滅の悲哀」しかない、それらの苦痛を代表するものが自然派の文芸であるということであった。

啄木の右の自然主義理解は、天渓によらず、相馬御風の言説に負っているように思われる。一九〇七（明治四〇）年に自然主義の評論家として出発した御風は次のように書いている。

あるがまゝの自然、あるがまゝの人間、さてはあるがまゝの我が、主客の限界を失つて写され描かるゝに至つた。即ち自然に対しては冷やかなる純客観の態度をとる能はず、我にありては又単なる情緒の活動に随ふ能はず、我が中に自然を観、自然の中に我を托すに至つたのである。

（相馬御風「文芸上主客両体の融会」『早稲田文学』一九〇七・一〇）

御風の「自然」概念は、対象から一切の理想、虚偽を剝奪するという天渓の「自然」概念とは異なり、「客観の事象に我を托し、『我が生命となつたる自然』の活言するを」自然主義の「絶対境」とみるといった意味を含み、「自然」は単なる客体とはされていない。御風の評論は、島村抱月の「今の文壇と自然主義」（『早稲田文学』一九〇七・六）を「主観的に解釈し直した」（吉田精一）[4]性格を持つものであった。「自然主義は、我によつて我の中に見たる自然の我を以て、一切の迷妄を照破し、一切の有生を率ゐて、一先づ『自然』に帰らしめんとする運動なるのみ」という啄木の理解にはこうした御風の自然主義論が介在しているといえよう。

ところで、御風は、写実主義は「客観の事象を客観の事象そのものとして写」すのみで、「全く我より絶縁した」「生命なき自然」であるとしている。それに対して自然主義は、「内省の態度を以て自然を観、自意識の作用を以て自然を観る」という。一方、啄木は、「写実主義」批判を次のように言う。

個性の独創力は吾人も亦之を是認す。然も之を渾然たる大自然の創造に比較し来れば、広狭自らにして明かなり。殊に況んや作家が技巧を過重して彫琢之事とするに至つては、浅小なる自家概念に束縛せらる、事益々甚しくして、人生自然の真と相去る事遂に千里万里の遠きに到る。茲に於てか自然主義あり、一切の法則と虚偽と誤れる概念とを破壊して、在るが儘なる自然の真を提げ来る。

同じく写実主義を批判しながら、御風とはニュアンスを異にしている。「人生自然の真」、「在るが儘なる自然の真」という考え方がそれである。啄木はここで、対象を把握できるか否かの問題を人間が「自然」性を持しているかどうかの問題ととらえている。啄木によれば、「人は生れて真」であるが「老いて漸く虚偽を知」り「心的活動の静止するに至つて」、「社会的経験に依つて得たる生活概念を固定し、此概念より組織せる虚偽の法則を作つて人生自然の真を掩ふ」という。従って、自然主義が「若き人」、「青春の人」の文学である理由はここにあるというのである。

このような天渓とも御風とも異なる「自然」概念は、「卓上一枝」以前の啄木の「自然」概念にもみることができる。一九〇七年前後の啄木の評論感想類を振り返ると、「自然」が、この時期の啄木の文明批評の概念として使われていることに気付く。啄木の歌集と同じ題を持つ「一握の砂」（『盛岡中学校校友会雑誌』一九〇七・九）に言う。

我等常に思へり、願へり、祈れり、我等をして自然ならしめよと。蓋し自然は、恒に其在るがままにして、善ならず又悪ならざれども、然も長《とこし》なへに真にして且美なるものなれば也。然らば即ち小児こそ誠に成人の父たるべきなれ。

「小児」は、「自然」な状態にある人間であり、「小児」が成長することによって、その貴きものが失われていくと言う。

> 小児は成人の父なりとは湖畔の詩人が歌へるところなりき。然れども之を今の世に見るに、人は成人たらむとして先づ小児を殺さざるべからず。噫、神は小児を作りき、然れども人は成人を作りぬ。

「湖畔の詩人」とはイギリスの詩人ワーズワースのことである。ワーズワースの詩「虹」の一節に「幼児は大人の父なり。／願わくはわがいのちの一日一日は、／自然の愛により結ばれんことを。」とあり、この一節は「幼年時代を追想して不死を知る頌」の序にも使われている。その第五節には、「われらの幼けなきとき、天国はわれらのめぐりにありき。／やがて牢獄の影は、／おいたち行く少年の上に蔽いかかる。／（中略）ついに大人となれば、幻影は消えて、／やがて尋常の日の光の中にとけ込む。」（田部重治訳『ワーズワース詩集』岩波文庫、一九六六年）とある。啄木は、既に盛岡中学校時代からワーズワースに親炙しており、「小児の心」に言及する啄木にワーズワースの影響は見逃せない。

また、「小児の心」については高山樗牛も言及している。樗牛は「吾等をして自然の児の如く語らしめよ。是の如きをしも賤しむべしとせば、世に何の貴むべきものありや」（「無題録」『太陽』一九〇一・一二）、「嗚呼小児の心乎、小児の心乎。玲瓏玉の如く、透徹水の如く、名聞を求めず、利養を願はず、形式、方便、習慣に充ち満てる一切現世の桎梏を離れ、あらゆる人為の道徳学智の繫縛に累はされず、たゞ〳〵本然の至性を披いて天真の流露に任かす《ママ》もの、あゝ独り夫れ小児の心乎」（「無題録」『太陽』一九〇二・一〇）などと書いていたのである。啄木の理解する自然主義の「自然」概念にワーズワースや樗牛の「自然」観の受容があることは見逃せない。

ところで、同じくワーズワースに親炙していた文学者に国木田独歩がいる。[5] ちょうどこの時期、独歩は、自分が「自然主義者」と目されたのに反論して「余と自然主義」(『日本』一九〇七・一〇・一四～一六)を書き、さらに島村抱月の「文芸上の自然主義」(『早稲田文学』一九〇八・一)を読んだ後、独歩が私淑したワーズワースが自然主義の流れに関係しているという一節を読んで「余も遂にライダルの谷間から流れ出た自然主義の流れを掬んだのかとうなづいた」と「不可思議なる大自然(ワーヅワースの自然主義と余)」(『早稲田文学』一九〇八・二)に書いた。ここで独歩は次のように書いている。

既にワーヅワース信者である限り、余は自然を離れてたゞ世間の人間を思ふことは出来なかつた。人間と相呼応する此神秘にして美妙なる自然界に於ける人間なればこそ、平凡境に於ける平凡人の一生は極めて大なる事実として余に現はれたのである。

抱月の「文芸上の自然主義」には、第三節に「主義と名のつかぬ自然主義」として、ルソーとワーズワースを取り上げているが、ここで「此の場合に於ける自然主義の意味は単に人間の対照として自然に還り、自然を師とするといふに帰する」とまとめている。ここで注目したいのは、抱月が、ルソー、ワーズワースの「ロマンチシズムの中には初めから自然主義を含蓄してゐた」とみる一方、「ルソー、ワーズワースの自然主義はロマンチシズムの根本である」と規定している点である。啄木は後に「明治の文人で一番予に似た人は独歩だ」と日記に書いている(一九〇八・七・一六～一七)が、このことは啄木の自然主義理解に独歩と同じくワーズワース流のロマンチシズムが介在していることの傍証となるだろう。以上のように、啄木は、自然主義の「自然」概念を自己の文脈の中で読み替え、自己の内にとりこもうとした。

三

ところで、「卓上一枝」第三節は、大自然の中にあって無力な人間存在について語っている。

春来らんとして大風雪到る。噫、春来らんとして大風雪到る。家々戸を閉し、息をひそめて炉を擁す。炉中蓋し炭火の気熾んなるべし。不知、人此境にありて、果して何事をか思念する。

炉中の火、如何に熾んなりとも、消尽して真白き灰を残すの時あるべし。若き人々よ、三度目を瞑りて思へかし。諸子が胸には打沸るの血の焰をあげて、生命の活火燃えたり。然れども其火亦何日しか消え尽す時のなからんや。燃えたる火は消ゆべく生れたる者は死すべし。噫、若き者は遂に老ゆるぞかし。

また、右の認識から「新風九旬、一刻の春宵価豈千のみならんや。歌へよ、酔へよ、舞へよ、若き人々。炉の火消えて、汝が生命の火も消えん」という言葉が導かれる。この言葉は、先の宮崎宛書簡に「人の前では云はれぬが、僕は無政府主義だ、無宗教だ、うまい物は喰ふべく、うまい酒は飲むべし、流石にまだ実行した事はないが、本然の要求に基く際に肉慾の如きも決して罪悪でも何でもあるまいと理屈から考へて居る」とあるように、はかない人生の中にあってその青年時代に於ける刹那の欲望の肯定ないし人間の「自然」――「本能」の肯定を主張したものといえようか。こうした理解（「自然」――「本能」）は、後に「春情本」を語る平野万里らを「自然主義を罵倒する人間も、いつしか自然主義的になつて居る」（「明治四十一年日誌」一九〇八・五・三）と述べていることにもつながっていく。ただし、「卓上一枝」では「噫、若き者は遂に老ゆるぞかし」という嘆声が本能の充足のはかなさを知らせている。冷厳たる運命としての「自然」とそれに対して無力な人間との対比の中に「虚無」の基調が響いているのである。

しかし、こうした言葉の後に次のように書き留められていることも見逃せない。

「適者生存」の語あり。我等恐らくは今の世に適せじ。されば早晩我等に死ぬべき時来らん。然れども人々よ、真に永遠に死に果つべき者、果して我等なるべきか、はた彼等なるべきか。

「我等」は現実世界にあっては生き永らえることができないが、「永遠に死に果つべき者」は「彼等」であって「我等」ではないということを含意していることは明らかである。「虚無」を語り、それに妥協しているようでありながら、啄木はそのロマンチシズムを手放さない。啄木は続けて言う。

目を上げて社会を見るの時、我が目殆んど皆《まなじり》裂けんとす。目を落して静かに社会を思ふの時、我が心忸怩として黯然たり。不知、此社会を奈何。一念茲に到る毎に、我が耳革命の声を聞き、我が目革命の血を見る。人は自然に叛逆す、我等は人に叛逆を企つべきのみ。自然に背く者は真と美に背く者なり。見よ、一羽の鳥だに天空を翔るの翼あるに非ずや。

北海道時代の啄木は、社会主義に触れる機会が何度かあったが、ここで使っている「革命」という言葉を「社会主義」に結び付けて考えるのは性急であろう。(6) これはやはり「自然に背く者」に対する闘いの宣言であって、従来の啄木の文明批判、ロマンチシズムの延長線上にあるものと考えられる。続く第四節、第五節ではニーチェ論に多くの紙幅をさいている。

四

啄木は、第四節、第五節でニーチェを論じ、第六節では「予が唯一の哲学」とする「一元二面論」について論じている。この文明批判者としてのニーチェを語る後半部分と前半の文明批判としての「自然」とは相補的な関係にある。また、「一元二面論」が回顧のかたちで語られ、ニーチェを論ずることに中心を置いていることも見逃せない。

啄木はニーチェについて次のように言う。

ニイチエが超人の理想は高くして遠し。心力体力共に人間を超え、自ら呼吸し、自ら思想し、自己の意志によりて自己の生活を営み、絶対なる肯定の世界に在りて、自己並びに一切を司配する者なり。彼の強きことは希臘の諸神の如し。彼は唯弱きことを唯一の罪悪とす。一切の歴史、一切の法則、一切の道徳、一切の権威、一切の義務、皆斉しく彼の眼中に無き所なり。

さらに、ニーチェがショーペンハウエルの思想的系譜を継ぎながら、ショーペンハウエルが「生活意志の棄却を以て道徳の第一議論」としたために「思想的自殺」を遂げたことに対して、「意志万能、個性独往の熱烈なる人生観」を打ち立てたとする。そして、デカルトの言葉も引用しながら「一切を疑ひ来つて然も自己一人の存在は遂に疑ふの余地なし」と書いている。この自己肯定の論理は道徳に対する次のような批判となって表れる。

一切の習慣と云ひ道徳といふ社会的法則も亦、新らしき肯定の世界にありては何等存在の理由あること無し。道徳とは、弱者の卑怯なる自営的制約のみ、然らずば、堕落せる凡人社会にのみ必要なる防腐剤のみ、自ら思想し自ら司配する独立の個性にありては何の要かあらん。

さらに啄木は述べる。「進化論を是認する者は、啻に過去に於ける進化を是認するに止まらずして、又当に未来に於ける進化をも是認せざるべからず」、「人間が人間以上たらんとする希望は、如何なる力を以てしても之を滅却する事能はじ。然らば即ち、吾人がニイチエと共に超人の理想に行くも何の不可かあらん」。啄木はこれと同じ見解を既に「冷火録」（『小樽日報』一九〇七・一〇・三一）で論じていた(7)。

また、自然主義とニーチェとの関係については次のように述べる。

現時我邦の各階級に自意識の瀰漫せる事、因をニイチエ論に発する事多し。自然主義の興起亦間接に彼に負ふ所なしと云ふべからず。彼に対する俗論の非難は、恰も現時自然主義に対するそれの如かりき。

自然主義がニーチェを介在させているという見解は、例えば、抱月の「文芸上の自然主義」（『早稲田文学』一九〇八・一）にも、「過去に於ける小杉天外氏の自然主義、乃至後藤宙外氏の心理的、硯友社風の写実的等と、現在の所謂自然主義との間には短少ながらも我国相応のスツールム、ウント、ドラング、若しくはロマンチシズムが介在して居る。明治三十四五年頃のいわゆるニイチエ熱、美的生活熱の勃興から、同じく三十七八年までが即ちそれでは無いか」と書いていることに見られる。しかし、自然主義がニーチェを媒介していたとしても、自然主義即ちニーチェ主義というわけではない。長谷川天渓はこのニーチェについて、「ニイチエが称揚したる超人の裏面には悲惨なる光景横はらざるか」、「現実暴露の悲哀は彼れ等（ニーチェやモーパッサン――引用者注）を狂死せしめたるなり」（「現実暴露の悲哀」）と論じているが、天渓が抱くニーチェのイメージは理想（幻像）を失い現実に直面して悲哀に沈んだ敗残者である。

啄木も「天才ニイチエ、病を友として終生娶らず、孤独寂寥の境に等身の著述を残して狂す」とその末路を書き留めている。しかし、そこからひきだすニーチェ像は天渓のそれとは大きく異なっている。それは「冷火録」に顕著に見ることができる。啄木は言う。「何時の世に於ても社会に多数の凡人と少数の天才との戦闘が絶えない。「天才は、戦つて闘つて、時として勝ち、時として敗れる」。その敗れた「天才」が墓の中から呟く言葉は、「卓上一枝」第三節で使われたと同じ言葉――「世に適者生存の語あり。我等恐らくは今の世に適せじ、されば我等遂に敗れぬ。然れども思へかし、真に永遠に死し果つべき者、果して我なるべきか、果た彼なるべきか」――であった。ここには「天才」が現実世界にあっては生き永らえないという認識がある。これは、天渓の見る〈敗残者〉のイメージとは異なる。あくまで「天才の死」なのである。「永遠に死し果つべき者」は、「彼」――「多数の凡人」であって、永遠に生命を獲得するのは「我」――「少数の天才」であることは明らかである。

「卓上一枝」第五節は次の言葉で結ばれる。

> 然も彼は云へりき、「一人の天才を作らんが為めには十万の凡人も又当に犠牲とすべし」と。吾人は仮令一世を挙げて吾人を責むとも、猶喜んで此高俊なる天才の言に聞かんと欲す。

以上のことから、啄木の理解するニーチェ像が、天渓らのニーチェ像と隔たっていること、一方で、啄木が、ニーチェと自然主義とを独自のかたちで結びつけて理解しようとしていることが読み取れる。

五

ところで、啄木のこうした「天才」観は「人生は白兵戦場」とする認識と結び付いていた。前年の評論「主筆江東氏を送る」（前掲）に言う。「自己を建設して然る後に再び一切を建設したる者にとりては、世界は乃ち自己の世界也。自己の世界なるが故に我自ら之を司配せむとし、我自らを以て一切の標準とせむとす、既に我は我を標準とし、彼は彼を標準とし、人々各々自己を標準として此世界を司配せむとす。茲に於てか葛藤起る」、「人の世は戦也、永劫に沈痛なる戦也」。「卓上一枝」第六節で、啄木はこの「混乱より脱出」する哲学としての「一元二面論」について説明する。

然れどもニイチエの見たる所は唯自己拡張の意志而已《のみ》。若し夫れ自他融合の意志に至つては彼之を捨てゝ土の如し。リヒヤド・ワグネル、僅かに這間の消息に深入して、其革命楽詩に謳ふ所一再ならざりとし雖も未だ以て到れりとすべからず。根本意志に両面あり、自己拡張の意志は其一面にして、自他融合の意志は其他面なり。宇宙に此両面あり、人生に此両面あり、個人に此両面あり。人生一切の事、皆此両面に帰結して剰す所なし。

一切の矛盾、一切の憧着、凡そ人生を混乱せしむる一切の因は皆此人生自らの両面に胚胎し、而して其一切の混乱は、此両面を調節したる最後の理想的人格の予想によつて解決し得らる。此立論は予が唯一の哲学なりき。此一家の哲学を立てゝ、予は一切の懐疑霧散したりとせりき。

しかしこれが「嘗て林中の禅房に起臥し、日夕閑寂に居て独り瞑想に耽」っていた頃――一九〇三・四年の渋民時代を指すか――の啄木の回想として語られていることには注意を要する。それはニーチェ流の〈個人主義〉が持つ矛盾を補うものとして提示されながら、もはやそれが不可能であることの再確認だったのである。啄木は、文末に次のように書かざるを得なかった。

> 然れども悲しい哉、予の哲学は予に教ふるに一事を剰したり。（中略）予、此生死の大疑を解く能はずして、弊衣破帽、徒らに雲水を追うて天下に放浪す。心置くべき家もなく縋るべき袂もなし。
> 予は、予の半生を無用なる思索に費したるを悲しむ。知識畢竟何するものぞ。人は常に自己に依りて自己を司配せんとす。然れども一切の人は常に何者にか司配せらる。此「何者」は遂に「何者」なり。我等其面を知らず、其声を聞かず。之を智慧の女神に問へども黙して教ふる所無焉《なし》。

ここで啄木は、自身の哲学である「一元二面論」の破綻を告げる。しかし、破綻を告げようとしているのは「一元二面論」だけではない。「自己に依りて自己を司配せんとす」という「自己」そのものが「何者」かによって「司配」されているのではないかという不安をも述べている。半生の「思索」と「知識」による成果であった「一元二面論」が破綻し、さらに「自己に依りて自己を司配」することの可能性をも疑わざるを得ない。最後に啄木が問いかけるのは「智慧の女神」である。「智慧」は、前述のようにメーテルリンクの言葉で、不可思議な運命を洞察し生きていくためのものであった。しかし、「智慧」は「運命」そのものの正体を教えてはくれない。啄木が「どうにか成る」「成る様に成る」というメーテルリンクの「智慧」を「虚無」と受け止めたのは以上のような理由による。

啄木は、自然主義の「自然」を、啄木流の「自然」に置き換えて、自己の中にとりこもうとした。そのために従来の啄木の「哲学」を総動員するのである。その基調が「自然」概念をロマンチシズムの立場から解釈しようとしたものであることは今までに見たとおりである。しかし、その試みは必ずしも成功していない。自然主義を自分なりに理解し、整理しようとしながらまとめきれずにいるのである。それは、「虚無」に対する嘆声と「自然」観、「天才」観の展開などが交錯する文章の展開にも表れている。自然主義に対する態度が不明確なまま、あるいは「虚無」を否定しようという気持ちとそれを認めざるを得ない気持ちの相反する傾向を抱いたまま、北海道における新聞記者生活に終止符を打ち、「創作的活動」を目指して、啄木は上京する。こうした矛盾した心持ちは次のような言葉にも表れている。

> 之を横に見たる時、「人生」は際涯なき平面なり。前後左右、唯これ波瀾重畳なる未解決の血の海なり。未解決なり、故に其唯一の結論は「虚無」。
> 之を縦に見たる時、「人生」は初めあり、而して終りあり……個人全解放の時代は、かくて私の最後の理想の時代に候ひき。
> 縦はどこまでも縦にして、横はどこまでも横なり。私の心中には此二つの大いなる矛盾あり。遂に相一致せず。既に野心児なるが故に、私に常に革命を欲す。「現状打破」は私の今迄殆んど盲目的に常に企て来れる所に御座候。
> （大島経男宛書簡、一九〇八・四・二四）

上京後の啄木の小説作品は、「卓上一枝」で見せた自然主義観の相克を示している。それは上田博の指摘にあるように[8]、一方で、「病院の窓」や「赤痢」の系列の作品で、「赤裸々な人間、人間の裡に獣性あるいは醜といった

『最も真に近づく、最も痛切』（島村抱月）なる本性を描こうとした作品を生」み、もう一方で「人間の自然性（＝小児の心）への憧憬へ心情が傾斜」して行ったもので、「天鵞絨」、「二筋の血」がそれにあたる。しかし、この時期、ニーチェ流の〈天才主義〉を反映した作品（たとえば「雲は天才である」）を書くことは遂になかった。それは、〈現実〉〈虚無〉と〈理想〉〈意志〉とに分裂した啄木の世界観がもはやそうした作品を書かせなかったというべきであろう。

上京後の啄木が〈理想〉の所在をめぐってなおも苦しんでいたことは、一九〇九（明治四二）年の『ローマ字日記』四月一〇日の記述にもみられる。

作家の人生に対する態度は、傍観ではいけぬ。作家は批評家でなければならぬ。でなければ、人生の改革者でなければならぬ。また……

予の到達した積極的自然主義は即ちまた新理想主義である。理想という言葉を我等は長い間侮辱してきた。実際またかつて我等の抱いていたような理想は、我等の発見したごとく、哀れな空想に過ぎなかった。「ライフ・イリュージョン」に過ぎなかった。しかし、我等は生きている。また、生きねばならぬ。あらゆるものを破壊しつくして新たに我等手ずから樹てた、この理想は、もはや哀れな空想ではない。（原文ローマ字）

ところが、同じ日に「今朝書いておいたことは嘘だ、少なくとも予にとっての第一義ではない」、「人間のすることで何一つえらいことがあり得るものか。人間そのものがすでにえらくも尊くもないのだ」と、前言をひるがえす。しかし、この言葉は、〈理想〉を求めて得られない啄木の嘆声の裏返しにほかならないであろう。

一方、自然主義は、〈理想〉を排除した〈現実〉を強調するあまり、〈現実〉を固定化し、その文学自体を沈滞させていった。やがて、啄木は、〈現実〉の中にこそ〈理想〉が発見されると考えることによって、自然主義の批判者の位置に立つことになる。「卓上一枝」の時点で現実に直面することを恐れていた啄木の〈理想〉は、ここにおいて「哀れな空想」でもなく「虚無的現実」に埋没するのでもなく、あらたな相貌をもって現れるのである。

しかし、啄木が〈現実〉と〈理想〉との接点を見いだし、それを自然主義批判へと展開していくには、「卓上一枝」執筆後、二年近くを待たねばならなかった。

注

（1）現在、釧路図書館に所蔵される『釧路新聞』はところどころ切りぬかれており、作品掲載の該当紙が見当たらない。宮の内一平は、『啄木・釧路の七十六日』（旭川出版社、一九七五・一二）で、該当紙が見当たらないのは、啄木が「卓上一枝」を同紙に発表せず、「かの卓上一枝の如きも編集局裡の走り書、畢竟するに私胸中の矛盾をそのまゝ表白したるものに過ぎず候」（一九〇八・四・二二）と手紙を書いた大島経男に、釧路を去るに当たって生原稿のまま送ったからだと述べていた。その後、『釧路新聞』を調査した北畠立朴は、「卓上一枝」は三月一日（第一章）、三月八日（第二章）、三月一二日（第三章）、三月一四日（第四章）、三月一五日（第五章）、三月二一日（第六章）に掲載されたとみなし（『国際啄木学会会報』第四号、一九九二・一一）、福地順一は、『釧路新聞』一九〇八（明治四一）年三月八日（第一章）、三月一二日（第二、三章）、三月一四日（第四章）、三月一五日（第五章）、三月二一日（第六章）に掲載されたとしている（『石川啄木と北海道―その人生・文学・時代―』鳥影社、二〇一三・五、四九六頁）。いずれにせよ、「卓上一枝」が『釧路新聞』の三月の紙面に発表されたものであることは間違いないようである。

（2）「石川啄木―ワグネルとの別れ」（『東海大学国語国文』一九八二・一〇、『石川啄木研究　言語と行為』翰林書房、一九九六・一二に収録、一一九頁）。

（3）たとえば、一九〇八（明治四一）年の生田葵山の『都会』発禁をめぐる公判で、検事は「自然主義と云ふは」「春情文学肉慾文学とか云ふはそれであらう」と述べている。（「自然主義の公判」『読売新聞』一九〇八・二・二八）。

（4）吉田精一『自然主義の研究』下（東京堂、一九五八・一）四一三頁。
（5）本書、第一部第四章参照。
（6）啄木の脳裏に社会主義が全く無かったとは言えない。啄木の「明治四十一年日誌」は、一度一月一二日まで書き継がれてからもう一度別に書き改められている。書き改められた日記には「生活の苦しみ」について次のように書かれている。

此驚くべき不条理は何処から来るか。云ふ迄もない社会組織の悪いからだ。悪社会は怎すればよいか。外に仕方がない、破壊して了はなければならぬ。破壊だ、破壊だ。破壊の外に何がある。

また、一月四日には社会主義演説会に出掛けていき、そのときの感想を次のように記している。

要するに社会主義は、予の所謂長き解放運動の中の一齣である。最後の大解放に到達する迄の一つの準備運動である。そして最も眼前の急に迫れる緊急問題である。（中略）此運動は、単に哀れなる労働者を資本家から解放すると云ふでなく、一切の人間を生活の不条理なる苦痛から解放することを理想とせねばならぬ。今日の会に出た人人の考へが其処まで達して居らぬのを、自分は遺憾に思ふた。

最初の日記に比べて詳細な記述がなされたということ自体が、啄木の関心を物語っている。啄木が、社会主義を「予の所謂長き解放運動の中の一齣」と位置付けていること、また、「此社会を奈何」と言い、「自然に背く者」への闘いとしての文明批判を展開していることは、従来のロマンチシズムから来る文明批判の中に新しく関心にあがった社会主義を位置付けようとする試みにほかならない。しかし、それは「自然」概念による文明批判、ロマンチシズム自体の変更を求めるものではない。
（7）「冷火録」には次のように書かれている。

進化の大法から考へても、人間が猴類から進化した如く、現在の人間即ち凡人の境遇から、更に夫以上の境遇即ち超人の境遇に進まうとする慾求は決して理のない事と云へぬではなからうか。（中略）人間が超人の境地に憧憬するのは、生存の活力を失つた人間でない限り、殆ど必至の、又本然の要求と云はねばならぬ。
（8）上田博『石川啄木の文学』（桜楓社、一九八七・四）二四二頁。

第四章　啄木と独歩
――ワーズワース受容を中心に――

一

石川啄木は「明治の文人で一番予に似た人は独歩だ！」と「日記」（一九〇八・七・一七）に書いているが、啄木は独歩のどのようなところに自分と似たものを見いだしたのだろうか。本章では、両者が関心を抱いていたイギリスロマン派の詩人ワーズワース（一七七〇～一八五〇）に注目し、そのワーズワース受容が両者の文学をどのように近づけていったのかを考察する。

啄木が独歩についてはじめて言及するのは一九〇七（明治四〇）年九月一七日の日記であり、そこには「太陽に独歩の『節操』を読む、彼は退歩しつつあり」と書かれている。「退歩」を指摘するからにはそれ以前に独歩を読んだこともあるのだろうが、(1)それ以前に独歩について言及したものは現行の全集をはじめとする資料には見つからない。前年六月の日記に啄木は「近刊の小説類も大抵読んだ。夏目漱石、島崎藤村二氏だけ、学殖のある新作家だから注目に値する。アトハ皆駄目」と書いているが、藤村の『破戒』（緑陰叢書第壹編私家版、一九〇六・三）や漱石の『吾輩は猫である』（『ホトトギス』一九〇五・一～〇六・八）、『漾虚集』（大倉書店、一九〇六・五）とともに小説壇の新気運として『早稲田文学』（「彙報　小説界」一九〇六・一〇）に評価された独歩の『運命』（佐久良書房、一九〇六・三）を啄木がこのとき読んでいたかどうかも不明である。その後の独歩への言及の頻出度と比すれば、このとき啄木の関心圏内に独歩はまだいなかったというべきであろう。

啄木の中で独歩が強く意識されてきたのは、一九〇八（明治四一）年になってからのことである。それは、当時隆盛しつつあった自然主義文学をどのように受け止めるのかという模索の過程で意識された。一九〇八年三月に発表された評論「卓上一枝」(2)は、そうした中で執筆されたものである。

一切の生活幻像を剝落したる時、人は現実曝露の悲哀に陥る。現実曝露の悲哀は涙なき悲哀なり。何となれば人一切の幻像に離れたる時唯虚無を見る。虚無の境には熱もなし、涙もなし、唯沈黙あるのみ。此境に入れる者は所謂平凡なる悲劇の主人公なり。どうにか成ると言ふ人なり。

吾人は自然派の小説を読む毎に一種の不安を禁ずる能はず。此不安は乃ち現実曝露の悲哀也。自然主義は自意識の発達せる結果として生れたり。而して其吾人に教訓する所は唯一つあるのみ。曰く、「どうにか成る。」「成る様に成る。」

長谷川天渓の「現実暴露の悲哀」（『太陽』一九〇八・一）が念頭にあることは明瞭だが、啄木独自の解釈もみられる。啄木は、「どうにか成る」という言葉を「自己を信じ深く個性の権威を是認する者にとりて、此上なき屈辱の声たらざるなからんや」と述べた後、「再度此境に思念し来れば、自然の力に屈服するは却つて動かすべからざる自然の力を以て自己の力とする所以なる事あり」と書いている。「自然の力を以て自己の力とする」というところに自然主義を自己の中に取り込もうとする姿勢を見ることができるだろう。

さらに、「卓上一枝」一節には、「人は生れて真なり。漸く老いて漸く虚偽を知る」、「殊に況《いは》んや作家が技巧を過重して彫琢之事とするに至つては、浅小なる自家概念に束縛せらる、事益々甚しくして、人生自然の真と相去る事遂に千里万里の遠きに到る。茲に於てか自然主義あり、一切の法則と虚偽と誤れる概念とを破壊して、在るが儘なる自然の真を提げ来る」とあるほか、「個性の独創力は吾人も亦之を是認す。然も之を渾然たる大自然の創造に比較し来れば、広狭自らにして明らかなり」と書かれている。こうした言葉には、この時期、独歩が『早稲田文学』に発表した「不可思議なる大自然（ワーヅワースの自然主義と余）」（一九〇八・二）に呼応するものがあるだろう。ここで独歩は次のように書いている。

悠久にして不可思議なる、生死を吐呑する、此大宇宙、爾が如何にもがきて飛び出さんとするも能はざる此大自然、事実中の大事実当面の真現象に就ては何等の感想をも懐かない文人が如何に巧に人間の事実を直写したからとてそれは一芸当たるに過ぎない。斯くて文芸何の値ぞ、所謂る自然主義何の値ぞ。

独歩は、自分が「自然主義者」と目されたのに反論して「余と自然主義」（『日本』一九〇七・一〇・一四〜一六）を書き、さらに島村抱月の「文芸上の自然主義」（『早稲田文学』一九〇八・一）を読んだ後、独歩が私淑したワーズワースが自然主義の流れに関係しているという一節を読んで、「余も遂にライダルの谷間から流れ出た自然主義の流《ながれ》を掬んだのかとうなづいた」と「不可思議なる大自然」に書いた。一八九二（明治二五）年にワーズワス詩集を入手して以来、独歩はワーズワースに深く親炙していた。(3) そして、啄木もまたワーズワースを積極的に受容していたのである。啄木と独歩を介在するのはこのワーズワースである。

二

啄木のワーズワース受容は十六歳の頃にさかのぼる。(4) 一九〇二（明治三五）年の秋、盛岡中学を中退して上京した啄木は、いくつかの英書とともにワーズワースの詩集（Selected poems from Wordsworths）を求めている。その後、病を得て帰郷した啄木は『明星』に詩を発表しはじめるが、その間にもワーズワースは傍らに置かれていた。一九〇四年一月三一日の日記から、啄木が坪内逍遥の『英詩文評釈』（早稲田大学出版部、一九〇二・六）を借りて来たことがわかるが、この本にはワーズワースの抒情詩についての解説とともに、「呼子鳥に」（To the Cuckoo）、「幼時を憶ひて不死を知るの歌」（Intimations of Immoratality）が収録されていた。(5)

「幼時を憶ひて不死を知るの歌」の第五節には、「われらの幼けなきとき、天国はわれらのめぐりにありき。／やがて牢獄の影は、／おいたち行く少年の上に蔽いかかる。／（中略）ついに大人となれば、幻影は消えて、／やがて尋常の日の光の中にとけ込む。」（田部重治訳『ワーズワース詩集』岩波文庫、一九六六年）とあるが、こうした少年時代への賛美は、「虹」の一節、「幼児は大人の父なり。／願わくはわがいのちの一日一日は、／自然の愛により結ばれんことを。」とともに、啄木の思想に大きな影響を与えている。第三章に見たように、それは、エッセイ「一握の砂」（『盛岡中学校校友会雑誌』一九〇七・九）に明瞭に見ることができる。

> 我等常に思へり、願へり、祈れり、我等をして自然ならしめよと。蓋し自然は、恒に其在るがままにして、善ならず又悪ならざれども、然も長《とこし》なへに真にして且美なるものなれば也。然らば即ち小児こそ誠に成人の父たるべきなれ。

「小児」は「自然」な状態にある人間であるが、成長することによって、その貴きものが失われていく。

> 小児は成人の父なりとは湖畔の詩人が歌へるところなりき。然れども之を今の世に見るに、人は成人たらむとして先づ小児を殺さざるべからず。噫、神は小児を作りき、然れども人は成人を作りぬ。

ここでいう湖畔の詩人がワーズワースであることは言うまでもないだろう。

啄木の日記に「小児の心」という言葉がはじめて登場するのは、一九〇四（明治三七）年のことである。

> 蜒々たる東西の山趣。天地は深き黙思の眠りに静《ママ》みて、路に臨む楊柳の影黒く、草舎遠近に散点する所、あゝかゝる時に、たよる者を恵まぬ事なき「自然」てふ全能の女神は、其いと高き所の霊精の座を下り来て、慕へる者の胸ふかく、温かき慰安のくちづけをば賜ふなる。かくて我は思ひぬ。あゝそれ小児の心乎、小児の心乎。!!!　禍ひは罪なき小児の心を襲ひえざるなり。清き泉のほとりに咲ける蘋の花のたとへ流れて濁江の岸に泥の香さぐるとも、潔浄清白の色は何時の世かそのけだかき趣を失はん。飾ることなき小児の心はやがてその不断の清白に非ずや。
>
> （「甲辰詩程」一九〇四・七・二三）

「自然」という全能の女神の慰安を受けるのは「小児の心」をもった者である。それは「濁江」の世にあって「けだかき趣」を失うことのないものとしてある。こうした発想には、ワーズワースの少年観と共通するものをみることができる。しかし、この言葉はワーズワースの少年観と響きあいながらも、一方で、高山樗牛流の〈個人主義〉、〈天才主義〉とも結び付くことになる。一九〇六（明治三九）年一月一日の『岩手日報』に発表された「古酒新酒」に啄木は、「我今に当りて切実にニイチエと共に絶叫せんと欲す。凡庸なる社会は、一人の天才を迎へんがためには、よろしく喜んで百万の凡俗を犠牲に供すべき也」と書き、「天才」の出現を強く待望している。一方、「孤負の性」を持ち、「たゞ一向に己れの欲する道を行き、己の欲する所を行」ってきた自己が、「過去数月間の長き強き失敗を悔」いることもなく、「其由つて来る所を探つて改むる」こともないのは、「我が心余りに小児の如くなりければ也」だという。そして、「小児の心乎、小児の心乎、噫これ我が常に望む所なれば也」という言葉を綴るのである。ここには当時、友人たちとの対立にあった啄木の自己合理化も働いているだろう。この「小児の心」という言葉について、樗牛は「吾等をして自然の児の如く語らしめよ。是の如きをしも賤むべしとせば、世に何の貴むべきものありや」（「無題録」『太陽』一九〇一・一二）、「嗚呼小児の心乎、小児の心乎。玲瓏玉の如く、透徹水の如く、名聞を求めず、利養を願はず、形式、方便、習慣に充ち満てる一切現世の桎梏を離れ、あらゆる人為の道徳学智の繋縛に累はされず、たゞ〳〵本然の至性を披いて天真の流露に任か《ママ》すもの、あゝ独り夫れ小児の心乎」（「無題録」『太陽』一九〇二・一〇）などと書いていた。樗牛は「現世に於ける一切の学智と道徳とは、其の根底に於て既に現世を是認す」とみなし、「吾人は須らく現代を超越せざるべからず」と述べ、「小児の心」を主張していたのである。(6)

一九〇六年の渋民小学校代用教員時代の教育実践は、この「小児」観と樗牛流の〈天才主義〉との結び付きの中で行われたといってよい。盛岡市から故郷の渋民村に帰ってきた啄木は、改めてワーズワースに傾倒したときのことを思い出す。四月八日の日記には「五年前友から借りたヲルズヲルスを最も面白く繙いたのもこの堤の上であつた」とあるが、それに先立つ三月八日の日記にも、次のように書かれている。

抑々人が生れる、小児の時代から段々成人して一人前になる。成人するとは、持つて生れた自然の心のま、で大きい小児に成るといふだけの事だ。しかるに今の世に於て、人が一人前になるといふ事は、持つて生れた小児の心をスツカリ殺し了せるといふ事である。（中略）あゝ、大きい小児を作る事！　これが自分の天職だ。イヤ、詩人そのもの、天職だ。詩人は実に人類の教育者である。

この啄木の「詩人は実に人類の教育者である」という言葉に先立って、独歩が既に「田家文学とは何ぞ」（『青年文学』一八九二・一一・一五）でワーズワースを紹介し、「文学者――詩人、文人――たる者必ず人類の師、同胞の師、一代の師、たるを以て白ら任ぜさる可からず」と述べ、一八九三（明治二六）年九月に佐伯の鶴谷学館に教師として赴任し、教育実践に向かったことが想起されよう。また、同じ三月八日の啄木の日記の一節には次のように書かれている。

故郷の空気の清浄を保つには、日に増る外来の異分子共を撲滅するより外に策がない。清い泉の真清水も泥汁に交つて汚水に成る。自然の平和と清浄と美風とは、文明の侵入者の為に刻々荒されて、滅されて行く。髯の生へた官人が来た、鉄道が布かれた、商店が出来た、そして無智と文明の中間にぶらつく所謂田舎三百なるものが生れた。あゝ、蘇国に鉄道の布かれた時、ライダルの詩人が反対の絶叫をあげた心も忍ばるゝ。

先に「ヲルズヲルスを最も面白く繙いたのもこの堤の上であつた」と啄木が回想していることに触れたが、右の一節を執筆するにあたり、民友社叢書の一冊として刊行された宮崎八百吉（湖処子）の『ヲルヅヲルス』（一八九三・一〇）が思い浮かべられたことは間違いない。[7]『ヲルズヲルス』には、その冒頭の文章をはじめ、文明による自然の破壊について触れられている。[8]

英国詩界あつてより以来四百年、嘗て湖国の美を歌ふ一人の詩人なき乎。四百年の間、湖国の美も亦嘗て一人の詩人を生せさりし乎。物質的破壊の力、到る処を破壊し来れり。地の中、天の如く安き人と自然の栖遅したる古村落も亦遂に顕はれすして消滅すへきか乎。天一人の詩人を湖国に下す、正にゴールドスミスの「荒村行」、世に出つる一ケ月前に当れり。ヰリヤム、ヲルヅヲルスの賦命問はすして知るへきのみ

それは、先に紹介した啄木のエッセイ「一握の砂」において、文明破壊に対する批判を猿の言葉として、「汝等は随所に憎むべき反逆を企て、自然を殺さむとす。自然に反逆するは取りも直さず之れ真と美とに対して奸悪なる殺戮をなす也」と語らせていることにつながっていく。それはさらに、一九一〇（明治四三）年の評論「田園の思慕」（『田園』一九一〇・一一）の文明批評へもつながるものといえよう。

しかし、こうした文明批評が、樗牛流の〈天才主義〉と結び付いていたことは先に述べたとおりである。一九〇六年の秋に執筆され、〇七年三月に『盛岡中学校校友会会誌』に発表された評論「林中書」の「教育の最高目的は、天才を養成する事」、そして、「第二の目的は、俉る人生の司配者に服従し、且つ尊敬する事を天職とする、健全なる民衆を育てる事」という言葉には、樗牛流の思考が色濃く反映されている。

しかし、これより後のエッセイ「一握の砂」の基調がこれより調子を落としているのも事実である。

適者生存の語あり。思ふに、我等恐らくは今の世に適せじ。されば早晩敗れて死ぬべきの時、我等の上に来らむ。然れども、真に永劫に死し果つべき者、我なるべきか、はた彼なるべきか。

後半の一文にもかかわらず、ここでは「凡庸な社会」に敗れて行かざるをえない自身のありように言及している。

「卓上一枝」はこの「一握の砂」執筆時からさらに辛酸な体験を北海道で経た後の評論である。ここには正宗白鳥の小説集『紅塵』に涙を流し、「自分は現在の所謂自然派の作物を以て文芸の理想とするものではない」と述べながら、「然し乍ら自然派と云はるる傾向は決して徒爾に生れ来たものでないのだ」（「明治四十一年日誌」一九〇八・一・三）と考える啄木がいる。自然主義との出会いの過程で、啄木は独歩の「自然」との接点を持つ。

しかし、「卓上一枝」は、「胸中の矛盾をそのまゝ表白したる」（大島経男宛書簡、一九〇八・四・二二）ものであり、啄木と独歩の間にワーズワースがいるとはいえ、必ずしも一致するわけではない。独歩は「不可思議なる大自然」（前掲）で次のように言う。

既にワーヅワース信者である限り、余は自然を離れてたゞ世間の人間を思ふことは出来なかつた。人間と相呼応する此神秘にして美妙なる自然界に於ける人間なればこそ、平凡境に於ける平凡人の一生は極めて大なる事実として余に現はれたのである。

先に見たとおり、「平凡なる悲劇の主人公」に違和感を抱く啄木との相違をかいまみることができるのである。評論「卓上一枝」は、第四節、第五節でニーチェを論じ、第六節で自己の〈一元二面論〉を開陳する。しかし、この哲学自体にも懐疑の言葉を綴って、「卓上一枝」は文章を終えるのである。啄木は、自然主義に対する分裂した感情を抱いたままその年、四月単身上京、創作活動を目指すことになる。

啄木が、独歩に熱いまなざしを送るようになったのは、むしろ独歩の死後のことではなかったか。このとき啄木は、小説の執筆活動を続けるも困難を極め、苦悩の渦中にあった。独歩の死を聞いて記した日記には次のように書きとめている。

独歩氏と聞いてすぐ思出すのは〝独歩集〟である。ああ、この薄幸なる真の詩人は、十年の間人に認められなかつた。認められて僅かに三年、そして死んだ。明治の創作家中の真の作家——あらゆる意味に於て真の作家であつた独歩氏は遂に死んだのか！

（「明治四十一年日誌」一九〇八・六・二四）

三

啄木が独歩を「明治の文人で一番予に似た人は独歩だ！」と記すのは七月一七日で、『独歩集』（近事画報社、一九〇五・七）読後のことである。『独歩集』は「富岡先生」、「牛肉と馬鈴薯」、「女難」、「第三者」、「正直者」、「湯ケ原より」、「少年の悲哀」、「夫婦」、「春の鳥」などの小説を収録しているが、啄木が独歩に見いだした「似た」所とは何を指すのだろうか。同日の日記には「ああ〝牛肉と馬鈴薯〟！　読んでは目を瞑り、目をつぶつては読みした。何とも云へず悲しかつた」とあり、とりわけ「牛肉と馬鈴薯」に啄木の強い関心が向けられたことをうかがわせる。

この「牛肉と馬鈴薯」（初出『小天地』一九〇一・一二）には先に引用したワーズワースの詩「幼時を憶ひて不死を知るの歌」の一節が主人公によって語られている。

Our birth is but asleep and forgetting.
この句の通りです。僕等は生れて此天地の間に来る、無我無心の小児の時から種々な事に出遇ふ、毎日太陽を見る、毎夜星を仰ぐ、是に於てか此不可思議なる天地も一向不可思議でなくなる。

「牛肉と馬鈴薯」は、独歩の〈驚異〉哲学を描いたもので、主人公岡本誠夫に「喫驚《びつくり》したいといふのが僕の願なんです」、「宇宙の不思議を知りたいといふ願ではない、不思議なる宇宙を驚きたいといふ願です」と語らせている。しかし、それは容易に得られないものであり、「言ふ可からざる苦痛の色」を副主人公の近藤が見つめる場面で小説は終わる。翌日の日記に「生命その者に対する倦怠――死を欲する心が時々起つて来る」と書く啄木は、生の充実を求めて得られぬ苦しみをこの「牛肉と馬鈴薯」から読みとり共感したといえよう。ここにはかつて「小児の心」を〈天才主義〉と結び付け、世とたたかう論理としていた啄木とは異なる姿勢をみることができる。

また、日記には記していないが、「少年の悲哀」（初出『小天地』一九〇二・八）、「春の鳥」（初出『女学世界』一九〇四・三）など、いわゆる〈少年もの〉への共感も見逃せないのではないか。

当時執筆された啄木の小説「二筋の血」は、主人公の少年時代の記憶の中から二つのエピソードを綴り、最後にその後の自身の人生を振り返るという話だが、そこには「少年の純粋な心と、至福のときとを失った悲しみとともに、現在の人生に苦悩する主人公の心情」（上田博[9]）が描かれる。幼くして死んだ藤野という女の子と、赤ん坊を抱えた女乞食の回想を綴ったあと、主人公は言う。

病める冷き胸を抱いて、人生の淋しさ、孤独の悲しさに遣瀬もない夕べ、切に恋しきは、文字を学ぶ悦びを知らなかつた以前である。今迄に学び得た知識それは無論、極く零砕なものではあるけれ共、私は其為に半生の心血を注ぎ尽した。其為に此病をも得た。而して遂に、私は果して何を教へられたであらう？　何を学んだであらう？

一方、独歩の「少年の悲哀」は、その弟によく似ているため、娼婦のところへ連れられていったことのある男がその折の事を回想する。

其後十七年の今日まで僕は此夜の光景を明白《はつきり》と憶えて居て忘れやうとしても忘るることが出来ないのである。今も尚ほ憐れな女の顔が眼のさきにちらつく。そして其夜、淡い霞のやうに僕の心を包んだ一片の哀情《かなしみ》は年と共に濃くなつて、今はたゞ其時の僕の心持を思ひ起してさへ堪え難い、深い、静かな、やる瀬のない悲哀《かなしみ》を覚えるのである。

「少年の悲哀」は、「少年の歓喜《よろこび》が詩であるならば、少年の悲哀も亦た詩である。自然の心に宿る歓喜にして若し歌ふべくんば、自然の心にさゝやく悲哀も亦た歌ふべきであらう」という文章で始まっており、ワーズワースの詩想を意識したものであることは明瞭である。また、「春の鳥」も、語り手である「私」が「英国の有名な詩人の詩に『童なりけり』といふがあります」と述べる一節があり、ワーズワースの「一人の少年」（There was a Boy）を踏まえていることを明らかにしている。当時啄木が触れた独歩の作品は、ワーズワースの詩とともにあった。つまり、啄木の独歩への共感の根底にはこのワーズワースの詩があったと言えよう。

しかし、「二筋の血」のような作品は再び執筆されなかった。一九〇八年九月九日付の藤田武治、高田治作宛書簡には、「僕は独歩を愛す、敬せざれども極愛す」という両面的な心境を見せている。そして、「唯一の理想」とはしないが、「自然主義を是認す」と述べており、独歩の文学とは距離を置こうとしている。このことは、啄木が独歩の作品に自然主義とは異なる浪漫主義的なものを見、これに親しみを抱きながらもあえて否認する方向に向かおうとしたことを示している。(10)

四

啄木の独歩文学からの乖離の傾向は、一九一〇（明治四三）年一月に発表された評論「巻煙草」（『スバル』）にもうかがうことができる。この評論は、当時の啄木が浪漫主義をどう見ていたかを知らせてくれる。そこでは、阿部次郎の評論「驚嘆と思慕」（『東京朝日新聞』一九〇九・一二・一〇）が俎上に上っている。阿部は、この感想の中で、ワーズワースの詩「虹」を引用するところから文章を書き起こす。この詩が、「小児の心」を語る啄木のロマンチシズムの源泉のひとつであったことは先に述べた。阿部は、我々の時代は、ワーズワースの時代よりもさらに老い、「素朴無邪気なる驚嘆は失はれたる地上楽園と成つて了つた」と嘆き、多くの人々は「驚嘆の情操を刺戟しやうとするデスペレエトな努力」を試みたが、すべて失敗に終わったという。阿部はこのような認識を「出立点」として、次のような結論を引き出す。

　此の如き状態に在りて真正に生きやうとする努力の行き途は、唯驚嘆を思慕する情を強め、驚嘆し得ぬ心を悲しむ哀愁の念を深めて此方面より生命の源に遡るより仕方がない。

そして、独歩、白鳥の小説を例に挙げながら「自然と離れ驚嘆の情を失つた人生の悲惨なる状態を描写して読者の心に或知られざる状態に対する浪漫的なセンチメンタルな思慕を感じさせずには置かない処に自然主義の価値はあるのだと思ふ」と述べ、「自然主義の浪漫的要素を力説したいと思ふ」と言うのである。啄木は、この阿部の論を「性急なる思想――出立点から直ぐに結論を生み出し来る没常識」であると批判する。しかし、啄木も浪漫主義の存在を否定するわけではない。それは次の言葉からもわかる。

浪漫主義は弱き心の所産である。如何なる人にも、如何なる時代にも弱き心はある。従つて浪漫主義は何時の時代にも跡を絶つ事はないであらう。

それでは、阿部と啄木の相違はどこにあるのか。啄木は言う。

我々の理性は、此の近代生活の病処を研究し、解剖し、分析し、而して其病原をたづねて、先づ我々人間が抱いて来たところのあらゆる謬想を捨て、次で其謬想の誘因となり、結果となつたところの我々の社会生活上のあらゆる欠陥と矛盾と背理とを洗除し、而して、少くとも比較的満足を与へるところの新らしい時代を作る為め、生活改善の努力を起さしめるだけの用をなし得ぬものであらうか。

阿部が、現在の生活の不満から「驚嘆」や「思慕」あるいは「驚嘆の思慕」という浪漫的要素を求めようとするのは、身体と心を「盲目的に感情の命令の下に投げ出して了ふ事」であって、ここには「性急なる思想」があるというのである。

ここで、阿部はワーズワースや独歩を引用しており、啄木の阿部への距離は、ワーズワースと独歩の浪漫主義への距離でもあると言える。それはまた、啄木自身の過去と現在の距離でもある。啄木のこの時期の評論は、田中王堂のプラグマティズム哲学に依拠しながら、当時の自然主義を中心とする文壇及び文学者を批判したものだが、その根底には自分自身の過去と現在に対する自己批判が含まれている。「兎角自分の弱い心が昔の空想にかくれたくなる」（大島経男宛書簡、一九一〇・一・九）のをふりきろうとするかのように、このとき、啄木は自分の中のワーズワース、独歩的浪漫主義（啄木が理解するところの）を否定しようとするのである。

五

しかし、啄木が作歌活動に戻ったとき[11]、啄木の中でワーズワース――独歩的なものが改めて想起された[12]。『一握の砂』（東雲堂書店、一九一〇・一二）に独歩文学との交歓を示す短歌が散見することは周知の事実であろう。主題別に歌を編纂したこの歌集の「忘れがたき人人」という章は、まずその章題が独歩の「忘れえぬ人々」（『国民之友』一八九八・四）を強く意識したものであろうし、啄木の北海道時代を回想したこの章には独歩の小説を意識したと思われる作品も含まれる。

みぞれ降る
石狩の野の汽車に読みし
ツルゲエネフの物語かな　364

空知川雪に埋れて　376

鳥も見えず
岸辺の林に人ひとりゐき

寂寞を敵とし友とし 377
雪のなかに
長き一生を送る人もあり

うたふごと駅の名呼びし 379
柔和なる
若き駅夫の眼をも忘れず

これらの歌は独歩の「忘れえぬ人々」（前掲）や「空知川の岸辺」（『青年界』一九〇二・一一）と共鳴しているだろう。
しかし、独歩文学との交歓はこの章のみに限られてはいない。例えば、「煙」という章には次のような歌がある。

かなしみといはばいふべき 160
物の味
我の嘗めしはあまりに早かり

晴れし空仰げばいつも
口笛を吹きたくなりて
吹きてあそびき
161

われと共に
小鳥に石を投げて遊ぶ
後備大尉の子もありしかな
164

城址の
石に腰掛け
禁制の木の実をひとり味ひしこと
165

愁ひある少年の眼に羨みき
小鳥の飛ぶを
飛びてうたふを
177

うすのろの兄と
不具《かたは》の父もてる三太はかなし
夜も書読む
221

友として遊ぶものなき
性悪の巡査の子等も
あはれなりけり　236

ここにあるのは、少年時代の賛美であり、悲哀である。そして、「忘れえぬ人々」などにもみられる他者へのまなざしである。そして、それは回想という形式によってうたわれる。回想による少年時代の賛美が独歩文学の重要な要素であることは言うまでもない。そして、それは、ワーズワースの詩想を汲んだものであった。独歩は、ワーズワースについて、「彼は自然と人生の交渉に於ける信仰をば如何なる基礎の上に置きしかといふに幼児の回想是れなり。彼は吾人が少年の時代に我知らず自然の嘆美者たり、又自然の同化者たる事実を以て意味なき事と思はず、此事実の中に深き意味を発見して、これを信じたる也」（「自然の心」『英文之友号外』一九〇二・六）と書いているが、啄木の回想歌もまた自然の光景とともにある。

学校の図《と》書庫《しよぐら》の裏の秋の草
黄なる花咲きし
今も名知らず　167

西風に
内丸大路の桜の葉
かそこそ散るを踏みてあそびき　174

ところで、北野昭彦は、独歩がワーズワースとの交渉を回想した小説「小春」（『中学世界』一九〇〇・一二）を論じて、「回想による再生」を読み取っている[13]。

「小春」には〝Tintern Abbey〟と共通のモチーフがある。すなわち、「人は歳月の谷間へと下る」につれて若年のころの霊感を失うが、それに代る「人性の幽音悲調」を観取し、「自然を観る」思想の閃きによって感興を助け、往時の自分の耳目に触れた風物に再び接して往時を回想し、「我が昔日の心語を聞」けば、「自然」と「人心を一貫して流動する所のものを感得し」て、失われた詩精神を現在へ甦らすことができる、という「回想」の積極的意義の発見にかかわるモチーフである。

これと同じことが、啄木の回想歌にもいえるだろう。

不来方のお城の草に寝ころびて
空に吸はれし
十五の心

後に啄木は「この四五年／空を仰ぐといふことが一度もなかりき。／かうもなるものか？」（『悲しき玩具』東雲堂書店、一九一二・六）と歌っているが、空を見上げることは十五歳の自分にとって至福のときであり、かつ「空に吸はれし」「心」は空の清澄さに呼応する純粋な心情を表すものだろう。そうした心をかつて自分が持ち得たことを想い起こすことは、現在の自分のありようを照らし出す。

やはらかに柳あをめる
北上の岸辺目に見ゆ
泣けとごとくに　215

あはれ我がノスタルジヤは
金のごと
心に照れり清くしみらに　235

かつて自分がそこにあった故郷の自然の風景は、現在の自分を泣かしめ浄化するものとして歌われる。『一握の砂』は、現在の自己像を様々な角度からうたった歌を収めた「我を愛する歌」にはじまり、「煙」、「秋風のこころよさに」、「忘れがたき人人」という過去の回想もしくは望郷歌の章、また自然との交歓の歌を収録した章をはさみ、再び現在の自己をうたった歌を収めた「手套を脱ぐ時」でしめくくるという構成を持つ。しかし、最終章は同じ現在をうたった内容でもより現実的な歌が中心を占める。ここにも回想・自然が、現在の自分を更新させていくという意図を見ることができる。

この『一握の砂』出版の折、啄木が「歌のいろ〳〵」（『東京朝日新聞』一九一〇・一二・一〇、一二、一三、一八、二〇）という歌論を書き、独歩に触れていることは興味深い。

> 故独歩は嘗てその著名なる小説の一つに「驚きたい」と云ふ事を書いてあつた。その意味に於ては私は今でも驚きたくないことはない。然しそれと全く別な意味に於て、私は今「驚きたくない」と思ふ。何事にも驚か

ずに、眼を大きくして正面《まとも》にその問題に立向ひたいと思ふ。それは小便と桂首相に就いてのみではない、又歌の事に就いてのみではない。我々日本人は特殊なる歴史を過去に有してゐるだけに、今正に殆どすべての新しい出来事に対して驚かねばならぬ境遇に在る。

大逆事件後の〈時代閉塞の現状〉に対する啄木の姿勢をうかがわせるが、こうした折にも、独歩は意識されていたのである。これが先に見た「巻煙草」における阿部次郎の浪漫主義批判の延長線上にあることは言うまでもない。啄木の遺稿歌集である『悲しき玩具』の歌は、『一握の砂』にみられた三行書き表記に、さらに、句読点や、行の頭を一字下げるなどの表記が加わって、より心理的な陰影を表現する歌集となっている。しかし、それは同時に短歌の持つ調べを解体することでもあった。より現実的なまなざしが啄木をとらえていたというべきか。一九一一年二月一五日付の並木武雄宛の書簡には次のように記されている。

独歩には霊魂に対する信仰があつたが、予は強固なる唯物論者である。其処に二人の悲しき相異がある。

大逆事件による社会主義者たちに対する死刑執行、この記録を残そうとする試みなど、社会主義に興味関心を抱く啄木は、幸徳秋水の『基督抹殺論』（丙午出版社、一九一一・二）も読んでいたが、「唯物論者」という言い方には、キリストを〈神〉の世界から地上へと引きずりおろそうとする秋水の思想が反映している。そして、独歩に対する「霊魂に対する信仰があつた」という表現からは、啄木が一貫して独歩に浪漫主義詩人を読み取ってきたことがうかがわれる。

しかし、啄木がこうした浪漫主義を全面的に否定しきることはなかった。時として、ワーズワース――独歩流の浪漫主義が思い起こされる。

いま、夢に閑古鳥を聞けり。
閑古鳥を忘れざりしが
かなしくあるかな。

閑古鳥！
渋民村の山荘をめぐる林の
あかつきなつかし。

こうした歌にはワーズワースの次のような詩が反響していないだろうか。

日光と花の消息《たより》を、／覚束なく谷に伝うれど、／汝が歌きけば、夢おおき／昔のことを想い出す。
（「郭公に」三連）

されどわれ今なお汝を聞く。／草原に臥して汝が声きけば、／楽しかりし想い出は、／そぞろに胸に湧き出ずる。
（同七連）

小田切秀雄は、中野重治の「啄木に関する断片」（『驢馬』一九二六・一一）を受け継ぐかたちで、「独歩と啄木」（『岩波講座　文学』第七巻、一九五四・五）を書いた。「独歩のつくりだしたものをやがて新しい段階に飛躍的に発展させることになったという客観的関連において、この二人は深い文学史的なつながりをもっている」と述べているが、そのとき小田切秀雄の念頭にあったのは、「時代閉塞の現状」や「我らの一団と彼」、『呼子と口笛』の啄木だった。

しかし、独歩との関連で顧みられるべきなのは、これまでみてきた短歌や小説「二筋の血」であり、「詩六章」(『精神修養』一九一一・一)に含まれた「口笛」のような詩ではないか。

少年の口笛の気がるさよ、／なつかしさよ。／青塗の自動車の走せ過ぎたあとの／石油のにほひに噎せて、／とある町角の面を背けた時。／私を振回つて行つた／金ボタンの外套の／少年の口笛の気がるさよ、／なつかしさよ。

啄木は、その文学の出発点からワーズワースの詩に親しみ、とりわけその少年観に共感してきた。そうした点で、同じくワーズワースに親炙していた国木田独歩の文学に共感した。後に彼らの浪漫主義を批判したが、啄木はこうした浪漫主義を否定しようとして否定しきれぬものとしてもち続けたのである。

注

(1) 独歩が死んだ翌日の日記(一九〇八・六・二四)に「独歩氏と聞いてすぐ思出すのは〝独歩集〟である。ああ、この薄倖なる真の詩人は、十年の間人に認められなかつた」と書いており、『独歩集』(近事画報社、一九〇五・七)を以前から読んでいたことがわかる。

(2) 「卓上一枝」の発表時期については、本書第一部第三章の注1参照。

(3) 独歩『病床録』(新潮社、一九〇八・七・一五)には次のように書かれている。

(余と日本の小説)余が思想上の感化は、英のカアライル、ウオヅオース等より、作品上の感化は、ツルゲーネフ、トルストイ、モウパッサン等より享受せり。

（余とウオルヅオルス）余はウオルヅオルスに負ふところ多し。今の新芸術を説く者この湖畔詩人に及ばざるは何故ぞや。渠を解せずして新しき芸術を説くは無理なり。／余の佐伯時代はウオルズオルスの崇拝没頭時代なり。

（4）独歩とワーズワースの関係については、塩田良平「独歩文学に及ぼしたワーズワースの影響」（『明治大正文学研究』一九五五・九）、安田保雄「日本自然主義の源流と展開―ワーズワースからツルゲーネフへ―」（『比較文学論考　第三』学友社、一九八一・一〇）、山田博光「ワーズワス詩集と国木田独歩」（『比較文学』一九九一・三）などを参照。

なお、盛岡中学時代には、課外授業でワーズワースを会読したことが伝えられる（川並秀雄『石川啄木新研究』冬樹社、一九七二・四）ほか、直接教わってはいないが、盛岡中学校の英語教師だった長岡廣との交流の中で、ワーズワースの詩に興味を抱いた可能性のあること（森一『明治詩人と英文学』図書刊行会、一九八八・四）が指摘されている。また、旧稿執筆後の文献として、芦谷信和「独歩とワーズワース」（一）～（一四）（『国木田独歩研究』二〇〇六～二〇一四）がある。

（5）なお、同書には、ほかにも次のような記述がある。

按ふに、ウォオヅヲオスの大なる所は、深く詩人の天職を意識して生涯に詩を捧げたるに在り。先人の卑とし小とし細として筆を着くるに及ばざりし（寧ろ着くる能はざりし）自然界、人間界を描写して、其の美処を看取し発揮したるに在り。

また、次の一節も啄木に影響を与えたと思われる。

彼れ曽て云へらく、大なる詩人は凡べて教師なり。余は教師として尊ばるゝか若しくは何者とも思はれざらんことを願ふと。

（6）樗牛は、「ウォーヅヲースに於て多とする所以の一は、其の善く英国人民の性情を歌ひたるにあり」（「文化の関連」『太陽』一八九六・六・二〇）と評価したことはあるが、それを「小児の心」との関連では言及していない。

（7）森一『啄木の思想と英文学』（洋々社、一九八二・一二）、『明治詩人と英文学』（前掲）。

（8）『ヲルズヲルス』には次のような一節もある。

…到る処の古村落を破壊し来れる物質的文明は、今や湖国に向ひ来り、鉄道を以て湖国を世と連絡せんとするに及びて、ヲルヅヲルスは止む能はず、湖国の保護者として、復た老を忘れて起てり。

（9）『石川啄木の文学』（桜楓社、一九八七・四）、二四八頁。なお上田は、独歩「画の悲しみ」（『青年界』一九〇二・八）と「二筋の血」との比較を行っている。

（10）ただし、独歩の文学自体は、単純な浪漫主義ではない。津田洋行は「春の鳥」を分析して、「天上性が地上性に裏付けられた浪漫主義」（津田洋行「独歩『春の鳥』論―その構造を感動の特質―」（明治大学文学部紀要『文芸研究』一九八二・一〇）と規定している。

（11）啄木は『スバル』明治四二（一九〇九）年五月号に「莫復問」を発表した後、伊藤博文を追悼した歌を作る以外には、一九一〇年三月まで歌を作らなかった。その間に、多くの評論が執筆されている。

（12）大谷利彦氏は『啄木の西洋と日本』（研究社、一九七四・一二）の中で、「『一握の砂』の望郷歌にワーズワースの投影を指摘するのは、こじつけに近い。せいぜい考えられることは、啄木の後半の詩歌に見られる民衆性がワーズワースに通じる点であるが、それをただちに影響関係としてとらえていいか、私は疑問に思う」と書いているが、ワーズワース――独歩の流れを重視するならば、その影響関係を指摘することはあながち無理ではないだろう。

（13）北野昭彦『国木田独歩「忘れえぬ人々」論他』（桜楓社、一九八一・一）一〇二～一〇三頁。

※国木田独歩の著作に関しては、『定本国木田独歩全集』（増訂版、学習研究社、一九七八・三）を使用した。

第五章　「食ふべき詩」論
――相馬御風の詩論とのかかわりで――

一

啄木の評論「弓町より――食ふべき詩」（『東京毎日新聞』一九〇九・一一・三〇、一二・二～七、以下、「食ふべき詩」）は、詩論であり、自然主義論でもある、「啄木の文学観が急激に変化した『境』とも呼びうる時期」（石井勉次郎[1]）に書かれた評論である。

全七章で構成され、最初の四章で、自己の詩人としての閲歴を語り、現在の心境に至った経過を述べ、後半三章で、詩と詩人の在り方について語っている。

啄木は、「新しい詩」を「食ふべき詩」と譬えている。

謂ふ心は、両足を地面《ぢべた》に喰つ付けてゐて歌ふ詩といふ事である。実人生と何等の間隔なき心持を以て歌ふ詩といふ事である。珍味乃至は御馳走ではなく、我々の日常の食事の香の物の如く、然《しか》く我々に「必要」な詩といふ事である。

ここで詩を「日常の食事の香の物」に譬えているが、「香の物」は添え物だが、それが無いとさびしく、物足りないもの、さまざまな香りや味、歯触りによって、食事に変化を与える事によって、食生活を豊かにするものといえよう。啄木は、「一切の文芸は、他の一切のものと同じく、我等にとつては或意味に於て自己及び自己の生活の手段であり方法である」と言うが、「生活」は「珍味乃至は御馳走」という主菜で、「詩」は「香の物」なのである。天上のものである詩を地上に降ろし、生活の中に位置付けること、ここに従来の啄木の文学観からの大きな転換がある。

そして、それは口語詩の意義を確認することであった。

「あ、淋しい」と感じた事を「あな淋し」と言はねば満足されぬ心には徹底と統一が欠けてゐる。大きく言へば、判断＝実行＝責任といふ其責任を回避する心から判断を胡麻化して置く状態である。

口語自由詩の機運は、一九〇七（明治四〇）年九月一〇日発行の『詩人』に発表された川路柳虹の詩「塵溜」に端を発し、相馬御風の「詩界の根本的革新」（『早稲田文学』一九〇八・三）など一連の論考を画期とする。御風はそこで「詩界に於ける自然主義」について論じ、「自らなる心を、自らなるわが調べもて、自ら歌ひ出づべきを主張しなければならぬ」、「赤裸々なる心の叫びに帰れと云ふにあらねばならぬ。あらゆる伝習を脱し、あらゆる邪念を去り、純なる自己心中の叫びさながらに発表する、そこに真の詩の意義が存するのではないか」と主張した。そして具体的には、詩の用語は口語であること、「絶対的に自由なる情緒主観さながらのリズム」をとること、行と聯との制約破壊などを提唱したのである。

啄木の「食ふべき詩」は、御風の「『根本的革新』を計った立場の追認」（国崎望久太郎(2)）、あるいは「詩論としてみると、当時の自然主義詩人たちの示した枠組みからそれほど出たものとはいえぬ」（田中清光[3]）といわれる一方、「論理としては抱摂されながら、しかし、その理念では収まりきれない何ものかをはみださせていた」（北川透[4]）という指摘がなされるなど、当時の口語詩論の中に位置付けることの難しい評論だとみなされている。

啄木の詩論の独自性は、表現主体の在り方、言い換えれば詩人の倫理について述べた部分に顕著である。詩を作る主体について啄木は、詩人はまず第一に「人」でなければならぬ、第二、第三にも「人」でなければならぬ、「普通人の有つてゐる凡ての物を有つてゐるところの人でなければならぬ」と要請する。また、「意志薄弱なる空想家、自己及び自己の生活を厳粛なる理性の判断から回避してゐる卑怯者」をはじめ、「すべて詩の為に詩を書く種類の詩人は極力排斥すべきである」と言う。これが啄木自身の反省の上に立ったものであり、自己批判を内に含んでいるものであることは「食ふべき詩」前半三章の記述に明らかである。そしてさらに、自己の改善と生活の統一、自己の哲学の実行などが「真の詩人」の条件として要請されるのである。

こうした啄木の詩論の「はみでた部分」は、当時の口語自由詩運動の文脈の中にどう位置付けられるかを考えてみたい。

二

相馬御風は「詩界の根本的革新」など一連の論考を発表したあと、自らも「新しい詩」の実践というべき「痩犬」（『早稲田文学』一九〇八・五）を発表している。

焼きつくやうに日が照る。

黄色い埃が立つて空気は咽せるやうに乾いて居る。
むきみ屋の前に毛の抜けた痩犬が居る。
赤い舌をペロ〳〵出して何か頻りと甜めずつて居る。
あゝ厭だ。

（第一連）

この詩は口語自由詩の作品として話題を呼んだものの、その共鳴者からも「それが果して『主観さながらの叫び』であつたか何うか。積極的に作者のムードと共鳴する、主観さながらのリズムであるか何うか」（服部嘉香「口語体の詩」『読売新聞』一九〇八・五・一〇）という疑問が出されていた。このことは「新しい詩」への要請が題材と用語、形式への改変を呼んだとしても詩意識そのものを変革することが如何に困難であったかを示している。一九〇八（明治四十一）年の後半頃より多くの詩人たちが口語自由詩を作り、翌年、翌々年と詩壇の大勢になっていったことも事実である。しかし、その勢いに見合う作品は生まれなかった。三木露風の「元来口語詩問題が提唱されたのが、抗しがたき詩人自身の内部革命によつて爆発したと云ふのではなく、寧ろ批評家側が唱へだして、其上でせつかちな革命が企てられた」（「詩壇雑感」『新潮』一九〇九・七・一）という言葉はその間の事情を言い当てている。当時の啄木自身も日記に「小説界に起こつた自然主義は、詩壇にも同様の現象を誘起し」、「自ら自然主義詩人と称した手合」を生み、「此傾向はまた、〃口語詩〃なるものを作らしめた」と書いた後、「時代の思想、感情、観念は、その時代の言語によつて表はされなければならぬのは、言ふまでもない。が、詩は、詩だけは、その性質として、一番終ひに時代の言語を採用するものぢやなからうか」と、「新しい詩」への違和感を綴っている（「明治四十一年日誌」一九〇八・九・一〇）。

御風は一九〇九年六月一五日の『文章世界』に掲載された「詩壇に対する希望」で、「一時はいろ〳〵の反対もあり、異議もあつた口語体の自由詩が、今や詩壇の殆ど全部を領するやうになつたのは、我々の最も喜ぶところである」と述べる一方で、口語自由詩の内容にみるべきものがないことについて弁護を試みている。御風は、「此頃の詩が、内容の貧弱または平凡を現はして来たのは、今までにいろ〳〵な第二義的の技巧で蔽ひ被され、又は誤魔化されて居た平凡な貧弱な内容が、包み隠すところなく露出したので、決して自由なる表現其物の罪ではない。此点に於て近頃の詩が自由になり、真実になつたゞけそれだけ、詩人其人の価値も偽らずに暴露された訳である」と説明する。そして、そうした認識から「是からの詩壇に活動しやうとする人に対して望むところは、矢張人間としての修養である。詩を以て我が全人格の発出であるといふ自覚の上に立つて貰ひたいことである」と詩人自身の変革を説くのである。

こうした問題意識は一九〇九年の後半になっていくつか提出されていた。「ＭＭ生」は、「詩歌の形式打破と云ふ事は、反抗する者の側からも、亦之れに賛する者の側からも、多く狭義な形式上の問題に解されて居るのは最も嘆かはしい事だ」と述べ、「詩人としての自己を疑つたものは幾人あるか、詩歌そのもの、意義生命を疑つた者は幾人あるか」と問いかけており（「詩界の近状を報ずる書」『早稲田文学』一九〇九・九）、また、三木露風は、「食ふべき詩」と同じ『東京毎日新聞』紙上で「吾等の見るところを以てすると諸君はあまりに詩人たらんとするものであるか、然らずんば詩人たりといふ意識の自己を出し過ぎるやうに思ふ。も少し人として考へ、人として感ずることの出来ないものであらうか」と述べていた（「詩壇の近時（一）」一九〇九・一一・二九）。服部嘉香も「近頃の詩壇を見て私の残念に思ふのは作品が其の人の生活を離れ、実感に遠ざからんとする事だ」、「故らに自己を詩人にすると云ふ態度、是を脱却せぬ限りは、強い、鋭い、深い、高い抒情詩は生れる筈が無い」と書いている（「十一月の詩界」『早稲田文学』一九〇九・一二）。

しかし、当時の詩壇はこうした主張とは異なる方向で展開されていた。一九〇九年時点での口語詩運動の主な担い手は、その年四月に結成された自由詩社に集まった詩人たち――人見東明、加藤介春、福田夕咲、三富朽葉、今井白揚らであったが、彼らの主唱したものは「気分詩」といったものであった。例えば、人見東明は田山花袋の「印象詩の行くところは在来のやうに情緒を唯だ単に情緒としてのみ取り扱はずに背景としたらば如何であらう」（「評論の評論」『文章世界』一九〇九・三・一五、東明の要約）という言葉に「詩作上に新らしい眼を開いた」と言い、「作品の裏、ムートの底に没《マ》せ《マ》しめて『宛《さなが》らの吾』『あるがまゝの自然人生の真相』に触れしめるやうにしたい」、「吾と自然人生の真相と相接触するところにエモーションが起る。之れ等のものが相融溶したところに起るムートが深い味わひを持つて現れると思ふ」と述べ、「象徴的気分詩」「印象的気分詩」を主張した（「静思録」『読売新聞』一九〇九・一一・七）。また、加藤介春は、一九〇九年後半の詩壇は「気分詩の旗幟がより鮮明になつて来た」と言い、「気分詩が一のムードを詩歌の絶対内容とする様になつたのは詩壇に於ける重要な出来事である」、「今迄の詩は解する詩であつたが気分詩は味ふべき詩である」と述べている（「本年の詩壇概観」『読売新聞』一九〇九・一二・一四）。もとより自由詩社のパンフレットが『自然と印象』という題名であったことも彼らの志向したものをうかがわせるに足る。先に触れた露風の言葉はこうした「気分を尊重せよとか、詩は感覚の鋭敏をはからねばならぬ」といった議論に対して向けられたものであった。こうした動向を口語自由詩が自然主義詩から遠のいてしまったものと乙骨明夫は説明するが(5)、東明が花袋の文章から「気分詩」を導きだしたことにみられるように、「気分詩」が当時の自然主義者の主張と接点を持つことも見逃せない。文壇では、〈観照と実行〉、〈実行と芸術〉と呼ばれた論争から〈主観〉の問題へと展開していた。例えば、花袋は、〈実行と芸術〉論争に際して「人生に対する作者の理想が加はれば加るだけ、一層描写の目的が達せられなくなる。芸術家と実行者との相違が此処に横はつて居る」（「評論の評論」『文章世界』一九〇九・六・一五）と述べ、その後「主観」の問題について次のように述べている。

作者の主観から来る色彩は成たけ没し去りたいといふのが私の願ひである。（中略）小説にあつてはさうした色彩が多ければ多い程、出てゐれば出て居るほど其正しい目的は達せられないと思ふ。色彩なき色彩――主観を没せる主観、私はそれに向つて進みたい。

（「インキ壺」『文章世界』一九〇九・九・一五）

こうした考え方が「情緒を背景にする」という考え方のアナロジーであり、花袋の〈実行と芸術〉論争に対する態度からの帰結とみることは容易である。自然主義の主流は〈実行と芸術〉の問題を「観照」が可能であるか否かの問題、描写の問題に閉じ込めていった。当時の口語自由詩の担い手たちもそうした動向と無関係ではなかった。「食ふべき詩」はこうした時期に書かれたのである。

三

啄木は「食ふべき詩」の中で口語詩運動と自然主義の運動とを結び付けて論じているのだが、啄木の理解する自然主義と当時の口語自由詩運動の担い手や自然主義の主流のそれとは大きな食い違いをみせていた。それは「食ふべき詩」中の次の言葉に明らかであろう。

私は最近数年間の自然主義の運動を、明治の日本人が四十年間の生活から編み出した最初の哲学の萌芽であると思ふ。さうしてそれが凡ての方面に実行を伴つてゐた事を多とする。哲学の実行といふ以外に我々の生存には意義がない。

「食ふべき詩」と前後して、啄木が〈実行と芸術〉論争に言及し、「実行」に一線を画そうとした自然主義者に批判を展開するのも右の認識の延長線上にある。

このことは、詩における表出の問題において、啄木のそれと自然主義の口語詩論とに微妙な差異を生じさせていた。啄木は、「真の詩人」は「自己の心に起り来る時々刻々の変化を、飾らず偽らず、極めて平気に正直に記載し報告するところの人でなければならぬ」と述べ、また「詩は所謂詩であつては可けない。人間の感情生活の変化の厳密なる報告、正直なる日記でなければならぬ。従つて断片的でなければならぬ」と述べている。こうした言葉に表現固有の問題の欠落を見ることはたやすいが、これが詩人に対して「自己を改善し、自己の哲学を実行せんとするに政治家の如き勇気を有し、自己の生活を統一するに実業家の如き熱心を有」することへの要請と結び付いて語られていることに注目したい。ここには表現の対象——「自己の心に起り来る時々刻々の変化」——は表現主体の変革に伴うものであるという認識が含まれている。これは単に「内より湧き出づる声さながらに歌ふ事」（相馬御風）とは異なる。〈歌う〉主体自体の変革とそれに伴う意識の変化を「記載し報告する」のである。「心に起り来る時々刻々の変化」は、「自己を改善し、自己の哲学を実行せんと」し、「自己の生活を統一」しようとすること、すなわち〈実行者〉として生きることによって与えられる。その時々刻々の「心に起り来る変化」をありのままに記述するというのが啄木の詩論の眼目であった。そして「心に起り来る変化」は「記載し報告」されることによって、もう一度、生活に還流していく性質のものである。

御風が「人間としての修養」「人格的の行き方」を説かねばならなかったのは、〈歌う〉主体自身の変革の伴わない詩が「新しい詩」をつくりだすものではないことを自覚せざるを得なかったことによる。啄木は、「一年間の回顧」（『スバル』一九一〇・一）の中で「明治四十二年前半期の文壇の傾向は、作家の方で目星しい自分の閲歴を書き尽して了つたやうな状態と共に一般に弛怠の色を呈してゐた」と述べているが、詩壇についても同様のことが言えるだろう。御風の主張はそうした「営業資金の不足」（右同）を補うためのものにほかならない。ただし、御風にあってはあくまで「詩人」が主語であり、「本当の自己を暴露する為」、「自己表現の苦しさに堪へ忍んで、根柢ある偉大な詩を成さう」とすることが目標だった。

四

御風はその後、ローマ字表記の詩を試みたのち、以後詩作を放棄してしまう。その御風が「新しい詩」の詩人として注目していたのが、岩野泡鳴である。御風は一九〇九年の年頭に泡鳴を「わが詩界に於ける最も雄々しい先覚者として永くその功を明治詩史の上に留めたい」（「詩界革新の第一年」『読売新聞』一九〇九・一・一）と書き、また一九一〇年の一月には次のように書いている。

泡鳴氏は詩人である。真の意味の新らしい詩人である。泡鳴氏の評論は評論ではない。詩である。立派な創作である。（中略）形式的見地から泡鳴氏の思想を批難しやうとするが如きは、新らしき文芸を最も解し得ぬ者の所為に外ならぬ。泡鳴氏は徹頭徹尾詩人である。（「誤解されたる詩」『読売新聞』一九一〇・一・二三）

泡鳴の評論を「詩」と呼べるのは、比喩的な意味においてのみである。ここには一九〇八年当初、「新しい詩」の理論を構築しようとしていた御風はいない。表現主体の在り方を強調するあまり、表現の問題から一気に飛躍していったというべきか。

一方、「食ふべき詩」を執筆する半月ほど前の「百回通信」（『岩手日報』一九〇九・一一・一三）に啄木は次のように書いている。

彼嘗て、読売新聞社新築落成の日、其屋上の時計台に登り、乃ち時計台より飛下りる気持を説く。これ予が明治の詩壇より聞ける最高の詩なりき。而してそは実に英雄の詩なりき。

読売新聞社の時計台に登ったときの心持ちを泡鳴は、「高いところから飛んで気絶するまでの瞬間——この瞬間が人間の仕事のほんとに出来る時だと、僕は思ふ。この心持ちを以つて人生にのぞめば、実行と文芸とは毫も区別がない。文芸、乃ち、実行、乃ち、人生である」(「読売社の時計台から」『読売新聞』一九〇九・三・一三)と書いているが、〈実行と芸術〉論争に際して、「実行即芸術」を主張し、勇ましい論陣を張ったのもこの泡鳴であった。しかし、啄木は「彼の説く『現実』は、現実の現実に非ずして理想の現実也。これ彼の言を味はふに於て必ず知らざるべからざる事也。然り、彼は世に最も性急なる理想家也」と評し、さらに、泡鳴と自己とを対比して啄木は次のように書き留めている。

君は予を目して若くして老いたりと謂へりと。然り、恐らくは予の心は老いたるべし。(中略)予は今暗き穴の中に入りて、眼の次第に暗黒に慣れ来るを待つ如き気持にて、静かに予の周囲と予自身を眺めつゝ、あり。君は積極的の現実に生くる人にして、予は消極的の現実に死せんとす。

かつて啄木は、「食ふ事の心配！　それをした為に与謝野氏は老いた。それをする為に予も亦日一日に老いてゆく」(「明治四十一年日誌」一九〇八・六・二八)と書いていた。いま啄木は、「老い」ていくこと、生活に正面から向き合うことを辞さないと決意する。「消極的の現実に死せんとす」という言葉はそうした決意を表した言葉にほかならない。啄木にとって、「一切の文芸は、他の一切のものと同じく、我等にとつては或意味に於て自己及び自己の生活の手段であり方法」以上のものではない。文芸イコール人生でなければ、実行即芸術でもない。啄木が泡鳴に「性急な理想家」をみたのは、その手段（文芸）と目的（人生）とをはじめから一致するものとしたからである。そしてそこに潜むロマンチシズムをかぎとった。泡鳴に共感し、彼に理想的「詩人」をみる御風と、「人」を主語とし文芸を「生活の手段であり方法」と位置付ける啄木の相違は明らかである。

五

この時期の啄木が田中王堂のプラグマティズム哲学に影響を受けていたことは、文芸は「生活の手段であり方法である」という考え方にまず表れている。王堂は「文芸は一の分業として人間の個々の欲望を充す他の分業と等しく、其の統一の範囲は他の分業の統一の範囲に依つて制限せらる、のであつて、詮り宗教や、政治や、工業や科学と同格のものである」（「岩野泡鳴氏の人生観及び芸術観を論ず」『中央公論』一九〇九・九）と述べるなど、文芸が「社会活動の機関の一つ」であること、人間の生活の手段であることを主張していた。

また、王堂は、そのような文芸の性格について、「如何なる場合に於ても現実を理解し、鑑賞し、醇化する為めに現実を観察し、描写するものであ」り、「幸福なる生活を実現しやうとする一つの目的又は理想しか有つて居らぬ」（「文芸に於ける具体理想主義」『趣味』一九〇九・五）と言う。この場合、「現実」とは「凡べて意識に顕はれ、思想を動かし、行為を決する所のもの」であり、「時々刻々に生ずる直接経験が現実の心核と成つて居る」と定義されている（「岩野泡鳴氏の人生観及び芸術観を論ず」）。このことは文芸の取り扱う「現実」が単なる客観的生活題材を意味するものでないことを示している。「現実」について啄木は次のように述べる。

人生――狭く言つて現実といふものは、決して固定したものではない、随つて人間の理想といふものも固定したものではない、我々は時々刻々自分の生活（内外の）を豊富にし拡張し、然して常にそれを統一し、徹底し、改善してゆくべきではないでせうか、

（大島経男宛書簡、一九一〇・一・九）

「現実」とは自己内外の生活であり、自らが築き上げていくものにほかならない。文芸がこの現実を構成するところの自己内外の「生活」を対象化することにこそ、その「手段であり方法」の意味はあった。「自己の心に起り来る時々刻々の変化を、飾らず偽らず、極めて平気に正直に記載し報告するところの人でなければならぬ」という言葉や、「食ふべき詩」と前後して書かれた詩編「心の姿の研究」という題名は、この時期の啄木が、詩に求めたものを端的に表しているだろう。「我々に『必要』な詩」とは、単に「内より湧き出づる声さながらに歌ふ事」ではない、〈歌う〉主体の心そのものが言語によって対象化されること（従ってそれは文語ではなく、口語――〈歌う〉主体の〈現在〉をとらえる言葉でなければならなかった）、対象化されることによって、実生活の反省なり指針となるものでなければならなかった。その意味で「食ふべき詩」は詩と詩人の理念に大きな改変を求めるものであったのである。

「食ふべき詩」が、御風や口語詩運動の担い手たちがなお保持していた「詩人意識」に向けられたものであったことは、その末尾近くに書かれた言葉に明らかである。

諸君は、詩を詩として新らしいものにしようといふ事に熱心なる余り、自己及び自己の生活を改善するとい

ふ一大事を閑却してはゐないか。換言すれば、諸君の嘗て排斥したところの詩人の堕落を再び繰返さんとしつゝ、あるやうな事はないか。

「詩人」を主語とするか、「人」を主語とするか――このことの相違が、相馬御風に代表される詩の理念と啄木の求める詩の理念とを分かつのである。啄木の詩論が表現の問題においてなお欠けるところがあったとしても、表現主体の在り方及び生き方の問題の提起が、この時期の口語自由詩運動が抱えていた問題を照射していたことは注目に値する。

なお、後に啄木は、この時期の「自己及び自己の生活を改善する」という主張から、「意識しての二重生活」（宮崎郁雨宛書簡、一九一〇・三・一三）を送らざるをえないという自覚に至る。「食ふべき詩」の論理からすると、それは、ひとつの〈屈折〉だったが、〈二重の生活〉を生きるという緊張感こそが歌集『一握の砂』や『悲しき玩具』、「はてしなき議論の後」をはじめとする晩年の詩表現を生み出したのではなかったか。

注

（1）石井勉次郎『私伝　石川啄木　暗い淵』（桜楓社、一九七四・一一）二〇四頁。

（2）国崎望久太郎「啄木文学の方法」（岩城之徳編『石川啄木必携』（學燈社、一九六九・四）。ただし、国崎は、啄木の論には「判断＝実行＝責任という、詩人の創造活動の契機が自覚されてき」ており、「そこに口語詩運動を超える契機があった」とみている。

（3）田中清光『世紀末のオルフェたち　日本近代詩の水脈』（筑摩書房、一九八五・四）一一二頁。

（4）北川透『萩原朔太郎〈詩の原理〉論』（筑摩書房、一九八七・七）一二頁。

（5）「自然主義文学と口語自由詩の成立」（『講座・日本現代詩史』第二巻、一九七三・一二）。

第六章　啄木と岩野泡鳴
――「百回通信」を読む――

一

「百回通信」は、啄木の恩師新渡戸仙岳の好意によって、『岩手日報』に一九〇九（明治四二）年の一〇月五日から一一月二一日にかけて掲載された。啄木の評した政治、社会問題など多岐にわたる主題の中で、一項目で取り上げられた文学者は、永井荷風と岩野泡鳴のみである。啄木の思想にとって重要な中仕切りとされるこの時期、啄木がこの二人をとりあげた理由を解明することは、啄木の思想の変遷を知るために不可欠である。本章では、「百回通信」の記事の一つである「泡鳴氏が事」（一九〇九・一一・一三）を中心に、啄木における岩野泡鳴観について考察したい。(1)

啄木が泡鳴のことを書くきっかけとなったのは、同じく『岩手日報』一一月一〇日掲載の「落花散人」という署名のある記事「泡鳴来る」を読んだことによる。「落花散人」は、啄木、泡鳴両者にとって旧知の間柄である大信田落花（金次郎）である。大信田落花は、盛岡出身、中学退学後、かつて東京で泡鳴の父が営む「日の出館」に下宿し、その頃東京純文社を起こし文芸雑誌『白百合』を発行していた泡鳴や相馬御風、前田林外らに文学的な刺激を受けている。帰郷後、啄木に文芸雑誌を発行することをもちかけ（『小天地』として、一九〇五年九月発行）、その経済的援助を与えたことがある。(2)『小天地』では、編集人である啄木がこの雑誌の巻頭に泡鳴の詩を掲げたことから、新詩社側から反発を買ったといういきさつもある。(3)三人は、『岩手日報』を介して再び接点を持つことになったのである。

落花の記事は、泡鳴が語ったことを会話体のまま書き留めた体裁をとっており、前後に落花による泡鳴紹介文と簡潔な論評が添えられている。「師を迎へて厚き落花子の情、好し」と啄木が評したのは、「氏は目下愛する人の病に待《ママ》して盛岡病院の一室に淋しき秋の陸奥を詩想に練らる、文芸の人よ願くば行きて憂うる文星を慰めよ」というこの記事の落花の言葉に関するものだろう。泡鳴が盛岡に着いたのは、一九〇九年一一月七日のことである。この年、泡鳴は蟹罐詰業の起業を目的として樺太に赴いたが、事業は失敗し、しばらくの間北海道に滞在していた。このとき、泡鳴を追って北海道にやってきた増田しも江と愛憎入り交じった悲喜劇を演じたあと、秋には帰京することになる。途中、しも江の病状が悪化したため、盛岡に立ち寄ったのである。

記事の中で、泡鳴は、樺太の様子や事業の失敗を始め、文壇の現況についてもざっくばらんに語っている。新体詩について述べた部分では啄木に触れて、次のように述べている。

新体詩では三木露風などは見込があるだろう、然し若いから石川啄木などのやうに年執《ママ》つてだめにならねばいゝが……。

啄木が泡鳴のことを書く気持ちになったのは、直接にはこの一節が原因であっただろうことは、「百回通信」における文章に明らかである。

君は予を目して若くして老いたりと謂へりと。然り、恐らくは予の心は老いたるべし。枯れたるべし。嘗て現実は抒情詩を予の頭より逐出したり。次に来れるものは謀反気なりき。（中略）予は今暗き穴の中に入りて、眼の次第に暗黒に慣れ来るを待つ如き気持にて、静かに予の周囲と予自身を眺めつゝあり。君は積極的の現実に生くる人にして、予は消極的の現実に死せんとす。

「泡鳴氏が事」が、啄木自身と泡鳴との交差について語りながら、単なる回顧談に終わっていないのは、一九〇九年秋の啄木に、泡鳴と向き合う主体的要求があったからにほかならない。そこには、過去の反省から現在の指針を求めようとする当時の啄木の意志が示されている。次に、啄木の回想から泡鳴と啄木の交差を確認してみたい。

二

回想は、雑誌『小天地』をめぐる新詩社との確執からはじまり、口語詩運動に対する新詩社系の詩人と泡鳴との態度の対比へと展開される。

予嘗て盛岡に落花君と一小雑誌を作る。一詩を泡鳴君に得て巻頭に掲げ、為に予の属したる詩社の人々より怒りを買ひし事あり。

ここで語られているのは、一九〇五（明治三八）年秋のことである。当時、啄木は、泡鳴の詩に対する平野万里らの批判に触れて、「たとへ修辞に欠点ありとも、既にその内容に於て詩壇に造詣する所ある程のものならば、真に詩を愛するものは、決してその修辞の一欠点のみを以てその詩の価値を悉皆没し去る様の事は無き筈」（川上賢三宛書簡、一九〇五・一〇・一八）と述べている。回想が、一九〇二（明治三五）年の最初の上京のときの新詩社の会合での出会いから始まるのではなく、このときから始まっているのは、啄木が共感をもって泡鳴に注目した最初のときだからであろう。

『小天地』発行から一年半の後、泡鳴は「自然主義的表象詩論」（『帝国文学』一九〇七・四）を発表する。「何等の旧慣にも依らないで、自己の努力ばかりが自然をありのまゝに捉へようとするのだから、おのづから神経が鋭敏になつて、詩の生命なるイリユージヨン（幻像）はそれから起るやうになるのだ」、「現代の大詩人となるべきものは、大懐疑、大煩悶、大生慾を生命として、この自然主義的表象詩を発展させるべきである」という言葉に、泡鳴の〈新しい詩〉のイメージは表されている。表題にあるように、それは自然主義と象徴主義とを一致させることを提起したものであった。

これらを受け、「百回通信」では「予の盛岡を退ける時は、乃ち君が新たに其文学上の新生命を把握したる時なりき。予は渋民の寒林に逍遙して、君の自然主義的表象主義の詩論を味読したる日を記憶す」と記されている。啄木が、「此頃新詩社乃至其他の派の詩を読んでも、別に面白味も有難味も感じない」、「これは、天上から詩が急に地上に落ちた為めではあるまいか」と日記に記したのは、一九〇七年の一月二九日のことである。泡鳴の詩論に共感する素地はあったわけである。しかし、泡鳴の詩論を読んでまもなく、啄木の北海道漂泊は始まり、詩とは「他人同志のやう」（「弓町より——食ふべき詩」『東京毎日新聞』一九〇九・一一・三〇、一二・二〜七、以下、「食ふべき詩」）な時期を迎えることになる。

啄木が中央から遠ざかっていた時期、口語詩の運動はさかんになる。一九〇七年九月号の『詩人』に発表された川路柳虹の「塵溜」が口語詩の作品として反響を呼び、翌年三月の相馬御風の「詩界の根本的革新」（『早稲田文学』）は、口語詩の議論を巻き起こす。しかし、中央の文壇に帰って来たときのことを回想した啄木は、「先づ予の心を愕かしたるものは、実に泡鳴君の勇ましき軍振《いくさぶり》」、「泡鳴君の呼号によりて起れる自由詩体の気運」と、誰よりもまず泡鳴の名を挙げている。

泡鳴は、先の「自然主義的表象詩論」では「新用語と新語法」を挙げていながら、口語詩に必ずしも意識的であったわけではない。一九〇八（明治四一）年三月の時点では、「（相馬御風――引用者注）氏が踏襲する抱月氏の口語説の如きは、殆ど門外漢的空論」と言い、「『である、《ママ》』『でした』式が厳粛に使用される時がありとすれば、まだ〱後のことである」と述べている（「文界私議」『読売新聞』一九〇八・三・一五）。ところが、泡鳴は、同じ年の七月には、『早稲田文学』に掲載した詩「縁日」、同月『趣味』誌上の「散文詩三編」を皮切りに口語自由詩を発表しはじめる（ただし泡鳴は自分の詩を「散文詩」と呼んでいる）。これらの詩によって、泡鳴は「新しい詩」の実作者として、一定の評価を受けることになる。八月二日の『読売新聞』掲載の「詩界断観」で人見東明は、「何所となく強い力がこもつて生動して居る。作者の情緒興趣も感じ得る。外界の物象をとり込んで其れに依托しやうとする表白もいい」という評価を与え、『帝国文学』九月号の署名ＲＴＯ（折竹蓼峰）や『文章世界』一二月号での蒲原有明は、口語詩の中では泡鳴が一番その特色を発揮し、成功したと評している。[4]

また、泡鳴は、「自然主義的表象詩論」を基礎として「新しい詩」について論陣をはった一人でもあった。同年一二月六日の「散文詩問題」（『読売新聞』）で、泡鳴は、「僕の意見は、内容の流出が心理的、刹那的詩歌となるに当つて、その詩人の気分に従ひ、有形律を採ると無形律を用ゐるとを問はないが、一たび無形律の方を採用すれば、乃ち散文詩になれば、口語を以つてして決して詩の威厳を破らない」と述べ、[5] 口語自由詩についての理論的な根拠を説明している。相馬御風は、一九〇九年の年頭に一九〇八年を振り返りながら、泡鳴について「わが詩界に於ける最も雄々しい先覚者として永くその功を明治詩史の上に留めたい」という言葉を残している（「詩界革新の第一年」『読売新聞』一九〇九・一・一)。啄木が「自由詩体の気運」の先駆者として泡鳴を挙げているのは、この時期の泡鳴のこうした旺盛な活動を指すものと考えられる。

しかし、この時期の啄木は、泡鳴の詩も含めて口語詩を積極的に評価していたわけではない。九月一〇日の日記に、啄木は、もはや自分は「詩の全能」を認めない、「詩に向つて新らしき強き刺激を求めようとしない」と書いている。その理由は、「詩そのものが、或程度まで怎しても格調の束縛があり、且つ言語の聯想に司配さるるといふ歴史的伝習的な点があ」り、「我々の複雑な極めて微妙な心の旋律を歌ふには、叙上の束縛がある為に不自由」だからだと言う。それゆえに「自然主義詩」には「寧ろ全然不賛成」であり、「時代の思想、感情、観念は、その時代の言語によつて表はされなければならぬのは、言ふまでもない。が、詩は、詩だけは、その性質として、一番終ひに時代の言語を採用するものぢやなからうか」と述べている。そして一方で、啄木は、「何か知ら再び小児の時代の単純な、自然な心持に帰つてみたくなる」ような時、また、「我々の情的希望のうち、詩的な方面を詩によつて充たさむとする」時、詩を必要とするとも書いている。つまり、感情・生活を詩的な方面と散文的な方面とを分けて考え、限定つきで詩——とりわけ抒情詩——の意義を認めるところにこの時期の啄木の「詩」観があるのである。

しかし、そのように詩を考え直してみたところで、詩は所詮空想的、遊戯的なものであると自認せざるを得なかったところに、口語詩に対する啄木の複雑な心境があり、それが啄木の回想にも反映している。「百回通信」では、「予の名を連ねて古き因縁に繫がれる詩社の人々」、つまり新詩社の人々が泡鳴の「軍振」や口語詩の運動に対して好意的ではなかったことを紹介した後、啄木は次のように書いている。

　予之を遺憾とし、且つ平かならず。独り黙して言はず。談其事に及べば唯笑つて答へず、却つて秋風揺落の間に立つの感を為せり。

さらに、啄木は、一九〇九年の『スバル』編集の際の、平野万里や吉井勇らとの口語詩についてのやりとりを回想する。

後、其等の人々と共に一雑誌を起すの企てあり。一人、大いに詩壇の新潮を罵るの文を公にせんと言ふ。蓋し、泡鳴君の呼号によりて起れる自由詩体の気運は、此人々の読むを屑しとする能はざる所なりし也。予乃ち曰く、然らば予は自ら口語詩を作らむと。議止み、予また口語詩を作らず。其等の予の言動は笑ふべく、悲しむべし。(6)

啄木は、このやりとりを三月三日の宮崎郁雨宛書簡でも紹介し、そこで「僕は然し、口語詩はいゝと思ふ――理論上いゝと思ふ。最も、今迄に出た作物の価値は別問題だが……」と語ったと書いている。ここには、口語詩に共感しながら、それを積極的に進め得ないでいる啄木の姿が映し出されている。同時に、口語詩を一笑に付してしまおうとする、平野、吉井ら『明星』系の詩人たちとの〈距離〉もまた語られるのである。そのような啄木の口語詩に対する複雑な感情は、どのような理由によるのだろうか。

一九〇九（明治四二）年夏に書かれた随筆「汗に濡れつゝ」(7)で、啄木は、詩と現実との関係について、「空虚なる人生の真面目」を「面相接して直視する」ということは容易でない、直視するに堪えないから、『理想』といふ幻象を描いて瞞着《ごまか》している」と言う。そして、「一切が一切に対して敵意なくして戦つてゐる如実の事象を、その儘で自分の弱い心に突きつける事が出来なかつた。――今も出来ない」。こう述べた後、啄木は、「詩――詩とは何ぞ？　囈語《たはごと》ではないか――」という一節をはさんでいるのである。ここでいう詩とは〈浪漫的なもの〉である。(8)そして、浪漫主義とは「弱き心の所産」(「巻煙草」『スバル』一九一〇・一)であった。そうした「瞞着《ごまか》し」や「弱き心」を自認しつつも啄木は、現実に対する態度を決めかねていた。「口語詩」を採用するかしないかは、この現実に相対するかどうかということと同じだったのである。

三

啄木が、日記に「予は岩野君を激賞した」と書き留めるのは、平野万里、吉井勇とのやりとりから数日後の、三月一四日のことである。その前日、泡鳴は『読売新聞』の「新聞社新築落成記念号」(一九〇九・三・一三)に、「読売社の時計台から」という一文を寄せている。

読売新聞社の改築中に泡鳴は、建物の絶頂にある時計台に登ったという。そのとき泡鳴が思い出したのは、子供の頃大阪の天王寺の塔へ登ったことである。その最上階から、「何心なく、こわいのを忘れて飛び下りかけたが、手が欄干にとまつて漸く気絶するのをまぬかれた」ことを思い出す。しかし、泡鳴は単なる思い出話を語っているのではない。

　高いところから飛んで気絶するまでの瞬間――この瞬間が人間の仕事のほんとに出来る時だと、僕は思ふ。この心持ちを以つて人生にのぞめば、実行と文芸とは毫も区別がない。文芸、乃ち、実行、乃ち、人生である。

泡鳴のこの言葉は、「百回通信」執筆時に、あらためて思い起こされることになる。この時の泡鳴の言葉を啄木は、「予が明治の詩壇より聞ける最高の詩」、「英雄の詩」であり、「抑圧せられたる理想の将に爆発せんとしたる鳴動」である、という。そして泡鳴への賛辞は次の言葉に言い尽くされる。

然り、少くとも君は「人」なり。自ら欺く事を成し能はざる人也。其文学的事業の価値は茲に言はず、少くとも詩人泡鳴てふ一個性の存在は、明治文明の一意義を語りて永遠の味ひあり。

啄木は、泡鳴の、全身を投げ出して、思ったこと感じたことを実行する態度、人生に正面から臨んでいく態度を評価した。「文芸即実行」の主張もその必然的な帰結であったし、口語詩の実践もそのひとつであった。その意味で、「判断＝実行＝責任といふ其責任を回避する心から判断を胡麻化して置く状態」を批判し、「人」であることを詩人の要件として掲げた詩論「食ふべき詩」の重要なモチーフの中に泡鳴の生き方は反映されている。

啄木が、口語詩の問題に正面から向き合ったのも、この「食ふべき詩」においてであった。それは、「時代の精神の必然の要求」としての「其時代の言語」に向き合うことであり、自己の「判断」——日常感じたり考えたりするところの言語による——を胡麻化さないことであった。そして、それは何よりも、現実を直視し、それを詩に対する態度にまで徹底させようとするものであった。口語詩を採用するということは、単に、文語か口語かということではない。それは、現実に対するひとつの態度でなければならなかったはずである。泡鳴への評価にはそのような現実に対する態度もまた含まれていた。啄木が、現実を直視し、それを詩の領域にまで徹底させようとしたとき、泡鳴の詩人としての活動が改めて意識されたのである。そうしてみると、評論「食ふべき詩」のモチーフは、啄木が泡鳴を取り上げた「百回通信」執筆の時点で既に用意されていた、あるいは熟成しつつあったといえるのではないか。

しかし同時に、啄木は泡鳴に対して一定の〈距離〉を置いている。啄木は、口語詩運動に積極的に与し得なかった理由を「百回通信」では、次のように説明する。

予は思想の上にも境遇の上にも、当時恐るべきヂレンマに位地したるが故に、君の如く其所信を行ふに勇敢なる能はざりし也。然り、予は如何にして詩を作るべきかを考ふるに先立ちて、先づ如何にして食を得べきかを考へざるべからざりき。

「恐るべきヂレンマ」とは、文学に執着する心と生活の重みであり、その生活から逃避しようという心と、生活に対して何ら解答をも与えてくれぬ文学への不満であった。この一節は、泡鳴との〈距離〉を感じていた啄木の心境を映している。それは、泡鳴と啄木の〈現実〉に対する〈距離〉の違いである。その〈距離〉を測る前にもう少し啄木の回想を追ってみたい。

四

啄木は、泡鳴が自然主義の小説家として一躍名を挙げることになった小説「耽溺」（『新小説』一九〇九・二）に触れて次のように述べている。

泡鳴君小説『耽溺』を著し、且つ曰く、時人奈翁の英雄たるを知りて未だ『耽溺』の主人公の英雄たるを知らずと。予はよく其意を解し、而して又、斯く言へる泡鳴君自身も亦一種の英雄なりと思へり。斯く思へる時、予の心には涙ありき。その涙は利己の涙なりき。然も必ずしも冷かなる涙に非ざりき。

「百回通信」に先立つ五月の『文章世界』で、この『耽溺』について田山花袋は次のように評している。

いかなる事象をも――口に言ふに忍びざるほどの悲惨、残忍、冷酷のことをも、明かに其心に映し得るやうに、作者は常に真率な無邪気な心を持つて居なければならぬ。『耽溺』の事象を、泡鳴君があのやうに明かに自己の心に映し得たのは、まことに敬服に値ひする。又泡鳴君は、読売の日曜附録で『耽溺』の主人公は古来の英雄豪傑と同じである。それが解らぬやうでは新文芸を談ずる資格がないといふやうな意味を言はれたが、これも面白い言葉であると思ふ。道徳に支配されず、習俗に動かされず、人間としての本性を縦横に発揮することの出来る態度――其処に英雄豪傑の真面目《しんめんもく》がある。

（「インキ壷」『文章世界』一九〇九・五・一）

花袋が、泡鳴の『耽溺』を評価したのは、第一に、「いかなる事象をも」「自己の心に映し得た」という点である。同じ号の『文章世界』に掲載された「作者と作品」で花袋は、「泡鳴君の『耽溺』が成功したのは、作者が事件其物の巴渦に没入せずに、離れて見る知識の力がすぐれて居た為めである」と述べているが、これは、花袋の〈実行と芸術〉の考え方にひきつけた見方であった。これに対して泡鳴は「実行即芸術」を主張し、一九〇九年の〈実行と芸術〉問題の争点となったのであった。ところで、この文の後半部分、花袋がここで泡鳴の言葉として引用したところは、「実行文芸、外数件」（『読売新聞』一九〇九・三・二一）の一節及び「デカダン論、外数件」（『読売新聞』一九〇九・四・一一、一八）が念頭にあったと思われる。前者は樋口龍峡の批判、後者は生田長江の批判に対して答えたものである。龍峡は、耽溺状態を排した「奮闘や努力の描写を期待する」と主張し（「山房漫話」『火柱』一九〇九・三)、長江は、泡鳴の「デカダン」の考え方に対して批判した(「文壇最近の傾向を論ず」『新潮』一九〇九・四)。泡鳴は反論する。

英雄を抽《ぬ》いても、新文芸を主張する僕等は、真の人生を体現する為め、耽溺的状態に於て抽くのだ。(「実行文芸、外数件」)

氏はデカダンを批評するに当り、僕の『耽溺』の主人公を以つて、清盛、日蓮、豊公等と同列に置くことは出来まい。若し出来ればデカダンの内部生命をもつと適切に摘発し得たであらう。(「デカダン論、外数件」)

泡鳴は、デカダンとは「自我独存の努力、苦痛、並に孤寂な生命を発想してゐること」であり、これらのデカダン状態は古来の英雄たちと同じものだと言う。そして花袋もまた、『耽溺』の主人公に「道徳に支配されず、習俗に動かされず、人間としての本性を縦横に発揮することの出来る態度」を見、それを「英雄豪傑」と表現したのであった(前掲「インキ壺」)。

啄木もまた、右の泡鳴の文章を読んでいたのだろうか。泡鳴の言葉として「時人奈翁の英雄たるを知りて未だ『耽溺』の主人公の英雄たるを知らず」と紹介しているくだりは、文意を多少取り違えてはいるが、右の泡鳴の「実行文芸、外数件」や「デカダン論、外数件」、あるいは花袋の「耽溺」評に依拠しているように思われる。そうして、啄木の解釈の独自性は、「英雄」は『耽溺』の主人公だけではない、その作者である泡鳴もまた「英雄」だと言うところにある。

その「英雄」という言葉に、啄木が特別の意味をこめて考えていたことに注意したい。一九〇八(明治四一)年七月二八日の日記には、「刹那刹那をも遁さず、最も深く広く人生を味つた人が乃ち英雄といふべしであると考へたことがある」と書いていた。ただしこれに続けて、「依つて又、人生の事、すべての価値、遂に理智によつて明かに知る事が出来ぬ」、「考えるな、盲動せよ。噫盲動するより外に此生を成すの路がない」、「そして之がかの理想とか主義とかの虚偽に生くるより、一番安心だ‼」と述べている。これを書いたときの啄木が、家族を残して単身上京したものの小説は売れず、混迷を深めていた一九〇八年の夏の時期であることも考慮すると、「英雄」という言葉が充実した生を求めながらも得られないときに吐露されていることに気付く。それは、一九〇九年三月八日の日記にもみることができる。ここでは、「天才」という言葉との対比で、「英雄とは人間の或る緊張した心状態の比較的長いもの――天才は注意力の長い人と心理はいふ――英雄天才との差異は、素質の相違でなくてその状態の時間の問題だ――」と述べている。この文に続けて啄木は、「予は人生全体に波をつたへるやうなことを発見したい。文学！　それも狭い。絶対の価値といふものがないとすれば、人は、あゝ！」と記している。「予は泡鳴君を激賞した」と書いたのは、この六日後のことである。

「百回通信」執筆当時に、評論断片に「きれぎれに心に浮ぶ感じと回想」（『スバル』に掲載された「きれぎれに心に浮んだ感じと回想」とは異なる）という文章がある。そこで啄木は、「『英雄』といふ言葉は劇薬である。然し『天才』といふ言葉は毒薬――余程質《たち》の悪い毒薬である」と言う。この一文は一九〇九年秋の啄木の「天才主義的人間観から『普通人』的人間観への、浪漫主義的文学観から自然主義的文学観への転回点」（上田博(9)）の中で書かれていることに改めて注意したい。「毒薬」程ではないとしても、「英雄」という言葉も「劇薬」なのである。いま啄木は、「英雄」という言葉を突き放して考え始めたと言っていい。そして、この言葉に対する啄木の距離は、そのまま泡鳴と啄木の〈現実〉観の相違となって現れてくる。

五

啄木は泡鳴について次のように評する。

彼の説く「現実」は、現実の現実に非ずして理想の現実也。これ彼の言を味はふに於て必ず知らざるべからざる事也。然り、彼は世に最も性急なる理想家也。

当時、啄木が、その批評に「重要な教訓を認める」（「一年間の回顧」『スバル』一九一〇・一）とした哲学者田中王堂は、『中央公論』の一九〇九年九月号に「岩野泡鳴氏の人生観及び芸術観を論ず」を発表している。その王堂と泡鳴の「現実」観の相違をみてみたい。

王堂は、泡鳴と自己の主張に同一の命題があるとして、「人間は唯だ現実にのみ価値を置くべきものである」、「人間の活動は素と単一不離であるべきものである」、「個人は彼れの欲望の満足のみを目的とすべきものである」の三点を挙げている。しかし、同じ命題でありながら、その解釈は、自分と泡鳴とは異なると言う。その相違は、王堂が、三命題を具体的、作用的、有機的（あるいは社会的）に解釈するのに対して、泡鳴は、抽象的、機械的、孤立的（あるいは分子的）に解釈するところにある。このうち〈現実〉観の相違を述べた第一の命題について、王堂は、詳細に論じている。要約すると次の通りである。

現実の心核となっているのは、「生活を持続する」という人間の直接経験である。そしてその現実を構成するところの行為を形作るのは、支配する要素である理想と、支配される要素である嗜欲の二つの要素である。この理想とは、人間の欲望を実現していく手段なり方便のことであるが、泡鳴はこの理想の側面をみないで、現実を説明している。人間の経験を離れたところに理想をみることを「無理想」だという泡鳴の意見には賛成だが、理想が、人間が自己を実現していく方便として人間の活動に内在するものであることまで見逃すのは誤りである。「一の実行は、一の理想を生み、一の理想は一の実行と熟し、斯く転々反復して、無窮に進む」ものとしてある。泡鳴が言う「無理想」とは、「理想を建て、解決を為るのに、前人よりも多く困難を感じ、苦痛を感ずる」現代人の状態を映したものに過ぎない。王堂は以上のように論じている。

泡鳴は、その「無理想主義」を「芸術」に「実行」する、と主張していた。

　僕が新自然主義といふ刹那主義には、区別された芸術はない。たゞこの人生観——無解決、無理想の主義——を以つて芸術に実行すれば、そこに自己が芸術として生きて居るのである。

（「刹那主義と生慾」『東京二六新聞』一九〇八・五・一、二）

また、泡鳴の「新自然主義」や「刹那主義」の主張は、「実行即芸術」の主張と不可分のものであった。

　僕等は実感の芸術を主張する。して《ママ》、実感は実行によつて最も痛切に得られる。して《ママ》また、実行には、手段的もしくは玩弄的余裕がない。そこに達してこそ、人生の味ひが充実して実際に感じられるのだ。（中略）《実行と芸術は》初めから一つなのだ。（中略）実行的文芸は、抱月氏や花袋氏の考える様な、単に描写上の自然主義ではなく、実に初めから態度上の問題である。

（前掲「実行文芸、外数件」）

ところで、短編集『耽溺』を読んだ安倍能成は、こうした泡鳴の哲学に「理想主義」をみた。

氏に於ては耽溺即生命であるとより《ママ》も、耽溺即生命であらんことを欲して居るといふ方が適切であることが分る。この点に於て氏の盲目的活動、無理想主義がやがて一種の理想主義たらんとする傾向を有して居ると見たは僻目か。（中略）氏の見た人生は斯く〳〵であると云ふより外に、氏が人生を斯く〳〵見たいと思ふ気味が見えると、自分は思ふ。

（「『耽溺』を読む」『国民新聞』一九一〇・七・三、署名ＡＹ生）

一方、王堂は実人生に文学がどのようにかかわるかという点について、次のように説明している（前掲「岩野泡鳴氏の人生観及び芸術観を論ず」）。「文芸は一の分業として人間の個々の欲望を充す他の分業と等しく、其の統一の範囲は他の分業の統一の範囲に依つて制限せらるゝのであつて、詮り宗教や、政治や、工業や科学やと同格のものである」。そしてそれらの活動は人生の要素であり、人生を「理想化する主力」となる。ところが泡鳴は、その人生の手段であり、方便の一つである「文芸」を「人生の全体」と見ている。王堂の言葉で言うと、「理想化する主力」（文芸）と「理想化せらるゝ客体」（人生）とをはじめからイコールのものとして泡鳴は見ているのである。しかし、このような「文芸」と「実人生」の一致もまた極端な「理想主義」（安倍能成）ではなかったか。

啄木の「予は如何にして詩を作るべきかを考ふるに先立ちて、先づ如何にして食を得べきかを考へざるべからざりき」という言葉を思い起こしたい。啄木は回想として述べているが、これは、「百回通信」執筆当時の啄木の課題でもあったはずである。「詩を作る」ということと「食を得」ることとの葛藤の中で、啄木が王堂の哲学から得たことは、「実人生」の中で「文学」をしかるべき位置に置いてみることであった。「食ふべき詩」では、「詩」を「珍味乃至は御馳走」の位置から「日常の食事」の「香の物」に置き換えた。つまり、「一切の文芸は、他の一切のものと同じく」、「自己及び自己の生活の手段であり方法」であった。「文学」と「実人生」とはイコールで結ばれるものではない。その「一致」の側面のみを強調し、それを「実行」するという泡鳴は、啄木から見ると「性急なる理想家」として認識されたのである。

この時期の啄木が王堂の考えに賛同していることは、次の言葉からも読み取れる。

遠い理想のみを持つて自ら現在の生活を直視することの出来ぬ人は哀れな人です、然し現実に面相接して、其処に一切の人間の可能性を忘却する人も亦憐な人でなければなりません、（中略）人生――狭く言つて現実といふものは、決して固定したものではない、随つて人間の理想といふものも固定したものではない、我々は時々刻々自分の生活（内外の）を豊富にし拡張し、然して常にそれを統一し、徹底し、改善してゆくべきではないでせうか、あらゆる思想、あらゆる議論の最後は、然して最良の結論は唯一つあります、乃ち実行的、具体的といふ事です、

（大島経男宛書簡、一九一〇・一・九）

啄木は、泡鳴の説く〈現実〉とは「理想の現実」であり、泡鳴は「性急なる理想家」であると言う。これは、泡鳴が〈現実〉から即時に理想的な生き方を見いだそうとしていたこと、言い換えれば、泡鳴は、生の現実的な過程そのものに〈理想〉を求めたと言えようか。先の「英雄」という言葉を思い起こしたい。刹那刹那を燃焼して生きることのできるのは、「英雄」であった。それはあまりにも〈理想〉を性急に求めることにほかならない。王堂やこの時期の啄木にとっては、〈現実〉とは、不断に〈理想〉を実現していく〈場〉であったのである。

啄木の言う「君は積極的の現実に生くる人にして、予は消極的の現実に死せんとす」という言葉の意味するところを考えてみたい。

かつて、現実は、啄木から抒情詩を追い出し、さらに謀反気を追い出した。いま啄木は「暗き穴の中に入りて、眼の次第に暗黒に慣れ来るを待つ如き気持にて、静かに予の周囲と予自身を眺めつゝあ」ると言う。「暗き穴の中」にいて、周囲と自身を「眺め」る生活は、刹那刹那を燃焼して生きる「英雄」的な生き方からすれば、「消極的」ではあるが、生活に足場を置いて生きること、そこに価値を見いだそうというのである。そうした〈現実〉の中にこそ〈理想〉は発見せられ、時々刻々〈理想〉は〈現実〉の上に実現されていくことになる。しかし、「消極的の現実に死せんとす」という言葉には、それだけでない、啄木の現実認識の厳しさがある。現実の改善が容易なものではないことを啄木が意識していたことは、同じ「百回通信」の「人生を縦に見れば理想も希望もあり。之を横に見たる時、吾人は唯痛ましき精力消耗の戦ひを見る。人は精力を消耗し尽して死するのみ」（「百回通信」第十回）、「今日の如く日本人の国民生活の内容、物質的にも精神的にも貧弱なるに於ては、早かれ晩かれひどい目に遭ふの時期到達すべく候」（第十一回）などの言葉にみることができる。

一方、泡鳴の「積極的現実」は、彼をして樺太へ行かせ、蟹罐詰業へと駆り立てた。それは啄木にしてみれば「初めより其事業の失敗に終るべきを予想」できるものであった。しかし、泡鳴にとってはその結果は問題ではなく、「苦悶の人生」であろうと「無理想の人生」であろうと、要は現在の生をどれだけ燃焼させて生きるか、生の現実的な過程そのものに意味があったのである。

「百回通信」執筆当時の啄木が抱えていた課題は、〈現実〉と〈理想〉との折り合いをどのように解決するかということであった。それは、〈理想〉に溺れるのでも、〈理想〉と〈現実〉とを二元的に分けて考える見地でもない。ほかならぬ〈現実〉の中にこそ、〈理想〉は見いだされるものであったのである。それはちょうど啄木の詩に対する態度とも照応している。〈現実〉から遊離した詩から、詩と〈現実〉との二元論へ。「食ふべき詩」の書き出しに

「詩といふものに就いて、私は随分、長い間迷うて来た」とあるが、啄木が、詩と〈現実〉の関係について悩んでいた間、泡鳴の詩人としての実践が何度か意識をかすめたであろう。そして、この「食ふべき詩」にいたってはじめて、啄木は、詩と〈現実〉との関係に一応の結論を見いだすのである。それは、〈現実〉を直視する姿勢を詩に対する態度にまで徹底することであり、具体的には、口語詩の意義についての確認に至るものであった。泡鳴がそこに介在していることはこれまで述べたとおりである。

啄木は「百回通信」で泡鳴に共感を寄せていた。それは、〈現実〉の中に〈理想〉を求めようとして、生を燃焼し尽くして止まない泡鳴への人間的共感であった。しかし、同時に泡鳴の〈現実〉の中に、浪漫主義の残滓を見つけないではいられなかった。泡鳴の〈現実〉から即に〈理想〉を見いだそうとする姿勢が、「理想主義」的・浪漫主義的なものであったからである。

ここには、泡鳴の〈理想〉と〈現実〉を探りつつ、自身の立脚点を明らかにし、「消極的の現実に死せんとす」という言葉によって、困難な現実と向き合うことを決意した啄木の姿勢が映し出されている。

注

（1）啄木と岩野泡鳴との関係を考察した代表的なものに今井泰子「啄木の思想」（『石川啄木必携』学燈社、一九六九・四）、伴悦「石川啄木と岩野泡鳴」（『啄木研究』第四号、一九七九・四）がある。

（2）大信田落花と雑誌『小天地』については、遊座昭吾『石川啄木の世界』（八重岳書房、一九八七・二）を参照。

（3）注2『石川啄木の世界』及び注1伴悦「石川啄木と岩野泡鳴」参照。

（4）ＲＴＯ「言文一致詩」

（口語詩の中で）比較的に最も多くの成功をしたのは泡鳴氏の散文詩である、曾て『趣味』誌上に掲げられた数編の如きは十分氏に其才あることを示して居る。

蒲原有明「新機運到来の年」

泡鳴氏は近来一転化を来たして、散文詩を書出されてから、名残なく氏の面目が窺はれて来た。（中略）口語詩なるものが随分多々発表されたやうであつたが、氏の如き特色を発揮した人は他に見られなかつた。

（5）ただし、ここでの泡鳴の発言が、無形律とともに有形律をも承認するという不徹底なものであったことは、服部嘉香の論ずる通りである（『口語詩小史』昭森社、一九六三・一二）。啄木は、口語詩問題について自己の課題にひきつけて泡鳴を解釈しているといえるだろう。

（6）これが平野万里と吉井勇との間で交わされたものであることは、明治四二年三月三日付の宮崎郁雨宛の書簡からもわかる。

或時こんな会話があった。

平野『口語詩なんて詰らない。僕の方の雑誌では毎号攻撃してやらうぢやないか。』

吉井『ああ、僕等の方の雑誌で』

石川『僕は然し、口語詩はいゝと思ふ――理論上いゝと思ふ。最も、今迄に出た作物の価値は別問題だが……』

平野『それア差うさ、理論上はさうだが、アンナ作物を出して威張つてるから癪にさはるんだ。』（と不快な顔をした。平野はすぐ不快な顔をする男だ）

石川『アハ……。やるサ、大いに。』

（7）『函館日日新聞』一九〇九（明治四二）年七月二五、二七～二九、三一、八月一、三～五日。引用したのは、五日掲載の文章。

（8）注7の八月四日掲載の文章に次のような一節がある。

予も亦予の浪漫的を笑はねばならぬ。投げ捨てねばならぬと思ふ。思ふのは単にバザロフの真似を為ようとするのではない。が唯思ふだけである。悲しいかな唯思ふだけである。

（9）上田博『石川啄木の文学』（桜楓社、一九八七・四）一二一頁。

第七章　近松秋江との交差

――〈実行と芸術〉論争の位相――

一

石川啄木は、『スバル』の一九一〇（明治四三）年一月号に発表された「一年間の回顧」のなかで、当時自然主義文学中心の文壇で話題となった〈観照と実行〉〈実行と芸術〉の問題に触れ、論争の一端を担っていた近松秋江（当時は徳田秋江）の主張を好意的に紹介している。啄木は、当時の文壇に「停滞弛緩の傾向」があることを指摘し、「『観照と実行』に関する自然主義者同志《ママ》の長談議の如きは、最もよく私の観測の正しいことを証拠立てるものである」と述べた後、次のように秋江について言及する。

若し強ひて両者を説明するなれば、観照は観念的実行であるといふ徳田秋江氏の意見が最も妥当である。従つて実行即ち実際的行為は直接したる観照であるとも言へる。而して文学その物は広い意味に於て観照の所産であり、作家の文学的製作の努力は実行の一種であり、読者が文学的作物を読むといふ行為は「観照せんが為」といふ目的を置いた準備的実行（学生の勉強と同じ）である。理窟はこれだけである。

また、これに先立つ「文学と政治」（『東京毎日新聞』一九〇九・一二・一九、二一）においても、「芸術は自然人生を理想化したものであり、従つて人生自然を批評するものであるといふ事を『確定した真理』として徳田秋江さんの意見に（細かく論じ合つたら相違もあるだらうけれど）全然同意するものである」と述べている。

近松秋江といえば「別れたる妻に送る手紙」（『早稲田文学』一九一〇・四〜七）や「疑惑」（『新小説』一九一三・九）、「黒髪」（『改造』一九二二・一）などの作品によって〈情痴文学〉の作家として知られているが、彼のこの時期の批評活動は、啄木の自然主義批判と重なる部分がある。しかし、その後、啄木は〈時代閉塞の現状〉への批判へと進み、秋江が情痴耽溺の作家へと進んでいくといったように、その進路は大きく異なっていく。

両者が一時接点を持ちながらも、その後離れていったのはなぜか。本章は、啄木と秋江の〈実行と芸術〉への関わり方及び自然主義批判の接点を明らかにし、啄木の自然主義批判の位相を考察したい。

二

先に言及した秋江の「観念的実行」は、一九〇九（明治四二）年を中心に展開された〈実行と芸術〉論争の中で主張されたものである。

〈実行と芸術〉の問題は、論争としては、田山花袋の「評論の評論」（『文章世界』一九〇九・一・一五）の「自分は実行上の自然主義といふものは意味を成さぬと思ふ。自然主義の傍観的態度は既に始めから芸術的学問的である。また自然主義はさうした処にそのまことの意義を有して居るのである」という発言をきっかけに改めて浮上した。(1)

これに対し秋江は、花袋らが「実行上の自然主義を斥けるのは」、自然主義が出刃亀事件に表象されるような「制限なき性慾の遂行」などと混同されることに対する「極めて卑近な問題を憚る、浅薄な杞憂からではあるまいかと思ふ」と述べ、自然主義の作品には「新道徳」「人生観の新解釈」が含まれており、「人生観の新解釈といふことには、遠くの方に実行を予想してゐる」と批判している。そして、島村抱月、田山花袋、長谷川天渓らに対して、「実行論派」である「岩野泡鳴氏の説に賛成する」（「文壇無駄話」『読売新聞』一九〇九・一・二四）と書いている。

その後、花袋の「評論の評論」（『文章世界』一九〇九・二・一五）における「実行論派」への反批判があり、それに賛同した島村抱月の「実行的人生と芸術的人生」（『新潮』一九〇九・三）が発表された。秋江の「観念的実行」という言葉が登場するのは、この抱月の評論への批判文（「文壇無駄話」『読売新聞』一九〇九・三・二一）である。抱月は、「吾々が人生と云ふものを営み、経験する方式」に「実行」と「芸術」という方式があるという。前者をたとえて、「咽の渇きに堪へないで冷たい清水を飲む」行為とし、後者を「清水を飲んだ嬉しさ以外に、何とも云ひ難い全体的な気持ちを感ずる」という。秋江はこれを次のようにまとめつつ、批判する。

> 抱月氏のお言葉を借りて言へば、水を飲むのと、飲むことを想ひ味つて見るのとの相違である。私は初めから、此の明瞭に区別されてゐる二つのものを一つにしやうとは考へない。私は一つの方——芸術の方だけに其中にも実行が存在してゐるものと信じてゐる。此実行は、仮りに観念的実行とでも言つて置かう。

ここでいうように、秋江の「観念的実行」とは、抱月が「実行」と区別した「芸術」（「観照」）の中にも「実行」が含まれていることを指す。ここまでの秋江の主張を鑑みるならば、それは「人生の再解釈」というかたちで「実行」につながるものといってよいだろう。

その後、秋江は、抱月の「観照とは、言ふまでもなく単に見聞することとも違ひ、単に実行することゝも違ふ。部分的現実に即して直に全的存在の意義を瞑想する境地である」（「観照即人生の為也」『早稲田文学』一九〇九・五）

という主張に対し、「島村抱月氏の『観照即人生の為也』を是正す」（『読売新聞』一九〇九・五・一六、六・一三、二〇、七・四、一一）で反論を書き継ぎ、並行して「芸術は人生の理想化なり（西鶴と近松）」（『現代』一九〇九・六）、「西鶴と近松（前論の補遺）」（『現代』一九〇九・七）等を書き、論争に関わる旺盛な執筆活動を展開している。

秋江は、「人生の観照とは、現実の上に蒙らされたるものにして、観照――即ち観念化、或は理想化」であるといい、「観照化すべき対当は実人生に他なら」ないと言う。また、「観照」には、「『味ふ』といふこと」のほかに、「『批判又は反省又は商量理想化』などいふこと」があると言い、「吾等は、如何なる現実行為に対しても、それが経験意識中に始めて生起する場合なる時は、常に此の批判、反省、商量等を用ゐて理想化を行ひつゝあり」と言う（「島村抱月氏の『観照即人生の為也』を是正す（一）」）。芸術と人生の関係を切断せず、「観照化」「理想化」という概念で両者を媒介するのである。啄木が引用した「芸術は自然人生を理想化したものである。又芸術は、従つて人生自然を批評するものであるといふことを、確定した真理」とするという言葉も、この論争の過程で書かれている（「人生批評の三方式に就いての疑ひ（劇、小説、評論）」『秀才文壇』一九〇九・六・一）。

そして、「芸術実行論」について、「島村抱月氏の『観照即人生の為也』を是正す（五）」で次のような整理を行っている。

甲　芸術製作行為を観念的実行と見るもの。
乙　芸術――或は詩人――を時世に先立つて時世に教ゆる予言者として見たる実行。
丙　手と足との実行と混同せるもの。

このうち、秋江は、「丙」を退け、「乙」を『文章世界』六月号に掲載された金子筑水の「芸術観の一面」に発表された見解に代表されるものとし、秋江が「人生観の新解釈——新批評——は、遠くの方にその実行を予想してゐる」と述べたものと同じであるとする。また、「甲」についても、「芸術製作行為その事が直に実行なりと申す意味にして、岩野泡鳴氏が芸術の創作を実行なりといふは此の場合にして、同時に、小生が、観念的実行と称する場合が即ちそれに候」と書いている。

なお、秋江は、自分の「観念的実行主義」を、田中王堂の「具体理想主義」と、中沢臨川の「現実的理想主義」と「最もよく合一」するといい、さらに、岩野泡鳴の所説と最も近いと書いている（「文壇無駄話」『読売新聞』一九〇九・五・九）。

以上が、秋江の「観念的実行」説の大略である。

三

ここで注目しておきたいのは、この論争の中で秋江が、明治・大正期のプラグマティスト田中王堂の哲学への共感を随所で表明していることである。秋江は、東京専門学校時代、田中王堂（喜一）に心理学や哲学を学んでおり、「自筆年譜」（『現代小説全集』第十二巻、新潮社、一九二五・一二）にも「在学中田中王堂氏は、一年より三年まで三年間心理学、倫理学、哲学等を教授し、且つ予は卒業後も氏の私宅に訪問すること屢々にして、氏の談片によりて大に啓発せられたり」と書いている。論争の中での言及は、「文壇無駄話」（『読売新聞』一九〇九・一・二四）で、金子筑水の「新価値論」（『文章世界』一九〇九・一・一五）とともに王堂の「具体理想主義は如何に現代の道徳を理解するか」（『文章世界』一九〇九・一・一五）を評価しているほか、「吾等の批評（所謂早稲田派の諸評家に与ふ）」（『文章世界』一九〇九・五・一五）では、王堂の「近世文壇に於ける評論の位置」（『新小説』一九〇九・五）を紹介している。その他にも一九〇九年の評論には田中王堂の名前がしばしば登場する。

王堂の「具体理想主義」等と「最もよく合一」すると述べた一九〇九年五月九日付の「文壇無駄話」では、高山樗牛とそれ以後の思想の関係について言及しながら、秋江が依拠する批評的立場を次のようにまとめている。

一、批評に一定の標準なし。――少くとも絶えず、進化すること。

二、文芸内容は実人生と一致すること。

三、批評が作品の批評以外、むしろ主として人生そのもの、批評に亘らねばならぬこと。

四、高山イズムと後の高義《ママ》自然主義とに関係あること。

五、理想は現実の中に絶えず発見せられ且つ殆ど同時に実現せられつゝあること。

六、それを要素に解いて見れば、即ち価値の選択と、之れに対する適応行為との無限の連続に他ならぬこと。

七、尚ほ之を再び結び直して見れば、過去の経験（実感）を標準にして現在を観念化し(2)、それを実行すること。

中島国彦はこのうち一～四を金子筑水の「文芸と実人生」（『中央公論』一九〇九・五）に重なるものとし、五～七を「秋江なりの見方」としているが(3)、後者は田中王堂の考えとも合致する。

例えば、王堂の「現代は過去の継続であるのみならず、又過去の修正である。吾人が現代といふもの、裡には、過去の活動と理想とが悉く包含されてある」、「人間は統一あり幸福ある生活を持続する為めには、是非とも過去の経験より幸福なる生活を実現し得るやうに、同時に起る慾望或は前後に起る慾望を整頓することが必要になる」、「人間の生活は変化し又は発展するものであるから、理想はどの位変つても差支へないのであるし、又変る方が好いのである」（前掲「具体理想主義は如何に現代の道徳を理解するか」）という考え方に、秋江の批評の基準との共通点を発見することは容易い。

また、秋江は、王堂の「近世文壇に於ける評論の位置」（前掲）の「我が国に於て今日評論と云へば、或る作物の価値を批判する事ばかりに解せられて居るが、然し、自分が茲で云ふ評論は人生其のものゝ批判である」などの箇所を引いて「斯の如きは、小生の屢々漏してゐる所である。氏は今それを一層徹底して語つてゐるのである」（前掲「吾等の批評（所謂早稲田派の諸評家に与ふ）」）と書いているが、これも、先の「三」の見解と同じくするものであろう。

ところで、啄木が秋江をその評論に取り上げた一九〇九年秋頃は、啄木が王堂の哲学に共鳴していた時期と重なっており[4]、その点で秋江の批評とも重なるものをもっていた。一例を挙げるならば、次の啄木の一文にも王堂哲学の受容の跡をうかがうことができるだろう。

遠い理想のみを持つて自ら現在の生活を直視することの出来ぬ人は哀れな人です、然し現実に面相接して、其処に一切の人間の可能性を忘却する人も亦憐な人でなければなりません、（中略）人生――狭く言つて現実といふものは、決して固定したものではない、随つて人間の理想といふものも固定したものではない、我々は時々刻々自分の生活（内外の）を豊富にし拡張し、然して常にそれを統一し、徹底し、改善してゆくべきではないでせうか、あらゆる思想、あらゆる議論の最後は、然して最良の結論は唯一つあります、乃ち実行的、具体的といふ事です、

（大島経男宛書簡、一九一〇・一・九）

啄木と秋江の接近は、この田中王堂の哲学を媒介としたものである。

四

また、両者は、高山樗牛の受容という点においても接点を持っている。ただし、啄木があくまで「私淑」に過ぎないのに対し、秋江は東京専門学校で樗牛の講義を受けていただけではなく、田中王堂に同行して樗牛を訪問したりもしている。秋江には「高山樗牛には一と口に――仮名で書いたが分りが好い――ホレタのである」（「故高山樗牛に対する吾が初恋」『中央公論』一九〇七・五）という文章があるが、樗牛への傾倒・崇拝は生涯変わらなかった。一方、啄木には一九〇九年に起稿された「樗牛以後」という未完の文章があるが、それは「十八の歳」の時の思い出として綴られようとしたものであった。確かに、「明治新思潮の流れといふ事に就いて、矢張時代の自覚の根源は高山樗牛の自覚にあつた」と語ったり（一九〇八・七・六日記）、評論「時代閉塞の現状」（一九一〇・八下旬頃）で、明治の青年の自己を主張しはじめた第一声として「樗牛の個人主義」を挙げるなど、啄木にとって樗牛の存在は小さくない。しかし、啄木にとって樗牛は、歴史的存在として反省し顧みられるものであったのに対し、秋江にとって樗牛の存在は「独り故人高山樗牛を崇拝するのみならず、小生の本能的評価が許すあらゆるものを崇拝す」（「文壇無駄話」『読売新聞』一九〇九・五・九）といった文章にもみられるように、いまなお大きな意味を持つものであったことも見逃せない(5)。

ところで、秋江が、療養中の樗牛を王堂と共に見舞ったというエピソードは、樗牛と王堂のつながりをも示唆していて興味深い。秋江は、樗牛は「本能満足説」によって、「道徳上の革命運動」、「新人生観の探求」を行ったとしているが、その樗牛と王堂のつながりを次のように述べている（前掲「文壇無駄話」）。

本能満足論は、或る意味に於て恰もルッソーの「自然に反れ」の辞義と同じく、直接にして力あれども、つまり鉱《あらがね》也。之れを調整せざるべからず候。田中喜一氏が具体理想主義に於て「人間の実質は理想を以つて情欲を調和するに在り」といふは、即ち本能満足説を、内容的のまゝに調整せんと企つるものにして而して其の所謂理想が、また、中沢（臨川——引用者注）氏も言つてる如く「過去の実感の塊」なることは申すまでも無之候。田中氏は、「科学も、道徳も、政治も、文芸も、畢竟此の情慾調和の機関也」と語り居り候。

実際、樗牛自身、「美的生活を論ず」（『太陽』一九〇一・八）で、「知識と道徳とは盲目なる本能の指導者のみ。助言者のみ。本能は君主にして知徳は臣下のみ。本能は目的にして知徳は手段のみ」と書いており、〈美的生活論〉とプラグマティズムの親近性をうかがわせている。一方、田中王堂自身は、樗牛については「美的対象に対する「彼れの造つた実際の判断」を評価し、「彼れは彼れの Essay によりて曠世の一大天才たるを得るのであると僕は信づる《ママ》ものである」と述べる一方、「彼れの哲学や創作や歴史や宗教上の経歴の凡庸なることに就きては全く語りたくないのである」と書いており（「故高山林次郎君の天才に就て」『中央公論』一九〇七・六）、むしろ批判的であるとさえいえる。しかし、秋江の中で両者の思想は継承関係にあったといえよう。そして、秋江は、「今日の自然主義」の特徴として「道徳上の解放説——本能満足説——を経由して以来、ます〳〵人生観に新なる欲望の容認されたること」を挙げているが（前掲「西鶴と近松」）、いわば樗牛——王堂の思想を媒介として理解された自然主義論を展開しているのである。それは、「自然主義が吾等の住家に最も適するが故に、吾等は、吾等の所信を標準として、聊か之れに批判を与へ、是正を加へ、一層住ひ勝手の好いやうに、雑作の手入をせんことを企て居り候」（「島村抱月氏の『観照即人生の為也』を是正す」（一））という言葉にも示されている。また、それは王堂哲学に励まされて「自然主義的思想は明治の日本人の最初の哲学の萌芽であると同時に文学上に於ける自然主義の運動は、其維新以後に於ける新らしい経験と反省とを包含する時代精神の要求に応ずるやうに文学を改造するところの努力であるとも言へる」（前掲「一年間の回顧」）と書いた啄木にとっても同じだっただろう。

しかし、こうした「受容」がまったく無批判になされたわけではない。

五

秋江が樗牛の思想の中で違和感を感じているのは、樗牛が安置された竜華寺の墓標に刻まれ、樗牛全集にもその表紙に記載されている「吾人は須らく現代を超越せざるべからず」という言葉である。秋江は、この言葉を「多くの詩趣と憧憬性とを含」み、「遂に一片の空想に他ならず」とする。そして、「『理想は吾等が日常生活の間に実現せらる』と申したる意味と直反対に出で居り候。いや、それよりも、本能満足説に矛盾致し居り候」と述べている（前掲「文壇無駄話」一九〇九・五・九）。

秋江のこの発言に対しては、やはり王堂哲学の薫陶を受け、当時文芸時評の筆を執っていた石橋湛山が疑問を呈している。湛山は、「超越という辞を言葉通りに解すれば、成程飛び離れて了うと云う事になるが、ソンな事は仕ようとて出来る仕事でもなし、また御当人仕た積りでいても実はソウではないので、吾人が超越すると云う時には、いつも瞬間的の事象に惑溺せずとて、一層広い、一層高い、一層深い立場から瞬間（現代）を批評し、説明するという事にすぎぬ。即ち理想化（田中氏（王堂——引用者注）が用い、また秋江氏の使ってる辞に従えば）する事だ」と述べ、「あの有名な句の意味は秋江氏には先ず少しも解っていない」と厳しく批判した（「五月の教学界」『早稲田文学』一九〇九・六）。

実は、秋江が樗牛の「吾人は須らく現代を超越せざるべからず」に違和感を表明し、湛山がそれを批判したことの中に、秋江の「理想」論の内実をうかがうことができる。秋江は、同年四月一八日掲載の「文壇無駄話」では、「理想」について次のように書いている。

凡そ此の天地間に生を寄する物、一切の思惟行動は、悉く之れを、価値の選択とそれに対する適応といふことを得。価値の選択或は智識といふことを得。適応或は道徳といふことを得。吾等の生活は、之れを例へば殆ど肉眼にては認めがたきまでに、幾多の細微なる価値の選択と其れに対する適応行為との無限の連続に外ならずと存候。――（岩野泡鳴氏の刹那といふ意味を、小生は此場合ならんと解釈致居候）――或は是れを理想実現の不断精進といふも亦た可也。理想は吾等が日常生活の箸の上げ下しの間にも実現せられつゝあり。

この言葉は、田中王堂の哲学とも重なる一方で、微妙に岩野泡鳴の方向にシフトしたものといえよう。ここでは「理想」の内実を「日常生活の箸の上げ下し」にまで引き下げている。また、七月四日掲載の「島村抱月氏の『観照即人生の為也』を是正す（四）」では、「理想とは、生物――その中には無論自然主義の文学者もあり――が、自己の生存欲を到達する際に『あゝしやう、かうしやう』といふ、思意の形式に他ならず候」と書いている。

岩野泡鳴は、「田中氏の『具体理想主義』を評す」（『読売新聞』一九〇九・五・二三）の中で、王堂の「何れの時代でも人間は前の時代が造つた所のものを改造することに依つて生活を持続し、満足を獲得してゐる」（「文芸に於ける具体理想主義」『趣味』一九〇九・五）という言葉に対して、「人間の本能から見て世界は決して進歩も進化もしてゐない。改造されたと見えるのは僕等の生活の外部状態であつて、僕等は時々刻々その状態を本能によつて破壊し、革命するところに真の生命があるのだ」と批判する。泡鳴は、「僕等は、理想を設ければ人生の実行的方面がそれだけ切実痛烈でなくなると云ふのだから、その無理想的人生観が直ちに芸術にも、手段または申しわけなしに、採用出来るのだ。無余裕実行文芸とは乃ちそれだ」（「デカダン論、外数件」『読売新聞』一九〇九・四・一八）などとも書いており、「文芸は社会活動の機関の一つである」とするプラグマティスト王堂と対立している。

これに対し、田中王堂は、明治四二（一九〇九）年九月号の『中央公論』に、「岩野泡鳴氏の人生観及び芸術観を論ず」を発表し、泡鳴への全面的な批判を展開した。(6) 王堂によれば、現実の心核になっているのは、「生活を持続する」という人間の直接経験である。そしてその現実を構成するところの行為を形作るのは、支配する要素である「理想」と、支配される要素である「嗜欲」である。この「理想」とは、人間の欲望を実現していく手段なり方便のことである。「一の実行は、一の理想を生み、一の理想は一の実行と熟し、斯く転々反復して、無窮に進む」。泡鳴の「無理想」とは、「理想を建て、解決を為るのに、前人よりも多く困難を感じ、苦痛を感ずる」現代人の状態を映したものに過ぎない。以上のように王堂は批判した。

しかし、この評論の発表の後、秋江は、「小生が、田中喜一氏の哲学にかぶれてゐるやうに取られてゐるのは、光栄ではあるが、少々難有迷惑である」と述べ、「氏の哲学は、主として英米派の実行哲学を唱へてゐながら、立論の方法は常に余りに抽象的である。観察も亦た余りに普遍的であつて、実人生の個々に触れてゐない」（「文壇無駄話（之れも個人の告白？）」『読売新聞』一九〇九・九・二六）と書いた。(7) さらに、明治四二（一九〇九）年一〇月一五日発行の『文章世界』掲載「『泡鳴論』と『懐疑と告白』」では、冒頭、「田中喜一氏の泡鳴論は頗る面白くない論文である」と書き、智情意のうち、情と意は「趣味判断」の領域であるが、王堂は、その「趣味判断の領域」に「自説を以つて他人に強ゐた」批判を泡鳴に行ったと言う。秋江は、智の活動と情意の活動を分けたうえで、王堂の後者に対する見解について「欠くる処」があると批判するのである。一方、この評論には「理想といふ文字に依つてシムボライズされた人間の心意作用は、と言へば、小生が午餐に西洋料理を食うといふのもそれである。好い小説を作りたいといふのもそれである。（中略）此の意味に於て理想は常に吾等の思惟行動の根抵の法則をなしてゐる」という文章があるが、これは情意の活動の面を強調しており、樗牛の「美的生活」を思い起こさせる。

さて、確かに、王堂の著述は、普遍の法則・原理を説くのに急で、特殊の具体的状況を分析することに欠けていた。片上天弦は「田中氏は初めから、生活の矛盾や分裂をどうして統一して行くかといふ問題を閑却して、たゞ統一せらるべき筈のものだとばかり言つて居られる」（「現代思想の特徴に就て」『国民新聞』一九一〇・二・二七、三・一）と指摘したが、秋江自身も「田中氏は人間は斯うやつて行つてゐる。と云ふ調子で唯概念的に抽象的に言ひ表はしてゐるに過ぎぬから、あまりに楽天的であつて、あまりにお目出度過ぎる」（前掲「『泡鳴論』と『懐疑と告白』」）と批判していた。島村抱月も「実生活に好都合なやうに統一すると、一口に言つて了へば何でもないが、事実其の統一が満足に行はれてゐるか否かといふことが第一問題である」とプラグマティズムへの疑義を表明しており（「懐疑と告白」『早稲田文学』一九〇九・九）、ここに抱月の「観照」論、「第一義的生活」への傾倒の理由があるとすれば、王堂は何も答えていないのに等しい。一九〇九年以降、王堂哲学を受容していた啄木が「今日の我等の人生に於て、生活を真に統一せんとすると、其の結果は却つて生活の破壊になるといふことを発見した」、「僕は最も確実なプラクチカルフイロソフイーの学徒になるところだつた」（宮崎大四郎宛書簡、一九一〇・三・一三）と述べて、王堂哲学＝プラグマティズムから距離を置くのも同じ理由であろう。

しかし、王堂を批判して秋江の向かったところは、先述の通り、「情意」や「趣味判断」の世界である。先に挙げた秋江の「芸術実行論」では、「甲」の「芸術製作行為を観念的実行と見るもの」と、「乙」の「芸術――或は詩人――を時世に先立つて時世に教ゆる予言者として見たる実行」とに、共感を表明していたが、秋江の主張の中心は「甲」にあった[8]（「島村抱月氏の『観照即人生の為也』を是正す（五）」）。

ここで注目されるのは、この論争の時期に秋江が「印象批評」論を展開していることである[9]。先に引用した「吾等の生活は、之れを例へば殆ど肉眼にては認めがたきまでに、幾多の細微なる価値の選択と其れに対する適応行為との無限の連続に外ならずと存候」（前掲「文壇無駄話」一九〇九・四・一八）という言葉は、「印象批評」を論ずる中で言われたものであった。その後、「批評家といふものは、分けても此の直観を持つてゐなければならぬ」（「文壇無駄話」『読売新聞』一九〇九・四・二五）、「自分の印象批評――主情意批評を初めて見たい」（「批評に就いて」『新潮』一九〇九・七）などと書いている。また、「吾等の批評（所謂早稲田派の諸評家に与ふ）」（『文章世界』一九〇九・五・一五）や「ウォルタア・ペータア氏の『文芸復興』の序言と結論（印象批評の根拠）」（『趣味』一九〇九・六）では「印象主義」を根拠づけようとしている。

秋江は、前期自然主義と異なる「今日の自然主義」の要件として「主観の熱心にして敏捷なる動き」や「対象に対する見方が、帰納的とはいひながらも、極めて印象的になつて来たこと」（前掲「西鶴と近松」）を挙げている。秋江の「印象批評」論は、同時に創作理念でもあった。秋江は、ペーターの説として「凡ての価値は自個に対する主観的関係に他なら」ないといい、「文芸批評家の職務は、此の価値とそれに附属せる混合物或は無用物とを分別し、分析し、引離す点にある」という言葉を紹介し、次のように書く。

　さうして此の無用の混入物を取つて棄てたあとには、芸術家の想像乃至主観の熱を以つて全然溶解し、変化を加へたもの丶みが残るのでございます。
　西鶴の描いた『おさん茂兵衛』と巣林子の描いた『おさん茂兵衛』とを比べて見ますれば、何れが透明に素材を晶化《クリスタライズ》してゐるか、また何れが多く晶化した部分を有つてゐるかゞ分ります。
（「ウォルタア・ペータア氏の『文芸復興』の序言と結論」）

この文の続きで、小栗風葉の「耽溺」（『中央公論』一九〇九・一）や真山青果の「枝」（『中央公論』一九〇九・四）

と並べて、自作の「八月の末」（『早稲田文学』一九〇八・一二）を「晶化」が足りなかったと述べており、〈実行と芸術〉論における秋江の関心がどこにあったのかがわかる。そして、以上のようないわば虚構論へと「理想」の内実を縮小させていった秋江は、「観照」論、「第一義的生活」論に思索をめぐらせていった「抱月に対する深い理解に立っていなかった」（榎本隆司(10)）といえよう。

冒頭に掲げた啄木の文章は、「尤もあの問題は、若し真に充実した主観を有つた人の間に真面目に論議せられるならば、当然、文学と実生活との関係から実際的な文学の目的論を生み、更に作家と実生活上の諸問題との交渉に及んで、其処に進歩したる日本人の反省を一層深くすべき鍵を見出したであらうと思はれる。が、事実に於て、当時の論壇は目的論に向はずして、本性論に還つた」（前掲「一年間の回顧」）と続く。ここで批判されるのは、島村抱月や相馬御風ら「観照」論の立場にある自然主義評論家たちであったが、啄木のいう「真の無駄話」（「一年間の回顧」）に終わったのは、彼らのみに責任があるわけではない。

六

先述の通り、秋江は王堂に同道して樗牛を訪ねたことがあったが、そのとき樗牛が「何か文壇に面白いことでもありますか。何うも面白いことがありませんねえ。何うも面白くない」と言ったことを書き留めている。そして、秋江は「ニイチエに刺激されたり日蓮に刺激されたりしたのは、要するに此の自己心内の空乏を充さんが為であつた。平凡生活の無聊を医せんが為であつた」と述べている（「文壇無駄話」『読売新聞』一九〇八・八・二三）。秋江が樗牛をそのようにしか見ていなかったことに注意したい。

啄木には、「『何か面白い事は無いか。』さう言つて街々を的もなく探し廻る代りに、私はこれから、『何うしたら面白くなるだらう。』といふ事を、真面目に考へて見たいと思ふ」と書いた評論「硝子窓」（『新小説』一九一〇・六）があるが、ここにも両者の分岐点はあったように思われる。

一九〇九年の秋、啄木は、永井荷風の「帰朝者の日記」（『中央公論』一九〇九・一〇）を読み、「荷風氏の悲愛国思想なるものは、実は欧米心酔思想也」と批判し、「小生は日本の現状に満足せず。と同時に、浅層軽薄なる所謂非愛国者の徒にも加担する能はず候」（「百回通信」『岩手日報』一九〇九・一一・一一）と書いた。同じ頃、秋江も「帰朝者の日記」等を読み、「作品として云ふよりも、随筆的に、趣味論として呰つと面白いと思つた」（「文芸批評の標準（其他）」『新潮』一九〇九・一一）と述べ、さらに「永井荷風氏」（『中央公論』一九〇九・一一）という文章では、「永井氏のやうな好い境遇に在る人が、これからドンドン文学の方面にも表はれて、暇にかけて凡ての点に注意の行き届いた作品を出されることを希望する」といい、「氏は、折角、吾々田舎出の旅烏と違ひ、交際の範囲も上流の家庭に在るのであらうから、毎時も〳〵自分の小不平や小感情を抒することばかしをしないで、其様な方面の題材を捉へて、今少しは大きな仕組みの創作を試みられたら何うかと思ふ」と書いている。秋江の発言と比較すると、啄木の硬質で一本気な姿勢が際立つが、ここにも両者の違いを見ることができる。

この永井荷風の評価をめぐる対立は、一九一〇年初頭の、後の〈大正期教養派〉の論客への評価とも関わってくる。秋江は、「思ひ浮んだこと」（『国民新聞』一九〇九・一二・二五、二六）において、「先達て『朝日』に、自然主義中のローマンチック分子を力説した阿部崎楼（？）といふ人もよくわけの分つた人だと思つてゐる」と書いた。「ローマンチック分子を力説した阿部崎楼」というのは、「驚嘆と思慕」（『東京朝日新聞』一九〇九・一二・一〇）を執筆した阿部次郎のことである。阿部は、「自然と離れ驚嘆の情を失つた人生の悲惨なる状態を描写して読者の心に或知られざる状態に対する浪漫的なセンチメンタルな思慕を感じさせずには置かない処に自然主義の価値はあるのだと思ふ」と述べ、「自然主義の浪漫的要素を力説したいと思ふ」と書いた。これに対し、啄木が「巻煙草」（『スバル』一九一〇・一）の中で、「浪漫主義は弱き心の所産である」と述べ、次のように問いかけている。

我々の理性は、此の近代生活の病処を研究し、解剖し、分析し、而して其病原をたづねて、先づ我々人間が抱いて来たところのあらゆる謬想を捨て、次で其謬想の誘因となり、結果となつたところの我々の社会生活上のあらゆる欠陥と矛盾と背理とを洗除し、而して、少くとも比較的満足を与へるところの新らしい時代を作る為め、生活改善の努力を起さしめるだけの用をなし得ぬものであらうか。

阿部次郎の主張への対し方において、啄木と秋江の対立は明白であろう。なお、秋江は、「最近に『真を求めたる結果』を書いた魚住折蘆といふ人は、学者には相違なからうが、まだ殻が硬さうだ」と書いている。折蘆は「自然主義とは科学的精神が文学の範囲に侵入した」ものであるとし、「吾等の精神生活は竟に唯物論の跳梁に任すに堪へ切れなくなつて、遂に之を唾棄するの日が来る」、そのとき「近代の文芸を切実に愛し乍ら、且其底に響く悲哀を殊更に懐し」むという。しかし、それに対して「人を牽きつける此哀調は、近代文芸の長所で軈て之が破綻の本では無からうか」（『東京朝日新聞』一九〇九・一二・一七、一八）と述べていた。後に「自己主張の思想としての自然主義」（『東京朝日新聞』一九一〇・八・二二、二三）を執筆し、啄木の「時代閉塞の現状」（前掲）に影響を与える魚住折蘆のこの時期の文章は、安易に「浪漫的要素」に傾注するのを諫めた文と読めるだろう。[11] 啄木の方向もこちらを向いていた。

先述の通り、啄木は後に王堂——プラグマティズム哲学の破綻を宣言することになるが、王堂——秋江の理解する「理想」の内実が前述のようなものであったのに対し、啄木が「理性」という言葉を使用していることが注目される。啄木が王堂の哲学から脱却していったのは、その主体性（主観性ではなく）の強いプラグマティズム理解に負うところが大きい。それは秋江が「小生が実行といふは、芸術の本質論にして、浅薄なる傾向小説を申すには無之候。語を換ゆれば、世界に対する吾等の関係を挙げて悉く芸術製作行為の実行と申すも亦た可なるべく候」（「文壇無駄話」『読売新聞』一九〇九・五・三〇）と発言する姿勢とは対極にある。「傾向小説」批判はともかく、こうした主張が「現実」への肯定にしか行き着かないのは明らかであろう。

秋江は、その政治的関心においても「甚だ常識の表皮を撫でたやうな政治論」（広津和郎[12]）しか語れず、大逆事件に際しても、「自分は彼等に対して何等の同情も同感も有つてゐない」（「文壇無駄話」『新潮』一九一一・三）と語っている。これに対し、事件以後、啄木は〈時代閉塞の現状〉へと、文学と社会に関する考察を進めていく。〈実行と芸術〉をはじめとする自然主義への姿勢において、両者は一時的な接点を持ちながらもその後の進路を大きく変えていった。

注

（1）本章のもととなった旧稿では、相馬庸郎『日本自然主義論』（八木書店、一九八二・四）に依拠して、論争の開始を一九〇九（明治四二）年一月一五日号の花袋の「評論の評論」としたが、今井泰子「実行と芸術」（『近代文学3　文学的近代の成立』有斐閣、一九七七・六）、日比嘉高「〈文学と人生〉論議と青年の動向」（『〈自己表象〉の文学史』翰林書房、二〇〇二・五）、王憶雲「『芸術と実行』論争の発端―明治四十一年の長谷川天渓と岩野泡鳴との論争を中心に―」（『京都大学国文論叢』二〇〇九・二）、同「明治四二年の『芸術と実行』論争―岩野泡鳴の位置づけを再考する」（『国語国文』二〇一一・一〇）を踏まえ、訂正した。また、王の指摘通り、徳田秋江は、一九〇八（明治四一）年から論争に参入している。

（2）単行本『文壇無駄話』（光華書房、一九一〇・三）では、「理想化」と改変されている。

（3）中島国彦「文壇無駄話（抄）」補注三三（『日本近代文学大系22　岩野泡鳴　近松秋江　正宗白鳥集』角川書店、一九七四・一）。

(4) 上田博『石川啄木の文学』(桜楓社、一九八七・四)、若林敦「石川啄木における田中王堂の理論の受容」『長岡技術大学　言語・人文科学論集』第10号、一九九六・一二) 参照。

(5) 榎本隆司も秋江の「新文芸に及ぼせる樗牛の影響」(『新潮』一九一二・三) を紹介しつつ、相馬御風が「しょせんは歴史的な存在として以上には見ていないのに対し、秋江が、思想的に十年後の今日に生きる樗牛を認めて」いることを指摘している (「近松秋江ノート」『学術研究』一九六八・一二)。

(6) 本書第一部第六章参照。

(7) なお、秋江は、「山から (三)」(『読売新聞』一九〇九・八・一五) でも「田中氏が早稲田の講師を止めたるが故に、徳田を使嗾して抱月氏を攻撃せしむるならん。などとは粗笨なる紋切形の下馬評也」と書くとともに、「田中氏は、理論としては芸術を尊べども、最近の文学に対しては、之れを好まざる風あり。此の点は小生の反対する所なり」と評している。

(8) 中尾務もこの箇所を引用して、「彼の関心はなによりも〈芸術的製作行為〉に向けられているのである」としている (「近松秋江 (二)」『たうろす』一九八〇・六)。

(9) 「印象批評」と「無駄話」との関係については、紅野謙介「批評の文体と文壇共同体――徳田 (近松) 秋江『文壇無駄話』の周辺」(『投機としての文学　活字・懸賞・メディア』(新曜社、二〇〇三・三) 参照。

(10) 注5榎本論文。

(11) もっとも、折蘆は、「自己主張の思想としての自然主義」で、「淫靡な歌や、絶望的な疲労を描いた小説を生み出した社会は結構な社会でないに違ひない。けれども此の歌此小説によつて自己拡充の結果を発表し、或は反撥的にオーソリテイに戦ひを挑んで居る青年の血気は自分の深く頼母しとする処である」と論じたり、「歓楽を追はざる心」(『東京朝日新聞』一九一〇・一〇・九、一〇) で「我等は今歓楽に対して不信者たらん事を欲しないと共に又歓楽の羅馬《ローマ》法王《ほふわう》たらん事をも拒む者である。我等が取るべき批評の態度は『歓楽を追ふ心』の歎きと『歓楽を追はざる心』の誇りとを両立させる外はない」と述べるなど、条件付きながら、〈享楽的〉〈浪漫的〉方向を容認している。

(12) 「手帳―近松秋江―」(『別冊文芸春秋』一九五〇・五、岩波文庫『同時代の作家たち』に収録)。

第八章 「硝子窓」論

――二葉亭四迷への共感――

一

石川啄木の評論は、彼の思想や文学観の重要な転換点において、彼自身の葛藤の姿を表すかたちで執筆されることが多い。「硝子窓」（『新小説』一九一〇・六・一）もそうした評論の一つである。

この評論は次のような書き出しではじまる。

「何か面白い事は無いかねえ。」といふ言葉は不吉な言葉だ。この二三年来、文学の事にたづさはつてゐる若い人達から、私は何回この不吉な言葉を聞かされたか知れない。無論自分でも言つた。――或時は、人の顔さへ見れば、さう言はずにゐられない様な気がする事もあつた。

啄木がこのような文章を書き付けた背景には、日露戦後の青年たちをとりまく空虚感があった。(1)そして、それはとりもなおさず自然主義文学の背景となったものでもあった。

また、右の一節が評論「時代閉塞の現状」（一九一〇・八下旬頃）の「閉塞感」の分析に接続していることは明らかである。ただし、後者が日本の社会と思想の現状分析という客観的なスタイルをとった評論文であるのに対して、前者がエッセイのかたちで書き出され、啄木の実存を吐露したかたちとなっていることは大きな違いといえるだろう。

　時として散歩にでも出かける事がある。然し、心は何処かへ行きたくつても、何処といふ行くべき的が無い。世界の何処かには何か非常な事がありさうで、そしてそれと自分とは何時まで経つても関係が無ささうに思はれる。しまひには、的もなくほつつき廻つて疲れた足が、遣場の無い心を運んで、再び家へ帰つて来る事になる。——まるで、自分で自分の生命を持余してゐるやうなものだ。

　何か面白い事は無いか！

　啄木の評論の魅力は、個の実存に即した地点から展開されることであるが、一方で、暗示的、随想的であることによる「わかりにくさ」があることは否めない。

　本章は、この「硝子窓」を、同時代及び啄木の思想と文学観の文脈に置いて読解を試みることを目的とする。

二

　評論と書いたが、「硝子窓」は、随想風に綴られた三つの章によって構成されている。一つめの章では、先述したように「何か面白い事は無いか」という言葉をめぐる感想が記され、「『何か面白い事は無いか。』さう言つて街々を的もなく探し廻る代りに、私はこれから、『何うしたら面白くなるだらう。』といふ事を、真面目に考へて見たいと思ふ」という一節で結ばれる。二つめの章は、行間をあけた四つの部分で構成され、(1)「文学的生活に対する空虚の感」を抱くまでの自己、(2)「文学の境地と実人生との間に存する間隔は、如何に巧妙なる外科医の手術を以てしても、遂に縫合する事の出来ぬもの」であること、(3)「文学其物が実人生に対して間接的なもの」だとしても、「あらゆる計画者は、自ら其の計画したところの事業を経営したいと思」うのではないか、という問いかけ、(4)二葉亭四迷、国木田独歩、内田魯庵、トルストイらにおける文学と社会の問題について——といった内容となっている。そして、三つめの章は、「願はくば一生、物を言つたり考へたりする暇もなく、朝から晩まで働きづめに働いて、そしてバタリと死にたいものだ」という思いを綴るとともに、「時あつて私の胸には、それとは全く違つた心持が卒然として起つて来る」こと、「恰度忘れてゐた傷の痛みが俄かに疼き出して来る様」で、「抑へようとしても抑へきれない、紛らさうとしても紛らしきれない」と書かれた述懐部分となっている。

さて、「何か面白い事は無いかねえ」という言葉は、北原白秋による啄木の回想にも紹介されており、啄木は実際に周囲の人間にこのようなことを言っていたようだ。(2)

しかし、この言葉を呟く以前には、啄木の「生活上の実験」が積み重ねられていた。それは、一九〇九（明治四二）年秋の妻節子の家出をきっかけとしたもので、この事件は啄木に自分の中にあった〈甘え〉を痛切に自覚させた。そこで啄木は、「二重の生活」の「統一」と「徹底」、「自己及び自己の生活」の「反省」と「改善」を自己に課すとともに、それを批評の拠り所とした。それは、田中王堂のプラグマティズム哲学を理論上の支えとし、思想と生活の統一を希求するものであった。(3)また、それは文学と実生活、個人と国家、感情と身体などの統一と徹底を表すものとして使われている。

啄木は、「硝子窓」本文で、「詩を作ってゐる友人」の話を紹介する。「田舎で銀行業をやつてゐる伯父」に「文学」を馬鹿にされた友人は、「あんな種類の人間に逢つちや耐らないねえ」と笑い、かつての自分（啄木）も笑った。しかし、今の自分は、「詩人文学者にならうとしてゐる、自分よりも年の若い人達に対して、すつかり同情を失」い、それどころか、「憐愍と軽侮と、時としては嫌悪を注がねばならぬ様になつた」と言う。「文学」に携わっていることを「偉い」ことの様に見做す者への批判は、「『我は詩人なり』といふ不必要な自覚が、如何に従来の詩を堕落せしめたか。『我は文学者なり』といふ不必要なる自覚が、如何に現在に於て現在の文学を我々の必要から遠ざからしめつゝあるか」と書いた「弓町より――食ふべき詩」（『東京毎日新聞』一九〇九・一一・三〇、一二・二～七）以来、啄木自身の自己批判とともに繰り返されてきたものである。そして、啄木は文学と実生活との間隔を近づけることによって、そのような矜持を捨て去ろうとしてきた。

ところが、「硝子窓」に語られているのは、こうした文学と実生活の結び付きの不可能性である。

文学の境地と実人生との間に存する間隔は、如何に巧妙なる外科医の手術を以てしても、遂に縫合する事の出来ぬものであつた。（中略）それあるが為に、蓋し文学といふものは永久に其の領土を保ち得るのであらう。それは私も認めない訳には行かない。が又、それあるが為に、特に文学者のみの経験せねばならぬ深い悲しみといふものがあるのではなからうか。そして其の悲みこそ、実に彼の多くの文学者の生命を滅すところの最大の敵ではなからうか。

啄木がこのような認識を表明するに至ったのは、一九一〇年三月一三日付の宮崎郁雨宛の書簡からである。そこで啄木は「二重の生活」の統一の「破綻」を宣言し、「無意識な二重の生活ではなく、自分自身意識しての二重生活」、「自己一人の問題と、家族関係乃至社交関係に於ける問題とを、常に区別してかゝる」ことを主張した。

しかし、それは元の地点に戻ることを意味しない。「硝子窓」では、「何か面白い事は無いか」という言葉を「凡ての人間の心に流れてゐる深い浪漫主義の嘆声だ」と述べているが、既に「浪漫主義は弱き心の所産である」（「巻煙草」『スバル』一九一〇・一）という認識も示している。そして、「硝子窓」では、「『何か面白い事は無いか。』さう言って街々を的もなく探し廻る代りに、私はこれから、『何うしたら面白くなるだらう。』といふ事を、真面目に考へて見たいと思ふ」と書き留めているのである。

それでは、〈転換〉以前と以後とは何が違うのか。

三

「硝子窓」では、文学による人生の改善という実験は、既に自然主義者によって行われていたという認識が見られる。

　文学と現実の生活とを近ける運動は、此の数年の間我々の眼の前で花々しく行はれた。思慮ある作家に取つては、文学は最早単なる遊戯や詠嘆や忘我の国ではなくなつた。或人はこれを自家の忠実なる記録にしようとした。或人は其の中に自家の思想と要求とを託さうとした。又或人にあつては、文学は即ち自己に対する反省であり、批評であつた。文学と人生との接近といふ事から見れば、仮令此の運動にたづさはらなかつた如何なる作家と雖も、遂に此の運動を惹起したところの時代の精神に司配されずにゐる事は出来なかつた。事実は何よりの証拠である。此意味から言へば、自然主義が確実に文壇を占領したといふのも敢て過言ではないであらう。

観照と実行の問題も商量された。それは自然主義其物が単純な文芸上の問題でなかつた為には、当然足を踏み入れねばならぬ路の一つであつた。

しかし、啄木は、「其の商量は、遂に何の満足すべき結論をも我等の前に齎さなかつた」という。そして、その原因は「自然主義的精神が文芸上に占め得る領土の範囲——更に適切に言へば、文芸其物の本質から来るところの必然の運命でなければならなかつた」ことであり、「其の主張が文芸上に働き得るところの正当なる範囲を承認すると共に、今日までの運動の経過と、それが今日以後に及ぼすところの効果に就いて満足すべきである」と主張する。

ここで注目されるのは、文芸が作家個人の実人生との関わりから述べられていること、文芸がその作家にとってもつ意味からのみ考察されていることである。ここには、啄木が高山樗牛、姉崎嘲風の文明批評に共感していた頃の、文学が広く文明、社会に対する批評性をもつものであるという視点とは異なる姿勢がある。その際、自然主義と文芸がイコールのものとみなされていることにも注目しなければならない(4)。啄木は「今日及び今日以後の文壇の主潮を、自然主義の連続であると見、ないと見るのは、要するに、実に唯一種の名義争ひでなければならぬ」と言い、文芸を自然主義に同一化したうえで、その出来得る範囲を限定しているのである。

そして、ここから、一九〇九年秋以降の文学観とは異なる文学への接し方が意識された。「硝子窓」にも触れた岩崎正宛書簡（一九一〇・六・一三）で啄木は次のように書いている。

文学をやめる必要のない者と思ふ。やめるといふのは畢竟今迄文学を過信してゐた反動だと思ふ。我々はも少し人間の他の諸活動と平均のとれた待遇を文学に対して与へようぢやないか？　やりたくない時はやらぬ、やりたくなつたらやる。それで好いぢやないか？　「文学的生活」に対する空虚の感については、今月の『新小説』に些とばかり書いた筈だ。

いわば、文学は〝あってもなくてもいい〟位置へと格下げされたのである。先の「何うしたら面白くなるだろう」という言葉の中に、「小説は、否文学そのものが全人生の中に占める位置はほんの僅かしか残されていなかった」（上田博[5]）のである。

四

そして、このとき啄木が共感を寄せるのが、この評論の執筆の前年に亡くなった二葉亭四迷である。

故人二葉亭氏は、身生れて文学者でありながら、人から文学者と言はれる事を嫌つた。坪内博士は嘗てそれを、現在日本に於て、男子の一生を託するに足る程に文学といふものの価値なり勢力なりが認められてゐない為ではなからうか、といふ様に言はれた事があると記憶する。成程さうでもあらうと私は思つた。然し唯それだけでは、あの革命的色彩に跳んだ文学者の胸中を了解するに、何となく不十分に思はれて為方がなかつた。

ここで坪内逍遥の言葉としているのは、おそらく啄木の誤りで、むしろ内田魯庵の言葉であったと思われる[6]。

長谷川君が生きて居つたら「必《きつ》と何其様な事は無い」なんて云ふでせうが、私の思ふには、仝君《どうくん》が文学嫌ひになつた理由は、所詮《つまり》、日本の文学者の社会的地位の低い事や、文学者が社会から優遇されないと云ふ事並びに所謂文士等の中には人物が無くて其等の輩と一所に見られるのが嫌だといふ様な事等が其の原因の主なものであつたらうと思ひます。

（内田魯庵談「二葉亭の人物」『新小説』一九〇九・六）

啄木も疑義を表明したように、魯庵のこの言葉が二葉亭の真意を伝えているとは思われない。両者の食い違いは、二葉事四迷のロシア行きの送別会の席上、魯庵が挨拶した内容と、二葉亭がそれに答えた内容にも現れていた。その席で魯庵は、「さて何故文学がお嫌ひかはよく知りませんが、『平凡』の中に『文学には遊戯分子がある。どうもそれで馬鹿々々しくなる』といふ様な事があつたので、さては然うした意味かと思ひました」と述べ、さらに、政治でも経済でも遊戯分子を含んでおり、文学に遊戯文学あるも意とするに足らない、「文壇から傜《か》ういふ人を出し得たことを光栄としたい」と挨拶した。それに対して、二葉亭は、「文学は私には何うも詰らない、価値が乏しい。で、筆を採つて紙に臨んでゐる時には、何だか身体に隙があつて不可《いけない》。どうも傜う決闘眼《はたしまなこ》になつて、死身になつて、一生懸命に夢中になる事が出来ない」といい、さらに、「私は文士ではない。それを文士と見られるのが実は心外で、私の自から見てゐる様に世間からも認めて貰ひたい。それを認められないのが不平でならない」と答えたのである(7)。

明治二〇年代以来親しんできた二葉亭と魯庵だったが、西園寺公望主催の文学者の集まり（のち雨声会）の出席をめぐっても、ささいなやりとりがあった。一九〇七（明四〇）年、総理大臣だった西園寺公望は、文芸談を交わすことを目的として、二〇名の文士に招待状を送った。このとき、魯庵や二葉亭も招待されていたのだが、坪内逍遥、夏目漱石、二葉亭が欠席した。このとき魯庵は、二葉亭に次のような手紙を送ったという(8)。

左《と》に右《か》く現に文学を以て生活しつゝある以上は仮令素志でなくても文学にも亦十分身を入れて貰ひたい、人は必ずしも一方面でなければならないといふ理由は無いから、文人であつて政治家或は実業家を兼ねるのも妙であらう、政治或は外交に興味を有するが故に他の長所である文学を廃するといふは少しも理由にならない、且苟くも前途に平生口にする大抱負を有するなら努めて寛闊なる襟度を養はねばならない、例へば西園寺侯の招宴を辞する如きは時の宰相たり侯爵たるが故に謝絶する詩人的狷介を示したもので政治家的又は外交的器量では無い

これに対し、二葉亭は「首相の招待に応ぜざりしはいやであつたから也、このいやといふ声は小生の存在を打てば響く声也」と「平時に無い怒気紛々たる返事」を寄越してきたという。そこには、〈文学者〉として遇されることへの反感があったと思われるが、これに対して、魯庵は「二葉亭は何事についても右と云へば左、左と云へば右といふ一種の執拗な反抗癖があつて、終局の帰着点が同一なのが明々白々に解つてゐても先づ反対に立つて見るのが常癖であつた」と説明しているが、これでは二葉亭がただ単に世間に反抗しているだけのように思われる。魯庵に二葉亭の真意はどこまで理解されていたのか。

さらに付け加えるならば、魯庵には「二十五年間の文人の社会的地位の進歩」(『太陽』増刊　一九一二・六・一三)という文章もある。魯庵は、二五年前は「学術文芸の如きは遊戯としての外は所謂聡明なる識者にすら顧みられなかつた」が、それは「一つには職業としての文学の存立が依然として難かしかつたのが有力なる大原因」であったとする。しかし、博文館をはじめとする雑誌がビジネスとして確立したことによって、文学者の生活は改善されたという。文学の地位が上がったことは、文部省に文芸審査委員が出来て、その一年の傑作が国家に選奨されるようになったことや、大臣の園遊会に招かれるものがあることに表れているという。そして、「我々は猶ほ進んで職業上の権利を主張し社会上の勢力を張らねばならない。社会をして文人の存在を認めしめたゞけでは足りない、更に

進んで文人の権威を認めしめるやうに一大努力をしなければならない」と主張した。先にも触れたように、魯庵が文学者の社会的地位や評判の問題を二葉亭の「文学嫌ひ」の理由として述べていたことの延長線上にこうした発言はある。

一方、二葉亭は自身の文学観について次のように発言している。

自分は飽くまでも実感を尊ぶ。何でも実感を積んで修養して行かなけりやだめだ。実際の感じから来た事でなけりや活きた力が無い。（中略）

日本の文壇も此頃は自然主義が盛んで、真を写せ、人生に触れなくちやならぬと頻りに言ふ。それは結構な事であらう。つまり実感といふ処へ気が付いて来たのだ。（中略）我れ先づ何うしても人生の実に触れざるを得ずして、即ち芸術上の問題の前に先づ自家頭上の問題として、何うしても人生を実感し来らねばならぬといふ痛切の要求から、先づ深く人生を研究して、そしてその結果が作品の上に及ぶといふ事でなくちや真正でない。

（「文壇を警醒す」『太陽』一九〇八・二）

要するに、書いてゐてまことにくだらない。子供が戦争ごツこをやツたり、飯事をやる、丁度さう云つた心持だ。そりや私の技倆が不足な故もあらうが、併しどんなに技倆が優れてゐたからつて、真実の事は書ける筈がないよ。よし自分の頭には解つてゐても、それを口にし文にする時にはどうしても間違つて来る、真実の事はなかなか出ない、髣髴として解るのは、各自の一生涯を見たらばその上に幾らか現はれて来るので、小説の上ぢや到底偽ツぱちより外書けん、と斯う頭から極めて掛つてゐる所があるから、私には弥々真剣になれない。（中略）

文学哲学の価値を一旦根底から疑つて掛らんけりや、真の価値は解らんぢやないか。ところが日本の文学の発達を考へて見るに果してさう云ふモーメントが有つたか、有るまい。今の文学者なざ殊に、西洋の影響を受けていきなり文学は有難いものとして担ぎ廻つて居る。これぢや未だ〳〵途中だ。何にしても、文学を尊ぶ気風を一旦壊して見るんだね。すると其敗滅の上に築かれて来る文学に対する態度は「文学も悪くはないな！」ぐらゐな処になる。

（「私は懐疑派だ」『文章世界』一九〇八・二）

二葉亭は、自然主義が「実感」に触れてきたことを良しとしながらも、なお「真実」に触れ得ないことに苛立ちを表明していた。魯庵のいうような文学者の地位や評判が関心事としてあるわけではない。なお、「そりゃ私の技倆が不足な故もあらうが、併しどんなに技倆が優れてゐたからつて、真実の事は書ける筈がないよ」という言葉は、「文学」そのものへの懐疑の表明となっており、それは、啄木の「硝子窓」の中の「文学的生活に対する空虚の感は、果して唯文壇の劣敗者のみの問題に過ぎないのだらうか」という言葉にも投影されている。

ところで、田中王堂は、「我国に於ける自然主義を論ず」（『明星』一九〇八・八）で、二葉亭のこれらの談話を取り上げて批判した。王堂がとりわけ注目したのは二葉亭の「実際の感じから来た事でなけりゃ活きた力が無い」という言葉である。王堂は、二葉亭の「実感」という言葉を「直接経験」ないしは「実際生活」という言葉に置き換え、そして、「理論」と「生活」は「同一物」であって、「理論の要素を含まざる生活は成立たないと同様に、生活の根底に立たざる理論も亦た成立つ筈はない」という。そして、プラグマティズムの道具主義の立場から、「人間の従事するものは何であつても皆な生活の必要より生じたものである以上は、思想の為の思想とか、芸術の為の芸術とか、科学の為の科学と云ふやうな馬鹿なことのある筈はないではないか」、「文学も、哲学も、社会に分業の発達した結果として、他の活動と協同し、融通して生活を統一し、発展する為めに起つたに過ぎない」と断定した。

しかし、多くの論者が指摘するように、[9]王堂の批判は、かくあるべしの命題のみで成り立ち、皮肉なことに具体性を欠いている。また、それが個人の「生活改善」を基点としそこに終始するのみである点にも問題はあるだろう。「硝子窓」執筆の時期、啄木が二葉亭に関心を寄せるのは、既に王堂の思想圏外からである。先に挙げた、岩崎正宛書簡の「やりたくない時はやらぬ、やりたくなつたらやる。それで好いぢやないか？」という言葉は、二葉亭の「文学に対する態度は『文学も悪くはないな！』ぐらゐな処になる」といった談話にも呼応していることが窺われる。

それでは、二葉亭や啄木を失望させた「文学」とはどのようなものであったか。

五

二葉亭四迷は、その小説作品『平凡』（文淵堂・如山堂、一九〇八・三）で次のように書いている。

> 近頃は自然主義とか云つて、何でも作者の経験した愚にも附かぬ事を、聊かも技巧を加へず、有の儘に、だら〳〵と、牛の涎のやうに書くのが流行るさうだ。

この小説は、自然主義的手法を真似しつつ自然主義批判を展開したものだった。自然主義文学は、口語文体の確立によって〈内面〉を表現した。それは一人称であっても、三人称であっても、基本的に〈私〉を中心とした〈語り〉であり、〈自意識〉を取り扱っていた。それは新しかったし〈近代的〉だった。しかし、二葉亭はそれに違和感を覚えていたのである。

そして、啄木もまた「近代人」の心持ちを「自己を軽蔑する心、足を地から離した心、時代の弱所を共有することを誇りとする心、さういふ性急な心を若しも『近代的』といふものであつたならば、否、所謂『近代人』はさういふ心を持つてゐるものならば、我々は寧ろ退いて、自分がそれ等の人々よりより多く『非近代的』である事を恃み、且つ誇るべきである」（「性急な思想」『東京毎日新聞』一九一〇・二・一三～一五）と批判した。同年四月六日の日記には、「中央公論の春季附録にある小説」を読んで、「つくぐ〳〵文学といふものが厭に思はれた」と書き、「もう何もない、何もない。」という正宗白鳥の小説「動揺」（『中央公論』一九一〇・四）の主人公の言葉を書き留めている。「動揺」は、白鳥の読売新聞社時代を背景とし、「底のない泥の中」のような生活で無聊をもてあそぶ主人公を描いたものだ。

この主人公と同じ側面を持ちながら、「自意識」の牢獄から逃げ出そうとする人間に啄木最後の小説「我等の一団と彼」（生前未発表、一九一〇・五～六稿）の高橋彦太郎がいる。彼は病気の友人を世話することに退屈を紛らわしたり、「批評」の無い場所を求めて、活動写真を見に行く。

窪川鶴次郎は、かつて、この高橋彦太郎を「二葉亭その人のおもかげをそっくり思いうかばせるもの」（『石川啄木』要書房、一九五四・四）と述べていたが、あてもなくさ迷う高橋的なものとは異なり、直接に人生に触れることを志して、二葉亭四迷は朝日新聞のロシア特派員となった。啄木は『二葉亭四迷全集』の編集の仕事に従事する中で、そうした二葉亭への共感を惜しまなかったのである。

しかし、二葉亭を「革命的色彩に跳んだ文学者」と表現する啄木は、おそらく「文学」の放棄と〈実行〉への傾斜によって二葉亭を評価したのではない。

啄木は、二葉亭と同様の問題を抱えた人として、国木田独歩についても注目している。啄木は、「或時、生前其の人に親しんでゐた人の一人が、何事によらず自分の為た事に就いて周囲から反響を聞く時の満足な心持といふ事によつて、彼の独歩氏が文学以外の色々の事業に野心を抱いてゐた理由を忖度しようとした事」に対して、二葉亭に対する評と「同じ様な不満足」を感じたという。ここにも、文学的成功を社会的な反響や個人的成功へと結び付けて解釈する見方に対する疑義が表明されている。

そして、二葉亭、独歩に続けて、魯庵に言及し、『社会百面相』（博文館、一九〇二・六）という作品によって「嘗て文学を利器として実社会に肉薄を試みた事のある人」と評し、「それ以後もう再び創作の筆を執らうとしなかつた」ことに「何か我々の考へねばならぬ事があるのではなからうか」と書き、トルストイと比較して「あの偉大なる露西亜人に比べると、内田氏には如何にも日本人らしい、性急な、そして思切りのよいと言つた風のところが見える」と指摘している。このように啄木は、二葉亭、独歩、魯庵と並べて論じているが、創作活動から離れた魯庵に関しては異なる態度を見せており、それは先述の魯庵と二葉亭の相違にも関係しているようだ。

おそらく魯庵に欠けているのは、啄木のいう文学の「目的論」（「一年間の回顧」『スバル』一九一〇・一）であり、あくまで文学に執しながら「批評」を行うことへのこだわりである。二葉亭は、文学が「批評」としての役割を果たすことを求めていた。しかし、森山重雄が指摘したように、二葉亭は「文学に対するあまりにも遠大な理想をもって」いたが、「この遠大なる理想を実現しえない自己の文学の卑少さにあいそをつかして、生涯文学から遁走をつづけたのである」（「二葉亭における『実行と芸術』」『日本文学』一九七二・八）。「ロシア行き」はその帰結である。魯庵に「目的論」や「批評性」がまったくなかったわけではない。「二十五年前の文人の社会的地位の進歩」においても、文人の「実際の生活では因襲を墨守して温和しく旧思想に服従して」いる態度を批判し、「今日の文人は飽くまでも社会と戦ふ覚悟が無ければならない」と呼びかけている。しかし、魯庵の文章はあくまで客観風な叙述の中で為されており、二葉亭のような切実さを見せていない。二葉亭のそれは、現在の自分に対する「性急な」要求として現れている。そして、「『二重の生活』といふものに対する私の此倦厭の情はどうしたら分明と人に解つて貫へるだらうか」（「きれぎれに心に浮んだ感じと回想」『スバル』一九〇九・一二）という啄木の焦燥の言葉は、このような二葉亭と共通するものをもっていたのである。

啄木の目には、『社会百面相』以後、創作の筆を断った魯庵は「如何にも日本人らしい、性急な、そして思切りのよいと言つた風のところが見える」と映っている。ここには、「創作の筆を執らうとしな」いというかたちでの魯庵の「性急さ」に対する批判的なまなざしがあるだろう。それに対して、二葉亭のそれは「文学」に未練を残しつつも、ロシアへ飛び出す「性急さ」であり、啄木の共感がどこにあるのかは明瞭である。

六

「硝子窓」の最終章には「為事」に没頭することによって、〈自意識〉にとらわれることから逃れようとする啄木自身の姿が描かれる。

自分の机の上に、一つ済めば又一つといふ風に、後から後からと為事の集つて来る時ほど、私の心臓の愉快に鼓動してゐる時はない。（中略）

「願はくば一生、物を言つたり考へたりする暇もなく、朝から晩まで働きづめに働いて、そしてバタリと死にたいものだ。」斯ういふ事を何度私は電車の中で考へたか知れない。

これは、「我等の一団と彼」において、高橋彦太郎として形象化された啄木自身の姿でもある。しかし、これは、啄木の一面に過ぎない。

> 然し、然し、時あつて私の胸には、それとは全く違つた心持が卒然として起つて来る。恰度忘れてゐた傷の痛みが俄かに疼き出して来る様だ。抑へようとしても抑へきれない、紛らさうとしても紛らしきれない。
> 今迄明かつた世界が見る間に暗くなつて行く様だ。楽しかつた事が楽しくなくなり、安んじてゐた事が安んじられなくなり、怒らなくても可い事にまで怒りたくなる。目に見、耳に入る物一つとして此の不愉快を募らせぬものはない。山に行きたい、海に行きたい、知る人の一人もゐない国に行きたい、自分の少しも知らぬ国語を話す人達の都に紛れ込んでゐたい……自分といふ一生物の、限りなき醜さと限りなき愍然《あはれ》さを心ゆく許り嘲つてみるのは其の時だ。

「自分といふ一生物の、限りなき醜さと限りなき愍然さ」とは、求め得ないものをいまだ求めている啄木自身の姿と言えようか。それでは、求め得ないもの、「忘れていた傷の痛み」とは何か。

相馬庸郎は、今井泰子が「啄木における歌の別れ」（『日本文学』一九六七・八）において、「硝子窓」を「文学一般への嘲笑を公的に表明した」初めての評論としたことを承けて、「明治四十三年春以降の啄木の精神構造」を「政治性優位と文学性喪失の構造」と呼び、「『実行と芸術』にかかわる〈二重の生活〉が、啄木の意識面においては、芸術の面を放棄してしまうことにより、〈統一〉ではなく、いわば『単純化』されてしまったのだ」と述べている。[10] また、今井は、『石川啄木論』[11]（塙書房、一九七四・四）において、「文壇劣敗者における文学放棄宣言、それゆえの人生選択宣言」と書いている。

一方、「政治性優位」の方向で解釈したのが近藤典彦の見解である。近藤は、「『一つの為事の中に没頭』していない限りは『色々の希望』を思っていてさえ啄木はある〈一事〉にかならず帰着してしまうであろう」と述べ、その「一事」とは、「大日本帝国の国家権力に反抗し、これを変革し『心に適つた社会』を創り出してゆく道へ進み出るべきだ、との思い。他方で、それはロシアの革命家達のように生命の危険さえ冒す道であって自分にはとても踏み切れないとの思い」であると言う[12]。

しかし、これまで見てきたように、啄木は、文学を放棄したのでもなければ、政治的な方向に一元化されてしまったのでもない。太田登の指摘するように、「やはり文学を棄て切れぬ啄木じしんの真情を読みとるほかない」（「評論の魅力」『国文学　解釈と鑑賞』二〇〇四・二）。そして、その文学は、二葉亭的な意味での文学であり、その延長線上に評論「時代閉塞の現状」における「私の文学に求むる所は批評である」という言葉がある。

つまり、「忘れてゐた傷の痛み」とは、文明批評としての文学を断念したことではなかったか。批評としての文学は、「二重の生活」の統一を実現するはずのものだった。しかし、文芸の中心は自然主義にあると認識されている。それはあくまで個人に執するものであり、「文芸上に働き得るところの正当なる範囲」を確定したはずである。しかし、その判断に反して「抑へようとしても抑へきれない、紛らさうとしても紛らしきれない」思いが噴出するのである。そして、そこには二葉亭の「真実の事は書ける筈がない」という言葉が反響していた。

漱石に「硝子戸の中」（『東京朝日新聞』一九一五・一・一三〜二・二三）と題する有名なエッセイがあるが、漱石は「小さい私と広い世の中とを隔離してゐる硝子戸」越しに世界を凝視することをやめなかった。それに対して、啄木は、自分の居場所を決めかね、浪漫的世界を否定しつつも〈硝子窓〉の外へ飛び出していきたいという衝動を抑えかねているようだ。

すでに文学其物が実人生に対して間接的なものであるとする。譬へば手淫の如きものであるとする。そして凡ての文学者は、実行の能力、乃至は機会、乃至は資力無き計画者の様なものであるとする。
男といふ男は女を欲する。あらゆる計画者は、自ら其の計画したところの事業を経営したいと思ふ。それが普通ではなからうか。

いわば、〈硝子窓〉の外とは、文学と実人生という「二重の生活」が統一された理想的世界というべきだろう。それは、一九〇九年の秋以降の「二重の生活」の統一の思想をいったんは諦めつつも、なおあきらめきれない心情を吐露したものにほかならない。「意識しての二重生活」を宣言した啄木は、やはり誰よりも「二重生活の統一」を希求してやまなかった。「性急な思想」を批判する啄木は誰よりも性急だった。「自分といふ一生物の、限りなき醜さと限りなき愍然さ」とは、求め得ないものをいまだ求めている啄木自身の姿であるが、啄木自身そのことを自覚していた。そして、「心ゆく許り嘲つてみる」という表現に啄木の深い屈託をうかがい知ることができるのである。

「硝子窓」という評論は、そのような啄木の自己像をその葛藤のままに刻印したものにほかならない。そして、二葉亭四迷の文学と人生は、そうした啄木の自己像を映し出す鏡のような役割を果していたのである。

注

(1) 橋川文三の『昭和維新試論』(朝日新聞社、一九九三・五)にも次のような指摘がある。

啄木のいう「何か面白いことはないかねえという不吉な言葉」が、明治の青年たちの心理的な不遇感を巧みに言いあてていることはいうまでもあるまい。そしてそのような心理が明治末期の青年層をひろくとらえ始めていたとすれば、それはまた日本の社会そのものの「閉塞」と頽廃の徴候を示すものであったことも間違いないはずである。事実、明治末期の日本には、一種病理的な機能不全を思わせるような様相が広汎にあらわれていた。(一〇四頁)

そして、一九〇八(明治四一)年に発布された「戊申詔書」が「そうした社会的病理の蔓延に対する警告以外のものではなかった」ことを指摘している。

（2）北原白秋「啄木のこと」（『短歌雑誌』一九二三・九）。

（3）上田博『石川啄木の文学』（桜楓社、一九八七・四）参照。

（4）自然主義文学を基準に〈文学〉評価が更新されていったことについては、大東和重『文学の誕生』（講談社、二〇〇六・一二）参照。

（5）注3に同じ。二五頁。

（6）この頃、坪内逍遥によって書かれた二葉亭論には、「文学嫌の文学者」（『東京朝日新聞』一九〇九・五・一五）、「二葉亭の面影――志に殉じたる二葉亭」（『東京朝日新聞』一九〇九・五・一六）、「二葉亭の逸話」（『東京朝日新聞』一九〇九・五・一七）、「『浮雲』時代」（『新小説』一九〇九・六）、「長谷川二葉亭君」（『趣味』一九〇九・六）、「二葉亭君と僕」（『早稲田文学』一九〇九・六）、「故二葉亭子の性行」（『太陽』一九〇九・六）があるが、『浮雲』時代」の「出版当時の『浮雲』は幼稚な読書界には解せられなかつたので、君が文学嫌ひの素因を此の際、多少醸したかとも思ふ」という一節以外に啄木が言及した内容のようなものは見当たらない。

また、二葉亭の「文学嫌い」に関する逍遥の説明は、「同君の志ざす所は島国的の日本の文学などではなくツて常に社会経営とか国際問題とか云ふやうな方面にあつた」（「文学嫌の文学者」）、「経国経世といふやうな事を自分の理想と立てゝ居た」（「『浮雲』時代」）、「世に出づる初めに於ては、文学で立身しようといふ志であつたらしいが、中頃それが変り、一時は社会経営とか社会教育とかいふ方面に於て活動を試みやうといふ大望を抱いてゐた」（「故二葉亭子の性行」）といったものが中心であり、「現在日本に於て、男子の一生を託するに足る程に文学といふものの価値なり勢力なりが認められてゐない為ではなからうか」と言ったと、啄木に「記憶」されているものとは異なるように思われる。

私見では、先に挙げた「『浮雲』時代」の一節と本文に掲げた内田魯庵の発言とが啄木の記憶の中で混淆されて、逍遥の発言として記憶されたと考えている。

（7）一記者「二葉亭氏送別会」（『趣味』一九〇八・七）。

（8）「二葉亭四迷の一生」（坪内逍遥・内田魯庵編『二葉亭四迷』易風社、一九〇九・八、後『思ひ出す人々』春秋社、

一九二五・六に収録）。引用は『思ひ出す人々』に拠った。

（9）例えば、安倍能成は、王堂の「生活の価値生活の意義」（『新小説』一九〇九・一二）を評した一文（「十二月の評論」『ホトトギス』一九一〇・一）で、王堂が説明する生活の価値と意義について、「今少し具体的に説明せられたらばよかつたらうと思ふ」と述べ、「生活の価値がいつまでも渝らないものだといふ理由の如きこそ、大いに力説せらるべき筈であるに、それは極めて簡単無造作に唯人間の生存欲が変らない限りはとばかりである」、「人生に生きながら人生の価値を疑ふは矛盾であるといふ氏の詞も、この論文にあらはれただけでは、あまりに無造作にきこえる」といった指摘をしている。

（10）『日本自然主義再考』（八木書店、一九八一・一二）二三九〜二四〇頁。

（11）同書、二九〇頁。

（12）『「一握の砂」の研究』（おうふう、二〇〇四・二）一八二、一八七頁。

第二部　「時代閉塞の現状」論

第一章　「時代閉塞の現状」を読む

――本文と注釈――

※「時代閉塞の現状」の本文は『啄木遺稿』（東雲堂書店、一九一三・五）を使用した。

※注釈は、語釈及び簡単な事典的説明に加え、啄木との関わりを記述し、当該評論の文脈理解の一助になることを目的とした。

※注釈にあたっては、本文を改行箇所毎に掲げ、注釈をそれに続けた。

※表記については漢字は原則として通行字体に改め、仮名遣は底本のままとした。振り仮名は必要と思われるもののみ残し、底本に振り仮名のないものについても必要と思われるものには（　）で振り仮名を付した。

※注釈を行うにあたって、岩城之徳『近代文学注釈体系　石川啄木』（有精堂、一九六六・一一）、今井泰子「石川啄木注釈」（『日本近代文学大系23　石川啄木集』角川書店、一九六九・一二）、国際啄木学会編『石川啄木事典』（おうふう、二〇〇一・九）を参照した。

時[1]代[2]閉塞[3]の現状
（強[4]権、純[5]粋自然主義の最後及び明[6]日[7]の考察）

（1）「時代閉塞の現状」　生前未発表。　一九一〇（明治四三）年八月下旬頃執筆か。初出は『啄木遺稿』（東雲堂書店、

一九一三・五）。『東京朝日新聞』の文芸欄への掲載を予定して執筆されたものであったことが本文からうかがわれる。副題に「（強権、純粋自然主義の最後及び明日の考察）」とあるように、自然主義文学を論じつつ、「強権」支配下の日本の現状及び今後の進路について考察した評論。

（2）時代閉塞　「閉塞」という言葉自体は、鎌倉時代にも見られ、日葡辞書にも「Feisocu（ヘイソク）。トヂ　フサグ」とある。明治に入ってからも、「吝嗇は悪行にして、仁愛の心を閉塞し、寛大の量を縮小するものなり」（中村正直『西国立志編』同人社、一八七〇～七一）、「其路忽ち閉塞し」（福沢諭吉『文明論之概略』慶應義塾出版局、一八七五）などの使用例がある。また、日露戦時、旅順港を根拠地とするロシア艦隊を港内に封じ込める作戦を指して「閉塞」という言葉が使われている。一九〇七（明治四〇）年四月刊行の『辞林』（金澤庄三郎編、三省堂書店）には、「閉塞」の項目に「とぢふさぐこと、又、とぢふさがること」とあり、枝項目に「閉塞船」（敵艦の出撃又は侵入を妨ぐるため、水中に沈めて港口を閉塞する船）、「閉塞隊」（船を沈めて敵の港口を閉塞するために派遣せらるゝ部隊）とある。『官報』（一九〇四・三・二九）に「聯合艦隊は去る二十六日再び旅順口に向ひ同二十七日午前三時三十分敵港閉塞を決行せり」とあるほか、啄木が読んでいた夏目漱石の『それから』（『東京朝日新聞』『大阪朝日新聞』一九〇九・六・二七～一〇・一四、春陽堂、一九一〇・一）には「広瀬中佐は日露戦争のときに、閉塞隊に加はつて斃れた、め、当時の人から偶像《アイドル》視されてとう〳〵軍神と迄崇められた」と使われたり、田山花袋の『田舎教師』（佐久良書房、一九〇九・一〇）にも「旅順に於ける第一回の閉塞の記事が新聞紙上に載せられてある日であつた」と書かれたりした。しかし、「閉塞」という言葉に「時代」を冠した「時代閉塞」という言葉は、啄木のこの論によって有名になったといってよいのではないか。

（3）時代閉塞の現状　日露戦後の日本経済は、国際収支の危機が財政を圧迫していた。日本は、日露戦争に勝利し、南樺太と関東州の租借権と南満州鉄道を獲得したものの、一七億円の戦費に対する賠償金を得ることができなかった。当時の貿易は入超つづきの上、日露戦争のための外債発行は、当時の平均予算の約二倍の一〇億円を超えていた。その負担は税金によって賄われた。戦時の時限立法であった非常特別税の延長や、酒造税砂糖消費税の増徴等増税法案が国民への大きな負担となった。こうした状況の中、一九〇八（明治四一）年に、「忠実業ニ服シ勤倹産ヲ治メ惟レ信惟レ義醇厚俗ヲ成シ華ヲ去リ実ニ就キ荒怠相誡メ自彊息マサルヘシ」と国民に訴えた「戊申詔書」が公布された。また、社会主義や無政府主義に対する弾圧がエスカレートし、大逆事件にまで至った。

啄木は、〈時代閉塞の現状〉の事象について、主に第四節で述べている。中心的に論じられるのは、「青年」たちの置かれている状態で、官私大学卒業生の就職難、それより多数の進学できない青年たちについて言及している（本書第二部第四章参照）。そして、こうした〈時代閉塞の現状〉の結果、「我々青年が有つてゐる内訌《ママ》的、自滅的傾向」が表れていると指摘している。また、一般経済界の停滞状況、貧民と売淫婦の増加、罪人の増加についても言及している。

（4）強権　幸徳秋水訳・クロポトキン『麺麭の略取』（平民社、一九〇九・一・三〇）の「和訳例言」には、「強権とはオーソリチー、強権論者とはオーソリタリアンを訳したのである、オーソリチーは、権威とも政府とも有司とも権力とも訳される、総て此等の意味を含んで其場合に依て違ふ、近時支那の同志は総て強権と訳して居るので之を仮用した、強権論者は強権の存在を是認し賛同する論者である」とある。

啄木は、「明治四十三年歌稿ノート」「七月二十六日夜」に「耳かけばいと心地よし耳をかくクロポトキンの書をよみつつ」という歌を記載しており、この頃、クロポトキンの著作を読んでいたことがうかがわれる。啄木の創作ノートには、『麺麭の略取』に関して書いた「断片」も存在する（『石川啄木全集』第三巻、四二七～四二八頁）。ただし、この「断片」には「クロポトキン翁が其著〝麺麭の略取〟に於て説いてあるやうに、我々の代議政体なるものが全く効力のない――我々の生活改善に向つて何等の力を持つてゐないものとするならば、それは非常な誤りでなければならぬ」、「政治とは我々人類の生活を統一的改善するところの方法である」、「今日までの代議政体が我々に対して何の歓ぶべき結果を齎らさなかつたのは、代議政体そのものの悪い為ではなくて、寧ろ我々自身が不明だつたからである」と書かれており、その論調は、一九〇九年秋以降、「自己及び自己の生活の改善」（「弓町より――食ふべき詩」『東京毎日新聞』一九〇九・一一～一二）を訴えてきた啄木の考え方と合致する。近藤典彦は、啄木の評論「性急な思想」（『東京毎日新聞』一九一〇・二・一三～一五）の「国家といふ既定の権力」という言い方の典拠に、『麺麭の略取』があるとし、本書を読んだのを「大島（経男――引用者注）宛書簡を書いた一九一〇年一月九日以降で二月一三日以前のある時期」と推測している（『国家を撃つ者　石川啄木』同時代社、一九八九・五、一四八頁）。この『麺麭の略取』を大逆事件発覚の際に再読したものと思われる。

なお、森山重雄は、「クロポトキンは、この『強権』を既成の国家に対して用いているのではなく、主として強権的共産主義なる用語によって、集産主義的共産主義に対して用いているのである」、「ところが啄木は『麵麭の略取』の影響を受けながらも、『強権』に関しては国家の抑圧機関として『強権』を問題にしているのである」と指摘している（『大逆事件＝文学作家論』三一書房、一九八〇・三、四二頁）。一例を挙げると、クロポトキンは、各国に革命が広がる中で「如何に其市民が彼等自身の為めに食料を供給し得べきかを思量せねばならぬ」とき、「『強権』を信頼する人々に取ては、此問題は甚だ簡単に思はれるであらう、彼等は先づ初めに強固なる中央政権の政府を建設する、有ゆる威圧の器械を持せて置く――警察、軍隊、死刑台など、此政府は仏国内に有する一切物産の記録を作製する、国内を各種の供給地方に区画する、夫れで或る種類の食料を、指定の額だけ斯々の時日に、斯々の場所へ送れと命令する、斯々の停車場で引渡される、其処で定めの日に或る特種の役人が受取て、夫れ〳〵の倉庫に蔵ふといふに違ひない」とみて、「斯る解決は唯だに忌むべきのみでなく、又到底実行し得可らざることである、夫れぞ大なるユトピアンよ」と批判している。

本評論の中で、「強権」は、「我々日本の青年は未だ嘗て彼の強権に対して何等の確執をも醸《かも》した事が無いのである。従つて国家が我々に取つて怨敵となるべき機会も未だ嘗て無かつたのである」という文章などがあり、「強権」＝「国家」の意味で使われているものと思われる。

（5）純粋自然主義　後述するように、本評論は、魚住折蘆の評論「自己主張の思想としての自然主義」（『東京朝日新聞』一九一〇・八・二二、二三）の「現実的科学的従つて平凡且フエータリステイツクな思想が、意志の力をもつて自己を拡充せんとする自意識の盛んな思想と結合して居る」のが「自然主義」だとする規定を踏まえている。そして、意志的なもの、主観的なものは、本来「自然主義」にはないとする前提で、それらを排除した「科学的、運命論的、自己否定的傾向」を啄木は改めて「純粋自然主義」と呼んでいる。啄木は、この「純粋自然主義」を否定し、「明日の考察」を訴える。なお、「純粋自然主義」の文学者として島村抱月、長谷川天渓、田山花袋らを想定している。

（6）明日　土岐善麿が編集した『啄木遺稿』（東雲堂書店、一九一三・五）には、ルビは付されていない。しかし、土岐が啄木について書いた「明日の必要」（『改造』一九二三・六）では、「みょうにち」とルビが付されている。また、近藤典彦は、啄木の「歌のいろ〳〵」（『東京朝日新聞』一九一〇・一二・一〇、一二、一三、一八、二〇）において、「明日の歌」に「みやうにち」とルビがふられていることから、「みようにち」と読むべきとしている（『石川啄木事典』七一頁）。

当時の辞書では、「あした」は「（朝）①あさ、②あす、明日。」（『辞林』一九〇七年）、「ケフノツギノ日」（山田武太郎編『大辞典』嵩山堂、一九一二・五）。「あす」は「今日のつぎの日。みやうにち。あくる日。よくじつ。」（『辞林』）、「ケフノツギノ日」（『大辞典』）、「みやうにち」は、「あくるひ、あす。翌日。」（『辞林』）、「今日ノ次ギノ日。」（『大辞典』）とあり、『辞林』の「あした」に「朝」の意味があるという記述がある以外、意味的にちがいはない。『日本国語大辞典』第二版（二〇〇四年）によれば、「みょうにち」は、「その人が現在身を置いている次の日。あす。あくるひ。みょうじつ。めいじつ。」とあり、「あした（明日・朝）」は、「①夜が明けて明るくなった頃。あさ。古くは、夜の終わった時をいう意識が強い。②あくる朝。翌朝。明朝。③（転じて）次の日。翌日。明日。あす。」とある。そして、「あす」は、「①現在を基点として、次の日。現在では、『あした』よりもやや改まった言い方。②近い将来。」とあり、用例として、「あすの時代を背負う人」、「あすはわが身」を挙げている。啄木の用法としては、音感から言っても現在の意味から言っても「近い将来」を示す「あす」になるのではないか。

『悲しき玩具』（東雲堂書店、一九一二、六）に有名な「新しき明日の来るを信ずといふ／自分の言葉に／嘘はなけれど――」という歌がある。歌集のもととなった『「一握の砂」以後ノート』には、「明日」にルビはふられていないが、『早稲田文学』明治四四（一九一一）年一月号に掲載された「手のよごれ」に収録された、初出の歌「あたらしき明日《あす》の来《きた》るを信ずてふ／友の言葉をかなしみて聞く」の「明日」には「あす」のルビが振ってある。

なお、一九一〇（明治四三）年一二月二一日付宮崎郁雨宛書簡で『明日』と題する著述の考案があることを告げている。

（7）明日の考察　本評論の第五章で、「明日」の方向が提示される。

（一）(1)

数(2)日前本欄(3)（東京朝日新聞の文芸欄）に出た「自己主張の思想としての自然主義」と題する魚住《うをずみ》(4)氏の論文は、今日に於ける我々日本の青年の思索的生活の半面——閑却されてゐる半面を比較的明瞭に指摘した点に於て、注意を《ママ》値《あたひ》するものであつた。蓋《けだ》(5)し(6)我々が一概に自然主義といふ名の下《もと》に呼んで来た所の思潮には、最初からして幾多の矛盾が雑然として混在してゐたに拘《かゝは》らず、今日まで未だ何等の厳密なる検覈《けんかく》(7)がそれに対して加へられずにゐるのである。彼等の両方——所謂自然主義者(8)も又所謂非自然主義者(9)も、早くから此矛盾を或程度までは感知してゐたに拘はらず、共に其「自然主義」といふ名を最初から余りにオオソライズ(10)して考へてゐた為に、此矛盾を根底まで深く解剖し、検覈する事を、さうしてそれが彼等の確執(11)を最も早く解決するものなる事を忘れてゐたのである。斯くて此(12)「主義」は既に五年の間間断《かんだん》なき論争を続けられて来たに拘らず、今日猶其最も一般的なる定義をさへ与へられずにゐる。のみならず、事実(13)に於て既に純粋自然主義が其理論上の最後を告げてゐるに拘らず、同じ名の下に繰返さるゝ全く別な主張と、それに対する無用の反駁とが、其熱心を失つた状態を以て何時までも継続されてゐる。さうして凡て此等の混乱の渦中に在つて、今(14)や我々の多くは其心内《しんない》に於て自己分裂のいたましき悲劇に際会してゐるのである。思想の中心を失つてゐるのである。

（1）（一）　この節では、魚住折蘆の論文「自己主張の思想としての自然主義」の分析の意義を紹介するとともに、その「誤謬」を指摘する。「我々日本の青年は未だ嘗て彼の強権に対して何等の確執を醸した事が無いのである」が要点となる。

（2）数日前本欄に出た……魚住氏の論文　一九一〇（明治四三）年八月二二、二三日、『東京朝日新聞』に発表された。自然主義は「意志の力をもつて自己を拡充せんとする自意識の盛んな思想」（「自己主張の思想としての自然主義」）と、「現実的科学的従つて平凡且フエータリステイツクな思想」（「デテルミニステイツク」な傾向）との結合であり、彼らは、「共同の怨敵」である「オーソリテイ」をもつために結びついたという。「オーソリテイ」とは、国家、社会であり、日本人にとっては、家族も「オーソリテイ」であるという。そして、筆者である魚住折蘆は、「反抗的主義的の熱意を混じた傾向」つまり「自己主張の思想としての自然主義」に同情を持っているとする。なお、折蘆は、『新仏教』（一九一〇・七）に掲載された桑木厳翼の「過去十年間の仏教界」で「最近何人も注意するのは、自然主義の主張である。それより遡《さかのぼ》りては宗教上の自覚や本能主義、天才主義などが唱えられたことである」という文章から示唆を得たという。

（3）東京朝日新聞の文芸欄　夏目漱石が創設、主宰した。一九〇九（明治四二）年一一月二五日より一九一一年一〇月一二日まで続いた。漱石をはじめ、漱石門下とその周辺の書き手が執筆。森田草平と小宮豊隆が編集に従事した。漱石は第一回の「『煤煙』の序」や「思ひ出す事など」をはじめ、最も多く執筆した。草平、豊隆、阿部次郎、安倍能成、魚住折蘆、戸川秋骨、石井柏亭など、のべ七〇名が執筆。のちに〈大正期教養派〉と呼ばれる青年たちによる自然主義論が発表された。

　啄木は、一九〇九年三月より東京朝日新聞の校正係を勤めており、当然、ここに掲載された文章を読んでいた。文泉子「仮装文学を排す」（一九〇九・一二・六）に対して、その反論「文泉子に与ふ」（未完）を書こうとしたり、阿部次郎の「驚嘆と思慕」（一九〇九・一二・一〇）に対しては、「巻煙草」（『スバル』一九一〇・一）で言及、批判している。阿部の「自ら知らざる自然主義者」（一九一〇・二・六）、「再び自ら知らざる自然主義者」（一九一〇・三・二〇、二一、二三）は、『早稲田文学』が自然主義と立場を異にするはずの永井荷風に「推讃之辞」を贈ったことに対して批判を加えたものだが、「時代閉塞の現状」では「新浪漫主義を唱へる人と主観の苦悶を説く自然主義者との心境に何れだけの扞格が有るだらうか」と言及している。

なお、啄木自身は「大木頭」の署名で、土岐哀果『NAKIWARAI』（ろーま字ひろめ会、一九一〇・四）を評した「〝NAKIWARAI〟を読む」（一九一〇・八・三）を発表している。

（4）魚住《うをずみ》氏　魚住折蘆（一八八三〜一九一〇）。本名影雄。兵庫県加古郡（現・加古川市）生まれ。姫路中学校を経て、一九〇三年、第一高等学校に入学。綱島梁川に傾倒。〇四年、「自殺論」を『校友会雑誌』に発表。〇六年、東京帝国大学文科大学入学、哲学科で学ぶ。ケーベルの影響を受ける。〇九年、卒業、東京帝国大学大学院に入学。「朝日文芸欄」に「真を求めたる結果」（一九〇九・一二・一七、一八）を発表。その後、「自然主義は窮せしや」（一九一〇・六・三、四）、「自己主張の思想としての自然主義」（前掲）、「歓楽を追はざる心」（一九一〇・一〇・九、一〇）、「穏健なる自由思想家」（一九一〇・一〇・二〇、二一）を発表。一二月九日、チフスと尿毒症により死去。著書に『折蘆遺稿』（岩波書店、一九一四・一二）、『折蘆書簡集』（岩波書店、一九七七・六）がある。

（5）蓋《けだ》し　副詞。おそらく。「①推量するに。想像するに。おほかた。多分。②決定するところは。終極するところは。つまり。ひつきやう。」（『辞林』一九〇七年）。「スベテ、推シ計ツテ、大体ヲ決定スル意ノ語。オホカタ。タブン。オモフニ。モシクハ。要スルニ。大抵。」（『大辞典』一九一二年）。現在の辞典では「判断を下す時の、多分に確信的な推定の気持ちを表わす語。多分。おそらく。思うに。けだしく。」（『日本国語大辞典』第二版）とする。「蓋し文三の身が極まらなければお勢の身も極まらぬ道理」（『浮雲』金港堂、一八八七〜八九）。

（6）蓋《けだ》し我々が……混在してゐた　同じ「自然主義」と呼ばれる文学の中に、自己主張的傾向と自己否定的傾向が混在していたこと。「一概に」は、「おしなべて。ひきくるめて。」（『辞林』一九〇七年）。
なお、一般的な定義に従うと、「自然主義」は、もともと一九世紀後半、自然科学の影響のもとにフランスを中心に興った文芸思潮で、実証主義的精神や実験的方法を文学に取り入れ、人間を社会環境や生理学的根拠に条件づけられるものとみなした。ゾラやモーパッサンなどが代表的。日本には明治三〇年代にもたらされるが、「遺伝と環境」をテーマに作品を描いた小杉天外、永井荷風ら「前期自然主義」と、日露戦後の文学である「後期自然主義」とに分けることができる。啄木が「時代閉塞の現状」で論じるのは「後期自然主義」で、島崎藤村・田山花袋・徳田秋声・正宗白鳥、岩野泡鳴らが代表作家。「（後期）自然主義」の作品とされたものには、作者主体の投影や「告白」の要素が重視されており、「前期自然主義」と区別されるが、同じ「（後期）自然主義」の中で、「自己主張的傾向」と「自己否定的傾向」とが論争を繰り広げた。その「性格」の違いにもかかわらず、同じ「自然主義」と呼ばれている事を啄木は「矛盾」と指摘している。なお、「自然主義」は、評論活動と並行して展開されたのも特徴で、島村抱月、長谷川天渓を代表的な論客とする。また、詩歌の分野でも「自然主義」の影響が見られ、口語自由詩の提唱、試行や、日常生活や実感を重視する短歌や自由律俳句が登場した。

(7) 検覈《けんかく》　詳しく調べる事。『辞林』（一九〇七年）には、「研覈」で「くはしくとり調ぶること」とある。啄木の評論「硝子窓」（『新小説』一九一〇・六）に言及されている内田魯庵の『社会百面相』には、魯庵の小説「破垣」が収録されているが、この作品が発表時に発禁処分になったことに対する弁明書と談話も収録されている。その弁明書の一節に「渠等が内務大臣に稟申するまでは何人の手を経て果して我等をして遺憾なからしむるほどに叮嚀細密に検覈審議するや如何に。又此任に当る者は能く文芸を品隲《ひんしつ》する資格あるものなりや」とある。また、安倍能成の「自己の問題として見たる自然主義的思想」（『ホトトギス』一九一〇・二）は、綱島梁川の思想を論じるに際して、「直観を重んじたけれども、苟も之を放たずして、右からも左からも之を検覈して究尽するといふ風があった」と書いている。

(8) 自然主義者　三節に「花袋氏、藤村氏、天渓氏、抱月氏、泡鳴氏、白鳥氏、今は忘られてゐるが風葉氏、青果氏、其他——すべて此等の人は皆斉《ひと》しく自然主義者なのである。さうして其各々の間には、今日既に其肩書以外には殆ど全く共通した点が見出し難いのである」という一節がある。「所謂」という言葉によって、定義を定めがたいことを示唆。

(9) 非自然主義者　一般的には、森鷗外や夏目漱石、『明星』『スバル』系の文学者、また、文芸革新会に所属した文学者らを指す。特に、夏目漱石、高浜虚子ら『ホトトギス』派が「余裕派」として「非自然派文学」に挙げられたりした（『太陽増刊　文芸史』一九〇九・一二・一〇）。反自然主義の旗幟を鮮明にしていたのは、後藤宙外、中島孤島ら文芸革新会のメンバーである。啄木は、「一年間の回顧」（『スバル』一九一〇・一）において、「自然主義反対者の連衡は文芸革新会といふ名の下に形作られた」、「革新会それ自身が明治四十二年の文壇に特殊な、若くは重要な意義を附与したのでは決してない。唯之が自然主義に対する最初の実際的反動であつた事と、その反動が」、停滞弛緩していた「自然主義それ自身に取つて一の新らしい刺戟であつた事を此処にはいふだけである」と書いている。

(10) オオソライズ　authorize　認定する。正当なものと認める。

(11) 確執　「①かたく自説を主張して曲げざること②双方のあひだ不和になること。」（『辞林』一九〇七年）。ここでは②の意味で使われている。一九三頁注釈（14）安倍能成の文章を参照。

(12) 此「主義」は……論争を続けられて来た　一九一〇年八月を起点とすると、五年前は一九〇五（明治三八）年あたりからを問題にしていることになるが、啄木が問題にしているのは、所謂「後期自然主義」で、島崎藤村が『破戒』（緑陰叢書、一九〇六・三）を発表して以後のことと思われる。しかし、「自然主義」に関する評論は、片上天弦「平凡醜悪なる事実の価値」（『新声』一九〇七・四）、島村抱月「今の文壇と新自然主義」（『早稲田文学』一九〇七・六）、相馬御風「文芸上主客両体の融会」（『早稲田文学』一九〇七・一〇）などをはじめとして、一九〇七年あたりから盛んになり、〈論争〉としては、「論理的遊戯を排す」（『太陽』一九〇七・一〇）に対する太田正雄「『太陽』記者長谷川天渓氏に問ふ」（『明星』一九〇七・一一）などの批判と、天渓による反批判（「再び自然主義の立脚地に就て」（『太陽』一九〇七・一二）が注目される。太田は、天渓の用語や論理の粗雑さを批判した。翌一九〇八年には、夏目漱石の「虚子著『鶏頭』序」（『東京朝日新聞』一九〇七・一二・二三）が「余裕から生ずる低徊趣味」の小説の「存在の権利」を訴えたことに対して、長谷川天渓は「所謂余裕派小説の価値」（『太陽』一九〇八・三）を発表して批判している。抱月は、「文芸上の自然主義」（『早稲田文学』一九〇八・一）、「自然主義の価値」（『早稲田文学』一九〇八・五）を発表し、自然主義を体系的・論理的に整理した。これに対抗するかたちで、後藤宙外「自然主義比較論」（『新小説』一九〇八・四）、樋口龍渓「自然主義論」（『明星』一九〇八・四、五）、川合貞一「自然主義」（『時事新報』一九〇八・五・二〇）などが発表され、自然主義批判が展開された。宙外、龍渓らは、翌年、自然主義陣営に対抗して文芸革新会を結成した。一九〇八年に戻ると、生田葵山の「都会」発禁事件が起き、天渓・抱月は、自然主義と本能満足主義との違いを強調した。それに対して、岩野泡鳴は、〈肉霊合致〉を主張して、〈実行と芸術〉をめぐる論争へと発展した。一方、抱月は〈実行と芸術〉問題を整理すべく「芸術と実生活の界に横たはる一線」（『早稲田文学』一九〇八・九）を発表する。しかし、翌年一月に発表された田山花袋の「評論の評論」（『文章世界』一九〇九・一一・一五）の「自分は実行上の自然主義といふものは意味を成さぬと思ふ。自然主義の傍観的態度は既に始めから芸術的学問的である」、「巴渦《うづまき》の中に熱中して居るやうな態度は自然主義の態度でない」などといった発言をめぐって、さらに論争は展開され、岩野泡鳴、近松秋江、金子筑水、田中王堂、島村抱月らが論争を繰り広げた。抱月が、これまでの評論をまとめた『近代文芸之研究』（早稲田大学出版部、一九〇九・六）を刊行し、相馬御風が「自然主義論最後の試練」（『新潮』一九〇九・七）で総括的に論じたあたりで論争はほぼ終結する。抱月は「懐疑と告白」（『早稲田文学』一九〇九・九）を発表し、「人生観論」に踏み込んで発言するが、これに対して阿部次郎や安倍能成ら「朝日文芸欄」を拠点とする論客が批判する。また、『早稲田文学』が永井荷風の作品を推したことから、自然主義における〈主観性〉や〈浪漫性〉をめぐって、安倍、阿部らと天弦、御風らが論争を繰り広げた。折蘆は「自然主義は窮せしや」（前掲）に引き続き、「自己主張の思想としての自然主義」を発表した。「時代閉塞の現状」が執筆されるまでの自然主義をめぐる論争の概略は以上のようになる。

(13) 事実に於て……最後を告げてゐる　「純粋自然主義」という「科学的、運命論的、自己否定的傾向」が理論的には最後を告げてゐることを指摘。後述のように、〈観照と実行〉論争において「純粋自然主義が彼の観照論に於て実人生に対する態度を一決」したのが指標となる。

(14) 今や我々の……際会してゐるのである　啄木とほぼ同世代の安倍能成は、「自己と人生の分裂」（『国民新聞』一九一〇・一一・一一、一二）で、近代人の特徴として、「強烈なる自意識と、不満足なる自家の生活上よりして必然生ぜなければならぬものは、両者の確執乖離矛盾の感である。即ち自己分裂の感じである」と、「自意識」と「生活」の「分裂」に言及し、この「自己分裂の感」を助長するのが、「自然主義者の力説した現実」、「物質的人生観」だと述べている。

一方、長谷川天渓は、一九一〇年二月号の『太陽』に「自己分裂と静観」という評論を発表している。それによると、近世思潮の一大傾向である「自我発展」は、現代では分裂してしまった。分裂した自我は、「自己告白と自己静観」の二つに区別されるという。「自己告白は飽く迄も自我を伸張せむとする傾向、即ち自己を、そつくり其の儘に表出するものであ」り、この傾向を代表するのは岩野泡鳴だという。一方、「自己静観は、自己其の物を客観に投げ出して観察する傾向、即ち非我として取扱ふ自我には、何等の同情をも寄せぬ往き方であ」り、その傾向を代表するのは田山花袋だとしている。そして、前者に対し、「単純なる自意識のみで、現実に触れて行くから、満足の得られやう筈がない。従つて自我は常にやきもきして沈静なる状態に入ることが出来ない」と批判し、「二重自意識のある自我に至つては、自己を棄てゝ而も自己を立てゝゐる、而して其処に文芸の確実なる基礎が築かれるのである」と後者に軍配をあげている。

また、島村抱月も、『早稲田文学』明治四三（一九一〇）年七月号に「自己と分裂生活」を発表している。抱月は、「道徳の二元的分裂、是が正しく現代人の苦しんでゐる一大懸案である」との述べ、「自覚的統一の有る道徳」は「思想の上に見《ママ》はれ」、「（自覚的統一の）無い道徳」は、「実行の上に見《ママ》はれる」という。ここに、「第一義的生活と第二義的生活と並存して、多くの場合、和合しないのが我々の現在状態である」としている。〈実行と芸術〉論争において、抱月が主張してきた〈観照〉と〈実行〉の分裂を再確認したものである。

> 自己主張的傾向が、数年前我々が其新しき思索的生活を始めた当初からして、一方それと矛盾する科学的、運命論的、自己否定的傾向（純粋自然主義）と結合してゐた事は事実である。さうしてこれは屢《しば〴〵》後者の一つの属性の如く取扱はれて来たに拘らず、近来[15]（純粋自然主義が彼の観照論に於て実人生に対する態度を一決して以来）の傾向は、漸く両者の間の溝渠《こうきよ》の遂に越ゆべからざるを示してゐる。此《この》意味に於て、魚住氏の指摘は能く其時を得たものといふべきである。然し我々は、それと共に或重大なる誤謬が彼《か》の論文に含まれてゐるのを看過することが出来ない。それは、論者が其指摘を一《いつ》の議論として発表する為に——「自己主張の思想としての自然主義」を説く為に、我々に向つて一《いつ》の虚偽を強要してゐる事である。相矛盾せる両傾向の不思議なる五年間の共棲《きやうせい》を我々に理解させる為に、其

処に論者が自分勝手に一つの動機を捏造してゐる事である。即ち、其共棲が全く両者共通の怨敵たる(16)オオソリテイ——国家といふものに対抗する為に政略的に行はれた結婚であるとしてゐる事である。

(15) 純粋自然主義が……態度を一決　〈観照と実行〉論争（〈実行と芸術〉論争）において、自然主義の主流で、「純粋自然主義」の立場とみなされている島村抱月や田山花袋らは、実人生に対する観照的態度が重要であることを説き、実人生との関係への考察を深めていかなかったことを指す。論争は、一九〇九年夏頃にはほぼ終了したものと思われる。啄木は、「一年間の回顧」（前掲）の中で、「『観照と実行』に関する自然主義者同志《ママ》の長談義」と言う言い方をするなど、「観照と実行」という用語を使用しているが、同評論で言及されている相馬御風の「自然主義論最後の試練」（前掲）が念頭にあったものと思われる。御風は、「『観照と実行』の問題は、要するに観照の意味如何によりて、決せられる問題である」と書いたが、啄木は、「文学は昔から観照の所産である如く、夫婦は昔から愛を以て成立つものであ」って、当たり前のことだと揶揄している。なお、「観照」の意味については、島村抱月は、「芸術と実生活の界に横たはる一線」（前掲）において、「観照」について詳細に論じているほか（本書、一三頁参照）、「観照即人生の為也」（『早稲田文学』一九〇九・五）では、「観照とは、言ふまでもなく単に見聞することとも違ひ、単に実行することゝも違ふ。部分的現実に即して直に全的存在の意義を瞑想する境地である」、「人生を真に観照せしめる芸術が、まことの意味に於いて人生の為の芸術である」と述べている。

(16) オオソリテイ　authority　権威。威信。魚住折蘆は、「自己主張の思想としての自然主義」の中で「現実的科学的従つて平凡且フエータリステイツクな思想が、意志の力をもつて自己を拡充せんとする自意識の盛んな思想と結合して居る。此の奇なる結合の名が自然主義である。彼等は結合せん為には共同の怨敵を有つて居る、即ちオーソリテイである」と述べた後、「今日のオーソリテイは早くも十七世紀に於てレピアタンに比せられた国家である、社会である。廟堂に天下の枢機を握つて居る諸公は知らぬ。自己拡充の念に燃えて居る青年に取つて最大なる重荷は之等のオーソリテイである。殊に吾等日本人に取つてはも一つ家族と云ふオーソリテイが二千年来の国家の歴史の権威と結合して個人の独立と発展とを妨害して居る」と指摘している。「レピアタン」はLeviathan（現代の表記は「リバイアサン」等）。一六五一年に刊行された英国の政治哲学者ホッブズの著書名で、国家を旧約聖書の怪物リバイアサンにたとえている。折蘆は、「オーソリテイ」を「国家である、社会である」と並べて表現しているのに対して、啄木は、「オオソリテイ――国家」と限定している。折蘆はこれ以前にも「自然主義は窮せしや」（前掲）の中で、「吾等の世紀は憐むべき世紀である。精神の昂揚を許さず、従つて天才の出現する能はざる時代である。Trivialism の横行する時代である。殊に此傾向を助けてゐるのは、長き間のオーソリチーの専横に対する反抗の情が養ふたデモクラチツクの精神である。吾等は天才を崇拝する謙虚の情を失つて了つて居る」と、この語を使用している。

なお、明治三〇年代の青年たちに大きな影響を与えた事件に藤村操の華厳の滝投身事件があるが、彼は、「巌頭之感」として「ホレーシヨの哲学竟に何等のオーソリチーを値するものぞ」という言葉を残している。本評論に近い時期のものとして、『文章世界』明治四二（一九〇九）年八月一日号の投稿論文「自然主義雑感」（松下稲穂）に「自然主義者が人生を観ずる態度は、解決を絶したる、少くとも解決無解決を眼中に置かぬものでなくてはならぬ。あらゆる観念の何れにもオーソリテイーを置かぬと同時に、あらゆる観念の何れをも無視し除去せぬのである。拡充せる刹那の絶対的態度である」という一節があるほか、「オーソリテイーを破らうとして出て来た自然主義に、矢張り何等かのオーソリテイーが出来た傾がある」（相馬御風の「新らしき戦」『読売新聞』一九一〇・一一・二）、「わたくしの妻などもオオソリチイは認めません」（森鷗外「蛇」『中央公論』一九一一・一）といった用例がある。

それが明白なる誤謬、寧ろ明白なる虚偽である事は、此処に詳しく述べるまでもない。(17)我々日本の青年は未だ嘗て彼《か》の強権に対して何等の確執をも醸《かも》した事が無いのである。従つて国家が我々に取つて怨敵となるべき機会も未だ嘗て無かつたのである。さうして此処に我々が論者の不注意に対して是正を試みるのは、蓋し、今日の我々にとつて一つの新しい悲しみでなければならぬ。何故なれば、それは実に、我々自身が現在に於て有《も》つてゐる理解の猶極めて不徹底の状態に在る事、及び我々の今日及び今日までの境遇が彼の強権を敵とし得る境遇の不幸よりも更に一層不幸なものである事を自ら承認する所以であるからである。

(17) 我々日本の青年は……醸《かも》した事が無いのである　折蘆の論文の「或重大なる誤謬」と啄木が指摘する理由。「醸す」は、「もよほし成す。こしらへ出す。でかす。」(『辞林』一九〇七年)で、ここでは、ある物事を起こすこと、もたらすこと。先にみたように、「確執」は、「①かたく自説を主張して曲げざること。②双方のあひだ不和になること。」(『辞林』一九〇七年)で、ここでは、我々日本の青年が強権に対して、自己の意見を強く主張し、争った事が無いことを言う。第二節・第五節において具体的に説明。ここでいう「青年」は、第五節の精神遍歴の総括を考慮すると、明治以降生まれの「青年」全般というより、啄木と同世代(一八八六年前後生まれ)で、高山樗牛、綱島梁川、自然主義文学らを受容してきた、中学校入学以上の学歴をもった階層など、一定の教育のある層を想定しているといえる。

今日我々の中《うち》誰でも先づ心を鎮めて、彼の強権と我々自身との関係を考へて見るならば、必ず其処に予想外に大きい疎隔(不和ではない)の横たはつてゐる事を発見して驚くに違ひない。実に彼《か》(18)の日本の総ての女子が、明治新社会の形成を全く男子の手に委ねた結果として、過去四十年の間一《いつ》に男子

> の奴隷として規定、訓練され（法規[19]の上にも、教育[20]の上にも、将又《はたまた》[21]実際の家庭の上にも）、しかもそれに満足――少くともそれに抗弁する理由を知らずにゐる如く、我々[22]青年も亦同じ理由によつて、総て国家に就いての問題に於ては（それが今日の問題であらうと、我々自身の時代たる明日の問題であらうと）、全く父兄の手に一任してゐるのである。これ我々自身の希望、若くは便宜によるか、父兄の希望、便宜によるか、或は又両者の共に意識せざる他の原因によるかは別として、兎も角も以上の状態は事実である。国家てふ問題が我々の脳裡《なうり》に入つて来るのは、たゞそれが我々の個人的利害に関係する時だけである。さうしてそれが過ぎてしまへば、再び他人同志になるのである。

(18)　彼《か》の日本の総ての女子が、……委ねた結果として　啄木は「新時代の婦人」（『釧路新聞』一九〇八・一・二八）、「知己の娘」（『ムラサキ』一九一〇・九・一）で、女性解放問題にも関心を示している。「新時代の婦人」では当時イギリスで起こった婦人参政権運動に触れながら、次のように書いている。「家庭《ホーム》てふ語は美しき語なり。然れども過去の婦人にとりて、此美しき語は、一面に於て体のよき座敷牢たるの観なきに非ざりき。新時代の婦人は、今や家庭の女皇なる美名のみには満足せずなりぬ。籠を出でて野に飛べる彼等は、単に交際場裡や平和的事業に頭角を現はすに止まらずして、個人としては結婚の自由を唱へ、全体としては政治上の権利をも獲得せむとす。吾人は此新現象を以て、単に文明の過渡期に於ける一時的悪傾向として看過する事能はず。何となれば之実に深き根拠を有する時代の大勢なればなり。深き根拠とは他なし、婦人の個人的自覚なり、婦人も亦男子と同じ人間なりてふ自明の理の意識なり」。「知己の娘」では、知人と、その娘の進路について話す中で、女子大学に入りたいというのに、確かな理由もなく、ただ東京の学校に入りたかったということがわかり、「女！　女！　私は今日の女の状態について考へる毎に、何が無しに周囲が見る〳〵暗くなつて行くやうな気がする」とまとめている。『一握の砂』（東雲堂書店、一九一〇・一二）には、「女あり／わがいひつけに背《そむ》かじと心を砕く／見ればかなしも」(141)、「ふがひなき／わが日《ひ》の本《もと》の女等を／秋雨の夜にののしりしかな」(142)などの歌がある。

(19) 法規の上にも　たとえば、旧民法（一八九八年施行）では、「家」の統率者としての戸主に家族の居住指定権や婚姻等の同意権があった。戸主はふつう家長である父親や夫であり、女性は法的に無権利に置かれた。条文に「妻ハ婚姻ニ因リテ夫ノ家ニ入ル」とあるほか、「夫ハ妻ノ財産ヲ管理ス」とされていた。また、離婚についても、妻の姦通を民法上の離婚理由とするが、夫の姦通に対する妻の離婚請求を認めないなど、男女は平等ではなかった。また、民法以外でも、女性に参政権がないどころか、集会及び政社法（一八九〇年公布）ですべての政治活動を禁止されていた。

(20) 教育の上にも　一八九九年に「高等女学校令」、一九〇一年に「高等女学校令施行規則」が制定されたが、時の菊池大麓文部大臣の訓示（一九〇二年）には、「我邦ニ於テハ女子ノ職ト云フモノハ独立シテ事ヲ執ルノデハナイ、結婚シテ良妻賢母トナルト云フコトガ将来多数ノ仕事デアル」とあり、女子教育は良妻賢母教育の育成が目標とされた。

(21) 将又《はたまた》　「さはなくて。あるひは。もしくは。」（『辞林』一九〇七年）。

(22) 我々青年も……父兄の手に一任してゐるのである　段落のはじめに「彼の強権と我々自身との関係を考へて見るならば」という一節があり、また、このあと、「国家てふ問題が我々の脳裡《なうり》に入つて来るのは、たゞそれが我々の個人的利害に関係する時だけである」という一節がある。啄木の認識としては「強権」＝「国家」であると言ってよい。今井泰子は、この箇所に関し、「マルキシズムのいう階級対立の認識はない。彼が考えていた社会の基本的矛盾は老人対青年という世代対立で、権力のにない手は旧世代の者たちの意になる」（『日本近代文学大系』）としているが、啄木は、「国家」を容認するにしろ、対立するにしろ、青年たちが「父兄に一任」してしまっていることを指摘しているのであって、「権力」＝「父兄」ではない。ただし、第五節には、「其父兄の手によつて造り出された明治新社会」という表現もあり、「父兄」と「権力」とが全く別のものと考えられていたわけではない。

（二）[1]

無論思想上の事は、必ずしも特殊の接触、特殊の機会によつてのみ発生するものではない。我々青年は誰しも其或時期に於て徴兵検査[2]の為に非常な危惧を感じてゐる。又総て[3]の青年の権利たる教育が其一部分――富有なる父兄を有《も》つた一部分だけの特権となり、更にそれが無法なる試験制度の為に更に又其約三分の一だけに限られてゐる事実や、国民[4]の最大多数の食事を制限してゐる高率の租税の費途なども目撃してゐる。凡《およ》そ此等の極《ご》く普通な現象も、我々をして彼《か》の強権に対する自由[5]討究を始めしむる動機たる性質は有つてゐるに違ひない。然り、寧ろ本来に於ては我々は已《すで》に業《すで》に其自由討究を始めてゐるべき筈なのである。にも拘らず実際に於ては、幸か不幸か我々の理解はまだ其処まで進んでゐない。さうして其処には日本人[6]特有の或論理が常に働いてゐる。

（1）（二）　この節では、一節で言及した折蘆の「誤謬」をさらに説明。青年たちが強権に対する討究を始める動機があるにもかかわらず、「日本人特有の或論理」が働いて、敵を敵としていないことを論じる。

（2）徴兵検査の為に非常な危惧を感じてゐる　一八七三（明治六）に徴兵令が公布され、男子は満二〇歳で徴兵検査を受け、三年間の軍役に就き、除隊後も在郷軍人として戦時の動員召集をまつことを義務付けられた。のち、一八八九年の大改正など数度の改正を経て、兵役年限の延長と免役条項の縮小が図られた。啄木は、一九〇六年四月二一日に徴兵検査を受けている。当日の日記には、「身長は五尺二寸二分、筋骨薄弱で丙種合格、徴集免除、予て期したる事ながら、これで漸やく安心した。自分を初め、徴集免除になつたものが元気よく、合格者は却つて頗る銷沈して居た。（中略）一家安心。」と書かれている。また、小樽時代に交遊のあった年下の友人である高田治作（紅果）が入営した時には「君の入営を悲しむ。――君のためにも、僕の主張の上からも悲しむ」（一九一一・一二・一三）と書いた手紙を送っている。

(3) 総ての青年の……限られてゐる事実　明治四三（一九一〇）年の就学者数の概数は、小学校六八六万一七〇〇人、中学校一二万二三〇〇人、高等学校六三〇〇人、大学（大学院を含む）七二〇〇人、専門学校（実業専門学校を含む）三万三〇〇〇人弱である。啄木は、評論「林中書」（『盛岡中学校校友会雑誌』一九〇七・三）にも、「諸君が中学を卒業して他の学校に入らむとすれば、僅か百人足らずの定員へ何千人といふ応募者が現はれる」、「それらと競争して勝たうとするには、勢ひ百科全書的な勉強を少なくとも一年位やらねばなるまい。そんな下らぬ勉強をすると、かの怠惰者と同じく進むも退くも学生に些《いささか》の影響なき壊れた時計となるのではないか」と書いている。

(4) 国民の最大多数の……高率の租税の費途　軍事費のことを指すか。一九一〇年の一般会計歳出総計五億六九一五万四〇〇〇円に対して陸海軍歳出合計は一億八五一六万五〇〇〇円で、一般会計歳出総計の三二・五％を占めている。日露戦後、一九〇六年は二八・一％だったが、一九〇七年以後一九一三年まで三〇％を超過している。ただし、一般会計歳出総計は、一九〇七年、一九〇八年と六億を超過していたのに対して、一九〇九年は五億三二八九万四〇〇〇円。以後、一九一三年まで六億円以内で、痛税感が大きかったように思われる。

(5) 自由討究　「討究」は「究メタダスコト。」（『大辞典』一九一二年）。

(6) 日本人特有の或論理　国家というものに対する疑いのない心、不徹底な思考。この論理は、「我々の父兄の手に在る間は其国家を保護し、発達さする最重要の武器」であるが、青年たちにこの論理が移ると、国家が強大であることには反対しないが、それに協力はしないという考えになる。啄木は、それが「今日比較的教養ある殆ど総ての青年が国家と他人たる境遇に於て有ち得る愛国心の全体」であるとし、「実業界などに志す一部の青年」の「国の為なんて考へる暇があるものか！」という態度や、「哲学的虚無主義」の「一見彼の強権を敵としてゐるやうであるけれども」、「寧ろ当然敵とすべき者に服従した結果」について論じている。今井泰子は、「日本人特有の愛国心の論理。すなわち万世一系の天皇を奉戴し、世界に誇示すべき比類ない国家といった論理」（『日本近代文学大系』）としているが、文脈にそぐわない。

啄木は、「きれぎれに心に浮んだ感じと回想」(『スバル』一九〇九・一二)において、長谷川天渓に対して、「従来及び現在の世界を観察するに当つて、道徳の性質及び発達を国家といふ組織から分離して考へる事は、極めて明白な誤謬である——寧ろ、日本人に最も特有なる卑怯である」と批判しているが、ここでも日本人の不徹底な思考を問題にしている。本書第二部第五章参照。

しかも今日我々が父兄に対して注意せねばならぬ点が其処に存するのである。蓋し其論理は、我々の父兄の手に在る間は其国家を保護し、発達さする最重要の武器なるに拘らず、一度我々青年の手に移されるに及んで、全く何人も予期しなかつた結論に到達してゐるのである。「国家は強大でなければならぬ。我々は夫《それ》を阻害すべき何等の理由も有つてゐない。但し我々だけはそれにお手伝するのは御免だ!」これ実に今日比較的教養ある殆ど総ての青年が国家と他人たる境遇に於て有ち得る愛国心の全体ではないか。さうして此結論は、特に実業界などに志す一部の青年の間には、更に一層明晰になつてゐる。曰く、「国家は帝国主義で以て日に増し強大になつて行く。誠に結構な事だ。だから我々もよろしくその真似をしなければならぬ。正義だの、人道だのといふ事にはお構ひなしに一生懸命儲けなければならぬ。国の為なんて考へる暇があるものか!(7)

（7）帝国主義　幸徳秋水の『廿世紀之怪物帝国主義』（警醒社、一九〇一・四）は、「帝国主義は所謂愛国心を経となし、所謂軍国主義を緯となして、以て織り成せるの政策」であり、「愛国心と軍国主義の狂熱が其頂点に達するの時に於てや、領土拡張の政策が全盛を極むるに至る」、「帝国主義とは、即ち大帝国の建設を意味す、大帝国の建設は直ちに領属版図の大拡張を意味す」と論じている。そして、愛国心と軍国主義について調べることが重要と説いている。この書物は、啄木が所持していた「国禁の書」の一冊であり、啄木の「帝国主義」に対する認識にも投影されていると思われる。

> 彼《か》の早くから我々の間に竄入《ざんにふ》(8)してゐる哲学的虚無主義(9)の如きも、亦此愛国心の一歩だけ進歩したものである事は言ふまでもない。それは一見彼《か》の強権を敵としてゐるやうであるけれども、さうではない。寧ろ当然敵とすべき者に服従した結果なのである。彼等は実に一切の人間の活動を白眼を以て見るが如く、強権の存在に対しても亦全く没交渉なのである。――それだけ絶望的なのである。

（8）竄入《ざんにふ》　紛れ込むこと。「のがれてはいること。にげこむこと。」（『辞林』一九〇七年）。「ニゲ入ルコト。モグリ入ルコト。」（『大辞典』一九一二年）。「①逃げ込むこと。のがれ入ること。②入り込むこと。③まちがって入りまじること。紛れ込むこと。」（『日本国語大辞典』第二版）。島村抱月「近代批評の意義」（『早稲田文学』一九〇六・六）に「一旦斯くの如き意識の竄入を我等の心作用に許すときは」といった用例がある。

（9）哲学的虚無主義……進歩したものである事　「虚無主義」には、専制的権力などを否定する思想という意味と、既成の宗教、道徳、倫理などを無価値とする世界観という意味があるが、ここでは、「哲学的」を冠しており、後者の意味。

長谷川天渓は、「自然派に対する誤解」(『太陽』一九〇八・二)で、「自然派の根本思想」を「虚無主義」とし、「ツルゲネフの描き出したバザロフの思想、これが即ち虚無主義の代表である」という。そして、バザロフは「有ゆる理想と有ゆる幻像とを排除して、現実其の物を看取せむとする人であるから、旧派の人々から見れば、偶像破壊者である、破壊を以つて天職とする」と述べている。一方、天渓は、「虚無主義と云へばとて、ロシアの政界に起つて、非常の運動を始めた虚無党と同一視されては迷惑である」と述べ、バザロフは「たゞ現実其の物を承認する人である」と論じている。天渓は、「虚無主義」について、「如何なる権威にも服従することな」いものと云いながら、一方で「たゞ現実を承認する思想」と言っており、最初から〈現実〉に対する肯定を前提としていた。それと同じく、〈現実〉を白眼視するだけで、それに抵抗しないのは「此愛国心の一歩だけ進歩したもの」、つまり、「一見彼の強権を敵としてゐるやうであるけれども」、「強権の存在に対しても亦全く没交渉」であることによって、「寧ろ当然敵とすべき者に服従した」ものであることを指す。

かくて魚住氏の所謂共通の怨敵が実際に於て存在しない事は明らかになつた。無論それは、彼《か》の敵が敵たる性質を有つてゐないといふ事でない。我々がそれを敵にしてゐないといふ事である。さうして此結合(10)(矛盾せる両思想の)は、寧ろさういふ外部的原因からではなく、実に此両思想の対立が認められた最初から今日に至る迄の間、両者が共に敵を有たなかつたといふ事に原因してゐるのである。(後段参照)

(10) 此結合……原因してゐるのである　「自己主張的傾向」と「自己否定的傾向」の「結合」は、「敵」の存在の性質とは関係がないものであることを指摘する。

> 魚住氏は更に同じ誤謬から、自然主義者の或人々が嘗て其主義と国家主義との間に或妥協を試みたのを見て、「不徹底」だと咎めてゐる。私は今論者の心持だけは充分了解することが出来る。然し既に国家が今日まで我々の敵ではなかつた以上、また自然主義といふ言葉の内容たる思想の中心が何処にあるか解らない状態にある以上、何を標準として我々はしかく軽々しく不徹底呼ばゝりをする事が出来よう。さうして又其不徹底が、たとひ論者の所謂自己主張の思想から言つては不徹底であるにしても、自然主義としての不徹底では必ずしも無いのである。

(11) 魚住氏は……「不徹底」だと咎めてゐる　折蘆が「自己主張の思想としての自然主義」で、「天渓氏が自然主義と国家主義とを綴り合せて居るのは只噴飯の外はない。花袋氏、泡鳴氏も聞えた自然主義者でありながら、確か天渓氏同様の説を何処かで為して居るのを見た事がある様に思ふ。然らば随分不徹底な自然主義である」と書いていることを指す。啄木は、「きれぎれに心に浮んだ感じと回想」（前掲）において天渓の〈不徹底〉を批判しつつ、自然主義に対して〈徹底〉を求めていたことがあり、「論者の心持だけは充分了解することが出来る」と述べている。しかし、「時代閉塞の現状」においては、「自己主張の思想から言つては不徹底であるにしても、自然主義としての不徹底では必ずしも無い」との認識を示したうえで、「自然主義を捨て」ることを主張している。

すべて此等の誤謬は、論者が既に自然主義といふ名に含まる、相矛盾する傾向を指摘して置きながら、猶且それに対して厳密なる検覈《けんかく》を加へずにゐる所から来てゐるのである。(12)一切の近代的傾向を自然主義といふ名によつて呼ばうとする笑ふべき「羅馬帝国《ローマ》」的妄想から来てゐるのである。さうして此(13)無定見は、実は、今日自然主義といふ名を口にする殆んど総ての人の無定見なのである。

(12)　一切の近代的傾向……妄想から来てゐるのである　「羅馬帝国」は、西洋古代最大の帝国。啄木の小説「雲は天才である」（一九〇六年）にも「羅馬は一都府の名で、また昔は世界の名であつた」という一節がある。「『羅馬帝国』的妄想」で、古代ローマ帝国が自らを世界の中心と自負し、凡てを支配下に置けると信じてゐたように、「自然主義」が「一切の近代的傾向」を飲み込んでしまえるかのような妄想を抱いている、ということになる。それは、この一文が、「此等の誤謬は、論者が既に自然主義といふ名に含まる、相矛盾する傾向を指摘して置きながら、猶且それに対して厳密なる検覈《けんかく》を加へずにゐる所から来てゐるのである」という箇所の言い換えでもあることからもわかる。

ここでは、「現実的科学的従つて平凡且フエータリステイツクな思想が、意志の力をもつて自己を拡充せんとする自意識の盛んな思想と結合して居る」のが「自然主義」だとする折蘆の規定を踏まえている。

なお、折蘆は「自然主義は窮せしや」（前掲）において「羅馬」に触れている。まず「唯物論と其道徳たる快楽説（功利説をも含めて）と宿命説とが所謂近代的思潮の本流である。主観の侮辱も茲に於て極まれりと云はねばならぬ。所謂自然主義なるものは、積極的に此客観主義を奉じて人間の動物性若くは獣力を誇張すると同時に、消極的に此動物的生活のわびしさ味気なさに対する倦怠の情を表白する事によつて複雑にされて居る」と論じ、客観主義的物質主義的傾向と、そのもとで逼塞する主観的傾向について指摘している。そして、「物質的享楽は営々として開拓せられ催進せられつゝあるではないか、今日と雖も羅馬の滅亡前の如くに、快楽に対する嫌悪の声を聞かぬでもないが、羅馬人のやうな豊満の情は今日何処にも見出すことが出来ぬ。今日快楽に対して嫌悪の情を発する者は其意の如くに満たす能はざる不平から之を出すのである」、「自然主義の背景は頗る堅固と云はざるを得ぬ」と論じている。ここでは、「自然主義」を「羅馬」になぞらえ、今日においても「快楽」（物質的享楽）に対する嫌悪は、ローマ帝国（自然主義）が滅亡する前のように聞かれないわけではないが、それに対抗できるような「豊満の情」（主観）はどこにも見いだせず、快楽に対する嫌悪の情は、むしろ快楽を享受できないことから来るものに過ぎない。従って、自然主義（ローマ帝国）は、「結構なものではない」が「然し社会の実力として時代の感情生活を背景として存立してゐる限り、決して窮して居らぬ」と論じている。

ここで折蘆が「快楽（説）」や「物質的享楽」といった〈耽美的・浪漫的〉方面まで「自然主義」に含んで考えたことについても、啄木の言う「『羅馬帝国』的妄想」として考えられる。

啄木は、評論「性急な思想」（前掲）で、「近代人の資格は神経の鋭敏といふ事であると速了して」、「其不健全を恃み、且つ誇り、更に、其不健全な状態を昂進すべき色々の手段を採つて得意になる」こと、そんなふうに「時代の弱点を共有してゐるといふ事は、如何なる場合の如何なる意味に於ても、且つ如何なる人に取つても決して名誉ではない」と論じているが、啄木はこのような快楽主義的、耽美主義的、新浪漫主義的傾向に対して批判的であった。そして、そのような傾向を「近代的」と呼び、それらも「自然主義」に含んで考える事に対して「『羅馬帝国』的妄想」と呼んだものと思われる。その意味で、該当箇所は、「自然主義は窮せしや」の右の部分と「自己主張の思想としての自然主義」の「淫靡な歌や、絶望的な疲労を描いた小説を生み出した社会は結構な社会でないに違ひない。けれども此の歌此小説によつて自己拡充の結果を発表し、或は反撥的にオーソリテイに戦ひを挑んで居る青年の血気は自分の深く頼母しとする処である」という一文に対する批判となっている。

なお、今井泰子は、該当箇所に関して、「ヨーロッパの歴史で、西ローマ帝国滅亡後も、東ローマ帝国をはじめ幾つかの帝国が『ローマ帝国』を称した事実をふまえて、名称を踏襲すれば実質も同じであるかに錯覚する幻想の愚劣さをいう」（『日本近代文学大系』）としているが、当時の一般的理解とはいえないのではないか。また、この一文が、「此等の誤謬は、論者が既に自然主義といふ名に含まる、相矛盾する傾向を指摘して置きながら、猶且それに対して厳密なる剣《けん》覈《かく》を加へずにゐる所から来てゐるのである」という折蘆批判の文章につながっていること、啄木における〈近代主義〉批判とつながっていることをとらえていないように思われる。

(13) 無定見　「一定の見識なきこと。」（『辞林』一九〇七年）。夏目漱石『道草』（岩波書店、一九一五・一〇）に「彼女の父は、教育に関して殆んど無定見であつた」とある。

（三）[1]

無論[2]自然主義の定義は、少くとも日本に於ては、未だ定まつてゐない。従つて我々は各々其欲する時、欲する処に勝手に此名を使用しても、何処からも咎められる心配は無い。然しそれにしても思慮ある人はさう言ふ事はしない筈である。同じ町内に同じ名の人が五人も十人も有つた時、それによつて我々の感ずる不便は何れだけであるか。其不便からだけでも、我々は今我々の思想其者を統一すると共に、又其名にも整理を加へる必要があるのである。

（1）（三）　この節では、自然主義の定まらない状況を説明。また、それに対する折蘆の説明の不備を指摘すると同時に、折蘆のいう「自己主張的傾向」と「自己否定的傾向」とが衝突し、その結合が断絶してしまっていることを論じている。

（2）無論自然主義の……未だ定まつてゐない　前節で、「自然主義」に相矛盾する傾向を指摘しながら、それに対する定義がきちんとなされず、それが「一切の近代的傾向を自然主義といふ名によつて呼ばうとする笑ふべき『羅馬帝国《ローマ》』的妄想から来てゐる」と指摘したのを受けた一文。

たとえば、川合貞一の「自然主義」（『時事新報文芸週報』一九〇八・五・二〇）に「自然主義を主張する人々の間にも、其説は必ずしも一致しては居ないやうに思はれる。従つて、何物が果して自然なるか、自然の概念如何と云ふやうな問題となると、説く人によりて、多少意見を異にして居るのである」と書かれている。

見よ。花袋氏(3)、藤村氏(4)、天渓氏(5)、抱月氏(6)、泡鳴氏(7)、白鳥氏(8)、今は忘られてゐるが風葉氏(9)、青果氏(10)、其他――すべて此等の人は皆斉《ひと》しく自然主義者なのである。さうして其各々の間には、今日既に其肩書以外には殆ど全く共通した点が見出し難いのである。無論同主義者だからと言つて、必ずしも同じ事を書き、同じ事を論じなければならぬといふ理由はない。それならば我々は、白鳥氏(11)対藤村氏、泡鳴氏対抱月氏の如く、人生に対する態度までが全く相違してゐる事実を如何に説明すればよいのであるか。尤も此等の人の名は既に半ば歴史的に固定してゐるのであるから仕方が無いとしても、我々は更に、現実暴露(12)、無解決(13)、平面描写(14)、画一線(15)の態度等の言葉によつて表された科学的、運命論的、静止的、自己否定的の内容が、其後漸く、[16]第一義慾とか、[17]人生批評とか、[18]主観の権威とか、[19]自然主義中の浪漫的分子とかいふ言葉によつて表さる丶活動的、自己主張的の内容に変つて来た事や、[20]荷[21]風氏が自然主義者によつて推讃の辞を贈られた事や、今度また「自己主張としての自然主義」といふ論文を読まされた事などを、どういふ手続を以て承認すれば可いのであるか。其等の矛盾は啻[22]に一見して矛盾に見える許りでなく、見れば見る程何処迄も矛盾してゐるのである。かくて今[23]や「自然主義」といふ言葉は、刻一刻に身体《からだ》も顔も変つて来て、全く一箇のスフインクスに成つてゐる。「自然主義とは何ぞや？　其中心は何処《いづこ》に在りや？」斯く我々が問を発する時、彼等の中《うち》一人でも起つて答へ得る者があるか。否、彼等は一様に起って答へるに違ひない、全く別々な答を。

（3）花袋氏　田山花袋（一八七二～一九三〇）。本名録弥。現在の群馬県生まれ。自然主義文学の代表作家。小説『蒲団』（『新小説』一九〇七・九）で自然主義作家としての地位を確立した。代表作に『生』（易風堂、一九〇八・一〇）、『妻』（今古堂、一九〇九・五）、『田舎教師』（佐久良書房、一九〇九・一〇）、『時は過ぎゆく』（新潮社、一九一六・九）など。また、随筆集『インキ壺』（佐久良書房、一九〇九・一一）には、〈実行と芸術〉論争に関わる多くの発言を収録している。啄木は、『蒲団』を読んだ読後感として、日記に「家庭といふものが、近代人に何故満足を与へぬのかと云つた様な事を考へた」（一九〇八・五・一六）と書いているほか、評論「きれぎれに心に浮んだ感じと回想」（前掲）では、小杉天外が上野の博物館を建てるような「建築師」だとすると、花袋は「田山氏自身の家を」建てる人だといい、「何によらず、又誰によらず、真面目に『自身の家』を建ててゐる人は偉いと思う」と評価する一方で、「対人生の態度に『批評』といふ事を余り軽く考へてゐはしまいか」、「氏は人生を『描くべき事実』として取扱ふ事即ち氏自身『文学者なり』といふ自信にあまりに熱心なる為に、文学者といふ職業を離れたる赤裸々な田山氏自身と人生との関係を不問に付して置くやうな傾きがないかと思ふ」と論じている。また、「巻煙草」（前掲）では、『妻』を厳しく批評し、『田舎教師』を高く評価している。

(4) 藤村氏　島崎藤村（一八七二～一九四三）。本名春樹。長野県馬籠村（現在は岐阜県）生まれ。詩人、小説家。『若菜集』（春陽堂、一八九七・八）で近代詩の世界を開き、『破戒』（緑陰叢書、一九〇六・三）で自然主義文学の作家として歩み出す。代表作に『春』（緑陰叢書、一九〇八・一〇）、『家』上下（緑陰叢書、一九一一・一二）、『新生』（春陽堂、一九一九・一、一二）、『夜明け前』（新潮社、一九三五・一一）など。啄木は、一九〇六年の日記に「島崎氏も充分望みがある。『破戒』は確かに群を抜いて居る。しかし天才ではない。革命の健児ではない」（「渋民日記」「八十日間の日記」）と書き、自分自身、小説「雲は天才である」を執筆している。一九〇八年一一月三日には貸本屋から『春』を借りて読み、「小説の上の一切の技巧を捨てて、新意ある描写に努力した作者の熱心は、予を驚かしめた。その努力は不幸にして、この作に於てはまだ効を見せなかった。――が、一派の人のこの作を全部失敗とするは誤ってゐる。そして、藤村氏の将来を軽蔑するは更に大に間違ってゐる」と書いている。評論「きれぎれに心に浮んだ感じと回想」（前掲）では、藤村を「製図家」に譬え、「精巧なる製図！　普通の読者が、読んで面白くないといふのも其為である。図を解する人が見ると、どの作も、どの作も、よく整つて、すきが無く、それぞれに意味も籠つてゐて、周到な用意を認めずにゐられないのも其為である。さうして亦何となく生気の無いのも。――とやう《ママ》に思へる」と評している。また、「巻煙草」では、「何と言つても、一番なつかしい人は島崎藤村氏である。四囲の事物につれて自分の心も騒ぎ立つてゐる時、その騒ぎ立つてゐる心の片隅に空虚を感ずる時、私は誰よりも島崎氏に逢ひたい。然し私はまだ一度しか、このなつかしい人の家に入つて見た事がない」と書いている。田山花袋を「自身の家を」建てる「建築師」と譬え、藤村を精巧な「製図家」に譬えるのは、藤村が小説を執筆するにあたってより客観的で緻密な計算をしていること、啄木からするとそこに作者自身の人生に対する積極的な「批評」なり「人生観」の表白がないことを意味するか。啄木は、花袋の場合は、「人生観照の態度」を問題にしているが、藤村の作品はそれとは別個のものとして評価しなければならないことを示していよう。また、藤村は、花袋とは異なり、〈実行と芸術〉論争にも加わらず、自分の作品を書き続けた。そうしたことも「なつかしい人」と思いつつ、積極的に訪ねることはしなかった人物として紹介されている理由ではないか。

（5）天渓氏　長谷川天渓（一八七六～一九四〇）。本名誠也。新潟県生まれ。評論家。英文学者。一八九七年、東京専門学校文学科卒業後、博文館に入社し、『太陽』の記者になる。高山樗牛の〈美的生活論〉に対し、「美的生活論とは何ぞや」（『読売新聞』一九〇一・八・一九、二六）を発表し、〈美的生活論争〉に加わった。その後、「幻滅時代の芸術」（『太陽』一九〇六・一〇）、「現実暴露の悲哀」（『太陽』一九〇八・一）を発表して、自然主義文学運動を牽引する役割を担った。〈幻滅時代〉〈現実暴露〉〈無理想〉〈無解決〉等の言葉はそのまま自然主義のスローガンとなった。〈実行と芸術〉論争においても岩野泡鳴と応酬した。評論集に『自然主義』（博文館、一九〇八・七）がある。一九一〇年に渡英。帰国後は文芸評論からは遠ざかった。啄木は、「卓上一枝」（『釧路新聞』一九〇八・三）において、「現実暴露の悲哀」をもとに自然主義について言及し、自分の立脚点を定めようとした。評論「きれぎれに心に浮んだ感じと回想」（前掲）では、天渓の「現実主義の諸相」（『太陽』一九〇八・六）を取り上げて、自然主義が国家の存在と抵触しないと主張したことに対して批判を加えた。

（6）抱月氏　島村抱月（一八七一～一九一八）。本名瀧太郎。島根県生まれ。評論家、美学者。新劇指導者。東京専門学校を卒業。後、母校の教授となる。第二次『早稲田文学』（一九〇六年創刊）を主宰。「文芸上の自然主義」（『早稲田文学』一九〇八・一）や「自然主義の価値」（『早稲田文学』一九〇八・五）を発表し、日本の自然主義文学の理論面の中心を担った。また、〈実行と芸術〉論争では、「芸術と実生活の界に横たはる一線」（『早稲田文学』一九〇八・九）をはじめ、〈観照〉論を展開した。一九〇九年六月、評論集『近代文芸之研究』（早稲田大学出版部）を刊行、その序文である「序に代へて人生観上の自然主義を論ず」は、「懐疑と告白」（『早稲田文学』一九〇九・九）とともに、抱月が人生観を論じたものとして話題を呼んだ。一九一三年、松井須磨子と芸術座を新設、新劇指導者として活躍した。啄木は、「一年間の回顧」（前掲）において、「美学者の言ひ古した仮象論から一歩も踏み出してゐない芸術論（題は忘れたが、）隔一線の態度といふ事を言つた論文を担ぎ出して、成るべく敵及び第三者から乗ぜられまいとする政党の主領の演説的な言議を試みた」と批評している。

(7) 泡鳴氏　岩野泡鳴（一八七三〜一九二〇）。本名善衛。兵庫県淡路島生まれ。詩人。評論家。小説家。評論『神秘的半獣主義』（佐久良書房、一九〇六・六）、『新自然主義』（日高有倫堂、一九〇八・一〇）、小説に「耽溺」（『新小説』一九〇九・二）、『放浪』（東雲堂書店、一九一〇・七）がある。啄木は、〈実行と芸術〉問題において、島村抱月らの「観照」論を批判する泡鳴に共感しながらも「彼の説く『現実』は、現実の現実に非ずして理想の現実也。これ彼の言を味はふに於て必ず知らざるべからざる事也。然り、彼は世に最も性急なる理想家也」（「百回通信」『岩手日報』一九〇九・一〇〜一一）と述べ、心情的に共感しつつも、一定の距離を置いている。「一切の文芸は、他の一切のものと同じく、我等にとつては或意味に於て自己及び自己の生活の手段であり方法である」（前掲「食ふべき詩」）と考える啄木と、「実行」と「芸術」を「初めから一つ」（「実行文芸、外数件」『読売新聞』一九〇九・三・二一）とする泡鳴には、〈実行と芸術〉への対し方に相違があった。詳細は、本書第一部第六章参照。

(8) 白鳥氏　正宗白鳥（一八七九〜一九六二）。本名忠夫。岡山県生まれ。小説「何処へ」（『早稲田文学』一九〇八・一〜四）で注目され、自然主義文学の代表作家となる。ほかに「泥人形」（『早稲田文学』一九一一・七）、「入江のほとり」（『太陽』一九一五・四）など。『文壇人物評論』（中央公論社、一九三二・七）や『自然主義盛衰史』（六興出版部、一九四八・一一）など、人物批評や文壇の回想記の分野でも活躍した。啄木は、一九〇四年当時読売新聞社にいた白鳥に詩を批判され、白鳥を訪ねている。その後、白鳥の第一作品集『紅塵』（彩雲閣、一九〇七・九）を、北海道時代に読み、日記に「感慨深し、我が心泣かむとす」（一九〇七・一二・二八）と記している。上京後も白鳥を訪ね、その感想を「頗るブツキラ棒な人間で虚礼といふものを一切用ゐない。僕は大すきだ」（岩崎正宛書簡、一九〇八・七・七）と書いている。啄木は、「世間並」（『趣味』一九〇八・七）を「うまい」（一九〇八・七・二日記）と評し、「地獄」（『早稲田文学』一九〇九・一）に「全く感服した」（一九〇九・一・七日記）と感想を洩らしてきたが、「暗い穴の中へ」（一九〇九年秋稿）では、「『高い処から跳下りる気持』と言つた泡鳴氏に対する、強い同感の念」を感じていた頃、「白鳥氏の作物から享ける感銘の薄くなつた」と書いている。泡鳴の発言は、一九〇九年三月のことである。そして、一九一〇年四月六日の日記には、白鳥の「動揺」（『中央公論』一九一〇・四）を読んで「つくぐ〜文学といふものが厭に思はれた。読んで

〳〵、しまひにガス〳〵した心持だけが残つた」と書いている。

(9) 風葉氏 小栗風葉(一八七五〜一九二六)。本名磯夫。愛知県生まれ。尾崎紅葉門下に入り、「寝白粉」(『文芸倶楽部』一八九六・九)、「亀甲鶴」(『新小説』一八九六・一二)等によって、新進作家として認められた。その後、田山花袋らの竜土会に近づき、ツルゲーネフら西欧文芸の摂取に務めた。一九〇五年三月から翌年一一月まで『読売新聞』に連載された『青春』は、文科大学生と女子大生の恋愛とその破局を扱った作品で、『早稲田文学』明治四〇(一九〇七)年四月号が『青春』の合評特集を組むなど話題を呼んだ。しかし、その特集で、「その『アート』『技巧』をたたえながらも、『青春』は結局作者の主観的な『表白』性に欠ける、と論」じられ、その後、それが「風葉評のパターン」となり、さらに代作問題が加わり、一九〇九(明治四二)年に隠棲し、文壇から遠ざかることになった(大東和重『文学の誕生』講談社、二〇〇六・一二)。啄木は、一九〇八年一〇月六日に風葉の「世間師」(『中央公論』一九〇八・一)を読み、「近頃の作のうちで最も気に入つたものだ」と評し、一〇月一六日には風葉の『恋ざめ』(新潮社、一九〇八・四)を読み、「文章の美しいことは、殆んど比べるものもない絢爛な筆だが、中年の恋(所謂)をかいたものとしては、何となく不満足なところがないでもない。然しうまいものだ。実にうまいものだ。今の所か程の文章家はあるまい」と書いている。こうした批評は、当時の文壇の風葉評と重なる。一方、『天才』前篇(隆文館、一九〇八・三)に関しては、その前編を読み、『恋ざめ』と比較して、「別人の作と見ゆるまでツヤを消した文章だ」と評している(一九〇八・一〇・二三日記)。

(10) 青果氏 真山青果(一八七八〜一九四八)。本名彬。宮城県生まれ。小説家、劇作家。第二高等学校医学部を中退した後、小栗風葉の門下に入る。自然主義的な作品の「南小泉村」(『新潮』一九〇七・五)は東北地方の貧農の実態を描き、注目された。ほかに戯曲「第一人者」(『中央公論』一九〇七・一〇)がある。「玄朴と長英」(『中央公論』一九二四・九)は生涯の代表作。一九〇八年五月一日の啄木の日記には、生田長江と「真山青果の経歴なども話した」とあるほか、同年九月二三日の日記には、青果の「死態」(『読売新聞』一九〇八・七〜一〇)と小杉天外の作品と比較して「青果の真は皮相ではない。何物か底にあるものに触れてゐる。故に深い。故に読者に喜ばれぬ。日本文壇近き将来の第一人は、それ真山青果か!」と記されている。さらに一九〇九年一月七日の日記には「正宗真山二氏のはドノ号のもうまい。描写の技倆に於ては、青果氏は当代一」と書かれている。しかし、一九〇八年と一九一一年に原稿の二重売りを行ったため、文壇の非難を浴び、大正半ばに劇作家として復活するまで文壇を退いた。

(11) 白鳥対藤村氏、……全く相違してゐる事実　白鳥の小説には独身者の耽溺生活が描かれるが、藤村は、家族、近親者などの「生活」を描いた。泡鳴は「実行即芸術」を唱えるのに対し、抱月は、〈実行〉と〈芸術〉（観照）に一線を引こうとするという違いがある。

(12) 現実暴露　長谷川天渓の代表的評論「現実暴露の悲哀」（前掲）の中の言葉。「吾れ等現代の人々は幻像を失ひて後、帰るべき家なく、倚るべき保護者なきにあらずや。実に宗教も哲学も、其の権威を失ひたる今日、吾れ等の深刻に感ずるものは幻滅の悲哀なり、現実暴露の苦痛なり、而して此の痛苦を最も好く代表するものは、所謂自然派の文学なり」と書かれている。啄木は、「卓上一枝」（『釧路新聞』一九〇八・三）で、この評論について論じ、自然主義に対する自己の位置を見定めようとしていた。

(13) 無解決　自然主義文学の特徴を示す用語の一つ。片上天弦は、「無解決の文学」（『早稲田文学』一九〇七・九）において、「観念小説または傾向小説」は小説の結末に「何等かの処分解決」を見たのに対し、「自然派」・「無解決の文学」はそのような「習俗的解決を排斥」し、「人生最高の批判に触れ」ようとするものであると主張した。また、長谷川天渓は、「無解決と解決」（『太陽』一九〇八・五）で「紛々たる現実界に対して、何等の理想的判断を下さず、即ち解決を附与することなく、有りの儘を眺むるのが自然主義であつて、此処が芸術の範囲である」と論じている。一九〇八年一一月一三日の啄木の日記には、太田正雄（木下杢太郎）との次のようなやりとりが書かれている。「〝不可思議国は近づけり、悔改めよ。〟と予が笑ひ乍ら言つた。〝然うだ！〟と太田が手を打つた。その顔は真面目であつた。そして、〝無解決に限るよ〟と言つた。アノ隼の様な眼が光つた。〝然うだ。限る！〟と今度は予が答へた」。「無解決」という言葉は、啄木周囲の青年たちの会話にも使われ、意識されていたことがわかる。

(14) 平面描写　田山花袋が『生』を執筆するにあたって主張した描写論。「聊かの主観を交へず、結構を加へず、たゞ客観の材料を材料として書き表はすと云ふ遣り方、それをやって見やうと試みたのです。単に作者の主観を加へないのみならず、客観の事象に対しても少しもその内部に立ち入らず、又人物の内部精神にも立ち入らず、たゞ見たまゝ聴いたまゝ触れたまゝの現象をさながらに描く。云はゞ平面的描写、それが主眼なのです」（「『生』に於ける試み」『早稲田文学』一九〇八・九)。啄木は、『田舎教師』を評価して、「他の作者なら省きさうな事柄を省かなかつたところにもそれ相応に見識が見え、従つて平面描写論を唱へるに至つた氏自身の理窟以外の根拠も頷かれた」(前掲「巻煙草」)と書いている。

(15) 画一線の態度　島村抱月の「芸術と実生活の界に横たはる一線」(前掲)の表題、もしくはこの評論の「芸術と実生活とは実に局部我より脱して全我の生の意義すなはち価値に味到するという一線によつて区界せられる」という一節を踏まえた言い方。「きれぎれに心に浮んだ感じと回想」(前掲)では、田山花袋を評して「氏には余りに其観照――隔一線の態度が多過ぎはしまいか」と書いている。

(16) 第一義慾　島村抱月は、「第一義と第二義」(『読売新聞』一九〇九・六・六)で、「芸術は結局我等をして第二義人生の奥に容易にほぐし得ざる第一義の塊あることを自覚せしめる。芸術の効果はたゞ此自覚にある」と述べ、「第一義」(「芸術」「観照」)と「第二義人生」との違いについて論じている。「第二義人生」は、「人生観論」を「指揮者」とするが、「我等は真摯に我等の現状を告白する時、何等の権威ある解釈を自分の中又は他人の説中に所有」せず、「あるものは唯紛乱である、疑惑である。然らずんば唯の盲目と無自覚と絶望とである」という。これに対して、「第一義」である「芸術境」、「観照の世界」において、「人生の一局部を縮図的に自々生々の態度で心内に展開せしめる結果其の全幅の関係から生ずる一種別様の感じ」である「全的情趣」「が明白に浮び出て来る」という。そして、「一たび此情趣に達すれば、第一義者を感じ得たとでもいふ如き漠然たる満足を覚えると共に、其の本態が朧げに心元なくして掴むに掴まれず、胸に蟠りを植ゑ付けられたやうで、それを解きほぐさねば気が済まず、忘れられぬやうな心地になる」、それが、「芸術意識の内容であ」り、「一局部の活現実に即して全的存在の意義を観照する境地である」と述べている。また、「懐疑と告白」(前掲)においても、「第一義欲は消し難い我々の真実であつて、決して夢では無い」、「私の第一義生活に全力を挙げて刺戟を送るものは文芸である」と自説を繰返している。

なお、啄木は、「現実暴露、無解決、平面描写、画一線の態度等の言葉によつて表された科学的、運命論的、静止的、自己否定的の内容が、其後漸く、第一義慾とか、人生批評とか、主観の権威とか、自然主義中の浪漫的分子とかいふ言葉によつて表さるゝ活動的、自己主張的の内容に変つて来た事」と書いており、「第一義慾」を「自己否定的傾向」から

「自己主張的傾向」へ変化したものの指標の一つに挙げている。右の抱月文は、「第一義」と「第二義」の違いを論じようとしたものであるが、かつて「文芸には文芸の本質があり、宗教には宗教の本質があり、又、道徳には道徳の本質がある。各自己の範囲内でそれをやればよい」、「自然主義は飽くまで文芸以内の革新運動として有意義である」（「自然主義と一般思想との関係」『新潮』一九〇八・五）という、それぞれまったく別のものとして考えようとしていた頃と比較するならば、「第一義」と「第二義」の両者の関係について論じている点に多少変化が見られるといえよう。

啄木と同じく田中王堂の哲学に学んだ石橋湛山は、「第一義の本質」（『読売新聞』一九〇九・九・二六）で抱月の「第一義と第二義」を取り上げて、「私も或点までは島村氏の第一義説に賛同する」としつつ、「島村氏が、第一義というものと、第二義即ち実生活というものとの関係を、何れ程にみておるかということ」に「一点の疑がある」と評し、「第一義とは此等実生活を都合よくあらしむる為めの統一原理、而して其れは過去の経験の十分なる統一であるという事になる。これだけを果して島村氏は許すであろうか」と問いかけている。

(17)　人生批評　片上天弦は「文壇現在の思潮」（『ホトトギス』一九〇九・一〇）で「新興文学が教へたる重要なる教訓は、すべての人生を客観的批評的に観察し批評して、人生の真実を味識し体得することの意義であつた。所詮自己の生活の忌憚なき批評、真実の自己を知るといふ一義が新文学の根本の生命であつた」と論じている。天弦は、それ以前にも「文芸批評と人生批評」（『早稲田文学』一九〇九・四）で、アーサー・シモンス、ヘンリー・ジェームズの批評と比較しながら、トルストイの文芸批評を紹介しつつ、「文芸が文芸たる限りに於いて、それに盛られた実人生の光景、興味、意義乃至価値といふやうな、これ等のものに対する批評は、文芸の批評に欠いてはならぬものである」、「文芸の批評といふ事は、文芸を通して観る人生の批評である」と論じていた。

(18)　主観の権威　一九〇九年から一〇年にかけて片上天弦や相馬御風が展開した自然主義論における主観的傾向を指すものと思われる。片上天弦は、「清新強烈なる主観」（『国民新聞』一九〇九・九・一五、一六）で、フローベルやモーパッサンらいわゆる自然主義作家を取り上げ、「彼等は、自己の視野に落ち来たる人生の光景を極めて無感動冷静の態度を以て、深く〳〵又精細委曲に洞察し、自己の発見し得たる人生の新局面を強く鮮やかに提示標出せんと努力したのである。彼等は自己の発見した人生の新局面を標出した意味に於いて、決して没主観ではない。又その没主観でないところに最も深い興味があるのである」と論じ、「作者の主観に新発見なく新意なき客観的描写を歓《あきた》らずとする」と主張した。さらに、「文壇現在の思潮」（前掲）においても「吾人は客観的態度の尊重を是認すると同時に、又然るが故に、一層深厚強烈なる主観を尊重する」と主張し、翌年には、より体系的にまとめた「自然主義の主観的要素」（『早稲田文学』一九一〇・四）を発表した。天弦は、「自然主義文学には客観的物質的方面と、それに反動する主観的精神的方面との二面がある。而かもこの二面が矛盾し扞格し抗争してゐる苦痛の心持ちから初めてこの特殊の文学は生れたのである」、「自然主義文学の特色本領は、要するに物質的人生観の圧迫に対する主観の抗争に在るといふ他はない」と論じ、「主観的要素」を「ロマンティシズムとも宗教的精神ともいろ〳〵に名《なづ》けてよい」とまで述べている。こうした天弦の主張に対して、安倍能成、阿部次郎らが批判を加えた。

(19)　自然主義中の浪漫的分子　右に述べたように、片上天弦は、自然主義文学における「主観的要素」を「ロマンティシズム」と名づけてもよいと述べている。こうした発言を踏まえた一節。なお、今井泰子は、安倍能成の「自己の問題として見たる自然主義的思想」（前掲）も挙げている（『日本近代文学大系』）。

(20)　荷風氏　永井荷風（一八七九～一九五九）。本名壮吉。東京小石川区生まれ。小説家。随筆家。一九〇二年、ゾラに影響を受けた『地獄の花』（金港堂、一九〇二・九）を刊行して注目される。その後、渡米、フランスにも渡り、一九〇八（明治四一）年、帰国。『あめりか物語』（博文館、一九〇八・八）、『ふらんす物語』（博文館、一九〇九・三、発禁）を出版。さらに、小説集『歓楽』（易風社、一九〇九・九、発禁処分、改編『荷風集』一九〇九・一〇）、「帰朝者の日記」（『中央公論』一九〇九・一〇、『荷風集』収録時に「新帰朝者の日記」と改題）、「すみだ川」（『新小説』一九〇九・一二）、「冷笑」（『東京朝日新聞』一九〇九・一二・一三～一九一〇・二・二八、佐久良書房、一九一〇・五）などを発表し、自然主義中心の文壇に新風をもたらした。その後、耽美派の代表作家となる。ほかに『腕くらべ』（『文明』一九一六～一九一七年）、『濹東綺譚』（岩波書店、一九三七・八）など。

啄木は、「百回通信」の「十九」と「二十」（『岩手日報』一九〇九・一一・一〇、一一）と「きれぎれに心に浮んだ感じと回想」（前掲）で、荷風の「新帰朝者の日記」に言及しながら荷風について論じている。当時の啄木は、「小生は日本の現状に満足せず。と同時に、浅層軽薄なる所謂非愛国者の徒にも加担する能はず」、「一国国民生活の改善は、実に自己自身の生活の改善に初まらざるべからず」という立場から、荷風の作品を不愉快に感じ、「譬へて言へば、田舎の小都会の金持の放蕩息子が、一二年東京に出て新橋柳橋の芸者にチヤホヤされ、帰り来りて土地の女の土臭きを逢ふ人毎に罵倒する。その厭味たつぷりの口吻其儘に御座候」と厳しく批判している（「百回通信」）。

(21)　荷風氏が……推讃の辞を贈られた事　『早稲田文学』「推讃之辞」（一九一〇・二）に「小説壇に於いて、昨一年の間、新に吾人の視野に聳えたるものは、短篇小説集『歓楽』の著者永井荷風を推すべし。其の作、糜爛せる歓楽の心と、生に対する一切の拘束を呪ふの心とを以て、譬へば木犀の香の咽ぶが如き風味を成す」とある。

(22)　啻《ただ》に　（否定語を伴い）単にそればかりでなく。「ひとり。たゞ。（下に『のみならず』と添へ用ふ）」（『辞林』（一九〇七年）。「ひとりノ義。下ニ反語ヲ持ツ。―『ただにコレノミナラズ』」（『大辞典』一九一二年）。

(23)　今や「自然主義」……スフィンクスに成つてゐる　「スフィンクス Sphinx（英）」は、古代エジプトやアッシリアで、神殿・王宮・墳墓の守り神として作られた、顔が人間でからだがライオンの石像。ギリシャ神話では、胸から上は女、下はライオンで、翼をもった怪物。各人各様の解釈がつぎはぎのように組み合わさって、正体が分からなくなっている「自然主義」を「スフィンクス」に譬えている。また、スフィンクスは、テーベの近くに現れ、通行人に「朝は四本足、昼は二本足、夕は三本足で歩く生き物は何か」という謎をかけ、答えられない者を殺していたが、オイディプスがその解答（「人間」）を告げたとき、谷に身を投げて死んだという。この伝説によって、スフィンクスは、〈謎〉の象徴となった。その意味で、自然主義という〈謎〉の象徴としてスフィンクスを用いているともいえる。「刻一刻に」は、自然主義をめぐる言説が時を追う毎に変化していることを示している。

　当時の用例として森鷗外の「文づかひ」（『新著百種』一八九一・一）を挙げておく。主人公が知己を得た「メエルハイム」と「ビユロウ伯」の城を訪ね、エジプトに似せた庭を見る場面で「園の木立を洩るゝ夕日朱の如く赤く、階の両側に蹲りたる人首獅身の『スフインクス』を照らしたり。わがはじめて入る独逸貴族の城のさまいかならむ。さきに遠く望みし馬上の美人はいかなる人にか。これらも皆解きあへぬ謎なるべし」という一節があり、スフィンクスは「イ、ダ姫」をめぐる物語の先を暗示する役割を果している。

更に此混雑は彼等の間のみに止まらないのである。[24]今日の文壇には彼等の外に別に、自然主義者といふ名を肯《がへん》じない人達がある。然し其等の人達と彼等との間には抑《そもそ》も何《ど》れだけの相違が有るのか。一例を挙げるならば、[25]近き過去に於て自然主義者から攻撃を享《う》けた享楽主義と観照論当時の自然主義との間に、一方が稍《や》ゝ贅沢で他方が稍つゝましやかだといふ以外に、何《ど》れだけの[26]間隔が有るだらうか。[27]新浪漫主義を唱へる人と[28]主観の苦悶を説く自然主義者との心境に何れだけの[29]扞格《ママ》が有るだらうか。[30]淫売屋から出て来る自然主義者の顔と女郎屋から出て来る芸術至上主義者の顔と、其表れてゐる醜悪の表情に何等かの高下《かうげ》が有るだらうか。少し例は違ふが、[31]小説『放浪』に描かれたる肉霊合致の全我的活動なるものは、其論理と表象の方法が新しくなつた外に、嘗て本能満足主義といふ名の下に[32]考量されたものと何《ど》れだけ違つてゐるだらうか。

（24）今日の文壇には……肯《がへん》じない人達がある　安倍能成の発言に向けられたものか。安倍能成は「自己の問題として見たる自然主義的思想」（前掲）で、「現実に対する不満は、やがて第一義的のものに対する憧憬とならねば止むまい。自然主義に於けるロマンチックの傾向は、我等も等しく力説したいと思ふ」と論じているほか、「自然主義に於ける浪漫的傾向」（『国民新聞』一九一〇・二・一四、一五）においても、「ロマンチシズムの夢にさめて、現実の苦味を嘗めてこそ、自然主義に於けるロマンチシズムの傾向は生れる」と論じている。一方で、「自然主義に於けるロマンチシズムも、徹頭徹尾ロマンチシズムであつて、自然主義ではない。僕はこれを自然主義に対する反抗と見、片上氏はこれをも自然主義なりと見、更に自然主義の本領ここにありと見る。僕と氏との差違はこの点にある」とも述べているほか、「自然主義に於ける主観の位置」（『ホトトギス』一九一〇・五）で「自分は自然主義的思想に不満足な者である。そして自分は片上君を以て純粋なる自然主義者と見ない。却て自然主義的思想に不満足でありながら、偏に自然主義の名に執着せんとする人と見る」と書き、片上天弦を批判しているが、啄木が「其等の人達と彼等との間には抑《そもそ》も何《ど》れだけの相違が有るのか」という通り、その違いはわかりにくい。啄木の文章は、逆に「自然主義者といふ名を肯じない人達」として安倍能成を示唆している。

(25)　近き過去に於て……観照論当時の自然主義　前者の「自然主義者から攻撃を享けた享楽主義」とは、『早稲田文学』一九一〇年八月号に発表された片上天弦「快楽主義の文学」を念頭に置いたもので、天弦は、永井荷風の『冷笑』と上田敏の『渦巻』を取り上げ、「強烈なる官能の刺激に己れを捧げて快楽の追及に一身を打ち込んで行く生活は、花やかではあるが足溜りのないふわついたところがある。肉の快楽は結局苦渋である。吾々はその絶望的自棄的冷笑的気分に近代生活の一特色を見るが、それ以外これ等の快楽主義的傾向の将来に就いては要求を有たぬ」と論じている。後者の「観照論当時の自然主義」は、特定できないが、続く一節で「一方が稍《やや》贅沢で他方が稍つゝましやかだといふ以外に、何《ど》れだけの間隔が有るだらうか」に注目し、天弦の指摘する、荷風の「都会趣味」、敏の「ディレッタンティズム」（dilettantism　芸術や学問を趣味や道楽として愛好すること）を「贅沢」に対応するものとすると、「つゝましやかな」「観照論当時の自然主義」には、肉欲や本能を取り扱った野暮な作品が念頭に置かれていたものと考えられる。啄木の読んだことが分かっている小説で言うと、正宗白鳥「地獄」（前掲）、岩野泡鳴「耽溺」（前掲）などがある。

なお、いわゆる「自然主義者」ではないが、金子筑水もちょうどこの時期、『太陽』九月号に「快楽主義の文芸を排す」という評論を発表し、「快楽主義」と「ディレッタンチズム」を批判して、「新らしい深い生活其のものを求めずして、ひとへに歓楽を味はふとするは、今日の如く行きつまつた時代に於て、単に一時の小康を得やうとする情ない態度ではないか」と書いている。啄木の「時代閉塞の現状」とも共通する認識だと思われる。

(26)　間隔　「あひだ。へだゝり。」（『辞林』一九〇七年）。

(27) 新浪漫主義を唱へる人　一九〇九（明治四二）年頃から起こってきた耽美的、主観的傾向。「私は自然主義の浪漫的要素を力説したいと思ふ」（「驚嘆と思慕」）と書いた阿部次郎や「自然主義に於けるロマンチックの傾向は、我等も等しく力説したいと思ふ」（「自己の問題として見たる自然主義的思想」）を主張した安倍能成ら、後に〈大正期教養派〉と呼ばれた青年たちを指すものと思われる。本書第三部第二章参照。

(28) 主観の苦悶を説く自然主義者　片上天弦の「自然主義の主観的要素」（前掲）の中に、「自然主義文学は、物質的人生観の圧迫に対する主観の苦悶動揺を切実なる方法によつて表白するものである」という一節がある。

(29) 扞格　「扞格」の誤り。「互に相容れざること。互に相一致せざること。」（『辞林』一九〇七年）。二一八頁参照。

(30) 淫売屋から……高下が有るだらうか　「淫売屋」は、私娼窟にある店を指す。「金一円で肉を売る亀戸の淫売窟へ落ち込んだ悲惨な物語」（細井和喜蔵『女工哀史』一九二五年）。「誰れも知つてゐるものはなからうと思ひまして、わざわざ——申し上げるのも穢らはしいです——淫売婦の出る町を通つて見ました。」（岩野泡鳴「焰の舌」『新小説』一九〇六・一〇）。啄木の日記（一九〇八・一〇・四）に、「例の天プラ屋の娘が淫売だと女中が話したので、金田一君少し顔色が悪かつた」という記述がある。「女郎屋」は公娼街にある店を指す。「左手《ゆんで》の田圃遥かに燈火明々たる一廓を見た、突然太鼓の音が響いて来た、三絃の調、歌の声——其れは女郎屋の別天地なのである」（木下尚江の『良人の告白』平民社、一九〇四〜一九〇六）。啄木は、初めて吉原に行った時、「予は生まれて初めてこの不夜城に足を入れた。しかし思ったより広くもなく、たまげる程のこともなかった。廓の中を一巡り廻った。さすがに美しいには美しい」と書き、金田一京助との会話で「浅草は、いわば、単に肉欲の満足を得る所だから、相手がつまりはどんな奴でもかまわないが、吉原なら僕はやはり美しい女と寝たい」（『ローマ字日記』一九〇九・四・二五、原文ローマ字）などと言っている。啄木が何度か訪れていた浅草の十二階下の「塔下苑」と名づけていたところはいわゆる私娼窟である。この一節では、私娼窟に自然主義者を、遊廓に芸術至上主義者を対応させたうえで、性欲の満足を得るという行為の醜悪さにおいて差はないと論じている。

(31) 小説『放浪』……何《ど》れだけ違つてゐるだらうか　『放浪』は、一九一〇年七月に東雲堂書店より刊行された岩野泡鳴の小説。樺太での鑵詰事業の失敗の後、札幌の薄野遊廓に通っていた頃の泡鳴の生活と感情を描く。

「本能満足主義」という言葉は、自然主義文学に対する批判的言辞として使用されたもので、長谷川天渓らは「自然主義と本能満足主義との別」（『文章世界』一九〇八・四）などで、そうした批判に対する〈火消し〉に努めてきた。そうした天渓らに対し、泡鳴は、「霊肉合致の事実」（『読売新聞』一九〇八・五・一〇）で「刹那主義を体現する芸術は人生の一部または手段ではない、肉霊合致的人生の全部または内容である」と批判した。この「肉霊合致」という言葉は、泡鳴の〈哲学〉を示す言葉として何度か使われており、『放浪』執筆前の「悲痛の哲理――併せて田中喜一氏の泡鳴論を反駁す――」（『文章世界』一九一〇・一）にも「特殊の事実に確立し、自我の独存活動をすれば、おのづからそこに肉霊合致の人生全体が現じてゐるのだ。その現体（文芸でも、哲学でも、実行でもいゝ）が、乃ち、その実行の内容であると同時に、また人生の内容である」と書かれている。

しかし、「肉霊合致」という表現で自身の論理を展開してきた泡鳴が描く『放浪』という作品の内容は、「本能満足主義」という言葉で考えられてきたものといったいどれだけの違いがあるのか、と、啄木は批判している。

(32) 考量　「かんがへはかること。」（『辞林』一九〇七年）。

魚住氏(33)は此一見収攬《しうらん》(34)し難き混乱の状態に対して、極めて都合の好《よ》い解釈を与へてゐる。曰く、「此の奇なる結合（自己主張の思想とデターミニスチック(35)の思想の）名が自然主義である」と。蓋しこれ此状態に対する最も都合の好い、且《かつ》最も気の利《き》いた解釈である。然し我々は覚悟しなければならぬ、此解釈を承認する上は、更に或驚く可き大罪を犯さねばならぬといふ事を。何故なれば、人間の思想は、それが人間自体に関するものなる限り、必ず何等かの意味に於て自己主張的、自己否定的の二者を出づることが出来ないのである。即ち、若し我々が今論者の言を承認すれば、今後永久に一切の人間の思想に対して、「自然主義」といふ冠詞を付けて呼ばねばならなくなるのである。

(33) 魚住氏は……解釈を与へてゐる　この一文の後、啄木は、「人間の思想は、それが人間自体に関するものなる限り、必ず何等かの意味に於て自己主張的、自己否定的の二者を出づることが出来ない」、魚住の「言を承認すれば、今後永久に一切の人間の思想に対して、『自然主義』といふ冠詞を付けて呼ばねばならなくなるのである」と論じ、これを「誤謬」としている。そして、その「誤謬」の理由として、日清・日露戦後の状況を持ち出している。

しかし、折蘆は、「近代思潮」の「自己拡充の精神及び其消極的形式たる反抗的精神」を「現実的科学的従つて平凡且フエータリステイツクな思想が、意志の力をもつて自己を拡充せんとする自意識の盛んな思想と結合して居る」と言い換えているのであって、決して「人間の思想」一般について述べているわけではない。その意味で、右の啄木の認識は誤解を含んでいるように思われる。

この一節について、今井泰子は、「魚住の論は大ざっぱにヨーロッパ（で）の『発生当時』の意味を解釈しているのであって、日本（で）の『発生当時』の事実を論じてはいないから、必ずしも『誤謬』ではない」（『日本近代文学大系』）と指摘している。確かに、折蘆の歴史認識の基本はまずヨーロッパにあり、非常に「学理的」（助川徳是）、〈原理的〉な面もある。折蘆は、「近代思潮」の前段階として「近世の初頭」があり、「相容れざるルネツサンスと宗教改革との両運動が其共同の敵たるオーソリテイに当らんが為めに一時聯合」していたとの認識を示し、さらに、そのときの「オーソリテイ」は「教会」であったとする。一方、「今日のオーソリテイ」は、「早くも十七世紀に於てレピアタンに比せられた国家である、社会である」と論じている。そして、「吾等日本人に取つてはも一つ家族と云ふオーソリテイが二千年来の国家の歴史の権威と結合して個人の独立と発展とを妨害して居る」と付け加えるのである。

ただし、折蘆に日清・日露戦後の思想状況に関する認識がないわけではない。折蘆は「自己主張の思想としての自然主義」の前半部においても桑木厳翼の「過去十年間の仏教界」（前掲）の分析の紹介を導入としているほか、この時期に自己主張的な傾向と自己否定的な関係とがどのような結びつきをしているかについての言及があり、後半部は、漱石の「文芸とヒロイック」（『東京朝日新聞』一九一〇・七・一九）に言及しながら、「自然主義の現在に対する自分の解釈」も示したうえで、「反抗的主義的の熱意を混じた傾向により多く同情を有つて居る」と論じているのである。

(34) 収攬《しうらん》　「あつめ取ること、をさめ持つこと。」（『辞林』一九〇七年）。「然ルベクトリヨセ、アツメルコト。」（『大辞典』一九一二年）。ここでは、「取りまとめること。とりおさめること。収拾。」（『日本国語大辞典』第二版）。

(35) デターミニスチック　deterministic　決定論的な。運命論的な。安倍能成や魚住折蘆らが自然主義の傾向を表わすものとしてこの用語を使用しているのが目につく。「かくて世界といひ人生といふ者が、動きの取れない自由のないデターミニスチックなものとなつて見えて来る」（安倍能成「自己の問題として見たる自然主義的思想」）。「自然主義が本来極めて科学的デテルミニステイツクで、従つて自暴的廃頽的であるに拘らず、一面に自己主張の強烈なる意志を混じて居るが故に、或時には自暴的な意気地のない泣言や愚痴を云つて居るかと思へば、或時には其愚痴な意志薄弱な自己を威丈高に主張する事もある」（魚住折蘆「自己主張の思想としての自然主義」）。

此論者の誤謬は、自然主義発生当時に立帰つて考へれば一層明瞭である。[36]自然主義と称《とな》へらる､自己否定的の傾向は、誰も知る如く日露戦争以後に於て初めて徐々に起つて来たものであるに拘らず、一方はそれよりもずつと以前――十年以前から在つたのである。新しき名は新しく起つた者に与へらるべきであらうか、果又《はたまた》それと前から在つた者との結合に与へらるべきであらうか。さうして此結合は、前にも言つた如く、[37]両者共敵を有たなかつた（一方は敵を有つべき性質のものでなく、一方は敵を有つてゐなかつた）事に起因してゐたのである。別の見方をすれば、両者の経済的状態の一時的共通（一方は理想を有つべき性質のものでなく、一方は理想を失つてゐた）に起因してゐるのである。さうして更に詳しく言へば、純粋自然主義は実に反省の形に於て他の一方から分化したものであつたのである。

(36) 自然主義と……十年以前から在つたのである　「一方」は、「自己主張的傾向」のことで、後述される「樗牛の個人主義」や「梁川熱」など、浪漫主義的傾向のことを指す。啄木は、「此の奇なる結合（自己主張の思想とデターミスチックの思想の）名が自然主義である」という折蘆「の言を承認すれば、今後永久に一切の人間の思想に対して、『自然主義』といふ冠詞を付けて呼ばねばならなくなるのである」という言葉に続けて、「自然主義」が日露戦後に起こってきたものであること、「自己主張的傾向」はそれ以前からあったことを確認し、続く「新しき名は新しく起つた者に与へらるべきであらうか、果又《はたまた》それと前から在つた者との結合に与へらるべきであらうか」という一節で、啄木は、「新しき名」つまり「自然主義」という概念は、日露戦後に「新しく起つた者」つまり、「自己否定的傾向」に与へられるべきか、「前から在つた者」つまり、「自己主張的傾向」「との結合に与へらるべきか」と問いかけている。そして、このあと、啄木は、両者を区別するために「自己否定的傾向」を「純粋自然主義」と呼んでいる。

(37) 両者共敵を……事に起因　前者の「一方」は、「自己主張的傾向」で、後者は「自己否定的傾向」を指す。続く文章で、「一方は理想を有つべき性質のものでなく、一方は理想を失つてゐた」、「純粋自然主義は実に反省の形に於て他の一方から分化したものであつた」と書かれているが、詳しくは、第五節で論じられる。

かくて此結合の結果は我々の今日迄見て来た如くである。初めは両者共仲好く暮してゐた。それが、純粋自然主義にあつては単に見、而して承認するだけの事を、[38]其同棲者が無遠慮にも、行ひ、且つ主張せんとするやうになつて、其処に此不思議なる夫婦は最初の、而して最終の夫婦喧嘩を始めたのである。[39]実行と観照との問題がそれである。さうして其論争によつて、純粋自然主義が其最初から限定されてゐる画一線《くわくいつせん》の態度を正確に決定し、其理論上の最後を告げて、此処に此結合は全く内部に於て断絶してしまつてゐるのである。

(38) 其同棲者が……主張せんとするやうになつて　「自己主張的傾向」のこと。ここでは、岩野泡鳴らの文学を指す。

(39) 実行と観照との問題　一九〇～一九一頁注釈（6）及び本書第一部第一章参照。

（四）[1]

斯くて今や我々には、自己主張の強烈な欲求が残つてゐるのみである。自然主義発生当時と同じく、今猶理想を失ひ、方向を失ひ、出口を失つた状態に於て、長い間欝積して来た其自身の力を独りで持余してゐるのである。既に断絶してゐる純粋自然主義との結合を今猶意識しかねてゐる事や、其他すべて[2]今日の我々青年が有つてゐる内訌《ママ》的、自滅的傾向は、この理想喪失の悲しむべき状態を極めて明瞭に語つてゐる。――さうしてこれは実に「時代閉塞」の結果なのである。

（1）（四）　この節では、「純粋自然主義」と分かれた「自己主張的傾向」の担い手である「青年」たちをとりまく状況と、方向を見失ったさまを説明し、「我々自身の時代に対する組織的考察」の必要性を訴える。

（2）今日の我々青年が有つてゐる内吖的、自滅的傾向　この第四節で説明される内容。「内吖」は「内訌」の誤植と思われる。「内訌」は、「内部のさわぎ、うちわもめ。」（『辞林』一九〇七年）。

見よ、我々は今何処に我々の進むべき路を見出し得るか。此処に一人の青年が有つて教育家たらむとしてゐるとする。彼は教育とは、時代が其一切の所有を提供して次の時代の為にする犠牲だといふ事を知つてゐる。然《しか》も(3)今日に於ては教育はたゞ其「今日」に必要なる人物を養成する所以に過ぎない。さうして彼が教育家として為《な》し得る仕事は、(4)リーダーの一から五までを一生繰返すか、或は其他の学科の何《いづ》れも極く初歩のところを毎日々々死ぬまで講義する丈の事である。(5)若しそれ以外の事をなさむとすれば、彼はもう教育界にゐる事が出来ないのである。又一人の青年があつて何等か重要なる発明を為さむとしてゐるとする。しかも今日に於ては、(6)一切の発明は実に一切の労力と共に全く無価値である――資本といふ不思議な勢力の援助を得ない限りは。

(3) 今日に於ては……所以に過ぎない　「林中書」（前掲）では、「教育の最高目的は、天才を養成する事である」といった〈天才主義〉を開陳する一方、「教育の真の目的は、『人間』を作る事である。決して、学者や、技師や、事務家や、教師や、商人や、農夫や、官吏などを作る事ではない。何処までも『人間』を作る事である。唯『人間』を作る事である。これで沢山だ。智識を授けるなどは、真の教育の一小部分に過ぎぬ」とも書いている。

(4) リーダー　reader　英語教科書の読本。明治中期から全国の中学校で用いられた『ナショナル読本』を指す。啄木の未完の詩集『呼子と口笛』所収の詩「家」に「ひとりせつせとリイダアの独学をする眼の疲れ…」という一節がある。

(5) 若しそれ以外の……出来ないのである　啄木自身の「教員」体験を踏まえた箇所である。啄木は、渋民小学校代用教員時代、高等科の受持ちではなかったときに、高等科生徒の希望者に放課後課外に英語教授をしたり、自宅で朗読会を開いたりしていた。

(6) 一切の発明は……援助を得ない限りは　一九一〇年二月二四日の『中外商業』の記事は、清浦奎吾を会長とする工業所有権保護協会が発明家を保護し、発明を奨励する目的で「発明館」を開設したことを伝えている。各自の特許品、意匠登録品、実用新案登録品及び参考品の陳列即売をなす権利を得るためには、協会員は五円、会員外は一〇円の加入金が必要だった。

時代閉塞の現状は啻《ただ》にそれら個々の問題に止《とゞ》まらないのである。今日我々の父兄は、大体に於て一般学生の気風が着実になつたと言つて喜んでゐる。しかも其着実とは単に今日の学生のすべてが其在学時代から奉職口の心配をしなければならなくなつたといふ事ではないか。さうしてさう着実になつてゐるに拘らず、(7)毎年何百といふ官私大学卒業生が、其半分は職を得かねて下宿屋にごろ〳〵してゐるではないか。しかも彼等はまだ〳〵幸福な方である。前にも言つた如く、(8)彼等に何十倍、何百倍する多数の青年は、其教育を享《う》ける権利を中途半端で奪はれてしまふではないか。中途半端の教育は其人の一生を中途半端にする。彼等は(9)実に其生涯の勤勉努力を以てしても猶且三十円以上の月給を取る事が許されないのである。無論彼等はそれに満足する筈がない。かくて日本には今「遊民」(10)といふ不思議な階級が漸次其数を増しつつある。今やどんな僻村(11)へ行つても三人か五人の中学卒業者がゐる。さうして彼等の事業は、実に、父兄の財産を食ひ減《へら》す事と無駄話をする事だけである。

(7)　毎年何百……ごろ〳〵してゐるではないか　「時代閉塞の現状」執筆前の時期にも、『東京日日新聞』の「官私学校卒業生」（一九一〇・七・六）という記事や、一九一〇年七月二日から一七日にかけて『東京朝日新聞』に掲載された「卒業生の売口」という連載があり、当時の大学生の就職難を伝えている。本書第二部第四章参照。

(8)　彼等に……奪はれてしまふではないか　第二節に「総ての青年の権利たる教育が其一部分――富有なる父兄を有つた一部分だけの特権となり、更にそれが無法なる試験制度の為に更に又其約三分の一だけに限られてゐる事実」という指摘がある。なお、一九一〇年五月二三日の『東京朝日新聞』の記事「文部当局の楽観　▽大学の収容力問題」は、中学の「卒業生一万四千六百二十三人を出し其内高等学校に入学したるもの千百十六人官立私立学校に入学したるもの三千八百八十一人其他のもの九千六百三十六人なり之に依りて見れば即ち中学を卒業して更に高等学校を受くるものは四千九百九十七人に達せり」と伝えている。本書第二部第四章参照。これに加え、中学校入学が適わなかった層も膨大な数であろう。

(9)　実に其……許されないのである　啄木は、一九一〇年一二月三〇日付宮崎郁雨宛の手紙で、自分の収入について、「月給二十五円、夜勤十円、歌壇八円、計四十三円」と伝えている。夜勤と、朝日歌壇の選者としての収入がなければ二五円である。この金額は、夏目漱石『三四郎』(『東京朝日新聞』『大阪朝日新聞』一九〇八・九〜一二)における三四郎の仕送り一か月分と同額である。また、一九一一年安部磯雄「三個の解決案(教育ある遊民の処置問題)」(『中央公論』一九一二・七)は、「日本に於ては早稲田を卒業しても貳拾五圓位のものが多い」と書いている。右の啄木の書簡は、「文学士金田一君の収入は月四十円(講座に休み有れば更に一日一円の割にて減ず)である、さうして月十円の家に住み、これといふ不足なく夫婦楽しく暮してゐる」と書いているが、啄木の月給は、中学校中退という経歴から考えて決して少なすぎるということはなかった。

(10) 遊民……其数を増しつつある　「遊民」は、適当な職を得られなかったり、進学できなかったりして、無為に日々を送る人。ここでは、官立、私立の大学卒業生、旧制高等学校や大学への進学ができずにいる者、双方を含む。一九一一年になって頻出する〈高等遊民〉という言葉は、右のうち、大学もしくは高等学校卒業程度の文化資本を持ちながら、未就職のままでいる存在を中心に取り上げている。本書第二部第四章参照。

(11) 僻村　「かたゐなかノ村。」(『大辞典』一九一二年)。

我々青年を囲繞《ゐぜう》(12)する空気は、今やもう少しも流動しなくなつた。強権(13)の勢力は普《あまね》く国内に行亘《ゆきわた》つてゐる。現代社会組織(14)は其隅々まで発達してゐる。――さうして其発達が最早完成に近い程度まで進んでゐる事は、其制度の有する欠陥の日一日《ひにち》明白になつてゐる事によつて知ることが出来る。戦争(15)とか豊作とか飢饉とか、すべて或偶然の出来事の発生するでなければ振興する見込の無い一般経済界の状態は何を語るか。財産と共に道徳心をも失つた貧民(16)と売淫婦との急激なる増加は何を語るか。果又《はたまた》今日(17)我邦に於て、其法律の規定してゐる罪人の数が驚くべき勢ひを以て増して来た結果、遂に見す

〈其国法の適用を一部に於て中止せねばならなくなつてゐる事実（微罪不検挙の事実、東京並びに各都市於《ママ》ける無数の売淫婦が拘禁する場所が無い為に半公認の状態にある事実）は何を語るか。

(12) 囲繞《ゐぜう》　「まわりをとりかこむこと。」（『日本国語大辞典』第二版）

(13) 強権の勢力は普《あまね》く国内に行亘《ゆきわた》つてゐる　本書第一部第一章注（28）参照。

(14) 現代社会組織……知ることが出来る　社会組織の発達・完成は、その制度の欠陥が明白になっていることからわかると述べており、論理的に矛盾を抱えているように思われる。制度の発達、完成は、むしろ欠陥を見えなくするものではないか。社会組織の発達に関する発言としては、「性急な思想」（前掲）に「日本は其国家組織の根底の堅く、且つ深い点に於て、何れの国にも優つてゐる国である。従つて、若しも此処に真に国家と個人との関係に就いて真面目《しんめんぼく》に疑惑を懐いた人があるとするならば、其人の疑惑乃至反抗は、同じ疑惑を懐いた何れの国の人よりも深く、強く、痛切でなければならぬ筈である」という一節がある。「国家といふ既定の権力」を指摘する文章がこれに続くが、こうした発言を考慮すると、啄木の意図としては、被支配の立場にある者も組織制度への〈反抗〉に向かわず、「欠陥」のみが放置され、発現することを〈社会組織の発達〉と捉えているように思われる。

(15) 戦争とか……一般経済界の状態は何を語るか　人災や天災も含めた「偶然の出来事」を契機とした対応に迫られることでしか変わらない経済政策を批判している。啄木としては、「社会組織」の根本的改革が必要だと考えている。たとえば明治三八（一九〇五）年に東北地方では飢饉が起き、極めて不十分なものだったが政府は「凶作地救済」を行っている（碓田のぼる『石川啄木と杉村楚人冠』光陽出版社、二〇一三・七、第一章参照）。その後、政府は、第二三議会（一九〇六年一二月～〇七年三月）では、予算規模を膨張させ、軍備拡張とともに地方のインフラ整備など「積極政策」を進めている。日露戦後、官僚と貴族院を基盤にする桂太郎と政友会総裁西園寺公望が交互に政権を担当するが、政友会は、地方を基盤に、鉄道網の敷設や、治水、港湾など土木事業の拡充、高等教育機関の整備や産業奨励などを実現しようとした。一九〇六年には鉄道の国有化がなされているが、これは陸軍の要求でもあった。一九〇八年には恐慌が勃発し、一九〇九年から一一年にかけて政権を担当した桂首相は、財政整理に乗り出している。しかし、一方、海軍拡張費、土木事業費や電話交換設備は増加している。中村隆英『明治大正期の経済』（東京大学出版会、一九八五・四）参照。

(16) 貧民と売淫婦との急激なる増加　東京への人口集中によって、都市問題が深刻化した。東京市の人口は、一八九四（明治二七）年末に一二四万だったものが、一九〇三年末には一八一万人、一九〇八年末には二一八万となった。人口集中による過密化、男性単身者・独身者の比率の上昇などに伴い、「細民」も増加、「貧民窟」が問題視されるようになった（佐々木隆『日本の歴史㉑　明治人の力量』（講談社、二〇〇二年）。これに対応して「売淫婦」も増加したものと思われる。

(17) 今日……中止せねばならなくなつてゐる事実　『日本帝国統計年鑑』（東京統計協会出版部、一九一二・一一・二四）によると、「在監人員」は、明治三八（一九〇五）年は五三、〇〇三人、明治三九年は五三、九八一人、明治四〇年は五三、七三五人、明治四一年は五四、七五三人で、五万人台だったが、明治四二年になると、七二、四三六人、明治四三年は、七一、五七九人となっている。

斯くの如き時代閉塞の現状に於て、[18]我々の中《ママ》最も急進的な人達が、如何なる方面に其「自己」を主張してゐるかは既に読者の知る如くである。実に彼等は、抑へても〳〵抑へきれぬ自己其者の圧迫に堪へかねて、彼等の入れられてゐる箱の最も板の薄い処、若くは空隙（現代社会組織の欠陥）に向つて全く盲目的に突進してゐる。[19]今日の小説や詩や歌の殆どすべてが女郎買、淫売買、乃至野合、[20]姦通の記録であるのは決して偶然ではない。しかも我々の父兄にはこれを攻撃する権利はないのである。

何故なれば、すべて[21]此等は国法によつて公認、若くは半ば公認されてゐる所ではないか。

(18) 我々の……「自己」を主張してゐるか　今井泰子は、「我々の中の最《ママ》も急進的な人達」を「天皇暗殺計画の発覚で逮捕された管野スガら数名の者たちおよび当局に便乗逮捕された大量の無政府主義者。すなわち当時日本中を震駭させたいわゆる幸徳（大逆）事件被告たち」（『日本近代文学大系』）としているが、「彼等」が「盲目的に突進してゐる」のは、「彼等の入れられてゐる箱の最も板の薄い処、若くは空隙（現代社会組織の欠陥）」であると記述されており、先に「現代社会組織の欠陥」の一つとして挙げられている「売淫婦」の居る場所である。従って、「今日の小説や詩や歌の殆どすべてが女郎買、淫売買、乃至野合、姦通の記録であるのは決して偶然ではない」という一節や「すべて此等は国法によつて公認、若くは半ば公認されてゐる所ではないか」という一節につながる。詳細は、本書第二部第五章参照。

(19) 今日の小説……決して偶然ではない　例えば、啄木がかつて「うまい」と評した（一九〇八・七・一日記）正宗白鳥の「世間並」（前掲）は、虚無的で、退屈を持て余す青年教師洲崎が遊廓に通う話である。また、前年秋以来、啄木が厳しく批判する永井荷風は、『冷笑』（佐久良書房、一九一〇・五）という作品で、「女と遊ぶ――これが彼《あ》の人の生きて居る第一条件ですから、其の為めにはいかなる重大な事件を捨て丶も顧みませんよ」と登場人物に語らせている。また、啄木が書いたと思われる「女郎買の歌」（『東京朝日新聞』一九一〇・八・六）という文章では、近藤元という歌人が洲崎遊廓に女郎買いに行ったことを題材とした短歌及び近藤元の歌集の広告文を取り上げ、「次の時代と云ふものに就ての科学的、組織的考察の自由を奪はれてゐる日本の社会に於ては斯ういふ自滅的、頽唐的なる不健全な傾向が日一日若い人達の心を侵蝕しつ丶あるといふ事」を批判している。

(20) 野合　「野合（やがう）」は、「男女が正当の手続を経ずに夫婦となること。くつつきあい。」（『辞林』一九〇七年）。当時の新聞記事に日比谷公園は、夜ごとに「堕落男女の野合場と化し毎夜少なくとも十組位の野合者を発見する由」（『読売新聞』一九〇八・七・一一）という記述がある。

(21) すべて……公認されてゐる所ではないか　「女郎」は「公娼」であり、「淫売」も本文にあるように「各都市に於ける無数の売淫婦が拘禁する場所が無い為に半公認の状態にある事実」があることを指している。

> さうして又我々の一部は、「未来」を奪はれたる現状に対して、不思議なる方法によつて其敬意と服従とを表してゐる。元禄時代に対する回顧がそれである。[22]見よ、彼等の亡国的感情が、其祖先が一度遭遇した時代閉塞の状態に対する同感と思慕とによつて、如何に遺憾なく其美しさを発揮してゐるかを。

(22) 元禄時代に対する回顧　折蘆が「自己主張の思想としての自然主義」で言及している桑木厳翼の「過去十年間の仏教界」(前掲)では、青年たちの「我を立てる傾向」に対して、「社会の監督整理の任に当る者は、これらの主我思想の運動を監督することが、しばしば困難を感じる者が多くなって、遂に種々の方法を以て抑圧するようになり、あるいは武士道の鼓吹となり、あるいは漢学の復興となり、あるいは義士烈士の祭典、報徳宗の勧誘等となつて、防御運動を始めることとなる」と書いており、「元禄時代の回顧」に該当する記述がある。なお、桑木は「如何に抑圧されても大勢を翻すことは出来ない、彼らは圧迫の下に百難を排して進歩発達して往くであろう」と書いており、折蘆は、「博士が此の自己拡充の主潮に対立させて、漢学復興、報徳宗の運動、義士祭典の流行等を反抗的保守思想として挙げられ、之を尻目にかけて居られるのは聊か痛快である」と述べている。

『新小説』一九〇九年一二月号の「寸鉄」には、「戊申の御詔《みことのり》出で、、御料の汽車の改造を差止めらる、大御心に比し近時世間の有様は如何《いか》ん、元禄の昔の様にならなければい丶、寧ろそれ以上だ、謡が流行する、誰れは小鼓を打つ、義太夫をうなる、それ踊を習ふ、やれ碁、やれ玉突、弓、凡ての物が流行して居る、こんな事なれば芸人が満足するのは無理はない、さればと云つて、何処まで進むか此処いらで一つ考へ物なり」といった記述がある。

斯くて今や我々青年は、此自滅の状態から脱出する為に、遂に其(23)「敵」の存在を意識しなければならぬ時期に到達してゐるのである。それは我々の希望や乃至其他の理由によるのではない、実に必至である。我々は一斉《せい》に起《た》つて先づ此時代閉塞の現状に宣戦しなければならぬ。(24)自然主義を捨て、盲目的反抗と元禄の回顧とを罷めて全精神を明日の考察——我々自身の時代に対する組織的考察に傾注しなければならぬのである。

(23) 其「敵」の存在を意識しなければならぬ　「敵」とみなされているのは「強権」＝「現代社会組織」＝「国家」。

(24) 自然主義……傾注しなければならぬのである　折蘆が「淫靡な歌や、絶望的な疲労を描いた小説を生み出した社会は結構な社会でないに違ひない。けれども此の歌此小説によつて自己拡充の結果を発表し、或は反撥的にオーソリテイに戦ひを挑んで居る青年の血気は自分の深く頼母しとする処である」（＝自己主張の思想としての自然主義）と述べていることと真っ向から否定して、新たな考察を呼びかけている。「組織的考察」という言葉で、「我々」を立ち上げ、国家を組織制度として考察すべき、の意を含ませる。

（五）(1)

明日の考察！　これ実に我々が今日に於て為すべき唯一《ゆゐいつ》である、さうして又総《すべ》てゞある。

（1）（五）　この節では、樗牛の個人主義、梁川熱、自然主義と、明治三〇年以降の「青年」の思想的歩みを振り返りつつ、「明日」の必要を発見することを呼びかける。

その考察が、(2)如何なる方面に如何にして始めらるべきであるか。それは無論人々《にんぐ》各自の自由である。然し此際に於て、我々青年が過去に於て如何に其「自己」を主張し、如何にそれに失敗して来たかを考へて見れば、大体に於て我々の今後の方向が予測されぬでもない。

（2）**その考察が、……各自の自由である**　荻野富士夫は、「石川啄木論」（『初期社会主義思想論』不二出版、一九九三・一一、二三五頁）で、このあとに続く「大体に於て我々の今後の方向が予測されぬでもない」という言葉を受けて「大体の『今後の方向』とは、『必要』を価値の最高基準とする方向の謂であって、これをあまりに社会主義思想と結びつけて考えることは誤読である。社会主義の方向へと限定的に考えるよりも、『人々各自の自由』＝無数の可能性に期待していると『明日の考察』の提唱を理解する方が、『時代閉塞の現状』をトータルに重層的に捉える啄木の認識と相照応する」と指摘している。しかし、「各自の自由である」のあと、「然し此際に於て、我々青年が過去に於て如何に其『自己』を主張し、如何にそれに失敗して来たかを考へて見れば、大体に於て我々の今後の方向が予測されぬでもない」という文章が続いており、「無数の可能性」とするには無理があるだろう。後述のように、「必要」という言葉がクロポトキン経由のものであることを考えるならば、啄木はやはり社会主義思想との関連で考えていたものと思われる。なお、「人々《にんぐ》」のルビは誤植。

> 蓋し、我々明治の青年が、全く其父兄の手によつて造り出された明治新社会の完成の為に有用な人物となるべく教育されて来た間に、別に青年自体の権利を識認し、自発的に自己を主張し始めたのは、誰も知る如く、日清戦争の結果によつて国民全体が其国民的自覚の勃興を示してから間もなくの事であつた。既に自然主義運動の先縦《ママ》として一部の間に認められてゐる如く、樗牛《ちよぎう》の個人主義が即ち其第一声であつた。(さうして其際に於ても、我々はまだ彼の既成強権に対して第二者たる意識を持ち得なかつた。樗牛は後年彼の友人が自然主義と国家的観念との間に妥協を試みた如く、其日蓮論の中に彼の主義対既成強権の圧制結婚を企てゝゐる。)

(3) 青年自体……間もなくの事　啄木は、「文学と政治」(『東京毎日新聞』一九〇九・一二、一九、二一)で、「政治といふよりも日本の国勢といつた方が妥当かも知れない」としたうえで、『文学界』の人々及び民友社の一団の文学的運動は、国会開設騒ぎの後であつた。紅露対立の盛時も、天外の写実主義唱道も、樗牛博士を中心にした活動及び其晩年の一種の革命も、すべてそれらは日清戦争といふ大事件に前後して起つた色々の政治的な出来事の後であつた。（中略）そして、輓近自然主義の運動――日本文学に於ける今日迄の最大の運動は、実に、日本帝国が明治になつて以来の最大事件であつた日露戦争の後に於て起つたのである。斯ういふ比較は正しいか正しくないかは私は知らないが、少くとも其間に何等の脈絡がないとは、私はどうしても考へ得ない」と書いている。樗牛、梁川（宗教）熱、自然主義という流れについては、島村抱月「梁川、樗牛、時勢、新自我」（『早稲田文学』一九〇七・一二）をはじめ、安倍能成「自己の問題として見たる自然主義的思想」（前掲）、桑木厳翼「過去十年間の仏教界」（前掲）、魚住折蘆「自己主張の思想としての自然主義」（前掲）が言及しているが、それを啄木のように「政治」ないし「国勢」との関連では捉えていない。

(4) 先縦　「先蹤」の誤り。「他ノ人が既ニツケ残シタあしあと。転ジテ、前例ノ一称。」（『大辞典』一九一二年）

(5) 樗牛《ちよぎう》の個人主義　高山樗牛（一八七一～一九〇二）。本名林次郎。山形県生まれ。一八九三年、東京帝国大学文科哲学科に入学。在学中に小説「滝口入道」（『読売新聞』一八九五・四～五）を発表。また、『帝国文学』の創刊に参加、『太陽』の文学欄記者となり、評論を発表。卒業後、第二高等学校教授となったが、辞職。『太陽』の編集主幹となり、〈日本主義〉を唱えたり、ニーチェを紹介したり、〈美的生活論〉を唱えたりした。ドイツ留学目前に病のため辞退。東大講師に就任するも翌年に死去。晩年は日蓮主義に傾倒した。

　樗牛は、「文明批評家としての文学者」（『太陽』一九〇一・一）で、ニーチェの説は、「現時の民主平等主義を根本的に否定し、極端にして、而かも最も純粋なる個人主義の本色を発揮し来りたるを見る」と論じるなど、ニーチェの個人主義を鼓吹した。また、「美的生活を論ず」（『太陽』一九〇一・八）において、「生れたる後の吾人の目的は言ふまでもなく幸福なるにあり。幸福とは何ぞや、吾人の信ずる所を以て見れば本能の満足即ち是のみ。本能とは何ぞや、人性本然の要求是也。人性本然の要求を満足せしむるもの、茲に之を美的生活と云ふ」と書いた。「人性本然の要求」に従うという考えに、当時の若い世代は、〈個人主義〉の考え方を見、影響を受けた。例えば、阿部次郎は、神田青年会で行われた樗牛追悼会に岩波茂雄らとともに出席したとき、「常に煩悶苦闘して向上の道に進まんとせし其の精神今や肉体と離れて無方に遊び其最愛の妻最愛の子を残して唯面影を一葉の写真に止む、何とはなく涙の眼を霑すを禁じ得ざりき」（一九〇三・一・二四）と日記に書きとめている。また、安倍能成は、「当時の自分達は、樗牛氏の主観的な感情的な個人主義的の思想には実際ひどく動かされた。（中略）兎に角自分達は氏によつて粗笨ながらも『我』といふものを教へられ、『我』の自覚を有するに至つたと思ふ」（「自己の問題として見たる自然主義的思想」）と回想している。

なお、「既に自然主義運動の先縦《ママ》として一部の間に認められてゐる」とあるが、たとえば、島村抱月の「文芸上の自然主義」（『早稲田文学』一九〇八・一）には「過去に於ける小杉天外氏の自然主義、乃至後藤宙外氏の心理的、硯友社風の写実的等と、現在の所謂自然主義との間には、短少ながらも我国相応のスツールム、ウント、ドラング、若しくはロマンチシズムが介在して居る。明治三十四五年頃のいはゆるニイチェ熱、美的生活熱の勃興から、同じく三十七八年度までが即ちそれでは無いか。今の自然主義は実に此の小ロマンチシズムの後に起つた特殊の現象である」と書いている。また、徳田秋江も「高山イズムと後の高義自然主義とに関係」（「文壇無駄話」『読売新聞』一九〇九・五・九）のあることを指摘している。

啄木は、盛岡中学校在学中より樗牛に傾倒し、「思想上の恩師」（小沢恒一宛書簡、一九〇四・三・一〇）としている。また、一九〇八（明治四一）年七月六日の日記には、「明治新思潮の流れといふ事に就いて、矢張時代の自覚の根源は高山樗牛の自覚にあつたと語つた。先覚者、その先覚者は然しまだ確たるものを攫まなかつた。……自分自身の心的閲歴に徴しても明らかである。樗牛に目をさまして、戦つて、敗れて、考へて、泣いて、結果は今の自然主義（広い意味における）！」と書いている。本書第一部第二章参照。

(6) 我々はまだ……意識を持ち得なかつた　「第二者」は、「第一人者」に継ぐもの。同じ形式段落に、「父兄の手によつて造り出された明治新社会の完成」という一節があるので、次世代の担い手ということになる。続く文章で、「樗牛は後年彼の友人が自然主義と国家的観念との間に妥協を試みた如く、其日蓮論の中に彼の主義対既成強権の圧制結婚を企て、ゐる」と書いているので、「既成強権」と「妥協」することのない、批判的知性の持ち主たることを前提としている。

(7) 後年彼の友人……妥協を試みた　啄木が樗牛の「友人」とみなしたのは、長谷川天渓。西田勝は、「天渓は雑誌『太陽』の記者として樗牛と同僚であったが、むしろ樗牛の美的生活論に対しては反対の旗幟を表明した人であった」

（「石川啄木『時代閉塞の現状』」『近代文学閑談』三一書房、一九九二・一二、初出は『季刊国語教育』一九七九・三）と指摘しているが、天渓は、「予は卅年（明治三〇年――引用者注）以来、『太陽』記者の末席を汚し、故樗牛が病のため湘南の地に去るまで殆ど毎日の様に顔を見、また終焉の地たる鎌倉にも屢ば遊びに往つたのであるから、その平生に就いては善く知つて居る」（「高山樗牛」『文章世界』一九〇六・六）と書いており、親しい関係にあったといってよい。

天渓は、「現実主義の諸相」（前掲）で、「吾れ等は、日本に生れた。此の事実は動かすことは出来ぬ。五千万の同胞は、万世一系の皇室を戴き、二千六百年の歴史と、同じ空気、同じ山川、同じ思想に育てられた」、「各個人の自我は、此の国家主義を抱いて、而も現実とは何等の衝突をも見ぬ。我れ等は日本人であるから、日本々位の種々なる運動や、思想と、必ず一致しなければならぬのである。乃ち此の自我を日本帝国といふ範囲まで押し拡げても、毫も現実と相離れ、或は矛盾するやうのことは無い」と書いた。啄木は、「きれぎれに心に浮んだ感じと回想」（前掲）で、「長谷川天渓氏は、嘗て其の自然主義の立場から『国家』といふ問題を取扱つた時に、一見無雑作に見える苦しい胡麻化しを試みた。（と私は信ずる。）謂ふが如く、自然主義者は何の理想も解決も要求せず、在るが儘を在るが儘に見るが故に、秋毫も国家の存在と牴触する事がないのならば、其所謂旧道徳の虚偽に対して戦つた勇敢な戦も、遂に同じ理由から名の無い戦になりはしないか。従来及び現在の世界を観察するに当つて、道徳の性質及び発達を国家といふ組織から分離して考へる事は、極めて明白な誤謬である――寧ろ、日本人に最も特有なる卑怯である」と書いて、その無条件な国家主義への追従に対して批判を加えていた。

なお、折蘆の「自己主張の思想としての自然主義」にも、「天渓氏が自然主義と国家主義とを綴り合せて居るのは只噴飯の外はない。花袋氏、泡鳴氏も聞えた自然主義者でありながら、確か天渓氏同様の説を何処かで為して居るのを見た事がある様に思ふ。然らば随分不徹底な自然主義である」との記述がある。平岡敏夫は、この一節で「天渓・花袋らを批判しているのは、前年の啄木文と一致しており、先行するこの『スバル』発表の啄木文は当然折蘆の眼にも入っていたはずである」と指摘している（「啄木『時代閉塞の現状』前後」『石川啄木論』おうふう、一九九八・九、一三〇頁。初出は、『日露戦後文学の研究』上巻、有精堂、一九八五・七）。

（8）其日蓮論の中に……圧制結婚を企てゝゐる　吉田精一は、「日蓮上人と日本国」（『太陽』一九〇二・七）の「彼れにとりては真理は常に国家よりも大也。是れを以て彼は真理の為には国家の滅亡を是認せり」といった樗牛の日蓮論を取りあげ、「かつての国家主義の主張を、ここでは樗牛自らひっくり返している」と見、啄木の評価を正しくないと指摘している（『近代文芸評論史　明治篇』至文堂、一九七五・二、六五一、六九二頁）。

実際、一九〇二年七月三日付姉崎嘲風宛書簡で、樗牛は、「僕は日蓮に於て、其の信念の為に国家をも犠牲とする偉大なるイゴイストを観た。今日の道学先生的倫理説に勝えざる僕の大なる安慰は、此人の此特質に現はれた」と書いているほか、「感慨一束」（『太陽』一九〇二・九）においても、「国家は其の憲法と法律と広大なる版図と強盛なる軍備とを擁して何の為に存在するか、又存在せざるべからずかを疑へ」といった一節や「当代文明の革新は、社会の上下にゆき亙れる現世的国家主義の桎梏を打破するにあり」といった一節があり、高山樗牛の日蓮論は必ずしも国家と妥協はしていないことがわかる。それどころか、「天皇神権説は今日に於ても尚ほ青年法学者の頭脳を支配し居るは意外にも事実に御座候。祖先教に本ける国体論は、国家主義と並びて、倫理学者の金科玉条たることも依然として故の如し」とまで書いている。樗牛は、田中智学の日蓮主義の影響を受けたが、末木文美士は、「智学がその後国家主義の方向を強めるのに対して、樗牛は国家を超越した真理の絶対性の方向に向か」ったと指摘している（『明治思想家論』トランスビュー、二〇〇四・六、二二九頁）。

また、上田博は、「樗牛の日蓮論に見る国家は国体論、あるいは現実の国家主義とは峻別される理念としての国家、人生の根本的要求を完全実現する方便としての国家であったことは僚友姉崎嘲風も確認したところであ」り、「啄木の言い分は、はなはだ的外れな言説であると言わざるをえない」と指摘し、その背景として啄木に「樗牛的な浪漫主義の理論的克服」と「人間観および個人と〈国家〉の関係についての総括」という課題があったことを指摘している（『石川啄木の文学』桜楓社、一九八七・四、一三四、一三六頁）。

（9）日蓮（一二二二～一二八二）鎌倉時代の僧。日蓮宗の開祖。安房国生まれ。一二歳で清澄寺に入り天台宗などを学び、一六歳で出家。比叡山などで修学ののち、建長五年（一二五三）「南無妙法蓮華経」の題目を唱え、法華経の信仰を説いた。他宗を強く攻撃したため圧迫を受け、「立正安国論」の筆禍で伊豆の伊東に配流。その後も佐渡に流され、赦免後、身延山に隠棲した。武蔵国池上で没した。著作に「開目鈔」「観心本尊鈔」など。

一八八四年に立正安国会（のちに国柱会）を始め、日蓮主義運動を展開した田中智学（一八六一〜一九三九）の『宗門之維新』（師子王文庫、一九〇一・九）に感動した高山樗牛は、これを契機に智学と親交を結ぶようになり、一九〇一年後半より日蓮に関する評論を執筆している。

> 樗牛の個人主義の破滅の原因は、彼の思想それ自身の中《うち》にあつた事は言ふまでもない。即ち彼[10]には、人間の偉大に関する伝習的迷信が極めて多量に含まれてゐたと共に、一切の[11]「既成」と青年との間の関係に対する理解が遥かに局限的（日露戦争以前に於《おけ》る日本人の精神的活動があらゆる方面に於て局限的であつた如く）であつた。さうして其思想が魔語《まご》[13]の如く（彼がニイチエを評[14]した言葉を借りて言へば）当時の青年を動かしたに拘らず、彼が未来の一設計者たるニイチエから分れて、其迷信の偶像を日蓮といふ過去の人間に発見した時、「未来の権利」たる青年の心は、彼の永眠を待つまでもなく、早く既に彼を離れ始めたのである。

(10) 彼には、……多量に含まれてゐた　啄木自身が影響を受けてきた樗牛の「天才」論を指す。「吾人の世界より天才を除き去れよ、残る所果して何物ぞ。歴史は空虚とならむ、世界は暗黒とならむ、人生は寂寞たらむ。吾人夫れ何に頼り、誰を憑みてか、此の世に生存すべき。天才は正しく社会の名誉也、国家の宝冠也、人類の光明也。」（「無題録　天才無き世界」『太陽』一九〇一・一一）。

(11) 一切の「既成」……局限的（……）であつた　右の「天才」論の帰結として、その他の「凡才」は置き去りにされることになる。例えば、「無題録」（『太陽』一九〇一・一二）に収められた「天才の犠牲」という文章で、樗牛は、「世に凡人の数、幾十百千万億ありとするも、人類に於て何の益する所ぞ。願はくは彼等の十万を割いて、一バイロンを得む。願はくは彼等の一百万を割いて、一奈破翁を得む。我れに一日蓮を与ふるものあらば、願はくは代ふるに一千万の凡人を以てせむ。我れに一釈迦を与ふるものあらば、一億万亦惜むに足らざらむ。（中略）天才にして得らるべくむば、如何なる犠牲も決して貴からざる也」と書いているが、この論理で言えば、「凡人」は自身犠牲になる事によって、「天才」を生み出すのであり、この「天才」を介してでなければ、「既成」と関わる事ができなくなる。啄木が「遥かに局限的」と言ったのは、以上の理由によるか。

(12)（日露戦争……局限的であつた如く）「個人主義」という言葉が意識されたのが日露戦後とすると、それ以前は、「国家」をはじめとする「既成」に対する何の疑いもなく、それだけ「精神的活動」は「局限的であつた」ことを言う。

(13) 魔語の如く　樗牛「文明批評家としての文学者」の中の句。冒頭部分で「今や『フリードリツヒ、ニーチエ』の名は独乙青年の間に魔語の如く響き渡り」とある。

(14) ニイチエ　フリードリッヒ・ニーチェ（Friedrich Wilhelm Nietzsche 一八四四～一九〇〇）ドイツの思想家、哲学者。ギリシャ古典学、東洋思想に深い関心を示して近代文明の批判と克服を図り、キリスト教の神の死を宣言。善悪を超越した永遠回帰のニヒリズムを説いた。また、その体現者としての超人の出現を求めた。生の哲学、実存主義の先駆とされる。著作に『悲劇の誕生』『ツァラトゥストラはかく語りき』『善悪の彼岸』など。

日本では、ニーチェは、高山樗牛の「文明批評家としての文学者」（前掲）や登張竹風「フリイドリヒ、ニイチエを論ず」（『帝国文学』一九〇一・六～八、一一）などで紹介された。樗牛はその中でニーチェの言葉として「人道の目的は衆庶平等の利福に存せずして、却て少数なる模範的人物の産出に在り。是の如き模範的人物は即ち天才也、超人《ユーベルメンシュ》也」と紹介している。また、樗牛は、ニーチェを「哲学者と謂はむよりは寧ろ大なる詩人也、而して詩人として大いなる所以は、実に彼が大いなる文明批評家 Kulturkritiker たる所に存す」と書いているが、「天才」、「詩人」、「文明批評家」であるという二ーチェ像は、啄木に大きな影響を与えた。

なお、杉田弘子によると、樗牛のニーチェ紹介は、チーグラーの『十九世紀の精神的社会的思潮』によるものだが、同書は「『反時代的考察』の内容を中心とする初期の思想に重点をおき、それをニーチェの歴史観、偽学者攻撃、天才論の順序で紹介して」おり、ニーチェの永劫回帰説については具体的な説明はなされていないという。また、杉田は、「チーグラーは天才論を取りあげているが、樗牛のように天才論と超人を同列に並べるような述べ方はしていない」と指摘している。そして、登張竹風のニーチェ論は、樗牛の「美的生活を論ず」の主張とあいまって、「本能主義者」ニーチェという像をむすぶことになったという（『漱石の「猫」とニーチェ』白水社、二〇一〇・一、三九、四〇、五三頁）。

一七歳の啄木は、「ワグネルの思想」（『岩手日報』一九〇三・五・三一、六・二、五〜七、九、一〇）で、ニーチェを「権力意志」の表現者と規定し、トルストイを「意志消滅の静止的平和」を説く者とみなして、対比した。評論は未完に終わったが、ワグナーの思想で止揚されるという構想を抱いていたようである。この考え方は、「自己発展」と「自他融合」を基礎とする〈一元二面観〉哲学へと発展していくが、一方で、評論「古酒新酒」（『岩手日報』一九〇六・一）では、「我今に当りて切実にニイチエと共に絶叫せんと欲す。凡庸なる社会は、一人の天才を迎へんがためには、よろしく喜んで百万の凡俗を犠牲に供すべき也、と」と書くなど、〈天才主義〉者ニーチェを強調している。その後、「冷火録」（『小樽日報』一九〇七・一〇・三一）における「超人」論を経て、評論「卓上一枝」（前掲）では、ニーチェの思想を紹介しながら、自然主義と、それまで自分が培ってきた哲学との対決を試みている。「現時我邦の各階級に自意識の瀰漫《びまん》せる事、因をニイチエ論に発する事多し。自然主義の興起亦間接に彼に負ふ所なしと云ふべからず」と指摘しているのは、「時代閉塞の現状」にもつながる視点といえる。

> この失敗は何を我々に語つてゐるか。一切の「既成」を其儘にして置いて、其中に、自力を以て我々が我々の天地を新に建設するといふ事は全く不可能だといふ事である。斯くて我々は期せずして第二の経験——宗教的欲求の時代に移つた。それは其当時に於ては前者の反動として認められた。個

> 人意識の勃興が自ら其跳梁に堪へられなくなつたのだと批評された。然しそれは正鵠[17]を得てゐない。何故なれば其処にはたゞ方法と目的の場所との差違が有るのみである。自力[18]によつて既成の中に自己を主張せむとしたのが、他力によつて既成の外に同じ事を成さんとしたまでゞある。さうして此第二の経験も見事に失敗した。我々は彼の純粋にて且つ美しき感情を以て語られた梁川《りやうせん》[19]の異常なる宗教的実験の報告を読んで、其遠神清浄なる心境に対して限りなき希求憧憬の情を走らせながらも、又常に、彼が一個の肺病患者であるといふ事実を忘れなかつた。何時からとなく我々の心にまぎれ込んでゐた「科学」の石の重みは、遂に我々をして九皐《きうかう》[20]の天に飛翔する事を許さなかつたのである。

(15)　一切の「既成」……不可能だといふ事　先述（二四二頁）のように、樗牛は、必ずしも「彼の主義対既成強権の圧制結婚を企て」たわけではない。しかし、一方で、同じ「感概一束」に樗牛は、「所詮は人々自ら悟るの外無しと存じ候。自ら悟らむと欲せば先づ自ら疑ふに若くは無し。個人は個人の存在を疑へ。其の何の為に既に生き、又何の為に将に生きむとするやに就いて真摯なる考案をめぐらせよ」と書いており、「既成」と対立するのではなく、個人の内省を求めていた。しかもこの内省は「社会も亦其の存立の根拠を疑へ」と、「社会」にも求められるものだった。その意味で、啄木が、樗牛の試みが「国家」という「既成」をそのままにして、「自力」（個人主義）で向かうもので失敗に終わらざるを得ないという認識自体は必ずしも誤ってはいない。

なお、樗牛を「スツールム、ウント、ドラングの驍将」と見る島村抱月も「彼等は文芸の理想を以て直ちに実際界を支配せんとする、こゝに矛盾が起こる破壊が生ずる」、「蓋し新しい天地を展開せんと工夫する自我は積極的でなくてはならぬ」、「破壊の自我とは用意が違うのだ。スツールム、ウント、ドラングは此の用意を欠いてゐる。樗牛も此れと運命を共にしてゐた」と指摘している（前掲「梁川、樗牛、時勢、新自我」）。

(16) 宗教的欲求の時代　明治三〇年代後半頃の思想・文学界の傾向を指す。晩年の樗牛や樗牛の親友だった姉崎嘲風、綱島梁川らが当時の青年に影響を与えた。特に梁川の影響は大きかった。また、一九〇三年五月二二日の旧制第一高等学校生徒の藤村操の自殺も、青年たちが宗教的思索に傾倒するのを助長した。安倍能成、魚住折蘆は特に影響を受けている。

なお、続く一文で「それは其当時に於ては前者の反動として認められた。個人意識の勃興が自ら其跳梁に堪へられなくなつたのだと批評された」とあるが、後述の通り、「個人意識」そのものを捨て去ったとまではいえない。

(17) 正鵠を得てゐない　「正鵠《せいこく》を得る」は要点・核心をついている。『大辞典』（一九一二年）には、「正鵠《せいかう》」で、「まとノ真中ニアルくろぼし。転ジテ、めあて。」とある。

(18) 自力によつて……成さんとしたまでゞある　「自力」（個人主義）によって、「既成」（国家）の中に自己を主張しようとしたのが樗牛ならば、梁川を代表とする「宗教的欲求の時代」は、「他力」（宗教）によって、「既成の外」（彼岸）に同じことをしたまでだと指摘している。

なお、「宗教的欲求の時代」の代表と目されている綱島梁川（次項目参照）は、「自力」と「他力」の関係について次のように書いている。

自ら顧みるに、自由もしくは自力の意識、儼として我れに在り。否むべからず、抹すべからず。この意識は、如何なる科学上の必至論、宗教上の定道論を以てするも、尚ほ且つ撼かしがたき光輝ある意識直接の自証也、自信なり。誰れか神の恩恵を必至的に絶対なりとは言ふ。他力絶対観や可し。さはれ、神の他力恩恵は、われらが自力自由の意識を存在せしめざるほどに狭く貧しきものなる乎。決して否らず。自力の意識の高く盛んに潮さし来たるほど、他力感恩の優なる意識も、亦盛んに高潮し来たる。われ知る、すべて奇しき妙なるものは、直ちに上天の賜として来たることを。真に自由といひ、自力といふものの霊《く》しき力の存在を味ふものにして、始めて深く強く神の他力恩恵に触るゝことを得べき也。われらが受け得たる他力の意識は、自力を包みたる他力の意識なるなり。

（「心の一ふし」『病閒録』金尾文淵堂、一九〇五・九）

末木文美士が指摘する通り、梁川は「見神」の境地を語る時にも、「個の自覚を消滅させるのではなく、むしろ個の確立を保証している」（前掲『明治思想家論』、二〇一頁）。付言すれば、末木は、梁川の宗教思想が、井上哲次郎らの国民道徳に対する否定者として屹立していたこと、浄土真宗の他力説にも疑問を投げかけていることを指摘している。以上の点を考慮すると、啄木が梁川を代表とする「宗教的欲求の時代」を「他力」という言葉でまとめてしまったのは、やや一面的であることを免れない。

(19) 梁川 綱島梁川（一八七三～一九〇七）。本名栄一郎。岡山県生まれ。哲学者。評論家。東京専門学校卒業。闘病生活のかたわら神秘的宗教観に基づく随想を書いて、一部の青年層に大きな影響を与えた。〈見神の実験〉は有名。『梁川文集』（日高有倫堂、一九〇五・七）、『病閒録』（金尾文淵堂、一九〇五・九）など。

啄木は、梁川が亡くなったときに「予は故人の友の中の哀れなる一人である。梁川氏は実に予の為めに師であつた。恩友であつた」（「秋風記・綱島梁川氏を弔ふ」「北門新報」一九〇七・九・二四、二六、二七）と書いている。梁川の「悲哀の高調」（『文芸界』一九〇二・五）を読んで共感した啄木は、詩集『あこがれ』（小田島書房、一九〇五・五）を刊行したときには、梁川を訪ねている。その後、啄木から詩集『あこがれ』を送られて間もなくの梁川の手紙には、「不思議の事も候ものかな小生が大兄の夢に入り候前一日小生喀血の事ありけふやう〳〵此筆を執り候位に相成候一種の霊的感応と存候青葉が中に埋もれ玉へる御境涯を想ひやりては小生も何となう青嵐に胸吹き払はる丶心地いたし候」（一九〇五・六・一〇付、『梁川書簡集』上、獅子吼書房、一九〇八・一二）と書かれている。そして、啄木は、この手紙を「霊ある者は霊に感応す」と小題を付けた「閑天地（十八）」（『岩手日報』一九〇五・六・三〇）に紹介したり、梁川が『あこがれ』の詳細な批評を書いた手紙を、啄木が発行した雑誌『小天地』（一九〇五・九）に掲載したりするなど、当時の啄木と梁川との交流がうかがわれる。

右の「閑天地」には「一度其霊性の天地に入るや、俄然として茲に無我の境に達す。無我は畢竟超越也、解脱也。小我乃ち物我を没して大我乃ち神我に合一する也。遂に自己の死滅にあらず。あらゆる差別、時間、空間を遊離して、永遠無窮の宇宙大に発展する也」と書かれている。「無我」に至りつつも、「自己の死滅にあらず」という考えに、当時の啄木が梁川の思想をどのように受け取っていたかがわかる。

なお、「時代閉塞の現状」の本文中に「異常なる宗教的実験の報告」とあるのは、梁川の「予が見神の実験」（『新人』一九〇五・七）に書かれた次のような箇所を指す。「予が従来の見神の経験なるもの、謂はゞ、春の夜のあやなき闇に、いづこともなき一脈の梅が香を辿り得たるにも譬へつべし。たしかにそれとは著《し》るけれど、なほほのかに微かなりき。而して今や然らず。わが天地の神は、白日瞳々、驚心駭魄の事実として、直下当面に現前しぬ。何等の祝福ぞ、末代下根の我等にして、この稀有微妙の心証を成して、無量の法の喜びに与るを得べしとは。（中略）予は信ず、偉大なる信念の根柢には、常に偉大なる見神あることを。真に神を見ずして、真に神を信じるものはあらず」。

安倍能成は「自己の問題として見たる自然主義的思想」（前掲）の中で、「梁川氏の思想は文芸的な我等の心持を更に宗教的にした」と書いているが、彼は、魚住折蘆とともに、私的交流も含めて、大きな影響を受けている。しかし、一方で、「氏の宗教的要求は、其堅実の度に於いても根柢の深い点に於いても、自分達とは遥かに選を異にし」ており、「梁川氏の思想はあくまでもたゆみない自家の要求を追うて、事漸く他力感思の生涯にまで入らんとした。我等は之に追随することが出来なかつた」と回想している。

(20) 九皐の天　「九皐」は、深遠なところのたとえ。「九皐の天」で、天高くの意。「九皐」は『詩経』『性霊集』『本朝文粋』をはじめ、用例がある。明治時代では、高野竹隠（一八六二〜一九二一）の漢詩「鶴歎　後楽園作」に「剪我九皐翮／久遭肉刑辱」（我が九皐の翮《はね》を剪《き》り／久しく肉刑の辱に遭う）という一節がある。啄木の著作では「閑天地（八）」（『岩手日報』一九〇五・六・一七）に「世界が日本を中心として新時代の文明を経営すべき未曾有の時期は正に迫らむとす。吾人の民族的理想は満翼颪を孕んで高く九皐の天に飛揚せんとする也」という使用例がある。なお、高山樗牛は「九皐生」の署名を用いていたこともある。

第三の経験は言ふまでもなく純粋自然主義との結合時代である。此時代には、前の時代に於て我々の敵であつた科学は却つて我々の味方であつた。さうして此経験は、前の二つの経験にも増して重大なる教訓を我々に与へてゐる。それは外ではない。「一切の美しき理想は皆虚偽である！」(21)

(21)「一切の美しき理想は皆虚偽である！」　自然主義文学・思想の考え方を表した言葉。長谷川天渓は、「論理的遊戯を排す」（前掲）で「人類は自分の造つた理想に拘泥して自由を失つて居る。言はゞ自縄自縛の状態に在る者だ。されば若しも吾人が真に自由を求めむとならば、先づ戯論を離れ、理想界を去ると同時に、一切の道徳的法則を破棄しなければならぬ。換言すれば此の有りの儘の現実に立脚して思索せねばならぬ。仏に遭へば仏を殺し、祖に会へば祖を殺す底の覚悟を固持するに非れば、吾が心の独立自由と確実なる人生観とを作ることは出来ぬ」と書いている。

かくて我々の今後の方針は、以上三次の経験によつて略《ほゞ》限定されてゐるのである。即ち、我々の理想は最早「善」や「美」に対する空想である訳はない。一切の空想を峻拒して、其処に残る唯《たゞ》一つの真実――「必要」！　これ実に我々が未来に向つて求むべき一切である。我々は今最も厳密に、大胆に、自由に「今日」を研究して、其処に我々自身にとつての「明日」の必要を発見しなければならぬ。(22)必要は最も確実なる理想である。

（22）必要は最も確実なる理想である　「必要」はなくてはならぬもの、どうしてもしなければならないもの。「『善』や『美』に対する空想」をはじめ「一切の空想を峻拒」したところ、つまりあくまで〈現実〉に立脚した「理想」であり、「明日」の理想であるという条件、また、「既成」をそのままにするのではなく、また、「既成」の内ではなく、「既成」の外に向わなければならないものであり、「他力」ではなく、「自力」で成し遂げるべき「理想」と規定されている。また、「我々の理想」とあるので、個人ではなく、「我々青年」によって成し遂げられるべきものを指す。

中野重治（一九〇二～一九七九）は、これを「必然」と理解し、啄木は「ウトピストでなく、アナルヒストでなく、ニヒリストでもない」として、マルクス主義的な意味での歴史的必然と解した（「啄木に関する断片」『驢馬』一九二六・一一）。これに対する批判の代表的なものが、戦後の国崎望久太郎の『啄木論序説』（法律文化社、一九六一・五、一二四～一二五頁）で、「啄木の『必要』は、われわれが能動的に働きかける対象である現実の歴史過程における客観的必然性ではありえない。彼自身の人間的諸要求の声に耳を傾けること、内奥から囁きかける自我の全面的解放の要求にこたえること、あるいは喪失せんとする実存の抗議にしたごうこと、こういう内面的、したがって主体的真実こそ、『必要』という言葉に包括された意味であった」としている。ただし、国崎の理解には啄木の言葉に実存主義的な心情を読みこんでおり、極端に振れたように思われる。

その後、助川徳是は、「啄木とクロポトキン」（『今井源衛教授退官記念　文学論叢』一九八二・六、助川『啄木と折蘆』洋々社、一九八三・六所収）の中で、「仮説」としながら、クロポトキンの『麵麭の略取』を「必要」の典拠として挙げる一方で、赤羽巌穴「必要は権威也」（『平民新聞』一九〇七・四・六）を紹介しつつ、「『麵麭の略取』の中心思想をなす、略取するべきは議会や政府でなく、生活の必要でありパンそのものであるという思想は、ここにも見られ、『時代閉塞の現状』の一典拠とも考えられる」と指摘している。助川以前にも西田勝は、赤羽の「必要は権威也」が啄木の眼に触れることがあったのではないかと示唆していたが（『季刊教育国語』一九七九・三、『近代文学閑談』三一書房、一九九一・一二に収録）、「観念論の、ではなく唯物論の文脈上での必然性の意味で用いている」としており、クロポトキン――赤羽の「必要」概念と、中野的な意味での「歴史的必然」との混同が見られる。また、一九一〇年一一月以前に啄木が『平民新聞』をまとめて読む機会はなかったのではないか。本書五四四頁参照。

田口道昭は、上田博の啄木の田中王堂受容の指摘を踏まえつつ、「『必要』という言葉は、啄木自身の実生活上のぎりぎりの要求からなされる言葉であると同時に、『我々自身にとつての「明日」の必要』である。そして、『国家』という『既成』を『既成』のままにしては『必要』を満たしえない」、「主体の必要（理想）を現実の中に発見し、実現していくその道筋を明らかにするところに、この言葉の指向するところはあったのではないか」としていたが（『啄木評論の世界』世界思想社、一九九一・五、九七頁）、二〇〇〇年四月に行われた関西啄木懇話会創立二十周年記念シンポジウム「『明星』創刊百年と石川啄木――二十一世紀における啄木像をめぐって」において、クロポトキンの『麺麭の略取』における「万人生活の必要たるよりも単に独占者に最大利潤を与ふべき物品のみの生産」、「各人の生産に従つて分配すてふ（中略）を基礎とする新組織」、「汝の必要にまかせて取れ」という言葉を引いて、「必要」の典拠とした（『啄木文庫』第三一号、二〇〇一・三）。近藤典彦も『石川啄木事典』（七一頁）の「評論」の項目で、『麺麭の略取』の「吾人の必要を感ずるのは実に一個の社会革命である」という一節を典拠としている。田口は、その後、「啄木がクロポトキンを受容するに至ったその前提に、田中王堂のプラグマティズムの受容があった」として、「『必要』という概念は、啄木における王堂哲学からクロポトキン受容への結節点であった」としている（「啄木『時代閉塞の現状』論――『必要』をめぐって――」（『国際啄木学会台湾高雄大会論文集』二〇〇三・七、本書第二部第二章）。「窓の外・窓の内」（一九一〇・九稿）にも、次のような一節がある。「近半世紀間に於ける激甚なる文化の混淆は、直接に間接に絶間なき強い刺戟を我々の精神に与へた。そして其の混淆は已に漸く頂上に達した様に見える。我々は今、其の粉《ママ》然雑然たる事物に対して、我々の民族的特性と我々の社会及び我々自身の必要とによつて取捨選撰《ママ》の自由を有する価値判断の時代に到達した」。ここで使われる「必要」もプラグマティズム的な思考によるものと思われる。

　また、一九一〇年一二月三〇日付の宮崎郁雨宛書簡には「僕の社会主義は僕にとつて夢でない、必然の要求である、金田一家と僕の一家との生活を比較しただけでも、養老年金制度の必要が明白ではないか」という言葉もある。さかのぼれば、一九〇七（明治四〇）年九月二一日の日記にも、小国露堂から社会主義の話を聞き、「社会主義は要するに低き問題なり然も必然の要求によつて起れるものなりとは此の夜の議論の相一致せる所なりき」と書かれた一節もあり、「歴史的必然」ではなく、「社会主義」を主体的な「必要」という文脈で使ったものと思われる。先述の通り、荻野富士夫は

「必要」を「あまりに社会主義思想と結びつけて考えることは誤読であ」り、「社会主義の方向へと限定的に考えるよりも、『人々各自の自由』＝無数の可能性に期待していると『明日の考察』の提唱を考える方が、『時代閉塞の現状』をトータルに重層的に捉える啄木の認識と相照応する」（前掲『初期社会主義思想論』）としているが、プラグマティズム的な主体（我々）の選択による「理想」の実現と「社会主義」的な制度の選択という意味に於いて「必要」という言葉が使われていたと考えられる。「時代閉塞の現状」において明確に語られていないのは、大逆事件下の言論状況を考慮したからにほかならない。

　更に、既に我々が我々の理想を発見した時に於て、それを如何にして如何なる処に求むべきか。「既成」の内にか、外にか。「既成」を其儘にしてか、しないでか。或は又自力によつてか、他力によつてか。(23)それはもう言ふまでもない。今日の我々は過去の我々ではないのである。従つて過去に於ける失敗を再びする筈はないのである。

(23)　それはもう言ふまでもない　先述のように、「既成」をそのままにするのではなく、また、「既成」の内ではなく、「既成」の外に、また、「他力」ではなく「我々の」「自力」で、「理想」を成し遂げるべきこと。

文学——彼の自然主義運動の前半、[24]彼等の「真実」の発見と承認とが、「批評」としての刺戟を有つてゐた時期が過ぎて以来、漸く[25]たゞの記述、たゞの説話に傾いて来てゐる文学も、斯くて復た其眠れる精神が目を覚して来るのではあるまいか。何故なれば、我々全青年の心が「明日」を占領した時、其時、「今日」の一切が初めて最も適切なる批評を享くるからである。時代に没頭してゐては時代を批評する事が出来ない。[26]私の文学に求むる所は批評である。（完）

(24) 彼等の「真実」の発見と承認　「真といふ語は自然主義の生命でありモツトーである」（島村抱月「文芸上の自然主義」『早稲田文学』一九〇八・一）。

(25) たゞの記述、たゞの説話に傾いて来てゐる文学　啄木は、以前にも『ローマ字日記』で「近頃の短篇小説が一種の写生文に過ぎぬようなものとなってしまった」（一九〇九・四・一〇、原文ローマ字）と書いていた。「巻煙草」（前掲）では、田山花袋の『妻』について、「『妻』に表はされた田山氏の人生観照の態度の案外幼稚な程度にあることは、材料の選択に甚だ不聡明で、従つて作を極度に冗漫ならしめた事や、主人公の性格の全く現はれてゐない事や、其心理的経過が頗る徹底してゐない事などによつて略《ほぼ》推断する事が出来る」と論じている。なお、二葉亭四迷は、『平凡』（一九〇八・三）で「近頃は自然主義とか云つて、何でも作者の経験した愚にも附かぬ事を、聊かも技巧を加へず、有の儘に、だら〳〵と、牛の涎のやうに書くのが流行るさうだ」と揶揄していた。「説話」は、ここでは単なる物語、昔話の意味。

(26) 私の文学に求むる所は批評である　ここでは、単に個人の生活に対する批評ではなく、「『今日』の一切」が批評できるような「文学」、「時代を批評」できるような「文学」が求められている。

第二章　「時代閉塞の現状」まで
――渡米熱と北海道体験――

一

石川啄木の「時代閉塞の現状」（一九一〇・八下旬頃）は、周知のとおり、魚住折蘆の評論「自己主張の思想としての自然主義」（『東京朝日新聞』一九一〇・八・二二、二三）の反論として執筆され、自然主義と〈国家〉の問題や当時の青年をとりまく「時代閉塞」状況について書かれた評論である。

さて、ここでいう「時代閉塞」、あるいは「時代閉塞の現状」感の背景に大逆事件があることは言うまでもない。しかし、おそらくそれだけではない。啄木は「時代閉塞の現状」以前にも閉塞感について書いており、それは「暗い穴の中へ」（一九〇九年秋稿）や「時代閉塞の現状」の直前に書かれた「硝子窓」（『新小説』一九一〇・六）からもうかがうことができる。

平岡敏夫は、これを「閉塞感覚」という言葉で説明しつつ、その起源を啄木の北海道時代の経験や文学に求めている[1]。

函館時代の啄木詩や小説に見られる漂泊・開放の感覚は、明治四十一年四月末以降の東京生活、とくに明治四十二年後半の稿とされる「暗い穴の中へ」のごとき、ほとんど身体感覚と化していると言える閉塞感覚を生み出すという逆説的構造を導くとともに、その閉塞感覚から一時的にも脱出せしめる記憶としてはたらくのである。

啄木は、北海道に「自由の空気」(「初めて見たる小樽」[2])を求め、平岡の言うように漂泊と開放の感覚を味わった。そして、そのことがその後の東京生活において「閉塞感覚」を生み出したという指摘は重要である。しかし、啄木は、北海道体験以前にも同じような夢——渡米という夢を見たことがあった。啄木は、自由の天地をまずアメリカに見、その代替として、北海道へ渡ったと考えられる。[3] 本章は、「時代閉塞」感の形成を、北海道体験とともに、啄木の渡米熱や日露戦争前後の日本をとりまく国際的な環境の中で読み直し、評論「時代閉塞の現状」成立の磁場を明らかにすることを目的とする。

二

啄木は、第一回目の上京の夢が破れて故郷渋民で静養していた時期、一九〇四(明治三七)年のはじめの頃に渡米の意思を抱いた。[4] それは、野口米次郎宛の書簡(一九〇四・一・二一)にうかがえる。

あ、米国! 米国! そこにはた易い方法によつて修養し衣食する道のあると云ふ米国!(中略)私の胸にはまた新らしい病が起りました。外でもない、それは渡米熱と申す、前のよりも重い強い、呵責の様な希望です。

この書簡には、一七歳の時に学業に別れを告げて上京したが、「人生の苦痛」を味わい、「悄然と故山に横臥する身」となったこと、その啄木と同じ年齢でかつて野口が大陸に渡ったことに言及されているが、学歴社会の成立期において、そこから脱落した啄木が再起を果たすそのモデルとして野口の詩人としての成功があった。

野口米次郎（一八七五～一九四七）は、愛知県津島市生まれ。神田の成立学舎で英語を修め、慶応義塾に学んだ後、一八九三（明治二六）年に渡米、苦学の末、サンフランシスコの日本字新聞社の記者となった。その後詩人ウォーキン・ミラーの知遇を受けて、詩作を始め、ロンドンに渡って自費出版した第三詩集『From the Eastern Sea』（一九〇三）によって、世界的な詩人として評されることとなる。啄木は、この野口の詩集の日本版『東海より』（冨山房、一九〇三・一〇）を後に妻となる堀合節子から贈られ、読んで感激し、『岩手日報』に「詩壇一則」（一九〇四・一・一）と題する批評を書き、この批評とともに、野口に手紙を書き送っている。

啄木は、野口の詩集について、「氏の詩を一貫する特長は云ふまでもなく、其東洋的香気を欧米の空気に放散するの偉観にあり」と評し、その意義について、「野口氏は明かに我日本の光栄なり、国内の詩潮未だ完たく定まらざるの日に於て、異土の文園に此成功を見るをえたるは、吾人同胞の大に意を強うする所。氏たる者向後益々其多望なる前途に勇往せば、独り日本一国の名誉のみに非ずして、万邦の等しく感謝する所とならむ」などと書いている。これらの評は、志賀重昂の国粋主義に共鳴して「日本主義」を掲げていた野口自身の立脚点への共感に満ちており、啄木はさらに「欧米人にして若し氏の詩を愛するに至らば、これやがて彼等の頭脳が一歩日本民族化したる者にして、極言すれば、優秀なる我民族の世界に於ける精神的勝利の第一階梯なりと云ふを得べき也」とまで書いている(5)。

啄木が右のような詩評を書き、渡米の希望を述べていた時期は、まさに日露戦争が起こる直前だった。啄木は、開戦を村人とともに喜び、「今や挙国翕然《きふぜん》として、民百万、北天を指さして等しく戦呼を上げて居る。戦の為めの戦ではない。正義の為、文明の為、平和の為、終局の理想の為めに戦ふのである」（「戦雲余録」『岩手日報』一九〇四・三・三、四、八〜一〇、一二、一六、一九）と書いており、右の文章もこうした文脈で読まれる必要があるだろう。渡米とナショナリズムは矛盾するものではなかった。むしろ〈膨張的日本〉の延長線上に〈移民〉があり、〈植民〉があった。(6)

さて、啄木は、渡米への意向を、盛岡中学校時代の同級生である川村哲郎に問い合わせているほか、(7)姉崎嘲風や友人の小沢恒一にも漏らしている。嘲風には「我近頃、しきりに太平洋の波のかなた、ロッキイの山彙走る自由の国に参りたく、夜な〳〵思ひに耽り居候。彼方の友は、来れと云ひ我も行かんと思ふ。思ひ思へど、身は遂に終始孤境の資なきみなしごに候。飛ばんとして翼なく、立たんとして足なし」（一九〇四・四・一二）と書き、渡米の希望とともにその手段のないことを訴える一方、その三日後の小沢宛書簡には、「生は本年の秋か来春は太平洋の彼方、ロツキイの山走る国へまゐらんと存ずる故、その前には美装こらしたる一巻の詩帳を兄並びに故国の文壇に頒たん」（一九〇四・四・一五）と書き送り、既に渡米が決定したかのような口吻である。

こうした啄木の渡米熱は、当時の地政学的な背景に裏付けられている。増加するアメリカへの移民に対し、一九〇〇（明治三三）年にはアメリカ向け旅券発給抑制措置が講じられたものの、一九〇二年頃から再び渡米者が増加し、渡米を奨励する本も数多く出版された。(8)とりわけ、大きな影響を与えたのは、片山潜の『渡米案内』（労働新聞社、一九〇一・八）で、刊行から一週間で二千部も売れ、一九〇九年までに一四版を重ねたという。片山潜はそこで自分がいかに苦学したかを語っているが、渡米は立志と成功のイメージをまとい、当時の苦学生たちを惹き付けた。また、啄木は最初の上京の時に日本力行会苦学部の神田寮に止宿したことがあるが、この力行会は、島貫兵太夫（一八六六〜一九一三）によって一八九七（明治三〇）年に創立され、苦学生の霊肉救済から、事業をアメリカ西海岸の渡航にまで拡大していた。相沢源七はこのときの接触が啄木の渡米熱を点火するきっかけとなったのではないかと推測しているが、[9] 野口米次郎に宛てた手紙の中の啄木の述懐は、まさにこうした学歴社会から脱落した者たちが再起をはかるという点で当時の苦学青年の動向を反映するものだった。当時、啄木はルーズヴェルトの『奮闘的生活』（成功雑誌社訳、成功雑誌社、一九〇三年）を読んでいると伊東圭一郎に書き送っているが、[10] この書物は「アメリカの躍進を生みだした精神、自己実現・奮闘主義の真髄を実践している理想の政治家の著作」[11] であり、渡米を志す苦学生たちのバイブルとでもいうべき書物であった。啄木が、そうした青年達と異なるのは、渡米後に〈詩人〉としての成功を夢見たという点だけである。

しかし、結局、啄木の渡米は現実化されることはなかった。その理由としては、費用の調達が出来なかったこと、[12] また、節子との結婚が迫っていたことが挙げられる。渡米者の多くは独身者たちであった。結婚は啄木にとって、〈生活〉という枷をつけることであり、容易に渡米に踏み切れるものではなかっただろう。また、そもそも、そのような条件の中で、啄木自身どれだけ実現可能なものとして考え、その実現に力を尽くしたのか疑問が残る。しかし、それでも、北米という〈外部〉があるということは、啄木にとって自己の可能性を活かす場があるという心の支えになっていなかっただろうか。

一方、日露戦争をきっかけに、黄禍論が欧米社会に広がっていったことも日本人の渡米を遠ざける理由の一つであった。それは、日本人や中国人の移民問題と関連づけられて、アメリカでも普及し、排日運動がさかんに展開されていくことになる。一九〇六年の日本人の渡米者数のピークを機に、アメリカ国内では移民排斥運動が起こり、一九〇八年の再渡航と呼び寄せ以外の移民の入国を禁止する「日米紳士協約」の合意で渡米はひどく困難なものとなった。このようにして、啄木の夢の実現可能性は急速に狭められていった。

「渋民日記」一九〇六（明治三九）年三月四日の記述には盛岡から渋民に移る理由の一つとして「企てた洋行の、旅券も下付に成らぬうちから、中止せねばならぬ運命に立至つた事」が挙げられており、これを機に啄木は渡米の意思を完全に絶ったようである。

三

その後の啄木の文章にはアメリカへの移民制限に関連したものがいくつか残されている。その一つに釧路新聞記者時代に書かれた記事がある。それは、当時の青木周蔵元駐米大使の発言に触れて次のように書かれている。

青木氏の謂ふ所必ずしも一理なしとせず、日本の移民が移民に非ずして出稼人なりと云ふが如き、吾人は悲しい哉之を打消すべき何等有力の証拠を有せず。然れども帝国政府を代表して彼国に駐在する大使としては、此等同胞の状態に対しては別に大に為す所なかるべからざるに非ざる乎。若夫れ米国の有識者が何等人種的偏見を抱かずと云ふに至つては、吾人は其所謂有識者なる者が全米国人中の何千分の一、若くは何百分の一なるかを知るに苦しまざるを得ず候。

（「雲間寸観」『釧路新聞』一九〇八・一・三〇）

対米強硬論者であった青木周蔵は、「日米紳士協約」の締結に際して駐米大使を罷免させられているが、啄木が紹介する記事によると、青木周蔵は「元来日本の所謂移民なるものは移民に非ずして出稼人なり。動《やや》もすれば彼米人に悦ばれざる上、資本家が労銀安き日本人を歓迎するより、米国労働者と勢ひ衝突を免がれざる次第にして、有識者は人種の相違に就きて敢て偏見を抱くものにあらざれども、当分は我移民を禁止するを得策とす」と語ったとされている。啄木の記事には、移民制限をめぐる人種差別に対する強硬な批判とともに、啄木のナショナルな感情をみることができるだろう。

また、「日曜通信」（『岩手日報』一九〇八・一〇・三〇）では、日本への示威行動を意図したアメリカ海軍の寄港に「空前の歓迎」で迎えた日本に対して、「御馳走政略は遂に善良なる政略に非ず」と述べ、「堅実にして不抜なる外交方針を把持せむことを希望」している。さらに、「百回通信」（『岩手日報』一九〇九・一〇・一二）の中の記事で、日米関係に触れながら、「口を開けば必ず先づ『親善』と『平和』の辞を言はざるべからざる世の中」に対して、「最早空虚なる美しき言葉に飽き〳〵したり」、「小生は寧ろ噂の如く米国より抗議の来らん事を願ふ。その抗議の飽迄強硬ならん事を願ふ。世界を挙げて終局なき戦ひを闘ふの日の一日も早く来らん事を願ふ。然る後に現在の人間生活が多少改まる事もあらん」などと書いている。啄木が渡米を諦めてのちの日米関係は移民問題と満州の問題を中心に対立の中にあった。これらの文章は、アメリカに対して日本政府に毅然とした対応を求める啄木の姿勢を示すと同時に、対立する日米関係への啄木の持続的な関心を物語るものといえよう。

一方、明治四一年に執筆した小説「鳥影」（『東京毎日新聞』一九〇八・一一・一～一二・三〇）では、中学校を卒業しないで、渡米（南米）の夢破れて代用教員として山奥へ去っていく昌作という男の姿を描いている。それは、自由の天地をアメリカにみていた啄木の浪漫主義が現実のなかで狭められていったことを投影した表現と言えよう。

四

一九〇七（明治四〇）年五月の啄木の渡道は、「渡米志望の代償」（昆豊）という側面をもっていた。ただし、渡米ほどに困難でもない、現実性のある〈夢〉である。啄木の渡道は、既に三度目であったこと、函館の文学青年たちの集まりである苜蓿社の人たちに支えられたほか、小樽には義兄の山本千三郎がいたことも忘れてはならない。渡道が渡米に代置されたものであったとしても、外国へ渡るのとは全く異質のものであったことは否めない[13]。そして、実際には、このときの啄木は「故郷を逃亡する落魄者」（今井泰子[14]）であった。

しかし、啄木は、「予は新運命を北海の岸に開拓せんとす」（「日記」一九〇七・五・二）といい、北海道にアメリカと同じく「自由の国土」を見ようとする。そうした啄木の北海道観は「初めて見たる小樽」（『小樽日報』一九〇七・一〇・一五）に端的に示されている。

我が北海道は、実に、我々日本人の為めに開かれた自由の国土である。劫初以来人の足跡つかぬ白雲落日の山、千古斧入らぬ蓊欝《おううつ》の大森林、広漠として露西亜の田園を偲ばしむる大原野、魚族群つて白く泡立つ無限の海、嗚呼此大陸的な未開の天地は、如何に雄心勃々たる天下の自由児を動かしたであらう。彼等は皆其住み慣れた祖先墳墓の地を捨てて、勇ましくも津軽の海の速潮を乗り切つた。（中略）予は唯此北海の天地に充満する自由の空気を呼吸せむが為めに、津軽の海を越えた。自由の空気！　自由の空気さへ吸へば、身は仮令枯野の草に犬の如く寝るとしても、空長《そらとこ》しなへに蒼く高く限りなく、自分に於て聊かの遺憾もないのである。

ここには、「開拓地」北海道の典型的なイメージが語られている。北海道は「内国植民地」として、移植民を受け入れる場としてあった。北海道の「開拓」が、当初、黒田清隆によって招聘された前合衆国農務局総裁フォーレス・ケプロンや札幌農学校に招かれたマサチューセッツ農科大学長W・S・クラークらお雇い外国人によって進められ、アメリカが開拓・開発のモデルとなっていたことはいうまでもない。啄木のいう「自由の国土」北海道と「ロッキイの山彙走る自由の国」アメリカを重ね合わすことができるだろう。啄木は、「初めて見たる小樽」の文章の始めで、樗牛の「法則と生命」（「無題録」『太陽』一九〇二・五）を意識しつつ、「自由に対する慾望とは、啻に政治上又は経済上の束縛から個人の意志を解放せむとする許りでなく、自己自らの世界を自己自らの力によつて創造し、開拓し、司配せむとする慾望である」、「此慾望の最も熾んな者は則ち天才である」などと書いている。ここには北海道の自然を目の前にした啄木の浪漫主義の高揚がうかがえるだろう。

しかし、現実の北海道は、啄木のこうした浪漫主義を許す場所ではなかった。石井寛治が言うように「フロンティアの北海道では国有地の多くは華族を初めとする東京系の大地主に払い下げられており、資力の乏しい移住民はその小作人になるしかなかった」[15]。また、北海道への移住は、東北、北陸、四国地方からの人々が多かったが、それらはいずれも「内地」の矛盾を吸収するかたちでなされていたのである。とりわけ、北海道への移住者に東北出身者が多かったこと、また、アメリカの移民制限が激しくなった日露戦後に北海道への移住が増えていることにも留意すべきであろう[16]。もはや単純に北海道が「自由の空気」に溢れているとはいえなかった。

そして、北海道漂泊時代の啄木も、以上のような「現実」を全く認識していなかったわけではなかった。しばしば引用される箇所だが、啄木は小説「漂泊」（一九〇七年執筆）の中で、楠野という人物に「然しね君、北海道も今ぢや内地に居て想像する様な自由の天地ではないんだ。植民地的な、活気のある気風の多少残ツてゐる処もあるかも知れないが、此函館の如きは、まあ全然駄目だね。内地に一番近い丈それ丈不可《いかん》。内地の俗悪な都会に比して優ツてるのは、さうさね、まあ月給が多少高い位のもんだらう」などと語らせている。また、『盛岡中学校校友会雑誌』に発表された「一握の砂」（一九〇七・九・二〇）では、自然を破壊する人間に対して、「猿」の口を通じて警鐘を鳴らしている。一八九〇年以降、北海道の森林破壊が進み、公爵近衛篤麿も『北海道私見』（一九〇二）で「森林伐採の弊や真に懼るべきものあり」などと書いていた[17]。この時既に、北海道は、手付かずの「自由の天地」ではない。

にもかかわらず、「一握の砂」において、「猿」に「自然に反逆するは取りも直さず之れ真と美とに対して奸悪なる殺戮をなす也」などと語らせているように、啄木が「浪漫主義者」の眼で北海道を見ようとしていることも確かである。こうした視座が、先に紹介した北海道観や、函館、札幌と比較して「植民地的な、活気のある気風の多少残ツてゐる処」としての「小樽」といったような見方を導き出すことになる。

◎初めて杖を留めた函館は、北海の咽喉と謂はれて、内地の人は函館を見ただけで既に北海道其物を見て了つた様に考へて居るが、内地に近いだけ殆んど内地的である。（中略）◎然し札幌にまだ一つ足らないものがある。それは外でもない。生命の続く限りの男らしい活動である。（中略）小樽に来て初めて真に新開地的な、真に植民地的精神の溢るゝ男らしい活動を見た。男らしい活動が風を起す。その風が即ち自由の空気である。（前掲「初めて見たる小樽」）

しかし、その小樽では、新聞社内の対立の中、小樽日報を退社することになり、さらに、釧路においても厳しい現実に直面することになる。「自由の空気」の中の「男らしい活動」など発揮することはできなかった。啄木は、「釧路に於ける七十日間の生活は、殆んど生死の大権を提げて私の若き心に威迫を試み候」といい、「遂に、『感情の満足なき生活』には到底堪へ得べからざる事を、極度まで経験いたし候ひぬ。人は矢張昔からの情の動物に候ひけり」（大島経男宛書簡、一九〇八・四・二二）と言う。

この時期に執筆された評論「卓上一枝」（『釧路新聞』一九〇八・三）は、捨てようとして捨て切れない浪漫主義と〈自然主義的〉現実との葛藤を綴ったものである。既に小樽時代の日記に「例の如く東京病が起つた。（中略）起て、起て、と心が喚く。東京に行きたい、無暗に東京に行きたい」（一九〇八・一・七）とあり、「北海道の現実」に対して、再び「東京」を理想的な〈外部〉として夢見ていることがうかがえる。家族を北海道に残したまま、「独身のつもりで」（「明治四十一年日誌」一九〇八・四・九）、「モ一度東京へ行つて、自分の文学的運命を極度まで試験せねばならぬ」（「明治四十一年日誌」一九〇八・四・二五）という言葉は「実生活者としての責任放棄の上に成り立つ宣言」（堀江信男）[18]であり、このような浪漫主義の残滓を抱えたまま、啄木は、上京する。

五

さて、上京してからの啄木の文章に「北海の三都」（一九〇八・五・六起稿）がある。この文章は、先に紹介した「初めて見たる小樽」の一節とほとんど同じ文章が使われているが、文末が過去形で語られていることにおいて、北海道に対して抱いていた浪漫主義を対象化していることを示している。[19] ここでは、アイヌのことにも言及している。北海道のイメージとして、熊やアイヌ、一獲千金が語られることに対して、啄木は、「若し今日に於て猶此の様な想像を持つて行かうものなら、それこそ直ぐに華厳か浅間へ駆けつけたくなるか、でなければ北海道特有の、悲惨な、目的なき生活をする一種の浮浪人に堕して了ふ」と警鐘を鳴らしている。

しかし、啄木が〈外部〉に夢を託すのを止め、現実に向き合うのはもう少し先になる。東京での啄木は、再び「北海道」を夢見、「朝鮮」という〈外地〉を夢見る。


金田一君に独歩の『疲労』その他二、三篇を読んでもらって聞いた。それから樺太のいろいろの話を聞いた。アイヌのこと、朝空に羽ばたきする鷲のこと、船のこと、人の入れぬ大森林のこと…………

「樺太まで旅費がいくらかかります？」と予は問うた。

「二十円ばかりでしょう。」

「フーム。」と予は考えた。そして言った。「あっちへ行ったら何か僕にできるような口を見つけてくれませんか？　巡査でもいい！」

（『ローマ字日記』一九〇九・四・一七　原文ローマ字）

清水は朝鮮の話をする。予はいつしかそれを熱心になって聞いて、「旅費がいくらかかる？」などと問うてみていた。哀れ！

（『ローマ字日記』一九〇九・五・六　原文ローマ字）

「哀れ！」という言葉に端的にあらわれているように、〈夢〉を見ざるをえない自分を相対化する視点も『ローマ字日記』には見られる。単なる口語ではなく、「ローマ字」表記で表すこと自体、そうした心の対象化の一環であっただろう。しかし、啄木が〈夢〉からはっきりと覚めるのは、家族が上京し、「生活」という現実に直面してからである。エッセイ「汗に濡れつつ」（『函館日日新聞』一九〇九・七～八）では、函館時代の回想と共に「天地人生に対して、予は予の主観の色を以て彩色し、主観の味を以て調理して、以て、空想の外套の中に隠れてゐる自分の弱い心に阿《おもね》つてゐた」と反省される。

そして、さらに、一九〇九（明治四二）年の秋の妻節子の家出以後、啄木が飛躍的な思想的変化を遂げて行くのは周知のとおりである。この時期に執筆された「百回通信」の次の一節に注目したい。

独逸の一小説家、嘗て其著書に、素撲なる地方人が都会に出で、三代にして遂に故郷に対する憧憬を忘れ、全く都会の放浪者となり了るの事実を指摘したる由に候。今や凡ての人間も、嘗て追はれたる楽園を忘れて、人間の故郷は実に人間現在の住所に外ならざるを知り、あらゆる希望憧憬を人間本位に集中するに至り候、近代文明の特色は此にあり、将来の趨向も此にあり。

グスタフ・フレンセンの小説『イエルン・ウール』を念頭に置きつつ[20]、啄木はここで「人間の故郷は実に人間現在の住所に外なら」ないという。アメリカでも、北海道でもなく、今現在生きている場に向き合うこと。そして、その現在の居場所に不満があるならば、そこを改善していくこと。一九〇九年から一九一〇年にかけての啄木はそのような結論にたどり着いたのだった。そこから啄木の旺盛な評論活動とともに、「読書を廃し、交友に背き、朝から晩まで目をつぶつたやうな心持でせつせと働」（宮崎大四郎宛書簡、一九一〇・三・一三）くといった生活の改善への「実験」が行われた。

しかし、同時期に執筆されたと思われる「暗い穴の中へ」は、自己及び自己の生活の改善という主張の一方で、〈死〉という〈外部〉を意識していたことをうかがわせる。

> 生きてゐるといふ事に何の興味もなくなつた考へが、少しの恐怖をも伴はずに、私の心を往来した。これはその時に初まつた事ではなかつた。（中略）死に得ぬ男と知つてゐても、その「死」を思つてゐる時間、死ぬと覚悟した人の心持で世の中を見てゐる時間だけ、私は、一切の責任とそれに伴ふ苦痛とを、自分から解除してゐる事が出来た。

田中王堂のプラグマティズムに共鳴した当時の啄木の思想は、「当為」を語るものとしてあったが、翌年三月には「二重の生活」の統一の困難を告げることになる。「改善」が容易に為されるほど現在の社会は単純ではなかった。しかし、再びその矛盾の脱出口をアメリカや北海道に向けるわけにはいかなかったはずだ。

六

大逆事件は啄木にとってまさにそういう時期に発生した。そして、そこで発見された「強権」は、もはや逃げられる〈外部〉の無い状態において見いだされたものだった。それは、「夢」を「渡米」にも北海道にも託すことのできない時代に向き合うことである。評論「時代閉塞の現状」はこのような状況下に執筆された。

片山潜主筆の『労働世界』はかつて「渡米協会記事」に「青年に対する二種の圧制」（一九〇二・一〇・一三）と題する文章を掲載したが、それは「時代閉塞の現状」の一節を想起させる文章となっている。

一、今や日本全国至る所に中学あり従つて中学卒業生亦続出して学生社会は中学卒業生を以て充満せんとす、（中略）然れども今日の中学卒業生は高等学校に入る下拵へをなせしに止まり中学教育のみでは殆んど何の用もなさず然るに彼等卒業生は高等学校に入るには一種の試験てう網を潜らざるべからず、此網や極めて狭少にして現時希望者の二三割を容るに過ぎず残余は皆教育界の路頭に迷ひ彼の堕落生の汚名を蒙り一生を誤る者なり（以下略）

二、今や高等学校の門は閉ぢられ加ふるに学資金は乏しく自活学業を修むるの道なく去りとて実業に従事するの資格なく何う考案しても日本で立身の道開けず故に有為の青年は海外に渡航して其一身を立てんと企つる者其数を知らず（以下略）

啄木は、「中途半端の教育は其人の一生を中途半端にする」と書き、「今やどんな僻村へ行つても三人か五人の中学卒業生がゐる。さうして彼等の事業は、実に、父兄の財産を食ひ減す事と無駄話をする事だけである」と書いた。こうした言葉が啄木自身の経験に基づいていることは言うまでもない。そして、片山潜たちの「北米は苦学生の天国なり」[21]という言葉は、「時代閉塞の現状」が執筆された一九一〇年にはすでに無効になっていきつつあった。[22]

ところで、〈外部〉を見いだすというなら、「朝鮮」という場所がなかったわけではない。事実、〈外部〉へと流出していく流れは、渡米移民の流れが狭まれていくのに対して、植民地圏への移動へと代わっていった。[23]しかし、明治三〇年代の「渡米熱」には、苦学生たちの自由な競争、立身出世、洋行帰りなどといった「夢」を吸収する面があった。しかし、「渡韓」には、そういったイメージはない。韓国に渡ったのは、主に商業などの従事者であって、「青年」たちではなかった。さらに、韓国には、韓国併合に際して啄木が見据えていたような日本政府の弾圧があった。[24]「強権」の勢力は植民地朝鮮にもあまねく渡っていたのである。

大海のその片隅につらなれる島々の上を秋の風吹く
時代閉塞の現状を奈何にせむ秋に入りてことに斯く思ふかな
地図の上朝鮮国にくろぐろと墨をぬりつ、秋風を聴く

「九月の夜の不平」(『創作』一九一〇・一〇)に発表された啄木の歌は、〈外部〉を閉ざされた青年たちの〈閉塞状況〉を表すものにほかならない。

東海の小島の磯の白砂の
われ泣きぬれて

蟹とたはむる

「時代閉塞の現状」執筆の後、同年一二月刊行の『一握の砂』が右の歌ではじまるのは、偶然ではない。「東海の小島」は日本列島であり、その小さな島である日本の海岸で、海を目睫に控えながら、そこから先へ出て行くことの出来ない自分。「蟹」は、横這いしかできない自分であると解釈できるし、「蟹行文字」から洋行への夢を象徴しているものと見てもいい。また、歌集冒頭における意味付けからいって、「短歌」を暗示するとみてもいいだろう。小さな島の閉塞された状況の中で、主人公は外へ出られず、自らを慰めるしかないのだ。(25)

そして、やや単純化することを許してもらえば、『一握の砂』は「我を愛する歌」において、世界を視野に置きつつも日本という小さな島で、外への夢を閉ざされた主人公の物語にはじまり、「煙」で〈回想の故郷〉がうたわれ、「秋風のこころよさに」で〈故郷の自然〉を辿る。そして、「忘れがたき人人」では北海道漂泊時代が綴られ、「手套を脱ぐ時」において、現実の自分、自分の居場所に帰ってくるという構成になっている。また『悲しき玩具』においても、現実への志向が一層顕著になっている。歌集は、〈外部〉に脱出を試みようとして出られなかった歌の主人公が、過去の回想の時間を経て、再び〈いまここ〉の現実に生きようとすることを示している。そこに啄木の批評性を読み取ることができよう。(26)

その批評性の起点となったのが評論「時代閉塞の現状」であり、それは、アメリカや北海道という〈外部〉に抱いていた浪漫主義が閉ざされ、また、それを捨てることによって直面した〈現実〉が「国家」＝「強権」に閉ざされているという閉塞感の中で執筆されたのである。

注

（1）「日露戦後の啄木―閉塞感覚の形成―」（村上悦也・上田博・太田登編『悲しき玩具　啄木短歌の世界』世界思想社、一九九五・四、四〇頁）。

（2）後述のように、啄木は、「初めて見たる小樽」（『小樽日報』一九〇七・一〇・一五）で、「自由の空気」という言葉のほかに「自由の国土」という言い方を使用しているほか、小説「漂泊」（『紅苜蓿』一九〇七・七）では「自由の天地」という言葉を使用している。

（3）啄木の渡道の理由について、田中礼の「この北海道行きは、もちろん彼の生活上の窮迫の結果であるが、意識の上では渡米の代償行為と考えられなくもない」（「蟹行の一詩綴――啄木・西洋・日本」『啄木文庫』第八号、一九八四・八、『啄木とその系譜』洋々社、二〇〇二・二収録、一七頁）、昆豊の「渡米志望の代償であり、緊急避難に似た側面を持っていた」（『警世詩人石川啄木』新典社一九八五・一一、二二五頁）という指摘がある。

（4）啄木の渡米に関しては、川並秀雄「石川啄木と語学」（『石川啄木新研究』冬樹社、一九七二・四）、木股知史「立志と詩のアメリカ」（『石川啄木・一九〇九年』冨岡書房、一九八四・一二）、相沢源七『啄木の渡米志向』（宝文堂、一九八七・五）などの研究がある。

（5）しかし、先の文章に続いて、次のように、日露戦後に欧米で普及した黄禍論の前提ともなる人種哲学の主唱者ゴビノーが引用されているのは、一見奇異な感じを受ける。

此種的信仰と芸術との融合は近時漸く識者の意識に上りたる者にして、嘗てはリヒヤード・ワグネルの楽劇に此傾向の好模範を求め得べし。ゴビノオ及びチエムバレン等の所謂人種哲学なる者亦此趨勢に関する所甚だ多きに似たり。野口氏若し此点に着目するの日あらば氏以て如何となさんか。

ゴビノーは、森鷗外の『人種哲学梗概』（春陽堂、一九〇三・一〇）で「伯が古代の純血種族を慕ふところを味つて見ると、伝説上の黄金時代を夢みて居ると大差はないやうに思はれ升。固より所謂混血の結果は、進歩だとは限りますまい。退歩になることも有りませう。併し古代の純血を慕つて、純血時代即黄金時代といふやうに考へるのは、論理上必然の結果では有りますまい」などと、その血の純血の思想とアーリア人種中心主義を批判されている。また、こうしたゴビノーの考え方に基づいて、種々の黄禍論が登場してくるが、それに対して、鷗外はさらに

『黄禍論梗概』（春陽堂、一九〇四・五）を発表する。その前書きで鷗外は、「日露の戦は今正に酣なり。而して我軍愈《いよいよ》勝たば、黄禍論の勢愈《いよいよ》加はるべし。黄禍論の講究は実に目下の急務なり」と書いており、黄禍論へのいち早い対応をみせていた。

しかし、啄木にそうした批判的視点はない。それどころか「戦雲余録」では、啄木は、ゴビノーを紹介しつつ自説を展開している。上田博が明らかにしているように、ゴビノーの文明論と「啄木のそれは似て非なるものであ」り、「啄木にはゴビノウの人種哲学にみるāria人種優越論、黒人、黄色人への人種的偏見の論理自体を批判する意図は見られない」（『石川啄木の文学』一九八七・四、三五〜三六頁）。それは、啄木が、その「尊敬する偉人」（「閑天地」『岩手日報』一九〇五・六・二〇）であったルーズヴェルト大統領の黄禍論を見逃していることと同様である。

こうした啄木の黄禍論への無関心の理由は、黄禍論の広がりが日露戦後になってからであったことのほかに、ゴビノーが啄木が傾倒するワグナーの晩年の親友であったことが関係していると思われる。また、チェンバレンはワグナーの養子である。

（6）たとえば、福沢諭吉は次のように書いている。

抑も移民の目的は、国力を外に伸長すると同時に、大に本国の利益を謀るものなり。内地の人民が続々外に移りて、其土地の発達を致すときは、自然の結果として、本国との間に商売貿易の繁昌を見ざるを得ず。彼の英国が世界の商売国として現在の地位を成したるも、亜米利加、豪洲、印度等の如き、世界の東西南北到る処に植民地を有して、自国の人民を繁殖せしめ、其土地の次第に発達するに随ひ、本国との商売貿易も次第に繁昌して、遂に今日の大繁昌を見たるものなり。

（「移民の保護」『時事新報』一八九六・一・二六）

いわば「平和的膨張論」というべきものだが、こうした考えは、渡米論のイデオロギーとして受け継がれた。

移民の到る所各自財を得るの傍ら新智識を修めつ、ここにいと気楽なる自由の新故郷を成すを得（、）ことにその国旗の赴きたる所は正に是れ国家が膨張したるもので一個の勢力これがために張り通商貿易これがために進み彼の外資の如きは敢て需めずして自ら流れ来るのみか（、）これと同時に本国に残れる国民もために各々其所に安んじて裕《ゆたか》に生活の楽を享くることを得（、）是に於てか一国繁栄の基礎いよ〳〵安全鞏固たるべきは（以下略）

（一柳松庵『増訂渡米之栞』掃葉軒、一九〇四・一二）

また、「平和的膨張論」と「好戦的膨張論」の間の壁はそれほど高くなかったように思われる。
後に、石橋湛山は、移民奨励の理由の一つである人口問題に触れながら、「移民」について次のように批判している。

思うに今我が国民は一の謬想に陥れり。人口過剰の憂ということ之れなり。（中略）吾輩は我が国民が斯くの如き根拠無き謬想に駆られて、徒に帝国主義を奉行し、白人の偏見に油を灌ぎ、はては米人の嫌がるを無理に移民せんとするなど、無益の葛藤に気を疲らすの、詢《まこと》に愚なるを思わずんばあらざるなり。
（「我れに移民の要無し」『東洋経済新報』一九一三・五・一五）

なお、「移民」と「植民」の区別については、木村健二「近代日本の移民・植民地活動と中間層」（『歴史学研究』六一三号、一九九〇・一一）の「帝国主義成立期における日本人の海外移動は、大きく勢力圏＝植民圏としての東アジア方面と、非勢力圏＝移民圏としての太平洋諸島・南北アメリカ方面に分けられる」という一節が参考になろう。ただし、当時の人々の間で「移民」と「植民」という言葉は必ずしも厳密に区別されていたわけではない。

（7）一九〇四年二月八日の日誌に「米国カリフオルニヤ州オークランドなる川村哲郎君へ長書信認む」とあり、三月二六日、四月六日に川村哲郎より書簡をもらっている。

（8）今井輝子「明治期における渡米熱と渡米案内書および渡米雑誌」（『津田塾大学紀要』一六号　一九八四・三）、立川健治「明治後半期の渡米熱―アメリカの流行」（『史林』一九八六・三）、粂井輝子『外国人をめぐる社会史―近代アメリカと日本人移民』（雄山閣、一九九五・八）参照。

（9）注4、相沢源七『啄木の渡米志向』参照。

（10）伊東圭一郎宛、一九〇四年八月三日付書簡。

（11）注8、立川健治「明治後半期の渡米熱――アメリカの流行」。

（12）注4、相沢源七『啄木の渡米志向』参照。相沢は、啄木の妹の三浦光子の回想で、啄木が「百円あれば行ける」と言ったのを、「渡米実費一人当たり九十三円三十八銭の外に、帰国旅費と当座の費用を間違いなく所持していると証拠として税関で示した非常準備金」である「見せ金」のことではないかとしている。また、清沢洌の「見せ金」が二百五十円くらいであったとする北岡伸一の見解（『清沢洌』中央公論社、一九八七・一）や、島貫兵太夫の『渡米策』（日本力行会、一九〇四・五）では、「見せ金」百円と併せて三百円は必要だと書かれていることを紹介している。

（13）ここには、上京を回避する心理も働いていたのではないか。渡米を夢見たのも第一回目の上京の失敗後のことである。二回目の上京では詩集『あこがれ』（小田島書房、一九〇五・五）を刊行したものの文学者としての大きな成功にはつながらなかった。一九〇八年の上京後、啄木は「東京及び東京人は、思つた程の進歩をして居ない」（藤田武治・高田治作宛、一九〇八・五・一二）と手紙に書いているが、それまで東京を回避していた心理をうかがわせる。

（14）『石川啄木論』（塙書房、一九七四・四、一八〇頁）。

（15）石井寛治「日本産業革命と啄木」（『国文学　解釈と教材』一九九八・一一）。

（16）同右、石井寛治「日本産業革命と啄木」、永井秀夫・大庭幸生編『北海道の百年』（山川出版社、一九九九・六）、桑原真人ほか『北海道の歴史』（山川出版社、二〇〇〇・九）参照。

（17）桑原真人「北海道の経営」（『岩波講座日本通史16　近代1』一九九四・一）。

（18）堀江信男「啄木にとっての東京」（『石川啄木――地方、そして日本の全体像への視点』一九九九・三）。

（19）その一節を掲げる

北海道は、実に我々日本人の為に開かれた自由の国土であつた。劫初以来人の足跡つかぬ白雲落日の山、千古斧入らぬ蓊欝の大森林、広漠として露西亜の田園を偲ばしむる大原野、魚族群つて白く泡立つ無限の海、嗚呼此大陸的な未開の天地は、如何に雄心勃々たる天下の自由児を動かしたらう。独自一個の力を以て男子の業をなさむとする者、歴史を笠に着る多数者と戦つて満身創痍を被つた者、皆其住み慣れた先祖墳墓の地を捨てて、期せずして勇ましくも津軽の海の速潮を乗り切つたものだ。

（20）木股知史「国家・都市・郷土」（『日本近代文学』一九八一・九）参照。注4『石川啄木・一九〇九年』に収録。

（21）『続渡米案内』（渡米教会、一九〇二・一二、六六頁）。

（22）代わりに、南米への移民が奨励されたが、奮わなかった。それは、後述の朝鮮への移動と同じ理由であろう。注8、立川健治「明治後半期の渡米熱―アメリカの流行」参照。

(23)　注6、木村健二「近代日本の移民・植民活動と中間層」。
(24)　本書第五部第二章参照。
(25)　注3、田中礼「蟹行の一詩綴——啄木・西洋・日本」参照。
(26)　しかし、啄木から〈外部〉へのロマンチシズムがまったくなくなったわけではない。一九一一年年十一月一日付の佐藤真一宛書簡では、「革命戦が起つてから朝々新聞を読む度に、支那に行きたくなります。さうして支那へ行きさへすれば、病気などはすぐ直つてしまふやうな気がします」などと書かれており、ここには大アジア主義的な理想への親近性がうかがえるだろう。
　また、啄木が「新しき明日」を社会主義や無政府主義に見いだそうとするとき、それが自分にとって新たな〈外部〉ではないかどうかを疑わずにいられなかった。晩年の啄木の思想的葛藤は、自身の浪漫主義を見据えつつ、社会主義、無政府主義の思想に向き合う中にあった。

第三章　〈必要〉をめぐって

一

石川啄木は、評論「時代閉塞の現状」（一九一〇・八下旬頃）の中で、「我々の理想」をどこに求めるべきかということについて、次のように書いている。

　即ち、我々の理想は最早「善」や「美」に対する空想である訳はない。一切の空想を峻拒して、其処に残る唯一つの真実――「必要」！　これ実に我々が未来に向つて求むべき一切である。我々は今最も厳密に、大胆に、自由に「今日」を研究して、其処に我々自身にとつての「明日」の必要を発見しなければならぬ。必要は最も確実なる理想である。

この「必要」という言葉が、中野重治の「啄木に関する断片」（『驢馬』一九二六・一一）によって「必然」と理解されたことは有名だ。そして、この「客観的必然性」という理解を退け、国崎望久太郎は「彼自身の人間的諸要求の声に耳を傾けること、内奥から囁きかける自我の全面的解放の要求にこたえること、あるいは喪失せんとする実存の抗議にしたごうこと、こういう内面的、したがって主体的真実こそ、『必要』という言葉に包括された意味であった」と述べた[1]。また、これを承けて今井泰子は、「啄木にとって思想とは、自己の外に客観的にその普遍性が証明されていたとしても思想ではなかったのである。『必要』の語は、啄木が『思想』をそのように扱い、自己の思想をそのように形成しつづけてきたこと、彼のもろもろの体験なしに彼の思想が存在しなかったことを語っている[2]」と指摘した。しかし、それがもともと〈外〉にあったとしても、その思想は選び取られ、体験を媒介にしつつ普遍性を持つものへと志向されてゆくものだろう。もちろん、中野重治の「必然」を復権する意図はないが、改めて啄木が当時生きていた思想的な磁場を確認することが必要だと思われる。

この「必要」について、私は、一九〇九（明治四二）年秋以来の啄木の思想の立脚点であった田中王堂の哲学との関係を指摘し、かつて次のように書いた[3]。

> 「必要は最も確実なる理想」という言葉で思い出されるのは、明治四十二年秋以来の啄木の思想の立脚点であった王堂哲学である。「理想」は、「現実」の中にこそ求められるべきものであった。しかし、この「現実」はもはや、啄木個人の狭義の「生活」を意味しない。「必要」という言葉は、啄木自身の実生活上のぎりぎりの要求からなされる言葉であると同時に、「我々自身にとつての『明日』の必要」である。そして、「国家」という「既成」を「既成」のままにしては「必要」を満たしえない。（中略）主体の必要（理想）を現実の中に発見し、実現していくその道筋を明らかにするところに、この言葉の指向するところはあったのではないか。

基本的に右の見解を変更するつもりはない。しかし、「必要」の典拠として、赤羽巌穴の評論「必要は権威也」（『日刊平民新聞』一九〇七・四・六）や、幸徳秋水訳・クロポトキンの『麪麭の略取』（平民社、一九〇九・一・三〇）

が指摘されており、これらとの関係も無視できないように思われる。(4)

本章は、以上の見解を踏まえつつ、「時代閉塞の現状」における「必要」という概念を、啄木の思想及び同時代の文脈の中に改めて位置付けることを目的としたい。

二

まず、赤羽巌穴の評論「必要は権威也」が、「時代閉塞の現状」の「必要」を想起させる部分を以下に引用する。

何時の世、如何なる時代に於ても、必要は一種の権威である、必要の前には宗教も、道徳も、法律も、習慣も其の勢力を揮ふ事は出来ない、（中略）

社会は必要に伴つて進歩する、人は必要の衝動に依て向上する、必要は今日の社会を造り又現在の人類を造つた、必要は電信を造り又た鉄道を造つた、必要は蒸気機関を造り又電話を造つた、而して必要は今日の所謂文明社会を造つたのである、乍併、多数の必要に依て造られた社会が、或る少数階級の手に落ち、最大多数階級の必要が十分に満されざる事の為に、今や社会は恐るべき混乱の裏に陥らんとして居る。（中略）

あらゆる必要の中最も自然で而して最も猛烈なのは「生活」の必要である、生活の必要はパンの必要である、パンの必要は即ち生活に必要なる凡ての貨物の必要を意味する而してパンの必要の実行は即ちパンの略取であらねばならぬ、（中略）

人間社会の出来事は道理に依てよりも、寧ろ必要に基いて起る事が多い、古来から歴史上の出来事は多く強烈なる人間の必要に依て起つて居る、殊に我々は革命の歴史に於て最も其の然るを見るのである。

「パンの略取」という言葉からも、クロポトキンが踏まえられていることがわかる。「パンの必要」とは、「生活の必要」のことであり、それが「多数の必要」となって、社会が形成されていく。ただし、現在それは「少数階級」のものとなっているという。管見に入る限り、同時代に「必要」という言葉をこれだけ強調している評論は他にはなく、啄木が強調する「必要」との共通性が考えられそうである。

赤羽巖穴は、一九〇七（明四〇）年に、日刊『平民新聞』編集委員となり、クロポトキンをはじめとする無政府主義の著作を読みあさったようである。(5)『平民新聞』が廃刊を余儀なくされた後は、『社会新聞』の編集員となったり、西川光二郎らと旬刊『東京社会新聞』を発行するなどの活動をしている。しかし、政府の弾圧により、投獄されてしまう。投獄後、「『無政府共産』の自由安楽郷」を説いた小冊子『農民の福音』を非合法のまま印刷するが、朝憲紊乱罪で禁固刑となり、一九一二（明四五）年三月、服役中に獄死している。

啄木は、一九一一（明治四四）年五月七日の日記に「岩手県にかヘつて『農民の友』といふ週刊新聞を起すことを想像した」と書いているが、西田勝の指摘の通り、赤羽の『農民の福音』が想起されよう。また、日本社会党第二回大会における分裂に際して、幸徳秋水の直接行動論に共感を示しながらも、議会政策や普通選挙運動を全く無用のものと考えなかったことなど、啄木の問題意識との共通性という面でも、注目すべき点がある。

しかし、啄木が「時代閉塞の現状」を執筆する以前に、「必要は権威也」をはじめとする赤羽の評論が掲載された『平民新聞』を読む機会があったかというと、その可能性は低かったと言わざるを得ない。啄木が『平民新聞』などの、社会主義関係の新聞、雑誌を集中的に読んだのは、一九一一年のことだった。(6)

ならない[7]。

三

さて、そうだとすると、赤羽もその影響を受けたクロポトキンについてみていく必要があるだろう。とりわけ、大逆事件発生後に啄木が読んだと思われる幸徳秋水訳・クロポトキンの『麪麭の略取』の影響が指摘されなければならない[7]。「時代閉塞の現状」の「強権」が、『麪麭の略取』の「和訳例言」の中にある「強権とはオーソリチー、強権論者とはオーソリタリアンを訳したのである[8]」という言葉を踏まえたものであるということは夙に指摘されてきた[9]。しかし、このほかにも『麪麭の略取』で「必要」という言葉が強調されている点が注目される。

是れ実に彼少数者が他の人民を妨害して其必要な物品の生産を許さない、否な万人生活の必要たるよりも単に独占者に最大利潤を与ふべき物品のみの生産を、多数人民に強ゆるが為めである、一切の社会主義の論議の眼目は、実に此点に在るのである。

（第一章・吾人の富）

吾人は是等総ての労働者が生活すべき権利、其必要を満足すべき権利があり、更に各人に生活の必要が保証されたる上は、其贅沢なる欲望までも満足すべき権利を有して居ると言ふことは出来る、

（第一三章・集産的賃金制）

また、「汝の必要に任せて取れ」という主義をもとに、「各人の必要に従つて分配すてふ――を基礎とする新組

織」が構想されている（第三章・無政府共産制）。近藤典彦は、啄木の「必要」概念の受容を「吾人の必要を感ずるのは実に一個の社会革命である」（第二章・万人の安楽）という一節にみているが、[10]クロポトキンの「必要」は、「各人の必要」、「生活の必要」を起点として、「吾人の必要」としての「社会革命」が構想されているといえよう。

このような「必要」概念は、啄木の宮崎大四郎宛の手紙（一九一〇年一二月三〇日付）にも、「養老年金制度」という身近な「生活の必要」とともに、「社会主義」が「必然の要求」である、といったかたちで主張されている。

この「必要」という言葉は、以下の考え方とともに、クロポトキンにとって重要な概念だった。たとえば、「労働の権利」に対して、「安楽の権利」について次のようにいう。

> 彼等は快意《カンフオテブル》な生活を為すの権利を主張すると同時に更に、一層重要なる権利を主張する、即ち如何なることか快意とすべきや、其を確保せんが為めに、何物を生産すべきや、何物を無用として排棄すべきや等を、彼等自身に決定するの権利である。
>
> 「安楽の権利」は、人類の如く生活し得べきこと、及び其児孫を養育して吾人よりも一層優等なる社会の一員となし得べきことを意味する、之に反して「労働の権利」は常に賃金奴隷として、賤役者として、将来永く中等階級の為めに支配され掠奪さるゝの権利を意味するに過ぎぬ、安楽の権利は社会革命である、労働の権利は唯だ商人制度の踏車たるに過ぎぬ、今や労働者が共有の遺産に対する権利を主張して、其占有に着手すべき時は既に熟して居る。（第二章・万人の安楽）

これは、「生産」が「消費」を決定するのではなく、逆に「消費」が「生産」を決定するという考え方であり、クロポトキンはそれを「安楽の権利」という言葉とともに説明している。また、『麪麭の略取』第一四章「生産と消費」では、従来の経済学が「生産」を中心に論じ、「消費、即ち個人の欲求を満足せしむるに必要なる手段」に重きを置いていないことを批判している。さらに、クロポトキンは、『近代科学と無政府主義』（一九〇三年）でも、「経済学においては『消費』がまず最初に注目されなければならないこと、そして、革命においては、すべての人に衣食住がゆきわたるよう、消費の再組織がまず考慮されなければならないこと」を指摘し、「『生産』は、社会のこの根本的な必要が満たされるよう適合改変されなければならない[11]」と述べている。

なお、後に触れるが、クロポトキンが「欲求」という言葉を使用していることにも注意したい。クロポトキンは、「生産が、其目的なる人間の欲求てふことを見失つて、全く誤れる方向に迷ひ入り、其組織も過失に陥つて居るのではあるまい乎」、「吾人は如何に生産組織を改造せば、以て一切の欲求を直に満足せしめ得べきかを研究せねばならぬ」（第一四章）と書いているが、「欲求」は「必要」とほぼ同義のものとして使用されている。

啄木は「消費」という言葉では考えなかったが、評論「田園の思慕」（『田園』一九一〇・一一・二五）をはじめ、啄木の「社会主義者宣言」ともいうべき一九一一年一月九日付の瀬川深宛の書簡でも「安楽を要求するのは人間の権利である」という言葉を引用しており、クロポトキンへの傾倒ぶりが窺える。

こうしたクロポトキン受容のありようをみても、啄木の「必要」には『麪麺の略取』の言葉が投影されているとみていいのではないか。いわば「各人の必要」を基点とした「社会革命」の「必要」である。そして、赤羽巌穴の「必要」も、クロポトキンの無政府主義を意識したものであり、両者はクロポトキンを通じて、共通の問題意識をもつに至ったと言えよう。

四

この「必要」という言葉が表すのは、単なる主体的な要求ではなく、また単なる客観的なものでもない。いわば、主体と客体との相互の関係性を含んだ概念である。

そして、こうした「必要」の発見は、一九〇九年秋以来の啄木の〈生活実験〉が依拠した田中王堂のプラグマティズムと関係している。例えば、啄木は、「人類の歴史は要するに其限りなき欲求と生活力との調和を図り来れる努力の記録とも言ふべし」（「百回通信」十三『岩手日報』一九〇九・一〇・二三）と書いている。こうした考え方は、当時の王堂の言説にしばしばみられるものであって、啄木が「性急な思想」（『東京毎日新聞』一九一〇・二）の中で引用する「生活の価値生活の意義」（『新小説』一九〇九・一二）にも、「人間が生活を継続するには、彼れが置かれたる境遇と、彼れが持てる慾望との斉整又は融合を計り行くことが必要条件である」と書かれている。また、「自由思想家の倫理観」（『書斎より街頭に』廣文堂書店、一九一一・五）には、「人間の唯一の目的は幸福なる生活を獲得するにあるのであるが、幸福なる生活は、彼れの持てる慾望の実現を図るが為めに、彼れのおかれた境遇を征服し、又彼れのおかれた境遇の整頓を計る為めに、彼れの持てる慾望を訓練することによつて、即ち彼れの慾望と境遇との融合を謀ることによつてのみ得らるゝものである」と書かれている。生活の持続を大前提とした人間の欲望と境遇との調和、及び、欲望と境遇とが調和を図りながら絶えず発展することを王堂は説明する。そして、欲望を整理する方針が理想であり、理想とは現実の中にこそ見いだされるものであった。そうした人間の欲求を実現していく方便なり手段となるのが、科学であり、道徳であり、文芸である。

啄木が王堂の哲学に共鳴した背景には啄木自身の〈生活の見直し〉という契機があったが、そこで問題とされたのが、自己の欲求、自己実現——あるいは「理想」——を「生活」の中でどのように位置付けるかということであった。「遠い理想のみを持つて自ら現在の生活を直視することの出来ぬ人は哀れな人です、然し現実に面相接して、其処に一切の人間の可能性を忘却する人も亦憐な人でなければなりません」（大島経男宛書簡、一九一〇・一・九）という言葉は、王堂哲学によって、啄木が、実生活に対する態度にひとつの解決を与えられたことを示している。そして、「一切の文芸は、他の一切のものと同じく、我等にとつては或意味に於て自己及び自己の生活の手段であり方法である」（「弓町より——食ふべき詩」『東京毎日新聞』一九〇九・一一・三〇〜一二・七）という言葉もまた、王堂哲学の文脈で理解されよう。この王堂哲学に援軍を得て、啄木は旺盛な自然主義批判を展開した。

ところで、この王堂のプラグマティズムの根幹に「欲求」「欲望」をベースにした人間観があることに注意したい。王堂が私淑したデューイ（一八五九〜一九五二）は、「あらゆる経験は、生物体と環境の相互作用である」と主張し、適応という進化論的な見地から、人間の環境への能動的対応を強調したが、それは、王堂の哲学の中に受け継がれている。

そして、王堂哲学は、一九〇九年の啄木にとって、〈天才主義〉との訣別とともに、単なる生物主義、自然主義的人間観を批判する根拠でもあった。

> 人間を実際以上に評価してゐた事は、人間それ自体の生活を改善する上に刺戟を与へた功績はあつたけれども、畢竟、過去の人間の抱いた謬想中の最も大なる謬想であつた。人間を実際以下に評価する事は、人間それ自体が特に偉いものだといふ謬想を破るべき自省を起した効果はあつたけれども、遂に、現代の人間が抱くあらゆる謬想中の最も大なる謬想である。
>
> （「きれぎれに心に浮んだ感じと回想」『スバル』一九〇九・一二・一）

さて、「欲求」、「欲望」をベースにした人間観は、先述したように、クロポトキンのそれとも共通するだろう。クロポトキンは、「吾人は生産、交換、租税、政府等を論ずるの前、先づ個人の欲求と、其を満足すべき手段を研究する者である」といい、その方法は、「人類の欲求と、及び人間精力の可及的最少の消耗を以て其を満足する手段との研究」、「社会の生理学」であるという（第一四章・生産と消費）。

人が狩猟し、牧畜し、耕作し、道具を製し、機械を発明するに至つたのは、第一に必要から起つたものではない乎、生産を支配すべき者は即ち欲求の研究ではない乎、左らば先づ其欲求如何を量つて、次ぎに此等の欲求を満足する為めに、生産の手段を講ずるのが、全く其当を得たものである。（第一四章・生産と消費）

以上のような見方に田中王堂と共通するものを発見できる。クロポトキンがダーウィンの進化論を生存競争の側面においてのみ理解することを批判し、相互扶助を唱えたことは有名だが、王堂が学んだデューイのプラグマティズムも進化論を受容しつつ発展してきた。そこには共通のパラダイムが存在する。

しかし、大きな相違点もある。片上天弦は、王堂を評して、「田中氏は初めから、生活の矛盾や分裂をどうして統一して行くかといふ問題を閑却して、たゞ統一せらるべき筈のものだとばかり言つて居られる」（「現代思想の特徴に就て」『国民新聞』一九一〇・二・二七、三・二）と指摘し、島村抱月は、「実生活に好都合なやうに統一すると、一口に言つて了へば何でもないが、事実其の統一が満足に行はれてゐるか否かといふことが第一問題である」（「懐疑と告白」『早稲田文学』一九〇九・九）と述べていた。つまり、生活の統一を既定の事実として扱い、現在の社会においてその統一がどうしたら行われるのかを説いてはいない。啄木が、一九一〇年に王堂流のプラグマティズムの破綻を告げるのは、以上のような理由による。その後に起きた大逆事件の衝撃と、社会主義の受容は、啄木に、

「生活の統一」の〈枠組み〉それ自体を問いかけなければならないことを認識させたといってよい。この間の啄木の変化は、一九一一年二月六日付の大島経男宛書簡において次のように回想されている。

たしか一年前に私は、私自身の「自然主義以後」――現実の尊重といふことを究極まで行きつめた結果として自己そのもの、意志を尊重しなければならなくなつた事――国家とか何とか一切の現実を承認して、そしてその範囲に於て自分自身の内外の生活を一生懸命に改善しようといふ風なことを申上げた事があるやうに記憶します、それは確かにこの私といふものにとつて一個の精神的革命でありました、その後私は思想上でも実行上でも色々とその「生活改善」といふことに努力しました、併しやがて私は、その革命が実は革命の第一歩に過ぎなかつたことを知らねばなりませんでした、現在の社会組織、経済組織、家族制度……それらをその儘にしておいて自分だけ一人合理的生活を建設しようといふことは、実験の結果、遂ひに失敗に終らざるを得ませんでした、その時から私は、一人で知らず〲の間にSocial Revolutionistとなり、色々の事に対してひそかにSocialisticな考へ方をするやうになつてゐました、恰度そこへ伝へられたのが今度の大事件の発覚でした、

啄木が王堂の哲学と訣別を告げた後も、王堂は「徹底個人主義」や「哲人主義」を主張し、あくまで、個人の生活の改変の原理を主張していった。しかし、啄木にとって、「必要」は「我々自身にとつての『明日の必要』」であり、社会的な必要や「万人の安楽」の権利への主張と結び付けていった。それは、クロポトキンのいうように、「吾人にして果して個人の欲求てふことを出発点となすに於ては、相違なく共産主義に到達する、即ち最も徹底したる且つ経済的なる方法で総ての欲求を満足さすことの出来る組織に到達することである」（第一四章）という主張へと近づくことになるが、「個人の欲求」を出発点にする限りで「必要は最も確実なる理想」だったのである。

以上みてきたように、啄木がクロポトキンを受容するに至ったその前提に、田中王堂のプラグマティズムの受容があった。「欲望」「欲求」を根底に置きつつ、「理想」を〈現実〉の中に発見して行くという王堂哲学は、一九〇九年秋以降の啄木の批評の立脚点であった。一九一〇年三月の宮崎大四郎宛書簡は、その哲学の破綻を告げるものであったが、大逆事件後のクロポトキンの『麪麭の略取』の受容は、理想を「我々の『明日の必要』」に求めるという新たな意味付けを付与するものだった。

「時代閉塞の現状」の「必要」という概念は、啄木における王堂哲学からクロポトキン受容への結節点であった。

注

（1）『啄木論序説』（法律文化社、一九六〇・五）一二四〜一二五頁。

（2）『日本近代文学大系　石川啄木集』（角川書店、一九六九・一二）。

（3）『啄木評論の世界』（上田博との共著、世界思想社、一九九一・五）九七頁。なお、田中王堂と啄木の関係については、上田博『石川啄木の文学』（桜楓社、一九八七・四）。

（4）啄木と赤羽巌穴との関係については、西田勝「石川啄木の時代的背景」（『近代文学鑑賞講座第八巻　石川啄木』角川書店、一九六〇・四）、助川徳是「啄木とクロポトキン」（『啄木と折蘆――「時代閉塞の現状」をめぐって』洋々社、一九八三・六）、『麪麭の略取』との関係については、「『明星』創刊百年と石川啄木――二十一世紀における啄木像をめぐって」（『啄木文庫』第三一号　二〇〇一・三）における私の発言、近藤典彦「評論」（『石川啄木事典』おうふう、二〇〇一・九）がある。

（5）赤羽巌穴については、注4、西田勝「石川啄木の時代的背景」、松尾貞子「明治の社会主義者赤羽巌穴の思想と行動」（「日本近代史研究」第七号、一九六四・一一）、小田切進「解題」（『明治文学全集84　明治社会主義文学集（二）』筑摩書房、一九六五・一一）、中村勝範「社会呪詛の社会主義―赤羽一の生涯と思想―」（『明治社会主義研究』世界書院、一九六六・一二）、荻野富士夫『初期社会主義思想論』（不二出版、一九九三・一一）参照。

（6）近藤典彦「荻野富士夫氏にお答えする」（『初期社会主義研究』第三号、一九八九・一二）、本書第五部第二章参照。

（7）宮守計『晩年の石川啄木』（冬樹社、一九七二・六。後、七宮涬三『晩年の石川啄木』第三文明社、一九八七・三、宮守計はペンネーム）、近藤典彦『国家を撃つ者』（同時代社、一九八九・五）。
（8）以下、『麭麺の略取』は、『幸徳秋水全集』第七巻（日本図書センター、一九八二・四）より引用。
（9）注7、宮守計『晩年の石川啄木』。
（10）注4、近藤典彦「評論」。
（11）翻訳は、碧川多衣子訳、ジョン・クランプ『八太舟三と日本のアナキズム』（原著は一九九三年、青木書店、一九九六・七）に引用されているものを使用した。

〈補記〉

本章のもととなった旧稿について、若林敦は、「思想として、プラグマティズムとマルキシズムやアナーキズムとは異質であり、プラグマティズムはマルキシズムやアナーキズムに接続しないと考えられる」と指摘している（「『漂泊過海的啄木論述』の研究成果と今後の課題」『国際啄木学会研究年報臨時号』二〇〇五・一〇）。本稿では、「マルキシズム」のことは言及していないので、その点、まず誤解を正しておきたい。また、純理論的なレベルの問題と個人的な思想受容の問題は区別しておくべきだと思われる。純理論的に接続しないものが、個人の中では接続関係を持つことは往々にしてあるだろうし、そこからオリジナルな思想が生まれることもある。付言すれば、大杉栄が「労働運動とプラグマティズム」（『近代思想』一九一五・一〇）で、フランスの労働総同盟の「センディカリズムは、労働運動に於けるプラグマティズムの最もよく具体化された権化である」と論じているなど、プラグマティズムとアナーキズムは必ずしも理論的に接続しないわけではない。

若林は、王堂とクロポトキンの違いについて、「改良」と「革命」の違いがあること、「個人対個人」の関係性の問題を、「社会制度」といっしょにして考える王堂と「社会制度」の面のみで考えるクロポトキンの違いがあると指摘して、「両者が連続するものとして受容されることはないはずである」と述べているが、もとより本稿も両者が同一のものであるなどとは論じていない。

本章で論じたのは、啄木が受容した王堂のプラグマティズムの根幹に「欲求」「欲望」をベースにした人間観があったことによって、それと共通するものがあるクロポトキンの「欲求」「欲望」――「必要」観に接続することができたということである。もちろん、若林が言うように「それを言うなら自然主義の人間観も同じ」である。さらに言えば、〈欲望を抱えた個人〉の問題は、樗牛の〈美的生活論〉にまでさかのぼることができるだろう。

だが、本章で指摘したもう一つの大切な点は、王堂の哲学が主体と客体との相互の関係性をみようとしていることであり、そこから帰結する進化的・発展的な世界観について述べていることである。こうした進化的・発展的な世界観は、クロポトキンにおいては「吾人にして果して個人の欲求てふことを出発点となすに於ては、相違なく共産主義に到達する、即ち最も徹底したる且つ経済的なる方法で総ての欲求を満足さすことの出来る組織に到達することである」と表現される。啄木は、王堂を通じて、改めて「欲求」「欲望」の問題に向き合い、それを進化的・発展的なものとして理解した。啄木の「人類の歴史は要するに其限りなき欲求と生活力との調和を図り来れる努力の記録とも言うべし」(「百回通信」十三『岩手日報』一九〇九・一〇・二三)と言う言葉が、このことを端的に示している。そのような知の枠組みにおける共通性のあることが、王堂哲学からクロポトキンへの道筋をつくったと考えられるのである。

なお、「クロポトキンには〝「境遇」に合わせて「欲望」を抑える〟という発想はない」と若林は述べているが、「必要」なり「消費」という概念に、既に「欲望」の上限は示されていると思われる。

第四章 「時代閉塞の現状」の射程

――〈青年〉とは誰か――

一

石川啄木の評論「時代閉塞の現状」（一九一〇・八下旬頃）には、日露戦後に青年たちが置かれていた状況の分析がなされている。そこで特に注目されるのは、〈遊民〉に関する言説である。第四節で、「教育はたゞ其『今日』に必要なる人物を養成する所以に過ぎない」のに教育家になろうとしている青年、資本がなければその発明が無価値になってしまうだろう青年の状況への言及に続き、次のように書かれている。

時代閉塞の現状は啻《ただ》にそれら個々の問題に止まらないのである。今日我々の父兄は、大体に於て一般学生の気風が着実になつたと言つて喜んでゐる。しかも其着実とは単に今日の学生のすべてが其在学時代から奉職口の心配をしなければならなくなつたといふ事ではないか。さうしてさう着実になつてゐるに拘らず、毎年何百といふ官私大学卒業生が、其半分は職を得かねて下宿屋にごろ〳〵してゐるではないか。しかも彼等はまだ〳〵幸福な方である。前にも言つた如く、彼等に何十倍、何百倍する多数の青年は、其教育を享ける権利を中途半端で奪はれてしまふではないか。中途半端の教育は其人の一生を中途半端にする。彼等は実に其生涯の勤勉努力を以てしても猶且三十円以上の月給を取る事が許されないのである。無論彼等はそれに満足する筈がない。かくて日本には今「遊民」といふ不思議な階級が漸次其数を増しつつある。今やどんな僻村へ行つても三人か五人の中学卒業者がゐる。さうして彼等の事業は、実に、父兄の財産を食ひ減《へら》す事と無駄話をする事だけである。（傍線――引用者）

啄木はここで「遊民」という言葉を使っているが、翌年になると所謂〈高等遊民〉問題としてジャーナリズムにも大きくとりあげられるようになった(1)。啄木は、この問題に焦点をあてつつ、ここから〈時代閉塞の現状〉の徴候を読み取り、「『敵』の存在を意識し」、「時代閉塞の現状に宣戦しなければならぬ」と論理を展開させていくのである。

ここでまず〈高等遊民〉をめぐる当時の状況と議論について確認しておきたい。明治四四（一九一一）年一二月号の『早稲田文学』の「彙報　教学界」欄は、「高等遊民と云ふ語の内容については、論者によつて多少の解釈を異にして居るらしいが、先ず之れを字義通りに解釈して『高等の教育を受けて而も一定の職業なき人々』とするのが一般論者のほゞ一致する所である」としている。そして、さらに財産を有して職業に就く必要のない者と、「財産なく職業なき遊民」とに区別し、後者の増加が「高等遊民問題の対象となつて居る」とまとめている(2)。

これに付け加えるならば、中学校卒業もしくは中途退学の〈遊民〉と、官私大学卒業後の〈遊民〉とは区別されるべきであろう。啄木の文章では、官私大学の卒業生の就職難について述べた後、「其教育を享ける権利を中途半端で奪はれ」た「彼等に何十倍、何百倍する多数の青年」に言及し、「かくて日本には今『遊民』といふ不思議な階級が漸次其数を増しつつある。今やどんな僻村へ行つても三人か五人の中学卒業者がゐる」という文章につながっている。ここでは〈遊民〉の範囲が若干わかりにくいが、官私大学生の卒業後の無職者も含めているとして、官私立大学卒業生の〈遊民〉と中学卒業者のそれとは区別されているといえよう。そして、当時の論調をみると、〈高等遊民〉という言葉は、大学もしくは高等学校卒業程度の文化資本を持ちながら、未就職のままでいる存在を中心に取り上げているようである。たとえば、一九一〇年七月二日から一七日にかけて『東京朝日新聞』は「卒業生の売口」という連載を行っているが、ここでは、「高等遊民の増加は甚だ憂ふべきこと」として、「中等技術学校」からはじまり「東京帝国大学」「高等師範学校」「高等商業学校」「早稲田大学」「慶応義塾大学」「各私立大学」「各種専門学校」の就職難の状況を紹介している。もちろん、中学卒業者も、当時の就学状況からすると少数派であることにまちがいないが、この記事においては〈高等遊民〉を指すものとして中学校卒業者は含まれていない。[3]

さて、〈高等遊民〉問題がジャーナリズムで本格的に取り上げられるのは一九一一年のことだが、啄木の「時代閉塞の現状」執筆前にもすでに問題として提出されていた。

就職難の愁訴は年として諸学校卒業生及び其の父兄の口より聞かざるはなし、殊に近年経済界の不振打続きて新事業計画の創設なく、既設諸会社は動もすれば冗員淘汰の方針を取り、政府は事業繰延及行政整理の結果官吏の任用を手控ふるが為、政府及び民間事業界に吸収せらるべき官私学校の法学科商科或は理財学科の卒業生は、就職の困難を感ずること最も甚しく、高等文官試験に及第したりとて必ずしも仕官の機会を得ず、学校に於ける優等の成績も必ずしも就職の保証と為らず、其の好む所に従うて自由に職業を選択せんことは更に一層の困難なり、(後略)

（「官私学校卒業生」『東京日日新聞』一九一〇・七・六）

また、先述の「卒業生の売口」という記事では、その連載の最後に次のように書いている（「卒業生の売口（十二）▽総括的観察」（『東京朝日新聞』一九一〇・七・一七）。

供給は需要に伴はねば豈就職難の嘆きなきを得んやである、文部省でも此辺にお考へを願ひたい（一）教育の普及は固より望ましいが、高等遊民の増加は甚だ憂ふべきことである、国家は人民に職業を与ふる義務ありとの社会主義一般の議論は非なりとするも、国家百年の大計を思ふ者は慎思一番を要する所である、

では、当時の官私大学の卒業者及び中学卒業者の実態はどのようなものであっただろうか。例えば、一九一〇（明治四三）年の東京帝国大学の卒業生九一八名のうち、七四五名が進路が決まっているのに対し、一七二名もの人間が「職業未定又ハ不詳ノ者」となっている。(4)五人に一人くらいである。この中には、職業に就かなくとも良いものや、届け出をしていなかったものもいると考えられるが、それにしても二割近くとはかなりの数である。前掲「卒業生の売口」では、「赤門出身と言へば一廉《かど》の学者と通つて羽の生たやうに飛んだのは十年二十年の旧夢、今は等しく生存競争の衢に立て他と輸贏《ゆえい》を争はねばならぬ」とし、「分けて鋭く此苦痛を感ずるは法科大学であ」り、「昨年の卒業生三百四十余名中尚百数十名は遊食して居ると言ふが、今年の卒業生も之れに譲らぬ」と記されている。また、東京高等商業学校（一橋大学の前身）で一九〇四（明治三七）年は一七人、一九一二（明治四五）年は九八名が「職業未定又は不詳」となっており、卒業生の三割から四割を占めている。(5)

しかし、啄木のいうとおり、もっと深刻なのは中学を卒業してから進路先が決まらない者である。たとえば、一九一〇年五月二三日の『東京朝日新聞』の記事「文部当局の楽観　▽大学の収容力問題」には、次のように書かれている。東京朝日新聞社の校正係であった啄木もおそらく目を通していただろう。

文部省に於ける昨年の調査に依れば全国中学校数二百九十四校生徒数十一万八千八百八十六人にして卒業生一万四千六百二十三人を出し其内高等学校に入学したるもの千百十六人官立私立学校に入学したるもの三千八

百八十一人其他のもの九千六百三十六人なり之に依りて見れば即ち中学を卒業して更に高等学校を受くるものは四千九百九十七人に達せり尚此外に各種の高等なる学校に入学せんとして能はず再挙三挙を謀りつゝある学生も少からざるを以て年々の中学卒業生中約半数は高等教育を志望するものと見るを得べし

一九一〇年の卒業生についても進路が決まっているのは一万六〇人、五、六四一人が未定（あるいは進路調査未提出もあるか）である。(6)やはり三分の一以上が進路の定まっていない状況である。

さて、このような状況の背景のひとつには、明治時代における立身出世熱、進学熱がある。(7)別表が示すように、(8)たとえば、中学校の生徒数でいうと、一九一〇（明治四三）年は一二万二、三四五人で、一九〇二（明治三五）年の九万五、〇二七人と比べて、一・二八倍増加している。一八九七（明治三〇）年（五万二、六七一人）から比べると二・三倍、一八九二（明治二五）年（二万六、一八九人）から比べると約七・六倍である。これに対して、高等学校は、一九一〇年が六、三四一人、一九〇二年は四、七八一人で一・三倍ほど、一八九七年は四、四三六人で一・四倍、一八九二年は四、四四三人でやはり一・四倍ほどである。伸び率からいっても人数からいっても、中学生が増えており、高等学校への進学は狭き門になっている。一八九七年の時点で、高校生一に対して中学生一一・九の比率である。一九一〇年で一九倍である。町田祐一によると、官立高等教育機関への「入学難」は、一九〇七年の合格率三〇・八％、翌年の一九〇八年で二〇・五％、一九一一年で二七・二％という数字に示されているという。(9)高等学校へ行けなかったその分を、一万一、五〇六人（一八九七年）から三万二、九六九人（一九一〇年）へと三倍近く学生数が増加した専門学校が吸収してくれている面もあるが、それでも到底足りない。しかも卒業してからの行き先がないのは、東京帝国大学卒業生と同じ、もしくはもっと厳しい状況にさらされているといっていい。前掲「卒業生の売口」記事には、早稲田大学について、「卒業生の数は追々と増加するが世上の景気は逆比例、こゝも亦所詮生存競争の荒波に揉まるゝを免れぬ運命」として、一九〇九年の卒業生でいうと、文科は七八名中、就職がはっきりしている者は二六名、商科は二七二名に対して一一四名、政治経済部は、七四名に対して二二名である。慶応義塾大学は、一九一〇年の卒業生（当時四月卒業）一七八名に対して六五名である。

以上のように、学歴保有者は、かつてならば〈立身出世〉が約束されていたはずだったが、進学熱が上昇し、その数が増加するにつれて、入学難、進学難、就職難が社会問題としてクローズアップされるようになった。中学校数を増やすなど、政府当局者がこれにまったく対応していなかったわけではないが、高等学校、大学の人数は抑制されており、問題は先送りにされていった感がある。

ところで、進学熱の増加による入学難については、明治三〇年代のはじめから問題化されており、たとえば、幸徳秋水は「高等学校の入学を望む者年々に多し、而して其許可を得る者、常に受験者の十分の一に足らず、十分の九は即ち拒絶せらるといふ、其故を問へば、唯だ高等学校の数少なく、其設備の不足にして、多数人を容るゝ能はずといふに在」ると指摘している（「高等教育の拒絶」『万朝報』一九〇一・九・六）。また、〈高等遊民〉という言葉がはじめてつかわれた早い例として、徳富蘇峰の「非遊民」（『国民新聞』一九〇三・三・二九）があるが、「今日の如き職業を軽蔑し、遊惰を寛仮し、殆んど遊民を奨励するが如き社会の傾向に照らし、我が民族の前途を思ふ毎に、寒心せざるを得ざる也。（中略）此儘にして経過せば、社会は高等遊民を以つて、充塞せらるゝに到らんも、未だ知る可らず」と〈高等遊民〉の増加を憂いている。それが、明治四〇年代になって大きく取り上げられるようになったのは、その人数の拡大によるところのほか、日本の市場経済が彼らをホワイトカラーの労働力として受け入れるだけの準備がまだできていなかったなどの問題や、日露戦後の経済不況の問題もある。さらに大逆事件をはじめとする青年たちの思想問題が大きいように思われる。

二

〈高等遊民〉問題をめぐる当時の言説を見ると、〈危険思想〉つまり、社会主義思想との結びつきを危惧したものがみられる。たとえば、大逆事件の前から、尾崎行雄は『学問と生活』（大日本国民中学会、一九〇九・一一・一二）の中で、次のように書いている。

教育ある遊民、教育ある不平家、教育ある無職業者は、年々増加するのみにて、狂狷乱を好む人物の勢力は、其数と共に増加せんこと疑ひを容れない。其結果は、今の政府が、大いに嫌悪する所の社会党の如きも漸次勢力を得るに至り、而も正当なる社会党が出来ずして、名を社会党、若くは社会主義に藉つて、単に現在の状態を攪乱しようとする人物が、益々増加するに違ひない。

また、大逆事件後は、七月一日実施の内務省の調査で、社会主義者の学歴が調べられ、高学歴者の「危険思想」化が確認されたほか、一一月八日に提出された内閣法制局の意見書に「高等遊民ト為リ進ムテハ社会組織ニ漏レタル悪勢力ト為ラム」と書かれているほか、一九一二年二月二二日の貴族院予算委員会でも高等中学校卒業後、進学も就職もできない青年が、不遇から「危険思想ナドガ這入ルニ都合ガ好イ時」と懸念されている。(10) 一九一一年の八月七日の『東京朝日新聞』には、「高等遊民の増加　▽亀井警視総監談」という記事が載り、「高等遊民は社会の公安に影響する所最も大なるを以て当局に於ては従来是等時弊の匡救に就ては細心の注意を怠らず（中略）世を悲観して政府に反抗し社会を非難し天下の愚民を扇動し累を他に及ぼすこと少からず斯る遊民の害を未然に防遏《ぼうあつ》するは現下の急務なり」と書かれている。

当時、学制改革を進めていた桂内閣の文相小松原英太郎はこの時期のことを次のように回顧している。[11]

加ふるに明治四十四年一月には彼の幸徳伝次郎一派の無政府主義者の大逆陰謀事件の判決あり、（中略）彼の無政府主義又は社会主義に心酔せる者は啻に無学文盲の徒に止まらず、往々中学を半途にて退学し若くは高等小学等の教育を受けたるものにして或は進学の志を得ず家庭に対し社会に対して不平を懐き、又は一身の事情絶望的境遇に沈淪せる際偶々社会主義の書を読み社会主義者に近接して遂に彼等の党類に化せらるゝに至れる者あり、甚しきは高等の教育を受け猶且社会主義に心酔せる者あり。此に於て高等遊民を生ずるを憂ふる念は一層識者間に多きを加へた、猶一方には当時大学卒業生の就職難を訴ふること益々甚しきの有様なるに又中学卒業生の高等学校又は各種専門学校に入学せんとして都下に集まる者愈々多く而かも其の多数は入学競争試験に及第するを得ずして不規律なる下宿屋生活をなし不完全なる私立学校に輻輳して学生の風紀日に頽廃せんとするの情況なきにあらず、従て予の学制改革案に反対意見を有する者は先づ改革案は将来無数の高等遊民を醸成するの虞あることを声言したのである、（以下略）

啄木は、「『敵』の存在を意識しなければならぬ時期に到達してゐる」と指摘し、「我々自身の時代に対する組織的考察に傾注しなければなら」ないと説いたが、こうした方向は、当局者からも警戒されていたのである。

そして、実際、社会主義者は〈遊民〉問題をしばしば取り上げていた。「時代閉塞の現状」にみられたような〈高等遊民〉問題と社会変革を結びつけようとする発想は、近藤典彦が指摘するように、[12]当時啄木が読んでいたと思われる幸徳秋水の『平民主義』（隆文館、一九〇七・四）にも見られる。

彼の光輝ある希望を抱いて、官私の各大学専門学校を出るの青年、年々幾千人ぞ、而して年々幾千の新たなる職業は決して彼等の為めに供給せられざる也、彼等が月収数百円肥馬軽裘《ひばけいきゅう》の夢は忽ち破れて、其卒業証書は今や一片の反古にだも如かず、彼等は遑々として唯だ衣食に是れ急なるに非ずや

この文章の初出は、一九〇三年一一月二二日の『週刊平民新聞』で、社会主義たちはこの時期から高等学校卒業生たちの入学難、就職難を問題化していた。片山潜が、この問題の解決策として渡米を奨励していたこともその一つである。(13)

また、西川光二郎らが発行した『東京社会新聞』の一九〇八年七月二五日の記事には、「高等失業者問題」と題し、次のような文章が掲載されている。

近頃の新聞を見るに各官立学校及私立学校の卒業生の売口甚だ悪く、其の十中の七八は職業を得ずして空しく道路に彷徨し居るの模様あり、此輩元と多くは紳士閥の子弟にして、労働者の膏血を身に浴びて勉強し漸く一科の学を修めて、此れより社会に出で、更に国民の租税に衣食せんことを冀ふ不生産的動物のみなれば、売口悪しければとて深く意に介するに足らずと雖も、然かも此輩が折角の学問も身を立つるに足らずして高等失業者の群に落ち込むや、漸やく国家の教育制度を呪詛する不平漢と為り、更に進んでは社会組織の根本に疑を挟む一種の革命児と為るに到らん、之れ今の国家の戦慄する処にして、而して吾人の慶賀する現象ならずんばあらず、所詮、今の資本家制度の永続せん限り、下等？失業者の増加と、高等失業者の輩出とは勢ひ免るべからず、嗚呼下等失業者と、高等失業者とは今の社会を根本より爆発せんとする恐るべき革命の導火線なりと知らずや。（傍線——引用者）

啄木の〈遊民〉ないし〈高等遊民〉問題に対する認識は、盛岡中学中退という自分の閲歴による実感とともに、これら社会主義者の認識ともつながるものだった。同時に、それは当局から当然警戒される認識でもあったのである。

三

しかし、この〈高等遊民〉問題が一方的に教化の対象としてのみ見られていたかというと、そうではない。当時のジャーナリズムの中には、これに同情的であったり、その積極面を評価しようとしたりした論調も見られる。例えば、『読売新聞』の記事「高等細民の救済」（一九一一・三・一）は、「教育ありて財産無き中流階級とも云ふべき側の失業者、無職業者の救済法は従来殆んど成行きにのみ放任せられて、何等の機関も設備も無く、全たく個人の独力を以つて攫み取りに運命を開拓せしむる有様なり」と指摘している。ただし、ここでも「国家社会の黴菌とも云ふべきものは、純細民の間より出でずして此高等細民の階級より出づる事あるに至れり」と、危険思想化の危惧を表明しているが、「中流の無職業者の為めに比較的完全なる紹介の機関を作る」ことが「急要」としている。『読売新聞』は、「所謂高等遊民問題」（一九一一・八・一五）という記事では、「酷法を以て之に臨むは果して策の得たるものか」、「我輩は再言す、高等遊民問題の解決は只単に所謂危険思想防止の消極問題にあらずして、生産が国力伸長の積極問題に繋がること大なるを」と主張しており、当局の弾圧方針に釘を刺している。

また、『東京日日新聞』も、「自由なる地位に座し、広濶なる眼光を以て当路者の監視者たり、批評家たる役目を果す者は実に高等遊民の徒なり。（中略）高等遊民なる名の下に窮追苛察を敢てせんか、却て恐るべき害毒を助長するに至るべし」（「高等遊民問題」一九一一・八・二〇）と主張している。

そして、識者の意見においても、例えば、経済学者戸田海市は「生産力の強大な大企業の発達を促進せしめ新中等社会の人民をつとめて採用するやうにし、所謂高等遊民の発生を防ぐことが肝要である」（「民の声　日本の生活問題（一）」『国民雑誌』一九一一・八）とし、哲学者桑木厳翼は、「一社会一国家の文明の程度は一に此の高等遊民の多寡に由つて卜《ぼく》し得らるると思ふ、即ち高等遊民の多い社会は知識の水平線が高い社会である」（『太陽』一九一一・八）と、〈高等遊民〉に同情的である。

さらに、一九一二年二月の『新潮』は「所謂高等遊民問題」、同年七月の『中央公論』は、「教育ある遊民の処置問題」と題する特集をそれぞれ組んでいる。このうち、『新潮』では内田魯庵が、「智識ある高等遊民のあるのは其の国の文明として喜んで好い」、「一体国民の智識の高まるのは必然の大勢である」と述べている。〈高等遊民〉の存在自体が、文明の尺度という先述の桑木と同じ見解である。山路愛山も次のように書いている。

> 彼等は其の時代の反抗者、呪詛者の地位に立つて居るから、当時の成功者、即ち実務の批評家である。時代の権力を壊倒打破せんと睨めて居る連中であるから、時代の実務に対して忌憚なき批評を遣る。だから現状を維持しようとする時を得て居る実務家は勢ひ自己の仕事を省みるやうになる。時代の改善進歩はそれに依つて促がされる。（中略）今の遊民は他日の勢力者である。

この文章の後で、〈高等遊民〉を作り出したのは、間違った教育の方針だと述べており、やや首尾一貫しないが、〈高等遊民〉を積極的に評価したものとして注目しておきたい。もう一点、注目しておきたいのが、木下尚江の発言である。キリスト教社会主義者で大逆事件後、〈転向〉のようなかたちになっていた彼だが、ここでは次のように述べている。

此の社会と云ふ奴は、高等遊民の競争場裡である。富豪も、華族も、実業家も、皆是れ最初から高等遊民である。たゞ、生活の安定を得て居ると居ないの差と、権力者であると然らざるとの相違である。（中略）人間の欲望煩悩から出たさう云ふ競争が、社会の進歩や文明を生むとも言へる。しかし、そんな者の生んだ進歩や文明が我々の魂に取つてどれだけの意義と価値があるのだ。何の役にも立たない。誠の生命は外にある。

このように、最後はキリスト教の立場へ落ちつくのだが、〈高等遊民〉自体を次世代の権力者につながるものとしてとらえていて興味深い。実際、〈高等遊民〉を危険視するのではなく、積極的にとらえようとする論調には、それが次世代の中心を担う階級なり階層であることが意識されているのである。

『中央公論』の特集では、まず高田早苗が、「之を救ふ方策は」「時代が要求する様な、社会が需要する様な学問を教ふる所の教育機関を益々増設するにあると思ふ。今日の処高等遊民を作り出す責任は教育当局にある」と述べ、黒岩涙香は「新方面」へ乗り出すこと、安部磯雄は、さらに具体的に独立の事業を起こす、田舎に行く、海外へ行くこと、田川太吉郎も別の職業に就くことを勧めている。福本日南は、地方分権や青年に事業をまかせることを主張している。総じて、〈高等遊民〉たちの「進路先」を提案したものとなっている。町田祐一の指摘するように、この時期、「『立身出世』の代替的措置として、実業従事、地方回帰、海外発展の三点が説かれた」(14)。しかし、いずれも効果的とはいえず、この問題を実際に解決したのは、第一次世界大戦後の好景気による就職状況の改善だった。

「時代閉塞の現状」を以上のような言論状況の中に置いてみたとき、彼らの多くは、高学歴の特権階層として就職を果していくのであり、啄木がのちに詩「はてしなき議論の後」の中で「されど、なほ、誰一人、握りしめたる拳に卓をたたきて、'V NARÓD!' と叫び出づるものなし。」とうたわなければならなかった焦燥の理由もわかるのではないか。

四

　ここで改めて確認したいのが、官私大学や高等学校など上級の学校に行けず、中学卒業にとどまった層、あるいは中学卒業にさえ至ることのなかった青年層の問題である。それを象徴的に示すのが一九〇二（明治三五）年一〇月に創刊され、一九一六（大正五）年頃まで発行された雑誌『成功』の存在である。この雑誌に関しては、見田宗介、竹内洋、キンモンス、雨田英一らの研究があり、(15)それらを踏まえて概観しておくと、「中学校→高等学校→帝国大学→国家エリート（官界）という、いわゆる『正系』の『立身出世』コース」（雨田英一(16)）に対して、「中等・高等教育の代替を求め、そこから立身の機会をつかもうとする青年のためのガイドブックの色彩を強めていった」（キンモンス(17)）のが『成功』という雑誌だった。雨田英一は「『中学世界』（一八九八・明治三一年九月創刊）がエリート候補生である中学生に読者を絞ったのとは対照的に、一般学生や就業者という広汎な青年の援助たらんとしていた」と指摘している。(18)巻頭にその時代の有名人の「立志伝」を掲載し、「修養」「成功哲学」「家庭」「実業」「学校案内」「受験案内」などの項目で構成されている。(19)執筆者は、この雑誌を創刊した村上俊蔵（濁浪）がほぼ毎回執筆しているほか、当時のオピニオン・リーダーといえる人々の談話や文章を掲載している。有名な人物としては、安部磯雄、大隈重信、尾崎行雄、片山潜、加藤弘之、幸田露伴、澤柳政太郎、渋澤栄一、徳富猪一郎、西川光二郎、新渡戸稲造、牧野伸顕、三宅雄二郎、安田善次郎、山路愛山らがいる。安部磯雄や片山潜、西川光二郎といった社会主義者の名も見られるが、日露戦争以降、掲載が少なくなり、片山潜の渡米紹介記事が何点か掲載されるにとどまるようになった。それら執筆者の記事の多くは、処世訓を説いた啓蒙主義的なもので、中でも、日露戦後は見田のいう「金次郎主義」や修養主義の論調が主流になっていく。当時の中学生や旧制高校生が愛読した高山樗牛や姉崎嘲風の名はない。『中学世界』に高山樗牛の「発刊の辞」が掲載されていることとは対照的である。[20] ただし、綱島梁川については、明治三九（一九〇六）年六月一日号に「見神実験と活動的自覚」という文章が掲載されており、梁川亡き後は追悼文も掲載されているが、[21] 旧制高校生たちの梁川への傾倒に匹敵するほどではない。

ところで雨田が指摘する通り、[22] 村上俊蔵らが執筆ないし談話を依頼しているこれらオピニオン・リーダーの思想と、この雑誌によせられた〈青年〉たちの声とが必ずしも一致しているわけではない。この雑誌は、ほぼ毎回「記者と読者」欄を設けているが、ここでの読者の声に対して、一九一〇年四月、「読者に警告す可き二点」という文章を載せている。ここで読者からたとえば、「何々の事業は有望に候や」「何学校卒業後月給幾円を給するか」などの問いがあることに対して、「此の事業は諸君の手腕を奮ふ余地あるや否やを検し、然る後其の事業を擇べ、自己の立身早きか否かを第一とする如きは、苟も男児たるもの、潔《いさぎよし》とせざる処のみならず、又立身の程も六ケ敷いと云つてよい」、「一時の月給如何を顧みず果して此の事業は自己の才能を奮ふ余地あるか、又将来志を延べ得るか否かを考へよ」と答えている。立身出世を功利的な観点から要求していく青年たちに業を煮やしたかたちになっている。彼等は、徳富蘇峰が「成功熱の流行患者」（『大正の青年と帝国の前途』民友社、一九一六・一〇）と呼んだ青年たちといってよいだろう。[23]

当時の〈青年〉の大多数が中学校や高等学校の生徒ではなかったことを思えば、これら『成功』の読者とその周辺の〈青年〉たちの問題を無視することはできないだろう。周知の通り、「時代閉塞の現状」の第五節は、日清戦後の〈青年〉たちの経験を総括したうえで、今後指針を明らかにしようとしたものである。啄木は〈青年〉たちの「自己」主張の第一声を「樗牛の個人主義」とし、さらに、「第二の経験」を綱島梁川に代表される「宗教的欲求の時代」とする。そして、「第三の経験」を「純粋自然主義との結合時代」と規定していく。こうした規定は、安倍能成の「自己の問題として見たる自然主義的思想」（『ホトトギス』一九一〇・二）を踏まえつつ、「自然主義に於けるロマンチックの傾向は、我等も等しく力説したいと思ふ」という結論を乗り越えようとしたものであるが、これが後に〈教養主義〉と呼ばれる当時の中学生・高校生の文化の枠内にあることは確かであろう。

今日的に日清戦後の青年たちの経験を総括するならば、日清戦争という経験によって、狭い家郷を超えたナショナルな世界が〈国民〉を創出し、同時に市場経済と農業技術の発達は、家郷から青年たちを押し出し、都市は労働力としての青年たちを引き寄せていった。家郷から引き離された経験こそが〈我〉の自覚の基盤であって、「樗牛の個人主義」は、その表現のひとつに過ぎない。そして、家郷から切り離され都市に浮遊する人々の拠り所として宗教は求められたのであり、明治国家は、そこに〈天皇〉を据えようとしたといっていい。しかし、実際に青年たちの心に訴えかけたのは、〈立身出世主義〉イデオロギーであり、その目標が達成されない時に提示されたのが、〈金次郎主義〉あるいは〈修養主義〉という〈分〉に応じて日々精進すれば少しずつ幸せになれるといった心学的なものだった。(24)

自然主義文学は、そうした日本の〈青年〉及び人々の種々相を映し出す可能性をもったものだったが、田山花袋の『田舎教師』（佐久良書房、一九〇九・一〇）(25)など少数の作品に映し出されているに過ぎない。

右の流れに即してみれば、『成功』という雑誌は、〈立身出世主義〉イデオロギーに魅せられた〈青年〉たちの欲求に応えつつも、一方で、その困難さを知らしめ、〈分〉に応じた生き方を提示することにあった。たとえば、一九〇六年一〇月の記事「成功主義は何故に現代に必要なる乎」には次のように書かれている。

成功とは人が其天稟の性能を各々出来得る丈の点まで円満に発揮せしめし事を言う（中略）余輩の認めて成功と為す所の者は何人と雖も、正直と勤勉と注意と忍耐とを以てすれば、必ず為し能ふ所のものにして、敢て必ずしも人目を驚かす程の事を為さざるも以て成功者と為すを得るなりまた、村上の「臂を断つて投出すの勇気」（一九〇九・三）は、雪舟の絵でも有名な達磨と二祖慧可《えか》の故事に触れながら次のように書いている。

　近時生存競争の激烈と為りしと共に麵麭〳〵と云ふの叫声は到る処に聞ゆ、然れども二祖慧可が腕を断つて道を求めたるの熱誠を以てすれば、麵麭問題は直に解決せらるゝにあらずや、職業を得ざる者は随処に満ち、煩悶懊悩の声は到る処に聞ゆれども、二祖慧可が雪に立ちて動かず、竟《つひ》に腕を断つて達磨の前に置くの大至誠を以てすれば、職業問題、煩悶問題、懊悩問題は直に解決せらるゝにあらずや、

「二宮尊徳を研究せよ」（一九〇二・九）という一文をはじめとして〈金次郎主義〉を説き、さらに〈禅〉を説く村上の姿勢は、上級学校にまで行けない〈青年〉たちの「煩悶」や「宗教的欲求」に応えつつ、「既成」の枠内に収まることを推奨するものだったといえよう。それが押しとどめられないと自覚された時、『成功』は〈強者主義〉を掲げ（一九一五・九）、膨張主義・帝国主義への欲望をあらわにしていった。

見田宗介は、民衆の「立身出世主義」的な上昇欲求を体制内化するために二つの径路、民衆の上層に焦点をおいた「学校系列とそれによる官員登用のルート」、すなわち「現実の誘導水路」と、篤農二宮金次郎を準拠像とした精神主義的な「金次郎主義」、すなわち民衆の下層までをカバーする「観念の誘導水路」があるとしている[26]。これに対して、吉田裕は、「現実には、この二つの水路の間に、たとえわずかなものであれ、実際の社会的地位の上昇を伴う中間領域が軍隊を中心にして存在し、その中心的な担い手こそが」、「高等小学校卒業程度の学歴を持つ層だったのではないか」と指摘している[27]。吉田によれば、「高等小学校卒業程度の学力を有する者」が、「『忠良』な兵士の供給源」であり、「地域の民衆の中では天皇制イデオロギーの浸透度が相対的には高い階層に属していたと考

えられる」という。

全体の約一一・二五％に過ぎないが、投稿欄からわかる範囲で『成功』の読者層を研究した雨田英一によると、[28]学生（三九一名）以外の就業者（三五四名）の読者は、教員一八・七％（一名を除いて小学校教員）、兵役に服している者一五・五％で、商業一五・五％、工業一三・三％、農業一三・〇％、小官吏九．六％だという。そして、学生の内訳は、わかる範囲（三七八名）だが、六五・六％が中学生で、一七・七％の実業学校生、五・八％の師範学校生、五・二％の専門学校生がこれに続き、高等小学校卒は四・三％である。ただし、中学生のうち、その志望校をみてみると（一五三人中）、正系のコース（高等学校＋帝国大学）は一一・七％で、一番多いのは、軍学校で二二・九％、専門学校（一六・三％）、高等実業学校（一四・四％）がこれに続く。また、中学校に進学した者（二九三名）の希望は、軍人が五〇名で一番多く、普通官が四三名、中学教員が三〇名でそれに続いている。あくまで希望職であるが、軍人が一番多いことに現実的な選択が働いていると雨田は指摘している。さらに最終学歴でみると（一、四四七名・全体の二一・八五％中）、中学校二五・〇％、高等小学校二四・八％、尋常小学校二〇・一％である。ただし、中学校の約半数は中退しており、中学卒の資格はもっていない。そして、雨田は、「一、四四七名以外の、全体の約七八・一六％の読者の学歴は、質問内容から推して、そのほとんどは小学校卒だと考えられる」と述べており、中退者が多いことをあわせて考えると、速断はできないが、吉田のいう高等小学校卒と『成功』の読者は重なるところもあるだろう。[29]

このような磁場に置いてみたとき、「時代閉塞の現状」は、それら〈青年〉たちの課題をどこまで受け止めていたといえるだろうか。第二節には「総ての青年の権利たる教育が其の一部分――富有なる父兄を有《も》つた一部分だけの特権となり、更にそれが無法なる試験制度の為に更に又其約三分の一だけに限られてゐる事実や、国民の最大多数の食事を制限してゐる高率の租税の費途なども目撃してゐる」という文章があり、必ずしも中等学校以上の学生のみを視野に入れているわけではないが、「時代閉塞の現状」が〈青年大学派〉の魚住折蘆の自然主義論や先述の安倍能成に触発され、それを中心に置いた評論であることに違いはない。「時代閉塞の現状」における〈青年〉論は、中学校以上の「智識ある青年」を中心として想定されていた。そのことは、この評論が、分析し尽くせなかった〈間隙〉を残していたことを示すものといえよう。

一隊の兵を見送りて
かなしかり
何ぞ彼等のうれひ無げなる

『一握の砂』114

右の歌の主人公が、「一隊の兵」を見送って「かなし」と思うのは、国家や戦争に対して批判意識を持っているからであろう。また、「兵士」であることは、戦場での死をも想定しておかねばならないはずだ。しかし、「一隊の兵」たちは「うれひ無げ」な様子で主人公の前を行進していく。それを見送る歌の主人公の思いは取り残されたままである。ここでの「かなし」は、悲しみと哀しみ、そして愛おしみであろう。

歌の主人公に認識されなかった、兵士たちの「うれひ無げ」な理由とは、身分・階層の違いのある実社会に対して、「軍隊がある種の平等性を持っていたこと」や「ささやかなものであれ、社会的上昇のための通路になっていたという事実」（吉田裕）(30)が考えられるだろう。後者の中には、「中学校↓高等学校↓帝国大学↓国家エリート（官界）という、いわゆる『正系』の『立身出世』コース」（雨田英一）ではない、高等小学校卒、中学中退、あるいは高等学校まで進めなかった青年たちが軍隊において社会的上昇を願う気持ちも含まれていたはずだ。盛岡中学中退とは言え、ともすれば当時の中学・旧制高校のエートスに同化することのあった啄木に、それは理解されていただろうか。

ここで留意したいのは、歌集『一握の砂』（東雲堂書店、一九一〇・一二）には、「時代閉塞の現状」で言及される〈青年〉と異なる階層の〈青年〉たちをはじめ、あらゆる階層の人々が登場することだ。(31)

『一握の砂』の主人公は、「我を愛する歌」という自意識をもてあました主人公の、自己劇化された現在の「われ」をうたう章から、「煙」という章で、中学時代の友人や故郷の人々を回想とともにうたいあげ、故郷の自然を思う「秋風のこころよさに」という章を経て、「忘れがたき人人」という章で、過去に出会ったさまざまな職業、階層の人々との思い出をうたい、「手套を脱ぐ時」で再び現在に還ってくるという構成になっている。「手套を脱ぐ時」は、同じ現在でも自己劇化された「我を愛する歌」の章とは異なり、現実的となり少し大人となった「われ」がうたわれる章である。

歌の主人公と歌集の編集者啄木は同一ではない。「一隊の兵を〜」の歌は、「我を愛する歌」に置かれ、取り残された思いを抱えた主人公を描いていたが、その主人公は、「煙」、「忘れがたき人人」を中心に、〈他者〉——その中には失意の人生を送った人々も多い——に出会っていくのである。「時代閉塞の現状」におけるやや生硬な〈青年〉論は、「歌を作る日は不幸な日」と語り、「歌なんか作らなくてもよいやうな人になりたい」（瀬川深宛書簡、一九一一・一・九）と語る啄木の歌の世界において、より幅広い視野でとらえられていくのである。(32)

注

（1）〈高等遊民〉という言葉を表題に付けたものでは、たとえば、桑木厳翼「高等遊民」（『太陽』一九一一・八）、亀井警視総監談「高等遊民の増加」（『東京朝日新聞』一九一一・八・七）、「所謂高等遊民問題」（『読売新聞』一九一一・八・一五）、「高等遊民問題」（『東京日日新聞』一九一一・八・二〇）、「高等遊民の驚く可き激増」（『日本』一九一一・

八・二五)、雲助(安倍能成)「文壇の高等遊民」(『東京朝日新聞』一九一一・八・三〇、三一)、尾崎行雄氏談「高等遊民問題」(『日本』一九一一・九・九)、「所謂高等遊民問題」(『新潮』一九一二・二)などがある。また、『教育時論』は、「高等遊民」(一九一一・一・一五)、「高等遊民問題」(一九一一・七・一五)、「高等遊民と下等遊民」(一九一一・八・二五)と、早くから継続的に言及している。

ただし、以上は表題に〈高等遊民〉という言葉が使用された例であり、本文中に〈高等遊民〉という言葉を使用した早い例としては、徳富蘇峰「非遊民」(『国民新聞』一九〇三・三・二九、『第四日曜講壇』に収録)、「官吏学校を増設すべし」(『読売新聞』一九〇三・九・二五)がある。啄木が「時代閉塞の現状」を執筆する前後には、高等教育会議において、学制改革案が諮問され、改めて〈高等遊民〉という言葉が登場するようになった。

(2)　町田祐一は、「戦前の中学レベルの高等な教育を受けながらそれに相応しい官僚や大企業の会社員などといった、一定の職に就いていない人物のことである」としている(『近代日本と「高等遊民」――社会問題化する知識青年層』吉川弘文館、二〇一〇・一二、一頁)。ただし、この定義については、加瀬和俊が「就職難と進学難が並列的に論じられている箇所等」「時として融通無碍に拡張され」ていると指摘している(書評、『歴史と経済』二〇一一・一〇)ほか、広田照幸は、「『高等遊民』と当時名指しされた人々なのか、著者が定義にしたがって選び出した人々なのかがあいまい」であることを指摘し、さらに、「受験浪人、中退未就職者、就職浪人、高学歴の低賃金労働者、富裕層のモラトリアム青年」など「雑多な問題群の集団を含んでいること」、また、「中学校の卒業生中の受験浪人を『高等遊民』と呼んで」いることについて、疑問を投げかけている(書評、『歴史評論』二〇一一・一〇)。実際、町田は、中学中退の啄木まで〈高等遊民〉であったと指摘しているが、啄木の人生を知る者としては違和感を感じざるをえない。

(3)　表1　三一三頁参照。

(4)　『文部省年報』(文部省第三十八年報、一九一二・七・二六)一八七〜一八八頁。

(5)　『文部省年報』(文部省第三十二年報、一九〇六・七・二六)、同(文部省第四十年報、一九一四・七・二六)。

(6)　注4『文部省年報』(文部省第三十八年報)一八七〜一八八頁。表2　三一三頁参照。

(7)　注2、町田祐一『近代日本と「高等遊民」』のほか、竹内洋『立身出世主義　近代日本のロマンと欲望』(NHK

出版、一九九七・一二）、E・H・キンモンス『立身出世の社会史　サムライからサラリーマンへ』（玉川大学出版部、一九九五・一）参照。

（8）三一三頁、表1を参照。

（9）注2、町田祐一『近代日本と「高等遊民」』三二頁。

（10）注2、町田祐一『近代日本と「高等遊民」』六九～七〇頁。

（11）『小松原英太郎君事略』（一九二四・一二）、『伝記叢書55　小松原英太郎君事略』（大空社、一九八八・一〇）を使用。

なお、ここでも、「往々中学を半途にて退学し若くは高等小学等の教育を受けたるものにして或は進学の志を得ず家庭に対し社会に対して不平を懐き、又は一身の事情絶望的境遇に沈淪せる際偶々社会主義の書を読み社会主義者に近接して遂に彼等の党類に化せらる、に至れる者」と「甚しきは高等の教育を受け猶且社会主義に心酔せる者」とを区別している。

（12）近藤典彦『『一握の砂』の研究』（おうふう、二〇〇四・二）一四〇頁。

（13）片山潜「青年に対する二種の圧制」（『労働世界』一九〇二・一〇・一三）。なお、本書第二部第二章、二六八頁参照。

（14）注2、町田祐一『近代日本と「高等遊民」』七二～九二頁。

（15）見田宗介「立身出世主義の構造」（『現代日本の心情と論理』筑摩書房、一九七一年）、竹内洋『日本人の出世観』（学文社、一九七八・一）、注7、竹内洋『立身出世主義　近代日本のロマンと欲望』、注7、E・H・キンモンス『立身出世の社会史　サムライからサラリーマンへ』、雨田英一「近代日本の青年と『成功』・学歴」（学習院大学文学部『研究年報』一九八九）。

（16）注15、雨田英一「近代日本の青年と『成功』・学歴」。

（17）注7、E・H・キンモンス『立身出世の社会史　サムライからサラリーマンへ』。

（18）注15、雨田英一「近代日本の青年と『成功』・学歴」。

（19）教育ジャーナリズム史研究会編『教育関係雑誌目次集成』第三期　人間形成と教育編　第九巻（日本図書センタ

ー、一九九一・一）参照。

(20) なお、関肇「明治三十年代の青年とその表現の位相—『中学世界』を視座として—」（学習院大学文学部日本語日本文学科『研究年報』一九九四・三）参照。

(21) 高橋山民「綱島梁川氏を悼む」（『成功』一九〇七・一〇・一）。「明治の思想界に於て永く史家の特筆すべきもの」として、綱島梁川と徳富蘆花を挙げている。

(22) 注15、雨田英一「近代日本の青年と『成功』・学歴」。

(23) 蘇峰は「成功青年」について「実に頼母敷青年也」と述べつつ、一方で、「現時の成功熱の流行患者」について次のように書いている。

　現時の成功熱の流行患者は、必ずしも高遠の理想あるにあらず。偉大の経綸あるにあらず。唯だ人間万事金の世の中なれば、如何様にしても、金持になりたしと云ふ一念に使役せらるゝに過ぎず。

(24) 注15、見田宗介「立身出世主義の構造」。

(25) 『田舎教師』の主人公林清三は中学校卒業後、田舎の教師となるが、高等師範学校に進学するかつての同級生を羨む存在として描かれている。主人公が手元においている雑誌は『明星』『太陽』『文芸倶楽部』であり、かつて『中学世界』を読んでいたこともある。啄木とほぼ同じ読書環境にあるといってよい。

(26) 注15、見田宗介「立身出世主義の構造」。

(27) 吉田裕『日本の軍隊』（岩波書店、二〇〇二・一二）一二〇頁。

(28) 注15、雨田英一「近代日本の青年と『成功』・学歴」。

(29) 注27、吉田は「高等小学校卒業層は、卒業後も強い上昇志向に裏打ちされた旺盛な学習意欲を持ち、夜学会や実業補習学校などの場で、あるいは『中学講義録』などの独学によって学習を続けていたものと思われる」と指摘しているが、これは『成功』の読者層の一部とも重なるだろう。

『成功』の「記者と読者」欄の一部を紹介すると、次のとおりである。

　△小生は来る十二月騎兵連隊へ入営するものですが如何なる径路に依れば早く立身出来るや又どのくらい迄立身が出来るか（但高等小学校卒業して精神教育は十分なり）又月俸如何程給せらるゝや

答　立身とは陸軍に於てなるか、然らば入営後は品行をつゝしみ、隊務に勤勉ならば三年間には下士官たる事を得、尚ほ除隊後再役志願をなせば品行成績等に依りて特務曹長まではなり得るなり、又入営後二十六歳までに充分なる勉強をなし以て士官学校入学試験に通過すれば士官たる事を得（一九〇九・七）

△海軍兵学校及陸軍士官学校は中学校「公私立」を卒業せざれば入学を許さゞるか　一、右二校に入学資格年齢は何歳なるか　一、小生は明治二十四年三月生なれども学校は中学二年を修業事故有りて退学し其後家業を手伝しかたはら勉強致し居る《ママ》ますが今後勉強次第に入校致すことが出来ますか若し出来得るとせば如何なる方法にて勉励致して宜敷候や最も小生は身体元より健康にして且つ多少の財産も有ます（原文ママ、一九〇九・八）

ここには「多分に実利実益的な志望動機」（吉田裕）を抱きつつ、ささやかな上昇を夢見る青年たちの思いが表現されているといえるだろう。

（30）　注27、吉田裕『日本の軍隊』六九頁、八二頁。

（31）　平岡敏夫は、「時代閉塞の現状」について「漱石が大学生ないしその卒業生の青年を念頭に置いていたのに対し、地方の中学中退という学歴で生活の辛酸を嘗めて来ているだけに啄木の眼は地方の中学卒業生の青年までにとどいている」と指摘している（「啄木『時代閉塞の現状』前後」（『石川啄木論』おうふう、一九九八・九、一三四頁、初出『日露戦後文学の研究』上巻、有精堂、一九八五・七）。しかし、中学校の卒業生でさえ当時としてはまだ少数派に属するだろう。啄木が北海道で出会った様々な職業、階層の人々については、福地順一『石川啄木と北海道―その人生・文学・時代』（鳥影社、二〇一三・五・一七）参照。

（32）　啄木における〈他者〉の発見については、本書第五部第一章参照。

表 1　生徒数

	明治 25	明治 30	明治 35	明治 43	大正 10	昭和 5
学齢児童数	7,356,724	7,175,786	6,502,665	7,474,703	9,083,477	10,105,941
就学児童数	4,056,262	4,782,771	5,955,293	7,335,545	9,008,039	10,056,530
小学校生徒数	3,165,410	3,994,826	5,135,487	6,861,718	8,872,006	10,112,226
尋常小学校	2,873,437	3,376,716	4,134,711	6,335,261	7,863,048	8,783,579
高等小学校	291,973	618,110	1,000,776	526,457	1,008,958	1,328,647
高等女学校	2,803	6,799	21,523	56,239	176,808	368,999
実業学校（甲・中学と同等）	2,808	10,111	24,522	40,619	96,888	252,965
実業学校（乙・中学以下）	51	1,788	2,320	24,120	53,082	35,716
実業補習学校	—	6,480	31,013	262,978	995,532	1,277,338
中学校生徒数	16,189	52,671	95,027	122,345	194,416	345,691
師範学校（本科・専攻科・予科・講習科）	5,357	8,830	19,194	25,391	28,932	43,852
高等師範学校	164	573	1,091	1,599	2,176	2,772
専門学校（実業専門学校含む）	10,778	11,506	22,866	32,969	52,233	90,043
高等学校生徒数	4,443	4,436	4,781	6,341	11,974	20,844
大学（大学院その他含む）	1,308	2,255	7,370	7,239	26,208	69,605
大学（学部学生のみ）	830	1,778	2,958	5,514	14,614	41,292

（『学制百年史』より作成）

表 2　明治 43 年官立私立中学校卒業生進路
（本科 16,779 人・補修科 522 人）

実業従事者	1,962
学校職員	1,835
官吏公吏等	335
高等学校生徒	1,198
専門学校生徒	2,092
実業専門学校生徒	1,225
陸軍士官候補生	324
陸軍主計候補生	35
海軍諸学校生徒	142
其の他の学校の生徒	634
一年志願兵	199
兵役	79
其の他	5,641
死亡	89
合計	15,790

（『文部省年報』より）

第五章　啄木における〈天皇制〉について
――「時代閉塞の現状」を中心に――

石川啄木は、評論「時代閉塞の現状」（一九一〇・八下旬頃）において、「国家」を「強権」とする認識を示したうえで、「我々自身の時代に対する組織的考察」を呼びかけている。この「国家」の中で〈天皇制〉の問題はどのように考えられていたのか。また、従来の所説で、この〈天皇制〉とのかかわりで言及されてきた「日本人特有の或論理」とは、どのようなものであったか。それらの所説を検討し、啄木における〈天皇制〉と「日本人」の問題について明らかにしたい(1)。

一

ジェイ・ルービン『風俗壊乱　明治国家と文芸の検閲』（二〇一一）は、「時代閉塞の現状」の第四節に触れて次のように書いている(2)。

私は、「時代閉塞の現状」において、啄木は自分があまりにも極端なところまで行ってしまったと感じたのではないかと思う。それは次のような啄木の婉曲な言い回しによって推測される。それは箱の「最も板の薄い処」という表現であり、この箱の中では、「我々の中最も急進的な人たち《ママ》」が「盲目的に突進」をしなければならないところまで、いつの間にか圧迫されているという。もし、これらの表現が啄木の心の中では、あまりに明快に天皇制についての言及を示しているとすれば、この評論を後世のために編集された彼の資料の間に保存しようとした啄木の決意（彼の決意と仮定しての話だが）は、より理解しやすいものとなる。今井（泰子――引用者注）の理解はたぶん正確だが、反天皇的な要素を抽出するにはいかに周到な思慮深い読みが必要とされるかということを鮮やかに示している。（傍線――引用者）

傍線を付したように、ジェイ・ルービンは慎重な言い回しで表現しているが、解説の小森陽一は、「著者は、今井泰子の研究をふまえながら、この啄木の論文が『天皇制の合法性というタブーを問題にしようとしていた』ことを明らかにしていく。啄木が長谷川天渓の中に見てとった『日本人に最も特有なる卑怯』を生み出すことになる『日本人特有の或論理』とは、『万世一系の天皇に統治されている日本の現実』にほかならない」と断定的に述べている。[3] 以上の見解は、『日本近代文学大系23　石川啄木集』（角川書店、一九六九・一二）の「時代閉塞の現状」についての今井泰子の注によるもので、今井は、「我々の中《ママ》の最も急進的な人達」を「天皇暗殺計画の発覚で逮捕された管野スガら数名の者たちおよび当局に便乗逮捕された大量の無政府主義者。すなわち当時日本中を震駭させたいわゆる幸徳（大逆）事件被告たち」とし、さらに「最も板の薄い処、若くは空隙（現代社会組織の欠陥）」を「事件の計画は天皇暗殺だから、天皇制をさす」と注を付している。しかし、「時代閉塞の現状」の該当箇所は、はたして〈天皇制〉に言及したものだったか。[4] 長文をいとわず該当箇所を引用したい。

　我々青年を囲繞《ゐぜう》する空気は、今やもう少しも流動しなくなつた。強権の勢力は普《あまね》く国内に行亘《ゆきわた》つてゐる。現代社会組織は其隅々まで発達してゐる。――さうして其発達が最早完成に近い程度まで進んでゐる事は、其制度の有する欠陥の日一日明白になつてゐる事によつて知ることが出来る。戦争とか豊作とか飢饉とか、すべて或偶然の出来事の発生するでなければ振興する見込の無い一般経済界の状態は何を語るか。財産と共に道徳心をも失つた貧民と売淫婦との急激なる増加は何を語るか。果又《はたまた》今日我邦に於て、其法律の規定してゐる罪人の数が驚くべき勢ひを以て増して来た結果、遂に見す〳〵其国法の適用を一部に於て中止せねばならなくなつてゐる事実（微罪不検挙の事実、東京並びに各都市に於ける無数の売淫婦が拘禁する場所が無い為に半公認の状態にある事実）は何を語るか。

斯くの如き時代閉塞の現状に於て、我々の中最も急進的な人達が、如何なる方面に其「自己」を主張してゐるかは既に読者の知る如くである。実に彼等は、抑へても〳〵抑へきれぬ自己其者の圧迫に堪へかねて、彼等の入れられてゐる箱の最も板の薄い処、若くは空隙（現代社会組織の欠陥）に向つて全く盲目的に突進してゐる。今日の小説や詩や歌の殆どすべてが女郎買、淫売買、乃至野合、姦通の記録であるのは決して偶然ではない。しかも我々の父兄にはこれを攻撃する権利はないのである。何故ならば、すべて此等は国法によつて公認、若くは半ば公認されてゐる所ではないか。

さうして又我々の一部は、「未来」を奪はれたる現状に対して、不思議なる方法によつて其敬意と服従とを表してゐる。元禄時代に対する回顧がそれである。見よ、彼等の亡国的感情が、其祖先が一度遭遇した時代閉塞の状態に対する同感と思慕とによつて、如何に遺憾なく其美しさを発揮してゐるかを。

斯くて今や我々青年は、此自滅の状態から脱出する為に、遂に其「敵」の存在を意識しなければならぬ時期に到達してゐるのである。それは我々の希望や乃至其他の理由によるのではない、実に必至である。我々は一斉《せい》に起《た》つて先づ此時代閉塞の現状に宣戦しなければならぬ。自然主義を捨て、盲目的反抗と元禄の回顧とを罷めて全精神を明日の考察――我々自身の時代に対する組織的考察に傾注しなければならぬのである。（傍線・

太字は引用者による。以下同）

「我々の中最も急進的な人達」が、「盲目的に突進してゐる」のは、「彼等の入れられてゐる箱の最も板の薄い処、若くは空隙（現代社会組織の欠陥）」であるが、明治の〈天皇制〉ははたして「彼等の入れられてゐる箱の最も板の薄い処」であったかどうか。啄木の評論「性急な思想」（『東京毎日新聞』一九一〇・二・一三～一五）には、「日本は其国家組織の根底の堅く、且つ深い点に於て、何れの国にも優つてゐる国である」と書かれている。[5] また、「空隙（現代社会組織の欠陥）」であったかどうか。いうまでもなく「彼等の入れられてゐる箱の最も板の薄い処」の後に「若くは」とあるのは、この場合、比喩の言い換えである。ここで、「空隙（現代社会組織の欠陥）」というのは、前の段階で「其制度の有する欠陥」という言葉が示している内実を示す。即ち、経済界の現状であり、貧民、売春婦、罪人の増加を指している。[6] だからこそ、「我々の中最も急進的な人達～盲目的に突進してゐる」の後に、「今日の小説や詩や歌の殆どすべてが女郎買、淫売買、乃至野合、姦通の記録であるのは決して偶然ではない」という文章が続くのである。そして、それが盲目的な突進であり、「我々自身の時代に対する組織的考察」が求められるのは、「すべて此等は国法によつて公認、若くは半ば公認されてゐる所」だからである。いうまでもなく、「天皇暗殺」が「国法」に「公認」されていることはありえない。

なお、啄木は、大逆事件に関わった無政府主義者たちを「所謂今度の事」（一九一〇・六～七頃）で「正しい判断を失つた、過激な、極端な行動」としているが、決して「盲目的に突進」したものとはしていない。また、日本政府の警察力を使った「冷酷なる制限と迫害」に対して、「彼等の一人と雖も主義を捨てた者は無かつた。主義を捨てなかつた許りでなく、却つて其覚悟を堅めて、遂に今度の様な兇暴なる計画を企て、それを半ばまで遂行するに至つた」と指摘しており、「盲目的反抗」とする理解とは遠いものとなっている。微妙な差異かもしれないが、このことも、「我々の中最も急進的な人達」を「幸徳（大逆）事件被告たち」（前掲、今井）とすることの誤りの傍証の一つとしたい。

そして、この章の終りに啄木が主張するのは、「其『敵』の存在を意識」することであり、「我々自身の時代に対する組織的考察」である。〈天皇制〉を一つのシステムとするのならば、「盲目的」突進者たちの「組織的考察」はいまだなされていないからこそ、啄木はそれを呼び掛けたのではないか。

ルービンは、「今井の理解はたぶん正確だが、反天皇的な要素を抽出するにはいかに周到な思慮深い読みが必要とされるかということを鮮やかに示している(7)」というが、過剰な深読みは恣意性を免れないのではないか(8)。

二

ところで、「時代閉塞の現状」の該当箇所に〈天皇制〉を念頭に置いているという右の解釈は、小森陽一が要約した通り、ルービン＝今井泰子の次のような説明と関連している。

天渓は、自然主義は現実に基づいているのだから、万世一系の天皇に統治されている日本の現実に完全に調和すると主張している。「日本人特有の或論理」という言葉で啄木が言おうとしているのはこの種の論理であると、今井は指摘している。この「日本人特有の或論理」のおかげで強権に対する自由討究が遅れたのだと啄木は述べている(9)。

ここで、長谷川天渓のことが紹介されるのは、後述の通り、「きれぎれに心に浮んだ感じと回想」（『スバル』一九

○九・一二）の啄木の天渓批判が念頭に置かれているからである。

今井泰子は、「時代閉塞の現状」の第二節「日本人特有の或論理」に関して、本文注釈で「次のパラグラフの『蓋し』以下『ではないか』までに照応させて読めば、日本人特有の愛国心の論理。すなわち万世一系の天皇を奉戴し、世界に誇示すべき比類ない国家といった論理」と書いている（前掲『日本近代文学大系23　石川啄木集』）。

そこで、またしても引用が長くなるが、今井の説明の根拠となった本文を精読したい。論点をわかりやすくするために、傍線と番号を付した。

無論思想上の事は、必ずしも特殊の接触、特殊の機会によつてのみ発生するものではない。我々青年は誰しも其或時期に於て徴兵検査の為に非常な危惧を感じてゐる。又総ての青年の権利たる教育が其一部分――富有なる父兄を有《も》つた一部分だけの特権となり、更にそれが無法なる試験制度の為に更に又其約三分の一だけに限られてゐる事実や、国民の最大多数の食事を制限してゐる高率の租税の費途なども目撃してゐる。凡《およ》そ此等の極く普通な現象も、我々をして彼の強権に対する自由討究を始めしむる動機たる性質は有つてゐるに違ひない。然り、寧ろ本来に於ては我々は已《すで》に業《すで》に其自由討究を始めてゐるべき筈なのである。にも拘らず実際に於ては、幸か不幸か我々の理解はまだ其処まで進んでゐない。さうして其処には**日本人特有の或論理**が常に働いてゐる。しかも今日我々が父兄に対して注意せねばならぬ点が其処に存するのである。蓋し**其論理**は、我々の父兄の手に在る間は其国家を保護し、発達さする最重要の武器なるに拘らず、一度我々青年の手に移されるに及んで、全く何人も予期しなかつた結論に到達してゐるのである。（1）「国家は強大でなければならぬ。我々は夫《それ》を阻害すべき何等の理由も有つてゐない。但し我々だけはそれにお手伝するのは御免だ！」これ実に今日比較的教養ある殆ど総ての青年が国家と他人たる境遇に於て有ち得る愛国心の全体ではないか。

(2) さうして此結論は、特に実業界などに志す一部の青年の間には、**更に一層明晳に**なつてゐる。曰く、「国家は帝国主義で以て日に増し強大になつて行く。誠に結構な事だ。だから我々もよろしくその真似をしなければならぬ。正義だの、人道だのといふ事にはお構ひなしに一生懸命儲けなければならぬ。国の為なんて考へる暇があるものか！」

(3) 彼の早くから我々の間に竄入《ざんにふ》してゐる**哲学的虚無主義の如きも、**亦此愛国心の一歩だけ進歩したものである事は言ふまでもない。それは一見彼の強権を敵としてゐるやうであるけれども、さうではない。寧ろ当然敵とすべき者に服従した結果なのである。彼等は実に一切の人間の活動を白眼を以て見るが如く、強権の存在に対しても亦全く没交渉なのである。――それだけ絶望的なのである。

かくて魚住氏の所謂共通の怨敵が実際に於て存在しない事は明らかになつた。無論それは、彼の敵が敵たる性質を有つてゐないといふ事でない。我々がそれを敵にしてゐないといふ事である。さうして此結合（矛盾せる両思想の）は、寧ろさういふ外部的原因からではなく、実に此両思想の対立が認められた最初から今日に至る迄の間、両者が共に敵を有たなかつたといふ事に原因してゐるのである。

文章を素直に読むと、「日本人特有の或論理」の「結論」は、青年の手に移ることによって（1）〜（3）の内容となる。今井は、（1）までで限定しているが、（2）が「さうして」で受けられ、「更に一層明晳」になったものが挙げられていること、（3）も「哲学的虚無主義の如きも」として受けているのだから、ここまでの範囲で、「日本人特有の或論理」の「結論」を考えなければならないだろう。さて、ここに今井の言う「日本人特有の愛国心の論理。すなわち万世一系の天皇を奉戴し、世界に誇示すべき比類ない国家といった論理」を代入すればどうなるだろうか、その結論が（1）〜（3）となる。国家は強大となってもいいが、自分がお手伝いするのはごめんだ、儲けさせてくれればいい、国のことを考える暇なんかない、哲学的虚無主義だって愛国心の一種である、ということになる。

また、近藤典彦は、今井の見解を継承して、この「日本人特有の或論理」を「日本人特有の」と「論理」に分けたうえで、前者を「天皇・天皇制を暗示する表現」とし、後者を「天皇の論理」として、後者の内実を大日本帝国憲法の第一条「大日本帝国ハ万世一系ノ天皇之ヲ統治ス」をはじめ、第三条、第四条、第一一条、第一二条、カッコを付して第二十条をその内容としている(10)。「日本人特有の或論理」を二つに分ける必要があるとは思われないが、特に後者に関して言えば、憲法上の論理が、そのまま日本人の思考や論理に直結するとは限らない。むしろ為政者の側からすれば、いかにして「天皇の論理」を国民に浸透させていくかが大きな課題であった。日露戦後の「欲望自然主義」(神島二郎(11))の台頭に対して「忠実業ニ服シ勤倹産ヲ治メ惟レ信惟レ義醇厚俗ヲ成シ華ヲ去リ実ニ就キ荒怠相誡メ自彊息マサルヘシ」と説き、その根拠として「我カ神聖ナル祖宗ノ遺訓ト我カ光輝アル国史ノ成跡トハ炳トシテ日星ノ如シ」と訴えた一九〇八年一〇月の「戊申詔書」はその表れの一つである。後に啄木が書いているように、「国民の多数」は、「平生から皇室と縁故の薄い生活をしてゐるのであ」(「A LETTER FROM PRISON」「EDITOR'S NOTES」一九一一・五稿)り、大日本帝国憲法の論理を積極的に内面化した存在ではなかった。

改めて啄木の文意を読み取るならば、ここでいう「日本人特有の或論理」とは、国家への無関心であり、無責任ということになる。あるいは、「我々の父兄の手に在る間は其国家を保護し、発達さする最重要の武器」だとも述べているから、いわば、国家というものに対する疑いのない心、不徹底な思考ということになるのではないか。つまり、国家を疑わない父兄たちの思考が、青年たちの世代になると、国家に対するご都合主義的な扱いでしかなくなるのである。むろんそれは国家を「敵」とする思考ではない。

ここで、今井が念頭においている「きれぎれに心に浮んだ感じと回想」の論理をみておきたい。

問題がより大きい時、或は其問題に真正面に立向ふ事が其時の自分に不利益である時、我々は常に、何等かの無理な落着を拵へて自分の正直な心を胡麻化し、若くは回避しようとする。止むを得ない事ではあらうが、一度、「自己の徹底」とか「生活の統一」とかいふ要求を感じて来た時に見れば、それは言ふ迄もなく一種の恥づべき卑怯である。

そして、この論理を国家と個人の問題に敷衍化していくなかで、天渓の批判へと接続されていく。

長谷川天渓氏は、嘗て其の自然主義の立場から「国家」といふ問題を取扱つた時に、一見無雑作に見える苦しい胡麻化しを試みた。（と私は信ずる。）謂ふが如く、自然主義者は何の理想も解決も要求せず、在るが儘を在るが儘に見るが故に、秋毫も国家の存在と牴触する事がないのならば、其所謂旧道徳の虚偽に対して戦つた勇敢な戦も、遂に同じ理由から名の無い戦になりはしないか。従来及び現在の世界を観察するに当つて、道徳の性質及び発達を国家といふ組織から分離して考へる事は、極めて明白な誤謬である――寧ろ、日本人に最も特有なる卑怯である。

かつて天渓は、「若しも吾人が真に自由を求めむとならば、先づ戯論を離れ、理想界を去ると同時に、一切の道徳的法則を破棄しなければならぬ。換言すれば此の有りの儘の現実に立脚して思索せねばならぬ。仏に遭へば仏を殺し、祖に遭へば祖を殺す底の覚悟を固持するに非れば、吾が心の独立自由と確実なる人生観とを作ることは出来ぬ」（「論理的遊戯を排す」『太陽』一九〇七・一〇）と述べていた。その天渓が、国家に出会ったときに発した言葉は次のようなものだった。

各個人の自我は、此の国家主義を抱いて、而も現実とは何等の衝突をも見ぬ。我れ等は日本人であるから、日本々位の種々なる運動や、思想と、必ず一致しなければならぬのである。乃ち此の自我を日本帝国といふ範囲まで押し拡げても、毫も現実と相離れ、或は矛盾するやうのことは無い。

（「現実主義の諸相」『太陽』一九〇八・六）

啄木がいう「日本人に最も特有なる卑怯」とは、天渓による右のような態度であり、「日本人特有の愛国心の論理。すなわち万世一系の天皇を奉戴し、世界に誇示すべき比類ない国家といった論理」（今井）というより、「従来及び現在の世界を観察するに当つて、道徳の性質及び発達を国家といふ組織から分離して考へる事」であり、不徹底、無批判な思考である。

こうした「きれぎれに心に浮んだ感じと回想」に見られる啄木の把握は、「時代閉塞の現状」においては、魚住折蘆は「自然主義者の或人々が嘗て其主義と国家主義との間に或妥協を試みたのを見て、『不徹底』だと咎めてゐる」が、「既に国家が今日まで我々の敵ではなかつた以上、また自然主義といふ言葉の内容たる思想の中心が何処にあるか解らない状態にある以上、何を標準として我々はしかく軽々しく不徹底呼ばゝりをする事が出来よう」と書かれており、「不徹底」というより「無関心」というべきものとして、より批判的にとらえられている。

以上みてきたように、「日本人特有の或論理」とは、国家に対する不徹底な思考や無関心であることを指すのである。つまりは、若し我々が今、論者（今井泰子）の言を承認し「日本人特有の或論理」を「天皇制にかかわる論理」と規定すれば、今後永久に一切の「国家に対する不徹底な思考」に対して、〈天皇制〉という冠詞を付けて呼ばねばならなくなるのである。

右に見たように、今井泰子は、「時代閉塞の現状」の第二節「日本人特有の或論理」に関して、「日本人特有の愛国心の論理。すなわち万世一系の天皇を奉戴し、世界に誇示すべき比類ない国家といった論理」と注をつけているが、そこにさらに次のような補注を付している。

三

　第二次世界大戦前までの日本人の愛国心を考える時、天皇制の問題を除くわけにはいかないから、頭注のように解するのが適当であろう。あわせて、天皇制とかかわる問題をいう時の啄木の表現が一貫して用心深く、直接の言辞を避けている点からみても、それと解してさしつかえない。たとえば「所謂今度の事」（明43秋稿）の中で「我々日本人の或性情、二千六百年の長き歴史に養はれて来た或特殊の性情」といい、また「平信」（明44・11）の中で「この島国の子供騙しの迷信と、底の見え透いた偽善」というぐあいである。[12]

　今井は、ここで触れられている啄木の発言を根拠に、「時代閉塞の現状」の当該箇所にも〈天皇制〉を読み込んでいった。「時代閉塞の現状」の文脈に即して見れば荒技だと思われるが、改めて「日本人」の「性情」「論理」に関わる啄木の言説を検討しておきたい。

　まず、「性急な思想」（前掲）の次の一節である。

　日本は其国家組織の根底の堅く、且つ深い点に於て、何れの国にも優つてゐる国である。従つて、若しも此処に真に国家と個人との関係に就いて真面目に疑惑を懐いた人があるとするならば、其人の疑惑乃至反抗は、同じ疑惑を懐いた何れの国の人よりも深く、強く、痛切でなければならぬ筈である。そして、輓近一部の日本人によつて起されたところの自然主義の運動なるものは、旧道徳、旧思想、旧習慣のすべてに対して反抗を試みたと全く同じ理由に於て、此国家といふ既定の権力に対しても、其懐疑の鋒尖を向けねばならぬ性質のものであつた。

啄木が、「国家といふ規定の権力」という言葉を使った点で注目される文章であり、近藤典彦は、傍線部が「日本という国が特殊であることを強調する文言」であり、「『其国家組織』は天皇制国家組織、の意味」と指摘している[13]。しかし、特に〈天皇制〉にアクセントがあるようには思われない（仮に啄木にそうした意図があって、内容上はっきり書けるわけではないとしても）。この部分で大事なのは、「性急な心は、或は特に日本人に於て著るしい性癖の一つではあるまいか」という問題意識から、その「性急な心が頭を擡げて、深く、強く、痛切なるべき考察を回避し」、「国家といふものに就いて真面目に考へてゐる人を笑ふやうな傾向が、或る種類の青年の間に風を成してゐるやうな事はないか」と述べていることである。これが、「時代閉塞の現状」の第二節「日本人特有の或論理」につながっていくこともわかる。

次に、「我が最近の興味」（『曠野』一九一〇・七・一〇）で、パウル・ミリューコフの講演草稿『露西亜と其の危機』に紹介されたロシア人のエピソードを紹介しながら、「日本人の国民的性格といふ問題に考へを費すことを好むようになつた」と言い、次のように書いている[14]。

私は、殆ど毎日のやうに私が電車内に於て享ける不快なる印象を回想する毎に、我々日本人の為に、並びに我々の此の時代の為に、常に一種の悲しみを催さずにはゐられない。――それ等の数限りなき不快なる印象は、必ずしも我々日本人の教化《カルチユア》の足らぬといふ点にばかり原因してはゐない、我々日本人がまだ欧羅巴《ヨーロツパ》的の社会生活に慣れ切つてゐないといふ点にばかり原因してはゐない。私はさう思ふ。若しも日露戦争の成績が日本人の国民的性格を発揮したものならば、同じ日本人によつて為さるるそれ等市井の瑣事も亦、同様に日本人の根本的運命を語るものでなければならぬ。

この文章では、日本の「遅れ」を指摘したものではないと断っており、その意味で、「日本人特有の」国民的性格を考察したものとなっており、「天皇制国家」に対応する国民性の議論に発展しそうなものだが、電車のなかでの貴婦人と車掌のやりとり、それを見て「待合の女将でえ！」と叫んだ印半纏を着た若い男のエピソードに、そうしたものを結びつけるのは難しい。

そこでやはり注目されるべきは、「所謂今度の事」の次の一節だろう。ビアホールで、三人の紳士が、大逆事件について、「今度の事」と言ったことに対して、「何と巧い言方だらう！」と思った「私」は、「第二の興味に襲はれた」という。

それは我々日本人の或性情、二千六百年の長き歴史に養はれて来た或特殊の性情に就てゞ有つた。――此性情は蓋し我々が今日迄に考へたよりも、猶一層深く、且つ広いもので有る。彼の偏へに此性情に固執してゐる保守的思想家自身の値踏みしてゐるよりも、もつともつと深く且つ広いもので有る。――そして、千九百余年前の猶太人が耶蘇基督の名を白地《あからさま》に言ふを避けて唯「ナザレ人」と言つた様に、恰度それと同じ様に、彼の三人の紳士をして、無政府主義者といふ言葉を口にするを躊躇して唯「今度の事」と言はしめた、それも亦恐らくは此日本人の特殊なる性情の一つでなければならなかつた。

近藤典彦は、右の文章の傍線部以外の箇所における「我々日本人の或性情」「或特殊の性情」「此性情……」「この日本人の特殊なる性情」が「天皇・天皇制にまつわる記述である」と述べている。(15) しかし、実は、近藤が省略している傍線部を付した文章こそが、〈天皇制〉を示唆している文章であって、啄木は、「日本人の或性情」はそれより「もつともつと深く且つ広いもので有る」と書いている。そのように見て見ると、「無政府主義といふ言葉を口にするを躊躇して唯『今度の事』」と三人の男に言わしめたのは、〈天皇制〉下における言論弾圧の心配だけではない。

今彼の三人の紳士が、日本開闢以来の新事実たる意味深き事件を、たゞ単に「今度の事」と言つた。これも亦等しく言語活用の妙で無ければならぬ。「何と巧い言方だらう！」私は快く冷々する玻璃盃《コツプ》を握つた儘、一人幽かに微笑んで見た。

「これも亦等しく」とあるのは、函館の大火の際、市民たちが「相互扶助の感情と現在の必要」によって、家屋を再建する際、「一切の虚礼を捨てる為にした言訳」が「此際だから」という言葉だったことを受けてのものである。要するに、「此際だから」「今度の事」という言葉の活用の妙によって、お互いが理解できる、できたと思って、それより深い追究を避ける心というべきだろうか。啄木はここで〈天皇制〉下における「言論弾圧」とそれに抑圧される「日本人」という図式で考えているのではない。啄木は、こうした「日本人の或性情」に対し、「微笑んで」さえいるのである。繰り返すが、啄木が注目する「我々日本人の或性情」、「或特殊の性情」とは、「彼の偏へに此性情に固執してゐる保守的思想家自身の値踏みしてゐるよりも、もつともつと深く且つ広いもので有る」。

一方で、啄木の文章の「日本開闢以来の新事実たる意味深き事件」という言い方には、清水卯之助が指摘する通り(16)、幸徳秋水らの事件が既に大逆罪として認識されている可能性をうかがわせる。だとすると、「時代閉塞の現状」においては、「大逆」事件を示唆する痕跡を消したことになる(17)。

さて、『東京朝日新聞』に掲載された「歌のいろ〳〵」（一九一〇・一二・一〇、一二、一三、一八、二〇）には次のような記述がある。

○故独歩は嘗てその著名なる小説の一つに「驚きたい」と云ふ事を書いてあつた。その意味に於ては私は今でも驚きたくないことはない。然しそれと全く別な意味に於て、私は今「驚きたくない」と思ふ。何事にも驚かずに、眼を大きくして正面《まとも》にその問題に立向ひたいと思ふ。それは小便と桂首相に就いてのみではない、又歌の事に就いてのみではない。我々日本人は特殊なる歴史を過去に有してゐるだけに、今正《まさ》に殆どすべての新しい出来事に対して驚かねばならぬ境遇に在る。さうして驚いてゐる。然し日に百回「こん畜生」を連呼したとて、時計の針は一秒でも止まつてくれるだらうか。

○歴史を尊重するは好い。然しその尊重を逆に将来に向つてまで維持しようとして一切の「驚くべき事」に手を以て蓋をする時、其保守的な概念を厳密に究明して来たならば、日本が嘗て議会を開いた事からが先《ま》づ国体に抵触する訳になりはしないだらうか。

右に見たように、啄木は、日本人の「特殊なる歴史」に関しては、先に見たように、〈天皇制〉より深く広いものとして考えているだろう。だからこそ、「日本が嘗て議会を開いた事からが先《ま》づ国体に抵触する訳になりはしないだらうか」と、「国体」、つまり、「万世一系ノ天皇之ヲ統治ス」の「国体」よりも広いものとして、日本が「議会を開い」てきた歴史を前提に、「『驚くべき事』に手を以て蓋をする」ものに対して疑義を呈するのである。ここで思い起こしたいのは、一九〇七（明治四〇）年三月発行の『盛岡中学校校友会雑誌』に発表された「林中書」の次の一節である。

日本は今、立憲国である。東洋唯一の立憲国である。然し、と自分は問ふ、此立憲国の何《ど》の隅に、真に立憲的な社会があるか？　真に立憲的な行動が、幾度吾人の眼前に演ぜられたか？　非立憲的な事実のみが跋扈して居る様な事はないか？（中略）噫『今の日本』！　若し自分より一層元気の盛んな男が出て来たなら『日本は決して立憲国でない』と叫ぶ様な事がないだらうか？

言うまでもなく、「立憲国」であることを前提としたうえで、その内実が伴っているかどうかを厳しく問いかけた文章である。啄木にとって、明治国家は、「天皇制国家」ではなく、「立憲国」もしくは「立憲君主国」であり、それは、「歌のいろ〳〵」においても継承されているのである。「歌のいろ〳〵」には、「私の生活は矢張現在の家族制度、階級制度、資本制度、知識売買制度の犠牲である」という一節があり、「国家」そのものを根本的に問い直す思考がある一方、啄木には「毎日議会を傍聴した上で、今の議会政治のダメな事を事実によつて論評し議会改造乃ち普通選挙を主張しよう」（宮崎大四郎宛書簡、一九一〇・一二・二一）とする「第二十七議会」という著述構想があった。そして、引用した「歌のいろ〳〵」の文章で要となるのは、「日本人特有の或論理」から離れて、「何事にも驚かずに、眼を大きくして正面《まとも》にその問題に立向」うことだったのではないか。

以上、一九一〇（明治四三）年時点までの啄木の「日本人」論をみてきたが、幸徳秋水らの事件を「大逆」事件だとする認識はあったものの、一つの制度としての〈天皇制〉への考察・批判にいたっているわけではない。啄木の主張の眼目は、「日本人」特有の「性情」なり「論理」から脱し、〈現実〉を真正面から受け止め、見据えることの重要性を説くことであった。

四

周知の通り、一九一一（明治四四）年一月に啄木は、「社会主義者宣言」を表明するに至る。ただし、「僕は長い間自分を社会主義者と呼ぶことを躊躇してゐたが、今ではもう躊躇しない、無論社会主義は最後の理想ではない、人類の社会的理想の結局は無政府主義の外にはない（中略）然し無政府主義者はどこまでも最後の理想だ、実際家は先づ社会主義者、若しくは国家社会主義者でなくてはならぬ」（瀬川深宛書簡、一九一一・一・九）という文面は〈天皇制〉の問題には触れていない。むしろ、社会主義と無政府主義の相違に意識を傾けているといってよい。それは、幸徳秋水の陳弁書に啄木の覚書を付した「A LETTER FROM PRISON」「EDITOR'S NOTES」（一九一一・五稿）の次の一節にもうかがわれる。

政治的には社会全体の権力といふものを承認し、経済的には労働の時間、種類、優劣等によつてその社会的分配に或る差等を承認しようとする集産的社会主義者の思想は、彼（クロポトキン――引用者注）の論理から見れば、甲に与へた権力を更に乙に与へんとするもの、今日の経済的不平等を来した原因を更に名前を変へただけで継続するものに過ぎなかつた。相互扶助を基礎とする人類生活の理想的境地、即ち彼の所謂無政府共産制の新社会に於いては、一切の事は、何等権力の干渉を蒙らざる完全なる各個人、各団体の自由合意によつて処理されなければならぬ。

「権力」をどうするかについての考え方は、社会主義と無政府主義においては異なり、啄木自身の関心事であった。この覚書とほぼ同時期に創作された『呼子と口笛』中の詩「激論」において、「われはかの夜の激論を忘るること能はず、／新しき社会に於ける〝権力〟の処置に就きて、／はしなくも、同志の一人なる若き経済学者Nと／われとの間に惹き起されたる激論を、／かの五時間に亘れる激論を。」とうたわれた「権力」に関しても社会主義と無政府主義における「権力」問題をうたっていることは間違いない。一月の認識と比べると、より無政府主義の思想に重心を置いていることもわかる。近藤典彦は、啄木が読んでいたとされる「人が人を支配するのは不自然であるという主義ですから、むろん君主を否認します」という宮下太吉の尋問調書に触れながら、「無政府主義者はその主義の当然の帰結として天皇の存在そのものを認めない。まして大日本帝国憲法の支柱であった天皇主権を認めない。とすれば、『「権力」』とは（明治）天皇またはその権力のことなのではないか。『新らしき社会に於』いては、主権者である天皇または天皇の主権はいかに『処置』されるべきか、これをめぐって『我』と『N』との間に『激論』が展開されたというのではないか」（『石川啄木と明治の日本』）[18]としているが、当時の啄木の関心のありどころから考えるとやはり無理があるように思う。「経済学者N」との論争は、やはり「無政府主義社会」の実現が可能なものであるかどうかをめぐってのものだったのではないか[19]。

しかし、一方で、啄木が、〈天皇制〉の問題に関心を寄せたことも間違いないだろう。一九一一年になって、秋水の陳弁書をはじめ、大逆事件の資料を読んでいる。一月二六日の日記には、平出修の家で「特別裁判一件書類」一七冊のうち「初二冊とそれから管野すがの分だけ方々拾ひよみし」、「頭の中を底から掻き乱されたやうな気持で帰つた」とある。その中には、宮下太吉の「我国の元首である天皇を罷し、神と思われている天皇もわれわれ普通の人間と同じく血の出るものであるということを知らせ、天皇に対する迷信を打ち破ろうと思い、機会があったら爆裂弾をもって天皇をやっつけようと決心いたしました」と書かれた調書や、管野すがの「天子というものは経済上では掠奪者の張本人、政治上では罪悪の根本、思想上では迷信の根源となっております」という記述もあり、[20]それらに触れたことは、啄木に〈天皇制〉について考えることを迫っただろう。また、周知のとおり、南北朝正閏問題に対する関心も〈天皇制〉への疑義へとつながっていった。

また、近藤典彦が詳しく検証しているとおり、[21]幸徳秋水の『基督抹殺論』（甲午出版社、一九一一・二）を読み、そこに〈天皇制〉を重ねて読み取ったことも挙げられよう。近藤も引用・言及したように、次の箇所は、〈天皇制〉と読み替えて、その虚構性を示したものと言うことができる。[22]

> 基督教徒が基督を以て史的人物となし、其伝記を以て史的事実となすは、迷妄なり。虚偽也。迷妄は進歩を礙げ、虚偽は世道を害す、断して《ママ》之を許す可らず。即ち彼れが仮面を奪ひ、扮粧を剝ぎて、其真相実体を暴露し、之を世界歴史の上より抹殺し去ることを宣言す。

それは、かつて、「明治四十一年日誌」の二月一一日の「紀元節」の記述に「今日は、大和民族といふ好戦種族が、九州から東の方大和に都して居た蝦夷民族を侵撃して勝を制し、遂に日本嶋の中央を占領して、其酋長が帝位に即き、神武天皇と名告つた記念の日だ」とある認識にもつながっていた。ただし、これは、一九〇八（明治四一）年初頭に社会主義者との交流があったときのもので、おそらくしばらくはそのまま深められることはなかったものである。[23]しかし、大逆事件をきっかけとして、この時期、〈天皇制〉の虚構性が改めて思い起こされたのではなかったか。

「A LETTER FROM PRISON」「EDITOR'S NOTES」にも、大逆事件の被告たちの減刑処分について、「国体の尊厳の犯すべからざることと天皇の宏大なる慈悲とを併せ示すこと」という皮肉をこめた記述があり、啄木がこの時期〈天皇制〉をどう見ていたのかがわかる。(24) そして、この延長線上に、啄木が死去する半年ほど前に書いた「平信」（一九一一・一一稿）がある。

「我々日本人は不幸だ！」この事はこんな小さな事柄からさへも、ひし〳〵と僕の心に沁む。不幸の自覚はその人を一層不幸にする。僕は今迄に、何度目を堅く瞑つて、この慤《あは》れな島国に生れた事を悔んだか！　この島国の子供騙しの迷信と、底の見え透いた偽善の中に握りつぶされたやうな長い一生を送るよりは、寧ろ露西亜のやうな露骨な圧制国に生れて、一思ひに警吏に叩き殺される方が増しだといふ事を考へたか！

ロシアのツァーリズムと対比された日本という国の「欺瞞性」に対して呪詛というべき言葉をなげかけた文章である。「天皇制の欺瞞」と言いたいところだが、発表を予定したものであれば、当然、明瞭に語る事はない。ともあれ、啄木は、この「平信」も発表できぬまま、また、〈天皇制〉イデオロギーとそれを支える制度や社会構造の本格的な考察に至る以前に生涯を終えることになる。「時代閉塞の現状」は、確かに、「強権」＝「国家」の考察を青年に向かって呼びかけたものであったが、〈天皇制〉の問題を正面に据えたものではなく、一九一一年秋の啄木の認識から遡行して読み取ることも誤りであろう。

啄木には「僕は決して宮下やすがの企てを賛成するものではありません。然し『次の時代』といふものについての一切の思索を禁じようとする帯剣政治家の圧制には、何と思ひかへしても此儘に置くことは出来ないやうに思ひました」（平出修宛書簡、一九一一・一・二二）という言葉があるが、啄木の認識では「帯剣政治家」のもとで行われる「圧制」こそが問われるべきものであった、といったところが妥当なところではないか。畠山亨に宛てた一九一一年八月三一日の手紙には次のように書かれている。

惟ふに我が日本に一大変革期の来る蓋し遠からざるべきか。この事既に幸徳事件を縁として、二十七議会当時より人心の帰向漸く改まれるに知るべし、今次の西園寺内閣瓦解の時は、即ちまた政界諸勢力の関係に或る進転を見るの時ならむ、而しその時以後に於て隠れたる潮流は漸次地上に流出し来らむ、病床ひとり静かに世事を観測して多少の感あり、僅かに吾人青年の発言の機会また遠からざるべきを思ふて慰む、

大逆事件以後の政治の動きに、啄木は絶望ばかりしてはいない。そこには「隠れたる潮流」への期待があり、啄木のデモクラットとしての面目が示されている。

注

（1）〈天皇制〉という概念について、ここでは安田浩の「狭義には天皇を君主もしくは政治支配の権威の源泉とする国家制度、広義にはこうした国家制度をささえる社会構造とイデオロギーを含めたものをさして一般的に使われている」（『近代天皇制国家の歴史的位置』大月書店、二〇一一・一〇、四頁）という定義を念頭においている。また、周知の通り、〈天皇制〉という概念自体は、戦前の日本共産党の三一年政治テーゼ草案や三二テーゼ（「日本における情勢と日本共産党の任務に関するテーゼ」）から登場した言葉であり、本稿で扱う場合は、カッコ付で取り扱うこととする。

（2）ジェイ・ルービン『風俗壊乱　明治国家と文芸の検閲』（世織書房、二〇一一・四・八）、原著は一九八四年刊行、

今井泰子・大木俊夫・木股知史・河野賢司・鈴木美津子訳、二四七頁。

（3）注2に同じ。四六三頁。

（4）同様の指摘は、すでに多良学「啄木の思想変遷――明治四十三年の『所謂今度の事』の執筆時期について」（『国文学　解釈と教材の研究』第20巻13号、一九七五・一〇）によってなされており、助川徳是もこれに賛意を示している（『啄木と折蘆』洋々社、一九八三・六、二一七頁）。しかし、一九八四年に刊行されたルービンの著書がこれらの論文を参照した痕跡はない。一方、近藤典彦は、多良の解釈を「この文脈の中でのみ読」む「限りでは正しい」としながら、「所謂今度の事」（一九一〇・六～七頃）で「無政府主義者」を「最も性急なる思想家」と述べていること等から、この「『無政府主義者』には大逆事件の被告たちも含まれており、かれらこそまさに当代日本の『最も急進的な人達』である」とし、「今井泰子の読みが成立しうることになる」としている（『『一握の砂』の研究』おうふう、二〇〇四・二、二二五頁）。本稿では、ルービンの見解の基となった今井と、近藤の所説を検証することとなる。

（5）また、「所謂今度の事」にも「過去数年の間、当局は彼等所謂不穏の徒の為に、啻に少なからざる機密費を使つた許りでなく、専任の巡査数十名を、たゞ彼等を監視させる為に養つて置いた」という記述がある。天皇周辺の警護のことを述べたものではないが、無政府主義者に対する当局の対応状況に対する啄木の認識を考えると、〈天皇制〉を「箱の最も板の薄い処」「空隙（現代社会組織の欠陥）」というのは不自然である。なお、管野すがの大逆事件の取調調書に「私はこれまでたびたび天子の通行をみましたが、その警戒などは大したことがなく、一天子をやっつける位ならば、私一人でもお茶の子だと思い、爆裂弾さえ手に入れば自分一人でもやろうと思ったこともありました」という記述があるが（塩田庄兵衛・渡辺順三編『秘録大逆事件　上』春秋社、一九五九・九、一〇四頁）、啄木がこれを読むのは、翌年の一九一一年一月のことである。

（6）なお、近藤典彦は、注4で紹介したように、多良学の解釈を文脈上正しいとしている一方、当該箇所について、次のように書いている（『『一握の砂』の研究』二二六頁）。

「箱」は閉塞状況にある「現代社会組織」の暗喩である。「彼等」がこのたび「盲目的に突進し」た対象は天皇であった。このことを念頭に置けば「箱の最も板の薄い処、若くは空隙」とは強権が支配し維持する「現代社会組織」のうちの攻撃しやすいところ、の意となろう。強大な国家権力を攻撃するのは至難であるが、その頂点は生身の人間であるから、攻撃可能であることを「所謂今度の事」は証明した。そしてこの場合、天皇は「現代社会組織」及び国家組織の頂点としての天皇であるから、天皇制の体現者である。今井泰子のいうとおり当該箇所は〈天皇制〉をさしている。しかもその天皇制は「現代社会組織の欠陥」であるという。この痛烈な批判！

しかしながら、「箱」が「現代社会組織」であるのはいいとして、「彼等の入れられてゐる箱の最も板の薄い処」という言い方に、「天皇」も入るという言い方はやはり不自然である。仮に「彼等」に「無政府主義者＝我々の中最も急進的な人達」を代入してみると、「無政府主義者たちの入れられてゐる箱＝現代社会組織の最も板の薄い処、若くは空隙（現代社会組織の欠陥）、即ち天皇制」となるが、やはり違和感を覚える。「入れられてゐる」という言い方には、「強権」の居場所と区別されたニュアンスを含んでいるように思われる。

（7）注2に同じ。二四七頁。

（8）本章のもととなったのは、国際啄木学会二〇一一年度盛岡大会のパネル・ディスカッションにおける私の報告であり、その概要は、「国際啄木学会研究年報」第一五号（二〇一二・三・三一）に掲載されている。その同じ号に、太田登によるパネル・ディスカッションの討論の感想が掲載されており、「『時代閉塞の現状』は大逆事件以後の学習成果を国民国家論として社会的に問いかけるものであった。したがって田口さんのように『過剰な深読み』を抑止するのではなく、むしろ『過剰な深読み』によってこそ啄木のめざした実行的具体的な『新しき明日』の考察へと発展していくのではないだろうか」と述べている。啄木の文章に国家批判が展開されていることに異存はない。しかし、それがどのレベルでどのような内容のものとして展開されているか、その際、与えられたテクストとコンテクストの中からどこまで読み取ることが出来るかを問うべきであろう。本章は、その試みの一端である。

（9）注2に同じ。二四六〜二四七頁。

（10）注4、近藤典彦『『一握の砂』の研究』二一五〜二二一頁。

（11）神島二郎『近代日本の精神構造』（岩波書店、一九六一・二）。

（12）なお、正確を期すために、今井の補注の後半部分を記しておきたい。

こうしたわずかな婉曲的表現しかないために、それらは見落とされている。そして啄木は、明治人らしく天皇制を権力とは別扱いして容認しており、素朴なナショナリズムと分離していなかった、と見る者も多い。彼が無題の中絶原稿の中で、幸徳事件に対する政府の暴圧を批判するに先だって事件を「国民としては、憎みても猶余りある破倫無道の挙」と称していることなどが、その時の例に引かれる。しかし、前の「平信」の句を読めば、彼が天皇制を是認していたとはとうてい考えられない。「所謂今度の事」や「A letter from prison」（明44・5稿）などで日本人特有の心情をいう時の口吻も、きわめて嘲笑的である。啄木は、天皇制に関して、明治の国家権力が自己の位置を維持するために用いた利用手段、彼らの作った社会機構の一つと解していたと判断できる。無題の中絶原稿の一節は、公表を予定して執筆しはじめた文章のカムフラージュと解せば矛盾しない。

(13)　注4、『「一握の砂」の研究』二一六～二一七頁。

(14)　同右、一八三～一八五頁参照。

(15)　同右。二一七頁。なお、「二千六百年」の歴史に疑義を呈したのは、一九一〇年代の津田左右吉の著作であり、ここで啄木が「二千六百年」を使っていることは何ら不思議ではない。大逆事件の遠因ともなったサンフランシスコの日本人街に張りだされた文書「日本皇帝睦仁君ニ与フ」にも「其当時ニ於テ最モ残忍・酷薄ナル神武ハ、主権者ナリ統治者也テフ名目ノ下ニ、アラユル罪悪・汚行ヲ専ニシ、其子マタ父ニナラへ《ママ》、其子マタ父ニナラフテ、遂ニ百二十二代ノ足下ニ至レリ。噫、二千五百有余年間！」とある。

(16)　清水卯之助「大逆事件と啄木の認識過程」（『啄木研究』第六号、一九八〇・一〇、『石川啄木　愛とロマンと革命と』和泉書院、一九九〇・四に収録）。

(17)　なお、助川徳是は、「四十三年の六月から十二月まで、天皇暗殺計画としてとらえた幸徳事件について、啄木は、全く冷淡であり、ただその事件は、思想の自由を脅かす政府の施策となって現われることに、警戒し、危惧しているといえる」と指摘する一方、「所謂今度の事」において無政府主義についての知識を示している事に触れ、「事件報道の当初から、啄木が無政府主義に抱いた知的関心と、幸徳秋水自身がその首領であると誤解していた天皇暗殺事件への評価とが、啄木の内部で異質のものとされていることを物語りはしないか」と書いている（『啄木と折蘆に値する。

「時代閉塞の現状」をめぐって』（洋々社、一九八三・六、二一六～二一七頁）。後述するように、一九一〇年と一九一一年と比較すると、一一年には〈天皇制〉と「日本人」に対する啄木の批判的視点が顕著になっており、傾聴

啄木が、大逆事件に関して記録として残そうとした「日本無政府主義者隠謀事件経過及び附帯事件」の六月二一日の記述には、「社会主義とは啻に富豪、官憲に反抗するのみならず、国家を無視し、皇室を倒さんとする恐るべき思想なりとの概念を一般民衆の間に流布せしめたるは、主として其罪無智且つ不謹慎なる新聞紙及び其記者に帰すべし」と書いており、この記録を残そうとした時点で、社会主義が皇室を倒そうとするなどという「恐るべき思想」ではないと言明していることも右の見解を裏付けるものであろう。

(18) 『石川啄木と明治の日本』（吉川弘文館、一九九四・六）一一五頁。なお、近藤は『創作』一九一一年七月号のテキストに拠っている。

(19) 七宮涬三『晩年の石川啄木』（第三文明社、一九八七・三、初出は宮守計のペンネーム、冬樹社、一九七二年刊行）は、丸谷喜市と啄木の交友を通して、晩年の啄木の思想を追ったものだが、「啄木と丸谷との論点、それは結局、政府のない社会が存在し得るか否か。その一点で遂に妥協できぬ結果となった」こと、「〝激論〟一篇が、啄木と丸谷との、終生消えぬ友情の記念碑となった」という指摘がある。

啄木と丸谷の最後の面会になった一九一一年一一月一二日の日記には、「彼は今では、社会主義は到底実行されないと信ずると言つた」、「予は彼が国家社会主義者たるに止まつた事を、彼としては当然の事と思ふ」と記されており、この年の啄木の関心の中心は、やはり社会主義と無政府主義の実現性をめぐる問題だったことをうかがわせる。

(20) 注5、塩田庄兵衛・渡辺順三編『秘録大逆事件 上』七八頁、一〇四頁。

(21) 前掲、『石川啄木と明治の日本』一三三～一六一頁。

(22) ところで、近藤は、『呼子と口笛』の口絵の下段、中段には、『基督抹殺論』で言及されている太陽崇拝、生殖崇拝がシンボライズされ、国際アナーキズム運動の拠点であったジュラ山脈が描かれていると指摘する。そして、上段には、編笠をかぶせられた人、即ち囚人として捉えられた幸徳秋水が〈天皇制〉あるいは「天皇の神性」を象徴

するドラゴン＝龍に向かって右手を上げて糾弾しようとしていると読み解く。さらに、「秋水の天皇制批判という黙示を（『基督抹殺論』から──引用者注）正確に読み取り、それをヨハネの黙示録の正確な読みの裏側に重ね、さらにその一層下に啄木自身の天皇制批判を重ねたものだ」と指摘している（注18、『石川啄木と明治の日本』一三三〜一六一頁）。大変魅力的な読みで、多くのことを教えられるが、若干疑問もある。

近藤は、「ドラゴンは龍」であり、「龍とは東洋では天子」であるとするが、中国における「龍」と日本における「龍」は性質を異にするように思われる。日本における「龍」は蛇神信仰とも結びついた水神信仰、竜神信仰となり、むしろ自然神の色彩が濃いように思われる（『精選日本民俗辞典』吉川弘文館、二〇〇六・三、斎藤君子執筆「蛇」、吉成直樹執筆「竜神信仰」参照、ただし、中国の影響で「天子」を表す場合もないわけではない）。そうした中で、啄木自身が、中国の「龍」のイメージを「天皇」に重ねていたかどうかも疑わしい。『呼子と口笛』の口絵に描かれた「龍」は、むしろ近藤が引用している「ヨハネ黙示録」において、ミカエルと戦った「龍」に結び付き、幸徳秋水たちの無政府主義を暗示していたのではないか。「大なる龍すなはち悪魔と呼れサタンと呼る、者全世界の人を惑す老蛇地に逐下《おひおろ》さる其使者も亦ともに逐下されたり」──この「全世界の人を惑す」存在とされた者こそ、無政府主義（龍──ドラゴン）であり、その「使者」こそが秋水ら無政府主義者ではなかったか。そうでないと、幸徳に象徴される人物が〈天皇制〉＝ドラゴンに乗っているのは不自然である。近藤は、ドラゴンは、「後方《の人物》に視線を送」っており、「この人物が龍を糾弾する。龍はすくみ降伏する。幸徳らが弾劾し、挑戦する。天皇制はすくみ降伏する」と書いているが、これでは、天皇制もろとも秋水も落下してしまう。ドラゴンの象徴的な意味は多義的だが、その中に「キリスト教ではドラゴンは過誤、異端、邪教、嫉妬である」（アト・ド・フリース『イメージ・シンボル事典』大修館書店、一九八四・三）という解釈もある。無政府主義者こそ、異端者であり、ドラゴンは彼らにふさわしい存在だったのではないか。むろん、啄木は、これを否定的に描いていない。口絵を包む月桂樹の葉と思しきものこそ、「不滅」、「勝利」、「英雄詩」を象徴するものであった（前掲『イメージ・シンボル事典』）。『呼子と口笛』という詩編は、〈天皇制〉批判のモチーフよりも、秋水らに重ねられた「テロリストのかなしき心」に対する鎮魂の意味合いを託されていたのではなかったか。〈天皇制〉批判は主要なモチーフではない。

なお、近藤以外に『呼子と口笛』の口絵について論じたものに、安元隆子「『呼子と口笛』自筆絵考」（『石川啄木とロシア』翰林書房、二〇〇六・二)がある。安元は「啄木は翼にミカエルの射た矢を受けたドラゴンを描いた、とも考えられる」と指摘しているほか、「『呼子と口笛』口絵中段の絵は、ゴルゴダの丘と『反抗の人』としてのイエスの死を象徴したものと読める」としながら「合理的生活を目指し、神の存在を否定した啄木だが、イエス・キリストの生涯を時代や圧政に反逆する人間として認識しているのである」と論じている。ドラゴンがむしろ肯定的に描かれていることについては先に論じた通り。また、「一個の唯物論者」を理想的人物像としてうたった「墓碑銘」を含んだ『呼子と口笛』が、イエスを肯定的に描いているとは考えにくい。安元は「神の存在は否定するが、人間・キリストの存在は信じるということになる」と述べているが、『呼子と口笛』というテクストに即して見ると、無理があるように思われる。

(23) なお、この前年の正月には、「申すもかしこけれども、聖上睦仁陛下は誠に実に古今大帝者中の大帝者におはせり」、「陛下統臨の御代に生れ、陛下の赤子の一人たるを無上の光栄とす」(「明治四十丁未歳日誌」一九〇七・一・一)と書いており、森山重雄の言葉でいえば、啄木は「純心な天皇主義者」であり、「明治の平均的な国民意識の持主」だった(『大逆事件=文学作家論』三一書房、一九八〇・三、三二一・三二二頁)。

(24) また、この時期、啄木は、「日本人」という言葉に込めたニュアンスを従来のものと異なったかたちで使用している。「日露戦争論」(一九一一・四~五稿)には、「日本人——文化の民を以て誇称する日本人の事物を理解する力の如何に浅弱に、さうしてこの自負心強き民族の如何に偏狭なる、如何に独断的なる、如何に厭ふべき民族なるかを語るものである」という記述がある。「きれぎれに心に浮んだ感じと回想」をはじめとする、「日本人」の論理や性情、性質を述べたものの延長線上でもあるが、日露戦争を肯定した「日本人」に対して、より否定的なニュアンスで使われていることがわかる。

そして、「A LETTER FROM PRISON」「EDITOR'S NOTES」に描かれた朝日新聞社内の記者の一人〈熊本出身の池田末雄がモデルか〉が、「ああいふ奴等は早速殺して了はなくちや可かん」、「彼等は無政府主義者だから、無裁判でやつつけるのが一番可いぢやないか」などと言ったことに対して、「日本人」と呼び、「予は『日本人』に対する深い憐れみを以て静かに箸を動かした」と記している。

しかし、これらの「日本人」論においても、〈天皇制〉の論理に対応しているわけではない〈結果的に、〈天皇制〉の肯定につながるとしても）。

〈補記〉

魚住折蘆の「自己主張の思想としての自然主義」（『東京朝日新聞』一九一〇・八・二二、二三）には、「淫靡な歌や、絶望的な疲労を描いた小説を生み出した社会は結構な社会でないに違ひない。けれども此の歌此小説によつて自己拡充の結果を発表し、或は反撥的にオーソリテイに戦ひを挑んで居る青年の血気は自分の深く頼母しとする処である」という一文がある。啄木の「斯くの如き時代閉塞の現状に於て、我々の中最も急進的な人達が、如何なる方面に其『自己』を主張してゐるかは既に読者の知る如くである」という一節を含む「時代閉塞の現状」が右の折蘆文を意識して反論したものであることも、本章の趣旨を補うものである。このことに関しては、平岡敏夫「啄木『時代閉塞の現状』前後」（『石川啄木論』おうふう、一九九八・九、一三一〜一三二頁、初出『日露戦後文学の研究』上巻、有精堂、一九八五・七）、若林敦「『時代閉塞の現状』と『自己主張の思想としての自然主義』――啄木・折蘆比較論における有効な視座を求めて」（『長岡技術科学大学・言語・人文科学論集』第六号、一九九二・一二）に同様の指摘がある。

第三部　啄木と同時代人

第一章　啄木と与謝野晶子
――日露戦争から大逆事件へ――

一

啄木の歌集『一握の砂』（東雲堂書店、一九一〇・一二）は、晶子の歌集『みだれ髪』（東京新詩社・伊藤文友館、一九〇一・八）に対する〈応答〉でもあった。啄木の短歌が同時代の青年たちと同じく晶子の歌の模倣に始まったことはよく知られている。(1)

人けふをなやみそのまゝ闇に入りぬ運命のみ手の呪はしの神
世も人ものろはじさてハ怨みまじ理想のくものちぎれてし今（「爾伎多麻」一九〇一・九）

時制を表す言葉に「を」をつける用法や、「のろはじ／怨みまじ」とたたみかけるリズム、「闇」「運命」「呪」「神」「怨」「理想のくも」などの言葉など、『みだれ髪』の世界をなぞるものだった。それは語法や修辞だけでなく、恋愛を中心とする浪漫主義的な発想という点で大きな影響を受けていた。そして、啄木の文学は、こうした晶子・『明星』派浪漫主義からの脱却、批判をバネにして生みだされていった。「実人生と何等の間隔なき心持を以て歌ふ詩」を主張した詩論「弓町より——食ふべき詩」（『東京毎日新聞』一九〇九・一一〜一二）は、その道標となる。しかし、アララギ派的な写生論でも自然主義文学的に体験をそのままうたうのではないという点で、啄木はやはり晶子ら『明星』派の申し子だったといえる。

やは肌のあつき血汐にふれも見でさびしからずや道を説く君
東海の小島の磯の白砂に／われ泣きぬれて／蟹とたはむる

「君」のモデルが話題になる「やは肌」の歌だが、短歌の世界あるいは歌集『みだれ髪』では「君」が恋する人を指すことが多いということを指摘すれば足りる。「やは肌のあつき血汐」は「道」にこだわる「君」に対する恋の思いであり、それを揶揄と挑発のポーズをとりつつ訴えるという、恋愛の一場面を典型的にうたいあげたものである。同歌集には若い僧と少女の恋の歌がいくつかあり、この歌もそのヴァリエーションの一つである(2)。

啄木の歌も「東海の小島の磯の白砂」の場所をめぐって議論が重ねられてきたが、当時の語として「東海の小島」が日本列島であることを確認すればいい。歌の主人公は、日本社会の中での生きづらさを抱えて、ある海岸の白砂で蟹とたわむれ自分を慰めている。この歌が歌集の冒頭に置かれることによって、「蟹とたはむる」は短歌を作らざるを得ない自己を象徴的に表現している。そして、この歌を冒頭に、孤独や望郷、他者との葛藤や現実との格闘が、都市に生きる一人の男によって典型的にうたいあげられ、終末部「わが友は／今日も母なき子を負ひて／かの城址にさまよへるかな」という歌が置かれている。『一握の砂』は、『みだれ髪』的浪漫主義の世界に対して、現実に苦しんだり、悩んだりする男の姿を象徴的に描き出し、対置したものと言いうるのである(3)。

さて、以上のような関係は、短歌作品についてのみではない。本章では、晶子の詩「君死にたまふこと勿れ」

（『明星』一九〇四・九）の周辺をめぐる問題と主に両者の評論における〈応答〉関係についてみていきたい。[5]

二

「君死にたまふこと勿れ」は、当時総合雑誌『太陽』で文芸時評の筆を執っていた大町桂月に、「戦争を非とするもの、夙に社会主義を唱ふるもの、連中ありしが、今又之を韻文に言ひあらはしたるもの」と決めつけられたうえで、「草莽の一女子、『義勇公に奉すべし』とのたまへる教育勅語、さては宣戦詔勅を非議す。大胆なるわざ也」、「家が大事也、妻が大事也、国は亡びてもよし、商人は戦ふべき義務なしと言ふは、余りに大胆すぐる言葉也」（「文芸時評」『太陽』一九〇四・一〇）と批判された。これに対して、晶子は、「ひらきぶみ」（『明星』一九〇四・一一）で反論するが、論争に、剣南（角田浩々歌客・一八六九〜一九一六）が参加することによって、桂月は怒り、晶子の詩をより強く非難するようになる。その焦点となったのが、第三連である。

君死にたまふことなかれ
すめらみことは戦ひに
おほみづからは出でまさね
かたみに人の血を流し
獣の道に死ねよとは
死ぬるを人のほまれとは
大みこゝろの深ければ

もとよりいかで思されむ

この部分について、桂月は、「天皇親からは、危き戦場には、臨み給はずして、宮中に安坐して居り給ひながら、死ぬるが名誉なりとおだて、、人の子を駆りて、人の血を流さしめ、獣の道に陥らしめ給ふ。残虐無慈悲なる御心根哉」と訳し、晶子の詩を批判した（「詩歌の骨髄」『太陽』一九〇五・一）。これは、晶子の詩にある反語、つまり、「もとより、天皇がどうしてそのように思われるでしょうか、いや思われるはずがない」という意味を理解しない訳文になっているが、桂月自体は、反語であることを理解していなかったわけではない。

詩は、情をありのまゝに歌ふべきことは、言ふまでなし。されど、情にも、公情あれば、私情あり。風俗を壊乱する情もあれば、社会の秩序を破壊する情あり。人が出征するに臨みて、無事にかへれと言ふのみならば、普通の人情也。されど、挙国一致、旅順口の陥落を翹望するの際に当り、旅順出征の人に向ひて、旅順落ちやうが、落ちまいが、どうでもなし。旅順を落すは、商家の法に非ずといふは、奇矯に過ぎて、国家を嘲るも、亦甚し。又弟を懐ふに、縁の遠き天皇を引ひ《ママ》出し、大御心の深ければ、国民に戦死せよとは宣給はじといふに至つては、反語的、もしくは婉曲的の言ひ方と判断するの外なし。

（「文芸時評」『太陽』一九〇四・一二、傍線――引用者）

つまり、もし天皇が残虐な心を持っていると晶子が考えているとしたら、どうして、そんなふうに思われるでしょうか、いやそんな風に思うはずがない、という反語的表現は辛辣な皮肉になって聞こえるのである。桂月は、そのように理解したからこそ、第三連をさきのような形で訳したのである。

しかし、晶子自身はについていえば、大町桂月がいうような不敬な意図をもって第三連を書いたものではないことは、明治天皇が亡くなったときの追悼歌などをみても明白である。

また、この一節が、当時、『平民新聞』と『東京朝日新聞』に掲載されたトルストイの日露戦争論に影響をうけていること、実際に晶子が読んだものが朝日新聞であったことは、岩崎紀美子の詳細な研究[6]で明らかにされたが、この一節に関しては、岩崎紀美子も「晶子は〈日本の「すめらみこと」は、そういう「暴虐劫掠殺戮」に直接加わって戦場で指揮をとるような野蛮で残虐なことに耐えられる方ではない、心優しく品格の高い方です。〉と、訂正を求めたのである」と述べているほか、今野寿美も「露国皇帝への批判が天皇の慈悲を乞う流れになっている[7]」と指摘している。晶子は、ロシアの皇帝の持つ〈野蛮さ〉に対して、明治天皇の〈御心の深さ〉を対比しているのである。とはいえ、互いに人の血を流し、獣のように死に、それを名誉だなどと、天皇は決して思われない、というかたちで、「戦争《いくさ》ぎらい」（「ひらきぶみ」）であることをトルストイに倣って強く訴えたものであることに変わりはない。

また、この詩は「君死にたまふこと勿れ」という表題、及び「君死にたまふこと勿れ」という詩句の繰り返しに示されているように、家族を思う詩として、普遍的な共感を呼びおこすものとなっており、『教育勅語』が、忠と孝とを結びつけようとしていたのに対し、詩の内包する論理は、反戦を明確に打ち出したものではなかったとはいえ、忠と孝を相反するものとしてとらえており、当時としては最も〈危険〉な詩だったと思われる。晶子はそのことに無自覚だったからこそ、桂月の批判に驚き、躍起になって火消しをしなければならなかったのである。

一方、当時、故郷の渋民村で代用教員をしていた石川啄木は、日露開戦時の戦勝報道に接して「予欣喜にたへず」、「真に、骨鳴り、肉躍るの概あり」と喜んでいた（「甲辰詩程」一九〇四・二・一一）。評論「戦雲余録」（『岩手日報』一九〇四・三）にも日露戦争を「東洋の平和」のためと意義づけ、「今の世には社会主義者などゝ云ふ、非戦論客があつて、戦争が罪悪だなど、真面目な顔をして説いて居る者がある」と反戦論を揶揄していた。トルストイへの注目も見られるが、それはトルストイらの著作が発売禁止となっていることに対して、「若し日露戦争の結果が多少彼国を刺激して、哀むべき暴圧から彼らを救ひ出し、以て世界文化の歴史からこの浸染する事深い汚点を除去する事が出来るならば、其幸福はたゞに彼等弱者の上のみではないであらう」と書いているとおり、日本の戦争の「正義」に対しては何ら疑問を持つものではなかった。

なお、晶子が『東京朝日新聞』によってトルストイの日露戦争論を読んだのに対し、啄木は『時代思潮』明治三七（一九〇四）年九月号に転載された英文によるものだった。このときの自身を振り返って啄木は次のように書いている。

当時語学の力の浅い十九歳の予の頭脳には、無論ただ論旨の大体が朧気に映じたに過ぎなかつた。さうして到る処に星の如く輝いてゐる直截、峻烈、大胆の言葉に対して、その解し得たる限りに於て、時々ただ眼を円くして驚いたに過ぎなかつた。「流石に偉い。然し行はれない。」これ当時の予のこの論文に与へた批評であつた。さうしてそれつきり忘れて了つた。予も亦無雑作に戦争を是認し、且つ好む「日本人」の一人であつたのである。

（「林中文庫　日露戦争論（トルストイ）」一九一一・四〜五稿）

日露戦争中にうたわれた晶子の「君死にたまふこと勿れ」は、自覚的な反戦詩とまでは言えないにしても、トルストイに導かれるようにして「戦争ぎらい」の思いを表現している。それは、ナショナルなものを越える論理をも内包する一面をもっていた。一方、同じトルストイの文章に接しながらも、啄木はナショナリズムの軛から自由ではなかった。(8)

三

日露戦争をめぐって反対の立場にあったかのような二人であるが、その後の軌跡も好対照をなしている。

啄木は、その後、姉崎嘲風の評論に関心を寄せ、広く文明的な視点から日露戦争を見つめるようになり[9]、評論「林中書」（『盛岡中学校校友会雑誌』一九〇七・三）では、「戦争に勝つた国の文明が、敗けた国の文明よりも優つて居るか怎《どう》か？」と問いかける。さらに、大逆事件に対する批判的認識を経て、先に紹介した通り、トルストイの日露戦争論を社会主義者の非戦論との対比で読み直し、戦争を経済的競争の結果とみなした社会主義者に共感を寄せた「林中文庫　日露戦争論（トルストイ）」を執筆するのである。

また、啄木は、一九〇六年執筆の小説「雲は天才である」で、「十幾年の間身を教育勅語の御前に捧げ、口に忠信孝悌の語」や「教育勅語」を奉ずる村の校長を揶揄的に描き、評論「林中書」（前掲）では、日本の教育に対する痛烈な批判を展開しているが、晶子は、「君死にたまふこと勿れ」では「勅語」に相反する詩想を展開しながら、「教育勅語」に進歩的な意義を見いだしていた。

其れを思ふと私共は闇から明るみへ出た程幸福な時代に生れ合ひました。明治維新の王政復古と共に、今上陛下は武門政治を初め一切の有害無用な旧習を破壊遊ばし、併せて汎《ひろ》く新智識を世界に求める事を奨め給ひ、学問、技術、言論、信教、出版等有らゆる思想行動の自由を御許しになり、生命、財産等の人権を御保障になツて居ります。五箇条の御誓文、憲法、教育勅語、是等を拝読致せば新代の日本国民は全く不合理な前代の因襲道徳から解放せられ、聖代の自由なる空気の中に自己の特性を発揮しつつ社会を営んで行く事の出来る新道徳を御示しになツて居ります。

（「女子の独立自営」『婦人乃鑑』一九一一・四）

晶子の「教育勅語」への評価は、天皇への尊崇の念と結びついてなされており、こうした姿勢は、日露戦争の帰結ともいうべき韓国併合に関しても、次のような歌となって表現された。

韓国に綱かけて引く神わざを今の現《うつゝ》に見るが尊さ　（『万朝報』一九一〇・九・三）

ここで「綱かけて引く神わざ」とあるのは、『出雲風土記』の八束水臣津野命《やつかみずおみづののみこと》の国引き神話を念頭に置いたものだろう。(10) 一方で、晶子は、評論集『一隅より』（金尾文淵堂、一九一一・七）の中の一文において、日韓併合を神代に重ね合わせた独特の解釈を示しており、それが、この歌を説明したような文章となっている。

日韓併合条約の様な形式は空前だ。世界に先例の無い事だと言ふ。併しわたしは然うで無いと思ふ。日本では人皇以前に既に立派な先例がある。大国主の御国譲りが其れである。須佐之男、大国主、少那彦は朝鮮に王となり乃至朝鮮を領土として高間が原朝廷に対峙した独立国の主権者であつた。両国の併合は諸尊以来の宿題であつたのを天照大御神の世になつて漸く解決する事が出来た。当時の天穂日命天若彦命などは全権大使若くは統監の位地であつたらしく思ふ。而して最後に将軍武甕槌命が経津主の剣の霊威に依つて円満に平和的の談判を遂げたのは今の寺内大将の遺口と同じである。

韓国併合当時、喜田貞吉をはじめとする日鮮同祖論が復権したが、喜田は、神宮皇后以前からの「根本」の「同種」を主張、有史以前からの同祖性について言及したという。[11] これに対して、黒板勝美は疑義を呈し、「天孫種族」と「出雲種族」を区別した上で、スサノオノミコトが日韓の「間を往来せられたる神話は殆んど全く出雲種族の神話を素尊（スサノオノミコトのこと――引用者注）に付会したるものではなからうか」と指摘している。[12] 晶子は同祖論ではない点では黒板説に近いが、それをほとんど史実として語っている事、「出雲大族に擁せられ」た大国主の役割を重視しているところに特徴がある。「古事記の歌」（『女学世界』一九一〇・八）では、「其頃の日本の版図は本島の外に支那の南海岸（閩虫越、今の福建省地方）から朝鮮の南海岸一帯に亘」っており、「之を統轄するのは天孫人種の総本家であるところの最高の文明貴族天御中主尊《あめのみかぬしのみこと》の嫡統」だったという。しかし、実際には、「同じ皇統であり乍ら素戔嗚尊《すさのをのみこと》は朝鮮在住の天孫人種に擁せられて分裂し大国主尊は朝鮮を後援としたる出雲（のみならず、山陰、山陽、紀伊に及べる）大族に擁せられて分裂」していたという。それが、「祖父伊弉諾尊《いざなぎのみこと》、父素戔嗚尊の英邁進取の気禀を享けられた大国主尊」によって、「朝鮮を後援として領域の広い優勢な出雲政府」から「高天が原朝廷」への国譲りがなされたとされるのである。掲載誌の『女学世界』は、晶子の文章の末尾に「日本文壇の誇りであるこの一大天才の女史が茫邈《ぼうはう》として諸説混沌たる我が古代史に向いて明快なる断案を下して、快刀一揮、本居平田の古学者は勿論、現代の諸博士も欧州の東洋学者も未だ言ひ得ざるところの或者を説破したのは当面の一大快事である」との文章をあえて付している。ともあれ、晶子の中で神話がほとんど現実のものとしてあったようだ。晶子にとって韓国併合はまさに神話的世界の再現だったのである。

啄木が「地図の上朝鮮国にくろぐろと墨を塗りつ、秋風を聴く」（『創作』一九一〇・一〇）と詠んでいたことと比べると、その違いは明らかである。韓国併合に疑念を投げかけた啄木と、手放しで祝賀を述べた晶子の歌は、日露戦争時の姿勢とは反転しているのである。[13]

ただし、ここで注意が必要なのは、晶子がどのような内実をこめて「五箇条の御誓文、憲法、教育勅語」を持ち出しているかということである。与謝野晶子の評論を読むと、生涯にわたって、「教育勅語」を評価する言葉が出てくる。その用例をみると、むしろ、そこに進歩的な意義を見いだしており、〈古いもの〉に対する批判の武器としていることに気づく。

例えば、当時、陸軍軍医であった藤井善一と東京音楽学校（現在の東京芸術大学）助教授で、声楽家でもあった妻環（離婚して三浦環）の離婚問題が話題になり、女子音楽学校の校長である山田源一郎が「既に一個の家庭を持つた以上は矢張り夫唱婦和で無ければ成立つて行かぬであらう」と述べたことに対して、晶子は、「山田氏などの教育家の御説が正しいものならば、教育勅語にも『夫唱婦和し』と仰せらるべき筈です」（「藤井女史の離婚問題其他」『東京二六新聞』一九〇九・四・八、九）。と批判している。確かに「教育勅語」の文言は「夫唱婦和し」ではなく、「夫婦相和し」である。この点に関しては、「勅語」の作成過程でも論議になったようだが、晶子は、「夫婦相和し」という言葉を、新しい夫婦関係を示すものとして積極的にとらえた(14)。

晶子の「教育勅語」に対する評価は、その点のみにとどまらない。

忠君愛国主義の道徳には立派な教育勅語がある以上、別に不祥な武士道などを借る必要は無い。教育勅語は王道であり併せて民道である。

（「雑記帳」『女学世界』一九一〇・五）

自分は「之を中外に施して悖《もと》らず」と仰せられた教育勅語を世界の文明の大理想だと考へてゐる。倫理の上思想の上に日本西洋の区別や偏執の無いのが教育勅語の御趣旨である。

（「雨の半日」『早稲田文学』一九一〇・一一）

私は媾和条約に現はれたやうな思想が到底明治天皇の「教育勅語」の道徳と一致するものとは考へられません。世界はすべて濁るとも、日本だけは独り高く浄まりたいと思ひます。

（「最近の感想」『横浜貿易新報』一九一九・五・二五、『激動の中を行く』収録、「非人道的な媾和条件」と改題）

教育勅語は暴力を許容せず、国法の重んずべきことが示されてゐる。教育勅語に背馳する暴力行為を敢てすることほど皇室の思召に背く悪業はない。

（「暴力と無産者」『横浜貿易新報』一九二九・三・一〇）

以上のように、晶子の理想とする「教育勅語」は、武士道と対置されたり、「世界の文明の理想」と目されたりする。こうした「教育勅語」観は、「ひらきぶみ」で、「私が君死に給ふこと勿れと歌ひ候こと、桂月様太相《たいそう》危険なる思想と仰せられ候へど、当節のやうに死ねよ〱と申し候こと、又なにごとにも忠君愛国などの文字や、畏おほき教育御勅語などを引きて論ずることの流行は、この方却て危険と申すものに候はずや」という発言の延長線上にあった。晶子にとって、「教育勅語」は進歩主義的な思想だったのである。

右に挙げた「最近の感想」は、第一次世界大戦後のパリ講和会議におけるドイツに対する過大な賠償に対して言及したもので、「個人的の利己主義を排し、刑法上の報復主義を抛ちつゝある今日、我々は国民の名に於て、他の国民に対して残忍非道なる利己主義と復讐主義とを施して好いでせうか。それが英米及び仏蘭西の謂ゆる『正義』其物でせうか」と問いかけた文章に続くものである。パリ講和条約に関しては、日本政府提出の人種差別撤廃に関する条約が否決されたことに対して、「自ら責めよ」（『横浜貿易新報』一九一九・四・一七）の中で、「この提議の失敗を機会に、日本人は自分自身の従来の行為が余りに差別的である事を反省せねばなりません」、「日本人が朝鮮人や台湾人に対する軍人流の施設は、あれが一視同仁平等的待遇と云はれるでせうか」と書いていることが注目される。これは、「人種差別待遇の一日も早く撤去せられんことを、何人《なんびと》よりも強く主張したい」と願いながら、「わが国民の実際に行いつつある所を見て、忸怩として、これを口にし得ぬことを残念に堪えぬ」(「人種的差別撤廃要求の前に」『東洋経済新報』一九一九・二・一五)と書いた自由主義者石橋湛山と共通の認識である。ただし、湛山が、三一独立運動に際して、「衷心から日本の属国たるを喜ぶ鮮人はおそらく一人もなかろう」(「鮮人暴動に対する理解」『東洋経済新報』一九一九・五・一五)と書き、その後、「一切を棄つる覚悟」(『東洋経済新報』一九二一・七・二三)や「大日本主義の幻想」『東洋経済新報』一九二一・七・三〇、八・六、一三)で、植民地放棄の言説を展開したのに対し、晶子の論理は、植民地を前提としたうえでの「一視同仁平等的待遇」を求めるものだった。このような論理が〈帝国主義〉に反転する危険性をもっていたことは言うまでもない。一九三〇年代に「明治大帝の教育勅語は世界唯一の聖書であり、未来永劫に亘って世界人類の師表となるべきものである」(「皇道は展開す」『横浜貿易新報』一九三二・一〇・二)と書いた晶子が、その後の時代の波に呑まれていったことも銘記すべきであろう。

四

さて、先を急ぎ過ぎたが、大逆事件や韓国併合の年である一九一〇年前後の啄木と晶子の評論活動の展開について、言論の弾圧に対する両者の批判、〈国家〉観、変革の担い手という点について見ていきたい。この時期、啄木は、田中王堂のプラグマティズムや社会主義の影響を受けつつ旺盛な評論活動を展開し、晶子も女性論をはじめとする旺盛な評論活動を開始していた。

大逆事件が、当時の社会主義者・無政府主義者を弾圧したにとどまらず、国民全体の言論の自由の弾圧を伴い、人権に対する大きな抑圧となっていったことは言うまでもない。

啄木の大逆事件に対する姿勢に関しては、周知の通り、「時代閉塞の現状」(一九一〇・八下旬頃)、「所謂今度の事」(一九一〇・六〜七頃)といういずれも生前は発表されなかった評論があるほか、事件そのものの記録を残そうとした「日本無政府主義者隠謀事件経過及び附帯現象」や「A LETTER FROM PRISON」などに表されている。それらが公表できるものではなかったことについて、晩年のエッセイである「平信」(一九一一・一一稿)では、妻節子に対して、「俺はもう書く事なんか止さう、俺の頭にある考へはみんな書く事の出来ない考へばかりだ。書いて書けない事はないが、書いたつて発表する事が出来ない」と悲痛に語る啄木自身の姿が描かれている。

一方、晶子は、「婦人と思想」(『太陽』一九一一・一)で次のような批判を展開している。

専制時代、神権万能時代にあつては、我々は少数の先覚者や権力者に屈従し其命令の儘に器械の如く働けばよかつたのであるが、思想言論の自由を許されたる今日に、各個の人が自己の権利を正当に使用しないのは文明人の心掛に背いたことである。

近頃聞く所に由ると、社会主義者の中に或る大逆罪の犯人を発見するに及んで、政府の高官等は慌てゝ欧州の書籍を研究し、初めて社会主義と無政府主義との区別を知つたと云ふ事である。(中略)わたしは然う云ふ保守頑冥な階級に対しては唯困つたものだと思ふのみで最早どうしようと云ふ見込も考も無いが、願くは新しい思想を尊び新しい活動を実現しようとする進歩主義の人々の驥尾に従ひ、胸の鼓動を其れ等の人々の調子と一つに揃へて、意義ある自分の生活を続けたいと思つてゐる。

一つめの文章は、いままさに、大逆事件で捕まえられた社会主義者たちが冤罪で死刑にされようとしている時点で、政府に対する強烈な皮肉を投げかけたものである。

二つめの文章では、社会主義と無政府主義との区別も理解しないで弾圧に及んだ政府を批判したものだが、社会主義と無政府主義の区別については、「日本無政府主義者隠謀事件経過及び附帯現象」の「六月二十一日」の項目に次のように書いていることが注目される。

本件は最初社会主義者の隠謀と称せられ、やがて東京朝日新聞、読売新聞等二三の新聞によりて、時にその本来の意味に、時に社会主義と同義に、時に社会主義中の過激なる分子てふ意味に於て無政府主義なる語用ゐらるるに至り、後検事総長の発表したる本件犯罪摘要によりて無政府共産主義の名初めて知られたりと雖も、社会主義、無政府主義の二語の全く没常識的に混用せられ、乱用せられたること、延いて本件の最後に至れり。

右のように、啄木は、社会主義、無政府主義の語の混用は、事件の最後まで続いていたと指摘している。この記録を書いたのは、一九一一年一月の下旬のことだが、近藤典彦の指摘通り[15]、「所謂今度の事」執筆時には、既に久津見蕨村の『無政府主義』（平民書房、一九〇六・一一）も読んでおり、社会主義と無政府主義の区別については早くから自覚的だった。

一方、晶子にも、「時代閉塞の現状」執筆より前、『女学世界』の明治四三（一九一〇）年八月号掲載の「雑記帳」に次のように書いている。

次の声、わたし共も貴方に支配せられて貴方の子だの奴隷だので通ツた時代もありました。あの時代のわたし共と云ツたら従順でなくてはなりませなんだのね。只今は何れ丈幸福でせう。誰にも属せずに、てんでに自分で生きてゐるんですもの。貴方の御支配なすツた頃は、国家と個人、貴族と平民、教会と信者、親と子、男と女、主人と奴隷、労作と快楽、是等の懸隔が大層厳しかツたものですが。

初の声、その様な事を聞くと身慄《みぶるひ》がする。お前さんも無理想主義や無神論、非愛国などを考へてゐなさるのぢやらう。

次の声、迷惑な事を被仰《おつしや》います。神様、貴方は総ての古い物を代表して入らしツた丈あツて、以前何処やらの未開国の官憲や教育者が遣ツた口吻を其儘お出しに成りますのね。貴方は、まだ無の字だの非の字だのを蝮の様に怖れて入らツしやるの。可笑しいぢやありませんか。其未開国では文明国の新しい思潮が這入ツてから初めて万事の上に懐疑が起り破壊思想が生じた様に慌てだして大層危険がりましたのね。役に立たなくなツた古い物を排斥する。害のある旧びた因襲を破壊する。さう云ふ事は永い歴史の上で屢《しばしば》繰返された事ですわ。無の字は歓迎するとも怖れるべき物では無いのです。（傍線――引用者）

「初の声」は、「次の声」によって、「神様」と呼ばれているが、まさしく当時の「オーソリティ」といったものを指していると言ってよい。「次の声」は、未来から来た存在として描かれ、現代の社会を批判するのである。ここで「無の字は歓迎するとも怖れるべき物では無いのです」とあえて書いていることは、無理想主義や無神論だけでなく、「無政府主義」も含めて考えることができるのではないか。この時期に「無政府主義」という言葉をあからさまに使用することがは憚られたことはいうまでもない。そして、この文章には、「次の声」の発言として、「個人主義、社会主義、自然主義、何々主義、そんな事は以前何処かの半開国で少時《しばらく》の間流行した翻訳語ですよ」という言葉もあり（「半開国」が日本である事はいうまでもない）、明確に書かれているわけではないが、晶子の理解の中で両者が区別されていた事は注目されよう。

この時期、与謝野寛は、新宮の牧師である沖野岩三郎の依頼で、大逆事件の被告となった崎久保誓一と高木顕明の弁護人として平出修を推薦している。[16] そのことは当然、晶子も知っていたことだろう。寛の回想には次のように書かれている。

当時大逆事件で幸徳秋水外諸氏が死刑や無期懲役に処せられた不祥事があつた。日本人の総べてが此事件に由つて覚醒する所があつた。併しまだ其頃は裁判官も弁護士も社会主義、無政府主義、虚無主義の区別さへ知らない時代であつたから、花井卓蔵博士までが幸徳氏等の裁判の弁護に当惑せられた。私は間接直接に知つてゐる二三の被告のために、弁護士である平出君を弁護に頼んだが、研究心に富んだ平出君は私に伴はれて行つて一週間ほど毎夜鷗外先生から無政府主義と社会主義の講義を秘密に聞くのであつた。

（「啄木君の思い出」改造社版『石川啄木全集』月報　一九二八・一一、一二、一九二九・一）[17]

被告の一人である崎久保誓一の妹から平出修へあてた手紙（一九一〇・八・三）があることから、寛の依頼は七月末頃と思われる。寛と晶子が、平出修に弁護を頼む以前に、社会主義、無政府主義の区別をどこまで意識していたかは解らないが、平出修との接触や鷗外の「講義」――鷗外の日記には、一二月一四日に「平出修、与謝野寛に晩餐を饗す」とあるのみだが、講義はそれ以前だったか[18]――を通じて、先に見た「婦人と思想」で書かれているとおり、社会主義と無政府主義の区別に無頓着な報道や裁判関係者、政府に対して批判的な見解を形成していったように思われる。

なお、『女学世界』の明治四三（一九一〇）年五月号掲載の「雑記帳」には、晶子の「気の利いた、而して酔興な内務大臣が一人位現れて一切発売禁止を廃める様な果断な放任主義を取つたなら、屹度三日大臣で罷めさせられるには決つてゐるけれど、其人の名は不朽であらう」と書いており、言論の抑圧に対する批判的な言及は、大逆事件以前からのものであることがわかる。[19] 遡るなら、晶子たちは『明星』の発禁処分をはじめ、言論・表現の抑圧を蒙ってきているのである。晶子にとって、大逆事件は「思想言論の自由」を守るための活動においてもその重要な一環をなすものだった。

五

ところで、大逆事件による死刑執行が行われたあと、啄木は、慢性腹膜炎のため入院している。そのときに見た夢を「郁雨に与ふ」（『函館日日新聞』一九一一・二・二〇〜二二、二四〜二七、三・七）の中に記している。

ひとつめの夢は、大勢の巡査が、啄木をアイヌの顔をしたような神様のところへ引き立てて行くところからはじまる。そこで、啄木は神様と涙を流しながら議論をする、神様は理窟をこねる啄木の頭を撫でながら「もうよし〳〵」と言う。啄木は、「私の求むるものは合理的生活であります。ただ理性のみひとり命令権を有する所の生活であります」、こう繰り返して言っていたという。

巡査に引き立てられるのは、大逆事件に対峙した啄木が、幸徳秋水らと自分を重ね合わせたものであろう。現実の世界では言論を封じられていることを強く意識している啄木が、神様の前ではばかることなく、自分の願い・感情を解放することが出来たと言えようか。

また、啄木は自分がナポレオンであった夢も見る。白い馬に乗って、病院の前へ引かれて来ると、そこで、馬から降ろされ、一室に連れていかれる。ここで、「今すぐ死刑をやりますから少し待つてゐて下さい」と言われるが、啄木は急に死ぬのがいやになって、逃げようとする。が、その機会を逃してしまう。そうすると、いつのまにか啄木はナポレオンの服装から入院以来着ている寝巻の姿になっていた。「君、ナポレオンが死ぬのをいやがつたり、逃げ出さうと思つた所が、いかにも人間らしくて面白いではないか」と啄木は言う。

ここで、死刑を宣告されるのも、前述の感情と同じものであろう。大逆事件で殺された死刑囚と自分とをやはり重ね合わせているのである。そして、ナポレオンの夢は、啄木の中の英雄願望の残滓であろう。しかし、いまやナポレオン（＝啄木）もまたひとりの人間として弱さをさらけだすのである。

啄木は、夢を語ることを通じて、自分の意識の深層に横たわるものが何であるかを見定めようとした。「郁雨に与ふ」一編は、自己と自己をとりまく現実の閉塞感に逼迫され、泣いたり、逃げだしたりする啄木と、そうした〈弱さ〉をみつめ、語ろうとする啄木という二つの面を知らせてくれる。

同じ頃、晶子も出産のため、入院していた。四女宇智子の出産のときのことである。双生児であったが、一児は死産となり、母胎も危険に曝された。産後に見た幻覚のような夢について、晶子は次のように書いている。

> 漸く産後の痛みが治ツたので、うと〳〵と眠らうとして見たが、目を瞑ると種々の厭な幻覚に襲はれて、此正月に大逆罪で死刑になツた、自分の逢ツた事もない大石誠之助さんの柩などが枕許に並ぶ。目を開けると直ぐ消えて仕舞ふ。疲れ切ツて居る体は眠くて堪らないけれど、強ひて目を瞑ると、死んだ赤ん坊らしいものが繊い指で頻に目蓋を剝かうとする。止むを得ず我慢をして目を開けて居ることが又一昼夜ほど続いた。斯んな厭な幻覚を見たのは初めてである。わたしの今度の疲労は一通で無かツた。
>
> （「雑記帳――産褥での雑感」『女学世界』一九一一・四）

「産屋なるわが枕辺に白く立つ大逆囚の十二の柩」（『青海波』有朋館、一九一二・一）という歌の背景となる「夢」

について綴った文章である。晶子の枕元に大逆事件の死刑囚があらわれるという発想の中には、晶子の歌集『佐保姫』（日吉丸書房、一九〇九・五）を差し入れてほしいと願った管野スガの願いに応えられなかった後悔の念もあるだろうが、言論思想の弾圧に対する批判を試みる一方で、実存的な部分で怖れを抱えている晶子の姿が描かれている。(20)

啄木と晶子は、大逆事件にかかわる夢を見、夢を文章として再現することによって、大逆事件を起こした「強権」下に生きる自らの姿をみつめていたのである。

六

次に、両者の〈国家〉観について見てみたい。啄木は、「時代閉塞の現状」において、次のように非常に厳しい批判を展開した。

斯くて今や我々青年は、此自滅の状態から脱出する為に、遂に其「敵」の存在を意識しなければならぬ時期に到達してゐるのである。それは我々の希望や乃至其他の理由によるのではない、実に必至である。我々は一斉《せい》に起《た》つて先づ此時代閉塞の現状に宣戦しなければならぬ。自然主義を捨て、盲目的反抗と元禄の回顧とを罷《や》めて全精神を明日の考察――我々自身の時代に対する組織的考察に傾注しなければならぬのである。

啄木は、この評論で、「強権」という言葉を使用して「国家」を厳しく指弾している。そして、その「国家」という「敵」の存在を意識し、「時代に対する組織的考察に傾注」することを「青年」たちに呼びかける。ここにはクロポトキンや幸徳秋水ら無政府主義や社会主義の思想を学んだ跡が窺える。もっとも後に啄木は、「第二十七議会」という著述を書き、「今の議会政治のダメな事を事実によつて論評し議会改造乃ち普通選挙をしようといふのだ」（宮崎郁雨宛、一九一〇・一二・二一）と述べており、議会政治の具体的な問題点を考える志向がないわけではない。しかし、一九一一年二月六日付大島経男宛書簡では、「国家とか何とか一切の現実を承認して、そしてその範囲内に於て自分自身の内外の生活を一生懸命に改善しようといふ風な」「一個の精神的革命」が「実は革命の第一歩に過ぎ」ず、「現在の社会組織、経済組織、家族制度……それらをその儘にしておいて自分だけ一人合理的生活を建設しようといふことは、実験の結果、遂ひに失敗に終らざるを得」なかったと書いていることをはじめ、徹底した「国家」批判の立場を示している印象が強い(21)。

一方、晶子は、「婦人と思想」で厳しい政府批判をする一方で、先述の「女子の独立自営」のような明治の「聖代」を称える文章を書いていた。これまで見てきたように、晶子は、「教育勅語」に進歩的な意義を見いだしていた。一見矛盾しているかのように見えるが、晶子の「思想言論の自由」を擁護する発言と、「明治維新の王政復古と共に、今上陛下は武門政治を初め一切の有害無用な旧習を破壊遊ばし、併せて汎く新智識を世界に求める事を奨め給ひ、学問、技術、言論、信教、出版等有らゆる思想行動の自由を御許しになり、生命、財産等の人権を御保障になツて居ります」という文章を晶子の思想の文脈に即して見るならば、晶子にとってみれば、大逆事件下の思想弾圧が、「聖代の自由なる空気」に悖る所業であったとみなすことができるのである(22)。

『女学世界』明治四三（一九一〇）年七月号の「雑記帳」には「伊藤公の薨去後半年の内に政治の舞台は全く山縣系に帰して仕舞つた。栄華の夢は平家ばかりで無い。いつか亦山縣系にも同様の運命は廻《めぐ》つて来るでせう」という文章があるが、「国家」そのものではなく、「山縣系」への批判として、具体的な「政府」や「政権」の在り方に言及している。

晶子の「新婦人の自覚」（『家庭』一九一一・一）という評論には、次のような文章がある。

私どもの周囲には勿論旧くて役に立たぬ物が多いのですけれど、旧い物が総て不用だとするのは見さかひの無い速断で、随分中には永久に新しい物が交つてるかも知れません。又反対《あべこべ》に私どもが新しいと思つてる物の中に意外に旧い不用な物があるかも知れません。

こうした漸進主義的な改革の姿勢は、同じ評論でイプセンの『人形の家』について、「人形の家を出て行くノラは軽卒《かるはずみ》であり、卑怯であり、不聡明であると思ひます」、「一時の衝動や感情に支配せられて道理に合はない『反抗の態度』を執ると云ふ様な女は、最早旧式な月並な女だと思ふのです」と書いていることにも表れている。以上の姿勢からうかがえるのは、晶子の目指す改革は、「国家」そのものと「政府」ないし「政権」とを区別した上で、漸進的・段階的に、よりよき社会を目指す方向だといえよう。

一方、啄木は、死ぬ数か月の前のエッセイ「病室より」（一九一一・一稿）において、イプセンの「ジョン・ガブリエル・ボルクマン」という作品の中でボルクマンの息子が「I am young」と言ったという言葉を引きながら次のように書いている。

〝I am young〟年若い者と年老つた者との間に、思想の上にも、感情の上にも越え難い溝渠の出来てしまつた時代に於いては、その年若い者の年老つた者に対して言ふべき言葉は、昔も今も、唯この簡単な宣言の外に無い。（中略）

年老つた者は先に死ぬ。老人と青年の戦ひは、何時でも青年の勝になる。さうして新しい時代が来る。

変革の担い手という問題にかかわってくるが、「時代閉塞の現状」をはじめ、啄木の評論には世代論的な発想が強くみられる。同時に、これらの「青年」は、一定の知識層を前提としているようである。(23)これに対応するものとして、晶子は、「老先輩の自覚」(『社会政策』一九一一・六)という文章で次のように書いている。

老人方が青年の心理に通暁して居られない一二例を申しますと、自然主義を目して今猶自由恋愛を主張する物だと解釈を下す方々の有る事などは、青年に於て余りに無根拠な臆断に惘《あき》れて居ります。又全国の青年は彼の大逆事件の発生を一斉に官僚政治の余弊だとして痛憤して居りますのに、老人方が一般の青年に対して危険思想を取締らうと御配慮なされる事なども、青年に取つて実に意外に感じる所なのです。今の青年には断じて其様な危険思想の憂はありません。

二六歳で亡くなった啄木が変革に対して、青年らしい、ある種急進的な志向を抱いていたのに対し、晶子は、〈大人〉の立場から、知識的青年層を見守っていたようである。

ところで、啄木の世代論的な認識に、階層やジェンダーの問題がまったく意識されていないわけではない。後者についていえば、「時代閉塞の現状」の「実に彼《か》の日本の総ての女子が、明治新社会の形成を全く男子の手に委ねた結果として、過去四十年の間一《いつ》に男子の奴隷として規定、訓練され(法規の上にも、教育の上にも、将又《はたまた》実際の家庭の上にも)、しかもそれに満足――少くともそれに抗弁する理由を知らずにゐる如く、我々青年も亦同じ理由によつて、総て国家に就いての問題に於ては(それは今日の問題であらうと、我々自身の時代たる明日の問題であらうと)、全く父兄の手に一任してゐるのである」という箇所があり、こうした問題意識は、確かな理由もなく女子大学への入学を考えている知人の娘の話を聞かされた啄木が、「女！　女！　私は今日の女の状態について考へる毎に、何が無しに周囲が見る〳〵暗くなつて行くやうな気がする」と感想を漏らした「知己の娘」（『ムラサキ』一九一〇・九）や、啄木の未完の詩集『呼子と口笛』の「書斎の午後」へと接続して行くものだろう。

われはこの国の女を好まず。

読みさしの舶来の本の
手ざはりあらき紙の上に、
あやまちて零したる葡萄酒の
なかなかに浸みてゆかぬかなしみ。

われはこの国の女を好まず。

晶子自身は啄木のこの詩を詠まなかっただろうが、この詩が制作されてまもなく発表された有名な「そゞろごと」（『青鞜』一九一一・九）は、啄木の詩への〈応答〉であるかのようだ。

山の動く日来る。
かく云へども人われを信ぜじ。
山は姑《しばら》く眠りしのみ。
その昔に於て

山は皆火に燃えて動きしものを。
されど、そは信ぜずともよし。
人よ、ああ、唯これを信ぜよ。
すべて眠りし女《をなご》今ぞ目覚めて動くなる。

「山の動く日来る」という冒頭の一節が強調されて理解されているきらいがあるが、晶子の詩はそれを強い願望として語っている事にも注意すべきであろう。『青鞜』の創刊時、平塚らいてうが晶子を訪ねたとき、「女は駄目だということ、女は男におよばないということを繰り返し話」したというが(24)、そこには、晶子の当時の女性の現状に対する厳しい現実認識があった。「婦人と思想」(前掲)には次のような一節がある。

考へるといふ事は保守主義者の憂惧する所と反対の結果を来して甚しく倫理的な人格が出来上るのである。わたしは斯う云ふ自信の上から一般の婦人に思想と云ふ事を奨めたい。我等婦人は久しく考へると云ふ能力を抛棄してゐた。頭脳の無い、手足ばかり口ばかりの女であつた。手足の労働に於ては都会の婦人の一部を除く外、今日も猶男子を凌いで重い苦しい負担を果してゐる。山へ行つても、海岸へ行つても、市街の各工場を覗いても、最も低額な報酬を受けつゝ最も苦痛の多い労役に服してゐるのは婦人である。其れに拘らず男子より軽侮せられ従属者を以て冷遇されてゐるのは、唯手足のみを器械的に働かして頭脳を働かさないからである。さう云ふ下層の労役に服してゐる婦人は姑く措くとするも、明治の教育を受けたと云ふ中流婦人の多数が矢張首なし女である。何等の思想をも持たないのである。

晶子は、下層階級の女性を意識していないわけではない。彼女らが、〈労働〉に埋没せざるをえない厳しい現状を見据えつつ、まず「中流婦人」のありようを問題にする。「婦人と思想」の冒頭、

行ふと云ふこと、働くと云ふことは器械的である。従属的である。其れ自身に価値を有つてゐない事である。わたしは人に於て最も貴いものは想ふこと、考へることであると信じてゐる。想ふことは最も自由であり又最も楽しい事である。又最も賢く優れた事である。想ふと云ふ能力に由つて人は理解もし、設計もし、創造もし、批判もし、反省もし、統一もする。想うて行へばこそ初めて行ふこと働くことに意義や価値が生ずるのである。

と書いているが、ここでは特に中流階級の女性の覚醒を促すかたちで述べているのである。こうしたところにも、まず手をつけられるところから始めるという晶子の現実的な姿勢を見ることができる。

なお、啄木は、「時代閉塞の現状」では、知識的青年を念頭に置きつつ論を展開しているのに対し、歌集『一握の砂』では、幅広い階層の人々を詠みこんでいる。

かの旅の汽車の車掌が／ゆくりなくも／我が中学の友なりしかな
田も畑も売りて酒のみ／ほろびゆくふるさと人に／心寄する日
うすのろの兄と／不具《かたは》の父もてる三太はかなし／夜も書読《ふみよ》む
意地悪の大工の子などもかなしかり／戦《いくさ》に出でしが／生きてかへらず
あをじろき頬に涙を光らせて／死をば語りき／若き商人《あきびと》
うたふごと駅の名呼びし／柔和なる／若き駅夫の眼をも忘れず

若しあらば煙草恵めと／寄りて来る／あとなし人と深夜に語る

むらさきの袖垂れて／空を見上げゐる支那人ありき／公園の午後

いずれも、「時代閉塞の現状」執筆後、歌集編纂段階に制作された歌である。「平民の中へ行きたい」（一九一一・一・一二日記）、「人民の中に行きたい」（小田島理平治宛書簡、一九一一・二・一四）という発言は、なお知識的青年層優位の変革主体論があるとはいえ、より幅広い視点で考えるようになったことを示したものと言えよう。

七

以上見てきたように、与謝野晶子は、〈天皇制〉という枠組みは疑っておらず、それが現状に対する無際限の肯定につながっていくという弱点もあるが(25)、その枠組みの中でも漸進的に改良を重ねていくという方向は、啄木が、「国家」批判を打ち出してかえって窮屈になっていく点と好対照をなしている。そういう意味では、啄木と晶子の視点は、当時の時代状況に対する批判を相互に補っている面もあるのではないか。

晶子の文章に次のようなものがある。

極端な急進家が極端な保守家になる例《ためし》は多い。極端な保守家が極端な急進家になる例は少い。稀に極端な急進家が保守家の仮面を着《つけ》て居ることがある。最も多いのは曖昧な保守家が急進家の仮面を着て居ること。

（「雑記帳」『女学世界』一九一〇・三）

誰を念頭に置いていたかは措くとして、晶子が現実に即しつつ、ひとつひとつ改良の芽を育てていこうとしていたこと、まず中流階級の女性たちの覚醒を促そうとしていたことに改めて注目したい。時に「日本の女はだめだ」と呟くこともあり、また、渡欧後は、「私達は個人として、国民として、世界人としてと云ふ三つの面を持ちながら、其れが一体であると云ふ生活を意識的に実現したい」（「三面一体の生活へ」『太陽』一九一八・一）と述べ、やや性急に個人・国民・世界人の一体化を志向していたこともあるが、根本的な姿勢は、あまり変わらなかったのではないか。それが、昭和に入って、〈現実主義の陥穽〉というべきものに陥ってしまった。その触媒となったのが、晶子の〈皇室主義〉ではないかと思われるが、当時の時代状況と照らし合わせて検証すべき問題であろう。

啄木は若くして亡くなってしまったので、もしも、という言葉で語ることは危険だが、晶子が〈現実主義の陥穽〉にはまってしまったことを考えると、啄木の根本的な批判は重要である。とはいえ、「極端な急進家が極端な保守家になる例」は、昭和も含め、さまざまな例がある。

したがって、晶子と啄木のそれぞれにある現実主義と理想主義とを照らし出しつつ、具体的な歴史的状況とつき合わせながら、その評論や思想を評価することが必要であろう。そのなかで、啄木が、〈国家〉――「強権」批判にすすむ以前の、次の発想を見ておきたい。この言葉は、晶子と啄木の思考の中に共通して見られたものではないか。

遠い理想のみを持つて自ら現在の生活を直視することの出来ぬ人は哀れな人です、然し現実に面相接して、其処に一切の人間の可能性を忘却する人も亦憐な人でなければなりません、（中略）人生――狭く言つて現実といふものは、決して固定したものではない、随つて人間の理想といふものも固定したものではない、我々は時々刻々自分の生活（内外の）を豊富にし拡張し、然して常にそれを統一し、徹底し、改善してゆくべきでは

ないでせうか、

（大島経男宛書簡、一九一〇・一・九）

晶子は、先に挙げた「雑記帳」（『女学世界』一九一〇・八）の中で、「個人主義、社会主義、自然主義」等を「翻訳語」として、「今のわたし共と何の交渉の無い」ものとし、そのうえで、「『人』としてのわたしの生存を続ける為に適当で、必要で、愉快である事なら、どの様な事でも採用しやうと思ツてゐます」と書いている。ここには、人間主体のプラグマティックな思想をみることができるが、啄木が、明治のプラグマティスト田中王堂の影響を受けていること、「時代閉塞の現状」における「必要」概念にもそれが投影されていることを考えると、両者の批評の拠点の近さを指摘できるように思われる。

大逆事件以後、社会主義思想に傾倒していった啄木と明治時代の啓蒙主義的な理念を信じた晶子とは、拠って立つところは必ずしも一致しないが、両者ともに、言論弾圧に対する批判をはじめとして、〈個人〉の自由を基礎とした思想を展開した。両者の思想は、交錯したり、離間したりしながらも、明治大正期のデモクラットとしての思想の一部を形成していたといえるのではないか。

注

（1）今井泰子『石川啄木論』（塙書房、一九七四・四）五五〜八八頁。

（2）拙稿「与謝野晶子『みだれ髪』を読む—『道を説く君』とは誰か—」（神戸山手女子短大『山手国文論攷』一九九九・三）。

（3）前掲今井泰子『石川啄木論』のほか、今野寿美「『不如意な〈われ〉』の造型—『一握の砂』が『みだれ髪』から摂取したもの—」（台湾啄木学会編『漂泊過海的啄木論述』二〇〇三・七）、太田登「『みだれ髪』から『一握の砂』への表現論的意味—〈自己像〉の表出をめぐって—」（『日本近代短歌史の構築』八木書店、二〇〇六・四）参照。

（4）「君死にたまふこと勿れ」論争の詳細については、拙稿「与謝野晶子『君死にたまふこと勿れ』論争の周辺―〈私情〉のゆくえ―」（立命館大学日本文学会『論究日本文学』二〇一二・五）を参照。

（5）「与謝野晶子と石川啄木」というテーマの論考として、注3に挙げた文献のほかに、『啄木研究』第三号（洋々社、一九七八・四）収録の、平岡敏夫「啄木と晶子―『君死にたまふこと勿れ』の周辺―」、逸見久美「啄木の書簡・日記からみた鉄幹・晶子」、入江春行「晶子そのままと晶子ばなれ」（後、加筆して「啄木の晶子志向」『晶子の周辺』洋々社、一九八一・三）などのほか、目良卓「晶子と啄木」（『国文学解釈と鑑賞』一九八五・二）、田中礼「晶子と啄木」（『啄木とその周辺』洋々社、二〇一一・一〇）などがある。

（6）岩崎紀美子「詩『君死にたまふこと勿れ』成立に関する試論――『東京朝日新聞』版トルストイ『日露戦争論』を資料として」（奈良女子大学国語国文学会『叙説』二〇〇〇・一二）。

（7）今野寿美『24のキーワードで読む与謝野晶子』（本阿弥書店、二〇〇五・四）二四八頁。

（8）日露戦争及びトルストイの「日露戦争論」をめぐる晶子と啄木の関わりに関する論考に、太田登「日露戦争における文学イメージ―与謝野晶子と石川啄木」（『台大日本語文研究』二〇一三・一二）がある。

（9）上田博『石川啄木の文学』（桜楓社、一九八七・四）一六頁。

（10）植垣節也校注・訳『日本古典文学全集5　風土記』（小学館、一九九七・一〇、一三五～一三七頁）によって、該当箇所を記す。

所㆔以号㆓意宇㆒者、国引坐八束水臣津野命詔、「八雲立出雲国者、狭布之稚国在哉。初国小所㆑作。故、将㆓作縫㆒」詔而、「栲衾志羅紀乃三埼矣、国之余有耶見者、国之余有」詔而、童女胸鉏所㆑取而、大魚之支太衝別而、波多須々支穂振別而、三身之綱打挂而、霜黒葛闇々耶々尓、河船之毛々曽々呂々尓、国々来々引来縫国者、自去㆓豆乃折絶㆒而、八穂尓支豆支乃御埼。以㆑此而、堅立加志者、石見国与㆓出雲国㆒之堺有、名佐比売山。是也。

意宇《おう》と号《なづ》くる所以《ゆゑ》は、国引《くにひ》き坐《ま》しし八束水臣津野《やつかみずおみづの》の命《みこと》、詔《の》りたまひしく、「八雲立つ出雲の国は、狭布《さぬの》の稚国《わかくに》なるかも。初国《はつくに》小《ちひ》さく作らせり。故《か》れ、作り縫はむ」と詔りたまひて、「栲衾《たくぶすま》 志羅紀《しらき》の三埼《みさき》を、国の余りありやと見れば、国の余りあり」と詔りたまひて、童女《をとめ》の胸鉏《むなすき》取らして、大魚《おふを》の支太衝《きだつ》き別けて、波多須々支穂振《はたすすきほふ》り別けて、三身《みつみ》の綱《つな》打《う》ち挂《か》けて、霜黒葛闇《しもつづらくる》や闇《くる》やに、河船《かはふね》の毛曽呂毛曽呂《もそろもそろ》に、国来国来《くにこくにこ》と引《ひ》き来縫《きぬ》へる国は、去豆《こづ》の折絶《おりたえ》よりして、八穂尓支豆支《やほにきづき》の御埼《みさき》なり。此《か》くて、堅《かた》め立てし加志《かし》は、石見《いはみ》の国と出雲の国との堺なる、名は左比売山《さひめやま》、是《これ》なり。

(11)　三ツ井崇「近代アカデミズム史学のなかの『日祖同祖論』—韓国併合前後を中心に—」(『朝鮮史研究会論文集』二〇〇四・一〇)。

(12)　黒板勝美『国史の研究—全—』(文会堂書店、一九〇八・三) 二四〇頁。

(13)　もちろん、植民地主義批判の本格的な展開は、大正期の吉野作造や石橋湛山らの評論まで待たなければならなかったことを考えると、これらの歌を以て啄木と晶子に優劣をつけることはできない。作品の社会的・歴史的評価を単純に現在の尺度からのみで測ることは慎むべきだろう。

(14)　山住正巳『教育勅語』(朝日新聞社、一九八〇・三) 一四六〜一六五頁。

(15)　近藤典彦『国家を撃つ者』(同時代社、一九八九・五) 一九六、二〇三、二〇四頁。なお、近藤の指摘以前に荻野富士夫も「所謂今度の事」と久津見蕨村の『無政府主義』との関連を指摘しているが、「所謂今度の事」の執筆時期を一九一〇年一〇月頃としている(『初期社会主義研究』不二出版、一九九三・一一、初出は『啄木研究』第三号、洋々社、一九七八・四)。

(16)　森長英三郎『禄亭大石誠之助』(岩波書店、一九七七・一〇) 二一五頁。

(17)　岩城之徳編『回想の石川啄木』一九六七・六) に収録。

(18)　中村文雄は、鷗外と平出修との接触を一二月一四日の夜の数時間とし、平出彬は十月後半の約一週間としているのに対し、篠原義彦は、遠藤誠治の鷗外の「ファスチエス」のモチーフに平出修との接触があったのではないかという考察(「一つの手斧——鷗外・樗牛におけるハイネ・序説」『鷗外』第四三号、一九八八・七) 等を踏まえて、平出修と鷗外の接触は、一九一〇年の夏以来のことであったとしている(「平出修と森鷗外——明治四十三年十二月の問題——」、平出修研究会編『大逆事件に挑んだロマンチスト　平出修の位相』同時代社、一九九五・四)。与謝野寛の回想も併せて考えると、その可能性は高いと思われる。

(19)　一九〇九年作の次のような歌もある(『東京毎日新聞』一九〇九・一〇・一五)。

英太郎東助と云ふ大臣は文学を知らずあはれなるかな

　新しき荷風の筆のものがたり馬券の如く禁《とが》らめ《ママ》れにき

なお、香内信子「一九〇九年――文芸の取締について、平出修と晶子の対応」(『与謝野晶子　さまざまな道程』一穂社、二〇〇五・八)参照。

(20) 管野スガと晶子のエピソードについては、香内信子「与謝野晶子と大逆事件周辺―明治終末期における晶子の思想的変容―」(『社会文学』一九八八・七)参照。

(21) 同じ書簡で、「『第二十七議会』といふ本を書いて議会無用論――改造論を唱へてやりたいと考へた」(傍点―引用者)と書いている。

(22) 与謝野寛も大逆事件の公判開始の決定文で大石誠之助の判決に対して「想ふに官憲の審理は公明なる如くにして公明ならず、この聖代に於て不祥の罪名を誣ひて大石君の如き新思想家をも重刑に処せんとするは、野蛮至極と存じ候。この上は至尊の宏徳に訴へて、特赦の一時を待つの外無之候」(佐藤豊太郎宛書簡、一九一〇・一一・一〇)と発言し、天皇と官憲とを分けて考えたうえで、官憲を厳しく批判している。

(23) 本書第二部第四章参照。

(24) 『平塚らいてう自伝　元始、女性は太陽であった①』(大月書店、一九九二・三、三三九頁)。初版は、一九七一年八月刊行。

(25) 啄木と〈天皇制〉の関係については、本書第二部第五章参照。啄木は、〈天皇制イデオロギー〉とそれを支える制度や社会構造の本格的な考察に至る以前に生涯を終えたが、〈天皇制〉の虚構性については、認識していたものと考えられる。

第二章　啄木・漱石・教養派
——ネオ浪漫主義批判をめぐって——

一

石川啄木は、評論「時代閉塞の現状」（一九一〇・八下旬頃）の中で、日清戦後の青年たちの経験を総括し、高山樗牛の個人主義時代、宗教的欲求の時代、純粋自然主義との結合時代という見取り図を示している。このような把握は、直接には、評論執筆のきっかけとなった魚住折蘆の「自己主張の思想としての自然主義」（『東京朝日新聞』一九一〇・八・二二、二三）に桑木厳翼の言葉として、「最近十年間の重なる思潮として、本能主義、ニイチエー主義の鼓吹、宗教的自覚の勃興、自然主義唱道の三つを数へて、何れも自己拡充の精神の発現なりと断ぜられて居る」と書かれている事に拠るものである。『新仏教』（一九一〇・七）に発表された桑木の文章では、「真の我を発見せんとする企図」として「最近何人も注意するのは、自然主義の主張である。それより溯《さかのぼ》りては宗教上の自覚や本能主義、天才主義などが唱えられたことである」と書かれている。折蘆と啄木は、これを改めて、歴史的に位置づけ、現代の課題を導き出すように叙述したのである。もっともこの原型となる把握は、啄木自身に限っていえば、一九〇八（明治四一）年七月六日の日記にも見られる。

金田一君と語つた。明治新思潮の流れといふ事に就いて、矢張時代の自覚の根源は高山樗牛の自覚にあつたと語つた。先覚者、その先覚者は然しまだ確たるものを攫まなかつた。……自分自身の心的閲歴に徴しても明らかである。樗牛に目をさまして、戦つて、敗れて、考へて、泣いて、結果は今の自然主義（広い意味における）！

これに「秋風記　綱島梁川氏を弔ふ」『北門新報』一九〇七・九）をはじめとする綱島梁川への関心の深さを加味するならば[1]、樗牛から宗教熱、自然主義文学と云う見取り図は、啄木の中に受け入れやすい枠組みとしてあったと言っていい。

このような把握は、後に〈大正期教養派[2]〉と呼ばれた青年たちには共有されており、安倍能成の「自己の問題として見たる自然主義的思想」（『ホトトギス』一九一〇・一）は、より詳細に樗牛の浪漫主義時代から梁川に代表される宗教への憧憬の時代、自然主義時代へと跡付けたものである[3][4]。

そのような意味で、啄木の認識は、安倍らと共通する枠組みをもっていたといってよい[5]。それは、ひとつには、同世代であることが大きな意味を持っているだろう。啄木は、一八八六（明治一九）年生まれ[6]、その自殺が旧制高校生に大きな影響を与えた藤村操と同年である。小宮豊隆が前年の一八八五年生まれ、安倍能成、阿部次郎、魚住折蘆は一八八三年生まれ、岩波茂雄や森田草平が一八八一年生まれである。樗牛の美的生活論が論壇を賑わしたのが、一九〇一年のことであり、彼等は十代の後半に樗牛の洗礼を受けたことになる。

しかし、阿部次郎が「朝日文芸欄」に発表した「驚嘆と思慕」（『東京朝日新聞』一九〇九・一二・一〇）に疑義を呈し、折蘆の「自己主張の思想としての自然主義」を批判した啄木と、〈教養派〉の青年たちとは、進んで行く方向は決して同じではなかった。本章では、両者の相違とその位相を、改めて考えてみたい。その際に、〈大正期教養派〉の青年たちにとっては〈先生〉である夏目漱石の文学・思想を〈合わせ鏡〉としたい。漱石を〈合わせ鏡〉として措定するのは、啄木の自然主義批判の位相を、漱石とその門下の言説との対比の中から浮かび上がらせるためである。

二

阿部次郎は、「朝日文芸欄」が創設されてまもない一九〇九（明治四二）年一二月一〇日に「驚嘆と思慕」という評論を発表した。この評論で、阿部は、ワーズワースの詩「虹」を引用するところから文章を書き起こしているが、この詩は、「小児の心」を語る啄木のロマンチシズムの源泉のひとつであった。(7) その意味で、阿部と啄木は共通するものをもっていた。そして、阿部は、次のように、「自然主義の浪漫的要素」を強調したのだった。

新鮮なる心を失ひて新鮮なる心を愛するの念は愈《いよ》〻《〳〵》募り、生命の尊さを沁み〴〵と感ずるのに生命の疲労次第に迫るを覚ゆる生活である。此《か》の如き状態に在りて真正に生きやうとする努力の行き途は、唯驚嘆を思慕する情を強め、驚嘆し得ぬ心を悲しむ哀愁の念を深めて此方面より生命の源に遡《さかのぼ》るより仕方がない。（中略）自然と離れ驚嘆の情を失つた人生の悲惨なる状態を描写して読者の心に或知られざる状態に対する浪漫的なセンチメンタルな思慕を感じさせずには置かない処に自然主義の価値はあるのだと思ふ。（中略）私は自然主義の浪漫的要素を力説したいと思ふ。

これに対して、啄木は、これを「性急なる思想」とみなし、「果して我々には、実にさうするより外に真正に生きる途が無いのであらうか」、「私は現時の自然主義者非自然主義者を通じて大多数の評論家の言議に発見する性急なる思想――出立点から直ぐに結論を生み出し来る没常識を此のなつかしい人の言葉の中にも発見せねばならなかつた事を悲む」と批判したのだった（「巻煙草」『スバル』一九一〇・一）。これが啄木自身の中にもある浪漫主義に対する批判であることは明らかである。また、「性急なる思想」について、啄木は次のようにも書いている。

性急な心は、目的を失つた心である。此山の頂きから彼の山の頂きに行かんとして、当然経ねばならぬところの路を踏まずに、一足飛びに、足を地から離した心である。危い事此上もない。

（「性急な思想」『東京毎日新聞』一九一〇・二・一三～一五）

「当然経ねばならぬところの路」とは、理性による近代生活の研究と解剖、分析ということになる。阿部はこの理性による近代生活の考察を避けて、一気に浪漫主義の頂きへと飛翔しようとしたといえよう。阿部が引用しているワーズワースにしても独歩にしても、かつて啄木が親炙した文学者である。この時期の啄木の彼らへの距離は、同時に当時の啄木と以前の啄木の距離だといってよい。その意味で、啄木の阿部次郎に対する批判は単に外在批評となっておらず、浪漫主義の発生する人生の現実に対してまったく無理解というわけではない。そのことを認識しながら、なお盲目的に感情に身を委ねることを諫めているのである。啄木は、評論「硝子窓」（『新小説』一九一〇・六）においても「何か面白い事は無いか！　それは凡ての人間の心に流れてゐる深い浪漫主義の嘆声だ」と述べつつ、「『何か面白い事は無いか。』さう言つて街々を的もなく探し廻る代りに、私はこれから、『何うしたら面白くなるだらう。』といふ事を、真面目に考へて見たいと思ふ」と書くのである。

さて、以上のような「浪漫的要素」の強調は、阿部次郎だけではない。安倍能成も、「自己の問題として見たる自然主義的思想」（前掲）を「現実は回避すべきものでなく、又回避せられるものでもあるまい。されど与へられたるものは必ずしも求めざる所でない。現実に対する不満は、やがて第一義的なものに対する憧憬とならねば止まい。自然主義に於けるロマンチックの傾向は、我等も等しく力説したいと思ふ」という言葉で締めくくっている。

また、森田草平は、「ポシビリティの文学」（『国民新聞』一九〇九・七・一五、一六）の中で、「吾々は科学の許さぬ荒誕な夢譚《ゆめがたり》に耳を傾けることは出来ない」としつつ、「一応厳重な科学の吟味を経た上で、ポシビリティの範囲内に於て、驚異を求めようとするものである。日常の生活の中に、神秘を求めようとするものである」と書いている。これに対して、啄木は、「暗い穴の中へ」という一九〇九年中に執筆された未定稿で言及している。啄木は、かつての自分の心持として「自分の心の構へ方一つで、随分、世界を新らしくする事が出来さうに思はれ」、森田より「ポシビリテイといふものに対する尊敬の払ひ方が、私の方が一層極端であつた」といい、そこには、『高い処から跳下りる気持』と言つた泡鳴氏に対する、強い同感の念が潜んで」いたという。そして、さらに、「『死』を思つてゐる時間、死ぬと覚悟した人の心持で世の中を見てゐる時間だけ、私は、一切の責任とそれに伴ふ苦痛とを、自分から解除してゐる事が出来た」という。こうした考えは、同じ一九〇九年でも、「一切の文芸は、他の一切のものと同じく、我等にとつては或意味に於て自己及び自己の生活の手段であり方法である」とうたった「弓町より——食ふべき詩」（『東京毎日新聞』一九〇九・一一・三〇、一二・二〜七）や「きれぎれに心に浮んだ感じと回想」（『スバル』一九〇九・一二）以前の啄木自身を表現したものであることがわかる。つまり、森田、阿部、安倍に共感する要素をかつて抱いていたからこそ、彼等への批判が展開されているのである。一九〇九年秋以降の啄木の思想の変化はその分水嶺だった。

なお、明治四三（一九一〇）年一月号の『早稲田文学』が、永井荷風の短篇集『歓楽』（易風社、一九〇九・九）に「推讃之辞」を贈ったことに対して、阿部次郎が「自然主義と十分の聯絡を附することも出来ずに之と反対した傾向の永井氏の小説を推讃するのは、之は諸氏の主張の弛緩と主義の動揺とを示すものであつて宏量でも坦懐でも何でもないと思ふ」（「自ら知らざる自然主義者」『東京朝日新聞』一九一〇・二・六）と批判し、相馬御風、片上天弦らと論争になっている。いわば、ロマンチシズムが「自然主義」的風潮に対して求められるものか、あるいは、「自然主義」の中に求められるかの違いで、ロマンチシズムを求めている点では変わりはない。これに対して、啄木は、後に「時代閉塞の現状」で「新浪漫主義を唱へる人と主観の苦悶を説く自然主義者との心境に何れだけの扞挌《ママ》が有るだらうか。淫売屋から出て来る自然主義者の顔と女郎屋から出て来る芸術至上主義者の顔と、其表れてゐる醜悪の表情に何等かの高下が有るだらうか」と批評を加えている。

三

ところで、啄木は、漱石の『それから』（『東京朝日新聞』『大阪朝日新聞』一九〇九・六・二七～一〇・一四、春陽堂、一九一〇・一）に関する次のような原稿断片を残している。

私は漱石氏の『それから』を毎日社にゐて校正しながら、同じ人の他の作を読んだ時よりも、もつと熱心にあの作に取扱はれてある事柄の成行に注意するやうな経験を持つてゐた。そして私は、「三四郎」を読んだ時にも時々頭を煩はされたやうな、故意《わざ》とらしい叙述の少くなつてゐることを喜んでゐた。（尤もこれは特別の事情の下にきれ〴〵に読んだ為かも知れぬ。）

やがて結末に近づいた。私は色々の理由から『それから』の完結を惜む情があつた。一つは、《以下中断》

『東京朝日新聞』に連載された『それから』が終了したのは一九〇九年一〇月一四日のことであるが、文面からは、ほぼ同時期に書かれたものであることがわかる。断片に終ったのは、この時期が啄木の妻節子が家出をしていた頃と重なることとも関係するかもしれない。いずれにしろ、啄木が、この作品に関心を寄せていたことは事実である。

「時代閉塞の現状」には、父の世代と子の世代を次のように描き出しているが、それはとりもなおさず、『それから』の主人公代助とその父との対立を踏まえているかのようである。

蓋し其論理は、我々の父兄の手に在る間は其国家を保護し、発達さする最重要の武器なるに拘らず、一度我々青年の手に移されるに及んで、全く何人も予期しなかつた結論に到達してゐるのである。「国家は強大でなければならぬ。我々は夫《それ》を阻害すべき何等の理由も有つてゐない。但し我々だけはそれにお手伝するのは御免だ！」これ実に今日比較的教養ある殆ど総ての青年が国家と他人たる境遇に於て有ち得る愛国心の全体ではないか。

啄木がこの評論で主に念頭に置く「明治の青年」は、右のような「比較的教養ある殆ど総ての青年」であり、「父兄の財産を食ひ滅す事と無駄話をする事」を「事業」とする「遊民」であり、ここに〈長井代助〉的なものを見いだす事ができるだろう。「我々自身にとつての『明日』の必要を発見しなければならぬ」と訴える啄木の言葉の背景には、「麺麭《パン》に関係した経験は、切実かも知れないが、要するに劣等だよ。麺麭《パン》を離れ水を離れた贅沢な経験をしなくつちや人間の甲斐はない」といっていた代助が三千代といっしょになることを決意する結末部分で〈社会〉と向き合わねばならなくなっていくこととも重なる。

〈社会〉に出ていくことが、既存の論理や慣習にとらわれることでもあることは、啄木も承知である。

「生活それ自身がワナだ！」さう思ひ到つたとき、僕は急にこの世の中から逃出したかつた、そして遂に逃出すことの出来ないワナだと思つた時から、僕は今迄より強くなつた、所詮のがれる事が出来ないのだから、そのワナにかゝつた振をしてゐて、そして、自分自身といふものをば、決して人に見せない様にするのだ……
（宮崎郁雨宛書簡、一九一〇・三・一三）

一九一〇年の啄木が発見した「意識しての二重生活」とは、「自己一人の問題と、家族関係乃至社交関係に於ける問題とを、常に区別してかゝることだ」（右、宮崎宛書簡）という。言わば、「生活」の為には、〈社会〉の論理に従って生きて行かざるを得ない。そのことを意識し、「検事のやうな冷やかな眼で以て『運命』の面を熟視」（岩崎正宛書簡、一九一〇・六・一三）しようというのである。そして、「時代閉塞の現状」執筆時点では、こうした認識から、さらに「『明日』の必要」への考察をさらに進めているが、「遊民」への言及には、「三十になつて遊民として、のらくらしてゐるのは、如何にも不体裁だな」と父に諫められた代助ら〈高等遊民〉的な青年たちの姿が念頭に置かれてもいたのではないか。

さて、『それから』は一九一〇（明治四三）年一月に春陽堂から刊行されるが、これに対して、安倍能成、小宮豊隆、阿部次郎らが、批評を書いている。「東渡生」のペンネームで書かれた安倍の「『それから』を読む」（『国民新聞』一九一〇・二・二）は、著者が代助という「フィロソフィーを有せる人の生活を書いたものとして」、興味を覚えると述べる一方、「誤魔化しの好い加減な生活、親父を馬鹿にしながら金だけはもらつて居る様な生活が、三千代との恋によつて破れたのの自然なことは、上に述べた代助の底の真面目な道徳的な性格によつてヂャスチファイしられる《ママ》」と指摘している。「麵麭に関係した経験は、切実かも知れないが、要するに劣等だよ。パンを離れ水を離れた贅沢な経験をしなくつちや人間の甲斐はない」と語っていた代助が「真面目で道徳的な性格」であるかについては多少疑問はあるが、代助は三千代との恋を貫くために「パンの為」に働かざるをえなくなる。ここには、ブルジョワ家庭出身で「親」に寄生して暮らすことのできる〈高等遊民〉の問題があるが、安倍は、「代助の生活は近代人といふ者がよくやる誤魔化しの生活」と一般化して述べるにとどまっている。

小宮豊隆は、「『それから』を読む」（『新小説』一九一〇・三）で、ツルゲーネフの分類を踏まえて、意志の人・行為の人がドンキホーテ型であるのに対して、知の人・頭の人をハムレット型とし、代助は後者だという。そのハムレット型の代助がドンキホーテ型になろうとして元のハムレット型に留まってしまうと指摘するなど、おもに作劇上の興味から論じた後、「一体『それから』には悲哀とか、苦痛とか、寂味とかの、情緒的分子が殆んど抜きにして書いてあるやうに思ふ。題材が題材だけに、特にセンテイメンタルの調子を避けようとする著者の用意かとも思つたが、全体から受ける感じが著しく喰ひ足りなかつた」と指摘しており、情緒的・浪漫的なものへの志向をうかがわせている。

『それから』を委細を尽くして論じたのが阿部次郎「『それから』を読む」（『東京朝日新聞』一九一〇・六・一八、二〇、二二）である。阿部は、漱石がこの作品で「解釈せむと試みた問題」は、第一に「個人生活と交渉する点に於て日本現在の社会状態を描写し批判すること」、第二に「現実との曖昧なる妥協に生きる外面的常識的生活に堪へずして第一義的、哲学的生活に邁進する精神状態の描写」にあり、「両者を統《すべ》て我国現在の人文状態の批判」であると言う。ただし、阿部は、このような批判的視点を担うべき代助の描き方について、「現実に対する彼の態度には優秀なる理智の批評と鋭敏なる神経の反応があり乍ら高等なる情意の共同を欠た」とし、「願はくはこの方面（情緒的方面——引用者注）を更に遠慮なく発揮して益《ますく》浪漫的の響を聴かせて戴きたい。涙や煩悶が必ずしも思はせ振でない限り無理に之を引込めるのは極端に云へば消極的の衒気《アツフエクテイション》である」と論じたのであった。ここにも情緒的、浪漫的方面を描く事への要請がみられるが、「事柄の成行」に注目した啄木との相違を感じさせるとともに、中山和子の指摘する通り、(8)「〝遊民〟であることの意味は追求されない」ことに注意したい。

安倍能成は、のちに「文壇の高等遊民」（『東京朝日新聞』一九一一・八・三〇、三一）で次のように書いている。

食ふに困るといふことは、人生に触《ふれ》る一つには違ひあるまい。然しながら唯食ふ為めに書かれた文芸とか美術とかに文芸美術としての内容を盛るだけの余裕がなくなることは、当然である。我等は芸術的良心の枯れた芸術を排斥したい。生活に余裕のある人の文芸の創作並に鑑賞の態度が動《やや》もすれば遊戯的になり真摯を欠くことは慥《たしか》に大きな弊である。（中略）自己の為めに、文芸を味はひ文芸を作する人が欲しい。かゝる境遇に偶然生れ合つた人は羨むべきであらうが、その境遇を征服しても、どうしてもかくあらずには居られない天分の人は、一層貴ぶべきである。

我等はこの意味に於て、今の文壇に高等遊民のあることを望む。自分の生活の自由を保留し愛惜することの出来るのは、下らぬ人生に触れることに比べて、どの位望ましいことか分らない。

こうした論理では、代助が〈社会〉に向き合わざるを得なかったことの意味はとらえられないだろう。〈教養派〉ないし、当時の漱石の読者であった高等学校生、帝国大学の学生にとって、代助が〈知識人〉であることは自明の前提だった。芥川龍之介は、「点心」（『新潮』一九二一・二）という文章の中で、「我々と前後した年齢の人々には、漱石先生の『それから』に動かされたものが多いらしい」、「その人々の中には惚れこんだ所か、自ら代助を気取つた人も、少くなかつた事と思ふ」と書いている。彼等は、漱石がむしろ否定的な形象として描いている代助に共感し、同化しようとしていたのである。

四

ところで、『それから』に描かれた〈遊民〉の問題は、『彼岸過迄』(『東京朝日新聞』一九一二・一・二～四・二九、春陽堂、一九一二・九)においては、〈高等遊民〉の問題として取り扱われることになる。帝大法科を出た後、職を探す田川敬太郎を狂言回しとして、実業家の田口、大陸に渡る森本、友人の須永の出生の秘密と千代子、〈高等遊民〉を自称する松本らさまざまな人物をオムニバス風に登場させる作品で、前半の敬太郎の探偵行為の物語と後半の須永の物語とに分けることができる。ただし、後半部分も敬太郎は〈聴き手〉としての役割をもたされている。ここで〈遊民〉は、職を探す敬太郎と、松本と共鳴する須永ら〈高等遊民〉的な存在とに分けることができる。

作品を発表するに先立って、漱石は、「彼岸過迄に就て」(『東京朝日新聞』一九一二・一・一)において、「実をいふと自分は自然派の作家でもなければ象徴派の作家でもない。近頃しば〳〵耳にするネオ浪漫派の作家では猶更ない」、「たゞ自分は自分であるといふ信念を持つてゐる」と書いている。漱石がその門下たちの新ロマンチシズムに釘を差す格好である。それは、作品内においては、田川敬太郎の〈浪漫趣味〉として描かれている。

　彼は都の真中に居て、遠くの人や国を想像の夢に上《のぼ》して楽しんでゐる許りでなく、毎日電車の中で乗り合せる普通の女だの、又は散歩の道すがら行き逢ふ実際の男だのを見てさへ、悉く尋常以上に奇なるものを、マントの裏かコートの袖に忍ばして居はしないだらうかと考へる。(中略)

　そんな想像を重ねるにつけ、是程込み入つた世の中だから、たとひ自分の推測通りと迄行かなくつても、どこか尋常と変つた新しい調子を、彼の神経にはつと響かせ得るやうな事件に、一度位は出会つて然るべき筈だといふ考へが自然と起つてきた。所が彼の生活は学校を出て以来たゞ電車に乗るのと、紹介状を貰つて知らない人を訪問する位のもので、其他に何といつて取り立てゝ云ふべき程の小説は一つもなかつた。彼は毎日見る下宿の下女の顔に飽き果た。毎日食ふ下宿の菜にも飽き果た。責て此単調を破るために、満鉄の方が出来るか、朝鮮の方が纏まるとかすれば、まだ衣食の途以外に、幾分かの刺戟が得られるのだけれども、両方共二三日前に当分望みがないと判然して見ると、益々《ますます》眼前の平凡が自分の無能力と密切な関係でもあるかのやうに思はれて、ひどく盆鎗《ぼんやり》して仕舞つた。(9)

帝大法科を出ていながら、職探しに奔走する敬太郎だが、「糊口《くち》も糊口だが、糊口より先に、何か驚嘆に値する事件に合ひたいと思つてる」などと言ったり（言うまでもなく阿部次郎の「驚嘆と思慕」を暗示している）、その〈浪漫趣味〉は南洋にまで及び、シンガポールのゴム林栽培の経営を夢見たり、蛸狩りの記事に心をときめかせたりする。一方、職探しの刺戟的な選択肢の一つとして、韓国併合後の朝鮮半島や満州が挙がっている。この敬太郎は、かつての啄木の姿でもあった。

金田一君に独歩の『疲労』その他二、三篇を読んでもらって聞いた。それから樺太のいろいろの話を聞いた。アイヌのこと、朝空に羽ばたきする鷲のこと、船のこと、人の入れぬ大森林のこと……。

「樺太まで旅費がいくらかかります？」と予は問うた。

「二十円ばかりでしょう。」

「フーム。」と予は考えた。そして言った。「あっちへ行ったら何か僕にできるような口を見つけてくれませんか？　巡査でもいい！」

（『ローマ字日記』一九〇九・四・一七　原文ローマ字）

清水は朝鮮の話をする。予はいつしかそれを熱心になって聞いて、「旅費がいくらかかる？」などと問うてみていた。哀れ！

（『ローマ字日記』一九〇九・五・六　原文ローマ字）

このような〈外部〉へのロマンチシズムを克服しようとしたのは、一九〇九年秋以降のことである。啄木は、岩野泡鳴の樺太行きに対して次のように言及している。

◎君の文壇を去りて北海に蟹の罐詰業を創めむとすと聞くや、予潜かに心を傾きて、以て深く快としたり。（中略）而して予は初めより其事業の失敗に終るべきを予想したり。唯その成否の如何に関せず、其挙そのものが予の全身の同感を傾くるに足るの挙たりき。案の如く君は北溟に失敗して、帰路我が故郷の初冬に会へり。寄語す。泡鳴君足下。感如何。

（「百回通信」『岩手日報』一九〇九・一一・一三）

〈実行と芸術〉論争において、〈実行〉の立場から発言した泡鳴に対して、啄木は共感の言葉を惜しまないが、〈外部〉に向かっての〈浪漫主義〉に対してはその失敗を確信していた。それは、かつて〈渡米〉を夢見、〈樺太行き〉を口にし、〈朝鮮〉行きに関心を持ったことのある啄木自身の反省意識によるものである。(10)「百回通信」の連載第一回（『岩手日報』一九〇九・一〇・五）は、「今や凡ての人間も、嘗て追はれたる楽園を忘れて、人間の故郷は実に人間現在の住所に外ならざるを知り、あらゆる希望憧憬を人間本位に集中するに至り候、近代文明の特色は此にあり、将来の趨向も此にあり」と啄木は書いているが、一九〇九年秋以降の啄木は、いまここにある〈現実〉に立脚しながら、その〈現実〉を改善する事を志向していたのだった。

さて、この敬太郎を狂言回しとした『彼岸過迄』という物語は、松本という〈高等遊民〉の人物を描き出す。

「（略）田口が好んで人に会ふのは何故だと云つて御覧。田口は世の中に求める所のある人だからです。つまり僕の様な高等遊民でないからです。いくら他《ひと》の感情を害したつて、困りやしないといふ余裕がないからです」

（中略）

自分で高等遊民だと名乗るものに会つたのは是が始めてゞはあるが、松本の風采なり態度なりが、如何にもさう云ふ階級の代表者らしい感じを、少し不意を打たれた気味の敬太郎に投げ込んだのは事実であつた。

敬太郎は、松本に初めて出会ったとき、「今御使ひになつた高等遊民といふ言葉は本当の意味で御用ひなのですか」と尋ねるが、ここで言う「高等遊民」とは、明治四四（一九一一）年一二月号の『早稲田文学』の「彙報　教学界」欄の言葉を借りれば、「高等の教育を受けて而も一定の職業なき人々」のうち、「相当の財産を有し、従つて生活の為めに職業に就くの要なき人」といってよいだろう。「彙報」は、「高等の智識を有して財産なく職業なき遊民」の増加が「高等遊民問題の対象となつて居る」と指摘しているが、こちらのほうは、「本当の意味」とは言えないだろう。確かに、当時の言説の中で、就職難や進学難に苦しむ青年層が「高等遊民」と呼ばれ、彼らが「危険思想」に近づくことが警戒されていたように思われる。[11]だから、啄木は、彼らを「時代閉塞の現状」において変革の主体となるべき存在として位置付けたのである。しかし、「如何にもさう云ふ階級」とは、松本のような「高等遊民」であり、あくまで「相当の財産を有し、生活の為めに職業に就くの必要の要なき人」である。

熊坂敦子は、「松本は、固有の社会観念や人生観をもち、深い思想さえ身にまとっているように描かれている。

漱石はここでは、高等遊民を認める側に回っているのを、否定すべくもない」と指摘しているが[12]、初めて松本に会った敬太郎は、「松本の云ふ事は肝心の肉を抜いた骨組丈を並べて見せる様で、敬太郎の血の中迄入り込んで来て、共に流れなければ已まない程の切実な勢ひを丸で持つてゐなかつた」と批評し、須永は、「事実上彼は世俗に拘泥しない顔をして、腹の中で拘泥してゐる」と評している。長島裕子は、松本は「偽物贋物」であり、「漱石が松本に託して形象化した『高等遊民』は、一方でそれを憧憬しつつ、現実の生活にあってはむしろ不可能な在り方として把握されている」と指摘し[13]、伊豆利彦は、「松本は社会を超越しているようで、社会を超越していない」と評し、「松本の虚偽と空虚は若い須永や敬太郎に批評されるが、その須永や敬太郎にしても、また、決して自由な存在ではなかった。そこにはこの時代の抜道のない『閉塞』状況がある。漱石は三者が相互に批判しあう三つ巴の作品世界を形成して、いかなる救済をも齎さず、この時代の救いのない暗黒を徹底して照らし出したのである」と指摘している[14]。〈高等遊民〉に自由で反体制的な知識人を期待するのはある種の幻想であり、漱石の文学は、そのことを描き出しているのである。そして、そこには安倍能成のいう〈高等遊民〉的なものへの批判もあったのではないか。

坪井秀人は、「敬太郎の冒険は物語に始まつて物語に終つた」という一節から、「語り手が敬太郎の〈冒険〉を〈物語〉として総括したのは、〈児戯〉という別の評語にも明らかなように、ほぼ貶責と言ってもよい否定的な評価である」と指摘しているが[15]、敬太郎の〈浪漫趣味〉を満たすものは現実にはないこと、それは、松本という〈高等遊民〉という存在に対しても同様であることが示されているように思われる。そして、日露戦後の不況によって就職難に苦しんだ明治末年の青年層が、やがてそれなりの社会的地位を占めて行ったように、田川敬太郎も田口の世話でそれなりの就職口を得ていくことが予想されるのである。

このようにして、漱石は、『彼岸過迄』において〈浪漫趣味〉〈ネオ浪漫派〉の行き着く先を描き出している。この〈ネオ浪漫派〉が他ならぬ漱石の門下たちであったことは、藤尾健剛の詳細な検証があるが(16)、実際、小宮豊隆は、そうした漱石に反撥していた(17)。

五

> 大病以後の漱石の話は、何か平凡なものになつてしまつた。（中略）是は漱石が大病の為にその若若しさを失つて、すつかり老ひ込んでしまつた為に違ひない。——彼等（門下生たちのこと——田口注）はさう判断して、漱石を老人扱ひにし、或は「老」と呼び或は「翁」と言ひ出した。殊に草平は『煤煙』を書いて一躍文壇に名をなしてゐた際である。草平は芸術に於いて、師を凌ぐ鼻息の荒さを、内に蔵してゐたかに見えた。豊隆は豊隆で、その刺激の強い『煤煙』にかぶれ、漱石の作品にもましてそれを愛する気になつてゐた際だから、刺激に生きること、徹底して生きること、統一を求めて生きることなどと、当時流行のオイケンの哲学まがひのモットーを後ろ盾に、漱石に当り、何か自分達だけが「新しいものの味方」で、漱石は古く、漱石と会つて話をするのも、漱石を刺激して漱石を新しくする為だなどと、思ひ昂つた、大それた意気込を示してゐたのである。それが漱石に通じないでゐる筈がない。通じれば漱石が不愉快に感じない筈がない。

小宮豊隆は、当時、「此ごろの浪漫主義」（『東京朝日新聞』一九一一・五・二八）で、「新しい浪漫主義」について、「情緒の」「湿ほひと匂ひと色と最後に奔放限りのない自由な精神の力とによつて、動きのとれる今の状態を動かさんとしてゐるものである。生活に対する内心の欲求と云ふ点から見ても文壇に於ける変化ある刺戟の要求と云ふ点から見ても、当に起る可きものが起つたと云ふ可きであらう」と書いている。「彼岸過迄に就て」（前掲）における漱石の発言は、こうした門下生たちの〈浪漫主義〉への批判でもあった。小宮の回想に触れられているオイケン（一八四六〜一九二六）は、ノーベル文学賞も受賞している哲学者で、自然主義哲学に反対し、道徳的・宗教的人生観のもとに精神生活の実現を説いた人物だが、彼について、安倍能成は、「現代に殉ぜし人」（『東京朝日新聞』一九一〇・一〇・一七）の中で、「現代の人間が大いなる自然の力に圧伏せられて、唯物論、機械論、定命論の潮が到る処に怒号して居る中」で、オイケンの「精神生活」という主張は、「自然に征服せられた人間の、自己を取返さうとする要求に基づいたもので」あり、「如何にも頼もしい様な感じを起させる」という。そして、その「自己肯定の声が力強く張りあげられる時」まで「犠牲」となって闘う者に、現代の「デカダンの徒」がおり、「彼等は現代文明の忠実なる殉教者」であるとし、そこに現代における意義を見いだしている。

しかし、漱石は、「思ひ出す事など」の連載二七回目（『東京朝日新聞』一九一一・一・二八）において、このオイケンの哲学を解説しながら、次のように批判している。(18)

しばらく哲学者（オイケンのこと――引用者注）の言葉を平民に解る様に翻訳して見ると、オイツケンの所謂自由なる精神生活とは、斯んなものではなからうか。――我々は普通衣食の為に働らいてゐる。衣食のための仕事は消極的である。換言すると、自分の好悪選択を許さない強制的の苦しみを含んでゐる。さう云ふ風に外から圧し付けられた仕事では精神生活とは名づけられない。苟しくも精神的に生活しやうと思ふなら、義務なき所に向つて自ら進む積極のものでなければならない。束縛によらずして、己れ一個の意志で自由に営む生活でなければならない。

斯う解釈した時、誰も彼の精神生活を評して詰らないとは云ふまい。コムトは倦怠《アンニユイ》を以て社会の進歩を促がす原因と見た位である。倦怠の極己《やむ》を得ずして仕事を見付け出すよりも、内に抑えがたき或るものが蟠《わだか》まつて、凝《じつ》と持ち応へられない活力を、自然の勢から生命の波動として描出し来る方《かた》が実際実の入つた生《い》き法と云はなければなるまい。舞踏でも音楽でも詩歌でも、凡て芸術の価値は茲《こゝ》に存してゐると評しても差支ない。けれども学者オイツケンの頭の中で纏め上げた精神生活が、現に事実となつて世の中に存在し得るや否やに至つては自から別問題である。彼オイツケン自身が純一無雑に自由なる精神生活を送り得るや否やを想像して見ても分明な話ではないか。間断なき此種の生活に身を託せんとする前に、吾人は少なくとも早く既に職業なき閑人として存在しなければならない筈である。

発表された時期を考えても、安倍能成への批判となっていることは間違いない。なお、〈大正期教養派〉の中で「異端」（中山和子）[19]とみられている魚住折蘆の「自己主張の思想としての自然主義」（前掲）も、一定の留保をつけながらもこのデカダンに期待を寄せている。

淫靡な歌や、絶望的な疲労を描いた小説を生み出した社会は結構な社会でないに違ひない。けれども此の歌此小説によつて自己拡充の結果を発表し、或は反撥的にオーソリテイに戦ひを挑んで居る青年の血気は自分の深く頼母しとする処である。

これに対する反論が、啄木の「時代閉塞の現状」の次の部分だった[20]。

斯くの如き時代閉塞の現状に於て、我々の中最も急進的な人達が、如何なる方面に其「自己」を主張してゐるかは既に読者の知る如くである。実に彼等は、抑へても〳〵抑へきれぬ自己其者の圧迫に堪へかねて、彼等の入れられてゐる箱の最も板の薄い処、若くは空隙（現代社会組織の欠陥）に向つて全く盲目的に突進してゐる。今日の小説や詩や歌の殆どすべてが女郎買、淫売買、乃至野合、姦通の記録であるのは決して偶然ではない。しかも我々の父兄にはこれを攻撃する権利はないのである。何故ならば、すべて此等は国法によつて公認、若くは半ば公認されてゐる所ではないか。

啄木は、折蘆の認識に対して、明治の青年は決して「オーソリテイ」に闘いを挑んでいるわけではないとして、右に見たような、「此自滅の状態から脱出する為に、遂に其『敵』の存在を意識しなければならぬ時期に到達して」おり、「自然主義を捨て、盲目的反抗と元禄の回顧とを罷めて全精神を明日の考察――我々自身の時代に対する組織的考察に傾注しなければならぬのである」と書いたのだった。「時代閉塞の現状」は発表されなかったとはいえ、漱石と啄木は、〈教養派〉に対して同様の批判を展開していたのだった。

もちろん、発表されなかった「時代閉塞の現状」を安倍能成や折蘆が読んでいるわけがない。安倍能成は、「歓楽を追ふ心」（『東京朝日新聞』一九一〇・九・二八、二九）で、「神経と官能との繊細ばかりを誇りとして、内生活の潤沢を顧みない様な生活は呪ふべきであらうけれども、近代人の快楽が動《やゝ》もすれば物質的であるといふことばかりで以て、快楽主義を頭からけなしつけるわけにも行かぬと思ふ」、「少くとも彼等の歓楽を追はんとする心は、即ち人生を真実に色読しようとする心の一方面を示しては居まいか」と書き、折蘆はそれを受けて「我等が取るべき批評の態度は『歓楽を追ふ心』の歎きと『歓楽を追はざる心』の誇りとを両立させる外はない」（「歓楽を追はざる心」一九一〇・一〇・九、一〇）と書いている。

折蘆は、「自己主張の思想としての自然主義」では、自然主義文学が、国家、社会、家族制度という「オーソリテイ」を「怨敵」としたという認識を示して、啄木の「時代閉塞の現状」を執筆する大きなきっかけを与えたほか、「穏健なる自由思想家」（『東京朝日新聞』一九一〇・一〇・二〇、二二）では、「当局近時の取締方針」や「意識の浅弱な「自由思想家」を批判し、そんな「生温かき自由思想家の横行するは鵺《ぬえ》的革命たる明治維新の結果である」といった、ラディカルな認識を示した。しかし、「懐疑者」を自認する折蘆は、同じ評論で「人類が新しく自己といふオーソリテイを作つて自ら夫れに束縛されつゝある事」と書いているほか、その後、「自分の至らぬ思想を切売することの愧しく罪ぶかいことをしみ〴〵感じます」（魚住節子宛書簡、一九一〇・一一・一五）と反省もしており、その内面的な動揺をうかがわせている。「自己主張の思想としての自然主義」執筆後の折蘆は、西田天香との親交を深め、宗教的な方向に傾斜していき、まもなくチフスにより二七歳の生涯を終えている。

折蘆の死後、ほどなくして啄木が亡くなったのは、漱石が『彼岸過迄』を掲載中の一九一二年四月一三日のことである。啄木がいましばらく生きていたならば、漱石は、〈現実〉からの圧迫に堪えられずに〈浪漫〉に逃避する傾向に対する批判者として、同じ立場をとる啄木を見いだしただろうか。

以上述べてきたように、啄木と〈大正期教養派〉の青年たちとは、樗牛や梁川の受容、自然主義を自己の問題として受け止めた点において共通点があった。しかしながら、自然主義的人生観の圧迫に抗して浪漫的なもの・デカダン的なものを求める〈教養派〉と、文学に「批評」を求める啄木とは分岐していく。その様相は、漱石の『それから』に対する批評から窺うことができる。また、『彼岸過迄』に描かれた〈浪漫主義者〉敬太郎の姿はかつての啄木であり、現在の〈教養派〉の姿であり、安倍能成らが理想とする〈高等遊民〉は決して肯定的には描かれていない。〈教養派〉のオイケンやデカダンへの傾倒は、漱石・啄木にとって違和感を抱かせるものだった。漱石と啄木はそのようなかたちで思想的・文学的接点を持っていたといえる。

注

（1）啄木は、「秋風記・綱島梁川氏を弔ふ」『北門新報』一九〇七・九）の中で、「梁川氏は実に予の為めに師であつた。恩友であつた」としている。ただし、「決して其説によつて故人に帰依した者では無」く、次のように、当時の啄木の構想する〈一元二面観〉哲学を体現した「人格」として服するのだと述べている。

人生の両面（自己発展の意志と自他融合の意志——引用者注）は永劫に亘る両面であるけれども、之を一体に包有するものは綜合的個性である。換言すれば偉大なる人格である。（中略）此故に、相異れる両面に出立する人生最底の二大思潮、——仮に基督教的及反基督教的と名《なづ》く——は、其究竟に於て相一致する、否、畢竟同一なものである。唯此境に達するものは、推理の力ではない、綜合的個性乃ち天才のみである。予が、梁川君の説に服せずして其人格に服し、基督教と一致する能はずして、然も耶蘇基督を以て最大人とするのは此為である。

（2）「教養主義」の定義については、三好行雄・吉田精一ほか編『日本文学史辞典　近現代編』（角川書店、一九八七・二）に「教養主義」の項目として、「普通、日本近代文学においては大正期教養主義を指す。内面生活や個性を尊重し、広く学芸を求める。この傾向の強かった人々を『教養派』（唐木順三）と称す。中核は『漱石門下の人々でケーベル博士の影響をうけた人々』（三木清）で、阿部次郎・安倍能成・小宮豊隆・和辻哲郎ら。阿部次郎の『三太郎の日記』は代表的著作といえよう。現実から遊離し、大衆を蔑視する面もあった」と簡潔に整理されている内容に従いたい。本稿では、漱石門下で「朝日文芸欄」に評論を執筆した阿部次郎、安倍能成、小宮豊隆、森田草平、魚住折蘆を念頭において論じ、総称して〈教養派〉と呼んでいる。

（3）ただし、折蘆自身は、「僕が聖書に没頭してゐる間に、樗牛の個人主義、竹風のニイチエ主義などは大に勢力を振うてゐたことは少しく知つてゐるが、殆んど一顧をも与へなかつた」（「二十年のおもひで」一九〇八・九・二執筆、『折蘆遺稿』岩波書店、一九一四・一二）と書いている。続けて、「ロマンチシズムとかSturm und Drang Periodeとか個人主義とかこれ等の思潮は、何時かは十分なる強さに於て僕にも臨み来るべき運命を有してゐた」と書いているものの、啄木や能成との違いをうかがわせる。こうした態度は、自然主義に対しても同様で、折蘆は、「僕は人生観としての自然主義には全然は同意出来ない。然し文明史的の見地から近代文明の精神生活の必然の結果として、其情意の方面が自然主義として現れ来ることは当然のことと思うて居る」（同右）と書いている。

（4）なお、島村抱月は、樗牛を「自然主義運動の先蹤」として、「我が邦に於けるスツールム、ウント、ドラングの驍将」（「梁川、樗牛、時勢、新自我」『早稲田文学』一九〇七・一二）とみなし、「今の自然主義は実に此の小ロマンチシズムの後に起つた特殊の現象である」（「文芸上の自然主義」『早稲田文学』一九〇八・一）としているが、梁川については、「我が思想界の今の水平線は、文学に於いて所謂自然主義、宗教に於いて梁川一家の見神論、哲学に於いて人間本位のプラグマチズム、此等に新しい自我の展開、乃至其の工夫を見るところに存する」としており、自然主義と並んだものとして位置付けている。

（5）『梁川遺稿　梁川書簡集』上・下（杉本梁江堂、一九〇八・一一、一九〇九・一二）には、分量的には劣るものの、安倍能成、魚住影雄（折蘆）宛の書簡と並んで、啄木宛の書簡（上下合わせて七通）も収められている。

（6）ただし、これは戸籍年であり、生年月日については、前年の一八八五年説もある。

（7）本書第一部第四章参照。

（8）中山和子「漱石と大正期教養派」（三好行雄ほか編『講座　夏目漱石　第四巻　漱石の時代と社会』有斐閣、一九八二・二、二四五頁）、中山は続けて、「『職業の為に汚されない内容の多い時間を有する』理想的な非職業的知識人の典型である代助が、職を求めて破局にいたる必然を眺めてこそ、『我国現在の人文状態の批判』（阿部次郎「『それから』を読む」中の言葉──引用者注）は真になりたちうるだろう」と指摘している。本稿もこれに従いたい。

（9）本文は、初版本『彼岸過迄』（春陽堂、一九一二・九・一五）を底本とした『漱石文学全注釈⑩　彼岸過迄』（田口律男・瀬崎圭二注釈、若草書房、二〇〇五・一一）を使用した。

（10）啄木の渡米志向については、本書第二部第二章参照。

（11）本書第二部第四章参照。

（12）熊坂敦子「『高等遊民』の成立」（『夏目漱石の研究』桜楓社、一九七三・三、三七九頁、初出「高等遊民の意味」

『国文学　解釈と鑑賞』一九六八・一一)

(13) 長島裕子「『高等遊民』をめぐって―『彼岸過迄』の松本恒三―」(『文芸と批評』一九七九・一二)。

(14) 伊豆利彦「夏目漱石『彼岸過迄』の『高等遊民』」(『横浜市立大学論叢』第四二巻　人文科学系列第一・二・三合併号　一九九〇・三)。ただし、伊豆は、松本を「極めて消極的ではあるが、国家や社会の支配に服さず、『自由』を標榜するのであり、その存在そのものが、当時の社会に対する批評であり、『危険』であった」、「もし、松本が真に自由な存在であるならば、彼の鋭い批評は当然『大逆』事件以後の日本の現実に対して向けられない訳にはいかない」と指摘しており、多少過褒の気味がある。

(15) 「観察者の空虚―『彼岸過迄』―」(『江湖田文学』二〇〇一・一〇、『感覚の近代―声・身体・表象―』名古屋大学出版会、二〇〇六・二、五五頁)。

(16) 藤尾健剛「『彼岸過迄』――漱石と門下生」(『漱石の近代日本』勉誠出版、二〇一一・二、初出「日本近代文学」第46集、一九九二・五、初出に改訂がほどこされている)。藤尾は『彼岸過迄』を論じて、「ロマンティックな要求と安定した社会的地位を得ようとする願望とのあいだに引き裂かれて、中途半端な滑稽劇を演じる敬太郎の姿は、小宮などを念頭において描かれているようだが、誇大な空想に振り回されている点や神秘主義への傾斜を描く際には、森田草平が想定されていたようで、敬太郎は『煤煙』や『自叙伝』の主人公を戯画化した側面も持つ人物である」と分析しているほか、「『浪漫派』敬太郎の形象は、石川啄木のいう『時代閉塞の現状』と無関係ではない」と指摘している。

(17) 小宮豊隆『夏目漱石』(岩波書店一九三八・七)。

(18) なお、同じ「思ひ出す事など」の「二十三」(『東京朝日新聞』一九一一・一・一六)で、漱石が「今の青年は、筆を執つても、口を開いても、身を動かしても、悉く『自我の主張』を根本義にしてゐる。夫程世の中は切り詰められたのである。夫程世の中は今の青年を虐待してゐるのである。『自我の主張』を正面から承れば、小憎《こにくら》しい申し分が多い。けれども彼等をして此『自我の主張』を敢てして憚る所なき迄に押し詰めたものは今の世間である。ことに今の経済事情である。『自我の主張』の裏には、首を縊つたり身を投げたりすると同程度に悲惨な煩悶が含まれてゐる。ニーチエは弱い男であつた。多病な人であつた。又孤独な書生であつた」と書いている事も興味深い。

啄木が「時代閉塞の現状」で、「官私大学卒業生」の就職難や、「中学卒業者」の〈遊民〉化問題に触れつつ、「自己主張の強烈な欲求」を持て余した「青年」たちが「理想を失ひ、方向を失ひ、出口を失つた状態に於て、長い間鬱積して来た其自身の力を独りで持余してゐるのである」と指摘していることと重なり合う。

(19)　注8に同じ。

(20)　この文章から大逆事件における天皇暗殺を暗示していたとする見解への批判として、本書第二部第五章参照。

第三章　啄木と徳富蘇峰

――〈或連絡〉について――

一

蘇峯の書を我に薦めし友早く
校を退きぬ
まづしさのため

石川啄木の歌集『一握の砂』（東雲堂書店、一九一〇・一二）の「煙」の章には、徳富蘇峰（一八六三〜一九五七）に触れた歌がある。『石川啄木事典』の「徳富蘇峰」の項目には[1]、この歌を引用して「啄木は盛岡中学在学時代、同級生、伊東圭一郎の影響で蘇峰に親しみ始めた」とあるが、事実はこれと異なる。伊東圭一郎の回想では次のように書かれている[2]。

明治三十三年ころには総合雑誌は博文館発行の「太陽」ぐらいのもので毎号連載される高山樗牛の評論は評判だった。

阿部さんはいつもそれを紹介されたが、啄木も樗牛博士には傾倒していた。小沢さんは文学談で啄木とよくうまが合った。また恋愛問題はこの両君の受持ちであった。小野さんは口数の少い人であったがよく聴き手で同人間に推重されていた。

私は初め徳富蘇峰びいきで「国民新聞」の愛読者であったが、それが桂内閣の御用紙になってからは「万朝報」に変えた。

当時の啄木の盛岡中学時代の同級生たちとの交流の様子を伝えるものであるが、ここに記載されているように、啄木が傾倒していたのはやはり高山樗牛であって、歌にあるように蘇峰の書を薦められて「親しみ始めた」という事実はなかったのではないか。右の回想は、伊東自身、蘇峰から離れていったことを伝えているほか、別の章では「ニーチェの天才論　みずからを天才と自認」という表題で、啄木の樗牛を通じたニーチェへの傾倒ぶりを伝えている。また、そもそも右の歌のモデルに関して、伊東は、「この歌は私のことを詠ったものだと書いている本もあるが、私は貧乏だったけれど兎に角中学だけは無事に卒業したから、私のことではなく、古木巌のことのようである(3)」と指摘し、「古木君はせいの低い口の達者な文学青年で、徳富蘇峰の文体を真似た文章を書いた」と書いている(4)。

また、『事典』項目は、啄木の蘇峰への関心を示す一例として蘇峰が執筆した「結婚論(5)」を挙げているが(6)、啄木の日記（一九〇二・一一・一九）が伝えるのは、次のような厳しい批評である。

伊兄蘇峯を品隲して稍正鵠に近し、彼が業すでに終れり、「結婚論」の近作の如き吾人その浅薄甚しきを認む。

伊東から送られてきた手紙に対する感想だが、ここでは、啄木たち青年と蘇峰との乖離を伝えている。蘇峰の「結婚論」は、「恋愛を以て、唯一の要素となしたる結婚は、果して多幸多福なる生涯を、贏け得たる乎」と問いかけ、そういうこともあれば、そうでないことも多いと述べ、「此の冷熱頼む可らざる情を以て、唯一の紐帯と為す。吾人は寧ろ其の大胆なるに驚かざるを得ず」と書いており、こうした言葉が、『明星』派の恋の歌に傾倒していた啄木たち青年に受け入れられなかったことは想像に難くない。

伊東の回想には、「初め徳富蘇峰びいきで『国民新聞』の愛読者であったが、それが桂内閣の御用紙になってからは『万朝報』に変えた」とあるが、明治二〇年代に「平民主義」を鼓吹し、論壇の関心を集めた徳富蘇峰は、三〇年代には青年たちの心を捉えるには至っていなかった。伊東は、桂内閣の御用新聞になってから、と書いているが、蘇峰に対する世間の批判は、彼が松方正義内閣の内閣参事官に就任し、『国民新聞』を「政府の機関紙」にしようとした頃にさかのぼることができる。(7) いずれにせよ、蘇峰と明治三〇年代の青年たちとは距離があったといえよう。(8)

細々とした伝記的事実を取り上げたのは、啄木が蘇峰に向き合ったのは、一九〇九（明治四二）年以降のことであって、明治三〇年代前半の盛岡中学時代ではないことを確認しておきたいからである。

掲出歌の「蘇峯の書」を特定することはできないが、おそらく、啄木の盛岡中学在学中の明治三〇年代当時の蘇峰の書ではなく、木股知史が言うとおり、(9) その代表作『将来之日本』（経済雑誌社、一八八六・一〇）や『新日本之青年』（集成社、一八八七・四）が念頭にあり、掲出歌については「青年の自立を説いた蘇峰の書物を読めといった友が貧困のゆえに退学していったことにアイロニイが感じられる」といった解釈が妥当であろう。

また、この歌には「蘇峯の書」を勧められた当時の「我」と蘇峰との距離だけでなく、蘇峰の説いた「生産社会」による富国化が達成されずにいることに対する現在の「我」の観察眼をも示唆しているように思われる。

この歌を詠んだのは一九一〇年のこと（歌集初出）であり、掲出歌の批評性は、一九〇九年以降の蘇峰に対する関心と結びついている。

二

啄木が徳富蘇峰について本格的に言及するのは、評論「きれぎれに心に浮んだ感じと回想」（『スバル』一九〇九・一二）である。(10) 評論は、冒頭、数寄屋橋で電車を降り、出社までの時間に銀座の裏通りを歩いた時の回想から書き起こされる。啄木は、並木の下で見掛けた「高価な焦茶色の外套を着た一人の老紳士」の微笑に、「適度に働いて来た人の柔かな満足の表情」を見つける。しかし、そこで対照的に思い出されるのは、「我々の時代の日本の富有な老人によくある、せせこましい、或はだらしのない、或は辛うじて生きてるやうな、或は人を凌ぐやうな不愉快な体つき」である。このとき「将来の日本」、「従来の日本」ということが脳裏をかすめる。「将来の日本」という言葉は、蘇峰の『将来之日本』を踏まえていると思われる。「生産的の社会」を構想した蘇峰の書を念頭におきつつ、「日本が現在の富――物質上にも理想上にも――を得る為には、今迄にも随分過度の努力を要し」、「『従来の日本』の為に年を老つたやうな人達」を作り出して来た。「今の日本の老人に洋服を着せたら、恐らくは十人に九人迄はポンチ画の種にならずには済むまい」という言葉には、日本近代への批評が含まれている。しかし、そうした老人を生み出したものが、一方の現実であるとすれば、「老紳士」を生み出したのももう一方の現実である。「幾度も幾度も振返つて」見たその老紳士に、「生々した眼をした若い女が何処からか出て来て、その紳士と手を組んで、並木の下を歩き出したなら、私はまたどれだけ喜んだか知れない」と啄木は言う。「将来の満足」、「将来の日本」の方向について、「老紳士」の歩んで来た道に期待をかける啄木がいる。

蘇峰の『将来之日本』は、世界の大勢として、腕力社会から平和的世界へ、武備社会から生産主義へ、貴族社会から平民社会へ移行するという三つの構想を挙げたものだが、その主張の根底に「余ハ固ヨリ日本全体ノ利益ト幸福トヲ目的トシテ議論ヲナスモノナリ。然レトモ其議論ノ標準ナルモノハ唯タ一ノ茅屋中ニ住スルノ人民是レナリ」といった考えがある。それは、啄木の文章中の「我々の将来の満足！」という言葉とも照応するものだろう。また、『新日本之青年』では、「天保ノ老人」に対して「明治ノ青年」が対置され、「平民社会」を推し進める担い手とされているが、その「明治ノ青年」たちも既に壮年となり、啄木たち明治四〇年代の青年と対峙しているといえよう。「時代閉塞の現状」（一九一〇・八下旬頃）をはじめ、啄木の思想には世代論的な発想がみられるが[11]、その意味で、「きれぎれに心に浮んだ感じと回想」を含め、啄木の評論は、蘇峰に対する次の世代の応答ともいえるだろう。

ところで、『将来之日本』が刊行された前年の一八八五年から一九〇九年までのＧＮＰ（国民総生産／実質）を比較すると、三八億五〇〇〇万円から七三億五七〇〇万円となり、倍に迫っている[12]。これを一八八五〜一九一四の三〇年間でみてみると二倍となり、同じく経済成長を開始したイタリアやオランダの三〇年間と比較してもその成長率は高く、人口一人あたりのＧＮＰも一・七倍強だという。しかし、その内実は、在来産業、とりわけ農林水産業の比率が高く、「工業化」というにはまだ遠い状況だった[13]。また、日露戦後、恐慌による不況に加えて、日露戦争の折の多重債権の負担に苦しみ、政府は、地租の増徴や都市商工業者に対する増税諸法案を提案せざるを得ない状態だった。

「きれぎれに心に浮んだ感じと回想」に先立って、啄木は『岩手日報』に「百回通信」（一九〇九・一〇・五〜一一・二一、断続連載）というエッセイを寄せている。原稿の掲載を依頼した新渡戸仙岳への手紙には、「『国民』の『東京だより』が差当りのお手本に候」（一九〇九・九・二八）と書いており、蘇峰執筆の「東京たより」を意識したものであることがわかるが、ここにも日本の現状を冷静に見定めようとする姿勢が窺われる。

日本の国情は恰も成上りの新華族の如し。交際《つきあひ》には慣れず、金は無し、家の普請、庭の手入、それ相応に格式を張つて行かねばならぬところに、他《はた》から見えぬ気兼遣繰ある事にて、年中心配の絶間なく候。小生は日本人の一等国呼ばはりを聞く事に冷々致候。（「百回通信」八）

小生は日本の現状を以て真に主義主張の争ひをなす迄に進歩したるものとは信ずること能はず。明治文明の生活の内容は案外に貧弱なり。此貧乏世帯の切盛は要するに前後の問題にして是非の問題に非ず。（中略）今日の如く日本人の国民生活の内容、物質的にも精神的にも貧弱なるに於ては、早かれ晩かれひどい目に遭ふの時期到達致すべく候。（「百回通信」十一）

このような現状認識を持ちつつ、一九〇九年秋以降の啄木は、「遠い理想のみを持つて自ら現在の生活を直視することの出来ぬ人は哀れな人です、然し現実に面相接して、其処に一切の人間の可能性を忘却する人も亦憐な人でなければなりません」、「我々は乃ち進んで、このやうな状態になつたところの原因を探求し、闡明し、而して更に創造者の如き勇気を以て現在の生活を改善し、統一し、徹底させねばならぬのではありますまいか」（大島経男宛書簡、一九一〇・一・九）と語り、日本の現状を厳しく見つめた上での文明批評を試みていた。そして、この時期の啄木の考え方を支えたものとして、漸進主義的な改革をめざす生活哲学としての田中王堂のプラグマティズムがあった。(14)

それは、過去の啄木自身あるいは日本人の姿勢を問い直すものだった。同時期に発表された啄木の「文学と政治」（『東京毎日新聞』一九〇九・一二・一九、二一）には、次のような一節がある。

> 国と国との戦争の目的は、一国若くは両国が其現在の国力及び其国力から生れる慾望によりよく満足を与へるところの平和を獲《う》ると言ふ事である。ところが明治三十八年夏の末に於ける日本人の多数は、それを忘れて了つてからに、どうせ露西亜の奴と戦争を始めたからには、理が非でもウラルを越えなければならぬ――少くともバイカル湖までは推詰めなければといふやうな考へで殆んど躁狂患者のやうな盲目的熱狂を以て、唯々戦争其物の中止に反対したといふ趣きがあつた。日比谷に大旆《おおはた》を推立て「国辱！」と連呼した人達は、愛国者には違ひないけれども（中略）現在の国力といふ一大事を閑却した、幼稚な、空想的な、反省の足らないことは中学生位の程度な愛国者であつた。

そして、これが、当時の「愛国者」がポーツマス条約締結当時の自分自身の姿でもあったことを反省し、「あの当時の児玉大将なり内閣の人達のえらい事を思はずにゐられない」と書いている。ここで児玉源太郎に触れているのは、現地戦線の状況を知る児玉が、講和条約の際に、賠償金など取れるものではないことを語っていたことを指すと思われる[15]。

桂太郎内閣と関係の深かった蘇峰も、講和条件でロシアから賠償金がとれるものではないことを熟知していた。このとき蘇峰は、「吾人と雖も、若し出来得可くんば、或る極端なる論者の如く、樺太のみならず、沿海州を割取し、バイカル湖を以て、その分界とせんことを欲せざるにあらず。償金の如きも、三十億以上を得んことを好まざるにあらず。然れども是れ赫々たる戦功より幻生したる空想にして《ママ》。之を実現せざるが為めに、直ちに平和条約を詛ふが如きは、是れ寧ろ狂漢に類せずや」（「講和成立」『国民新聞』一九〇五・九・一）と書いたのだった。しかし、

『都新聞』が「屈辱的平和に満足するものありとせバ、五千万同胞中僅かに十六人あるのみ、其十人ハ内閣員なり、其四人は元老なり、他の二人ハ高平全権委員と徳富蘇峰なり」（一九〇五・九・一）と批判したように、蘇峰の経営する『国民新聞』は政府の〈御用新聞〉と目され、日比谷焼討ち事件において襲撃をうけている。これに対して、蘇峰は、「彼の毫も世界の大成に通ぜず、帝国の立場を詳にせず、当今の時務に就て、殆んど盲目なる徒」と「此の煽情的問題を奇貨とし、平生の私憤を霽《はら》さんとする徒」と「此の国家的問題をば、営業的問題の手先に供せんとする輩」が焼討ち事件を起こしたとして批判した（「天下の大事を誤る者」『国民新聞』一九〇五・九・七）。一九〇九年末の啄木には、こうした当時の蘇峰の姿勢も思い起こされたのではないか。

ところで、蘇峰は、「新聞によって、吾が主義主張を天下に宣揚せんがため」（『蘇峰自伝』中央公論社、一九三五・八）、現実政治に影響力を行使しようとして当時の桂内閣とも強くむすびつき、〈国家主義〉の鼓吹に力を入れていった。日露戦争当時は、挙国一致の機運を盛り上げるため、日露戦後は、日比谷焼討ち事件にみられる〈群衆〉を目の当たりにして、国民統合の要として、より「国家」の重要性を説くようになった。

先に見たように、「きれぎれに心に浮んだ感じと回想」には、冒頭に蘇峰を念頭に置いた記述があり、その後、森鷗外、「二重の生活」、田山花袋、道徳について、「利己の罠」、自然主義と国家の問題、永井荷風の作品、といったように断片的かつ随筆風に論じていく。そして、荷風の「帰朝者の日記」（『中央公論』一九〇九・一〇）を「永く東京にゐて金を使つた田舎の小都会の金持の息子が、故郷へ帰つて来て、何もせずにぶらぶらしてゐながら、土地の芸者の野暮な事、土臭い事を、いや味たつぷりな口吻で逢ふ人毎に説いてゐるやうな趣き」と批判した文章に続く一節に蘇峰の名前が登場する。

国家！　国家！

国家といふ問題は、今の一部の人達の考へてゐるやうに、そんなに軽い問題であらうか？（啻に国家といふ問題許りではない。）

昨日迄、私もその人達と同じやうな考へ方をしてゐた。

今、私にとつては、国家に就いて考へる事は、同時に「日本に居るべきか、去るべきか」といふ事を考へる事になつて来た。

凡ての人はもつと突込んで考へなければならぬ。今日国家に服従してゐる人は、其服従してゐる理由に就いてもつと突込まなければならぬ。又、従来の国家思想に不満足な人も、其不満足な理由に就いて、もつと突込まなければならぬ。

私は凡ての人が私と同じ考へに到達せねばならぬとは思はぬ。永井氏は巴里に去るべきである。然し私自身は、此頃初めて以前と今との徳富蘇峯氏に或連絡を発見する事が出来るやうになつた。

鹿野政直は、「このしたたかな国家主義者について、なぞのようなことばをのこしている」[16]と述べたが、後に「国家」を「オオソリテイ」と規定し、「敵」とみなした啄木、という先入見を取り除いてみれば、決して謎ではない。[17]「百回通信」に書かれた次の文章が、当時の啄木の国家に対する姿勢を示している。

独逸の一小説家、嘗て其著書に、素撲なる地方人が都会に出て、三代にして遂に故郷に対する憧憬を忘れ、全く都会の放浪者となり了るの事実を指摘したる由に候。今や凡ての人間も、嘗て追はれたる楽園を忘れて、人間の故郷は実に人間現在の住所に外ならざるを知り、あらゆる希望憧憬を人間本位に集中するに至り候、近代文明の特色は此にあり、将来の趨向も此にあり。

（「百回通信」一一）

啄木にとって、「国家」は、人間が生きて生活する〈場〉だったのである。ただし、先の文章では、日本の現状に照らして、そのことを果して肯定しえるかどうかという厳しい問いかけとともに蘇峰が想起されている。啄木は、「私自身は、此頃初めて以前と今との徳富蘇峯氏に或連絡を発見する事が出来るやうになつた」という。上田博は、これについて、「『以前』の蘇峰は『将来之日本』において、生産的の社会の実現によって、平民的社会の実現を説いた青年蘇峰であり、『今』の蘇峰は」「国家主義の発揚を説く初老を迎えた蘇峰である」とし、「『物質主義』の強調も、今また『精神主義』の強調も、その根底にあるのは『人民多数の愉快、満足、幸福』（「将来之日本」）の実現のために、全体（国家主義）に重心をかけるか、個（平民主義）に重心をかけるかの相違にすぎな」かった、「蘇峰の国家主義は、したがって、平民主義の今日的な展開であるとする見方も成り立つであろう」と指摘する。[18]実際、蘇峰は、「尊王主義が平民主義の父母であると云ふ事を云ひ得れば帝国主義は平民主義の長兄であると云ふことを云ひ得るのである」（「平民主義と今後の政治」『中央公論』一九〇八・三）というように、「平民主義」を定義し直したうえで、イギリスにおける「労働者養老金法案」の議論を紹介しながら、「平民主義の大勢」に乗って、「政治家の仕事」は「内に於ては社会政策を布き、外に向ては帝国主義を施し、一般人民を提げて起つ」ものであると述べている。その国家主義に疑義を感じつつ、「我々の将来の満足」を希求し、その実現に向けて現実主義的にかかわろうとしていた点において、啄木にとって蘇峰という存在が切実な意味をもって立ち現れてきたと言えよう。

三

さて、「我々の将来の満足」という課題に対して、当時の啄木の用意した考えは、「一国国民生活の改善は、実に自己自身の生活の改善に初まらざるべからず」（「百回通信」二十）という言葉や、「現在の日本には不満足だらけです、然し私も日本人です、そして私自身も現在不満足だらけです、乃ち私は、自分及び自分の生活といふものを改善すると同時に、日本人及び日本人の生活を改善する事に努力すべきではありますまいか」（大島経男宛書簡、一九一〇・一・九）という言葉に示されているように、いわば個人の生活の改善と国家の改善とがつながるという、非常に素朴なものだった。これが啄木における、樗牛流の〈天才主義〉からの脱却という個人史的な軌跡の上では切実なものであったとしても、早晩破綻せざるをえないものであった。

実際、啄木の周辺にあったのは、現実の政治過程からの疎外といった事態である。たとえば、「百回通信」は、三回にわたって地租軽減問題に言及している。(19) 一九〇九年一二月に始まる第二六議会に向けて、三〇％の官吏増俸をめざし、地租増徴を打ち出した桂内閣と、逆に地租一％減を党議決定した政友会とが対立することになった。桂太郎の官僚閥族と西園寺公望の政友会がもちつもたれつの関係で政治をおしすすめていた桂園体制の中、結局は、官吏増俸給二五％、地租〇・八％減で妥結した。(20) 啄木は、「桂卿の八方美人的なる一視同仁主義と政友会の不得要領なる妥協主義とが、不即不離の間に兎も角もいらざる騒ぎを抑へつゝあるは至極結構なる事。大した失策なき限り、国民は黙つて彼等に世帯の〆括りを任せて置いて然るべく、而して人々唯々一意自己の生活の改善を計るべく候」と述べ、先に紹介したように、「今日の如く日本人の国民生活の内容、物質的にも精神的にも貧弱なるに於ては、早かれ晩かれひどい目に遭ふの時期到達すべく候」と指摘するのである。明治末年の有権者総数は約一五〇万人に過ぎず、成年男子の八人に一人は選挙権をもっていない時代であり、衆議院の過半数を握っていた政友会は、一五〇万有権者の過半数の支持を得ていたにすぎない。(21) 現実の議会政治とは隔てられたところで、「自己の生活の改善」を考えることしかできなかったのである。

また、同じ「百回通信」に、啄木は「諸有《あらゆる》建設は其最も低きところより創められざるべからず候。此意味に於て、如何なる国如何なる地方にとりても、其最も喜ぶべきは、最下級自治団体の自覚的行動なるべくと存候。廟堂の大官の脳中に蟠《わだか》まる大経綸よりも、一小農村の覚醒の方が事実としての価値遥かに多し」（「百回通信」六）と書くが、現実には上からの地方改良運動が展開されていた。啄木の残した原稿断片「農村の中等階級」（執筆年月日不詳）には、「農村の疲弊」状況に対する「振興改良」の流れとして、「二宮流の勤倹貯蓄主義を中心思想とする消極的のもの」と「農業そのものに絶望せんとしつゝ、ある青年子弟に自覚を促して、それによつて萎靡を極めてゐる農業と沈滞を来してゐる最小自治区とに新精神を与へんとする積極的のもの」があるとしている。啄木自身は、「封建時代の道徳をその儘取つて以て新日本の標準道徳としようとする内閣の連中の保守思想に就いては、没分暁でもあり不可能でもあると思つてゐる」として後者を支持するのであるが、一方で、「一般都市より十年もその余も文明の程度の遅れてゐる農村などには、二宮流の消極的道徳を極端に行ふなども時に取つて一方法であることは拒み得ない」としている。「二宮流の勤倹貯蓄主義」とは、地方改良運動の流れの中で組み込まれていった報徳社の活動のことで、「一九〇五年一一月、内務官僚・実業家・教育家有志によって催された二宮尊徳没後五〇年祭を契機に」報徳会として再編され、「内務省の別動隊として国民教化・統合に大きな役割を果たした」という[22]。一九〇八年に桂内閣の平田東助内相が「地方団体は国家の基礎にして自治制は国法の大本なり」と声明し、同年一〇月の戊申詔書を機に地方改良運動を推進、一九〇九年七月には、内務省は地方改良事業講習会を開いている。のちの啄木の言葉でいえば、「強権の勢力は普《あまね》く国内に行亘《ゆきわた》つて」（「時代閉塞の現状」）いったのである。

一方、徳富蘇峰において「自愛」と「他愛」の結合というかたちで試みられたものは、〈国家〉に対する精神的同一化にゆきついていった[23]。かつて徳富蘇峰は、平民主義の担い手を「田舎紳士」に求め、その「独立自営」の精神を称揚した。「商売ノ利己主義ハ我ヲ利シテ又彼を利スルナリ」（前掲『将来之日本』）といったように、それは「全体の幸福」にもつながるものとしてイメージされていた。しかし、植手通有のいうように、彼が期待した「農民層の階層分化が急激に進行しはじめ、豪農層の多くは農業経営からきり離されて寄生地主化する一方、その一部は没落して中農層や小作層に転落していった」[24]。また、政府に対抗することを期待した自由党と改進党の進歩党連合構想も現実政治の中で挫折していった[25]。「将来之日本」の担い手を失った時、蘇峰は、現実的に権威を握る政治家と結ぶことによって、自己の〈理想〉を実現しようとしたのだった[26]。また、日露戦後の日比谷焼討ち事件や、その後の中国旅行を経て、「数」つまり群衆ということを意識させられたことで、『国民新聞』の世俗化、大衆化とともに、国民の求心的な装置として〈皇室中心主義〉を打ち出していくことになる[27]。蘇峰の〈平民主義〉は、その担い手を失って以来、権威主義的秩序の形成に邁進していったと言えよう。

一九一〇年の三月に啄木は宮崎郁雨に宛てて、「我等の人生は、今日既に最早到底統一することの出来ない程複雑な、支離滅裂なものになつて」おり、「意識しての二重生活」を送らざるを得ないことを表明している。一九〇九年秋以来の「自己の徹底」「二重の生活」の統一という主張からの後退ともいえるべき発言だった。

そんな折に発生した大逆事件は、啄木に〈国家〉という枠組みを強く意識させるものであった。

四

大逆事件発生後に執筆された啄木の評論「時代閉塞の現状」に関して、北川透が「発想や思考のスタイルが、意外に蘇峰や樗牛に似ている」とし、それは「〈青年の〉自己主張というような世代的発想に依拠」していると指摘していることに注目したい[28]。「我々日本の青年は未だ嘗て彼の強権に対して何等の確執をも醸《かも》した事が無いのである」という認識から、「自然主義を捨て、盲目的反抗と元禄の回顧とを罷めて全精神を明日の考察――我々自身の時代に対する組織的考察に傾注しなければならぬのである」と訴えた啄木の「時代閉塞の現状」には、確かに、世代論的な発想が濃厚にある。そして、そこには、単に世代論的発想にとどまらない蘇峰との共通点も窺える。それは、青年と国家の関わり方に対する強い意識であり、啄木は次のように描いている。

「国家は強大でなければならぬ。我々は夫《それ》を阻害すべき何等の理由も有つてゐない。但し我々だけはそれにお手伝するのは御免だ！」これ実に今日比較的教養ある殆ど総ての青年が国家と他人たる境遇に於て有ち得る愛国心の全体ではないか。さうして此結論は、特に実業界などに志す一部の青年の間には、更に一層明晰になつてゐる。曰く、「国家は帝国主義で以て日に増し強大になつて行く。誠に結構な事だ。だから我々もよろしくその真似をしなければならぬ。正義だの、人道だのといふ事にはお構ひなしに一生懸命儲けなければならぬ。国の為なんて考へる暇があるものか！」

斯くて今や我々青年は、此自滅の状態から脱出する為に、遂に其「敵」の存在を意識しなければならぬ時期に到達してゐるのである。それは我々の希望や乃至其他の理由によるのではない、実に必至である。我々は一斉《せい》に起《た》つて先づ此時代閉塞の現状に宣戦しなければならぬ。自然主義を捨て、盲目的反抗と元禄の回顧とを罷めて全精神を明日の考察――我々自身の時代に対する組織的考察に傾注しなければならぬのである。

「時代閉塞の現状」は、「国家」に対して無関心なまま私的関心にのみ傾倒する青年たちに対して、「国家」＝「強権」(29)という「『敵』の存在」を意識することを呼びかけたものであるが、それは、「国家に就いて考へる事は、同時に『日本に居るべきか、去るべきか』といふ事を考へる事になつて来た」（前掲「きれぎれに心に浮んだ感じと回想」）とまで思いつめた啄木の認識の延長線上にある。

国家と青年の関係については、『将来之日本』や『新日本之青年』以来、蘇峰が関心を寄せてきたものだが、それは、明治三〇年代においても強く意識され、言及されていた。たとえば、一九〇四（明治三七）年九月二十五日に『国民新聞』発表された「青年の風気」では、非戦論を唱える若者を「彼等は少くとも眼中国家あり、且つ国家を自個の主張に同化せしめんとする抱負の有無は」「聊《いささ》か興《とも》に談ずるに足るを認む」とする一方、「国家生死存亡の大事を、余所に見て、何等の喜憂を覚へざる、無頓着の輩に至りては、殆んど済度の途に窮せざるを得ず」と述べ、「憂ふ可きは、非戦論者にあらず、無戦論者なり」と批判している。また、「地方の青年に答ふる書」（『国民新聞』一九〇六・二・一八、三・四、一一、一八）では、「人生問題の研究に従事」し「煩悶」する青年に向かって、その根源に「恋愛」という問題があることを指摘し、「美的生活」を捨て、むしろ「国家と結婚」すべきと説く。「国家の愛護者」（『国民新聞』一九〇八・一一・二九）では、綱島梁川に触れながら、「学者とか文士とか称し、若くは称せらる、輩が、国事に冷淡なるを、其の本領かの如く誇るものあるを見て、甚だ健全なる傾向なりと信ずる能はざる」ことを述べる。「成功狂」（『国民新聞』一九〇五・五・二八）、「乃公本位」（『国民新聞』一九〇九・二・一四）、「中毒せる成功論」（『国民新聞』一九〇九・四・一八）[30]では、日露戦中戦後、青年たちに蔓延した成功熱に対して、警鐘を鳴らしている。さらに、「当今我国の青年作家なるもの」が「非愛国の精神を鼓吹」したり、「社会の根柢を、性慾に措き《ママ》。神聖なる可き夫婦の関係を、唯だ一種の性慾関係となし」（「東京たより」『国民新聞』一九〇九・一〇・一九）たりすることを批判している。蘇峰は、後に『大正の青年と帝国の前途』（民友社、一九一六・一〇）において、「模範青年」「成功青年」「煩悶青年」「耽溺青年」「無色青年」というかたちで青年を分類し、批判したが、とりわけ「耽溺青年」に対して「手の著け様もなき也」と厳しく指弾したことをはじめ[31]、意外に啄木の主張との共通性があることに気づかされる。

例えば、「成功青年」に関しては、先に見たように、「実業界などに志す一部の青年」の問題点として指摘されている。「煩悶青年」に関しては、啄木自身がかつて梁川に傾倒していたこと、そして「時代閉塞の現状」では止揚されるべき対象として論じられていることが指摘できる。[32] そして、「耽溺青年」たちについては、次のように描かれている。

　斯くの如き時代閉塞の現状に於て、我々の中最も急進的な人達が、如何なる方面に其「自己」を主張してゐるかは既に読者の知る如くである。実に彼等は、抑へても〳〵抑へきれぬ自己其者の圧迫に堪へかねて、彼等の入れられてゐる箱の最も板の薄い処、若くは空隙（現代社会組織の欠陥）に向つて全く盲目的に突進してゐる。今日の小説や詩や歌の殆どすべてが女郎買、淫売買、乃至野合、姦通の記録であるのは決して偶然ではない。[33]

　ところで、筒井清忠は、明治三〇～四〇年代の新しい青年類型として、「成功」青年、「堕落」青年、「煩悶」青年（「星菫党」つまり文学青年も含む）を挙げている。[34] これは、丸山眞男の「個人析出のさまざまなパターン」[35] における「私化」に該当する。丸山は、伝統的社会からの解体過程において、あらわれる個人析出のパターンを「自立化」（individualization）、「民主化」（democratization）、「私化」（privatization）、「原子化」（atomization）の四パターンに分けている。そして、政治的権威の中心に対して求心的であるか遠心的であるかを横軸に、「多様な目的を達成するために隣人と結びつく素質」を示すものである結社形成的であるか、非結社形成的であるかを縦軸にして、「自立化」を遠心的・結社形成的、「民主化」を求心的・結社形成的、「私化」を遠心

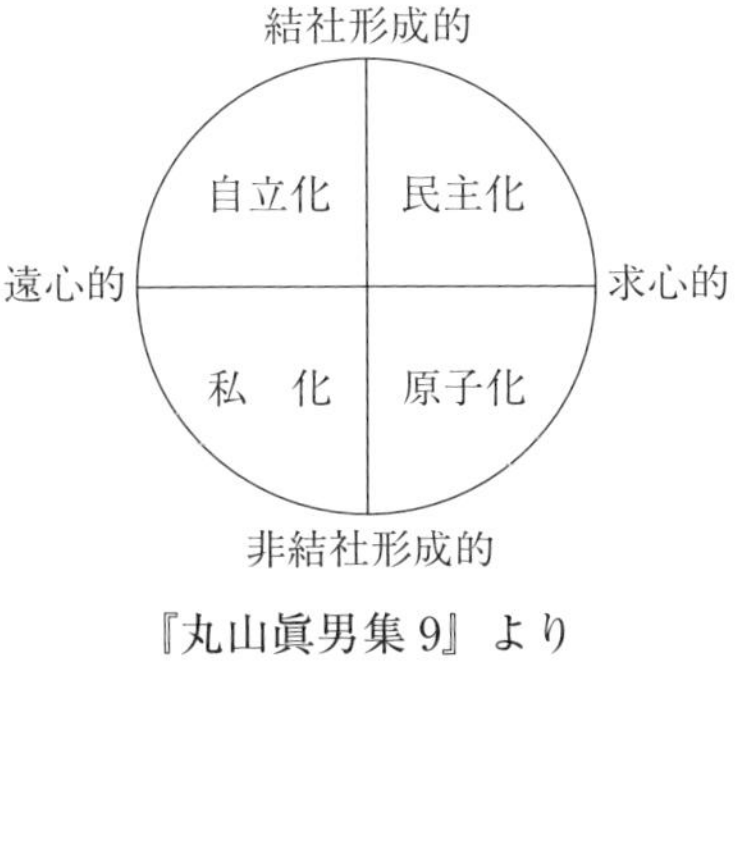

『丸山眞男集9』より

的・結社形成的、「原子化」を求心的・非結社形成的とした。そして、「時代閉塞の現状」にみられる啄木を「自立化」に分類できるとしている。本稿の論旨に即していえば、啄木は、「私化」の側面（星菫党、煩悶青年、堕落青年）を持っていたが、「自立化」に移行し、「私化」を厳しく批判していったと言えよう。一方、蘇峰の希求する青年像は、「自立化」（遠心的・結社形成的）から、「原子化」（求心的・非結社形成的）へと反転したと言えようか。それは、蘇峰の発言で言えば、「個人的平民主義より、国家的平民主義となり、自由平和の理想家より、力の福音の信者となり、遂ひに帝国主義者として、東洋自治論の唱道者となりたる」（前掲『大正の青年と帝国の前途』）という言葉に凝縮されているだろう。「原子化」された個人を束ねるのが、「国家」であり「皇室」であるといえようか。そして、「精神的に走るものは精神的の主我的傾向を取り、物質的に走るものは物質的の主我的傾向を取り、何処までも主我的であつて、唯々我といふことのみを考へて他に及ばないのでありまする」（「当今の青年と社会の気風」『中央公論』一九〇五・一）と批判したように、蘇峰にとっても青年の「私化」的傾向こそが克服すべき課題だった。

言うまでもなく、大逆事件以後、社会主義、無政府主義思想を受容し、国家制度を批判していった啄木と、かたや〈国家主義〉、〈皇室中心主義〉を鼓吹していく蘇峰には大きな違いがあるだろう。にもかかわらず、大状況を前にして「私化」に埋没する青年への批判という点で大きな共通点もあったのである。いわば、啄木が「国家」を「敵」とすることによって、〈我々〉青年の存在を具現化・顕在化させようとするものであるとしたら、蘇峰は、「国家」の中に青年たちの生存の意義を求めようとしたと言うべきか。

そして、それらはその後の政治状況の中で分化し、対立していった。

五

一九一一年一月一八日に大逆事件の被告二四名に死刑の判決が下った（翌一九日、うち一二名が無期懲役に減刑）。一九日の日記に啄木は次のように書いている。

朝に枕の上で国民新聞を読んでゐたら俄かに涙が出た。「畜生！　駄目だ！」さういふ言葉も我知らず口に出た。社会主義は到底駄目である。人類の幸福は独り強大なる国家の社会政策によつてのみ得られる、さうして日本は代々社会政策を行つてゐる国である。と御用記者は書いてゐた。

一九日の『国民新聞』の「東京たより」には、「逆徒の生出」は「精神的黒死病」のようなもので、「聖徳をして全国民に光被せしめ。《ママ》村に無告の民なく、家に凍餓の人なからしむる」こと、つまり、「社会政策を普及するは、根本的治療の第一義」であると書かれている。このとき、啄木と蘇峰はもっとも対極的な位置にあったと言えよう。

啄木が残そうとした記録の一つである「日露戦争論（トルストイ）」（一九一一・四～五稿）には、日露戦争時に『東京朝日新聞』、『週刊平民新聞』、『時代思潮』に掲載されたトルストイの非戦論に対する批評に触れて、「日本第一流の記者、而して御用紙国民新聞社長たる徳富猪一郎氏は、翁（トルストイのこと――引用者注）が露国を攻撃した点に対しては、『これ恐らくは天がトルストイ伯の口を仮りて、露国の罪悪を弾劾せしめたるの言なるべし。』と賞讃しながら、日本の行為を攻撃した部分に対しては、『此に至りて伯も亦スラーヴ人の本色を脱する能はず候。』と評した」と批判している。なお、この一文に先立って、「日本人――文化の民を以て誇称する日本人の事物を理解する力の如何に浅弱に、さうしてこの自負心強き民族の如何に偏狭なる、如何に独断的なる、如何に厭ふべき民族なるかを語るもの」として、トルストイが戦争の原因を「個人の堕落」としたのに対して、社会主義者が「経済的競争」に原因を求めたことについて、「少しも眼中に置か」なかったことを指摘している。蘇峰の批評もまた「畢竟『日本人』の批評であつた」として批判されるのだが、ここでは、啄木が「日本人」という言葉でナショナルなものを相対化しようとしていること、及び、「文学と政治」（前掲）での自身の見解を超えた観点から日露戦争を相対化していることに注目しておきたい。[36]

一九一一年の啄木は、「時代進展の思想を今後我々が或は又他の人が唱へる時、それをすぐ受け入れることの出来るやうな青年を、百人でも二百人でも養つて置く」（平出修宛書簡、一九一一・一・二二）ための雑誌を啄木は計画している。「無政府主義はどこまでも最後の理想」だとし、「実際家は先づ社会主義者、若しくは国家社会主義者でなくてはならぬ」（瀬川深宛書簡、一九一一・一・九）と自己規定する啄木は、「一院主義、普通選挙主義、国際平和主義の雑誌を出したいと空想してゐました」と言いつつ、「時代進展に一髪の力でも添へうれば満足」（平出修宛書簡、一九一一・一・二二）と言う。また、啄木が、「屹度書きたいと思ふ著述」として『明日』とともに『第二十七議会』という書名を挙げていることも注目しておきたい（宮崎大四郎宛書簡、一九一〇・一二・一二）。「これは毎日議会を傍聴した上で、今の議会政治のダメな事を事実によつて論評し議会改造乃ち普通選挙を主張しようというものであったが、いわば急進的改革の方向ではなく、現実に立脚した改革志向である。ここには、「国家」を「敵」とする地点に進みつつも、一九一〇年一月九日の大島経男宛書簡で、「あらゆる思想、あらゆる議論の最後は、然して最良の結論は唯一つあります、乃ち実行的、具体的といふ事です」といった精神が生きているように思われる。[37]

同じ頃、蘇峰は「危険思想」(『国民新聞』一九一一・四・一六)という文章を書いている。ここで蘇峰は、「何者を以て、危険思想と為す乎の先決問題ありと信ず」と述べ、「人心の萎靡不振」こそ問題であると指摘する。「一国の人心が、無頓着となり、潰瘍となり、一切弾力を失し、浮生の享楽以外に、何等の理想をも拋却する」ことは一見無害に見えながら「其実は国家の元気を沮喪せしめ、社会の結合力を散滅せしめ、延いて国家を解体せしむるもの」であり、「破壊主義」と結びついた「虚無主義」(この場合、当時の無政府主義者を指す)と比べて、ほとんど「予防するの道」もなく、「大なる危険」だと言う。主要な敵はやはり青年の「私化」的傾向だった。注目すべきは、蘇峰もまたこの後、普通選挙制度を主張していくことである。(38)先の丸山の分類に従えば、原子化された個人の自発性を喚起するものとして、民主化(求心的・結社形成的)を志向するものと言えよう。ただし、それは国民統合の手段として挙げられており、まず〈国家主義〉や〈皇室中心主義〉ありきの立場であったことも事実である。(39)

一九一二(明治四五)年一月三日の啄木の日記には次のような記述がある。

市中の電車は二日から復旧した。万朝報によると、市民は皆交通の不便を忍んで罷業者に同情してゐる。それが徳富の国民新聞では、市民が皆罷業者の暴状に憤慨してゐる事になつてゐる。小さい事ながら私は面白いと思つた。国民が、団結すれば勝つといふ事、多数は力なりといふ事を知つて来るのは、オオルド・ニツポンの眼からは無論危険極まる事と見えるに違ひない。

啄木の眼には、市電のストライキは「漸次地上に流出し来らむ」「隠れたる潮流」(畠山亨宛書簡、一九一一・八・三一)だったが、蘇峰の眼には教化されるべき「群衆」であり、「原子化」された個人であった。蘇峰の「普通選挙論」も、そのような原子化された個人を統合する必要から生まれたものだった。それは、「大正政変」の折、二度目の国民新聞焼討ちを経験して、いっそう明瞭になっていく。そして、そのようにしか見られない蘇峰は、啄木にとって、「オオルド・ニッポン」の代表であり、乗り越えられるべき〈世代〉だったに違いない。

注

（1）国際啄木学会編、おうふう、二〇〇一年九月発行。「徳富蘇峰」の項目執筆者は古澤夕起子。
（2）『新編人間啄木』（岩手日報社、一九五九・五）二五頁。
（3）注2。七三～七八頁。
（4）注2。五五～五六頁。古木巌については、浦田敬三『啄木その周辺　岩手ゆかりの文人』（熊谷印刷出版部、一九七七・一二）参照。また、岩城之徳『啄木歌集全歌評釈』（筑摩書房、一九八五・三）も掲出歌の「友」が古木巌をモデルとしていると指摘している。
（5）『国民新聞』一九〇二（明治三五）年一一月九日掲載、のち『第四日曜講壇』（民友社出版部、一九〇四・五・二）に収録。
（6）『事典』項目の記述では、次のように書かれている。
　そのころ読んだと確認できるのは「結婚論」（『国民新聞』日曜講談。一九〇二年）のみだが、啄木は終生ジャーナリストとしての蘇峰に関心を持ち続けた。『国民新聞』に履歴書を送ったこともあり（日記、一九〇八・九・二一）、『国民新聞』の「東京だより」を手本にした「百回通信」（一九〇九・一〇～一一）もある。
しかし、項目執筆者の古澤が、別稿で「啄木の国民新聞への入社希望が、どれほど真剣なものだったかは疑わしい」（「啄木と徳富蘇峰――明治四十一年から四十二年」関西啄木懇話会『啄木文庫』第一〇号、一九八六・三）としているように、『国民新聞』に履歴書を送ったのは生活のためであり、思想的に蘇峰に向き合ったのは、一九〇九年の頃であって、それまで蘇峰は啄木の関心の埒外にあったというべきであろう。
（7）『蘇峰自伝』（中央公論社、一九三五・九）には、「変節漢とか、藩閥への降服者とか、その他あらゆる悪名は、遠慮会釈なく予に雨集し来つた」とある。『国民新聞』を政府の機関紙にしようとしたことと、その背景については、有山輝雄『徳富蘇峰と国民新聞』（吉川弘文館、一九九二・五）九一～一〇六頁を参照。

（8）蘇峰の文章には、「美的生活は豚的生活」もしくは「醜的生活」と批判したものがあり（「四度地方青年に答ふる書」『国民新聞』一九〇六・三・一一、『第八日曜講壇』民友社、一九〇七・九に収録）、樗牛の思想にも否定的だった。啄木の、樗牛の〈美的生活論〉に対する言及については、本書第一部第二章参照。

（9）木股知史ほか『和歌文学大系77　一握の砂／黄昏に／収穫』（明治書院、二〇〇四・二）六六頁。

（10）「きれぎれに心に浮んだ感じと回想」における蘇峰論に関しては、上田博「『きれぎれに心に浮んだ感じと回想』―『二重の生活』の統一―」（『立命館文学』第四七八〜四八〇合併号、一九八五・四〜六、『石川啄木の文学』桜楓社、一九八七・四に収録）に詳しい。

（11）小川武敏は、「世代論的な主題」として「〈老人と青年〉が二項対立的に対置され、青年に過大な特権と期待が与えられる、という構図が顕著である」（注1『石川啄木事典』二〇六〜二〇七頁）と指摘し、小説「雲は天才である」（一九〇六）、「道」（一九一〇）、原稿断片「父と子」「杖の悲劇」、評論「時代閉塞の現状」（一九一〇）、詩「はてしなき議論の後」などをその例として挙げている。こうした発想は終生変わらず、最晩年の「病室より」（一九一二・一・一九稿）にはイプセンの戯曲「ジョン・ガブリエル・ボルクマン」の中の息子が言った〝I am young〟という言葉を紹介しつつ、「年老つた者は先に死ぬ。老人と青年の戦ひは、何時でも青年の勝になる。さうして新しい時代が来る」という一節がある。

一方、植手通有は「青年論と世代論、とくに前者の傾向は、生涯を通じて蘇峰に認められる」と指摘しているが（「解題」『明治文学全集34　徳富蘇峰集』筑摩書房、一九七四・四）、この点においても啄木と蘇峰の共通性が窺える。

（12）三和良一・原朗『近現代日本経済史要覧　補訂版』（東京大学出版会、二〇一〇・四）二頁。

（13）西川俊作・阿部武司『日本経済史4　産業化の時代　上』（岩波書店、一九九〇・一）五〜七七頁。

（14）田中王堂の考え方を顕著に示すものとして、たとえば、「生活の価値生活の意義」（『新小説』一九〇九・一二）には、「人間が生活を継続するには、彼れが置かれたる境遇と、彼れが持てる慾望との斉整又は融合を計り行くことが必要条件である」とあり、また、「自由思想家の倫理観」（『書斎より街頭に』廣文堂書店、一九一一・五）には、「人間の唯一の目的は幸福なる生活を獲得するにあるのであるが、幸福なる生活は、彼れの持てる慾望の実現を図るが為めに、彼れのおかれた境遇を征服し、又彼れのおかれた境遇の整頓を計る為めに、彼れの持てる慾望を訓練することによつて、即ち彼れの慾望と境遇との融合を謀ることによつてのみ得らるゝものである」といった文章がある。注10、上田博『石川啄木の文学』参照。

(15)　外務省編『小村外交史』(原書房、一九六六・五) 四七九頁。

(16)　「啄木における国家の問題」(『季刊科学と思想』一九七二・一)。

(17)　また、中山和子は、「『従来の国家思想に不満足な人』の代表を荷風であるとすれば、その対極に『国家に服従してゐる人』の代表として、啄木は徳富蘇峰をみいだしていることになる」(「啄木のナショナリズム」明治大学『文芸研究』一九七九・三) と指摘している。しかし、『国家に服従してゐる人』とは、この場合、長谷川天渓のような人物を指すのであって、蘇峰ではないだろう。

天渓は、「各個人の自我は、此の国家主義を抱いて、而も現実とは何等の衝突をも見ぬ。我れ等は日本人であるから、日本々位の種々なる運動や、思想と、必ず一致しなければならぬのである。乃ち此の自我を日本帝国といふ範囲まで押し拡げても、毫も現実と相離れ、或は矛盾するやうのことは無い」(「現実主義の諸相」『太陽』一九〇八・六) と書いたが、それに対し、啄木は「長谷川天渓氏は、嘗て其の自然主義の立場から『国家』といふ問題を取扱つた時に、一見無雑作に見える苦しい胡麻化しを試みた」と批判する。蘇峰と天渓を分かつものは、積極的に国家にかかわろうとする姿勢の有無である。

(18)　注10、『石川啄木の文学』一一一頁。

(19)　これに先立ち、啄木は、釧路新聞記者時代、「予算案通過と国民の覚悟」(一九〇八・一・二九) と題する記事で、第二四議会における増税案に対して、「政府は軍事費の傀儡にして、国民挙つて其奴隷とせられつゝある」と書いている。この時期の発言と比較すると、一九〇九年末の啄木はより〈現実的〉たろうとしていたことがわかる。それは、一九〇九年一二月の原稿断片である「所感数則」に「兎も角も日本の現在の政治的事情は、桂侯と政友会とが巧い具合に反《そり》を合せて助け合つて行く外には、国政を円満に進行せしむる途がないのである」と書いていることにも明らかである。

(20)　坂野潤治『明治国家の終焉　1900年体制の崩壊』(筑摩書房、二〇一〇・六) 七七～八五頁。

(21)　同右。一一二～一一三頁。

（22）海野福寿『日本の歴史⑱　日清・日露戦争』（集英社、一九九二・一一）二一九頁。

（23）坂本多加雄『市場・道徳・秩序』（創文社、一九九一・六）四三～九二頁。

（24）注11、植手通有「解題」。

（25）米原謙『徳富蘇峰　日本ナショナリズムの軌跡』（中央公論社、二〇〇三・八）七三～八七頁。

（26）佐々木隆「徳富蘇峰と権力政治家――帝国日本興隆へのアプローチ」（『岩波講座「帝国」日本の学知　第4巻　メディアのなかの「帝国」』（岩波書店、二〇〇六・三）参照。

（27）たとえば、「追遠論」（『国民新聞』一九〇五・一〇・二二、『第七日曜講壇』民友社出版部、一九〇六・五に収録）には、「日本帝国は、我が皇室を中心として、組織せらる。大和民族ありて、皇室あるにあらず、皇室ありて、大和民族ある也」という発言がある。なお、米原謙によると、「皇室中心主義」という言葉を自覚的に使用するのは、改訂版『吉田松陰』（一九〇八・一〇）以後だという（注25、『徳富蘇峰　日本ナショナリズムの軌跡』七〇頁）。

（28）北川透「高山樗牛論」（『公評』一九七六・一、『北村透谷■試論Ⅲ　〈蝶〉の行方』冬樹社、一九七七・一二に収録）。

（29）「時代閉塞の現状」には、「共通の怨敵たるオオソリテイ――国家」とあり、この「オオソリテイ」は『麹麪の略取』の「和訳例言」の中にある「強権とはオーソリチー、強権論者とはオーソリタリアンを訳したのである」という言葉を踏まえたものであるから、啄木の理解では、「国家」＝「強権」となる。近藤典彦「国家・強権」（前掲『石川啄木事典』）参照。

（30）なお、ここで挙げた文章は、蘇峰の『日曜講壇』（民友社刊）に収録されている。
「青年の風気」（『第六日曜講壇』一九〇五・一二）
「成功狂」（『第七日曜講壇』一九〇六・五）
「地方の青年に答ふる書」（『第八日曜講壇』一九〇七・九）
「国家の愛護者」「乃公本位」「中毒せる成功論」（『第十日曜講壇』一九一一・五）

（31）蘇峰は、「単り耽溺青年に到りては、一切を否定し、一切を無視す。愛国心は、没分暁漢の所有物にして、道徳は野暮屋の看板たり」としていると指摘し、「吾人が耽溺者流を危険とするは、其の虚無的思想を危険とする」ことであって、「此の刹那主義者に到りては、我が帝国の白蟻とも称す可きものにして」、「其の害毒の及ぶ所は、熱烈なる破壊的社会主義の比にあらず」と厳しく断罪している。

(32) 当時の啄木の傾倒ぶりは、「綱島梁川氏を弔ふ」(『北門新報』一九〇七・九・二四、二六、二七)を参照。「時代閉塞の現状」では「我々は彼の純粋にて且つ美しき感情を以て語られた梁川《りやうせん》の異常なる宗教的実験の報告を読んで、其遠神清浄なる心境に対して限りなき希求憧憬の情を走らせながらも、又常に、彼が一個の肺病患者であるといふ事実を忘れなかつた」と総括し、「我々の理想」は、「既成の外」や「他力」に求めるものではないことを主張している。

(33) なお、この文章を天皇制批判とみるのは読み誤りである。本書第二部第五章参照。

(34) 『日本型「教養」の運命』(岩波書店、一九九五・五)。

(35) M・B・ジャンセン編『日本における近代化の問題』(岩波書店、一九六八・七)収録。本稿では、『丸山眞男集9』(岩波書店、一九九六・三)を使用した。

(36) 啄木による日露戦争の相対化は、「大硯君足下」(一九一一・一・七稿)に明瞭に示されている。

　戦争は決して地震や海嘯のやうな天変地異ではない。何の音沙汰も無く突然起つて来るものではない。(中略)歴史を読むと、如何なる戦争にも因あり果あり、恰も古来我が地球の上に戦はれた戦争が、一つとして遂に避くべからざる時勢の必然でなかつたものがないやうにも見えるが、さう見えるのは、今日我々の為に残されてゐる記録が、既に確定して了つた唯一つのプロセスのみを語つて、其の当時の時勢が其のプロセスを採りつゝある際に、更に幾多の他の方向に進むべき機会に遭遇してゐた事に就いては、何も語つてゐないからである。

(37) ただし、この時期の啄木の主張に堺利彦ら社会主義者の普通選挙論の影響が窺えること(本書第四部第三章参照)、また、明治四三(一九一〇)年の第二六議会で普通選挙法案が衆議院を通過した後、貴族院で一蹴され、その後、社会主義と密接な関連を持つものとして弾圧されたことを考えれば、当時においては普通選挙の主張でさえ急進的な改革案であったとも言える(松尾尊兊『普通選挙制度成立史の研究』岩波書店、一九八九・七、八三〜九七頁)。ちなみに、蘇峰は、「我国の現行制度の如きも、名は制限選挙といふも、制限の最も軽きものたり」(「選挙権の拡張」『国民新聞』一九一一・一二・六）と、一九一一年の時点では、普通選挙を重要とみなしてはいなかった。

（38）和田守は、蘇峰の普通選挙論は、一九一三年二月の「大正政変」以降のこととし、『時務一家言』（一九一三・一二）の「平民主義の旺盛」という章で「藩閥者流」に偏重していた政権を「国民一般」に分配せよと主張したことを紹介している（『近代日本と徳富蘇峰』お茶の水書房、一九九〇・二、一〇七頁）。

（39）『時務一家言』の「皇室中心主義」という章には「帝国主義や、平民主義や、社会主義や、悉く挙け《ママ》て之を繋く《ママ》ものは何そ《ママ》や。吾人か平昔唱道する皇室中心主義是れ也」とあり、普通選挙も平民主義も「皇室中心主義」の枠内のものでしかないことがわかる。

※蘇峰の『将来之日本』『新日本之青年』『時務一家言』は、『明治文学全集34　徳富蘇峰集』（筑摩書房、一九七四・四）を、『大正の青年と帝国の前途』は、『近代日本思想体系8　徳富蘇峰集』（筑摩書房、一九七八・六）を使用した。

第四章　啄木と石橋湛山

一

『石橋湛山全集』第七巻の「月報」（一九七一・八）に壺井繁治は、「湛山と啄木」という一文を寄せている。そこで壺井は、啄木と湛山の自然主義批判における一致点を認め、啄木が湛山の自然主義批判の一文「観照と実行」（『東京毎日新聞』一九〇九・六・一〇〜一五、一七、一八、二〇、二一）を「読んでいたかどうか、その点はわたしにはあきらかでないが、偶然の一致とすれば、それはそれとしてまた非常に興味深い」と書いている。また、紅野敏郎も、湛山の「自己観照の足らざる文芸」（『東洋時論』一九一二・五）を「啄木の同時代批判に重なるもの」と書いている（「フリーシンキングの展開」『早稲田文学』一九七一・七、長幸男編『石橋湛山――人と思想』一九七四・七所収）。

結論から先に言えば、啄木と湛山のこうした一致には、田中王堂のプラグマティズム哲学が介在している(1)。湛山が王堂のプラグマティズム哲学の影響を受けていたことは、湛山自身が、「もし今日の私の物の考え方に、なにがしかの特徴があるとすれば、主としてそれは王堂哲学の賜物であるといって過言ではない」（『湛山回想』毎日新聞社、一九五一・一〇）と述べていることに明らかであり、後述するように、その自然主義批判も王堂のそれと重なる。

いま王堂、湛山とのかかわりで問題となるのは、自然主義文学の問題を俎上に乗せた一九〇九（明治四二）年秋以降の評論である。

以下、啄木、湛山、王堂の接点を探っていきたい。

二

啄木の文章に田中王堂の名が登場するのは、一九〇九年以降のことである[2]。一一月八日付の金田一京助宛、荻原守衛の彫刻「労働者」の絵葉書に「いくら見ても飽きぬは此男のツラに候。田中氏の具象理想論に感服したる小生はかういふツラを見て一方に英気を養はねばならず候」と書いている。評論では、同年「十二月二十二日」の日付がある「一年間の回顧」（『スバル』一九一〇・一）の中で、「私は田中喜一氏の批評に重要な教訓を認めるけれど、一般批評家は未だ同氏の批評の根拠を了解する程に厳密な考量を重ねてゐないやうに見える」と書いているほか、翌年執筆した評論「性急な思想」（『東京毎日新聞』一九一〇・二・一三～一五）では、近代主義の批判を展開した中で、王堂の「生活の価値生活の意義」（『新小説』一九〇九・一二）を引用している。

啄木は、一九〇九年の秋から、旺盛な評論活動を展開し、自身この時期のことを「僕の思想は急激に変化した」（宮崎郁雨宛書簡、一九一〇・三・一三）と述べているが、この転換に理論的礎石を与えたのは、王堂＝プラグマティズム哲学であった。それは、その〈現実〉観及び〈生活〉観、そして〈文学〉観に大きな影響を与えている。

王堂は自身の哲学的立場を「具体理想主義」と呼び、それをまず次のように規定する。

具体理想主義は人間の経験即ち活動は悉く彼れが生活の持続と、彼れが欲望の満足との方便として生ずるのであるといふことを根本事実として受取り、これ以外、これ以上何等の神秘的仮定も、超越的想像も排斥するのである。

（「具体理想主義は如何に現代の道徳を理解するか」『文章世界』一九〇九・一・一五）

王堂は、「生活の持続」という既定の事実から出発し、あらゆる人間の活動をその方便と位置付ける。その意味で文芸も「社会活動の機関の一つである」（「文芸に於ける具体理想主義」『趣味』一九〇九・五）。ところで、欲望は無限に満足させられるものではないから、「同時に起る慾望或は前後に起る慾望を整頓することが必要になる」。「理想とは即ち斯く慾望を整斉し行く方針のことである」。従って、その「理想」とは、「我々が時々刻々に身を処して行く具体的方針に外ならぬ」（以上「具体理想主義は如何に現代の道徳を理解するか」）。それは、「過去の経験によつて創設せられた様式を現在の生活によつて開張し、現在の生活によつて惹起せらるゝ衝動を過去の経験によつて制限することをして始めて得らるゝ」（前掲「生活の価値生活の意義」）ものである。

啄木が、こうした王堂哲学の影響下にあったことは、「一切の文芸は、他の一切のものと同じく、我等にとつては或意味に於て自己及び自己の生活の手段であり方法である」（「弓町より」一九〇九・一一・三〇、一二・二～七）という文芸＝生活の手段、方法という考え方や、「理想」と「現実」の関係を論じた次の言葉にも明らかである。

遠い理想のみを持つて自ら現在の生活を直視することの出来ぬ人は哀れな人です、然し現実に面相接して、其処に一切の人間の可能性を忘却する人も亦憐な人でなければなりません、（中略）人生――狭く言つて現実といふものは、決して固定したものではない、随つて人間の理想といふものも固定したものではない、我々は時々刻々自分の生活（内外の）を豊富にし拡張し、然して常にそれを統一し、徹底し、改善してゆくべきではないでせうか、

（大島経男宛書簡、一九一〇・一・九）

　また、「きれぎれに心に浮んだ感じと回想」（『スバル』一九〇九・一二）をはじめとするこの時期の啄木の評論には、「自己の徹底」、「二重の生活」及び「生活の統一」、「自己及び自己の生活の反省」などの言葉が頻出するが、これらは、王堂の評論では客観的に論じられたものを、啄木自身の主体的な要求として表現し直したものとみてよいだろう。とりわけ「二重の生活」という概念は、文学と実人生のほか、個人と国家、個人と社会、個人と家族、意志と実行、理想と現実などの意味を含み、その統一が痛切に希求される。そして、田山花袋に於ける文学と実生活の問題、長谷川天渓に於ける国家と個人の問題など自然主義批判はこの地点からなされるのである。

　湛山との接点を考える場合、見逃せないのは、〈実行と芸術〉論争（〈観照と実行〉論争）に対する啄木の批判である。啄木は、この論争を自然主義の「停滞弛緩の傾向」の一例として取り上げ、「無駄話に終つた」と述べ、「若し真に充実した主観を有《も》つた人の間に真面目に論議せらるるならば、当然、文学と実生活との関係から実際的な文学の目的論を生み、更に作家と実生活上の諸問題との交渉に及んで、其処に進歩したる日本人の反省を一層深くすべき鍵を見出したであらうと思はれる。が、事実に於て、当時の論壇は目的論に向はずして、本性論に還つた」と書いている（「一年間の回顧」『スバル』一九一〇・一）。啄木の言う「目的論」とは、文学が人間の生活の統一や改善を目的とするものであるということであろう。自然主義者は、この「目的論」に向かわないで、文学の「本性論」――文学とは「観照」するものであること――を語ったに過ぎないと言うのである。啄木は、「観照」に人生批判、人生批評の役割を求める。「普通『人』は実行し且つ観照しつつあるものであるが、（田山花袋）氏には余りに其観照――隔一線の態度が多過ぎはしまいか」、「対人生の態度に『批評』といふ事を余り軽く考へてゐはしまいか」（「きれぎれに心に浮んだ感じと回想」）、「芸術は自然人生を理想化したものであり、従つて人生自然を批評するものであるといふ事を『確定した真理』として徳田秋江さんの意見に全然同意する」（「文学と政治」一九〇九・一二・一九、二一）という言葉は、そのことを示している。

湛山が自然主義を批判するにあたって、重要な問題として取り上げたのも、この〈観照と実行〉の問題である。そしてその批判は〈観照〉論の代表的論客島村抱月に対して向けられた。湛山の評論「観照と実行」（『東京毎日新聞』一九〇九・六・一〇〜一二）は、論争の渦中にあってなされたもので、島村抱月の「第一義と第二義」（『読売新聞』一九〇九・六・六）に批判を加えたものである。抱月の主張から見ておこう。

芸術は人生の為である、人生の為でない芸術のありやう筈はない。唯問題は如何に人生の為であるかといふ、其の如何にといふ解釈にあるのである。（中略）芸術は結局我等をして第二義人生の奥に容易にほぐし得ざる第一義の塊あることを自覚せしめる。芸術の効果はたゞ此自覚にある。（中略）我等が営々として追ひ行く現在の第二義人生は、何を窮極の指揮者とするか。是れが人生観論である。而して我等は真摯に我等の現状を告白する時、何等の権威ある解釈を自分の中又は他人の説中に所有するか。何も無い、あるものは唯紛乱である、疑惑である。然らずんば唯盲目と無自覚と絶望とである。

抱月によれば、「第二義人生」は「実行」を指し、「第一義人生」は「芸術」のことを指す。そして、「芸術とは、畢竟実行に入らずして而も現実を最大度に使役し以て確実なる純観照に耽らんとする活動である」と、「芸術」と「実行」の関係を不問に付すのである。抱月があえて「芸術」と「実行」の間に一線を画そうとするのは、「実行」＝「人生」に、「紛乱」と「疑惑」、「盲目と無自覚と絶望」を見るからである。

さて、湛山が抱月批判の指針とするのも王堂哲学である。湛山は「生活」には「二つの矛盾した要素」があると言う。それは、「過去に作られたる生活の方法」と「新に起る境遇の変化」である。そして、「此矛盾を調和して行く経過が、所謂進化、境遇順応」にほかならない。そして、「哲学、宗教、科学、文芸其他百般の人世の現象は、悉く唯此の境遇順応の手段、即ち生活する為めに起ったもの」である。そして、我々は「特殊〈個々の過去の経験〉から普遍〈生活の方針〉を作る」。その「生活の方針」は、「新経験」に応じて、変化する。この見地から、湛山は抱月の「第一義」を分析する。即ち、「近代生活殊に我邦の最近に於ては、境遇の変化が著しい。で哲学でも道徳でも習慣でも、此新境遇に応じて生活を統一して行くには足りなくなった。我等の要求に合わなくなった。而して今は此矛盾撞着に苦める時代である。未だ新要求に合したる新普遍が発見せられていない。第一義とは、実に此求めて未だ得られざる新普遍を意味するにすぎない」。さらに、湛山は自然主義の「無理想無解決」という言葉に批評を加えて次のように言う。

過去の理想解決は役に立たなくなった、而して新しい理想解決は未だ発見せられないと云ふことだ。而して人生の真相を赤裸々に描写することは、其処からして新しい理想と解決の方法とを発見せんとする努力である。総て過去の生活の方法が役に立たなくなった時に、之れを改造して新しい方法を求むる手段は、先ず一度其の生活方法の顕れた根源なる人生に立帰って、其処で其の役に立たぬ所以、新境遇との間の矛盾の点を調べ、左うして新理想なり、何なり、生活の新方法を立てるより外にはない。而して此経過は、古来之れを批判と名づける処のものであるが、今の自然派文芸は、実に此れをやっているのであって、謂い得べくば批判の文芸とも称すべきものである。而して斯く解して、初めて此新興文芸は意義がある。

先の啄木の〈観照〉論批判との共通点は明らかである。啄木の次の言葉も、湛山との共通点を如実に示している。

我々の理性は、此の近代生活の病処を研究し、解剖し、分析し、而して其病原をたづねて、先づ我々人間が抱いて来たところのあらゆる謬想を捨て、次で其謬想の誘因となり、結果となつたところの我々の社会生活上のあらゆる欠陥と矛盾と背理とを洗除し、而して、少くとも比較的満足を与へるところの新らしい時代を作る為め、生活改善の努力を起さしめるだけの用をなし得ぬものであらうか。（中略）人間の生活を司配して来たものは人間それ自身である。近代の我々の生活にして我々に不幸なるものであるとすれば、その不幸は人間自らの謬想と不用意の招いた当然の結果でなければならぬ。既に然りとすれば、我々の損失を償ふ者は矢張我々自身の外に無い。即ち、我々は我々の自己を徹底し、統一し、其処に我々の行くべき正当なる途を発見し来つて生活を改善せんが為に、先づ何よりも先に自己及び自己の生活を反省せねばならぬではないか。

（「巻煙草」『スバル』一九一〇・一）

湛山と比べて、啄木自身の主体的要求の強さが際立っているのは先に見た通りである。

ところで、抱月は、「懐疑と告白」（『早稲田文学』一九〇九・九）の中でプラグマティズムに対して疑問を呈している。

実際我々は唯自分々々の実生活に都合のよいやう、其の時々に適応する経験の整理統一をやつてゐる。事実はプラグマチストの言ふ通りである。之れを外にして何の哲学も成り立つ訳はない。併し之れだけで凡てだとは何うしても言へない。問題は実は是れから先にある。実生活に好都合なやうに統一すると、一口に言つて了へば何でもないが、事実其の統一が満足に行はれてゐるか否かといふことが第一問題である。（中略）要するに生活の雑多な矛盾、それを過去現在未来の時にかけて何う統一するか、之れが根本の問題で、プラグマチズムではそれが解けて居ない。

これに答えたかたちで執筆したものが、湛山の「第一義の本質」（『読売新聞』一九一〇・九・二六）である。しかし、湛山は「第一義」とは、「此等実生活を都合よくあらしむる為めの統一原理、而して其れは過去の経験の十分なる統一であるという事になる」、あるいは「第一義は、固定的のものでなく、発展的のものであるという事である。絶えず新しく起る欲望を調節しながら、それを取入れて、その内容を豊富にして行く。変化のあるものである」と述べるにとどまり、「統一」の枠組み自体に疑問を投げかけた抱月とは平行線をたどったまま、湛山の自然主義批判の第一期は終わりを告げる。

三

啄木は、一九一〇（明治四三）年三月一三日に友人である宮崎大四郎にあてて次のような手紙をしたためている。

去年の秋の末に打撃をうけて以来、僕の思想は急激に変化した、僕の心は隅から隅まで、もとの僕ではなくなつた様に思はれた、僕は最も確実なプラクチカルフイロソフイーの学徒になるところだつた、身心両面の生活の統一と徹底！　これが僕のモツトーだつた、僕はその為に努めた、随分勤勉に努めた、そして遂に、今日の我等の人生に於て、生活を真に統一せんとすると、其の結果は却つて生活の破壊になるといふ事を発見した、――君、これは僕の机上の空論ではない、我等の人生は、今日既に最早到底統一することの出来ない程複雑な、支離滅裂なものになつてゐる、――この発見は、実行者としての僕の為には、致命傷の一つでなければならなかつた、そして僕は、今また変りかけてゐる、――確《しか》とした事ではないが、僕は新らしい意味に於ての二重の生活を営むより外に、この世に生きる途はない様に思つて来出した、無意識な二重の生活ではなく、自分自身

意識しての二重生活だ、自己一人の問題と、家族関係乃至社交関係に於ける問題とを、常に区別してかゝるのだ、

この手紙は、一九〇九年秋以降、王堂＝プラグマティズム哲学に依拠してきた啄木の立脚点が、いままた転換点にあることを知らせている。ここで、プラグマティズムについて抱月と湛山の間で未解決であった問題、「生活の雑多な矛盾、それを過去現在未来の時にかけて何う統一するか」という問題が想起される。こうした啄木の転換は、一九〇九年秋以来の「読書を廃し、交友に背き、朝から晩まで目をつぶつたやうな心持でせつせと働いてゐた」生活、「文学といふ事を忘れてくらす日が三日に一日はある」ような「平凡な、そして低調な生活」（前掲書簡）という、啄木自身の実生活の「実験」によってもたらされたものであった。そこで啄木が改めて認識させられたことは、生活と文学はもはや一致できないほど「我等の人生は」「複雑な、支離滅裂」なものになっているという事実である。このことは、「生活を統一」するという〈場〉、その〈枠組み〉自体が問われたことを意味する。しかし、啄木はもはや後戻りすることはない。「意識しての二重生活」という言い方には、あらためてこうした「二重生活」を見つめようとする志向が含まれている。「検事のやうな眼を以て運命の面を見つめようぢやないか」（岩崎正宛書簡、一九一〇・六・一三）と語る啄木は、「二重の生活」を送らざるを得ない自己と自己をとりまく状況を見据えようとしていた。

一方、湛山は、一九〇九年一二月より、第一師団歩兵第三連隊に一年志願兵として入営していたが、その間に書かれた「兵卒手簿」（『大崎学報』一九一〇・九・一五）の中で、次のように書いている。

○充実したる生活とは、諸種の欲望の統整せられて紊《みだ》れざる生活をいう。人苟《いやしく》も生を仮定すれば、この生は

必ず充実したるものなることを希う。その之れを希う所以のものは、此の生に伴う充実感に満足を発見すれば也。換言すれば、欲望分裂して向う処を知らざるの苦を免れんと欲するが故也（五月十五日）

言わんとすることは、「観照と実行」論争時点での湛山の理論的立場と変わりない。しかし、上田博の指摘にあるように、(3)「〈境遇の変化〉に対応する〈生活の方法〉の確立の手順についての理論的な把握がなされていることと、現実に新しい〈生活の方法〉を入手していることとの間には距離がある」。あえて従来の見解を確認せざるを得なかったのはなぜか。ここで、「五月十五日」と同じ日の記述の中で、湛山が「社会と個人」の関係について触れていることも、先の啄木の言動とあわせて考えてみると興味深い。

○社会に於ける個人は、宛も個人に於ける或一欲望に比すべし。個々の欲望を去って個人無し、而かも個々の欲望即個人ならず。社会と個人との関係亦実に斯くの如し。

個人が生存を維持せんが為めには、或個々の欲望はこれを棄てざるべからず。社会が生存を維持せんと欲せば、また実に或個人はこれを棄てて顧みざるの止むべからざるものあり。個人は社会の一欲望として存在するものなれば也。

個人に於ける個々の欲望は、各皆己れ主なる欲望となって、全個人を支配せんと努む。他に圧迫せらるるを好まず。社会に於ける個人また実に斯くの如し。各皆己れ主なる人格となって全社会を支配せんと努む。（同日）

○欲望の統整は何人もこれを行いつつあり。苟《いやしく》も生活す、そは或意味に於て充実したる生活ならざるべからず。ただ至人はこれを徹底的に統整せんことをこれ求む。（同日）

「社会」と「個人」の間の矛盾は、「欲望の統整」が容易でないことを知らしめるのである。この間、内紛により引退した田中穂積に殉じて、東京毎日新聞社を退社したり、軍隊生活というはじめての経験をしたりするなど青年湛山の心を揺り動かす出来事が起きている。その意味で、「兵卒手簿」は、「理論的立場からはみ出した青年湛山の矛盾した内面を露呈している」(4)(上田博)。湛山の「社会」と「個人」の関係の問題の再考は、「二重生活」を送らざるを得ないと意識する啄木の考えに連なるように思われる。「欲望の統整」がうまく行くかどうかの問題は、その「欲望の統整」を行う〈場〉の問題へと誘う。これは、抱月の投げかけた問題に再考を迫るものであった。(5)

そうした彼らに、自己の見解を広げる機会を与えたのは、大逆事件であった。

四

東京朝日新聞社に勤め、事件をいちはやく知ることのできた啄木は、以後、社会主義、無政府主義の文献をむさぼるよう読み、研究する。啄木の評論「時代閉塞の現状」はこうした時期に執筆されている。

斯くて今や我々青年は、此自滅の状態(「盲目的反抗」と「元禄の回顧」――引用者注)から脱出する為に、遂に其「敵」の存在を意識しなければならぬ時期に到達してゐるのである。それは我々の希望や乃至其他の理由によるのではない、実に必至である。我々は一斉に起つて先づ此時代閉塞の現状に宣戦しなければならぬ。自然主義を捨て、盲目的反抗と元禄の回顧とを罷めて全精神を明日の考察――我々自身の時代に対する組織的考察に傾注しなければならぬのである。(第四章)

一切の空想を峻拒して、其処に残る唯一つの真実――「必要」！　これ実に我々が未来に向つて求むべき一切である。我々は今最も厳密に、大胆に、自由に「今日」を研究して、其処に我々自身にとつての「明日」の必要を発見しなければならぬ。必要は最も確実なる理想である。（第五章）

時代に没頭してゐては時代を批評する事が出来ない。私の文学に求むる所は批評である。（第五章）

「社会と個人」の対立は、抽象的にあるのではない。啄木は、「社会組織」の考察へと目を向けて行く。自己に「二重の生活」を強制する「社会組織」とその「時代」の究明である。ここで、「必要」というプラグマティズム哲学のタームが使われていること、そしてそれが「我々自身にとつての『明日』の必要」として語られていることに注目したい。以後、啄木は、社会主義、無政府主義に思想的に共鳴していくが、その場合にも、自分の〈実生活〉から考えること、あるいは日本という〈現実〉から考えることを基本的には忘れなかった。例えば、啄木の〈社会主義者宣言〉というべき瀬川深宛書簡（一九一一・一・九）の中では次のように書いている。

僕は必ず現在の社会組織経済組織を破壊しなければならぬと信じてゐる、これ僕の空論ではなくて、過去数年間の実生活から得た結論である、僕は他日僕の所信の上に立つて多少の活動をしたいと思ふ、僕は長い間自分を社会主義者と呼ぶことを躊躇してゐたが、今ではもう躊躇しない、無論社会主義は最後の理想ではない、人類の社会的理想の結局は無政府主義の外にない（中略）然し無政府主義はどこまでも最後の理想だ、実際家は先づ社会主義者、若しくは国家社会主義者でなくてはならぬ、僕は僕の全身の熱心を今この問題に傾けてゐる、王堂哲学から学んだ現実主義は啄木が社会主義、無政府主義を考える際にも常に頭の中にあったように思う。いわば、〈現実〉に立脚しながら、〈現実〉の枠組み自体を問いけるという姿勢に変わってきたというべきか。それは、後述する『樹木と果実』の計画にも表れている。

一方、湛山の大逆事件に対する反応は、「絶対者倒潰と智見の時代」(『東洋時論』一九一一・一)に明らかである。[(6)]「人間は、何につけても、ここに一つの頼るに足り、信ずるに足ると信じ得るものが無くては生活することが出来ない」、「絶対者」とは、この「頼るに足り、信ずるに足ると、人が信ずるもの」であり、「生活の指針たるべき原理」である。近代人は、神や仏といった絶対者を批評し、地上にひきおろした。ここにあらわれてきたのは、「人間というもの」、「個人というもの」であると湛山は言う。しかし、続けて、「私は、今、此の点について余り深く立ち入って語る自由を有たぬ」、「絶対者倒潰の事実」がいかなる勢いで進んでいるかを描きだすことはできないと言う。ここで湛山が大逆事件下の日本の言論状況を念頭に置いて述べていることは明らかである。さらに、神や仏といった絶対者が倒潰した後、新しく絶対者となったのは、「金」であったが、現在は、「矢張今正に絶対者倒潰の時代に在る」と言う。それでは、我々は今後どのような「絶対者」を「生活の指針」として持つべきか。湛山は、「此の時代に相応すべき絶対者が古の哲学、古の宗教に於て索められるか」は「大なる疑問」と述べる一方、「今の或者がやっておるように、根本の問題をおいて、徒に騒いでみた処がそれは、ただ一時間に合せの張膏薬みたようなものである。根本の病源に刀を下して切り取らなければ駄目である」と言う。「絶対者」を作り出すのは、湛山によれば現在の人間の生活である。そうした「根本の問題をおいて、徒に騒い」だ者とは、〝天皇暗殺を企てた〟無政府主義者ということになろうか。それは対処療法でしかない。湛山は言う。「其の病源はなかなかに深い。従って、これを治療する方法も容易のことでは発見し難い。私は、於是《ここにおいて》、来るべき時代は智見の時代でなければならぬということを主張する。大智見の光を以て此の治療の方法を発見する。これ、何をおいても、吾人がやらなければばならぬ仕事である」。「我々自身にとつての『明日』の必要を発見しなければならぬ」という啄木と、「絶対者倒潰」の時代にあって、「新しい絶対者」を「智見の光を以て」発見しようとする――「絶対者」とは、現在の人間の生活の指針であった――湛山に、時代への対し方の接点を見いだすことができるのではないか。

五

同じく一九一一年の一月、大逆事件の被告に判決が下り、幸徳秋水ら一二名に死刑執行がなされようとしていた時期、啄木は、友人の土岐哀果と雑誌の発行を計画する。その雑誌の目的は、「時代進展の思想を今後我々が或は又他の人かゞ唱へる時、それをすぐ受け入れることの出来るやうな青年を、百人でも二百人でも養つて置く」（平出修宛書簡、一九一一・一・二二）ことだと言う。それは、さしあたり「発売を禁ぜられない程度に於て、又文学といふ名に背かぬ程度に於て、極めて緩慢な方法を以て、現時の青年の境遇と国民生活の内部的活動とに関する意識を明かにする事を、読者に要求しよう」というものであったが、後には「一院主義、普通選挙主義、国際平和主義の雑誌を出したい」という希望を啄木は持っていた。別のところでは「二年か三年の後には政治雑誌にして一方何等かの実行運動――普通選挙、婦人開放《ママ》、ローマ字普及、労働組合――も初めたい」（大島経男宛書簡、一九一一・二・六）とも述べている。

啄木のこの計画は、啄木の病気と印刷所の倒産により挫折することになるが、啄木がここで挙げていた課題は、東洋経済新報社に入社し、『東洋時論』（一九一〇・五創刊）で執筆活動を行うことになった湛山の一連のテーマとも合致する。『東洋時論』は、湛山が入社する以前から、「第二維新」を掲げて、「市民的自由ないしは個人主義を鼓吹」(7)（松尾尊兊）していたが、湛山はここで、婦人問題やローマ字運動など旺盛な評論活動を行うのである。また、大正になってからは、湛山は普通選挙論もまた提唱する。日本という〈現実〉をいかに「時代進展」の方向へ進めていくかという、いわば〈理想的現実主義〉の点で、啄木と湛山は近接していた。

最後にこの『東洋時論』に執筆されたもので、「自己観照の足らざる文芸」（一九一二・五）を見ておきたい。湛山の自然主義論がどのように進展していったかをうかがうことができる。冒頭、次のように書き出される。

吾輩は今の日本の文芸家に対して甚だあきたらないものである。何故にあきたらないか。曰く、如何にもその見地が狭いからである。人生の一小部に局蹐《きよくせき》して、社会人心の求むる処と、その脈のうち方が伴っていないからである。

湛山は文芸家に「人生に対する広き興味」と「理解」、「熱情」を求めると言う。それは、文芸に「人生の批判」、「人生の改造」という「職分」を認めるからにほかならない。湛山はここでその哲学を開陳する。「人生」は「内容と形式」の二つに分けることができる。「内容」とは、「人類の欲望そのものである」。「形式」とは、「この欲望を統整し、塩梅《あんばい》する規約法則、即ち道徳及び政治によって代表せらるるものこれである」。「欲望」は、絶えず変化し、発展するため、「これを統整し塩梅せんとする規約法則、即ち当時の政治、道徳との間に不一致を来し、為めに人生に混乱を生ぜんとする傾向がある」。文芸や哲学は、このような「人生の混乱を救うべき方法機関」である。

文芸は実に政治、道徳の批判者である。又政治、道徳の改革者である。彼は、吾人の欲望と道徳、法律、習慣等との間に矛盾撞着の起った場合に、最も合理的なる方法を用いて、この矛盾を解き、人生を滑かにすべき使命を負えるものである。

こうした見地から自然主義の「観照」を批判する。いわく、「彼等の自己観照は徹底的の自己観照でなかった。何となれば彼等は、吾輩が前に挙げたる人生の様式、即ち政治、道徳の要素のあらゆる意味に於ける存在を否定して、唯だ人生の内容たる欲望そのものの価値だけを極端に力説した」。「若し徹底的に自己を観照するならば、そこには食色等の原始的欲望があると共に、またそこには社会的要素がなければならぬ筈であった、国家的要素がなければならぬ筈であった、政治的要素がなければならぬ筈であった、経済的要素がなければならぬ筈であった。何となれば此等の要素を除いて、そこに自己というものは存在しないからである」。

湛山のこの自然主義批判は、〈観照と実行〉論争当時のものと比べると、「観照」に政治的、社会的要素などを要請することによって、さらに幅広い視点で展開されているといえよう(8)。それは、大逆事件という歴史的事件を目の当たりにしたこと、そして当時最も先鋭な自由主義的主張を掲げていた東洋経済新報社に湛山が身を置いたことによって可能になったと思われる。

啄木はこの年四月一三日に二六歳の短い生涯を終えており、湛山のこの評論を読むことはついになかった。もし、啄木が湛山のこの評論を読んだなら、そして、『東洋時論』での湛山の執筆活動を知ることが出来たなら、同じく「来るべき時代進展に一髪でも添へ」（前掲、平出修宛書簡）ようとする力強い仲間を見いだしたのではないか。

注

（1）　啄木と田中王堂、石橋湛山との関係についての考察には、上田博『石川啄木の文学』（桜楓社、一九八七・四）、『石橋湛山　文芸・社会評論家時代』（三一書房、一九九一・一一）がある。

（2）なお、啄木は、「哲学の実行」（副題「田中、金子氏の所論を読む」）と題する原稿を残しており、次のように書いている。

時代の新らしい経験は、我々をして在来の定説、習慣に対する疑惑を抱かしめた。而して其処に、色々な意味に於て虚偽と矛盾とが発見された。我々の思想生活は茲に於て著るしい破壊的の色彩を帯びた。それが最近数年間の所謂自然主義の運動である。

自然主義の意義の確認を試みようとしたと思われる二百字詰め原稿用紙一枚足らずの、この文章の執筆年月は詳らかではない。だが、「田中、金子氏の所論」とあるのは、当時の哲学者・評論家として活躍した田中王堂、金子筑水のこととみてまちがいはないだろう。王堂と筑水は、明治四二（一九〇九）年一月一日号の『文章世界』に、それぞれ「具体理想主義は如何に現代の道徳を理解するか」と「新価値論」とを発表しており、啄木の一文はこれに拠ったとも考えられる。とすれば、この原稿断片は、一九〇九年一月以降に書かれたということになる。また、王堂と筑水が同じ雑誌に寄稿したものはこの『文章世界』以外にないが、王堂と筑水はこの年、〈実行と芸術〉論争にかかわって、自然主義についての発言をしており、啄木がそれらを踏まえて書いたとも考えられる。いずれにしろ、啄木が王堂に着目したのは、一九〇九年以降とみてさしつかえない。そして、王堂を本格的に理論的立脚点に据えるのは、同年秋以降のことである。

（3）上田博「石橋湛山と『大崎学報』」（『自由思想』一九八八・五、前掲『石橋湛山　文芸・社会評論家時代』に収録、六〇頁）。

（4）注3に同じ。なお、姜克実は、上田博の指摘に対して、「湛山には、軍隊の紀律の制約を受けて『苦悩』や『煩悶』を感じたり、またそれに反抗して個人の欲望を伸張しようとしたりする心情は決してない。自分に課した『忍耐』『大度』の修養を通じて積極的に、努めて軍隊の団体生活の中になれない自己を順応させようとしたのである」（『石橋湛山の思想史的研究』早稲田大学出版部、一九九二・一二、二九頁）と述べている。しかし、上田も指摘しているように、「兵卒手簿」には、「侮辱されたりと感ずる時、私はいつも此四つの心的状態（腹が立つ・なぜ反論、反撃できなかったかと自分に腹が立つ・相手の態度をふりかえって、腹を立てるほどでもなかったと反省する・心を波立たせた自分を反省する――引用者注）を繰返す。繰返すばかりで駄目だ」という記述があり、やはり青年湛山の葛藤を読み取ることができるように思う。

（5）この「欲望の統整」を行う〈場〉の問題に対して、啄木は、その後、社会主義、無政府主義思想に解決の方向を探り、湛山は、東洋経済新報社への入社を通じて、マクロ経済学（当時はこの言葉はなかったが）的なものへと向かったように思われる。岩井克人の言葉を借りると、「マクロ経済学」という学問が市民権を得たのは、一九三六年にケインズが『雇用・利子および貨幣の一般理論』を出版してからである」。「市場の『見えざる手』が円滑に働かないからこそ、われわれはミクロ的な経済行動のたんなる足し合わせには還元できないマクロ経済に固有な現象を経験することになる」、「マクロ経済とは、『見えざる手』の働かない世界に関する経済学のことである」（「マクロ経済学とは何か」『二十一世紀の資本主義論』筑摩書房、二〇〇〇・三）。たとえば、「時代閉塞」の一因となった日露戦後の一九〇八年恐慌が「神の見えざる手」が働かない状況であることは言うまでもない。湛山は、田中王堂に薦められて、トインビーの『十八世紀イギリス産業革命史』を読んでいるが（『湛山回想』）、トインビーは、自由競争は貧富の差を作り出し、古典経済学のいう「神の見えざる手」が円滑に機能するものではないことを指摘している。また、湛山は、第一次世界大戦後の対独賠償問題を通じてケインズに関心を寄せた後、一九二〇年代には経済学者としてのケインズに注目し、金解禁論争においても理論的・政策的立場をほぼ同じくした。『雇用・利子および貨幣の一般理論』も原本が出てからすぐに読んでいる（山口正『思想家としての石橋湛山』春風社、二〇一五・一一、一九三〜二四二頁参照）。

（6）ほかにも、湛山は、「宗教雑誌発売禁止、職業紹介所、警察官」（『東洋時論』一九一一・五）においても、伊藤証信の発行する宗教雑誌『無我の愛』が発売禁止処分になったことに触れて、伊藤が「正直」で「真面目」であったと述べたあと、「正直は生存を維持する所以でない。此の一句は深く我が宰相の意識する所である。また深く我が文相の意識する所である。斯くて彼等は正直なる自分の信念を告白することを恐れ、また他に其の正直なる信念を告白せしむることを懼《おそ》れて、藤沢某を暗から暗へ葬った。遽々然として歴史教科書を改訂した。而して天下は悉く其の正直なる信念を告白することを憚って、日本を挙げて古往今来未だ曾つて其の例無き大妄語の国と化せしめんとしつつある。妄語するに非んば生きておられぬ国と化せしめんとしつつある」と書き、桂太郎首相、小松原英太郎文相を皮肉り、南北朝正閏問題後の日本の状況に対して厳しく警鐘を鳴らしている。なお、注4、上田博論文を参照。

（7）「急進的自由主義の成立過程」（井上清・渡部徹編『大正期の急進的自由主義』東洋経済新報社、一九七二・一二、五八頁）。

（8）なお、「自己観照の足らざる文芸」では、当時の文壇を「その全体を挙げて所謂耽美派的である、享楽主義的である、一口にいえば引っ込み思案的である」と指摘し、その原因に「自己観照の不徹底」があるとして批判している。この点に関しても啄木の問題意識の共通点を指摘できる。本書第三部第二章など参照。

※石橋湛山の著作に関しては、『石橋湛山全集』第一巻（東洋経済新報社、一九七一・一）を使用した。

第四部　啄木像をめぐって

第一章　中野重治の啄木論

一

中野重治が啄木について書いた文章の中に、「日本問題としての啄木」（一九六七年五月発行筑摩書房版『啄木全集』内容見本）というものがある。短い文章だが、中野が啄木に何を見ていたかを表した簡潔な一文である。中野は次のように述べている。

　日本問題は日本人が引きうけるほかはない。啄木は、自分以外の誰かにも何かにも頼まないで自分で問題を引きうけてそれをどうにかしようとした。それが彼の文学だつた。かりに日本の後れということを持ちだすると、啄木は他の何かによつてこれをあざ笑わないでその後れそのものに立つてそれの処理、解決、発展を考えた。そしてその考えを自分の手あしを働かしていくらかでも実現しようとした。そこを私は「尊い」という言葉で思うこともある。

中野はいわゆる啄木の「研究者」ではないが、大正末期に執筆された「啄木に関する断片」（『驢馬』一九二六・

一一）をはじめとする彼の啄木についての発言が啄木の研究史に占める位置は小さくない。とくに「啄木に関する断片」とそれに続いて書かれた「啄木について」（『短歌研究』一九三六・四）は、その後の啄木研究史に与えた影響の深さの点で避けて通ることができないものとなっている。

ところで、中野の啄木論はしばしばこの二論文だけが取り上げられ、プロレタリア文学ないしは左翼陣営の代表的な啄木論であって、歴史的な制約を持ったものだとして論じられる。しかし、中野の啄木論を裁断した側に、中野が見落とすのとは逆の方向で見落としているものはないだろうか。それは冒頭に掲げた一文にもかかわってくる。中野は戦後、自説を訂正し、発展させている。その中心点となるのが、啄木と「日本問題」ないしは国家の問題であり、啄木の〈弱さ〉をどうみるかという問題である。それらは、啄木の全体像にかかわる問題である。

本章では、それらの課題を中心に、戦前戦後における中野の啄木論が提起したものをあらためて見直してみたい。

二

戦前の中野の啄木論については、既に啄木の研究史を扱った論文の中で多々触れられているので[1]、本稿で問題とする部分についてのみ整理しておきたい。

中野は「啄木に関する断片」の中で、「時代閉塞の現状」（一九一〇・八下旬頃）の中の一節「我々は今最も厳密に、大胆に、自由に『今日』を研究して、其処に我々自身にとつての『明日』の必要を発見しなければならぬ、必要は最も確実なる理想である」を解釈して、「必要」を（歴史的）「必然」とみなした。また、啄木の到達した思想がアナーキズムでなく、社会主義を止めたものでも卒業したものでもないとし、晩年の啄木が「社会主義的帝国主義」という言葉を使い、社会主義を放棄したと金田一京助が述べたこと[2]を批判している。そして、これらの「曲解者ども」が出て来るのは、「ひとえに彼の詩と短歌とのみを見たため」であるとしている。中野は啄木を社会主義の文学者の先駆として、その思想的側面を高く評価したのであった。

ところが中野は「啄木について」（前掲）のなかで、この「社会主義的帝国主義」という言葉の解釈を「科学的社会主義にごく近いものだつたろうとは思うけれども、しかし最後に彼がそこから離れて行つたということももちろん考えられるわけである」と自説を訂正している。そして、あまり注目されていないが、「啄木について」以前にも中野はこの問題について触れている。

彼は最後に国家主義に行きついたといふ人もある。さうでないと私は考へたことがあるが（これは例の僕の幼稚な文章など）しかし実際にはさうした事実があつたかも知れぬ。断じてなかつたと我々が今日断定することは出来ぬ。しかし仮りにさうであつたとすれば、我々は啄木のその点を学ばぬだけである。

（「ハイネと啄木」『芸術学研究』一九三二・一〇、再掲『短歌評論』一九三四・四）

もし啄木がこの国家主義に「転落」していたとして、そういう点を見ないでその残りの部分だけを切り取って「学ぶ」というのはどういうことだろう。こういう論法は、この「国家」の問題だけではない。再び「啄木について」をみてみると、「啄木を愛するということは、啄木にあつた発展するモメントを受けつぐことであつて、啄木の弱点や誤りまでもそつくりに受けとることではない」と述べ、それは思想だけでなく文学についても言えるとして「弱々しく、一貫して受動的だつた」詩人啄木を「積極的な」思想家啄木と切り離そうとする。

思想家啄木の積極面を評価し、そこに中野自身の文学者としての理想を見いだそうとしたこと、一方で啄木の〈弱さ〉の問題を等閑視し、啄木と国家の問題を徹底して追究しなかったことが、戦前の中野の啄木論の問題点と言える。

三

ここで、戦前の中野の啄木論を批判したものとして国崎望久太郎の仕事を見ておきたい(3)。

国崎は、中野が「必要は最も確実なる理想である」の「必要」を「必然」の意味に読み替えたことの誤りを、戦後はじめて指摘した。また、中野が啄木の思想的到達に対する「曲解者ども」が生じたのは「ひとえに彼の詩と短歌とのみを見たため」ということを理由の一つに挙げて「啄木を愛するということは、啄木においてあつた発展するモメントを受けつぐことであつて、啄木の弱点や誤りまでもそつくり受けとることではない」と主張したことが、社会主義を志向する啄木と抒情的感傷的詩人としての啄木という二つの啄木像に分裂させた契機であることと指摘し、啄木像を統一することを提唱した。

国崎の発言は、中野の「啄木に関する断片」を嚆矢とする、啄木をプロレタリア文学の先駆者とみなし積極的人間像として受け取った従来の啄木研究の主流に対する重要な問題提起となった。

しかし、啄木の言う「必要」が中野のいうような歴史的「必然」ではないことは、今日から見れば明らかだとしても、国崎がそこから「『必要』とは彼の内的な要求、主体が主体として自己を確立するために祈求されたものであった」(『増訂啄木論序説』一七四頁、以下引用の末尾に頁を付す)と結論付けるとき、新たに問題が生じた。国崎は次のように書いている。

啄木の「必要」は、われわれが能動的に働きかける対象である現実の歴史的過程における客観的必然性ではありえない。彼自身の人間的諸要求の声に耳を傾けること、内奥から囁きかける自我の全面的解放の要求にこたえること、あるいは喪失せんとする実存の抗議にしたごうこと、こういう内面的、したがって主体的真実こそ、「必要」という言葉に包括された意味であった。（一二四〜一二五頁）

ここから国崎特有の〈実存主義的啄木像〉が導き出される。今井泰子は国崎の『啄木論序説』を評して「周到な論理をもって独自の啄木像を打ち出し、啄木研究史において、いわゆる積極的啄木像の呪縛を払掃する役割を果たした」と述べる一方、「しかしその結果、おそらく国崎自身が意図してはいなかった作用をその後の研究におよぼした」として、「破滅的人間としての啄木像を不必要なまでに強調する発言を促し」たことや「啄木内部における二面的矛盾を固定的に理解する態度を生み出し」たこと、あるいは「全体的な人間像の把握を断念して部分的探索に埋没した」ことなどの弊害について言及していた。[4]だが、それは国崎以降の研究者の責任だけではなく、国崎自身の論理が内包するものでもあった。それでは、中野の啄木論の誤りはどのように克服されるべきだったか。

国崎は啄木の思想について次のように言う。

彼の思想は、つねに彼の主体的な情感に滲透されたものであった。啄木の思想の摂取は、思想に主体をおいてその論理の展開によって、自己の生活を規律しようとする態度とは、対極に立つものであった。（中略）生活的要求に即して、生活主体の主体的必要によって、思想は取捨された。（一七九頁）

そして、啄木の思想は本来「自己主張」の要求であり、個人主義確立の衝動であり主体自体に密着しているものであるとして「思想の相対的独立性への認識がない」（一七五頁）という。[5]しかし思想が啄木の主体なり身体から切り離されてはいないことは、むしろその思想にとっては強みではないだろうか。一方で、確かに啄木の思想にしばしば動揺と受け取られる点があり、生活実感と思想との間に生まれた齟齬をいかに統一するかということに悩んだのも事実である。この思想と主体の問題についてはもう少し考えてみたい。

また、国崎は、中野の「啄木に関する断片」にはじまる従来の啄木像が、その「積極面」のみを見て、啄木の暗部というべき側面を見なかったことを批判し、「鋭い社会批判の背後には、それとおそろしく異質的な暗鬱な心情が絶えず啄木をさいなんでいた」（一八六頁）と指摘する。しかしその「暗鬱な心情」あるいは「空虚の感」がどのような理由によってもたらされたものなのかは十分に説明されず、「実存主義的人間」という言葉でまとめられてしまっている。

国崎は〈実存主義的啄木像〉の原型を一九〇八（明治四一）年の評論「卓上一枝」（『釧路新聞』一九〇八・三）に見ている。啄木は、この評論で自然主義に対する自己の立脚地点を定めようとしている。一切の生活幻像を剝奪したとき残るものは「どうにか成る」という言葉であり、虚無感である。啄木はそれに対して自己拡張と自他融合との一元両面観という哲学を対置しようとするが、その哲学さえ「幻像」ではないかと疑わざるをえない。国崎はこの「自然主義的に把握された『あるがまま』の人間へのかぎりない不安、虚無の深淵への恐怖におびえ」る啄木に「実存主義的人間認識の萌芽」を読み取る（一八九～一九〇頁）。かつて窪川鶴次郎は、啄木がこの時点で自然主義に対して違和感をもっていたことやその後の啄木の足取りから、この『卓上一枝』を以て啄木の社会主義思想の「萌芽」と理解したが(6)、それが性急なものであったことは否めない。しかし、国崎のようにここで啄木が表明した不安と虚無感をその後の啄木像の理解にまで及ぼしていくことにも問題は残る。

一九〇九（明治四二）年の秋頃には「弓町より――食ふべき詩」（『東京毎日新聞』一九〇九・一一・三〇、一二・二～七）や「きれぎれに心に浮んだ感じと回想」（『スバル』一九〇九・一二）に見られるような生活態度の改善を基礎とした啄木の思想転換が見られる。それは翌年の「時代閉塞の現状」につながっていくが、国崎は、なおも啄木には実存主義への志向が見られるとして、「硝子窓」（『新小説』一九一〇・六）や「田園の思慕」（『田園』一九一〇・一一・二五）の一節を取り上げてその証拠とする。「安楽《ウエルビイング》を要求するのは人間の権利である」という言葉を「人間的生活の社会保証」の意ではなく「魂の安楽への切実な要請」であり、「実存心情の切実な要請」と解釈するのである（一八三〜一八四頁）。

そして「時代閉塞の現状」について言えばこれがアナーキズムの論理による国家＝強権批判であると見なし、その論理を支える主体側に「強烈な個人主義思想」を見るのである。啄木の「必要」概念を「内面的・主体的真実」とみなした所以である。国崎は以下のように述べている。「時代閉塞の現状」は、「個人主義の、しかも労働者階級と結合する現実的手段・方法をもたない急進的知識階級の個人主義的解放の未来図にとどま」っており、〈天皇制〉や〈家〉の問題を回避するという理論上の不備がある（一二四、一二七〜一二八、一六七〜一六八頁）。啄木の国家＝強権批判はこれらの問題を回避することによってラジカルでありえた。そして表向きのラジカリズムは、〈弱い主体〉と裏腹のものである。それはまた、言葉にならない次元の情感を圧殺している。だから生活や社会についての合理主義的な追及が破綻したとき啄木の実存主義的心情が具現することになる。以上が国崎の論理である。

啄木が強烈な自我の持ち主であり、晩年の社会主義思想への志向も彼の主体性に支えられたものであることは否定できない。しかしそのことを理由に啄木の思想を〈観念的ラジカリズム〉、あるいは実存主義者のものと一律に規定してしまうことは、啄木が〈現実〉と〈思想〉、〈主体〉もしくは〈生活感情〉と〈思想〉との間の矛盾をいかにして統一しようとしていたのかということを見逃すことになるのではないか。

国崎の啄木論は、戦前からの「積極的人間像」としての啄木を、その消極面とを統一させて論じる必要を説きながら、実際には啄木の〈弱さ〉や〈誤り〉を強調し〈実存主義的啄木像〉に収斂させていったかのような印象を受ける。

それでは、この啄木像の問題に対して戦後の中野重治はどのように答えようとしたか。これは先に指摘した戦前の中野の啄木論を、中野自身がどう訂正していったかということでもある。

四

戦後の中野の啄木論は、啄木を〈日本問題〉としてとらえた点に特徴がある。そこには日本における〈現実〉をどうしていくのか、その立場から啄木をどのように読んでいくのか、という発想が貫かれている。またそれがいわゆるコスモポリタン的な発想とは異なった立場からなされていることも重要である。本章の冒頭に挙げた文章もそのひとつであるが、その原型は戦後すぐの時期から表れている。一九四八年に執筆された「啄木と『近代』」（『短歌俳句研究』一九四八・九）にも「われわれは、あの当時啄木が、『明日』の考察に書いたところを十分読み、ほんとうにわれわれ自身、こんにちの日本人の生活問題、こんにちの日本文学の問題を考えなければならぬとこう思います」と書いている。そしてこの発想は、啄木が日本と日本人、あるいは国家の問題をどのように考えたのかということへの追及につながっていく。

伊藤博文の死に対する啄木の哀悼の文章（「百回通信」『岩手日報』一九〇九・一〇・二九、三〇、一一・七）について、中野が「啄木研究のひろがりについて」『人民短歌』一九四九・七）で言及したのもこの時期である。啄木は伊藤の死に際し、「新日本の規模は実に公の真情によりて形作られたり。吾人は『穏和なる進歩主義』と称せらる丶公の一生に深大の意義を発見す。然り。而して吾人の哀悼は愈々深し」と書き、哀悼歌五首まで添えている。これに対し中野は「啄木が日本の将来に関して描いていた図面のなかには、伊藤博文が日本の将来に関して描いていた図面と衝突するものもあつたけれども、また一致する点も相当あつた」と述べ、「たんに今とは違うというように眺めるだけでなく、当時は啄木すらが、こういう歌（伊藤哀悼歌——引用者注）を自分の胸から書かずにはいられなかつた事情にたいする根本的な研究ができ、啄木にたいする大きな同情と結びついた正しい批判ができるようにな」る必要について説いている。(7)この時点での中野は、以前のように一面的に摂取するところ、しないところというような腑分けをする態度から抜け出しはじめている。なお、この発言は石母田正に啄木におけるナショナルなものの究明を深めさせるきっかけともなった。(8)

また、一九五二年には次のような文章がある。

　こういう（啄木の——引用者注）悲しみを、われわれが、こんにちの日本の実情に即して真剣に扱つているかどうか。もしわれわれが、能うかぎり国際的な立場に立つて、しかし自分の問題としては直接日本の問題に面し、日本問題解決のための力が日本人民のなかに蓄積されているという事実を明らかに認めるのでなければ、どれだけ新しい知識を持ち、どれだけ新しい場面を歌つたにしても、問題の真の解決は結局のところたぐりよせられず、それあつてはじめて予想される作柄の大きさということも生まれてこないのではないか。

（「啄木の日をむかえて」『新日本文学』一九五二・四）

中野が「日本問題としての啄木」という表題で啄木について書かざるを得なかったのも同じモチーフによる。それは、啄木が日本問題の解決を「自分の手あしを働かしていくらかでも実現しようとした」のに対し、現在の自分たちが啄木ほどに日本問題に対し相対しているか、という強烈な問題意識となって示される。

いまここで中野の啄木に対する「畏敬の念」というものを整理すれば、啄木は日本という現実をどうみるか、どうしていくか、それを真剣に考えて自分のものとして背負おうとしていた、というところにある。戦後の中野の啄木論が、単純に「論者自身の政治観社会観を尺度として対象作家の政治姿勢を計」る態度（今井泰子[9]）とは異なる姿勢を見せていることに注目したい。中野は「問題を進歩的に扱おうとして、啄木では、自分に気に入る社会主義のところだけを切りとつてきて、これこそ、これだけが、真の啄木だといつて振りまわすやり方」（「京都から」『新日本文学』一九五四・六）を批判している。したがって、従来の啄木像を批判しようとした国崎が、啄木の「時代閉塞の現状」が無政府主義の論理からすれば当然の論理だったと言い、階級闘争や労働運動の意義が評価されないというとき、国崎は中野がここで指摘した弊と同じ誤りを逆の立場から犯しているといえるのではないか[10]。

中野は、啄木に先駆的な国家論を読み取る態度（あるいは国家認識の誤りを切り捨てる態度）から、啄木の日本の〈現実〉（その中に国家の問題は含まれる）に対する姿勢に焦点を当ててそこに啄木の意義を見いだそうとしている。

それでは啄木の現実に対する態度は国崎の言うような「観念的」なものであったかどうか。論点を啄木の主体をどうみるかということに移したい。

五

国崎は「さまざまな思想傾向にたいする敏感な反応は、彼の主体の弱さに関係していたかも知れない」と述べている（『増訂　啄木論序説』二〇〇頁）。また国崎の言う啄木の主体的「弱さ」は、啄木の理論の「理想」性、ラジカリズムと表裏のものであった[11]。中野はこれとは正反対の見解である。中野はむしろ啄木が模倣はするがそれを自分のものとして消化していった点、既成のものに依拠せず、「自分の敷いたレールそのものにも」「絶えず疑問を出している」点を評価している。その根底には啄木の対象が日本と日本人の〈現実〉であったこと、啄木の動揺の原因もこの現実の複雑さに見なければならないということがある。そのことに関連するが、中野は早くから啄木の文章、文体ということに注目している。啄木の「若い晩年」の時期、二四才ぐらいからの文章について、中野は「正確な論理、現実主義、そこから来る冷静で落ちついた表現を高く尊重したい」(「啄木について」一九六八・一〇)と述べているが、これを啄木の思想とのかかわりで論じている。先にも見てきたように戦後の中野が啄木に見いだしたものはむしろこの啄木の「現実主義」にかかわってくる。

にもかかわらず啄木がしばしば動揺を来しているように見えるのは、無政府主義についてもその変革の手段についても、それらとナショナリズムとの結合の問題にしても、いずれも前人未踏の領域に属するところに彼が入っていかざるを得なかった点に求めねばならないだろう。〈観念〉で〈現実〉を裁断するのではなく、〈現実〉から〈観念〉を見つけだそうとした点、啄木がしばしば「日本人の性格」について言及し、それを日本の現状変革に結びつけようとした点、幸徳秋水の獄中からの手紙を写し終え、「編輯者の現在無政府主義に関して有する知識は頗る貧弱である」と書き、なおも社会主義の研究を続けようとする意志を持っていたこと(「A LETTER FROM PRISON」一九一一・五稿)など、これらは借り物の〈思想〉で〈現実〉を裁断する態度とは別物である。そしてそこに主体の〈弱さ〉をみることは出来ない。

この〈現実〉をみつめなおす作業が啄木の生活態度にまで及ぶものであったことは、「食ふべき詩」はもとより北原白秋をはじめ多くのの証言がある。(12)

だが啄木の思想に急進性を見る国崎は、このラジカリズムを敗退の後、容易に現実順応主義に転化するものとみなす。国崎は啄木の最晩年に理想と現実との相克の後、「あるがまゝの現実の肯定の中に、人間実存の暗い愚かしい絶望の声をきく」と結論付けた(一七八頁)。また今井泰子は、明治四三(一九一〇)年末以降の啄木に「現実に堪えるという諦め」を見る。これに対する反論には石井勉次郎の詳細な研究があるので、(13)それに譲りたいが、ここでは今井の次の言葉に限って見ておきたい。

啄木の生涯を顧みるなら、行動、生活態度、思想は到底分離しがたい。行為の伴わぬ思想は啄木においてはもはや思想ではない。というよりも、行為を伴わぬ実情であれば、実情に即して新たな思想を模索する、それが啄木なのである。つまり思想は変化したのだ。(14)

その新たな「思想」とは今井によれば、〈諦観〉であり〈忍従〉ということになる。啄木にあっては、思想は主体によって規定されるという考え方において、今井の解釈は国崎を踏襲している。(15)そしてこの考え方は今井の『悲しき玩具』『呼子と口笛』の解釈につながっていく。いまひとつの例を示すなら、次の歌の解釈、

庭のそとを白き犬ゆけり
　ふりむきて、
　犬を飼はむと妻にはかれる。

『悲しき玩具』を締めくくるこの最後の一首について国崎は「一切の現実との和解」を見、今井は、啄木における犬のイメージが「生活者啄木の分身」であることを説明し、この歌が「平和な家庭生活、安らかな日常生活を願望する歌」であることに加えて、「死界に身を移しつつある者」の「この世への断ちがたい愛惜の歌」と解釈する。(16)しかしこの歌をもって啄木が現実と「和解」したとは決して言えない。「平和な家庭生活、安らかな日常生活を願望」しながらも、「現在の家庭制度、階級制度、資本制度、知識売買制度の犠牲」（「歌のいろ〳〵」『東京朝日新聞』

一九一〇・一二・一〇、一二、一三、一八、二〇）であると自分を認識せざるを得なかったり、最晩年に「俺はもう書く事なんか止さう、俺の頭にある考へはみんな書く事の出来ない考へばかりだ。書いて書けない事はないが、書いたつて発表する事が出来ない」（「平信」一九一一・一一稿）とつぶやく自分を見つめざるを得なかったりした啄木である。短歌表現と〈思想〉を直結して同一視することはできないのではないか。

国崎や今井の主張とは逆に、啄木の〈思想〉は主体から〈独立〉している。その〈思想〉を具体化することの出来ない現状に対し、主体が〈弱さ〉を吐露し、〈歌〉となるのである。それと〈思想〉の変化とは別のものである。また〈思想〉は主体の〈弱さ〉を糊塗するものでもなかった。(17)

さて、戦後の中野は啄木のこの〈弱さ〉ということをどうみたか。啄木の〈弱さ〉への理解が啄木の詩歌への理解にかかわってくることは今も見たとおりである。戦前の中野は、啄木の弱点や誤りは受け継がないだけだと言っていた。また、「詩歌のうちに痕跡を残せるその観念的虚無主義とナロドニキツーム」（前掲「啄木に関する断片」）と呼び、「ほとんどすべての作品を色どるものが一貫して諦め、投げやり、やけくそ、ある種の自嘲」（前掲「啄木について」一九三六年）と規定していた。しかし戦後になってこの考えの一面性を認識し、むしろこの〈弱さ〉自体を考察することを提唱している。

「京都から」（前掲）では、「啄木の明るい面も暗い面も統一して味わつて、そのことでいつそう啄木の真の姿を知る」こと、「啄木の強さと明るさとは、かえつてその弱さと暗さとの上に立つていた」ことを知る必要があると述べている。そうして「かえつてそこ（「弱さ」の面――引用者注）から、それを客体として、自分から引きはなしてそれに姿をあたえることのできた作家啄木の強さがうかがわれる。この日本人自身のなさけない状態、貧しさ、貧から来た鈍、低さ、おろかさを受けとめ得たところ、それが彼の思想上の発展の土台となつている」と評価している。

一九六八年の「啄木について」では若干調子を落として、「短歌、詩、散文の全体をとおして、非常に冷静なもの、きわめて強健なもの、また時に強い爆発的なものを見せているけれども、しかもやはり気の弱り、ふかい、長くつづく悲しみ、また疲労困憊の模様が全体としては見られると思う。そして私は、啄木その人を理解するには、この疲労困憊、この悲しみの情、この心の弱りを十分に見なければならないと思う」と書いている。

同時に、「啄木の時代とは非常に遠くちがつた条件のもとにいて、啄木に上べで似たようなデスペレートな気持ちになるのが啄木のほんとの理解と思いこむことも（「強い」面だけを見て啄木の本当の姿と考えるのと――引用者注）同様に理性的でないと思う」と当時の啄木の暗部を強調しようとする傾向に対して釘をさしていることにも注目したい。

「京都から」（一九五四年）から「啄木について」（一九六八年）までの時期に啄木の思想を再検討したものに国崎の『啄木論序説』や高桑純夫の「石川啄木――爪先で立つヒューマニスト」[18]（『日本のヒューマニスト』英宝社、一九五七・五）、秋山清の「啄木私論～アナキズム・ナショナリズム・ニヒリズム」[19]（『文学』一九六二・六、八）があった。また生活破綻者としての啄木を強調したものに宮崎郁雨の『函館の砂―啄木の歌と私と―』（東峰書院、一九六〇・一一）があり、これらの「成果」を評伝としてまとめたものに杉森久英の『啄木の悲しき生涯』（河出書房新社、一九六五・六）がある。これらは従来の啄木像に疑問を投げ掛け、啄木の〈思想〉と〈主体〉の問題に再考を迫るものであったが、いずれも啄木の暗部を強調する弊に陥っていた感がある。

石井勉次郎が指摘しているように、中野は、啄木に「悲しみ」や「心の弱り」を見てもそれを「思想の変化」ととらえたり、「ニヒリズム」といった概念でおさえることをしなかった。

中野は「大硯君足下」（一九一一・一稿）という文章に触れて「啄木の悲しみ」について次のように述べている。

啄木の悲しみは、彼の眼前で或るプロセスが現実に進みつつあつたそのときに、それとは別なプロセスの可能を彼自身思い描いていたということでなければならない。しかしそれが実現されないことをあまりに明らかに見せつけられていたからのものにちがいない。　（「啄木雑感」『啄木全集』第八巻月報、一九六八・一二・二九）

啄木の〈弱さ〉は現実を見据え、またその現実に生きる自己を見つめたものの〈強さ〉の半面である。短歌についても、それが啄木にとって現実批判の武器でないとしても、それを国崎のように「現実の追及より、現実からの回避や逃避としての回想が主導的な力になって、彼の発想をひらいていった」（二五二頁）と見なすことは、この〈弱さ〉の半面を見逃すことになると言えるのではないか。そうした〈強さ〉を啄木が最晩年にまで持ち続けたことは、先に引用した啄木の言葉を含む「平信」一編にもにあきらかであろう。

啄木の〈思想〉と〈主体〉を問うとき、啄木の〈強さ〉と〈弱さ〉、またその〈強さ〉の一面である〈現実主義〉について戦後の中野が論じた啄木像をもう一度振り返ってみる必要があるのではないか。

最後に、中野が啄木に見ていたものを別の角度から見てみたい。

中野は啄木短歌の継承の問題にふれて、プロレタリア短歌運動、口語歌運動のいずれも「いまだ必ずしも啄木を越えていない」と言う。もちろん芸術の継承はそれほど単純なものではないことを認めつつ、なお次のように言う。

われわれには、いろんな条件のもとでではあつたが、最後のものを啄木ほどには自分の手で探さなかつた傾きがある。ある既成のものに初手から負ぶさつた傾きがある。自分で自分をあざむいたというのではないが、結果から冷酷に見れば、そんなことになり兼ねぬようなところまで行って難問を安易に解決しようとした点がある。そこに啄木に及ばぬ点があるように思う。

（前掲「啄木について」一九六八年）

これは中野自身の啄木論、そして、自身の文学の反省でもあろう。

創作活動についてのみ言うのではない。中野は啄木研究の現状についても「ずいぶん細かくなつてきていながら、その割りに、寄つてたかつて一つ穴をせせつてはいないか」と述べ、「しかしそこでどう啄木を受け継ぐのか。どうこれを発展させるのか」という問題を提示している（前掲「啄木雑感」）。

いま中野のこのような言葉を振り返るとき、戦後の中野の啄木論が「一面性や政治的性急さ」（今井）から離れて、より内在的に啄木を理解することの意味を問いかけていることに気付く。またそれは論者の〈主体〉を問うことと別ではない。ここに、中野の啄木論が依然として問いかけてくるものがある。

注

（1）今井泰子「研究史に関する付言」（『石川啄木論』塙書房、一九七四・四）、中山和子「啄木と後代」（『国文学解釈と鑑賞』一九八五・二）など。

（2）金田一京助は「晩年の石川啄木」（『改造』一九二七・一）で次のように書いている。

社会主義的帝国主義は、いわば帝国主義的社会主義でもよし、或は個人主義的国家主義でもよし、唯物論的唯心論でも、唯心論的唯物主義でも、はた現象則実在だの、煩悩則菩提、罪則救、娑婆則浄土、動則静、有則無と観ずる一種達人の物の味方に咫尺《しせき》して行ったのではなかったろうか。そういう境地は、固より我等輩の窺《き》覦《ゆ》だも許さざる世界ではあるが、そこには、所謂善というべき善もなく、一切の矛盾を包容する世界の展開——あの側目も振らない真剣な、熾烈な半生の精進が、遂にこの一大事を完成しようとしたものではなかったろうか。（中略）「世界はこの儘でよかったのだ」と叫んだのは即ち其の声ではなかったろうか。一種法悦に似たその歓びが、ひとり抑えがたく態々病床から下りて、この新発見を告げに来たのではなかったろうか。

（3）国崎望久太郎『啄木論序説』（法律文化社、一九六〇・五）、本稿では『増訂　啄木論序説』（一九六六・一）を使用した。本章における国崎の引用はすべて本書による。

（4）注1、今井泰子『石川啄木論』四二三頁。

（5）いま一例を示すと、啄木は「明治四十四年当用日記補遺」に明治四三（一九一〇）年の出来事として「思想上に於ては重大なる年なりき。予はこの年に於て予の性格、趣味、傾向を統一すべき一鎖鑰を発見したり。社会主義問題これなり」と書き付けている。国崎はこの「性格、趣味、傾向」という言葉をとらえて、啄木にとって生きるうえで「思想」（いわゆる主体から独立した）は第二次的な意味しかもち得なかった、社会主義も主体側からの「必要」としてのみ論じられているというのである。そしてこの主体側ということを実存主義的に解釈している。

しかし、そもそも主体性を欠いた思想に「思想」としての資格があるのかまず疑問である。それは措くとしても、ここで啄木が「性格、趣味、傾向を統一すべ」くその結び目を発見したことは、一九〇九（明治四二）年秋以来、「生活の統一」と「自己の徹底」を求めて来たことのひとつの帰結であり、自己と〈現実〉との関係を切り放さずに、両者の関係の合理的把握の一貫性を求めたものであって、主体側から現実を一方的に裁断しようとしたものではないことを思い起こす必要があるのではないか。

（6）窪川鶴次郎『石川啄木』（要書房、一九五四・四）。

（7）本書第五部第三章は、この課題に応えようとしたものである。

（8）石母田正「啄木についての補遺」（『続歴史と民族の発見』東京大学出版会、一九五三・二）。ただし中野自身は厳密な定義でもってナショナルなものの究明はしていない。インターナショナリズムについての中野の言及は、「啄木のふれたアジア・アフリカと今日のアジア・アフリカ」（『短歌』一九六一・六）、「啄木について」（『詩と詩人Ⅱ』合同出版、一九六八・一〇）参照。

（9）注1、今井泰子『石川啄木論』四一八頁。

（10）同じように、「思想」を判断する際、体系的にまとまっているか否かを優劣の判断根拠にすることは、啄木の姿を見誤まらせることになる。国崎は啄木の思想が主体によって規定されるものであることをもって「体系」づけられたものではないと評価する。一方、中野重治はその点については、注8、「啄木について」で次のように書いている。

　啄木は大きく成功したということはできぬかも知れない。何かを編みだす、何かを体系づける、まちがいなしという日本改造の大綱を仕上げて示すというところへは啄木は行くことができなかつた。彼自身苦悶して、その苦悶のうちに仆れたのだつたから。そしてそこに彼の大きな意味があつたし、ある。それが多数者にアピールしたし、アピールする。この啄木の姿は開拓者の姿に似ている。

(11) また、相馬庸郎もまた「時代閉塞の現状」などに触れて「理論の《積極》性が、ゆきづまっている生活の実感と余りにもかけ隔っていた」と述べている（「啄木の『実行と芸術』」『啄木研究』一九八〇・一〇、『日本自然主義再考』一九八一・一二、二四一頁）。

(12) 北原白秋は、「啄木のこと」（『短歌雑誌』一九二三・九）で「啄木くらゐ嘘をつく人もなかつた。然し、その嘘も彼の天才児らしい誇大的な精気から多くは生まれてきた。（中略）その彼がその死ぬ二三年前より嘘をつかなくなつた。真実になつた。歌となつた。おそろしい事である」と書いている。

(13) 石井勉次郎『私伝石川啄木　終章』（和泉書院、一九八四・五）。

(14) 注1、『石川啄木論』三五八～三五九頁。

(15) また、『日本近代文学大系23　石川啄木集』（角川書店、一九六九・一二）の中で今井泰子は、国崎の「必要」の語の理解（前述）を重要な指摘であると述べたうえで啄木の思想について次のような解釈をしている。

　啄木にとって思想とは、自己の外に客観的にその普遍性が証明されていたとしても思想ではなかったのである。「必要」の語は、啄木が「思想」をそのように扱い、自己の思想をそのように形成しつづけてきたこと、彼のもろもろの体験なしに彼の思想が存在しなかったことを語っている。

啄木の体験が彼の思想形成に与えた影響については承認できる。しかしこの文の前半部分については、恣意的であると言わざるをえない。

(16) 注1、今井『石川啄木論』三九四～三九五頁。

(17) このような〈思想〉と〈主体〉との関係は、一九一〇年三月ごろからのものと見られる。啄木は宮崎郁雨に「我等の人生は、今日最早到底統一することの出来ない程複雑な、支離滅裂なものになつてゐる」こと、そしてそれは

「実行者としての僕の為には、致命傷の一つでなければならなかつた」と述べ、もはや「自分自身意識しての二重生活」を営むより外に、「この世に生きる途はない」と手紙に書いている。これ以後大逆事件が起こり啄木の思想はさらに新たな展開を迎えることになるが、〈思想〉と〈主体〉との距離を「意識しての二重生活」という点は変わらなかった。これ以前と以後とでは、同じように概括することを許さないものを持っていると思う。

(18)　高桑の問題意識は「啄木の社会主義ヒューマニズムは、個人的主体の血肉によつて媒介されない、みずみずしさの欠けた、技巧にすぎなかつたのである」というところにある。これは国崎の主張を別の側面から述べたものであると言える。

(19)　秋山清に対する批判として、石井勉次郎「啄木評価の動向について~主として秋山清『啄木私論』批判」(『大阪交通短期大学紀要』一九六四・一、改稿『私伝石川啄木』桜楓社、一九七八・三)がある。

※中野重治の文章は筑摩書房『中野重治全集』第一六巻(一九七七・一)による。

第二章　啄木と〈日本人〉
――啄木の受容をめぐって――

一

石川啄木の文学は、〈日本人〉によってどのように受容されたのか、あるいはどのような側面が受容されていったのか。

啄木の短歌は近代の日本人の心性に表現を与えたものである、という言い方はごく自然になされるものだが、これを縦軸（時間・歴史）に置いてみると、日本の近代化の過程が、都市と農村の分極化を進行させ、多くの人が農村を離れ、都市に人口が流入したことと関連してくるだろう。そこには〈貧困〉という問題も介在していた。しかし、現在は、おそらく啄木のいう「悲しき移住者の第三代目」（「田園の思慕」『田園』一九一〇・一一）の世代が多数派を占めてきている。また、〈貧困〉という問題も、見えなくなっている。(1) このことは、啄木の受容が〈日本人〉にとって普遍的なものであるというより、〈近代〉という時間が孕むものであるということを示している。

これを横軸（空間）に置いてみると、人口流動の問題は、地域によって多様な相を表しており、東北地方の問題を離れて、都市と農村の分極化一般に解消されない問題をもつ。その一方で、都市と農村の分極化という点では、所謂〈日本〉という地域に止まらない、近代化のある相を示している。沖縄で啄木が読まれ、中国や台湾、韓国、インドネシア、また、多くはないとはいえ欧米、ロシアで読まれることがあるのも、啄木の文学が単なるナショナルなものとしてのみでは捉えられないことを示しているのではないか。

私たちは、啄木をそれぞれの体験の中から読んでいる。それは果して〈日本人〉だからわかるものとして読んでいるのだろうか。啄木の文学が〈日本的〉〈国民的〉であるとすることによって抜け落ちるものはないか。〈日本人〉以外の人が読んでわかるということや、一方で、〈日本人〉の体験として啄木がわからない層、共感できない層が増えてきていることをどう考えたらいいのか。

以上のような啄木受容の在り方は、啄木の文学のどのような性格に起因するのか。従来、啄木の受容と啄木の文学とは果して幸福な一致をみていたかどうか。本章では、「啄木と日本人」という観点から、この啄木受容の問題について考察したい。

二

啄木の歌が日本人の感情を歌い上げたという言い方は、ごく一般的に聞かれる。『短歌現代』一九八〇年四月号が「啄木と日本人」という特集を組んでいるが、(2) 啄木の歌ないしその文学は、啄木と日本人というテーマをひきだす性格のものらしい。編集後記は、次のように書く。

啄木の文学、ことにその三行歌がなぜわれわれの意識を把え、心性をくすぐりつづけるのだろうか？　その理由をさぐってゆけば、多くの啄木論とは別の視野が生れてくるのではないか。それには、日本人の日本的なる思想の光源を借りて啄木を照射すればよい。そう思い、本号は日本人の意識の内側における啄木文学を検討してみた。

この特集の意図に沿うような文章としては、野田宇太郎の「日本人のポエジイ」が挙げられる。氏は、「啄木の歌が日本語と共に時代を超越して他の歌人よりもより多く親しまれるのは、それが日本人誰しもの生活感情に訴へる平明なポエジイだからではなからうか」と書いている。

しかし、総じていえば、「啄木と日本人」というテーマに正面から応えた文章は見当たらない。岡井隆は、「後世は、〈泣〉くという言葉の通俗的な解釈によって、誤解しつつ、悲劇の夭折詩人の像と、重ねあわせて理解したのかもしれない。感傷的だったのは、あるいは、後世の読者の側であった」（「『一握の砂』論」）と傾聴すべき意見を書いているが、これはおそらく編集意図とは逆のベクトルを向いた見解のようにみえる。そして、野田宇太郎的な啄木理解の対極にあるのが、今井泰子の「甘えと自我――タクボクという名の西洋人」である。今井はこの特集で、啄木の文学と日本的心性とのずれについて触れているが、このことについては後述する。ここでは、執筆者たちが、編集意図とは異なり、「啄木と日本人」というテーマに正面から向き合えなかったという事実が、八〇年代を迎えた時点の啄木受容のありようを示しているということを確認しておきたい。

こうした「啄木と日本人」ということが問題になるのはいつ頃であろうか。概略として示すと、戦前の啄木受容が、プロレタリア文学陣営による紹介からはじまり、それに対抗するかたちで〈感傷の詩人〉〈青春の詩人〉〈生活をうたった歌人〉としての像を結んでいたのに対して、いわゆる〈国民的な〉歌人像は、戦後一九五〇年代の「国民文学論争」が一応の目安になるのではないかと思われる。その代表者、石母田正の「国民詩人としての石川啄木」（『続・歴史と民族の発見』東京大学出版会、一九五三・二）は、次のように書いている。

啄木は、時代の絶望とたたかう過程において、祖国と民族を発見しようとしました。それを可能ならしめたものは、彼の短歌と詩を読んだ人には忘れることのできない印象をのこすところのあの貧しい平凡な民衆にたいする愛情であり、郷土にたいする愛情であったのであります。現実の、眼の前にいる生きた日本人にたいする愛情、自分の郷土にたいする愛情なくしては、それらのものからいかにしてもはなれ得ないものを自覚することなくしては、祖国も民族も空虚な概念にすぎません。

朝鮮戦争、再軍備下のもとに書かれた歴史学者による啄木論であるが、こうした「国民詩人としての石川啄木」像は、広く受け継がれていった。例えば、中野重治は、「日本問題としての石川啄木」（一九六七年五月発行筑摩書房版『啄木全集』内容見本）において、次のように書いている。

日本問題は日本人が引きうけるほかはない。啄木は、自分以外の誰かにも何かにも頼まないで自分で問題を引きうけてそれをどうにかしようとした。それが彼の文学だつた。かりに日本の後れということを持ちだすとすると、啄木は他の何かによつてこれをあざ笑わないでその後れそのものに立つてそれの処理、解決、発展を考えた。

一九五〇年代から一九六〇年代は「革新ナショナリズム」（小熊英二）とでもいうべき論調があったが、啄木はそうした中で、「国民詩人」として受け止められていったといえる。小熊英二は、「単一民族」としての「日本人」という考えが一般化するのは、むしろ「戦後」のことであると指摘しているが、(3) 歴史的起源を同じくし、同質性と均質性を持つ〈日本人〉というイメージが形成される中で、啄木の文学は、その〈日本人〉に広く理解されるものとなっていった。

言うまでもなく、一九五〇年代から一九六〇年代にかけてのこの時期は〈高度経済成長時代〉である。一九五六年の農林業従事者は全産業の就業者比で三四％だったが、一九六六年には二一％、一九七〇年には一六・五％、一九七四年には一二％、一九八〇年には九・六％へと減少していった。啄木の歌は、こうした大規模な人口流動の中で、農村を離れ、都会に移住した人々によって愛唱されていた。もちろん、人口移動は〈高度経済成長時代〉以前から始まっている。日露戦争以後、日本の〈大衆〉が登場する。そうした〈大衆〉の中で、近代の日本の歩みに伴い農村を離れ、都会に移住した人たちによって、啄木の歌は読み継がれていった。

松本健一はその秀逸な啄木論の中で、「啄木が表現した自己＝エトスは、一面で〈近代〉に抗がいつつも、究極においては〈近代〉を底辺で支えていった大衆のエトスと重なるものだった。啄木はその自己＝エトスを、たとえば都市生活者の望郷の詩といったかたちで表現したのである」（『石川啄木』筑摩書房、一九八二・一）と述べているが、それはこの〈高度経済成長時代〉までの〈日本人〉のエトス、生活感情に言葉を与えたものであっただろう。

かにかくに渋民村は恋しかり
おもひでの山
おもひでの川

農村を離れた都市生活者は、右の歌の固有名詞としての「渋民村」の代わりに、故郷の地名を代入して読んだのだろう。啄木は、都会での不如意や望郷の思いを表現する代弁者として愛好されたのである。

一方、〈啄木嫌い〉の人たちも同じ境遇の人たちではなかったか。啄木を慰謝の対象とする〈啄木ファン〉が生まれ、一方では、振り捨ててきた故郷を思い起こさせるという理由から〈啄木嫌い〉が生まれてきたと推察される。しかし、この人口移動が終わり、「都市生活者」の比率の方が高くなれば、啄木の歌にノスタルジアを感じていた〈日本人〉が少なくなるのも当然である。啄木への関心に低下がみられるとしたら、それはそのような事情によるところが大きい。そして、〈都市〉の飽和状態による〈地方〉への関心に伴い、今度は〈自然〉・〈田園〉に住み続けた宮沢賢治（像）がクローズアップされることになる。また、「口語的発想」のわかりやすい短歌の啄木に対して、賢治の文学が地方語を駆使したものであることも注目されよう。

しかし、こうしたことも啄木自身によって既に〈予言〉されていたといってよい。それは、「田園の思慕」（前掲）に言う「悲しき移住者の三代目」の問題である。「思慕すべき田園ばかりでなく、思慕すべき一切を失つてゐる」「三代目」には、「田園思慕者」の気持ちはわからない。

肺の組織の複雑になつた人達、官能のみひとり鋭敏になつた人達は、私が少年の如き心を以て田園を思慕するのを見て、「見よ、彼処にはあんな憐れな理想家がゐる。」と嗤ふかも知れない。嗤はれてもかまはない、私は私の思慕を棄てたくはない、益々深くしたい。さうしてそれは、今日にあつては、単に私の感情に於てでなく、権利に於てである。

移住者の三代目には啄木の歌が実体験としてわからない。そういう意味では、啄木の『一握の砂』（東雲堂書店、一九一〇・一二）は〝ある時期〟の〈日本人〉の実体験に言葉を与えたもの、と言い直さねばならないかもしれない。

三

それでは、次に、「国民詩人」としての啄木像を定着させていった啄木文学の問題をみていきたい。『一握の砂』は周到に構成された歌集である。そして、これを編纂した一九一〇（明治四三）年の啄木には、〈日本人〉を意識した発言が多く見られる。

——日本人の国民的性格といふ問題に考へを費すことを好むやうになつた近頃の私の頭脳では、此事件を連想する事が必ずしも無理ではなかつた。

私は毎日電車に乗つてゐる。此の電車内に過ごす時間は、色々の用事を有つてゐる急がしい私の生活に取つて、民衆と接触する殆ど唯一の時間である。私は此の時間を常に尊重してゐる。出来るだけ多くの観察を此の時間にしたいと思つてゐる。——そして私は、殆ど毎日のやうに私が電車内に於て享ける不快なる印象を回想する毎に、我々日本人の為に、並びに我々の此の時代の為に、常に一種の悲しみを催さずにはゐられない。

（「我が最近の興味」『曠野』一九一〇・七・一〇）

△近半世紀間に於ける激甚なる文化の混淆は、直接に間接に絶間なき強い刺戟を我々の精神に与へた。そして其の混淆は已に漸く頂上に達した様に見える。我々は今、其の粉然《ママ》雑然たる事物に対して、我々の民族的特性と我々の社会及び我々自身の必要とによつて取捨選撰《ママ》の自由を有する価値判断の時代に到達した。あらゆる事を意識せむとする強大なる慾望は健康なる若き日本人の頭脳に充ち満ちてゐる。

（「窓の内・窓の外」一九一〇・九稿）

この他にも、「紙上の塵」（『東京毎日新聞』一九一〇・八・一四）、「所謂今度の事」（一九一〇・六〜七頃）、「一利己主義者と友人との対話」（『創作』一九一〇・一一）において、〈日本人〉に言及している。

日清戦争後の国民国家形成期――〈国民〉意識の形成とその統合の時期――に青春期を送った啄木には、ナショナルなものへの関心があった。これらの評論は、一九一〇年の後半期に書かれたものだが、この時期、啄木は、大逆事件から社会主義思想への関心を深めていた。しかし、それと同時に〈日本人〉にこだわる言説を繰り返している。

『一握の砂』の構成は、こうした啄木の意識と無関係ではない。実際、啄木は『一握の砂』という歌集を編みながら、ある典型的な〈日本人〉の生きざまを物語ろうとしていたのではないか。

『一握の砂』という歌集は周知のとおり、〈現在〉から〈過去〉、〈過去〉から〈現在〉へと流れるように章立てされている。「我を愛する歌」は〈現在〉を歌い、「煙」と「忘れがたき人人」は〈過去〉を、その間にはさまる「秋風のこころよさに」の性格は多少異なるが、明治四一年に作られた歌を中心にしており、〈故郷の自然〉をうたった歌が多いという点では、〈過去〉に分類されるだろう。そして、最終章の「手套を脱ぐ時」は、〈現在〉へと帰っている。これを空間的にとらえるならば、都市から、故郷、漂泊時代、都市へという構成になる。

そして、広く人口に膾炙した歌は、「我を愛する歌」や「煙」、「忘れがたき人人」の章に収められたものに多い。

東海の小島の磯の白砂に／われ泣きぬれて／蟹とたはむる

たはむれに母を背負ひて／そのあまり軽きに泣きて／三歩あゆまず

はたらけど／はたらけど猶わが生活楽にならざり／ぢつと手をみる
（我を愛する歌）

不来方のお城の草に寝ころびて／空に吸はれし／十五の心
ふるさとの訛なつかし／停車場の人ごみの中に／そを聴きにゆく
やはらかに柳あをめる／北上の岸辺目に見ゆ／泣けとごとくに
（煙）

函館の青柳町こそかなしけれ／友の恋歌／矢ぐるまの花
みぞれ降る／石狩の野の汽車に読みし／ツルゲエネフの物語かな
（忘れがたき人人）

ところが、こうした歌が注目される一方で、「秋風のこころよさに」や「手套を脱ぐ時」の章の歌、また、『悲しき玩具』の歌の多くは等閑視されている。短歌が歌集としてではなく、一首の歌としてよまれ、啄木の像はこうした一首一首の歌から結ばれていく。感傷の詩人、薄幸の詩人、故郷をうたった詩人といったイメージが啄木に重ねられ、また、それが「日本的」感情として共感され、あるいは嫌悪されていく。

先述の特集「啄木と日本人」の中で、今井泰子は、ドナルド・キーンの次のような言葉を紹介している。

　勿論、啄木の歌には感傷的なものもあります。しかしそれは本筋ではありませんね。日本人が感傷的なものが好きだからそればかり言うのでしょう？

啄木の短歌を「感傷的で湿潤なものとみる通説に」「うんざりしてた」という今井はキーンの言葉を歓迎し、さらに次のように書いている。

『一握の砂』は誠に意識的に構成された歌集であり、追憶の歌の諸章も、現在の心境を歌う諸章も、それぞれ十分な目算あって組まれたものである。にもかかわらず啄木の意図は理解されずに来た。原因は多分、啄木の着意が典型的な日本的心性と、それを越えようとする意志との境界に成り立ち、一方、読者の大方は日本的心性に組してる、そういう落差にあるだろう。

今井が指摘するように、啄木は「理解されずに来た」。人は、自分の思いを啄木に一方的に投影してきた。啄木の歌集は、〈現在〉から〈過去〉を経て、再び〈現在〉に還るのであるが、後者の〈現在〉は〈彼は昔の彼ならず〉で、同じ〈現在〉でも様相を異にしている。

わが泣くを少女等きかば／病犬の／月に吠ゆるに似たりといふらむ

高山のいただきに登り／なにがなしに帽子をふりて／下り来しかな

大いなる水晶の玉を／ひとつ欲し／それにむかひて物を思はむ

（我を愛する歌）

手套を脱ぐ手ふと休《や》む／何やらむ／こころかすめし思ひ出のあり

六年《むとせ》ほど日毎日毎にかぶりたる／古き帽子も／棄てられぬかな

あさ風が電車のなかに吹き入れし／柳のひと葉／手にとりて見る

（手套を脱ぐ時）

たとえば、右の各章二首目には、「帽子」という同じ素材が歌われているが、前者の自己演技がかった歌い方と、後者のより現実生活に即したものとの違いは明らかである。

先述の通り、『一握の砂』を歌集として読むと、〈現在〉から〈過去〉、〈過去〉から〈現在〉へという物語となっており、それは歌集の主人公の人生の行程を表している。そして、行き着いた場所は、主人公が現在住む「都市」であった。「百回通信」（『岩手日報』一九〇九・一〇・五）に啄木は次のように書いている。

独逸の一小説家、嘗て其著書に、素撲なる地方人が都会に出て、三代にして遂に故郷に対する憧憬を忘れ、全く都会の放浪者となり了るの事実を指摘したる由に候。今や凡ての人間も、嘗て追はれたる楽園を忘れて、人間の故郷は実に人間現在の住所に外ならざるを知り、あらゆる希望憧憬を人間本位に集中するに至り候、近代文明の特色は此にあり、将来の趨向も此にあり。

「田園の思慕」と同じエピソードに依拠したものだが、出典は、片山孤村の「郷土芸術論」（『帝国文学』一九〇六・四～五）で、独逸の小説家とはグスタフ・フレンセン（一八六三～一九四五）という作家を指す。しかし、「田園の思慕」と「百回通信」の間には「意識しての二重の生活」宣言や、大逆事件の衝撃もある。同じエピソードを取り上げて、「人間現在の住所」を拠点とすることを訴えたものであっても、「田園の思慕」が、「思慕」せざるを得ない自己を描く点で明らかにトーンが異なる。〈現在〉から、〈過去〉、〈過去〉から〈現在〉へと行き着いた「手套を脱ぐ時」という章もまた、〈都市〉の現実にあって、「思慕」せざるを得ない自己を描いている。

コニヤツクの酔ひのあとなる／やはらかき／このかなしみのすずろなるかな

ゆゑもなく海が見たくて／海に来ぬ／こころ傷みてたへがたき日に

赤紙の表紙手擦れし／国禁の／書《ふみ》を行李の底にさがす日

「コニャック」に表される舶来のもの、西洋的なものへの憧れ、「海」に表される浪漫的なもの、そして、社会主義でさえ憧れの対象であり、ユートピア的〈近代〉を示すかのようだ。ただし、それらは、獲得できないもの、実現不可能なものであると認識する場から、嘆息交じりの憧憬として語られている。

長男真一が死ななければ歌集の最後を占めるはずだった歌、

わが友は
今日も母なき子を負ひて
かの城址にさまよへるかな

は、その「都市」にも行き場所を失って、「故郷」の「城址」に思いが帰っていくという、歌集の主人公の気持ちを代弁したものではないか。「母」は「自己」の拠りどころであり、その拠りどころを失った「子」は、自分自身のことでもあろう。そして、この歌は、『一握の砂』の冒頭の歌、

東海の小島の磯の白砂に／われ泣きぬれて／蟹とはたむる

と対応している。(5)「東海の小島」は、〈日本〉であり、その〈日本〉という小さな島国を脱出しようとして、脱出で

きず、嘆きながら、一生を終えねばならない主人公が描かれている。

『一握の砂』という歌集は、決して〈望郷〉を語ることで安住している歌ではないし、また、回想に沈殿しているわけではない。生きる現実としての〈都市〉に帰ってこなければならない〈現実〉を描いているのである。その上で、なおかつ、時にはそこからの脱出を夢見ざるを得ない心性を描いているのである。そこに、ナショナルものの〈裂け目〉を垣間見ることができる。しかし、それにもかかわらず、多くの〈日本人〉は、啄木の『一握の砂』の中に、〈望郷〉と〈感傷〉、〈薄幸の人生〉を見、それを〈日本人〉の体験として共感してきた。

四

『悲しき玩具』（東雲堂書店、一九一二・六）は、三行書きに、句読点、感嘆符や疑問符、一字下げた表記などの工夫を凝らすことによって、『一握の砂』に残っていた短歌の調べを解体し、より個人的な自己の心理的な陰影を歌い上げている。

呼吸すれば、
胸の中にて鳴る音あり。
　凩よりもさびしきその音！

いつか、是非、出さんと思ふ本のこと、
表紙のことなど

妻に語れる。

いま、夢に閑古鳥を聞けり。
閑古鳥を忘れざりしが
かなしくあるかな。

この『悲しき玩具』に収録される歌を作歌していた頃の啄木は、〈日本人〉をより相対化してみようとしていたように思われる。

日本人――文化の民を以て誇称する日本人の事物を理解する力の如何に浅弱に、さうしてこの自負心強き民族の如何に偏狭なる、如何に独断的なる、如何に厭ふべき民族なるかを語るものである。
（「日露戦争論（トルストイ）」一九一一・四～五稿）

また、「A LETTER FROM PRISON」の注釈の中で、「東洋豪傑的の言語、挙動を弄」び、大逆事件についても「彼等は無政府主義だから、無裁判でやつつけるのが一番可いぢやないか」と述べる人物を〈日本人〉という呼称で述べていることも注目されよう。

ここには、否定的に語られているとはいえ、なおも、啄木のナショナルな感情を読み取ることができると同時に、そこからはみ出ていくものをも示唆しているように思われる。「平信」（一九一一・一一稿）では次のように書いている。

「我々日本人は不幸だ！」この事はこんな小さな事柄からさへも、ひし〳〵と僕の心に沁む。不幸の自覚はその人を一層不幸にする。僕は今迄に、何度目を堅く瞑つて、この愍《あは》れな島国に生れた事を悔んだか！　この島国の子供騙しの迷信と、底の見え透いた偽善の中に握りつぶされたやうな長い一生を送るよりは、寧ろ露西亜のやうな露骨な圧制国に生れて、一思ひに警吏に叩き殺される方が増しだといふ事を考へたか！

そしてさらに、啄木はクロポトキンの『THE TERROR IN RUSSIA』のロシアの専制に対する抵抗への弾圧を紹介しながら、次のように書いている。

これらの記述を、僕はその或頁は枕の上で、或頁はこの机の上で、また或頁は、たゞ一脚しかない椅子を縁側に持ち出して、日向ぼつこをしながら読んだ。さうして或時は眼を円くし、或時は歯を食ひしばり、或時は嘆息《ためいき》を吐き、また或時は眼を本の上から放して、世界中で最も苦しんでゐる人々の為めにやるせない思ひやりの心を味はつた。さうして始終一種の緊縮した不安と憤怒の情に駆られてゐた。

君、僕は露西亜人ではない。繰返して言ふが、僕は露西亜人ではない。随つてその露西亜人がどんな生活をしてゐようと、僕には別に何の関する所もない筈だ。

中山和子はこの一説を紹介しつつ、「啄木はおそらくいいたいのである。日本人である自分、ロシア人でない自分が、かくもロシア人の痛苦をまざまざと共感している事実はいったい何であるかということを。啄木はインターナショナルな視野から発言している」（「啄木のナショナリズム」『文芸研究』一九七九・三）と論じている。

啄木の作歌活動は、一九一一年の夏頃にほぼ終わっているが、そのことと、インターナショナルな視野への到達ということは無関係ではないかもしれない。『悲しき玩具』の世界は、短歌の調べを解体し、より個としての感情の陰影を歌い上げるリアリズムを追求していったが、それは短歌という抒情の形式自体を否定していったと言えないか。

そして、そのような『悲しき玩具』は、おそらく〈日本人〉にとって、『一握の砂』と比較すると馴染みのない歌集なのだろう。

五

多くの〈日本人〉は、啄木の作品に、〈望郷〉と〈感傷〉、それと表裏の関係にある〈都会生活〉に生きる者の〈自意識〉や〈孤独〉、〈貧困〉を読み取り、享受してきた。

高度経済成長が終わり、〈日本人〉が一応の〈近代化〉を達成した後、啄木の受容は変質していく。〈故郷〉や〈貧困〉といった言葉への共感が失われていったこと、また、〈日本人としてのアイデンティティ〉は、アメリカへの〈従属〉を意識した時代、あるいは〈西洋〉への〈到達〉を目標にした時代に顕著であったが、アメリカへの〈従属〉が意識されなくなったとき（それだけ内面化された）、また、近代への〈到達〉が意識されたとき、こうした〈日本人としてのアイデンティティ〉も霧散しつつあった。こうした〈日本人のアイデンティティ〉こそ、〈啄木と日本人〉という問題意識を浮上させ、啄木を〈国民詩人〉として受容させてきたものだった。

啄木の生きた時代は、国民国家の形成期であり、啄木もまた、その時代の空気に大きく影響を受けていた。しかし、同時に、啄木自身は、こうした時代の空気に違和感も覚えていた。〈日本人〉に享受されながら、啄木は、その〈日本人〉に対する違和感の〈痕跡〉を二冊の歌集及び多くの評論に残しているのである。

注

（1）旧稿の執筆時点（一九九九年）ではこのように認識していたが、二〇一六年の現在では、長引くデフレ下における「格差問題」や、シングルマザーの貧困問題など、新たな「貧困問題」が可視化されるようになっている。

（2）収録論文・エッセイは以下の通り。
岡井隆・『一握の砂』論＝表出史の一環として／佐藤通雅・『悲しき玩具』論＝「人」あるいは「生活」の発見／玉城徹・啄木文学の評価をめぐって＝「東海の小島」の歌に及ぶ／清水昶・「時代閉塞の現状」と現代＝状況の類似性／安森敏隆・啄木文学と女性＝幻の恋人・菅原芳子／佐佐木幸綱・啄木短歌の技法＝作中の「友」に関する覚え書／（啄木と日本人の意識）小田切秀雄・啄木においての短歌とは／松田修・もう一人の啄木／近藤芳美・未完の文学＝啄木とわたし／今井泰子・甘えと自我＝タクボクという名の西洋人／松永伍一・夭折者における死の意識／秋山清・青春の詩人＝性急な一生／宮川寅雄・主要な思想家＝稀れな英知／及川均・一首三行＝啄木短歌の魅力／嶋岡晨・悲劇の演出者＝棄郷と望郷／野田宇太郎・日本人のポエジイ＝詩としての短歌／（エッセイ・啄木一言）山口青邨・啄木のこと／中西悟堂・啄木と因縁／杉浦明平・私小説的だ／石井勉次郎・「啄木との出遇い」略記／遊座昭吾・「林中」と呼ぶ最後の渋民時代／冷水茂太・明治四十三年秋／大西民子・流離のねがい／国崎望久太郎・啄木への接近

（3）小熊英二『〈日本人〉の境界』（新曜社、一九九八・七）。

（4）本書　四三三〜四三四頁参照。

（5）一方で、「煙」の章とも対応している点については、本書第五部第一章参照。

第三章　「明日」という時間

石川啄木の評論「時代閉塞の現状」（一九一〇・八下旬頃）において、「明日」という言葉は重要である。啄木は、この評論に「我々は今最も厳密に、大胆に、自由に『今日』を研究して、其処に我々自身にとつての『明日』の必要を発見しなければならぬ。必要は最も確実なる理想である」と書いた。

この言葉は、「今日」が停滞状況にあり、「『未来』を奪はれたる現状」からの脱出口を見つけねばならないという問題意識によって生み出されたものであった。(1) 本章では、「時代閉塞の現状」を中心に、啄木の時間認識ならびに歴史認識の位相を考察したい。(2)

一

啄木はこの評論で「我々青年を囲繞する空気は、今やもう少しも流動しなくなつた」と書いているが、こうした停滞状況は、日露戦後の文学である自然主義文学を中心に感知されていたものだった。正宗白鳥の「何処へ」（『早稲田文学』一九〇八・一～四）の主人公菅沼健次は、人生に何の目標も見いだせず、一日を持て余している。

此頃の健次は絶えず刻々の時と戦つてゐる。酒を飲むのも、散歩をするのも、気焔を吐くのも、或ひは午睡をするのも、只持ち扱つてる時間を費す為のみで、外に何も意味はない。（中略）彼れは激烈な刺激に五体の血を湧立たさねば、日に日に自分の腐り行くを感じ、青春の身で只時間の虫に喰はれつ、生命を維《つな》いでゐる現状を溜らなく思つた。

正宗白鳥は、当時、啄木が最も関心を寄せてきた自然主義作家だった。(3) 啄木が「時代閉塞の現状」を執筆した年である一九一〇年には、白鳥は自分の読売新聞記者時代を描いた「動揺」（『中央公論』一九一〇・四）を執筆している。主人公は「停滞した泰平」の中にあって、「心は弛み切つてその日暮しに仕事をしてゐるに過ぎなかつた」。この作品を読んだ啄木は「つくぐ〳〵文学といふものが厭に思はれた。読んでく〳〵、しまひにガス〳〵した心持だけが残つた。『もう何もない、何もない。』と『動揺』（白鳥）の主人公が言つてゐる」（日記、一九一〇・四・六付）と書いている。

また、自然主義の代表的な評論家島村抱月は、「現下の私は一定の人生観論を立てるに堪へない」と言い、「今はむしろ疑惑不定の有りのまゝを懺悔するに適してゐる。そこまでが真実であつて、其の先は造り物になる恐があ」（『近代文芸之研究』早稲田大学出版部、一九〇九・六）る、「今日の自分等が真に人生問題を取り扱ひ得る程度は、懐疑と告白の外に無いと思ふ」（「懐疑と告白」『早稲田文学』一九〇九・九）と表明していた。そして、「現実暴露の悲哀」「無解決と解決」など自然主義のスローガンを鼓吹した評論家長谷川天渓は、自然主義を現実的に生きると、それは「無解決であるから執着はない、情熱はない、生に対して怡びもなく、死に対して怕れも無い。其の胸中には何物もなく、眼中よりは一切の幻像が消滅する。たゞ有るものは現実で、過去なく未来なく而して刹那々々に生き続けるだけ」となるという(4)（「無解決と解決」『太陽』一九〇八・五）。

ただし、天渓は、実行上の自然主義（人生観）と芸術上の自然主義を分けており、右の態度は「実行上の自然主義」のものであるとしている。〈実行と芸術〉論争の中で、天渓は、田山花袋、抱月らとともに「芸術」、「観照」の立場に立ち、自然主義をその範囲に限定しようとしていた。

ところで、啄木の「時代閉塞の現状」は、魚住折蘆の「自己主張の思想としての自然主義」（『東京朝日新聞』一九一〇・八・二二、二三）に倣い、自然主義文学を「自己主張的傾向」と「自己否定的傾向（純粋自然主義）」とに分けて分析しているが、前者には主に岩野泡鳴や当時の「青年」たちの「主観」を重視する傾向が、後者には主に島村抱月や、田山花袋、長谷川天渓らが想定されているように思われる。啄木は、この「自己否定的傾向」を、「科学的、運命論的、自己否定的傾向」とも言っているが、「大自然の主観」を求めた花袋、「観照即人生の為」の境地を求めた抱月など、何らかの形而上学的な傾向をそこに見いだすことができるだろう。

田山花袋は『生』（易風堂、一九〇八・一一）、『妻』（今古堂、一九〇九・五）、『縁』（今古堂、一九一〇・一一）などの作品で、〈家〉や〈世間〉の中に絡めとられていく人物たちを描いた。そうした花袋の作品に顕著にみられるのは、運命的な〈自然〉の中にある人間である。

時代も国家も矢張自分の閲歴や運命と同じく、盲目の力に支配せられて、無限から無限に動かされつゝある やうな気がした。混乱に混乱、紛糾に紛糾、かうして時代も国家も個人もある大きな潮流の中に流されて行く のである。（『妻』）

こうした「運命論的な」傾向は、田山花袋の『重右衛門の最後』（新声社、一九〇二・五）から『田舎教師』（佐久良書房、一九〇九・一〇）、『時は過ぎ行く』（新潮社、一九一六・九）まで一貫していると見てよいだろう。坂本多加雄は、花袋や徳田秋声の作品の中の「自然の風景や季節の移り変わりが醸す情感の描写」に、読者は「主人公たちの停滞した時間から解放されて、一時のカタルシスを味わうような気分になるのである」とし、「そうしたカタルシスのうちにあるのは、おそらく、季節の変化に示される自然の循環的な時間、あるいは、そうした自然のリズムをもとに太古以来営まれてきた人々の日常の生活を流れる時間への微かな予感であ」るとしているが(5)、こうした自然的な時間と運命論的、自己否定的な時間とは密接に結び付いていた。

一方、「実行上の自然主義」を主張し、その境地を生きようとしたのが岩野泡鳴である。

僕等は実感の芸術を主張する。して《ママ》、実感は実行によつて最も痛切に得られる。して《ママ》また、実行には、手段的もしくは玩弄的余裕がない。そこに達してこそ、人生の味ひが充実して実際に感じられるのだ。

（「実行文芸、外数件」『読売新聞』一九〇九・三・二一）

この「手段的もしくは玩弄的余裕がない」「実行」とは、刹那刹那の時間を充足して生きることにほかならない。しかし、その内実は、泡鳴の小説「耽溺」（『新小説』一九〇九・二）や『放浪』（東雲堂書店、一九一〇・七）に描かれた情痴的な世界を生きることだった。それは、「今日」の停滞状況を「明日」につなげるものではない。啄木は、「小説『放浪』に描かれたる肉霊合致の全我的活動なるものは、其論理と表象の方法が新しくなつた外に、嘗て本能満足主義といふ名の下に考量されたものと何れだけ違つてゐるだらうか」と批判している。

こうした〈時間的停滞〉は、自然主義文学のみに感知されたものではない。「時代閉塞の現状」では、泡鳴と永井荷風の一連の作品を比較して「淫売屋から出て来る自然主義者の顔と女郎屋から出て来る芸術至上主義者の顔と、其表れてゐる醜悪の表情に何等かの高下が有るだらうか」と書かれているが、たとえば荷風の作品には次のような一節がある。

女と遊ぶ――これが彼《あ》の人の生きて居る第一条件ですから、其の為めにはいかなる重大な事件を捨て、も顧みませんよ。(中略)酔へるものには後も先もない一瞬間は乃ち永劫ですからな。

(『冷笑』佐久良書房、一九一〇・五)

ここにも〈刹那〉に生命の充足を求める人物が描かれている。しかも、ここでは〈刹那〉は「永劫」へと結び付くものとして説明されている。

ところで、明治四三(一九一〇)年二月号の『早稲田文学』が、荷風の作品に対して「推讃之辞」を送ったことから、相馬御風、片上天弦ら自然主義評論家と、阿部次郎や安倍能成ら後に〈大正期教養派〉と呼ばれた青年たちとの間に論争が起きた。御風らは、自然主義者たちがその浪漫主義や享楽主義の傾向をも自然主義の意味の中に含めるのは、その自然主義特有の意味を失うのではないかという批判を受けた。しかし、この論争に対し、啄木は「新浪漫主義を唱へる人と主観の苦悶を説く自然主義者との心境に何れだけの扞挌《ママ》が有るだらうか」と批判する。啄木からすると、両者は停滞した時間を利那的に生きる姿勢において変わりのないものだった。また、この時期、永井荷風の作品が推奨されたことは「『自然主義の第一期』といふ銀行が」「営業資金の不足を告げ」(啄木「一年間の回顧」『スバル』一九一〇・一)た後の現象であるという意味で、自然主義文学自体の停滞状況を告げるものでもあった。

一方、荷風の作品も好意的に評価していた阿部次郎は、「驚嘆と思慕」(『東京朝日新聞』一九〇九・一二・一〇)において、「新鮮なる心を失ひて新鮮なる心を愛するの念は愈《いよ〳〵》募り、生命の尊さを沁み〴〵と感ずるのに生命の疲労次第に身に迫るを覚ゆる生活である。此の如き状態に在りて真正に生きやうとする努力の行き途は、唯驚嘆を思慕する情を強め、驚嘆し得ぬ心を悲しむ哀愁の念を深めて此方面より生命の源に遡るより仕方がない」と書いた。ワーズワースの詩「虹」を引用し、「故国木田独歩の小説は殆ど全く失はれたる青春と驚嘆の情との挽歌であつた」と述べる阿部次郎は、「驚嘆への思慕」を希求する。しかし、これは、いわば〈瞬間〉に〈永遠〉を呼び起こす試みであった。啄木は、これを「浪漫主義は弱き心の所産である」と批判し、そこに「性急なる思想」があることを指摘した（「巻煙草」『スバル』一九一〇・一）。

以上、日露戦後の〈停滞状況〉を「文学」がどのように感知し、それにどのように反応してきたのかを概観した。この〈停滞状況〉は、文学論であると同時に、文明批評ともなっている「時代閉塞の現状」において的確に捉えられている。

二

日露戦後の〈停滞状況〉が最も端的に現れているのは、次の世代を担うはずの青年たちの閉塞状況である。「時代閉塞の現状」は、「青年」たちの現状を次のように伝える。

今日我々の父兄は、大体に於て一般学生の気風が着実になつたと言つて喜んでゐる。しかも其着実とは単に今日の学生のすべてが其在学時代から奉職口の心配をしなければならなくなつたといふ事ではないか。さうしてさう着実になつてゐるに拘らず、毎年何百といふ官私大学卒業生が、其半分は職を得かねて下宿屋にごろ〳〵してゐるではないか。しかも彼等はまだ〳〵幸福な方である。前にも言つた如く、彼等に何十倍、何百倍する多数の青年は、其教育を享ける権利を中途半端で奪はれてしまふではないか。中途半端の教育は其人の一生を中途半端にする。彼等は実に其生涯の勤勉努力を以てしても猶且三十円以上の月給を取る事が許されないのである。無論彼等はそれに満足する筈がない。かくて日本には今「遊民」といふ不思議な階級が漸次其数を増しつつある。今やどんな僻村へ行つても三人か五人の中学卒業者がゐる。さうして彼等の事業は、実に、父兄の財産を食ひ減《へら》す事と無駄話をする事だけである。

ここでは高等教育を受けながらも就職口がなく、〈高等遊民〉にならざるを得ない青年たちと、高等教育を受けることができないまま、「遊民」化する青年たちの姿が捉えられている。後者には啄木自身の体験が反映しているだろう。

日露戦後、〈学士就職難〉が〈高等遊民〉の問題として取り上げられているが、それは、帝国大学の卒業生中の「職業未定又ハ不詳ノ者」の割合が法科大学、文科大学を中心に増加して来た（明治四四年で二四パーセント）ことに表れている。しかし、この時期の高等教育卒業生は、それまで中流下層階級が従事してきた下級の職務に就くことができたし、親の財産を食いつぶして生活することができる者もいた。(6) より深刻なのは高等教育を受けることができなかった層である。

高等学校に行くことはできなかった層で、都会での社会的栄達を夢見た青年たちの中には、一九〇二（明治三五）年に創刊され、五年後には「発行部数東洋第一」を豪語した『成功』という雑誌の読者となった者もいた。彼らの多くは、小学卒、中学中退者の「田舎青年」だった。(7) 彼らは「アメリカの躍進を生みだした精神、自己実現・奮闘主義の神髄を実践している理想の政治家」(8) であるルーズヴェルトの『奮闘的生活』（成功雑誌社、一九〇三年）の読者でもあり、渡米を夢見た者もいた。啄木もまたこの書物の愛読者であり、渡米を夢見たこともあった。(9) こうした書物との出合いが実際の「上京」「立身出世」「成功」にただちに結び付くものではなかったことは、右の啄木の記述にも明らかであろう。しかし、日露戦後、「社会の組織化が進み社会的流動性が著しく減じたこと」により、

「かえってその故に青年たちをして『成功』へといっそう焦燥させることになった」（岡義武）[10]。「きれぎれに心に浮かんだ感じと回想」（『スバル』一九〇九・一二）で、田山花袋の『田舎教師』に啄木が共感したのも、これら「上京」、「進学」を夢見ながらも果たせず死んでいった青年に、啄木自身も含めた多くの「田舎青年」の姿が典型的に描かれ、それが一つの時代に対する批評になっていたからにほかならない。

日露戦後の危機的状況は、一九〇八（明治四一）年に「戊申詔書」が公布され、「忠実業ニ服シ勤倹産ヲ治メ惟レ信惟レ義醇厚俗ヲ成シ華ヲ去リ実ニ就キ荒怠相誡メ自彊息マサルヘシ」と、あえて国民に訓戒を垂れなければならなかったことにも現れている。このことは明治のはじめ頃より、福沢諭吉の『学問のすゝめ』や中村正直訳・スマイルズの『西国立志編』によって焚き付けられてきた〈立身出世主義〉が行き詰まりをみせたことを意味している。啄木のいう「時代閉塞の現状」とは、以上の状況下にある青年たちの「理想喪失の悲しむべき状態」にほかならない。

こうした〈立身出世主義〉の行き詰まりは、明治三〇年代には既に始まっており、このことは当時の青年たちに優勝劣敗適者生存を謳う社会ダーウィニズムの圧力をより強く感じさせた。盛岡中学校を中退し、学歴社会からドロップ・アウトしていった啄木も例外ではない。啄木が社会ダーウィニズムを強く意識していたことは、次の一節が啄木の評論に繰り返し書かれていることからもわかる[11]。

適者生存の語あり。思ふに、我等恐らくは今の世に適せじ。されば早晩敗れて死ぬべきの時、我等の上に来らむ。然れども、真に永劫に死し果つべき者、我なるべきか、はた彼なるべきか。

（「一握の砂」『盛岡中学校校友会雑誌』一九〇七・九）

明治初年の啓蒙思想が歴史の全体的な〈進歩〉を肯定的にとらえたのに対し、社会ダーウィニズムの思想は、〈進歩〉から取り残される層のあることを意識させた。明治三〇年代の〈学士就職難〉は、そうした意識をより強化したことと思われる。そのような時代に、盛岡中学校中退の啄木の支えとなったのは、現実世界で敗北しても、「永劫」に生きることができるという考えであり、高山樗牛や姉崎嘲風、ニーチェの思想から得た〈天才主義〉である。(12)

〈立身出世主義〉や社会ダーウィニズムの受容が世俗的な〈成功〉として表象されていたのに対し、青年のある層は、そうしたものから目を背け、明治三〇年代の樗牛熱、ニーチェ主義に傾倒し、内面的な個人主義世界の価値を見いだしていった。そうした思想を享受していったのは、主に徳富蘇峰が「煩悶青年」と呼んだ(13)、阿部次郎ら〈大正期教養派〉の青年たちだった。中学を中退したとはいえ、啄木の知識教養の基盤も基本的にここにあったといえよう。(14)しかし、〈大正期教養派〉の青年たちが〈書物〉の世界を中心に〈自我〉に対する思索に耽ることが可能であったのに対し、中学を中退し、一家の生活を支えなければならなかった啄木は、そうした思索的・教養的世界の住人でいつづけることはできなかった。先に見た阿部次郎と啄木との分岐点もここにあった。早晩、啄木は現実に向き合うことを妨げていた〈天才主義〉を捨て〈現実〉に向き合わざるをえない地点にいた。

三

一九〇九年秋以降の啄木の思想の変化は、現実世界から回避することなく、〈現実〉に立脚しつつ、そこから新しい〈理想〉を見いだすことだった。それが容易ではないことの自覚は、「きれぎれに心に浮んだ感じと回想」（前掲）で、徳富蘇峰の『将来之日本』（経済雑誌社、一八八六・一〇）を意識しつつ、「日本が現在の富――物質上にも理想上にも――を得る為には、今迄にも随分過度の努力を要した。此上更に何日までこんなはげしい戦を戦はねばならぬかと思ふと、恰度夏の初めのめつきりと暑さを感じた日に、むさ苦しい室の中で真夏の酷暑を思ひやるやうな心持がする」と書いていることにも表れている。蘇峰の『将来之日本』は、生産社会、平和社会を展望した当時の青年たちのマニフェストともいうべき書物だった。しかし、その後、蘇峰の「進歩」の展望は、日清戦争前後を境に、「力の福音」こそ「世界の大勢」だとの認識に変化していった。そして、二〇年前に蘇峰が展望した「将来の日本」とは異なる位相に立って、啄木は改めて、「将来の日本」を構想せざるを得なかった。

このとき、啄木の思想の導き手となったのが、田中王堂のプラグマティズム哲学である。(15) 田中王堂は、自然主義の排理想、無解決という考え方に反して、「今日の理想が明日の事実となることは、昨日の理想が今日の理想となつて居ると同じである。現実は理想を生み、理想は現実を孕みて行くのが今日の社会の特徴である」と説明し、「自然主義は理想を排斥した現実主義でなくして、現実を包含した理想主義でなければならぬ」と言う（「我国に於ける自然主義を論ず」『明星』一九〇八・八）。一九〇九年秋以降の啄木の自然主義批判はこのような王堂の考え方に共鳴しつつなされている。しかしそれが、「個人の意志」の問題として取り上げられていることも、そのプラグマティズム哲学からの帰結というべきだろう。

歴史は人類の或る不明な（仮りに）意志の傾向を示してゐます、同時に一個人の一生は其人の意志の傾向と其経路とを語る、現在生きてゐるところの人間には、意志と意志の傾向あるのみであつて、決して固定したものではない、自己とか個性とかいふものは、流動物である、自らそれを推し進めて完成すべき性質のもので、そして生きてゐる間――精神的活動のやまぬ間は形を備へぬものである、と私は思ひます、そして、前に申上げた自己の生活の改善、統一、徹底といふことは、やがて自己を造るといふではありますまいか、

（大島経男宛書簡、一九一〇・一・九）

ここで「歴史」における「意志の傾向」と「一個人の一生」における「意志の傾向」とが同様のものとして語られていることに注意したい。この書簡で啄木は「新しい個人主義」と「新日本主義といふもの」について触れ、「自分及び自分の生活といふものを改善すると同時に、日本人及び日本人の生活を改善する事に努力すべきではありますまいか」と語っており、いわば自分の生活の改善が国家の改善につながるものとして想定している。こうした個人と国家の調和的な一致への志向が、従来の〈天才主義〉を否定した反動として、この時期の啄木の考えに見られる。それは、個人の〈時間〉が国家の〈時間〉へとつながるものとして想定されていたと言えよう。しかし、個人と国家との幸福な一致が困難であることは、徳富蘇峰においても「自愛」と「他愛」の結合というかたちで試みられながら、「国家」に対する精神的同一化にゆきついていたことにも示されている。[16] 啄木においても、それは「きれぎれに心に浮んだ感じと回想」の「国家！　国家！　国家といふ問題は、今の一部の人達の考へてゐるやうに、そんなに軽い問題であらうか？」という問いかけと平行していた。そして、「性急な思想」（『東京毎日新聞』一九一〇・二・一三〜一五）では「国家といふ既定の権力」という言い方がなされるようになり、やがて「二重の生活」の統一の試みの破綻を告げるに至るのである。

王堂のプラグマティズムに疑問を抱いたときに起きたのが大逆事件である。啄木がこの事件に衝撃を受け、その後社会主義思想に傾倒していったことは周知のとおりである。「時代閉塞の現状」には既に無政府主義者クロポトキンの『麵麭の略取』（幸徳秋水訳、平民社、一九〇九・一・三〇）などの影響が見てとれる。[17] そして、一九一一（明治四四）年の一月には「社会主義者宣言」を表明するに至る。

僕は長い間自分を社会主義者と呼ぶことを躊躇してゐたが、今ではもう躊躇しない、無論社会主義は最後の理想ではない、人類の社会的理想の結局は無政府主義の外にない（中略）然し無政府主義はどこまでも最後の理想だ、実際家は先づ社会主義者、若しくは国家社会主義者でなくてはならぬ、僕は僕の全身の熱心を今この問題に傾けてゐる、「安楽《ウエルビーイング》を要求する人間の権利である」僕は今の一切の旧思想、旧制度に不満足だ、

（瀬川深宛書簡、一九一一・一・九）

ここには、「最後の理想」としての「無政府主義」に至るまでの改革の段階が描かれている。こうした考え方に影響を与えたものとして、堺利彦が執筆した『通俗社会主義』（由分社、一九〇五・一二）があるのではないか。[18]ここで堺は、社会主義を「実際的社会主義」と「理想的社会主義」とに分け、前者は「何事も国民的に大仕掛にして、それを国家の手で経営しようと」するものであり、後者の下では、「金銭といふ者もなく、賃銀といふ者もなく、売買といふ事も無くなる」という。そして、「実際的社会主義は理想的社会主義に入るの第一歩」としている。啄木が、この「理想的社会主義」を「無政府主義」と呼び換えているのは、その時期、『麵麭の略取』等、クロポトキンの思想に大きく共鳴していたからと思われる。

また、堺は、社会主義の実現の手段として、「人民を教育して社会主義者を作る事」と「普通選挙を行ふ事」、「其等の同志者を結合して社会党を作る事」を挙げている。啄木は、一九一〇年一二月二一日付の宮崎郁雨宛の手紙で『第二十七議会』という著述で「議会改造及び普通選挙」を主張したいと書いているほか、翌年一月二二日付の平出修宛書簡にも「一院主義」と「国際平和主義」と並んで「普通選挙主義」の雑誌を出したいと書いている。また、二月六日付の大島経男宛書簡にも「普通選挙」をうたっており、この時期の啄木の「普通選挙」の提唱には堺の書物の影響が窺われる。[19]

ところで、『通俗社会主義』には次のような一節がある。

◎然らば社会主義は何時完成するかと云ふ疑問が次に出るかも知れぬ。然しそれは又随分をかしな話で、一体、物に終といふ事があるものぢやない。我々が死んでしまつて、忘れられてしまつた跡でも、まだ此世は駸々《しんしん》として進んで行く。孫や曾孫の時代に果してどんな事が行はれるか、それは我々の知り得る所ぢや無い。そんな先の事まで今日から考へ過ごして世話を焼かうとするのは、そりや余りの自惚といふものです。我々の子孫に対する義務は只此道路を出来るだけ平にして置いて、他日の進歩を容易《たやす》くするといふ丈の事です。

「僕は一新聞社の雇人として生活しつゝ、将来の社会革命のために思考し準備してゐる男である」（瀬川深宛書簡、一九一一・一・九）と自認する啄木が「時代進展の思想を今後我々が或は又他の人がゞ唱へる時、それをすぐ受け入れることの出来るやうな青年を、百人でも二百人でも養つて置く」（平出修宛書簡、一九一一・一・二二）と、より長期的視野に立って「社会革命」を遠望することができたのは、右の堺の文章にあるような発想によるのではないか。

しかし、そのことは、〈今〉の時代の現実に生きている啄木自身の〈生〉を救わないという問題をつきつけた。「社会主義者宣言」を告白したのと同じ瀬川宛書簡には、別の箇所に次のように書かれている。

たゞ僕には、平生意に満たない生活をしてゐるだけに、自己の存在の確認といふ事を利那々々に現はれた「自己」を意識することに求めなければならないやうな場合がある、その時に歌を作る、利那々々の自己を文字にして、それを読んでみて僅かに慰められる、随つて僕にとつては、歌を作る日は不幸な日だ、利那々々の偽らざる自己を見つけて満足する外に満足のない、全く有耶無耶に暮らした日だ、君、僕は現在歌を作つてゐるが、正直に言へば、歌なんか作らなくてもよいやうな人になりたい

評論「一利己主義者と友人との対話」（『創作』一九一〇・一一）、「歌のいろ〳〵」（『東京朝日新聞』一九一〇・一二・一〇、一二、一三、一八、二〇）の短歌観と共通するものだが、社会主義思想の受容とこうした短歌観の表明は表裏をなしている。「明日」への考察は、「明日」から疎外されていることを啄木に自覚させ、「刹那々々」の「自己」の哀惜へと導いていった。

新しき明日の来るを信ずといふ
自分の言葉に
嘘はなけれど――

この歌に関して、石井勉次郎は「新時代への距離感と、『二重の生活』を余儀なくされる屈辱《くつじょく》感、そこから押し出されたうめき声のようなものが『――』の部分の主題(20)」と読み取り、上田博は、「『新しき明日』などと『言葉』で言ってしまった事柄と現在の自分の実存感覚との間の、はじめから横たわっている裂け目を意識した、その意識の動きを暗示しているのである」と説明している(21)。いわば「新しき明日」と啄木の〈生〉との距離は、〈時間〉感覚の上で遠いことに加えて、それを「信ず」という言葉でしか表現できなかったことに表れている。

ところで、大逆事件後に残された〈社会主義〉陣営の中でも、堺利彦と大杉栄とはその改革の展望において大いに異なっていた。大杉は次のように書いた(22)。

運動には方向はある。しかし所謂最後の目的はない。一運動の理想は、其の所謂最後の目的の中に自らを見出すものではない。理想は常に其の運動と伴ひ《ママ》。其の運動と共に進んで行く。理想が運動の前方にあるのではない。運動其者の中に在るのだ。運動其者の中に其の型を刻んで行くのだ。

自由と創造とは、之れを将来にのみ吾々が憧憬すべき理想ではない。吾々は先づ之れを現実の中に捕捉しなければならぬ。吾々の自身の中に獲なければならぬ。

（「生の創造」『近代思想』一九一四・一）

いわば、「理想」が実現されるのは、「明日」（未来）にあるのではなく、「現実の中」あるいは「自身の中」、つまり、〈現在〉にあるということになる。「明日」の為に「今日」を「犠牲」にするのではなく、「今日」の中に即「明日」を発見するといえようか。このような「運動」論から導かれるのはサンディカリズムである。

此処に一ストライキが起るとする。僕は此のストライキを以て、ベルグソンの所謂「吾々が或る重大な決心を為すべく撰んだ吾々の生涯の一瞬間、其の類に於て、唯一なる瞬間」としたいのだ。平凡なストライキではない。安閑として只だ腕組計りして居るストライキではない。本当に労働者が重大なる決心を要するストライキだ。（中略）生の最高潮に上りつめた瞬間の吾々は価値の創造者である、一種の超人である。僕は此の超人の気持ちが味いたいのだ。そして自ら此の瞬間的超人を経験する度数の重なるに従つて、一歩々々、此の種の真の超人となる資格が得たいのだ。

（「正気の狂人」『近代思想』一九一四・五）

啄木の論理でいえば、こうした「瞬間」に「超人」を感知する発想は、「性急な思想」にほかならないだろう。右の大杉の文章は、ニーチェを思わせる超人論を展開している[23]が、それは啄木がかつて否定した道だった。啄木と大杉栄は、クロポトキンの受容において共通する基盤を持つが、その無政府主義思想をどのように実現するのかという〈革命論〉において、啄木は慎重だったといっていい。しかし、大杉栄が〈今この瞬間〉の〈強度〉を感じていたのに対し、啄木は「明日」（未来）からも「今日」（現在）からも疎外を感じている。
『一握の砂』『悲しき玩具』という二つの歌集は、こうした啄木の歴史認識・時間認識と別のものではない。

四

先に見たように、啄木は、「自己の存在の確認といふ事を刹那々々に現はれた『自己』を意識することに求めなければならないやうな場合」に「歌を作る」といい、「それを読んでみて僅かに慰められる」という。ここには「今日」からも「明日」から疎外された男が「刹那」において「自己」を確認するのが「短歌」であるという認識がある。しかし、その内実はもう少し複雑である。

啄木の短歌もしくは歌集『一握の砂』における〈時間〉の問題については、木股知史の「『一握の砂』の時間表現」[24]が委曲を尽くしている。木股は、啄木の詩歌論には「瞬間の感覚の表現と、人生の断片の報告という矛盾する二つの方向が」含まれていること、それを「『一握の砂』に即していうなら、心理の方向では瞬間の感覚が歌われ、対象の方向では失意の男の人生が表現されている」と指摘している。

これを歌集全体の構成においてみるならば、現在の私のさまざまな位相をうたった「我を愛する歌」の章にはじまり、盛岡中学時代と故郷渋民村及び渋民村の人々をうたった「煙」の章、「明治四十一年秋の紀念」である「秋風のこころよさに」の章、北海道漂泊時代をうたった「忘れがたき人人」の章、再び現在の私をうたった「手套を脱ぐ時」の章となり、一人の男の人生が物語風に描かれることになる。

ここで注目したいのは、歌集の大きな流れの中で「過去」の時間が大きな位置を占めていることである。例えば、ハンナ・アレントは、「始まり」から「終わり」に向かって直線的・連続的に流れていくとする近代的な時間概念に対して、「過去」と「未来」の「間」に意味連関を与える「伝統」の役割を強調している。(25)

遺言というものは相続人に対して何が正当にかれのものとなるかを告げることによって、過去の財産を未来に遺贈するのである。遺言がなければ、あるいは遺言というこの比喩を解いていえば、宝の在り処とその価値を選り分け、名づけ、伝え、守り、指し示す伝統がなければ、遺言によって受け継がれる時間的連続性もなく、したがって人間の立場からすれば過去もなければ未来もなく、ただただ世界の永遠の変転とそこに生きるものの生物学的循環だけが存在することになる。したがって、この宝が失われたのは歴史状況や現実の逆境のせいではなく、その現われやリアリティを予見させる伝統が存在せず、それを未来に受け継がせる遺言が何一つなかったからである。

アレントの見解にならえば、啄木の回想歌は、単なる「過去」の集積ではなく、「未来」へと寄贈される「伝統」といえよう。(26)

不来方のお城の草に寝ころびて／空に吸はれし／十五の心
かにかくに渋民村は恋しかり／おもひでの山／おもひでの川

しばしば言われるように、啄木の短歌は、「不来方のお城」「渋民村」という固有名詞を使用しつつも、故郷から離れ、都会で働き生活していった近代に生きた人々の体験を普遍的にうたいあげるものだった。「歌といふ詩形を持つてゐるといふことは、我々日本人の少ししか持たない幸福のうちの一つだよ」（前掲「一利己主義者と友人との対話」）という啄木は、歌の共同性に意識的だった。啄木は、歌を介在して近代日本に生きる人々の体験とつながろうとした。「忘れがたき人人」「煙二」の章では、先に見た「成功青年」でも「煩悶青年」でもない様々な階層の人々も登場する。

ちなみに「秋風のこころよさに」は、「季節の変化に示される自然の循環的な時間」（坂本多加雄[27]）をうたいあげた章と言ってよいだろう。それは、古典文学にとらえられた「自然観」を参照している点においても「伝統」的である。

以上のように、『一握の砂』は〈現在〉をうたう章をはじめとおわりに置き、〈過去〉を扱った章と章の間に伝統的に捉えられた「自然的時間」を据えるという構成となっている。そのような構成によって、〈失意の男の人生〉は、近代日本に生きる人々の普遍的な体験として描かれることになる。

また、一つ一つの短歌を見てみると、決して〈瞬間〉のみを歌い上げているのではないことに気づく。

手套を脱ぐ手ふと休《や》む
何やらむ
こころかすめし思ひ出のあり

手袋を脱ぐという動作が、ふと「思ひ出」を喚起し、手の動作が止まる。日常のささやかな〈瞬間〉を捉えた歌だが、「何やらむ」の一語に表されているように、ここには、「一生に二度とは帰つて来ないいのちの一秒」（「一利己主義者と友人との対話」）を見極めようとする心の動きがある。手の動作がふと止まり、「こころかすめ」た〈瞬間〉が呼び起こすのは「思ひ出」という過去である。この〈瞬間〉は〈過去〉という時間を重層的に含んでいる。そして、啄木の三行書短歌のスタイルは、〈瞬間〉を捉えつつも、それを抒情として〈消費〉するのではなく、分析的に働いている。

また、回想歌には、先にも挙げた「不来方のお城の草に寝ころびて／空に吸はれし／十五の心」のように、「回想される過去と回想する現在という二重性が含まれている」（木股知史[28]）。ここには、主観語を排し、「十五の心」と体言止めにすることによって、心が空に吸い込まれていくような純粋な時間を持った十五歳の時間と、それに対峙する現在の時間がうたわれている。そして、石井勉次郎のいうように[29]「この歌は、明日にむかってのあるべき『空』を、回想の空の中から探り出そうとするような心情をその発想の背後に隠し持って」いるように思われる。

以上みてきたように、短歌に「刹那」の自己を託すという認識にもかかわらず、啄木の実作の短歌は、過去、現在、未来の時間を重層的に含んでいる。

啄木の思想が「明日」という時間を展望するものだとしたら、啄木の短歌は、「明日」を希求しながらも、そこから取りこぼされる主体をあくまでも見つめようとするものではなかったか。そうした姿勢は、『一握の砂』以後』と題された啄木のノートをもとにして刊行された『悲しき玩具』に顕著である。

前述の「新しき明日の来るを信ずといふ／自分の言葉に／嘘はなけれど――」の歌で問題にされるのも、「新しき明日」を希求する自分と「現在の自分の実存感覚」（上田博[30]）とのずれである。

また、次のような歌はどうだろうか。

どうなりと勝手になれといふごとき

わがこのごろを
　ひとり恐るる。

今井泰子はこの歌に「生活への平常の努力が何の成果も生んでいないという絶望と疲労をまず暗示し、投げ出した後どうなるかという恐怖に嘆息している歌[31]」という解釈を示している。しかし、ここでは一行目に自棄的な心を描きつつ、改行によって、その心が客観視され、さらにそんなふうになろうとしている自分を「ひとり恐るる」という風に、自棄的になろうとする自分を押し止めようとする動きが描かれている。ここには、自分の〈弱さ〉を描きつつ、その〈弱さ〉を対象化する心の動きが表現されているのである。

眼閉づれど
心にうかぶ何もなし。
　さびしくもまた眼をあけるかな

この歌は、『「一握の砂」以後』ノートとは別の紙片に残されていた歌二首のうちの一首である。土岐哀果が編集した『悲しき玩具』では冒頭から二首目に置かれ、「眼閉づれど、／心にうかぶ何もなし。／　さびしくも、また、眼をあけるかな。」と表記されている。今井泰子はこの歌に「病状の進行とそれをどうしようもない環境の中でいっさいに興味を失い、存在するのは形骸としての肉体だけであるという絶望的な空白感[32]」を見た。しかし、ここにあるのは、己の内面の空白を見つめるまなざしであろう。「何もなし。」と呟いたあと、三行目のはじめに一字分の空白を作り、「さびしくも」と表すことによって、「空白感」へのとまどいが表現される。しかし、眼は再び外界

——現実に向けられる。『悲しき玩具』の歌は、そのほとんどが句点で締めくくられるのに対し、紙片に書かれたこの歌は意図してか意図せずしてか句点で終わっていない。それはあたかも、現実へのまなざしが啄木の中で終わっていないことを示しているようだ。

啄木が作歌活動を停止したのは一九一一（明治四四）年の八月、『悲しき玩具』の最終歌になる「庭のそどを白き犬ゆけり。／　ふりむきて、／　犬を飼はむと妻にはかれる。」が、『詩歌』九月号に掲載されたのが最後である。しかし、歌から離れたのちも「明日」という時間を見つめつつ、自らの主体を問い続けた。

君、僕はやつぱり、「時機を待つ人」といふ悲しい人達の一人である外はない——酒や皮肉にその日〳〵を紛らしたり、一生何事にも全力を注いで働らくといふ事なしに寂しく死んでゆく、意気地のない不平家の一人である外はない。苟《いやし》くも信ずる所があれば、それを言ひ、それを行ふに、若しも男児であれば何の顧慮する所もない筈だ。しかし僕は不幸にして、今の心ある日本人の多くと同じやうに、それの出来ない一人だつた。かういふ諦めは必ずしも今朝に始まつた事ではない。今のやうな思想が頭に宿つて以来、既に長い間僕は「時機を待つ人」だつた。「今にその時機が来る。」さう思つては辛くも自分を抑へて来た。無論さうして自分を抑へる事を卑怯だと思ふ疚しさは、常に僕の心にあつた。さうしてその疚しさは、博士とか先覚者とか言はれる人達の今日主義の意見に接して、それを卑怯だと罵る時でさへも、僕の心を去らなかつた。しかし僕には年老つた両親があり、妻子がある。何の顧慮もなく僕が僕の所信に従ふといふ事は、それらの人々に取つては、直ぐに悲惨な飢餓の襲来を意味してゐた。

君、僕は平生随分諦められ難い所までも諦めてゐる。

（「平信」一九一一・一一稿）

石川啄木は、この文章を執筆して半年も立たずに死去した。彼は日露戦後の〈時代閉塞の現状〉という〈停滞〉した時間を、社会主義・無政府主義を見据えた「明日」に進める方向を考えていた。しかし、この時期の〈停滞〉を救ったのは、第一次世界大戦による好況という極めて外在的、偶然的な〈天佑〉であり、〈大正〉という時代はそれによって支えられていった。ただし、そこには、漱石が「現代日本の開化は皮相上滑りの開化である」（「現代日本の開化」[33]）と呼んだような状況があった。明治と大正という時代の狭間の〈停滞〉した時間を見つめ続けた啄木の文学・思想活動は、この時期の文学・思想を照射するものとして今なお顧みられていいのではないか。

注

（1）「明日」という言葉は、一九一〇（明治四三）年一二月二一日付宮崎郁雨宛書簡で『明日』と題する著述の考案があることを告げているほか、「新しき明日の来るを信ずといふ／自分の言葉に／嘘はなけれど――」の歌にも使われるなど、この時期の啄木にとって重要な意味を持っていた。

（2）なお、近代日本の時間意識を考察したものに、坂本多加雄「近代日本の時間体験」（『近代日本精神史論』講談社、一九九六・九）がある。

（3）啄木と白鳥の関係については、上田博「啄木と白鳥―自然主義との交差―」（『石川啄木の文学』（桜楓社、一九八七・四）、伊藤典文「時代の憂鬱　正宗白鳥と啄木」（『国際啄木学会研究年報』五号　二〇〇二・三）参照。

（4）ただし、天渓は、「消極的、静的に見」た場合と、「積極的、動的に眺」めた場合とを分けており、ここでは前者の場合。「積極的、動的に眺むれば」、「知行一致を人生の目的」とするが、それは「日本に契合するだけの真理を行為の上に現さむとする」と「現実」の範囲は限定されるという（「無解決と解決」『太陽』一九〇八・五）。後者は「現実主義の諸相」（『太陽』一九〇八・六）に見られるような国家の無条件な肯定へとつながっている。

（5）注2に同じ、四四～四五頁。

（6）竹内洋『立身出世主義』（NHK出版、一九九七・一一）、なお、本書第二部第四章参照。

（7）注6、竹内洋『立身出世主義』一三九～一六五頁。

（8）立川健治「明治後半期の渡米熱――アメリカの流行」（『史林』一九八六・三）。
（9）本書第二部第二章参照。
（10）岡義武「日露戦後における新しい世代の成長」（『思想』一九六七・二、三）。
（11）ほかには、「冷火録（三）」（『小樽日報』一九〇七・一〇・三一）、「卓上一枝」（『釧路新聞』一九〇八・三）に同じ一節が登場する。この言葉は、日露戦後という時代と啄木の北海道漂泊体験が重なる中で繰り返されている。ところで、〈現実〉世界を越えたところに価値を見いだそうとする発想は、最初の上京の失敗の後にも見られる。たとえば、啄木は、野村長一に向かって、北村透谷の「折れたま、咲いて見せたる百合の花」を引き、この句を「芸術の人の尊大なる執着を現して遺憾ないと思ふて居る」とし、「喜びや悲しみの底、遥かに人の世の皮相とはなれた所に、無限の喜悦光明の信と云ふ岩根がある」（一九〇三・九・一七）などと書いている。
（12）なお、このエッセイ「一握の砂」には、次のように述べられている箇所がある。
　閃々と前に落ち後に去る「今」こそは、まことにこれ「永遠」の瞳なるべき也。「今」を捉へよ。然らずば「永遠」は汝の手より逃げ去らむ。

　また、戸塚隆子「石川啄木の『永遠の生命』」（『日本研究』第二三集、二〇〇一・三）参照。
（13）徳富蘇峰『大正の青年と帝国の前途』（民友社、一九一六・一〇）。
（14）その意味で、啄木が日清戦後の「我々青年」の思想的な経験として、「樗牛の個人主義」、「宗教的欲求の時代」、「純粋自然主義との結合時代」などを挙げているのは、そうしたものを享受してきたある階層についてのみいえることであって、一面的であることは免れない。本書第二部第四章参照。
（15）注3、上田博『石川啄木の文学』参照。
（16）坂本多加雄『市場・道徳・秩序』（創文社、一九九一・六）四三～九二頁。なお、本書第三部第三章参照。
（17）宮守計『晩年の石川啄木』（冬樹社、一九七二・六、後、七宮涬三『晩年の石川啄木』第三文明社、一九八七・三、宮守計はペンネーム）、近藤典彦『国家を撃つ者』（同時代社、一九八九・五）参照。
（18）平民社資料センター監修『平民社百年コレクション第2巻　堺利彦』（論創社、二〇〇二・一二）所収による。なお、初出は、『直言』第二巻第一号（一九〇五・二・五）より第一六号（同・五・二一）。西川光二郎を介して、藤田四郎から「社会主義関係書類」から「貸付」を受けたのが一九一〇年一一月二日以後（本書第五部第二章注8参照）であり、啄木が読んだのは『直言』である可能性もある。なお、このパンフレットについて、堺は「はしがき」において「『通俗社会主義』は英国ブラチフオード氏の『メリー、イングランド』に拠つたのであるが、随分切り刻んだから元の面影は殆んど無くなつてしまつた」と書いている。

また、このほかにも、『光』第一巻第一一号（一九〇六・四・二〇）に、渡米中の幸徳秋水が送った次のような通信があり、典拠の一つとして挙げられるように思われる。

独り米国のみならず、欧洲孰れの諸国にても、理想的と実際的と、革命的と改良的と、急進的と温和的と、主義の伝播に重を置く者と、選挙に勝を制するを主とする者との両派を生ずるを見る（。）是れ我等日本人社会党の大に研究を要する問題にして、僕は我等日本人社会党が将来斯る意見の相違の為めに争訌し分離するが如きことなからんことを祈る。

然れども僕をして、二者其一を択ましめば、僕は理想的、革命的、急進的ならんことを欲す。微温的社会主義、砂糖水的社会主義、国家的社会主義を好まず。

ここでいう「国家的社会主義」はマルクス派の社会主義だと思われる。啄木の発言は、秋水の否定した後者を優先したといえる。

（19）　ちなみに、一九一〇年一二月三〇日付の宮崎郁雨宛の書簡には「君、君は僕の歌集の評の中に社会主義は夢だと書いてあつたが、少くとも僕の社会主義は僕にとつて夢でない、必然の要求である、金田一家と僕の一家との生活を比較しただけでも、養老年金制度の必要が明白ではないか」と書かれているが、『通俗社会主義』には、「養老年金制度」についても次のように説明されており、啄木が参照した可能性がある。

◎それから又、実際的社会主義の下に於ては、人民は善く教育せられ、廉価にして善良なる食物は供給せられ、学問の道も立ち、娯楽の法も備はり、文学、科学、美術、皆大いに進み、天才の人、勤勉の人を奨励する事にもなり、貧民窟も無くなり、怠惰なる人も無くなり、人は皆各々其職業を以て誇る事となり、婦人小児は十分に保護せられ、養老年金の制度も定められ、健康と道徳とは大に其標準を高める事になる。

（20）　『私伝石川啄木終章』（和泉書院、一九八四・五）一七～一八頁。

(21)　上田博『石川啄木歌集全歌鑑賞』（おうふう、二〇〇一・一一）二八八頁。
(22)　坂本多加雄「『日本の時間』と『世界の時間』　大杉栄における瞬間の充足」（『日本は自らの来歴を語りうるか』筑摩書房、一九九四・二）参照。坂本は「大杉にとって、時間はある特定の時点において措定された目的達成に向けての連続的経過として体験されるべきものではなく、あくまで『爆発の瞬間』の充実において一挙にその意味を体験すべきものなのである」と指摘している。
(23)　大杉とニーチェとの関係については、大沢正道『大杉栄研究』（法政大学出版局、一九七一・七）参照。
(24)　村上悦也・上田博・太田登編『一握の砂　啄木短歌の世界』（世界思想社、一九九四・四）七〇頁。
(25)　ハンナ・アレント『過去と未来の間』（みすず書房、一九九四・九、原典は一九六八年刊）。なお、仲正昌樹「『過去と未来の間』にあるもの　アーレントの『歴史』意識」（『情況』二〇〇五年一月・二月号）参照。
(26)　啄木の回想歌の多くが一〇月四日の東雲堂との歌集出版契約後に作られていることも考え合わせるべきだろう。
(27)　注2に同じ、四五頁。
(28)　『和歌文学大系77　一握の砂／黄昏に／収穫』（明治書院、二〇〇四・四）六〇頁。
(29)　注20に同じ。一二九～一三〇頁。
(30)　注21に同じ。
(31)　(32)　『日本近代文学大系23　石川啄木集』（角川書店、一九六九・一二）。
(33)　一九一一年八月一五日の和歌山市における講演、『朝日講演集』（一九一一・一一・一〇）収録。

第五部　『一握の砂』から『呼子と口笛』へ

第一章　『一握の砂』の構成

――〈他者〉の表象を軸に――

一

石川啄木の歌集『一握の砂』（東雲堂書店、一九一〇・一二）は、「我を愛する歌」「煙」「秋風のこころよさに」「忘れがたき人人」「手套を脱ぐ時」という章題を持った章で構成され、大まかに言うと〈現在〉から〈過去〉、再び〈現在〉へという流れになっている。こうした構成の問題については既に多くの研究が積み重ねられているが、[1] 歌集にうたわれた〈他者〉の表象を軸に考えることで、いっそう明らかになることがあるのではないか。

二

やとばかり
桂首相に手とられし夢見て覚めぬ
秋の夜の二時

151

最初の章である「我を愛する歌」の最終歌である。この歌に関しては、桂首相が歌の主人公に親しげに語りかけてきたとする解釈と、当時大逆事件に強い関心を示していた啄木が、弾圧の中心にいた桂首相に逮捕されるという解釈とに分かれている。(2)啄木の三行書き短歌が一行ずつ屹立させることを考えると、「やとばかり」が一行で表現されていることの意味は大切であろう。(3)啄木の第二歌集である『悲しき玩具』(東雲堂書店、一九一二・六)にも夢を題材にした歌がある。

神様と議論して泣きし——
あの夢よ！
四日ばかりも前の朝なりし。

右の歌は、神様と議論して泣いた、という情景がまずあり、ダッシュによって示された部分と改行によってできる「間」があって、二行めで「あの夢よ！」と綴られる。ここではじめて「夢」であることが認識されるのである。そして、それは三行目で「四日ばかりも前の朝」のことだったと、反省的にとらえられている。これと比較した場合、151の歌は、「やとばかり」という言葉のみが一行目に表記されることによって、「や」という声が強調されている。それは「やぁ」といった親しげに握手を求めてきたものとは異なるのではないか。親しげな握手を目的とした歌ならば、改行箇所を変更して「やとばかり桂首相に手とられし／夢みて覚めぬ／秋の夜の二時」であってもいい。また、「やとばかり」の語調は強く、その夢によって、「秋の夜の二時」という真夜中に目覚めていることにも注目すべきだろう。(4)

そして、このような解釈は、章の最終歌としての位置づけからも説明できる。「我を愛する歌」の章は、「東海の小島の磯の白砂に／われ泣きぬれて／蟹とたはむる」（1）の歌から「大といふ字を百あまり／砂に書き／死ぬことをやめて帰り来れり」（10）に終わる、死から生への再生のドラマを展開した「砂山十首」連作にはじまり[5]、さまざまな自画像を刻んだ歌が収められている。章題の通り、自己をいとおしむ歌である。

たはむれに母を背負ひて
そのあまり軽きに泣きて
三歩あゆまず　（14）

一見、親孝行の歌として鑑賞されがちである右の歌も、「たはむれに」、つまりふざけて母親を背負ったところ、今まで自分を庇護してくれた母の存在の小ささに気付いて驚いたという歌である[6]。ここにあるのは、〈母胎回帰〉[7]ではなく、「母」の中に〈他者〉を見いだしたとまどいである。「目さまして猶起き出でぬ児の癖は／かなしき癖ぞ／母よ咎むな」（11）にはじまる母を題材にした四首の歌（ほかに「ひと塊の土に涎し／泣く母の肖顔つくりぬ／かなしくもあるか」、「燈影なき室に我あり／父と母／壁のなかより杖つきて出づ」）は、父と母との関係性の中から自己の姿を映し出している。

友がみなわれよりえらく見ゆる日よ
花を買ひ来て
妻としたしむ　（128）

寺山修司は、この歌について、「『友がわれよりえらく見ゆる日』」でさえも、妻だけは『われよりえらく見えない』ということを、どう受けとったらいいのだろうか」と問いかけ、そこには「妻への無意識の軽蔑」があると断じ、「啄木の生涯を通じて、『妻の眼に映った自分』を詠んだ歌は一首もない」、「妻を『他者』として扱う眼が全くなかった」と指弾した。(8) だが、生涯を通じて「妻」の視点から「自己」が詠まれなかったかというと必ずしもそうではない。また、右の歌も「えらい」のではなくて、「えらく見ゆる日」としていること、また一行目と二三行目が対置されることによって、立身主義的な価値観への相対化作用が働いていることにも注意を向けるべきだろう。木股知史が指摘するように、「失意からつかの間の安息への転換、つまり、立身出世を原理とする社会からの脱落を私生活のささやかなはなやぎによって癒しうるという転換を表現している」と言えよう。(9) 妻に花を買ってくる歌の主人公も当時としては新しく、「妻」も歌の主人公の行為を優しく受け止めているようである。もちろん、ここにうたわれているのは夫の自意識が中心であることも事実であろう。

こみ合へる電車の隅に／ちぢこまる／ゆふべゆふべの我のいとしさ（21）
わが髭の／下向く癖がいきどほろし／このごろ憎き男に似たれば（28）
かなしきは／飽くなき利己の一念を／持てあましたる男にありけり（43）
非凡なる人のごとくにふるまへる／後のさびしさは／何にかたぐへむ（54）
死ね死ねと己を怒り／もだしたる／心の底の暗きむなしさ（71）
はたらけど／はたらけど猶わが生活楽にならざり／ぢつと手を見る（101）
人といふ人のこころに／一人づつ囚人がゐて／うめくかなしさ（134）

「我のいとしさ」や「利己の一念」という言葉に示されるように、この章は、「我」に淫する歌を収め、134の歌にあるように、あたかも「我」という名の牢獄にいるかのようだ。「それもよしこれもよしとてある人の／その気がるさを／欲しくなりたり」（58）という歌があるゆえんである。ただし、それらは、43や54にうたわれているように、対象化されており、自覚されている。「ゆふべゆふべ」という表現の中には、日々の生活の中にある「我」をとらえかえす視線からうたわれている。いわば〈自己〉を見つめる〈もう一人の自己〉として機能がある。そして、それは「いつも逢ふ電車の中の小男の／稜《かど》ある眼／このごろ気になる」（37）のように、〈他者〉の視線から自己がとらえなおされることもある。

しかし、そうした歌は、〈死〉への願望を表象する歌群などの後景に退いている。

高きより飛びおりるごとき心もて／この一生を／終るすべなきか（50）
こそこその話がやがて高くなり／ピストル鳴りて／人生終る（82）
死にたくてならぬ時あり／はばかりに人目を避けて／怖き顔する（113）
誰そ我に／ピストルにても撃てよかし／伊藤のごとく死にて見せなむ（150）

「砂山十首」に象徴される死から生への再生のドラマは、『一握の砂』の歌集全体を通して反復されており、この「我を愛する歌」の章では、〈死〉への願望の表象が大きな位置を占めている。

ここで改めて考えてみたいのが、150の歌がそれに続く「やとばかり」の歌に接続することによって、死へのロマンチシズムが相対化されていくことだ。河野有時は「伊藤のように劇的に死んで見せると言い放った男が、一転して、秋の夜中にときの首相に手をとられた夢を見て目を覚ましているという落差」を指摘している。[10]「我を愛する歌」は、「我」に淫する自分に〈現実〉をつきつけるかのような歌を配して幕を閉じることになる。そのとき現われたのが大逆事件を象徴する〈他者〉である桂首相だった。ただし、歌の主人公が次に向かうのは、赤裸々な現実を正面から見据えた世界ではなく、自分を包みこんでくれるかのような望郷と回想の世界である「煙」の章である。

三

周知の通り、「煙」という章は、「一」が盛岡中学校時代、「二」が渋民村時代というように構成されるだけでなく、歌の配置、物語の流れに関しても工夫がなされている。(11)その流れを追う前に、上田博、近藤典彦らの先行研究(12)を踏まえ、啄木の回想歌について次のように分類しておきたい。

①回想（過去）世界の歌
②回想世界と、回想する現在の自分を提示する歌
③回想への導入となる現在の自分を歌う歌、もしくは回想という行為について歌う歌
④歌の主人公が故郷に帰ってきたときの歌、帰郷歌。「帰省連作八首」（堀江信男(13)）

①の歌は、過去の世界を舞台としたものである。たとえば「不来方のお城の草に寝ころびて／空に吸はれし／十五の心」（159）などである。ただし、過去の回想が中心となっていながら「十五の心」を見つめる現在の自分が対置されていることも忘れてはならない。しかし、歌の中にはっきりと現在の自分も映し出されている②の歌と、過去の出来事に意識の重心がある①とは区別しておきたい。②の歌は、171の「ストライキ思ひ出でても／今は早や我が血躍らず／ひそかに淋し」のような歌である。ストライキをしていた頃の自分だけでなく、現在の「我が血躍らず」という自分がはっきり描かれている。③は「煙」の「一」「二」の冒頭にあるような歌で、抑えがたい望郷の

念にとらわれる現在の自分を描き出したり、ふと現在に還る歌を指す。④は「煙二」の終わりの方の歌で、「汽車の窓／はるかに北にふるさとの山見えくれば／襟を正すも」（245）などの歌である。歌集が出版された一九一〇（明治四三）年に帰省の事実はなく、啄木の過去の帰省体験を元にしたフィクションと見ることができる。

そして、右の区分に加えて、自分を題材にした歌と、「そのむかし秀才の名の高かりし／友牢にあり／秋のかぜ吹く」（193）のように中学校時代に出会った人々や「年ごとに肺病やみの殖えてゆく／村に迎へし／若き医者かな」（232）のように渋民村の人々の消息など〈他者〉を題材にした歌とに分けることができる。

以上を踏まえて、この章の歌の配置がどのような流れになっているかを見ていきたい。[14]

「煙一」は、現在の自分が「思郷」の思いにかられる152（「病のごと／思郷のこころ湧く日なり／目にあをぞらの煙かなしも」）の歌に始まり、156（「ほとばしる喞筒《ポンプ》の水の／心地よさよ／しばしは若きこころもて見る」）の歌まで、分類上、③もしくは②が中心で、故郷もしくは過去を思慕する現在が描かれる。そして、157（「師も友も知らで責めにき／謎に似る／わが学業のおこたりの因《もと》」）を起点に過去の世界に入っていく。そこではまず、①の自分を主体とする過去の追憶が中心となった歌が多く配置され、「盛岡中学校時代の中でも華やかな若々しい側面が主としてうたわれ」（近藤典彦[15]）ている。それが次第に、171の歌に代表される②に分類される歌のように、現在の自分と二重写しになった歌が登場し、現在の少し疲れた自分を過去の世界が照らし出していく。そして、河野有時により「中仕切り」とされた176の歌（「石ひとつ／坂を下《くだ》るがごとくにも／我けふの日に到り着きたる」）が登場する。[16] 現在の自分がどのようにしてここに至ったのか、反省的にみつめる歌であるが、この歌以降、盛岡中学時代の友人を思い出の中心にした歌も登場する。それらの中には、180（「蘇峯の書を我に薦めし友早く／校を退きぬ／まづしさのため」）や193（「そのむかし秀才の名の高かりし／友牢にあり／秋のかぜ吹く」）のように、思い通りにならない人生に苦しむ友の歌もある。そして、188（「先んじて恋のあまさと／かなしさを知りし我なり／先んじて老ゆ」）や192（「夢さめてふつと悲しむ／わが眠

くなってくる。

以上の流れをまとめてみると、中学校時代を思慕する歌にはじまり、しばし過去の世界に浸るのだが、その過去は現在の自分を照らしだすものとなり、単に思い出を懐かしむだけのものではなくなってくる。その過程でままならぬ人生を送る友の姿も映し出され、それに堪えかねるようにして198（「糸きれし紙鳶《たこ》のごとくに／若き日の心かろくも／とびさりしかな」）の歌で幕を閉じるという流れが確認される。

「煙二」もまた現在の自分が故郷を思う199（「ふるさとの訛なつかし／停車場の人ごみの中に／そを聴きにゆく」）の歌に始まる。そして、②と③に分類される歌が続き、なかなか過去の世界に入らず、ようやく217（「かの村の登記所に来て」）あたりから①の歌が登場する。遊座昭吾は、この章を三つのグループに分けているが、その分類によると、第一グループは215（「やはらかに」）までとなっている。[17]これは、故郷や過去を思慕する現在から過去の世界を中心とした歌への転換を基準とした分類に従っているといえよう。しかし、〈他者〉への関心を示す歌を基準にすると、第1グループは210（「かにかくに渋民村は恋しかり／おもひでの山／おもひでの川」）に終わるのではないか。この歌で199の歌にはじまる故郷への思慕がピークを迎えたことが示され、次の211の歌（「田も畑も売りて酒のみ／ほろびゆくふるさと人に／心寄する日」）が、故郷の人々をうたった歌群の起点となっている。これらは、必ずしも懐かしく楽しい思い出ばかりではない。啄木にとっても「石をもて追はるるごとく／ふるさとを出でしかなしみ／消ゆる時なし」（214）とうたわれるような現実があった。この歌の次に「やはらかに柳あをめる／北上の岸辺目に見ゆ／泣けとごとくに」（215）がある。この歌が、人物ではなく、故郷の自然のみを歌っていることに注目したい。木股知史は「故郷追放の悲哀を自然によって慰撫されるという流れを作る」と指摘しているが、[18]この歌によって214のわだかまりが消えて、216以降、多くは、不運で思い通りにならない人生を送る故郷の人々についての回想が本格的に展開するのである。

そして、この故郷の人々のことを歌ったグループは、243（「わが村に／初めてイエス・クリストの道を説きたる／若き女かな」）まで続く。「煙一」と異なり、必ずしも①の歌ばかりでなく、②の歌も混在するが、共通点は、〈他者〉を題材とした歌であり、「小心の役場の書記の／気の狂《ふ》れし噂に立てる／ふるさとの秋（228）」や「年ごとに肺病やみの殖えてゆく／村に迎へし／若き医者かな（232）」のように、ままならぬ人生に苦しむ人々の姿を写したものが多いことも特徴的である。遊座は、第二グループは235（「あはれ我がノスタルジヤは／金のごと／心に照れり清くしみらに」）までとしているが、他者を題材とした歌を基準にするならば、243までとなるだろう。235の歌に関しては、あまりに厳しい故郷の現実の中にあって、現実の故郷でなく、思慕する心――ノスタルジヤが自分の心を清く、頻繁に照らしてくれるという歌を配置し、234の歌（「馬鈴薯のうす紫の花に降る／雨を思へり／都の雨に」）と併せて中休みとして置かれるようなかたちになっている。この歌を境として、再び〈他者〉を題材にした②や③の歌が登場してくる。その意味では第二グループを二つに分けることもできる。

さて、244の歌（「霧ふかき好摩の原の／停車場の／朝の虫こそすずろなりけれ」）が、啄木の故郷渋民村にあった「好摩駅」を登場させ、「一連の空想の帰郷歌への転換と導入を果た」[19]（木股知史）し、245（「汽車の窓／はるかに北にふるさとの山見えくれば／襟を正すも」）からの「帰省連作八首」（堀江信男）につながっていく。第三グループは、この帰省連作八首＋一首である。そして、「ふるさとに入りて先づ心傷むかな／道広くなり／橋もあたらし」（247）や「見もしらぬ女教師が／そのかみの／わが学舎《まなびや》の窓に立てるかな」（248）など虚構の帰郷歌は、歌の主人公がもはや帰るべき場所がないことを示す。251の歌（「ふるさとの停車場《ていしゃば》路《みち》の／川ばたの／胡桃の下に小石拾へり」）も、結局、汽車に乗って帰京することを示す。川ばたの「川」には、時間という流れ去っていくものを暗示し、胡桃の下の小石は、取るに足りないつまらないもの、それは近代化にとり残された故郷の人々の姿と、その小石を拾うしかなかった主人公の姿を暗示する。故郷の姿が甘美なものとして映るのは、故郷から離れた都会だからである。

ふるさとの山に向ひて
言ふことなし
ふるさとの山はありがたきかな　(252)

251に続く「煙」の最終歌では、故郷が純然たる自然として歌われており、故郷の自然を中心にうたった次の「秋風のこころよさに」の章につながっていく。

以上のように、「煙二」は、自分を中心にうたったものか、〈他者〉への関心を示したものかによって、分けられる。これらは、制作時期にもほぼ対応している。つまり、210までの歌には、一九一〇（明治四三）年一〇月以前の歌が六首含まれ、③の回想の導入となる現在を中心にした歌が多く、また、帰郷歌は一九一〇年八月に制作された歌がもとになっている。そして、〈他者〉を題材とした歌の多くは一九一〇年一〇月以降の歌で、歌集出版に合わせて新たに作られたものである。

「煙」に描かれた回想歌、思郷歌は、懐かしい故郷に心を馳せて幸福な時間に浸るといった歌もあるが、現在の自分への反省意識を表したり、不幸な人生に苦しむ同級生や没落していく故郷の人々を描いたりしていることに注意すべきであろう。これを『一握の砂』全体で見てみると、「我を愛する歌」（現実）から、「煙」で故郷の世界、過去の世界にしばし沈潜してみるものの、そこも帰るべき場所ではないことを確認するといった流れが確認できる。つまり、思慕せざるを得ない現実があるから思慕するのだが、思慕の対象そのものが、厳しい現実の様相を浮かび上がらせている。そのような物語的な流れを「煙」という章は表現しているのである。

四

「秋風のこころよさに」の章は、歌集の序文に「明治四十一年秋の紀念なり」と記されており、制作年代も明治四一（一九〇八）年の作品がほとんどである。とりわけ「虚白集」（『明星』一九〇八・一〇）に発表されたものが多い（五一首中三一首）が、その中から自然をうたったものを中心に選んでいる。

ふるさとの空遠みかも／高き屋にひとりのぼりて／愁ひて下る（253）

前章の「煙」は「病のごと／思郷のこころ湧く日なり／目にあをぞらの煙かなしも」（152）からはじまっており、都会の工場の煙突から立ち上る「煙」は、不遇な都会生活があってこその望郷であること示しているのに対し[20]、この章では、そのような現実的背景は影をひそめ、ふるさとの自然は純化されてうたわれる。また、人事に関する歌、つまり〈他者〉の表象がほとんど消去されていることもこの章の特徴である。なお、右の歌が、杜甫の「登高」を踏まえたものであるように、自然に対する感覚も文化的・伝統的なものであることが示される。

秋の声まづいち早く耳に入る／かかるわが性《さが》持つ／かなしむべかり（264）
神無月／岩手の山の／初雪の眉にせまりし朝を思ひぬ（275）
岩手山／秋はふもとの三方の／野に満つる虫を何と聴くらむ（289）

自然は汎神化され、さらに始原へと遡行していく。

森の奥／遠きひびきす／木のうろに臼ひく朱儒の国にかも来し（298）
世のはじめ／まづ森ありて／半神の人そが中に火や守りけむ（299）
はてもなく砂うちつづく／戈壁《ゴビ》の野に住みたまふ神は／秋の神かも（300）

しかし、続く「あめつちに／わが悲しみと月光と／あまねき秋の夜なりけり」（301）は、月光とともに「わが悲しみ」に彩られた風景が示され、「うらがなしき／夜の物の音洩れ来るを／拾ふがごとくさまよひ行きぬ」（302）で、「秋の声」を乞い求めているのが、やはり故郷の自然から切り離された「我」にほかならないことが明かされる。「旅の子の／ふるさとに来て眠るがに／げに静かにも冬の来しかな」（303）という、秋の終わりを告げる歌で章は閉じられ、「冬」を強くイメージさせる北海道漂泊時代をモデルにした「忘れがたき人人」の章につながっていく。

五

国木田独歩の小説「忘れえぬ人々」（『国民之友』一八九八・四）を踏まえた章題を持つ「忘れがたき人人」の章は、啄木自身の北海道漂泊時代をモデルにしてほぼ時系列でたどった章となっている。「函館の青柳町こそかなしけれ／友の恋歌／矢ぐるまの花」（315）に代表される歌のように、函館の友人たちをモデルに描いた「楽屋落」（吉野章三宛書簡、一九一〇・一〇・二二）の歌が多く収められている一方で、独歩の「小民」に相当する人々も描かれている。

空知川雪に埋れて／鳥も見えず／岸辺の林に人ひとりゐき（376）
うたふごと駅の名呼びし／柔和なる／若き駅夫の眼をも忘れず（379）

独歩自身の北海道体験を踏まえた作品「空知川の岸辺」（『青年界』一九〇二・一一・一二）には、「社会が何処にある、人間の誇り顔に伝唱する『歴史』が何処にある。此場所に於て、此時に於て、人はたゞ『生存』其者の、自然の一呼吸の中に托されてをることを感ずるばかりである」という一節があり、376の歌は、独歩の世界の模倣でもある。独歩の文章は、「露国の詩人は曾て深林の中に坐して、死の影の我に迫まるを覚えたと言つたが、実にさうである。又た曰く『人類の最後の一人が此地球上より消滅する時、木の葉の一片も其為にそよがざるなり』と」と続くが、これがツルゲーネフの作品を踏まえた文章であることも周知のとおりである。これが「みぞれ降る／石狩の野の汽車に読みし／ツルゲエネフの物語かな」（364）という歌の典拠であることも言うまでもない。いわば、独歩を道案内人として「忘れがたき人人」の章は展開され、思い出は純化される。作者啄木の北海道漂泊時代の思い出は「物語」として綴られていくのである。「忘れがたき人人二」の末尾は次のとおりである。

よごれたる足袋穿く時の／気味わるき思ひに似たる／思出もあり（412）
わが室に女泣きしを／小説のなかの事かと／おもひ出づる日（413）
浪淘沙／ながくも声をふるはせて／うたふがごとき旅なりしかな（414）

必ずしもよい思い出ばかりではないことを示唆した歌の次に、自分の部屋で女が泣いたという事件を「小説」のように思い出すという歌を配しており、この章は「回想」による純化作用がなされていることに自覚的なのである。(21)

続く、「煙二」は橘智恵子への慕情をうたいあげた歌が収録されているが、その冒頭で「いつなりけむ／夢にふと聴きてうれしかりし／その声もあはれ長く聴かざり」（415）と、現実の声は夢で聴いた声よりもっと過去であることを示すことによって、それが「夢」として歌の主人公を慰藉するものであることを示している。「長き文／三年のうちに三度来ぬ／我の書きしは四度にかあらむ」（436）という儚い慕情の結末をうたった歌を配して、歌の主人公は、最終章「手套を脱ぐ時」において、現実に帰還するのである。

六

「手套を脱ぐ時」で、歌の主人公は、故郷や過去、自然的世界や北海道漂泊時代を経て、再び都会生活の現在へ帰ってくる。また、同じ現在でも、「我を愛する歌」に見られた自己劇化の歌は影をひそめ、その冒頭歌「手套を脱ぐ手ふと休《や》む／何やらむ／こころかすめし思ひ出のあり」（437）で過去を思い出そうとする男の姿が点描されているように、「失われた時間と現在の時間とが織りなす人生劇」（太田登[22]）が中心となって展開される。

六年ほど日毎日毎にかぶりたる／古き帽子も／棄てられぬかな（450）
病院の窓のゆふべの／ほの白き顔にありたる／淡き見覚え（471）
汽車の旅／とある野中の停車場の／夏草の香のなつかしかりき（495）
赤紙の表紙手擦れし／国禁の／書《ふみ》を行李の底にさがす日（507）

これまでの章のように回想的世界に浸るわけではなく、回想のとば口で現実世界にふみとどまっている。この章でうたわれる女たちもその面影が点描されるだけである。

目を病める／若き女の倚りかかる／窓にしめやかに春の雨降る（455）
やや長きキスを交して別れ来し／深夜の街の／遠き火事かな（470）
たひらなる海につかれて／そむけたる／目をかきみだす赤き帯かな（493）

とはいえ、かつて啄木が「一切が一切に対して敵意なくして戦つてゐる如実の事象を、その儘で自分の弱い心に突きつける事が出来なかつた。――今も出来ない」（「汗に濡れつゝ」『函館日日新聞』一九〇九・八・五）と書いたように、現実世界に帰還した歌の主人公は、いまだ回想的世界や思い出の女性への情を断ち切れずにいるのである。

わが友は
今日も母なき子を負ひて
かの城址にさまよへるかな（543）

明治四三（一九一〇）年一〇月二二日付の吉野章三宛書簡で、啄木は、これから刊行される『一握の砂』に触れて、「歌数五百四十三首（三分の二は今年に入りての作）頁数は二百八十六頁」と述べ、「もう二三日にて歌集の校正」が始まるとしている。実際に刊行された『一握の砂』の二八六頁に掲載されているのが右の歌であり、おそらく『一握の砂』の最終歌となるはずのものであった(23)。しかし、周知の通り、その後、生まれたばかりの長男真一が二七日に亡くなり、追悼歌八首が付け加わることになる。

夜おそく／つとめ先よりかへり来て／今死にしてふ児を抱けるかな（544）
二三こゑ／いまはのきはに微かにも泣きしといふに／なみだ誘はる（545）
真白なる大根の根の肥ゆる頃／うまれて／やがて死にし児のあり（546）
かなしくも／夜明くるまでは残りゐぬ／息きれし児の肌のぬくもり（551）

さて、これらの歌がなければ、本来『一握の砂』はどのような結末を迎えた歌集だったか。当初予定されていた最終歌を含む五首を挙げてみたい。

公園のとある木蔭の捨椅子に
思ひあまりて
身をば寄せたる（539）

忘られぬ顔なりしかな
今日街に
捕吏にひかれて笑める男は（540）

マチ擦れば
二尺ばかりの明るさの
中をよぎれる白き蛾のあり（541）

目をとぢて
口笛かすかに吹きてみぬ
寝られぬ夜の窓にもたれて　(542)

わが友は
今日も母なき子を負ひて
かの城址にさまよへるかな　(543)

『一握の砂』は一頁に二首の歌が収められ、右の歌群では、「目をとぢて」までが見開きになり、頁をめくると「わが友は」の歌が置かれているかたちになっている。(24)

539番の歌は、「むらさきの袖垂れて／空を見上ゐる支那人ありき／公園の午後」(531)に始まる公園を舞台にした歌八首を締めくくるものである。531の歌の初出は「むらさきの袖たれて空をみあげゐる支那人の眼のやはらかさかな」(『創作』一九一〇・一〇)である。初出形からの改変によって、「空」が二行目の頭に置かれ、「眼のやはらかさ」が無くなることで、望郷のモチーフが強調されることになった。「秋風のこころよさに」の章の冒頭歌「ふるさとの空遠みかも／高き屋にひとりのぼりて／愁ひて下る」(253)にも呼応するだろう。歌の主人公が、この「支那人」に注目するのも、「公園」が故郷の代替物であることを自覚するからであろう。

そして、「孩子《をさなご》の手ざはりのごとき／思ひあり／公園に来てひとり歩めば」(532)、「ひさしぶりに公園に来て／友に会ひ／堅く手握り口疾《くちど》に語る」(533)、「公園の木の間に／小鳥あそべるを／ながめてしばし憩ひけるかな」(534)と続き、公園が現在の自分を慰藉してくれる空間であることが示される。ただし、それは「久しぶり」でしか訪れることがなかったり、「しばし」の間、憩う場所であるに過ぎない。それでも、539の歌に「思ひあまりて／身をば寄せたる」とあるように、感情を解き放つことができる場所なのである。

540の歌は、いわば、そうした公園における慰藉の世界を断ち切るかのような位置を占める。初出は、『東京朝日新聞』の一九一〇年七月二八日であり、当時、啄木が大逆事件を認識する過程にあったことから考えれば、思想犯であることも推測できるが、限定する必要はない。大事なのは、この歌の「捕吏にひかれて笑める男」が「忘られぬ顔」として、歌の主人公を慰藉の世界から現実へと引き戻す〈他者〉として立ち現れていることである。この歌が、151の桂首相の歌とともに「九月の夜の不平」（『創作』一九一〇・一〇）に再録されたものであることにも注目したい。

541の歌は、物語的な配列としては、「捕吏にひかれて笑める男」を見た夜ということになるだろう。「マチ擦れば／二尺ばかりの明るさ」は、家族が寝静まった夜にひとり「寝られぬ」（542）男が、マッチを擦ったときにできたわずかな明りの中、蛾がよぎっていったというのである。そして、542は、「寝られぬ夜」、「口笛かすかに吹きてみぬ」とうたわれることで、「煙」の章の「夜寝ても口笛吹きぬ／口笛は／十五の我の歌にしありけり」（162）の歌に呼応する。また、「窓」は、「教室の窓より遁げて／ただ一人／かの城址に寝に行きしかな」（158）と呼応している。「窓」は、外へ向かって感情を解き放つ通路としてあったのである。540から542の配列は、あたかも「我を愛する歌」の章の終わりから回想的世界である「煙」へという流れを反復するかのようだ。

しかし、歌の主人公は、再び回想と望郷の世界へ帰ることはない。先述の通り、頁をめくると、「かの友は」の歌が置かれ、やや意表をつく結末を迎える。「わが友」は自身の分身であろう。「かの城址」は盛岡城址であり、岩手公園である。「母なき子」が示唆するのは、「妻」という〈他者〉に棄てられた夫であり、「母」という庇護者を失った子である。太田登は「『かの城址にさまよへる』『わが友』に、『東海の小島の磯の白砂に』『泣きぬれて』いる『われ』（弱者啄木）の行方をきびしくとらえなおす役割を与えることによって、この一首は、追憶と現実のドラマで構成された自己劇化の歌集『一握の砂』の終幕をみごとにかざりえた」と指摘しているが、[25] この歌は「煙」の章にも対応している。歌の主人公は、自分の分身である「わが友」の姿に、望郷の世界に「さまよへる」「自分の弱い心」（前掲、「汗に濡れつ、」）の行く末を見るのである。

先に述べたとおり、ここに亡児追悼歌が加わる。「かの城址」から帰還するように、亡児追悼歌の冒頭に「夜おそく／つとめ先よりかへり来て／今死にしてふ児を抱けるかな」（544）が配置される。「母なき子」は〈子を失った父〉へと反転するのである。そして、「砂山十首」に対応するのは、それが当初から意図されたものでなかったとしても、この亡児追悼歌群ということになるのではないか。[26] 死から生への再生のドラマを象徴的にうたいあげた「砂山十首」は、歌集『一握の砂』の元型とでもいうべき位置を占め、歌集全体を通して死から生への再生のドラマを展開して行く。しかし、それは容易ではなく、歌集の主人公はためらい逡巡し、〈弱い心〉の中に逃れていく。そこに突きつけられたのが、長男の死という〈現実〉だったのである。

七

最後に、亡児追悼歌の中に〈子を失った母〉の姿が描かれていないことに注意したい。『スバル』の明治四三（一九一〇）年一二月号には、真一追悼歌が六首収められているが、そこには、次のような歌も掲載されていた。

病める児のむづかる朝の食卓よ旅をおもひて箸をはこべり
放たれし女のごときかなしみを弱き男もこの日今知る

これらの歌は、次のように改作されて後に『悲しき玩具』に収録されている。(27)

旅を思ふ夫の心！／叱り、泣く、妻子の心！／朝の食卓！

放たれし女のごとく、／わが妻の、振る舞ふ日なり。／ ダリヤを見入る。

歌の主人公にとって、最も身近な〈他者〉は妻であり、子であった。『悲しき玩具』の母胎となったノート『一握の砂』以後』において、「妻」「子」の視点から〈我〉がとらえ返されなければならなかったゆえんである。

注

（1） 多数あるが、主要なものとして、今井泰子注釈『日本近代文学大系23 石川啄木集』（角川書店、一九六九・一二）、今井泰子『石川啄木論』（塙書房、一九七四・四）、上田博『石川啄木 抒情と思想』（三一書房、一九九四・三）、近藤典彦『『一握の砂』の研究』（おうふう、二〇〇四・二）、木股知史「一握の砂」（『和歌文学大系77 一握の砂／黄昏に／収穫』明治書院、二〇〇四・四）がある。

（2） 注1、木股知史『和歌文学大系77 一握の砂／黄昏に／収穫』の補注四一六〜四一七頁参照。

（3） 三枝昂之『啄木再発見』（NHK出版、二〇一一・一二）に「三十一音にメリハリを付け、協調したい部分を顕在化させる、もっと端的に言えば、三行書きには主題の明示という効用があります」という指摘がある。ただし、三枝自身は、〈握手説〉をとる。

（4） 〈握手説〉ならば、あるいは「やと言ひて桂首相が手をとりし／夢見て覚めぬ／秋の夜の二時」とでもすべきかもしれない。

なお、啄木の執筆した「歌のいろ〳〵」（「東京朝日新聞」一九一〇・一二・一〇、一二、一三、一八、二〇）で、自作に触れながら、次のように書いている。

故独歩は嘗てその著名なる小説の一つに「驚きたい」と云ふ事を書いてあつた。その意味に於ては私は今でも驚きたくないことはない。然しそれと全く別な意味に於て、私は今「驚きたくない」と思ふ。何事にも驚かずに、眼を大きくして正面《まとも》にその問題に立向ひたいと思ふ。それは小便と桂首相に就いてのみではない、この一節を見る限り、桂首相に手を取られた夢は驚くことであって、逮捕説の傍証になるだろう。

（5）太田登「『一握の砂』における『砂山十首』の意味」（『日本近代短歌史の構築』八木書店、二〇〇六・四、初出は『啄木短歌の世界　一握の砂』世界思想社、一九九四・四）。

（6）玉城徹『鑑賞石川啄木の秀歌』（短歌新聞社、一九七二・一〇、五八頁）に「この歌はけっして親孝行の歌などではない」、「『軽きに泣きて』も、母に『苦労をかけた』などという普通の感傷ではなく、特に自分のために痩せてくれた母のいわば『守護力』を無意識に信じているのだと言えよう」という指摘がある。

（7）岩見照代「『一握の砂』の成立―冒頭十首をめぐって―」（『近代文学研究』一九八四・一〇）。

（8）寺山修司「望郷幻譚」（『現代詩手帖』一九七五・六）。

（9）注2、木股知史『和歌文学大系77　一握の砂／黄昏に／収穫』四一四～四一五頁。

（10）河野有時『コレクション日本歌人選035　石川啄木』（笠間書院、二〇一二・一）三二頁。

（11）本節は、二〇一四年九月四日に国際啄木学会のシンポジウム「徹底討論『一握の砂』」のパネリストとして報告したものの要旨（『国際啄木学会研究年報』14号、二〇一一・三）に加筆、訂正をほどこしたものである。

（12）注1の上田博『石川啄木　抒情と思想』一四四～一四六頁、近藤典彦『『一握の砂』の研究』七〇～七一頁、また、近藤典彦編『石川啄木　一握の砂』（朝日新聞出版、二〇〇八・一二）参照。

（13）堀江信男「思郷歌について」（『啄木短歌の世界　一握の砂』世界思想社、一九九四・四）。

（14）改めて示すと、以下のように整理できる。なお、こうした分類作業を行った先行研究に、近藤典彦『『一握の砂』の研究』があるが、若干、分類が異なっているほか、新たに〈他者〉の取り扱いを分類に加えて、改めて整理した。

①　回想（過去）世界の歌

②　回想世界と回想する現在の自分を提示する歌

③　回想への導入となる現在の自分を歌う歌、もしくは回想という行為について歌う歌
④　歌の主人公が故郷に帰ってきたときの歌、帰郷歌
甲　自分を題材とした歌
乙　他者を題材とした歌

煙一			
152	病のごと	③甲	明43・11、スバル
153	己が名を	②甲	明41・6・23、歌稿ノート「暇ナ時」→明41・7、明星
154	青空に	③甲	歌集初出
155	かの旅の	①③二重過去　乙	歌集初出
156	ほとばしる	③甲	明41・10・10、歌稿ノート→明43・5・22、東京毎日新聞
157	師も友も	①甲乙	明43・11、スバル
158	教室の	①甲	明43・11、スバル、曠野
159	不来方の	①甲	明43・11、スバル
160	かなしみと	①甲	明43・11、曠野
161	晴れて空	①甲	明43・11、スバル
162	夜寝ても	①甲	明43・10・19、東京毎日新聞→明43・11、スバル、曠野
163	よく叱る	①甲乙	歌集初出
164	われと共に	①乙甲	明43・11、スバル
165	城址の	①甲	歌集初出
166	その後に	①二重過去　乙甲	歌集初出
167	学校の	②甲	明43・11、スバル

168	花散れば	①甲	明43・11、スバル
169	今は亡き	②甲乙	明43・11、スバル
170	夏休み	①乙	歌集初出
171	ストライキ	②甲	明43・11、スバル
172	盛岡の	②甲	明43・10・19、東京朝日新聞→明43・11、スバル、曠野
173	神有りと	①甲乙	明43・11、スバル
174	西風に	①甲	明43・11、スバル
175	そのかみの	②甲	歌集初出
176	石ひとつ	③甲	歌集初出　◎中仕切り（河野・近藤）
177	愁ひある	①甲乙	明43・11・スバル
178	解剖せし	①甲	歌集初出
179	かぎりなき	①甲乙	明43・11、スバル
180	蘇峯の書を	①乙甲	歌集初出
181	おどけたる	①甲乙	歌集初出
182	自が才に	①甲乙	明43・11、スバル
183	そのかみの	②乙	明43・11・スバル
184	田舎めく	③乙	明43・3・28、東京毎日新聞→明43・5、学生
185	茨島の	①乙	歌集初出
186	眼を病みて	①甲	明43・11、スバル
187	わがこころ	③甲乙	歌集初出
188	先んじて	②甲	歌集初出
189	興来れば	①乙	歌集初出

	190	人ごみの	③乙	明43・8・31、東京毎日新聞
	191	見よげなる	①乙甲	明41・10・23歌稿ノート→明41・11・明星
	192	夢さめて	②甲	明43・3・26、東京朝日
	193	そのむかし	②乙	明43・9・9、歌稿ノート→明43・10、創作
	194	近眼にて	①乙	歌集初出
	195	わが妻の	②乙	明43・11・スバル
	196	友はみな	②乙	明43・11・スバル
	197	わが恋を	②甲乙	明43・11・スバル
	198	糸きれし	③甲	明41・10・23、歌稿ノート→明41・11・3、岩手日報
煙二	199	ふるさとの	③甲	明43・3・28東京朝日新聞→明43・7、創作
	200	やまひある	③甲	明43・11、スバル
	201	ふと思ふ	②甲	明43・8・3〜4、歌稿ノート→明43・8・14、東京朝日新聞→明43・11、スバル
	202	亡くなれる	②甲乙	明43・3・30、東京朝日新聞
	203	その昔	②甲	明43・8・3〜4、歌稿ノート→明43・8・14、東京朝日→明43・11、スバル
	204	ふるさとの	②甲	歌集初出
	205	わかれをれば	②乙甲	明43・8・3〜4、歌稿ノート→明43・8・6、東京朝日新聞
	206	二日前に	③甲	明43・11、スバル
	207	飴売の	③甲	明41・10・23、歌稿ノート→明41・11・3、岩手日報、明41・11、明星
	208	このごろは	③乙	明43・11、スバル
	209	それとなく	③甲	明43・8・26、歌稿ノート→歌集初出
	210	かにかくに	③甲	歌集初出　◎第1グループ下限
	211	田も畑も	③乙甲	明43・11、スバル

212	あはれかの	③乙甲	明43・11、スバル	
213	ふるさとを	③乙甲	明43・11、スバル	
214	石をもて	②甲	明43・11、スバル	
215	やはらかに	③②乙甲	歌集初出	☆遊座第1グループ下限
216	ふるさとの	②甲	明43・11、スバル	
217	かの村の	①乙	歌集初出	
218	小学の	②乙甲	明43・11、スバル	
219	千代治等も	③乙甲	明43・11、スバル	
220	ある年の	②乙甲	歌集初出	
221	うすのろの	①乙	明43・11、スバル	
222	我と共に	①乙甲	明43・11、スバル	
223	大形の	②乙甲	歌集初出	
224	その名さへ	①乙	歌集初出	
225	意地悪の	①二重過去　乙	歌集初出	
226	肺を病む	①乙	明43・11、スバル	
227	宗次郎に	①乙	明43・11、スバル	
228	小心の	①乙	明43・11、スバル	
229	わが従兄	①乙	明43・11、スバル	
230	我ゆきて	①乙甲	明43・11、スバル	
231	酒のめば	①乙	明43・11、スバル	
232	年ごとに	①乙	歌集初出	
233	ほたる狩	①乙甲	歌集初出	

234	馬鈴薯の	②甲	明43・11、スバル	
235	あはれ我が	③甲	歌集初出	☆遊座第2グループ下限
236	友として	②乙	歌集初出	
237	閑古鳥	②乙	明43・11、スバル	
238	わが思ふこと	③甲	歌集初出	
239	今日聞けば	②乙	歌集初出	
240	わがために	①乙甲	歌集初出	
241	あはれかの	②乙	歌集初出	
242	わが庭の	②乙甲	歌集初出	
243	わが村に	①乙	歌集初出	◎第2グループ下限
244	霧ふかき	①甲	明43・8・3〜4、歌稿ノート→明43・8・11、東京朝日	
245	汽車の窓	④甲	明43・8・28、歌稿ノート→歌集初出	
246	ふるさとの	④甲	明43・8・28、歌稿ノート→歌集初出	
247	ふるさとに	④甲	明43・8・3〜4、歌稿ノート→明43・8・11、東京朝日新聞、明43・11、スバル	
248	見もしらぬ	④乙甲	歌集初出	
249	かの家の	④①甲乙	明43・11、スバル	
250	そのかみの	④②甲	明43・11、スバル	
251	ふるさとの	④甲	明43・8・3〜4、歌稿ノート→明43・8・11、東京朝日	
252	ふるさとの	④甲	明43・8・28、歌稿ノート→歌集初出	

(15)　注12、近藤典彦『「一握の砂」の研究』七二頁。

(16)　同右、七二頁。

(17) 遊座昭吾『啄木と渋民』（八重岳書房、一九七一・六）二二八～二五三頁。
(18) 注2、木股知史『和歌文学大系77　一握の砂／黄昏に／収穫』七七頁。
(19) 同右、八六頁。
(20) 同右、四一七頁。
(21) 木股知史は、「『小説』への言及は、現実があたかも小説のようだという意味でなされているが、この歌集が『小説』のように構成されていることを暗に示しているようにもとれるのではないか。あえて、深読みすれば、北海道漂泊の回顧は、『小説』のようなものだというメッセージが隠されているかもしれない」と指摘している（同右、一三九頁）。
(22) 太田登「短歌」（国際啄木学会編『石川啄木事典』二〇〇一・九）一九頁。
(23) 近藤典彦は、これに対して、本来、「マチ擦れば」の歌が歌集の最後の歌であり、「手套を脱ぐ時」の章の冒頭の歌「手套を脱ぐ手ふと休む／何やらむ／こころかすめし思ひ出のあり」、また歌集冒頭の「東海の小島の」の歌と「呼応関係も十分考えられる」という。しかし、それが最終的に移動した理由として、「マッチの光が作りだした二尺ばかりの束の間の空間に飛び込みすぐ闇に消えた『蛾』のイメージは死んだ真一のイメージに重なる。その重なりを啄木は嫌ったのではないか」と指摘する（前掲、『『一握の砂』の研究』九八～一一七頁）。しかし、現行のかたちで「物語性」を満たしているのは本文に示した通りである。また、章のはじめの歌が章の終わりの歌に必ずしも対応しているわけではない。
(24) 近藤典彦の「二首一ページ、四首見開きで読ませることは、『一握の砂』にとってはなくてはならない仕掛けだった」という指摘（注12、『石川啄木　一握の砂』v頁）は極めて重要であろう。
(25) 太田登「『一握の砂』の最終歌」（『啄木短歌論考』八木書店、一九九一・三、一六一～一六六頁、初出は『短歌』一九八八・四）。
(26) 小森陽一「『一握の砂』同一化の拒絶」（『現代思想』六月臨時増刊号　二〇〇五・六）に次のような指摘がある。

　これらの歌が歌集の最後に位置づけられることによって、『一握の砂』という歌集の標題歌といえる「頰につたふ／なみだのごはず／一握の砂を示しし人を忘れず」（２）と「いのちなき砂のかなしさよ／さらさらと握れば指のあひだより落つ」（8）とは、それが作歌されたときとはまったく異なる深い象徴性を帯びることになる。

（27）なお、「放たれし女のごときかなしみを弱き男もこの日今知る」については、『一握の砂』にも、「放たれし女のごときかなしみを／よわき男の／感ずる日なり」と改作されて収録されている。

第二章　啄木と朝鮮
――「地図の上朝鮮国にくろぐろと墨をぬりつゝ秋風を聴く」をめぐって――

一

石川啄木は、一九一〇（明治四三）年八月に行われた韓国併合に際して、次のように詠んだ。

地図の上朝鮮国にくろぐろと墨をぬりつゝ秋風を聴く

（「九月の夜の不平」『創作』一九一〇・一〇）

啄木のこの事件に対する批判性は、同時代の与謝野晶子の歌「韓国に綱かけて引く神わざを今の現に見るが尊さ」（『万朝報』一九一〇・九・三）と比べてみると、一層明らかとなろう。晶子に限らず、多くの明治の知識人や文学者は、韓国の併合について、無関心であるか、あるいは既成の事実として受け止めていた。これに対して、ひとり啄木がこのような批判的な歌を詠んだ事は見逃せない。本稿では、啄木がこの歌をつくるに至った経緯を明らかにし、さらにこの歌の持つ思想史的、文学史的位置を明らかにしたい。

二

啄木が先の歌を作った背景としては、これまで、大逆事件との関連から論じられてきた。そして、その場合、啄木が思想的な影響を受けた社会主義が、韓国の植民地化に批判的であったということが、漠然と想定されていた。(1)しかし、明治の社会主義者のすべてが韓国併合に反対していたわけではなく、むしろ反対派は少数であるか、また目立つ存在ではなかったことが、諸氏の研究により明らかにされつつある。(2)たとえば、片山潜派の新聞『社会新聞』は韓国併合に際して次のように書いた。

日韓合併は事実となつた。之が可否を云々する時ではない。今日の急務は我新朝鮮を治むるに当り高妙なる手段方法を用ゐることである。（中略）為政者は固より全日本国民は個人とし、社会団体として彼等を誘導教育し、新同胞として立派にするの必要がある。

（「日韓合併と我責任」一九一〇・九・一五）

大逆事件発生後、検閲等を考慮する必要があったにせよ、あえてこうした発言を行うことの意味は軽くない。当時の「帝国憲法下」での「合法的な」方向を目指す社会主義者は、「我新朝鮮」と規定することによって、韓国併合を了承したことになる。また、右の論説には、朝鮮が「数千年の間確固たる独立を為し得なかつたのは国人が此独立心を欠いて居たからである（。）土台のない柱の如くグラ〳〵者であつた」という記述がみられるが、こうした見方は、日本の初期社会主義運動の機関紙の中に散見される。

一方、〈議会政策派〉の片山潜と並び称せられる、〈直接行動派〉の代表であった幸徳秋水はどうだっただろうか。

言うまでもなく、韓国併合当時の秋水は、大逆事件の被告として拘留中であり、これに関して発言する機会をもちえなかった。しかし、過去の秋水の発言から推察するならば、彼が、韓国併合に対して植民地批判を展開したとは考えにくい。秋水の朝鮮認識については、飛鳥井雅道や石坂浩一などの研究で明らかになってきているが、(3)例えば、飛鳥井は、従来、秋水が執筆したとされてきた「敬愛なる朝鮮」（『週刊平民新聞』一九〇四・六・一九）を谷口智彦の研究(4)を踏まえて木下尚江執筆と訂正したうえで、次のような秋水の一文を紹介している。

予が出獄後に於ける欲望は甚だ多し。（中略）北海道或は朝鮮に田園を買ひ、数百人の農夫と理想的生活を為して、静かに天真を養ふ其四也。此等四者其一を行ふも数千乃至数万金を要す。赤貧なる予には遂に空想に過ぎざるべし。

これは一九〇五（明治三八）年六月二五日に獄中から堺利彦に宛てた手紙であるが、日露戦争の最中で、韓国の保護国化の前のことである。ここで注目すべきは、北海道と朝鮮が、あたかも自明のことのように、同列に並べられていることである。この言辞から、秋水が、当時の朝鮮を北海道と並置し得る日本の国土の一部とみなしていることが窺える。そして、植民地化に対する批判はその後も見られない。飛鳥井は、「中国に対して、深い情熱と敬愛をもちつづけた秋水が、より近い朝鮮の問題をとらえることができなかったことは、明治社会主義の最大の弱点であった」と結論づけている。「明治社会主義の最大の弱点」とは、帝国主義の植民地政策への批判にまで及ばなかったことであろう。ただし、後述するように、その「弱点」は「明治社会主義」だけのものではなかった。

以上のような植民地認識とは対照的な見解を持っていたのが、木下尚江である。(5)先述のとおり、谷口智彦の調査により『週刊平民新聞』の無署名論文「敬愛なる朝鮮」は、木下尚江執筆であることが明らかになったが、尚江はここで次のように述べている。

政治家は曰く我等は朝鮮独立の為めに、曾て日清戦役を敢行し、又た日露戦争を開始するに至れりと、斯くて我等は政治上より朝鮮救済を実行せんと誇称しつつあり、然れ共彼等が謂ふ所の政治的救済なるものが、果して朝鮮の独立を擁護する所以なるや否に至つては、吾人の容易に了解すること能はざる所なり、（中略）試に之を朝鮮国民の立場より観察せよ是一に日本、支那、露西亜諸国の権力的野心が、朝鮮半島てふ空虚を衝ける競争に過ざるに非ずや

日露戦争は決して「対露恐怖」による「祖国自衛戦争」などではなく、朝鮮における日本の利権が危ういという帝国主義としての危機意識から発動されたものであり、(6) 木下尚江は、そうした点を衝いている。幸徳秋水の『帝国主義』やその非戦論が、帝国主義戦争への批判にとどまり、植民地獲得戦争への視点、また、朝鮮固有の問題への認識へと発展しなかったことを考えた時、木下の批判は評価されよう。

木下尚江は、この「敬愛なる朝鮮」の後も、『新紀元』誌上に「地理誌上の朝鮮」（一九〇五・一一）、「東洋の革命国」（一九〇五・一二）、「朝鮮の復活期」（一九〇六・一）などの論説を書いている。「朝鮮の復活期」は第二次日韓協約について論評したものであるが、この条約によって、韓国が滅びたこと、しかし、この協約調印に韓国民が「決して袖手傍観」したのではないこと、また、「曩に韓国の独立を唱道して侃々諤々たりし日本の学者批評家志士仁人」に「偉大国民の同情心」を発見することができなかったなどと述べている。これを、先に紹介した『社会新聞』の論説をはじめとする当時の社会主義者が、朝鮮人に対して「独立心を欠いて居た」などとして一段低くおいて見ていたことと対比すると、尚江が朝鮮の民衆の抵抗に着目し、期待を寄せていたことは特筆すべきものだとい

えよう。

　このような木下尚江の朝鮮植民地化批判の言説は、当時としては卓抜なものであり、それは、君主制批判、民衆のエネルギーへの着目と結び付いて極めてラディカルなものであった。(7) そして、木下尚江がかかわった社会主義の機関紙においては、総じて朝鮮植民地化への批判的な視点をみることができる。

　尚江のほかには、田添鉄二の「世界平和の進化」（『新紀元』一九〇六・一）、「満韓殖民政策と平民階級」（『日刊平民新聞』四〜七号、一九〇七・一・二二〜二五）などの論説が注目される。前者では、「朝鮮の独立を誓約せる両度の戦役は、遂に日韓協約に依て其白粉を洗ひ落したり」と言い、「曰く高圧手段！　曰く大砲と銃剣とを前鋒とせる外交！　かくして半島の独立は略奪せられ、朝鮮民族の社会的生活は蹂躙せられたるなり。これ豈に独り朝鮮の惨事のみならんや」と植民地政策を批判している。しかし、後者では植民地政策が（日本の）平民のためとならないものである、とも述べており、朝鮮人の立場にたった植民地批判という点では弱い。

　以上見てきたように、社会主義者の中で、木下尚江は、朝鮮植民地化の問題に対してまとまった形で批判的に発言しているが、多くの社会主義者の関心は低いどころではなく、時に蔑視する発言さえ見られたのである。

　しかし、啄木がこうした木下尚江らの評論を読み、共感した可能性は極めて低い。啄木の「明治四十四年当用日記補遺」中の「前年（四十三）中重要記事」にある通り、大逆事件以降、啄木は社会主義関係の書物を集め、読んでいる。この中に『週刊平民新聞』や『新紀元』、『日刊平民新聞』があったことも全く考えられないわけではない。しかし、一九一〇（明治四三）年の六月以降に、社会主義への関心を抱きはじめた啄木が、八月下旬に行われた韓国併合について、古新聞の中から数少ない朝鮮植民地化への批判的文章を見つけ、九月九日の歌稿ノートに「地図の上朝鮮国に黒々と墨を塗りつゝ秋風を聞く」とうたうまでの時間は、あまりにも短い。

　事実、先の「前年（四十三）中重要記事」には、「予はこの年に於て、嘗て小樽に於て一度逢ひたる社会主義者西川光次《ママ》郎君と旧交を温め、同主義者藤田四郎君より社会主義関係書類の貸付を受けたり」とあり、これを、西川光二郎より藤田四郎を紹介されたと見ると、啄木が社会主義の新聞類を入手した時期はかなり遅くなる。また、「A LETTER FROM PRISON」の序文には、幸徳秋水の陳弁書を筆写しながら、『平民新聞』を繙いていた正月の自分が回顧され、「西川光二郎君から借りて来てゐた平民新聞の綴込」と書き留めているが、西川は、一九一〇年七月中旬まで千葉監獄に入っており、出獄したあとも、東京を離れ、上京したのは一一月二日のことである。[8] 啄木との交流もこの頃からであろう。そうだとすると、新聞類を入手していたのは、一九一〇年の暮れ近くになってからと言えそうである。付言すれば、一九一一年四月二二日の日記に「毎日平民新聞やその後のあの派の出版物を調べてゐる」とあることからも、『平民新聞』等を啄木が本格的に読み始めたのは一九一一年のことであったと推察される。従って、一九一〇年の時点で、啄木が、ごく一部だった朝鮮の植民地化に対する批判の言説に出会うことはなかったと考えるのが妥当である。

それでは、啄木はどのようにして韓国併合に対する認識を育んでいったのだろうか。

三

啄木が『百回通信』（『岩手日報』一九〇九）において、伊藤博文哀悼の文章とともに追悼歌を添えたことは周知のとおりである。しかし一方で、「吾人は韓人の愍むべきを知りて、未だ真に憎むべき所以を知らず」、「韓人の心事また愍れむべきかな」とも述べている。池田功が述べているように、「戦雲余録」（『岩手日報』一九〇四・三・三、四、八〜一〇、一二、一六、一九）などに見られたポーランドの独立運動への「同情」や、そうした「亡国」への関心が、朝鮮に対しても同じ意識として働いたとみてもよいだろう。[9]

しかし、「地図の上〜」の歌がうたわれる経緯としては、こうした事情のほかに、啄木が『東京朝日新聞』の校正係を務めていたという事実を重視したい。

まず、第一に、先の「百回通信」の記事の発表以後、啄木が校正係として勤めていた東京朝日新聞で、渋川玄耳による「恐ろしい朝鮮」（一九〇九・一一・五〜三〇、二四回）が連載されていることである。渋川はこの紀行文の第一回目で、伊藤博文暗殺をはじめ、この朝鮮のために、西郷、大久保、日清、日露戦争で多くの兵隊も死んだようなもので、「思へば日本に取つて此れ程恐ろしい国は有るまい」と、いささかふざけた調子で書き出しながらも、「兎に角一遍見ておかねばならぬ」と記し、以降、偏見にとらわれない目で観察することを自分に課しながら、文章を綴っていった。

例えば、「死刑」（一九〇九・一一・一四）という項では、京城の裁判所で政治犯に対する死刑宣告の様子として、日本人の裁判長の事務的な態度、「死刑」が宣告されても、韓国語に翻訳され、死刑囚が自己の運命を知るまでに数分の間があることを皮肉をこめて書いている。あるいは、「名ばかりの政府」（一九〇九・一一・二一）では、韓国政府の重要な官吏の多くが日本人に占められている現実、また日本人官吏の腐敗の有り様、目に余る日本人の態度を記している。さらに、韓国内での言論弾圧の状況も紹介している。

そして、「車上の寒心」（一九〇九・一一・二五）では、次のように書く。

『大道狭し』といふ言葉は此処では譬へでは無い、日本人だぞとばかり威張りに威張つて、（中略）我々すら余り暴慢だと感ずる位だから、おづ〳〵としてゐる韓人の腹の中が察せられて気の毒になる。

渋川は、韓国人が「悉く排日党たらんとするのは人情の免れ難い処である」（一九〇九・一一・一〇）とも書いている。

以上のような渋川の文章を東京朝日新聞社の校正係だった啄木は読んでいたはずである。そして、啄木が目にしたであろう渋川の記事は、現地の取材にあたったジャーナリストからの、具体的で信ずるに足る報告であった。このことは、啄木が韓国併合に距離をとることが出来た理由の一つと言えるだろう。

そして、さらに重要なことは、啄木の思想に大きな影響を与えた大逆事件と韓国併合が同時期に進行しており、そうした記事を、やはり校正係として読んでいたことである。

明治四十三年の大逆事件発生以降の『東京朝日新聞』の「朝鮮特電」を見ると、「未曾有の警戒」（一九一〇・七・二三）、「怪しき学生団の行動」（七・二四）、「朝鮮日日廃刊」（八・六）、「発行停止頻々」（八・九）、「排日学生巨魁捕縛」（八・一二）、「陰謀露見」（八・一五）、「排日派韓人暴行」（八・二六）などの見出しが目にとまる。併合を控えた韓国での言論弾圧の状況を知った啄木の目に、「日本無政府主義附帯現象及隠謀事件」にも記載された日本国内の言論弾圧と韓国のそれとが、二重写しになったであろうことは想像に難くない。

例えば、「未曾有の警戒」では、寺内正毅が第三代統監として京城に入京した折の様子を伝えているが、「当日憲兵警察官の非常任務に服するは勿論特に多数軍隊の護衛もあるべく仁川京城間沿道各地警戒の厳重なるは未曾有と云ふべし又特定の乗車券入場券なき者は何人も統監列車に近づくを得ざるのみならず南大門より日本市街に至る統監の通路は一般公衆の集合堵列を禁止せらる」といったものものしさである。寺内正毅統監が歓迎されていないことは明白であろう。この記事は学生数名の検挙も伝えている。八月五日の新聞には「韓国新聞取締厳重」の見出しのついた記事があり、翌日の記事「官憲と内地新聞」は、それが内地の新聞に対しても及びそうだと記されている。その取締りとは、併合が、日韓両国内において秘密裡になされていたことを示す。

一方、啄木がまとめた大逆事件の新聞報道の記録である「日本無政府主義附帯現象及隠謀事件」の「八月四日」

の項目には、「文部省は訓令を発して、全国図書館に於て社会主義に関する書籍を閲覧せしむる事を厳禁したり」とあるほか、内務省の社会主義者取締りや、文部省の教職員、学生に対する社会主義への予防措置が記されている。また、九月六日の記事には社会主義関係の書物の多くが過去出版されたものも含めて発売禁止となって差し押さえられたことが記されている。言論弾圧が、日韓両国で、同時期に行われていたのである。

ここで「八月二十九日」の項目に「韓国併合詔書の煥発と同時に、神戸に於て岡林寅松、小林紐治外二名検挙され、韓人と通じて事を挙げんとしたる社会主義者なりと伝へらる」と啄木が書き留めていることに注目したい。[10] これは、八月三一日の『東京朝日新聞』に「二十九日に至り彼の合邦詔勅の煥発と共に韓国に於ける排日党と気脈を通ぜる神戸の某々社会主義者が何等か事を挙げん」（「合邦と無政府党」）とある記事を指す。このとき逮捕された岡林寅松、小松紐治（小林はまちがい）は大逆事件の被告として「無期懲役」を宣告された人物である。続報として、「神戸社会主義者」の記事（一九一〇・九・二）があるが、先に「排日党と気脈を通ぜる」と記されていたことについては一言も触れられずに「訊問」された人物の経歴を簡単に記すのみである。『大阪朝日新聞』では、最初から「排日党」との関係は記されていない。他紙も同様で、それどころか該当する記事の無い新聞もある。小川武敏も「この記事の詳細は不詳」としているが、[11] おそらく在日朝鮮人と社会主義者が気脈を通じて事を挙げようとしたなどという事実は無かったのであろう。[12] 実際には、大逆事件発生後の社会主義者の検挙が行われる中で、「併合」に際し、朝鮮人に対する警戒を敷く当局者、あるいは、そうした事実を報道しようとする新聞記者が生んだ予断による誤報であったと考えられる。なおこれ以前、八月二四、二五日の記事には「社会主義者就縛」の見出しのもと（同じ記事が掲載）、副題に「▽十三名一網に捕はる▽合邦問題とは関係なし」とあり、「当局者は朝鮮の排日派等には全然無関係にして単に爆発事件の余波に過ぎずと言ひ居れり」と書いているが、こうした発言自体、当局側が社会主義者と韓国人の排日運動が結び付くことを警戒していたことを物語るものといえよう。

しかし、後世我々が知り得た事実がどうであれ、当時、この記事を目にした啄木は、大逆事件と韓国併合とを結びつけた。そして、「合邦と無産党」の記事を目にした九日後の九月九日に、「九月の夜の不平」の元となった歌稿ノートが書かれるのである。

また、歌稿ノートが書かれるまでにも、「憤死未遂」（九・三）、「儒生の憤死」「基督教徒も不穏」（九・四）、「排日韓人妄動」（九・七）、九月九日当日には、「同盟休校扇動」「師範生徒不穏詳報」「不平韓人妄動」「北韓の不穏」などの見出しが並んでいる。「同盟休校扇動」は次のように書かれている。

何物の悪戯にや光化門の消印にて各官公立学校生徒に宛て不穏なる檄文を郵送し大韓国は滅べり汝等日本人の統治に甘んずるが如きは男子の本分にあらず潔く同盟休校せよと扇動したれば官立師範学校の年少生徒等に早くも動揺を来し尚他校生徒にも及ぼさんとする形跡あり其筋にては非常警戒を為すと共に師範学校生徒二十余名を検挙し厳探中なり

おそらくこうした朝鮮人たちの抵抗が、日本人の状況と二重写しになって、「九月の夜の不平」の歌群に結実していったのだろう。「地図の上～」の歌が、大逆事件を詠んだ歌と共に掲載されていることは、啄木の創作意識から見て、決して偶然ではない。

啄木は、「九月の夜の不平」で、次のように詠んでいる。

今思へばげに彼もまた秋水の一味なりしと知るふしもあり

秋の風我等明治の青年の危機をかなしむ顔撫で、吹く
時代閉塞の現状を奈何にせむ秋に入りてことに斯く思ふかな
売ることを差止められし本の著者に途にて会へる秋の朝かな

また、「併合」による領土の膨張という「事実」に逆らって、啄木はなお、「東海の小島」の姿を詠む。

大海のその片隅につらなれる島々の上を秋の風吹く
何となく顔がさもしき邦人の首府の大空を秋の風吹く

「さもしき邦人」の顔とは、「提灯行列の壮観」(『東京朝日新聞』一九一〇・八・三一)という記事に描かれたような韓国合併にうかれ騒ぐ日本人を指すのだろう。

▲万歳、万歳、万歳　延長数十丁に亙る二列の大行列は報知社新作の軍歌と万歳を一斉に唱へながら山下橋より銀座四丁目に出たり沿道両側に寄ては返す人の波を潜り京橋を越えて伝馬町通に至れば各店頭には家族雇人達総出にて電気煙火を点し金盥を叩き立て家の二階三階に幕を張れるあり軒先に提灯を下ぐるあり祭礼も及ばぬ大騒ぎで万歳々々と相呼応する声は天地も覆るかと怪しまれた

「九月の夜の不平」には『一握の砂』に収録されていない歌が何首かある。重複を厭わず列挙する。

何となく顔がさもしき邦人の首府の大空を秋の風吹く
つね日頃好みて言ひし革命の語をつゝしみて秋に入れりけり
今思へばげに彼もまた秋水の一味なりしと知るふしもあり
この世よりのがれむと思ふ企てに遊蕩の名を与へられしかな
秋の風我等明治の青年の危機をかなしむ顔撫で、吹く
時代閉塞の現状を奈何にせむ秋に入りてことに斯く思ふかな
地図の上朝鮮国にくろぐろと墨をぬりつゝ秋風を聴く
明治四十三年の秋わが心ことに真面目になりて悲しも

猪野謙二が「時事詩的短歌」[13]と呼んだこれらの歌が『一握の砂』に収録されなかったのは、検閲を考慮したからという見解もあるが、それよりも、啄木にとって歌が〈悲しい玩具〉(「歌のいろ〳〵」)だったことが大きいように思われる。「地図の上朝鮮国に～」の歌は、そうした歌集の世界に合致しない歌の一つであったのである。

池田が指摘するように[14]、拡大した領土を赤色ではなしに墨でくろぐろと塗るのは、啄木の韓国併合に対する批判的意識を表す。後半部「秋風を聴く」は、啄木の透徹した意識を示すだろう。「秋立つは水にかも似る／洗はれて／思ひことごと新しくなる」(『一握の砂』「秋風のこころよさに」)という歌があるが、ここには思い新たに日本の現状を見つめようとする啄木がいる。この時、啄木は、「提灯行列」に浮かれる日本人とは別の地点に立っている。

猪野謙二は、「九月の夜の不平」の冒頭の歌「秋の風今日よりは彼のふやけたる男に口を利かじと思ふ」を、先述の歌「明治四十三年の秋わが心ことに真面目になりて悲しも」に呼応すると述べているが、それは、大逆事件以降の日本に批判的になっていった啄木が、孤立を余儀なくされる立場に身を置きはじめたということであった。小川

武敏の指摘するとおり、[15]「時代閉塞の現状」の中の「我々日本の青年は未だ嘗て彼の強権に対して何等の確執をも醸した事が無いのである」という言葉は、韓国における抗日運動が念頭にあっただろう。そして、「確執を醸した事が無い」青年の在り方を見つめながら、啄木は「地図の上朝鮮国にくろぐろと墨をぬりつゝ秋風を聴く」と詠んだ。[16]

それは、〈外〉に対する帝国主義的植民地政策と〈内〉に対する思想弾圧という当時の日本の帝国主義的施策への批判の結節点となり、かつて「国と国との戦争の目的は、一国若くは両国が其現在の国力及び其国力から生れる欲望によりよく満足を与へるところの平和を獲ると言ふ事である」（「文学と政治」一九〇九・一二・一九、二一）と書いていた啄木が、日本の帝国主義的な対外政策への懐疑を表明したものだったのである。

しかし、それは「萌芽」に過ぎなかった。

四

「地図の上〜」の歌以降に啄木の文章ないし作品に、朝鮮にかかわる記述は、ほとんど見られない。[17] 啄木は社会主義、無政府主義に接近していったとはいえ、明治の社会主義者の多くがそうであったように、植民地問題への関心を深めることはなかった。

啄木が植民地問題に目を開くとしたら、日露戦争前後の木下尚江の論説を繙くことが可能性として残されていただろう。しかし、木下尚江は、一九〇六（明治三九）年一〇月に「旧友諸君に告ぐ」という文章を発表し、社会主義から離脱していった。社会主義離脱後の尚江に対する啄木の批判は「小説『墓場』に現れたる著者木下氏の思想と平民社一派の消息」（一九一一・四〜五稿）に見られる通りである。啄木が向き合ったのは、この〝転向者〟とし

ての尚江だったのである。(18)

また、トルストイの「日露戦争論」を筆写し、それに一文を付けて、記録を残そうとした啄木であるが、そこで注目されるのは、日露戦争時、非戦論を展開し、トルストイの「日露戦争論」を紹介した幸徳秋水や堺利彦、「唯物史観の流れを汲む人々」である。啄木は、秋水らの一文――「要するにトルストイ翁は、戦争の原因を以て個人の堕落に帰す、故に悔改めよと教へて之を救はんと欲す。吾人社会主義者は、戦争の原因を以て経済的競争に帰す、故に経済的競争を廃して之を防遏せんと欲す」――を紹介するが、ここでは、帝国主義への批判は見られても、その帰結としての植民地問題には触れられていない。

しかし、木下尚江の再評価以外に、啄木が植民地問題に関心を持つ機会が全くなかったわけではなかった。それは、啄木が筆写して残した『第七回万国社会党大会』である。一九〇七（明治四〇）年に堺利彦が『大阪平民新聞』に数回に渡って連載したものを、啄木が「多少私意を加えて一括したもの」である。そして、この第二インターナショナル・シュトゥットガルト大会では植民地問題に関する重要な議論が行われていた。

委員会に付託された植民地問題の議論は、本会議に上程されたとき、「少数意見」と「多数意見」とに分かれていた。「少数意見」は「植民政策とは一国民が他国民を統治するを意味す。社会党は元来斯くの如き植民政策を仮借せず、故に社会党の植民政策なるものあるべきにあらず」という立場であり、「多数意見」は、「植民地の存在は事実なり。社会党はこの事実に目を塞ぐべからず。植民地も亦社会進化の一部分なり、故に社会党は従属国民の待遇に関し、正義自由の万国的標準を確立せざるべからず」という立場である。また、「多数意見」の決議草案には「社会主義的制度のもとで文明化をもたらす役割をはたしうるような、あらゆる植民地政策を、大会は原則として非難するものではない(19)」という一節もあるが、これは、いわば「社会主義的植民地政策」（西川正雄(20)）であり、社会主義が帝国主義の政策を認めるものであった。(21)こうして、植民地合理化論がインターナショナルの中で、委員会多数派の意見として提出されたのである。幸徳秋水ら「明治社会主義の最大の弱点」（飛鳥井雅道[22]）は、そのまま、当時の国際社会主義運動自体が抱えていた問題だったのである。

総会では、「少数意見」が「修正案」として、一二七対一〇八で支持されている。日本から出席した加藤時次郎も「少数意見」に賛成していた。この大会の代議員として参加していたレーニンは、「シュトゥットガルト大会は、いくたのもっとも重要な問題にかんして、国際社会民主主義運動の日和見主義的一翼と革命的一翼とをはっきりと対比し、しかも革命的マルクス主義の精神でこれらの問題の解決をあたえた」と述べている。しかし、この植民地問題に限っていっても、植民地化を合理化するという「多数意見」が一〇八票あり、また大国に賛成票の多いことは問題であろう。それは、後に第二インターナショナルが第一次世界大戦に際して「祖国防衛戦争」支持か「国際反戦運動」かに揺れ、結局は前者に流れていき、崩壊していったことを予感させている。

啄木の筆写した堺利彦の文章は、この植民地問題をめぐる総会の結末を次のようにまとめている。

　然るにこの採決は修正説等のために混雑を来し、ハインドマンの如きは演壇に突進して大いに抗議する所ありしが、結局議長ジンゲルは嚢の少数説の可決は多数説全体の廃棄を意味するものにあらず。ただ多数説の最初の一説に代ふるに少数説の全文を以てするの意なりと弁じ、更にその意味に於て採決をなし、大多数を以て通過したり。是亦所謂オムニバス・レゾリウシヨン（乗合馬車決議）の一なるべし。

おそらく堺利彦はこの植民地問題の重要性を、これ以上認識することはなかった。そして、それはその記事を筆写した啄木にとっても同様だったのではないか。確かに言えることは、啄木が当時の国際社会主義運動が抱える問題を「筆写」というかたちで理解しようとしたことであり、その中に、日本の韓国併合問題にもつながる植民地問題が含まれていたということである。

しかし、翻って考えるならば、帝国主義と植民地の問題、あるいは植民地からの解放が問題となるのは、第一次世界大戦後のことである。日本における吉野作造や石橋湛山の植民地政策批判や植民地放棄論の登場、国際社会における民族自決の原則の提唱などが登場するのは、啄木の死後数年先のことだったのである。

以上見てきたように、「地図の上朝鮮国にくろぐろと墨をぬりつゝ秋風を聴く」という歌の成立に関して言えば、社会主義者の植民地批判は介在していない。多くの明治の社会主義者は、植民地への批判という点では無自覚だった（もちろん、社会主義者だけでなく）。啄木の朝鮮への認識を育んだのは、『東京朝日新聞』に載った渋川玄耳の「恐ろしい朝鮮」という記事や、大逆事件後の〈閉塞状況〉と、韓国併合前夜の韓国の言論弾圧の報道である。「九月の夜の不平」中の「地図の上朝鮮国にくろぐろと墨をぬりつゝ秋風を聴く」という歌はそうした中から生まれた。それは、啄木における帝国主義的植民地政策批判の萌芽であり、当時の日本の中では数少ない「韓国併合」への疑義であった。

注

（1）いくつか例を挙げると、旗田巍『日本人の朝鮮観』（勁草書房、一九六九・五）は、「労働運動・社会運動・文化運動のなかで、日本の朝鮮支配に反対し、朝鮮人の解放運動を支持し、日本と朝鮮の連帯をとなえるものは絶えなかった」として、啄木の掲出の歌をとりあげている。また、中村文雄『大逆事件と知識人』（三一書房、一九八一・一二）は、この歌に「日本帝国主義」の「批判」を見る。岩波ジュニア新書に書かれた尹健次『君たちにおける朝鮮』（一九九一・六）では、「幸徳秋水・堺利彦・片山潜らの社会主義者や、内村鑑三などのキリスト者は、侵略戦争にたいして果敢な反対運動を展開しています。また石川啄木が『韓国併合』にさいして、『地図の上、朝鮮国にくろぐろと、墨をぬりつつ秋風を聴く』と詠んだことは、日本人の良心を歴史に残すものであったといえます」と書いている。後述するように、社会主義者の日露戦争に対する批判と韓国併合に対する視点は、分けて考える必要がある。そのほか、朴春日『増補版近代日本文学における朝鮮像』（未来社、一九八五・八、初版一九六九年）では、啄木に深い「危機意識」を見、「国内的には幸徳秋水らいわゆる『大逆事件』であり、対外的には『韓日併合』であること」、「この二つの事件に象徴されるものが啄木のいう『時代閉塞の現状』である」と述べている。なお、池田功「石川啄木における朝鮮」（明治大学文学部紀要『文芸研究』一九九二・一二）を参照。

（2）石坂浩一『近代日本の社会主義と朝鮮』（社会評論社、一九九三・一〇）参照。本稿の初期社会主義者の朝鮮認識の把握については、石坂の著書に負うところが大きい。

なお、田中礼「『ことに真面目になりて悲しも』——明治四十三年と『一握の砂』」（関西啄木懇話会『啄木文庫』別冊記念号、二〇一二・八）にも紹介されている一九〇七（明治四〇）年七月二一日の日本社会主義者有志による「日本政府の朝鮮植民地化に反対の決議」について、石坂は「この決議は初期社会主義者が朝鮮に関して行った唯一の行動らしきもので、その意味では重要なものだが、この決議後に日本人社会主義者があらためて朝鮮について活発に論じようとした証拠はない」と指摘している（一〇四頁）。決議文の内容は以下の通り。

吾人は朝鮮人民の自由、独立、自治の権利を尊重し之に対する帝国主義的政策は万国平民階級共通の利益に反対するものと認む、故に日本政府は朝鮮の独立を保障すべき言責に忠実ならんことを望む

（「社会主義有志の決議」『大阪平民新聞』一九〇七・八・一）

この決議は、若干文章が異なったり、誤字があるものの、一九〇七年七月二八日付の『社会新聞』の「日本の愛耳蘭」、一九〇七年八月五日の『熊本評論』の「初一念を忘る勿れ」の記事中に掲載されている。「朝鮮人民と日本人民が帝国主義に対して、共同して闘う立場にあると認識していた点」（平田賢一「『朝鮮併合』と日本の世論」『史林』一九七四・五）は時代状況に鑑みても評価できると思われるが、ただし、記事はいずれも二面に掲載され扱いは大きくない。『大阪平民新聞』に至っては、この記事の手前に「韓国の末路」という記事があり、「日本の強を以て韓国の弱に対す、何事か為し得ざらんや、之が独立を保障すと云ひ、之を保護すと云ひ、之を併呑すと云ふも固より吾人平民階級の関知する所に非ず、唯其受くる所のものは韓国の平民階級と同じく『生活難』のみ、『圧抑』

のみ」と書かれ、韓国の植民地化の問題を、自国の平民階級の問題にすりかえているありさまである。「七月二十三日安楽警視総監ヨリ林外務大臣宛韓国問題ニ関スル社会主義ノ決議内報」（『日本外交文書』第四〇巻第一冊）によると、「右ハ社会新聞社員等ガ本問題中人道問題トシテ黙過ス可ラサル事項アルハ社会主義者ノ主義ヲ没却スルモノナレハ縦令反対運動ヲ為スノ実力ナキモ一決議文ヲ出シテ同主義者ノ反対ナル所以ヲ言明セサル可ラストノ意味ヨリ形式上之レヲ決議セシモノノ如ク装ヒ西川光次《ママ》郎等ヨリ幸徳堺等ニ通知シ両人之レヲ承認セシモノニテ特ニ集会ヲ為シテ決議セシモノニアラサル趣ナリ」とあり、幸徳や堺ではなく西川が中心となってすすめたものであることがわかる。

（3）飛鳥井雅道『天皇と近代日本精神史』（三一書房、一九八九・七）、注2、石坂浩一『近代日本の社会主義と朝鮮』。

（4）谷口智彦「幸徳秋水は『敬愛なる朝鮮』を書かなかった」（『朝鮮研究』一六八号、一九七七・七）。

（5）木下尚江の朝鮮認識については、注2の石坂著、注4の谷口論文のほか、岡野幸江「木下尚江と朝鮮」（『社会文学』創刊号、一九八七・六）参照。

（6）石井寛治『日本の産業革命』（朝日新聞社、一九九七・八）二五四頁。

（7）もっともそれは、彼のキリスト教的コスモポリタリズムとの関係で理解すべきものであり、後の彼の転向ともかかわってくる。

（8）田中英夫『西川光二郎小伝』（みすず書房、一九九〇・六）二七〇頁。また、近藤典彦が紹介する吉田庄七の回想（原重治編集監修『入信第一』子供の道話社、一九四一・一一）には、「明治四十三年の秋」、啄木が西川を訪ね、「平民新聞や直言の綴込を借りて」いったことが書きとめられている（近藤典彦「修と啄木」『大逆事件に挑んだロマンチスト　平出修の位相』同時代社、一九九五・四）。

（9）ただし、一九〇六年執筆の小説「雲は天才である」において、校長を揶揄する中で、「恐らく向上といふ事を忘却した精神の象徴はこれであらう。亡国の髯だ。朝鮮人と昔の漢学の先生と今の学校教師のみにあるべき髯だ」などといった表現がみられるほか、いくつかの点で留保したい。池田は、啄木の「『亡国』への関心」に着目して、次のように書いている。

　この「亡国」への関心というのは、裏を返せば啄木がシェンキヴィチに対して愛国詩人と記しているように、啄木のナショナリズムへの関心がそこにあるからである。中山和子氏が『啄木のナショナリズム』で指摘したような、強烈なナショナリズムがそこにあるからこそ、又、国を失った人々に関心を示すことができたのである。初期から強烈なナショナリストであった啄木は、外国であっても、国家がなくなるということに対して強い関心を示した。その中に「朝鮮」もあったということである。（中略）

一九一〇年（明治四十三年）の日韓併合に対して、啄木は鋭く「地図の上……」の歌を作り得たのは、大逆事件の鋭い時代認識と同時に、啄木の中にずっとあった「亡国」というものに鋭く反応する精神が、そこに現れたのではなかったか。

しかし、啄木のシェンキヴィチらポーランドの「愛国詩人」に対する関心は、対ロシア戦争との絡みで紹介されていることも見逃せない。また、インドやポーランドなど西欧諸国の「植民地」との「連帯」は、政治小説や大アジア主義の主張にもうかがえる。しかし、それらは、時代とともに、日本を盟主とする〝アジアの連帯〟の色彩を強めていった。

例えば、東海散士の『佳人之奇遇』（博文堂、一八八五・一〇〜一八九七・一〇）は、アジア・ヨーロッパに行われた「小国滅亡の歴史」を取り上げており、その舞台は、アメリカをはじめ、イタリア、エジプト、中国、朝鮮にまたがり、イスパニアの美女幽蘭、アイルランドの美女紅蓮、ハンガリーのコースート夫人、そして朝鮮の金玉均まで登場する。作品は、「東海散士」という主人公をめぐる幽蘭や紅蓮の恋を織り混ぜながら、大国の進出に反抗する憂国の闘士たちと「散士」の慷慨談や冒険が語られ、最後に閔妃事件に加担した「東海散士」が広島の獄につながれるところで終わる。これら小国の人々が登場するのは、日本もまたそれらの国々と同じ、西洋帝国主義国の侵略におびやかされる存在であり、その小国同士が連帯しなければならないという認識からである。この作品は、最初明治一八年に発表され、明治三〇年に完結した作品であるが、明治一八年の甲申事変に対して、「今ヤ我ニ親ム所ノ朋党敵党ノ首領ヲ襲撃シ之ヲ殺シ之ヲ傷ク仮令外国ノ干渉ヲ憂憤シ純然タル独立ヲ希望スルノ丹心ヨリ出ツルト雖トモ其行事ハ文明世界ノ悪徳ニシテ実ニ嫌悪スヘキモノナリ」と、日本の内政干渉に厳しく批判していたのに対して、一八九六（明治二九）年には主人公は、閔妃事件という一国の皇后を殺すという「内政干渉」に参加しているのである。

また、樽井藤吉の『大東合邦論』（一八九三年）は、表題のとおり、日本と朝鮮の対等な合邦を主張したものであったが、一九一〇年の再版の際には、「再刊要旨」を載せ、朝鮮国が財政的負担に堪えられるまでは、「合成国の大政」に朝鮮人を参加させるべきではないと言い、事実上、日本と朝鮮の対等の「合邦」を放棄してしまっている。以上のように見てくると、日清、日露戦争以前の「亡国」の関心は、必ずしも「韓国併合」への批判と結び付くとは限らないのではないか。

また、「強烈なナショナリズム」とは、往々にして、排外的かつ偏狭なナショナリズムとなり、そうでなければ、欺瞞的な「併合」となり、「共栄圏」と結び付くものではないだろうか。「強烈なナショナリズムがそこにあるからこそ、又、国を失った人々に関心を示すことができた」のではなく、「韓国併合」は、むしろ啄木がナショナルなものを相対化するきっかけとなりえたというべきではないだろうか。

(10)　なお、「六月二十一日」以降、「八月四日」の項目の前には原稿用紙一枚半分の空白があり、九月一九日からスクラップ中心にまとめられているが、これに関して、荻野富士夫は、大逆事件の経過を示す記事に六月から八月にかけて遺漏が多いことを指摘し、それは「すべての関係記事を保存しておくという状態に至らない『大逆』事件への相対的な関心の低さを示す一証左」であり、「後半部分で遺漏なく関係記事を網羅していることからみて、九月以降の啄木の『大逆』事件に対する関心の急激な高まりと社会主義接近を示す有力な材料となる」と述べている（『初期社会主義思想論』不二出版、一九九三・一一、二五六〜二五七頁）。啄木の社会主義接近が「九月以降」とする荻野の見解はともかく、九月以降に事件の新聞報道の記録を確実に残そうというように変化したことは確かであろう。また、空白欄は、後に記録を補うためであったと考えられる。そして、スクラップをする以前に啄木が書きとめていた記録は、事件への関心の高さを示す記事であったと言ってよい。八月二九日の記事も、そうした関心の所在を窺わせる。

(11)　小川武敏「資料・大逆事件および日韓併合報道と石川啄木」（明治大学文学部紀要『文芸研究』第七六号　一九九六・九）。

(12)　岡林、小松らの獄中からの書簡、戦後まで生き残った岡林の回想にもそうした事実は語られていない。塩田庄兵衛・渡辺順三『秘録大逆事件』上下（春秋社、一九五九・九、一〇）、坂本清馬・岡林寅松・幸徳富治「大逆事件

の真相（座談会）」（中島及編・幸徳秋水『東京の木賃宿』弘文堂、一九四九・一二）参照。
(13) 猪野謙二「啄木の時事詩的短歌について」（『石川啄木全集』月報五、一九七九・一）。
(14) 注1、池田功「石川啄木における朝鮮」。
(15) 注11に同じ。
(16) なお、「誰そ我にピストルにても撃てよかし伊藤のごとく死にて見せなむ」という歌との関係をどう理解するかという問題がある。これについては、本書第五部第三章参照。本章のもととなった旧稿の「注」を訂正した。
(17) 例外として、「A LETTER FROM PRISON」には、朝日新聞社内の議論の中で語られたものとして、啄木が紹介した次のような発言がある。

若しも噂の如く彼等二十六人をすべて秘密裁判の後に死刑に処するといふやうなことになれば、思想の自由を重んずる欧米人の間に屹度日本に対する反感が起るに違ひない。反感は一度起つたら仲々消えるものではない。さうしてその反感――日本が憎むべき圧制国だといふ感情が一度起るとすれば、今後日本政府の行為――たとへば朝鮮における――が今迄のやうに好意的に批評される機会はなくなるかも知れぬ。

(18) 啄木は、「小説『墓場』に現れたる著者木下氏の思想と平民社一派の消息」において、次のように書いている。

近世社会主義はその平等思想に於て在来の一切の宗教、一切の人道的思想に共通してゐる。然しながら近世社会主義は所詮近世産業時代の特産物である。其処に掩ふべからざる特質がある。従つて社会主義と基督教との間には、或調和の保たるる余地は充分にある。然しその調和は両方の特質を十分包含し得る程の調和ではあり得ない。基督教社会主義とは畢竟その不十分なる調和に名付けられた名に過ぎない。

(19) レーニン「シュトゥットガルトの国際主義者大会」（一九〇七・一〇『レーニン全集』第一三巻、大月書店）。なお、啄木のこの筆写については、碓田のぼる「啄木・『社会主義文献ノート』の研究」（『石川啄木』東邦出版社、一九七七・九）を参照。
(20) 西川正雄「第2インターナショナルと植民地問題」（『歴史学研究』三八一号、一九七二・二）。
(21) 前掲、レーニン「シュトゥットガルトの国際主義者大会」。レーニンはこれを「ブルジョワ・イデオロギーに、こんにち、とくにごうまんに頭をもたげてきているブルジョワ帝国主義に、プロレタリアートをしたがわせる方向へ、決定的な一歩をふみだすこと」とみなし、「社会主義は、植民地でも改良を擁護することを拒否しようとしたことはかつてなかつたし、またいまでも拒否するものではないが、しかしそれは、『植民政策』を構成する侵略、他民族の征服、暴力および略奪に反対するわれわれの原則的立場を弱めることとは、なんの共通点もないし、またあってはならないのである」と後に書いている。

(22)　注3、飛鳥井雅道『天皇と近代日本精神史』。

第三章　啄木と伊藤博文
――「誰そ我に／ピストルにても撃てよかし／伊藤のごとく死にて見せなむ」をめぐって――

一

啄木の『一握の砂』（東雲堂書店、一九一〇・一二）は、大きく分けて五つの章で構成された歌集だが、その最初の章である「我を愛する歌」の最後から二番目の歌は、次の通りである。

誰《た》そ我《われ》に
ピストルにても撃《う》てよかし
伊藤《いとう》のごとく死《し》にて見《み》せなむ

ここで歌われている「伊藤」は、明治憲法を制定し、日本に議会を開設し、初代内閣総理大臣となった、伊藤博文である。「ピストルにても撃てよかし」は、伊藤が晩年に初代韓国統監となり、韓国に対する植民地支配のシンボル的存在となったことによって、韓国の安重根によってピストルで暗殺されたことを指す。歌が詠まれた時代からも、そうした共通理解があったとみて間違いない。ちなみに「撃てよかし」の「よ」は、命令の意味を強める間投助詞、「かし」は日常口語的な性格の強い終助詞で、自分の意思を相手に強く示す気持ちを表している。また、次の歌、つまり「我を愛する歌」の章の最後の歌は、

やとばかり
桂首相に手とられし夢見て覚めぬ
秋の夜の二時　151

である。この歌は、同じく明治の政治家である桂太郎を詠んでおり、二首を連作として読むと、「誰そ我に」に詠まれた「伊藤」が伊藤博文であることがより確実になる。

本稿では、「地図《ちづ》の上朝鮮国《てうせんこく》にくろぐろと墨をぬりつ、秋風を聴く」（『創作』一九一〇・一〇）と詠んだ啄木が、なぜ韓国に対する植民地化のシンボル的存在というべき伊藤博文を〈英雄〉視するような歌を詠んだのか、また、この歌が『一握の砂』という歌集の中でどのような位置をもっているのかを考察したい。

二

さて、「誰そ我に」の歌に関する先行解釈は、大きく三つに分類できる。

一つ目は、伊藤博文の死に英雄的な死への憧れをみているという解釈である。岩城之徳の「啄木が『伊藤のごとく死にて見せなむ』と歌ったのは、この暗殺の背景にかかわりなく、その劇的な死に心がひかれたからである」(1)と

いう解釈が代表的なもので、同系統の解釈に山本健吉の「そのいさぎよい死にざまが、彼の心をとらえたのである」という評価や、池田功の「啄木のやや自暴自棄な意識が、『死』の意識と結びついた」とき、「英雄的な『死』で一生を終えた、伊藤博文が脳裏にちらついた」という解釈がある。ただし、後述のように、池田は、「英雄的な死」を伊藤に見ていたとしつつ、啄木の伊藤博文評価に疑義を投げかけてもいる。

(2)(3)

二つ目は、上田博の「〈はても見えぬ〉、苦しい現実の下で営まれる〈生〉を、一瞬のうちに閉じてしまいたいと願望する刹那の心情」、木股知史の「生を一瞬に消尽したいという自棄的な心情」など、実存的な心情に重点を置く解釈である。こうした解釈には、歌集の連作から一首の解釈を導き出しているという特徴がある。ただし、便宜的に分けたが、先述の池田が、「啄木のやや自暴自棄な意識が、『死』の意識と結びついたのである」と書き、上田が、別稿で「波瀾万丈の生涯を生き切った宰相伊藤博文の生涯に、自らの生き方の憧憬を重ねた」とし、木股が、「政治的死に対するナショナリズムの心情は失われていないと見る方がよいだろう」としているように、「英雄的な死」への憧れと自棄的・刹那的心情の共存している解釈が多い。

(4)(5)(6)(7)

そして、三つ目は、今井泰子の「伊藤の死の意味も考えずに男子の本懐とたたえる衆俗をあざけり、そのように死ぬわけにはゆかぬ被支配者ののろいを吐き出す歌」という解釈で、啄木は、決して伊藤を讃美しているわけではないとする解釈である。橋本威は、今井説に修正を加えつつ、「皮肉の意」としている。これらの解釈には、啄木が、この歌が作られた年の大逆事件をきっかけに影響を受けて社会主義思想に傾倒していくことから、支配者階級の立場に立つ明治の政治家伊藤博文に共感をしめすはずがないという前提があるように思われる。しかし、こうした解釈は、伝記的な解釈をそのまま持ち込んでおり、一首の歌の解釈としてそこまで指摘できるかは疑問である。

(8)(9)

ここで改めて、伝記的、連作的な関連からの解釈を排して、歌を現代語訳すると、「誰か私をピストルで撃ってみろよ、きっと英雄的な死を遂げた伊藤博文のように死んで見せよう」といった訳になるだろう。ここには、「自棄的な」感情と言うより、死ぬことによって永遠化された〈英雄〉に対する憧れと、そのように死んで見せると強がる自己像が描かれている。二つ目の解釈は連作にとらわれ過ぎており、三つ目の解釈は、伝記的な解釈にとらわれ過ぎているきらいがある。その意味で、岩城之徳に代表される英雄的な死への憧れという解釈が妥当だと思われる。

では、この歌が伊藤のような人物を想定した英雄的な死への憧れだとすると、どのようにしてそのような発想が生まれたのか、検証してみたい。

先行解釈からもわかるように、この歌は、当時の時代状況なり、啄木の政治認識というコンテクストの中から解釈を導き出す要素をもっている。この件に関して、第一に、伊藤博文が暗殺されたときに、啄木が、「百回通信」（『岩手日報』）に追悼文を書き、(10)追悼歌を詠んだことをどのように考えるか、第二に、韓国併合後、啄木は「地図《ちづ》の上朝鮮国《てうせんこく》にくろぐろと墨をぬりつゝ秋風を聴く」いう韓国併合に対して疑義をなげかけるような歌を詠んでおり、この歌との関連をどのように考えるのか、という問題がある。順を追って見ていきたい。

三

伊藤博文は、一九〇九（明治四二）年一〇月二六日に、安重根によって、ピストルで撃たれて亡くなった。当時、『岩手日報』に「百回通信」（一九〇九・一〇・五〜一一・二一）という文章を掲載していた啄木は、この事件について、新聞掲載を配慮した社交辞令とばかりはいえない叙述をしている。

車を下りて出迎の諸人と歓を交はしつゝある間に突如として韓国革命党青年の襲ふ所となり、腹部に二発の短銃丸を受け、後半時間にして車室の一隅に眠れる也。偉大なる政治家の偉大なる心臓――六十有九年の間、寸時の暇もなく新日本の経営と東洋の平和の為に勇ましき鼓動を続け来りたる偉大なる心臓は、今や忽然として、異域の初雪の朝、其活動を永遠に止めたり。（一九〇九・一〇・二九）

歌にある「伊藤の如く」の解釈は、この文章に書かれた内容から理解してほぼ間違いない。そして、伊藤に関する記事は三回続くが、国葬をふまえた三回目の記事（一九〇九・一一・七）には、啄木の追悼歌が掲載されている。

いにしへの彼《か》の外国《とつくに》の大王の如くに君のたふれたるかな
火の山の火吐かずなれるその夜のさびしさよりもさびしかりけり
夜をこめていたみ給へる大君の大御心もかしこかりけり
かず〳〵の悲しみの中の第一の悲しき事に会へるものかも
ゆるやかに柩の車きしりゆくあとに立ちたる白き塵かな

なお、『東京朝日新聞』（一九〇九・一一・五）には、「読人不知」の署名で「十一月四日の歌九首」という題でやはり啄木の歌が掲載されている。啄木の歌とわかるのは、「火の山の火吐かずなれる〜」「ゆるやかに柩の車〜」の歌がそのまま「百回通信」にも掲載されているほか、「もろ〳〵の悲しみの中の第一のかなしき事に会へるものかも」と、「百回通信」では「かず〳〵の」と改変される前の歌があるからである。日付から判断すると、こちらの方が先に作られたといえよう。他には次のような歌が掲載されている。

またとなく悲しき祭りをろがむと集《つど》へる人の顔の悲しさ
とぶらひの砲鳴りわたり鳴りをはるそのひと時は日も照らずけり
御柩《みひつぎ》の前の花環のことさらに赤き花など目にのこりつつ
目の前にたふれかかれる大木は支へがたかり今日のかなしみ
くもりたる空より雨の落くるをただ事としも今日は思はず
しかはあれ君のごとくに死ぬことは我が年ごろの願ひなりしかな

最後の歌は、木股知史も触れているように、(11)「誰そ我に〜」の歌につながる要素をもった歌と言えよう。その他の歌が〈公〉の儀礼歌のような性質を持つのに対し、この歌だけは、歴史に名を残すような死を願うという私的な願望をうたっている。

さて、伊藤の追悼文の中で注目されるのは次の一節である。

◎独逸の建国はビスマークの鉄血政略に由る。然り、而して新日本の規模は実に公の真情によりて形作られたり。吾人は『穏和なる進歩主義』と称せらる、公の一生に深大の意義を発見す。然り、而して吾人の哀悼は愈々深し。唯吾人は此哀悼によりて、事に当る者の其途を誤る勿らん事を望まずんば非ず。其損害は意外に大なりと雖ども、吾人は韓人の愍むべきを知りて、未だ真に憎むべき所以を知らず。寛大にして情を解する公も亦、吾人と共に韓人の心事を悲しみしならん。（一九〇九・一〇・三〇）

まず注目すべきは、伊藤を「穏和なる進歩主義」という言葉で評価していることである。池田功は、「なぜ啄木が侵略者であった伊藤博文を讃美しているのか。伊藤を『穏和なる進歩主義者』と二回繰り返している点に注目したい。後年の日本の歴史家によれば、伊藤は韓国併合に対しても急進的な立場の人ではなかった」と述べている。[12]最近では、瀧井一博が、伊藤の政治思想や国家構想の特徴として、即座に議会を開設したり、国民に選挙権を与えると言うのでなく、ひとつの制度を定着させるために、内外の政治情勢や国民の政治的成熟度や経済力を勘案しながら進めていくこと、言い換えると、「統治の大方針は信念として堅持するが、その実現にあたっては、慎重に時勢を見極めながら漸進的に事を進める」[13]という、その〈漸進主義〉を評価している。啄木はその点を「穏和なる進歩主義」と評価し、大きな意義を見いだしていると言えよう。

しかし、池田は、伊藤も、強く韓国併合を進めていった者も「五十歩百歩」であり、「啄木は伊藤の真の姿を見極めることができなかったと言わざるをえない。やはり啄木には伊藤を明治の元勲として、『偉大なる政治家』であり、その英雄の悲劇的な死とみなしていた部分があったのである」と指摘している。また、中山和子も、「『国民的英雄』にたいするきわめてナイーヴな心情的把握があるだけ」と啄木の伊藤追悼文を痛烈に批判している。[14]

しかし、啄木の伊藤に対する評価は、今日からみて〈錯誤〉であるように見えたとしても、同時代の啄木の考えに即して見るならば、決して無条件で「ナイーヴな心情的把握」というわけではない。これ以前、啄木は、一九〇六年三月五日の日記で、「最善最美なる政治とは、民族を代表する大人格的天才によつて行はるゝ政治である。若し不幸にして国民がかゝる天才を有せぬ場合には、不止得国民多数の意志を体現したる政党内閣を組織するより外に政治の美果を収むる道が無い」と述べた後、西園寺公望内閣を厳しく批評し、ドイツの政治に触れ、「あゝ矢張り一代の政治的天才ビスマークを生むだ国は流石に伊藤博文の故国よりは豪いところがある」と書いている。個人主義、天才主義を鼓吹したといわれる高山樗牛の強い影響を受けた啄木は、天才主義によって行われる政治を理想とし、ビスマルクと比べて、伊藤博文のような男が動かしている日本、といったように伊藤を貶めていたのである。

こうした見方が変わるのは、一九〇九年の秋以降で、ちょうど伊藤の追悼文を書いた頃にあたる。たとえば、同じ「百回通信」で、東北振興策について、「諸有《あらゆる》建設は其最も低きところより創められざるべからず候。此意味に於て、如何なる国如何なる地方にとりても、其最も喜ぶべきは、最下級自治団体の自覚的行動なるべくと存候」（一九〇九・一〇・一三）とあるが、これは、上からの急進的な改革ではなく、下からの自発的な改革を目指すというものである。後者がより時間がかかることは言うまでもない。

また、イギリス議会を論じて、次のようにも書いている。

世には社会主義とさへ言へば、直に眉をひそむる手合多く候。然し乍ら、既に立憲政体が国民の権利を認容したる以上、其政策は国民多数の安寧福利を目的としたるものならざる可らざる事勿論に候。此第一義にして間違ひなき限り、立憲国の政治家は、当然、社会主義と称せらるゝ思想の内容中、其実行し得べきだけを採りて以て、政策の基礎とすべき先天の約束を有する者と可申候。（一九〇九・一一・一四）

後に啄木は、自身を「社会主義者」だと宣言するに至るが、一九〇九年のこの時期は、「社会主義」の利点は摂取しようという、常識的で穏健な姿勢をみせており、それまでの〈天才主義〉を鼓吹していた時期からすると、より現実に即したかたちでの社会の改良を考えるようになっている。

そして、この時期から自然主義文学と自然主義文学をとりまく文壇に対する旺盛な批評を展開している。そうした批評の拠り所となったのは、明治のプラグマティスト田中王堂の具体理想主義という考え方だが、当時の考え方を端的に表した言葉が次の啄木の書簡（大島経男宛書簡、一九一〇・一・九）に記されている。

遠い理想のみを持つて自ら現在の生活を直視することの出来ぬ人は哀れな人です、然し現実に面相接して、其処に一切の人間の可能性を忘却する人も亦憐な人でなければなりません、

また、啄木は、評論「性急な思想」（『東京毎日新聞』一九一〇・二・一三〜一五）の中で、「性急な心は、目的を失つた心である。此山の頂きから彼の山の頂きに行かんとして、当然経ねばならぬところの路を踏まずに、一足飛びに、足を地から離した心である。危い事此上もない」と書いている。「当然経ねばならぬところの路」とは、理性による近代生活の研究と解剖、分析ということになる。伊藤の「穏和な進歩主義」への共感は、以上のような当時の啄木自身の批評のスタンスに支えられている。

なお、伊藤博文の〈漸進主義〉[15]、啄木のいう「穏和なる進歩主義」は、その政治家として時々刻々の問題への対処の仕方に見るべきであろうが、伊藤の発言としては、たとえば次のようなものがある。[16]

国民の力即ち国力なるものは如何なるものであるかといふと、人民の資力人民の脳力此二つの者が進まなければならぬ。此二つの者が進むのは一は無形的の進歩、一は有形的の進歩でありまして此有形的の進歩と無形的の進歩と相待つて国家の進運を図ると云ふ仕掛になるのである、故に無形的の進歩とは教育の発達する謂であつて、有形的の進歩とは即ち実業を益々進歩せしむると云ふことである、

日本の改革は、国民の教育から始めていかねばならぬという考え方は彼の講演の至る所で言及されている。先に見たように、東北振興策について発言する当時の啄木の考え方もこれに共通していると言えよう。

なお、伊藤のこの〈漸進主義〉は、韓国の統監としての発言にも見ることができる。[17]

伊藤統監　当然ノコトナリ乍併貴国ノ工業ハ頗ル幼稚ナリ之ニ反シテ農業ニ従事スル人民ハ其ノ数甚多シ貿易ノ如キモ重ニ農産ニ関係シタルモノニテ其ノ額三千万円ニ達ス故ニ先ツ多数人民ノ幸福ヲ増進スル為ニ農業ノ改良ニ着手スヘキハ自然ノ順序ナリ加之工業ハ高尚ナル知識ト技術ヲ要ス故ニ今日ヨリ技術養成ニ着手スルハ異存ナキモ俄ニ大製造所ヲ起スモ充分ナル智識、経験技能ヲ兼備セル技師無クムハ何等ノ益ナキニアラスヤ是レ自分カ先ツ農業ニ注意スヘキ必要ヲ唱フル所以ナリ

権農相　自分モ初ヨリ大工場ヲ起スカ如キ希望ハ決シテ之ヲ有セス唯海外ヨリ適当ナル技術者ヲ傭聘シテ我国ノ技術者ヲ養成セント欲スルノミ

伊藤統監　当初ハ小計画を立テ漸次ニ之ヲ発達セシムルハ可ナリ初ヨリ大計画ヲ立テ損失ヲ招クカ如キハ不可ナリ

韓国の近代化も漸進的に進めていくべきだと述べたものだが、目標への達成は、状況に応じてなされるべきものであるという姿勢を見ることができる。

しかし、彼にとって、日本も韓国も〈文明の伝道〉という視点からは同一となっており、この〈植民地政策〉が〈文明〉の名によって合理化され、〈植民地化される側〉のナショナリズムへの軽視になっていることは言うまでもない。

四

右に見たように、〈文明の伝道者〉としての伊藤は、周知の通り、韓国統監というもう一つの顔をもっている。

近年、歴史学の研究では、従来の〈植民地主義者伊藤博文〉という像に対して、先に見たように〈文明の伝道者〉たらんとしていた姿や、韓国併合に対して消極的であったことなどの指摘もみられる。[18] しかし一方で、そうした研究に対して、伊藤博文の評価が甘すぎるなど、厳しい批判の応酬があり、歴史的評価をめぐってはまだまだ揺れ動いている。[19] 特に、伊藤が韓国併合を容認したのはいつごろだったのかをめぐって、一九〇九年四月という遅い時期だったのか、それとも、第三次日韓協約締結の三か月前頃、一九〇七年四月頃だったのか、それとも統監赴任当時からだったのか、についての論争もある。[20] ここでは、啄木の目に伊藤がどのように見えていたのか、という点から考えてみたい。

先の「百回通信」には、「唯吾人は此哀悼によりて、事に当る者の其途を誤る勿らん事を望まずんば非ず。其損害は意外に大なりと雖ども、吾人は韓人の愍むべきを知りて、未だ真に憎むべき所以を知らず。寛大にして情を解する公も亦、吾人と共に韓人の心事を悲しみしならん」という一節がある。[21] ここで、「事に当る者の其途を誤る勿らん事を望まずんば非ず」と書いている事に注目したい。伊藤亡き後、事にあたるものが、「其途を誤る」とは何か。ここには、朝鮮の人々に対して弾圧でもって臨むということのほかに、韓国併合もそこに含まれていたのではないか。啄木は、伊藤の国葬に関する記事を寄せた後、次のような文章で、日韓関係について触れている。

◎虚報の生ずる動機二あり。故意に製造さる、場合其一にして、一人若しくは数人の特殊の心理状態より、偶然の想像が事実の如く伝播する場合其二に候。前者には又善意と悪意の二場合あり。（中略）今回伊藤公歿後、日韓の関係を闡明したる韓皇の詔勅が、韓民間にこれ日本の圧迫の結果なりとの訛伝を生じたるもそれにて、伊藤公の凶死によりて生ずる日韓関係の変動に対する危惧、即ち韓人の特殊なる心理状態と、かの詔勅と結び付いて生じたる想像に御座候（傍線――引用者）

「韓皇の詔勅」とは、啄木が当時校正係をしていた『東京朝日新聞』の一九〇九年一一月五日の記事を指す。そこには、「朕が国政孤弱なるが故に日本の保護に依るにあらざれば能く其存立を保つを得ず」という言葉から始まり、日本を「師表」として、安重根のような「兇逆」を諫めた内容となっている。(22) これを日本側の圧迫の結果だ、とする論調に対して、「訛伝」、つまり誤った伝聞として、啄木は切り捨てているのである。

ここで注目したいのは、新聞の同じ面には、伊藤博文統監時の副統監で、伊藤の跡を継いで統監となっていた曾禰荒助の意見が掲載されており、「今回の凶変を機とし対韓政策を一変するが如きは真に書生の空論に過ぎ」ないと述べ、「我対韓経営は漸を以て進まざるべからず」と書かれていることである。曾禰統監は、基本的に伊藤博文の〈併合〉漸進路線を踏襲していた。(23) しかし、桂内閣はすでに、一九〇九年七月には時期を定めないまでも韓国併合を閣議決定しており、伊藤死後、山県有朋を中心に具体的な動きを展開しはじめていた。曾禰荒助が病気で統監を辞任すると、後任に山県有朋と意を通じていた寺内正毅陸軍大臣が据えられるなど、本格的に韓国併合が進められていった。それまでの〈保護国〉から、国そのものがなくなる〈併合〉路線である。

啄木が、「事に当る者の其途を誤る勿らん事を望まずんば非ず」と書いたとき、啄木の周り、たとえば、東京朝日新聞の主筆だった池辺三山吉太郎も、一九一〇年一月号の『中央公論』に発表した「対韓方針」という文章で、「現状維持——ちつとも現状を動かさないといふ方針——之は至極賢い決定だと私は信じて居る」と書いており、〈併合〉には批判的だった。なおこの一文は「先頃朝鮮の側から日本の対韓政策をかうして呉れろといふ注文があつた模様だ。それには大分反対もあつたらしい。然し桂侯の遣り方は哈爾濱事件以後極つてゐる」という文章を受けたものであり、桂太郎も、伊藤と同じ姿勢だったとしているが、現実の桂は、山県とともに併合に向けて動いている。

また、伊藤死後、同じく朝日新聞社の社会部長だった渋川玄耳による「恐ろしい朝鮮」（『東京朝日新聞』一九〇九・一一・五～三〇、二十四回）が連載されている。「名ばかりの政府」という回では、韓国政府の重要な官吏の多くが日本人に占められている現実、また日本人官吏の腐敗の有り様や目に余る日本人の態度を記しているほか、韓国内での言論弾圧の状況も紹介している。たとえば、「車上の寒心」（一九〇九・一一・二五）という回では、次のように書いている。

「大道狭し」といふ言葉は此処では譬へでは無い、日本人だぞとばかり威張りに威張つて、（中略）我々すら余り暴慢だと感ずる位だから、おづ〳〵としてゐる韓人の腹の中が察せられて気の毒になる。

渋川は、これでは韓国人が「悉く排日党たらんとするのは人情の免れ難い所である」（一九〇九・一一・一〇）とも書いている。また、韓国併合前夜、特派員として韓国に渡った朝日記者荒木氷魂郎《ひょうこんろう》（貞雄）の記事は、韓国に対する厳しい統制の状況を伝えており、校正係の啄木もおそらくそれを読んでいただろう。例えば、「韓国行（三）」（一九一〇・七・二二）では、釜山の駅の様子を紹介し、「乗降の旅客に対する注意、訊問、警告の行動は、聞きしに優る取締で、新来の僕をして先づ一驚を喫せしめた、就中《なかんづく》韓人に対しては、少しく怪しの者と見れば、一々これを誰何《すいか》して其何処より来り、何処へ赴かんとするかを問糺し、若し一点にても疑はしき廉《かど》ある時は容赦なくこれを引捕へて、更に一層の訊問を加ふるなど、其取締は頗る厳密なるものである」[24]と伝えている。ほかにも「言論の取締」（一九一〇・八・二一）などの記事が、こうした言論統制の状況を伝えており、荒木自身、憲兵隊につきまとわれたという[25]。啄木の伊藤博文評価は、これら朝日新聞関係者の言説とあいまって、韓国併合への批判的な視点へとつながっていったのではなかったか。

五

そこで、次に考えたいのが、『創作』一九一〇年一〇月号に掲載された「九月の夜の不平」と題された歌群の中にある、

地図《ちづ》の上朝鮮国《てうせんこく》にくろぐろと墨をぬりつゝ秋風を聴く

という歌との関連である。(26) ここには、「誰そ我に」の歌も収録されており、韓国併合を進めていったとされる伊藤博文を〈英雄視〉する歌と、「くろぐろと墨をぬ」るという行為を詠うことによって、韓国併合に疑義を呈しているように見える歌が連続して置かれていることをどのように理解するかという問題がある。(27)

最初にこの歌が作られたことが分かる啄木の「歌稿ノート　九月九日夜」には、「誰そ我に」の歌の前に「何事も金々といひて笑ひけり不平のかぎりぶちまけし後」があり、「誰そ我に」の次の歌が「地図の上朝鮮国に黒々と墨をぬりつゝ秋風を聞く」となっている。また、歌集では「誰そ我に」の次の歌として置かれている「やとばかり」の歌が、「やとばかり桂首相に手とられしゆめみてさめぬ秋の夜の二時」というかたちで、この日に詠まれている。(28)

そして、初出掲載の『創作』では、「誰《た》そ我に」の歌は三四首中、三一首め。前歌に「地図《ちづ》の上朝鮮国《てうせんこく》にくろぐろと墨をぬりつゝ秋風を聴く」があり、「誰そ我に」に続いて、「いらだてる心よ汝《なれ》は悲しかりいざいざ少《す》し欠伸《あくび》などせむ」(「少し」のルビ「す」はママ――引用者注)、「何事も金《かね》、金といひて笑ひけり不平のかぎりぶちまけし後《のち》」の

歌が置かれ、「明治四十三年《ねん》の秋わが心ことに真面目《まじめ》になりて悲しも」で締めくくっている。「地図の上」の歌は、伊藤の歌とほとんど対になっていると言ってもいい。ただし、「地図の上」の歌は『一握の砂』には収められていない。検閲を考慮したという理由も考えられるかもしれないが、『一握の砂』は基本的に〈われ〉の物語で、時事色の強い歌は収録されなかったことが理由として大きいだろう。

この「地図の上」の歌と伊藤の歌が同時期に詠まれ、掲載されていることに対して、先に見た今井泰子の解釈のように「『朝鮮国』の地図を墨で塗りつぶす作者は、そうした世間のやりかた、またたたえられている伊藤の死を、憎み、侮蔑するのである」とするならば、そこに矛盾はないように見える。しかし、先に解釈を示した通り、一首の歌としてそのように読むのは無理があると思われる。橋本威の皮肉説も同様である。

そこで、先に見たように、当時の啄木の目に伊藤博文が強硬な韓国併合論者として映っていなかったとしたら、この矛盾のようにみえる問題も解けるのではないか。特に、歌がつくられた時点の歌稿ノートでは、「誰そ我に」の次が「地図の上」の歌である。伊藤の死去と共に、韓国併合がなされたことを示すような流れになっている。作歌過程の中で、伊藤のことを詠ったと同時に、もし伊藤がいたならば、このようなかたちの〈併合〉が行われたかどうかが疑問としてあり、「地図の上」の歌が思い浮かんだ可能性がある。(29)韓国併合が公布された八月二九日の『原敬日記』には、「夫れにしても、今日決行するの必要ありしや否や疑はし。（中略）要するに山県始め官僚派功名を急ぎたる結果ならん」という記述があるが、(30)伊藤派の思いと重なるものを啄木の歌は含んでいるものと思われる。

誤解のないよう付け加えておくならば、伊藤博文が、主観的にどうあれ韓国併合の露払い役となり、伊藤の〈理想〉に反して、義兵運動が展開され、韓国民からそっぽを向かれる中で、遅くとも伊藤が亡くなる半年ほど前の一九〇九年四月には、〈併合〉の方針を認めていたとされている。そういう意味では、歴史の渦中にあった啄木には知るよしもない〈事実〉もあるわけだが、池田功のいうように「啄木には伊藤を明治の元勲として、『偉大なる政治家』であり、その英雄の悲劇的な死とみなしていた部分があった」といったように、無条件に尊敬しているのではなく、「韓国」に対しても、「穏和なる進歩主義」を貫き、強硬な「併合論者」ではないと評価されたからこそ、「誰そ我に」の歌があり、「地図の上」の歌があったのではないかと考えられるのである。

「九月の夜の不平」の構成について触れておくと、「地図の上〜」の次に、「誰そ我に」の歌がある。併合された韓国に対して疑問を抱きつつも、「秋風を聴く」ことしかできない自分が、英雄のような死を願望する。韓国併合の歌の次に「伊藤」をもってくるところにささやかな「抵抗」がある。しかし、それが強がりでしかないために、「いらだてる心よ汝は悲しかりいざいざ少し欠伸などせむ」とうたわれる。ただしここでは、「いらだてる心」を鎮めるかのように、あえて「欠伸」をしてみるのである。次の歌、「何事も金、金といひて笑ひけり不平のかぎりぶちまけし後」は、すべてが金の世の中であることへの不平をぶちまけ、金が物を言う世の中を嘲笑ってみたものの、やはり金銭は必要だから、笑いの後に、遣る瀬無さが湧いてきたのである。この歌の焦点は、「ぶちまけた後」のさらに「後」の〈心〉である。そして、最終歌「明治四十三年の秋わが心ことに真面目になりて悲しも」という歌で、「真面目」に現実に向き合う自分を描くとともに、そんなふうに〈大人〉になった自分を「悲しも」と見る視線をのぞかせて締めくくっている。この「九月の夜の不平」には「時代閉塞の現状を奈何にせむ秋に入りてことに斯く思ふかな」という歌があるが、〈大人〉になるとは、大きな現実を前に何もできない自分を認める事でもある。「誰そ我に」の歌は、この連作の流れでは、英雄にはなれない自分、いらだち、不平をぶちまける自分から、「真面目」になっていく自分に至る、つまり己の無力さを自覚するまでの過程の中に置かれているのである。

六

最後に、歌集における連作の流れの中で「誰そ我に」の歌をどのように理解するのか、という問題について触れておきたい。そこで注意したいのは、「伊藤のごとく死にて見せなむ」と語っているのは、あくまでもこの歌の〈語り手〉であり、啄木本人ではないということである。『一握の砂』は、啄木をモデルとした人物が、「我を愛する歌」という自己劇化された現在の〈われ〉をうたう章から、「煙」という章で、故郷にいた少年時代を回想する章、故郷の自然を思う「秋風のこころよさに」という章、「忘れがたき人人」という過去に出会った人々との思い出をうたう章を経て、「手套を脱ぐ時」で再び現在に還ってくるという構成になっている。ただし、「手套を脱ぐ時」は、同じ現在でも自己劇化された「我を愛する歌」の章とは異なり、現実的となり少し大人となった〈われ〉がうたわれる章である。

そして、「誰そ我に」の歌は、「我を愛する歌」の最終場面に置かれた歌である。歌集の中の連作としてみると、前歌に「何事も金金《かねかね》とわらひ／すこし経て／またも俄かに不平つのり来《く》」があり、そんな小さな不平を募らせる自分を否定するかのように、「伊藤のごとく死にて見せなむ」の歌が配置される。そして伊藤のような〈英雄〉的な死を望んだ〈語り手〉が、次の歌で桂首相に手をとられてびっくりして夜中に起きるという歌となっており、そういう意味では、伊藤博文ではなく、歌われている〈われ〉の〈戯画〉になっていると思われる。桂首相は、大逆事件によって社会主義者・無政府主義者を弾圧した、まさにそのときの首相であり、また、この時期、山県・寺内らとともに韓国併合を進めていた人物である。その人に手をとられた夢を見て、「秋の夜の二時」に目を覚ましたとうたっているのである。なお、この歌の解釈については、「や、とばかり」ではなく、「やぁ、とばかり」と解釈する桂首相の握手説がある。ニコッと笑って、ポンと人の肩を叩いて仲良くしようとするところからニコポン首相と綽名されたことを踏まえているが、これについては、拙稿で批判した。(31)

一九〇九年一一月頃に書かれたと思われる原稿断片「きれぎれに心に浮ぶ感じと回想」に「『英雄』といふ言葉は劇薬である。然し『天才』といふ言葉は毒薬――余程質《たち》の悪い毒薬である」という一節がある。ここでは、「天才」という観念への反省の方に重点があるとはいえ、「英雄」という観念に対しての反省意識があることはまちがいない。このような意識が、伊藤のように英雄的に死んで見せる、といった歌の主人公である〈われ〉を相対化している。(32)編集者啄木と、うたわれている〈われ〉はイコールではない。

そして、驚いた〈われ〉がどこへ行くかというと、先述のとおり、「煙」という少年時代への回想の章であり、さらに各章を巡り歩いた後、再び現実に帰ってくる。現実に帰還した〈われ〉は、もう英雄のように死んでみせると強がったりしない。自分の無力さを知り、国家を動かすような英雄には到底なれない自覚を持ちつつ、それでも〈現実〉に生きることを選択した〈われ〉である。

以上のように、歌集『一握の砂』全体で見ると、「誰そ我に」の歌は、伊藤という〈英雄〉に共感しつつもそうは生きられない男を描いた物語のひとこまであったと言えよう。

以上述べてきたように、「誰そ我に」の歌の〈英雄〉イメージの中には、伊藤博文の「穏和なる進歩主義」・〈漸進主義〉への評価と、その劇的な死に対する憧れがある。そして、この歌は、韓国併合に慎重だった（ようにみえた）伊藤とその周辺の言説、朝日新聞関係者の発言とも結びつき、「地図《ちづ》の上朝鮮国《てうせんこく》にくろぐろと墨をぬりつゝ秋風を聴く」という韓国併合への疑義を呈した歌とともに作られた。また、歌集『一握の砂』全体の中で位置付けてみると、「誰そ我に」の歌は、伊藤という〈英雄〉に共感しつつもそうは生きられない男を描いた物語のひとこまとなっているのである。

注

（1）岩城之徳『啄木短歌全歌評釈』（筑摩書房、一九八五・三）。

（2）山本健吉『日本の詩歌⑤　石川啄木』中央公論社（一九六七）。本稿では中公文庫版（一九七四・八）を使用した。

（3）池田功「啄木における朝鮮」（『文芸研究』六七号、一九九二・二、『石川啄木　国際性への視座』おうふう、二〇〇六・四に収録）。

（4）上田博『鑑賞日本現代文学⑥石川啄木』（角川書店、一九八二・六）。

（5）木股知史ほか『和歌文学大系　一握の砂／黄昏に／収穫』（明治書院、二〇〇四・二）。

（6）なお、拙稿「石川啄木と朝鮮―「地図の上朝鮮国にくろぐろと〜」の歌をめぐって―」（『国際啄木学会研究年報』第二号、一九九九・三）においては、大西好弘の「伊藤の死に、自分の意志や決断によらないで、突然、死が訪れる場面を夢みた歌」（大西好弘「石川啄木と日韓問題」『徳島文理大学研究紀要』第46号、一九九三・九）という解釈に添うかたちで、この二つめの解釈に賛成していたが、訂正したい。

（7）上田博『石川啄木歌集全歌鑑賞』（おうふう、二〇〇一・一一）。

（8）岩城之徳・今井泰子『日本近代文学大系23　石川啄木集』（角川書店、一九六九・一二）。

（9）橋本威『啄木「一握の砂」難解歌稿』（和泉書院、一九九三・一〇）。橋本は次のように解釈している。

〈誰カ自分ヲピストルデモ撃ツテ見ロヨ、ソウスレバ、キットアノ伊藤博文ノヨウニ死ンデ見セテヤル。〉と通釈されるこの詠は、〈伊藤博文はただピストルで撃たれて死んだだけではないか。自分だって、ピストルで撃たれれば、博文の死のように死んで見ることが出来る。〉という、皮肉な意のものである。「被支配者ののろい」という程の深刻な重さは無い。歪んだ顔で嗤っている歌なのである。

（10）『岩手日報』（一九〇九・一〇・五、六、九、一〇、一二〜一七、二〇、二二〜二四、二八、二九、三〇、一一・七、九、一一〜一四、一六〜一八、二〇、二二）

なお、伊藤の記事は、一〇月二九日、三〇日、一一月七日に掲載されている。

(11) 注5に同じ。
(12) 注3に同じ。
(13) 瀧井一博『伊藤博文　知の政治家』（中央公論社、二〇一〇・四）三〇四頁。
(14) 中山和子「啄木のナショナリズム」（明治大学『文芸研究』一九七九・三）は、次のように、啄木の伊藤博文評価を批判している。

　王者のごとき為政者英雄にたいする、手ばなしの傾倒であり哀惜である。（中略）王者の風ある英傑であって、同時に天皇個人の忠僕というイメージ。ここに、明治政府の帝国主義政策推進者という観点もなければ、むろん天皇制絶対主義的理解があるはずもない。「国民的英雄」にたいするきわめてナイーヴな心情的把握があるだけである。国家＝民族が天才主義と結びあっているパターンはここにもあるといえよう。

(15) 証言としては、たとえば、第四次伊藤内閣及び統監時代の伊藤の秘書を務めた古谷久綱（元東京高等商業学校教授、のち政友会代議士）の『藤公余影』（民友社、一九一〇・一二）には次のような記述がある。

　思慮周密は伊藤公の一特質なり、緊急なる問題に遭遇する毎に、公は其関係影響を前後左右より反覆考慮し、常に最善の解決に達せんことを期せり。明察洞知も亦公の一特徴なり、重大なる措置を執らんとする毎に、公は利害得失を比較対照して、事後に至り万一の遺算なきを期せり。然り公の思慮は非常に周密なり。其明察亦凡に過ぐ、加之晩年に至りては、寄る年波と共に用意も亦一層細心となりたれば、何事に寄らず軽卒《ママ》なる断定は最も之を忌めり、之が為に時に或は優柔不断と誤解せられたること無きにあらざるも、公は決して断ぜざるに非ず、容易に断ぜざるのみ。随て其一度断案に達するや、条理整然、主張明晰、如何なる杞憂家も容易に批難を挟む能はざらしめたり。（一五五〜一五六頁）。

(16) 「宇都宮実業家請待会に於て（明治三十二年七月十六日宇都宮市旧城館）」（『伊藤侯演説集第三』日報社文庫、一八三頁。なお本書には奥付がないが、序文により一八九九年刊行であることがわかる）。
(17) 韓国施政改善ニ関スル協議会第一回・一九〇六・三・一三（『日韓外交資料集成　6　上』巌南堂書店、一九六四・一一）
(18) 注13、瀧井一博『伊藤博文　知の政治家』、伊藤之雄『伊藤博文　近代日本を創った男』（講談社、二〇〇九・一一）、伊藤之雄『伊藤博文をめぐる日韓関係』（ミネルヴァ書房、二〇一一・九）。

(19) 中塚明「歴史をもてあそぶのか――『韓国併合』一〇〇年と昨今の『伊藤博文言説』」、安田浩「似非実証的論法による一面的な指導者像の造形―伊藤之雄氏の伊藤博文論の問題点―」（ともに国立民族博物館編『韓国併合』100年を問う』岩波書店、二〇一一・三）、趙景達「戦後日本の朝鮮史研究」（『歴史学研究』八六八号、二〇一〇・七）。なお、これらの論文に対する反論は、前掲注18、伊藤之雄『伊藤博文をめぐる日韓関係』一六四～二〇七頁。

(20) 注18、伊藤之雄『伊藤博文をめぐる日韓関係』三～六頁。なお、一九〇九年四月容認説について、佐々木隆の「伊藤同意説の根拠は、大正二年に倉知鉄吉が小村（寿太郎――引用者注）から聞いた話を覚書にまとめて小松緑に渡した伝聞資料しかない」という疑義もある（『日本の歴史㉑ 明治人の力量』講談社、二〇一〇・三、原本は二〇〇二年）。

(21) ちなみに、『時事新報』には、元在日アメリカ公使館員で、第二次日韓協約以後統監府雇となった親日家スティーブンスが韓国人に射殺されたことに触れながら「昨年彼のスチーブンス氏を桑港に於て暗殺したると同一の兇漢にして悪みても余りあると云ふ可し」（一九〇九・一〇・二七）と、安重根を批判した記事があり、『万朝報』には「韓人にして韓国の大恩人たる伊藤公を暗殺するが如きハ、恩に報ゆるに讐を以てする」（一九〇九・一〇・一八）という記述がある。また、当時第六高等学校に在籍していた出隆の回想は、「伊藤公の薨去に涙なきは日本人に非ず」などという言葉とともに、「公を殺した韓人の肉をくれればナイフでみじんに切って切って切りきざんでやる」、「六高在学の韓人をなぐれ」などと排外主義を露わにする六高生の姿を伝えている（『哲学青年の手記』彰考書院、一九四七年）。これらと比較する時、啄木の文章がいかに理性的な論調であったかがわかる。なお、平田賢一「『朝鮮併合』と日本の世論」（『史林』一九七四・五）参照。

(22) 全文は以下の通り。

経国の要は本邦を固め万民を保全するにあり当今中外の大勢紛糾し国歩隆頽予期すべからず朕が国政孤弱なるが故に日本の保護に依るにあらざれば能く其存立を保つを得ず此故に登祚の初め大廟に申告し曠古の改革を行ひ名を棄て実を取り開国進取の大計を定め夙夜励精唯及ばざるを之れ恐る太師公爵精誠を致して日本中興の功業を賛し台補の重きに列する茲に四十有余年台章を定め国威を伸張し枢詢の要職に在り夙に東洋の平和を支

持し其台命を奉じて統監の任に当るや両国の利害共通の懇誼に依り朕が国政を指導し休戚を分てり朕其懇誠に倚信し維新啓始の偉績漸く成るを得んとす老軀克く太子を保育し恒久渝らず惟ふに公は日本帝国の柱石にして真実に朕が国家の師表たり其謙其徳前古比なし豈図らんや曩に哈爾濱を過ぐるの時朕が兇戻なる人民の毒手に傷けられ俄に薨去す今国葬の日傷痛益々切なり思ふに彼の兇戻の徒の如きは世界の形勢に暗昧にして日本の敦誼を蔑如し遂に無前の変怪醸出す是れ即ち朕が国家社稷を賊害するものなり若し朕が人民朕が此意に違背し兇逆を繁くするものあらば民衆何を以て綏安し国基何を以て鞏固たるを得ん汝臣民相率ゐ相戒め朕が旨を体せよ

（「韓皇の詔勅」『東京朝日新聞』一九〇九・一一・五）

(23) 曾禰荒助（一八四九～一九一〇）は、長州出身の官僚、政治家。第三次伊藤内閣の法相、第二次山県内閣の農商務相、第一次桂内閣の蔵相を歴任、伊藤のもとで韓国副統監を務めた後、統監となった。曾禰が統監に就任した直後、『中央公論』（一九〇九・七）が、「曾禰統監論」の特集を組んでいる。それによると、「曾禰は初めから全く山懸桂と同意見」（白頭翁「統監更迭について」）という見方があったり、「在韓邦人、実は久く公伊藤の韓人本位主義に厭く、而して曾禰が来歴と態度は在韓邦人をして彼が武断主義を測断せしめたり」（柯公「曾禰荒助論」）という見方があったりしたことがうかがわれるが、実際には、伊藤と同じく「日韓併合には消極的」（清水重教執筆、宮地正人ほか編『明治時代史事典』吉川弘文館、二〇一二・七）だった。それは、「我ハ農商務、大蔵両大臣ヲナシ、能ク日本ノ財政ニ通ズルガ、此ノ上日本ノ貧乏国ヨリ多大ノ国費ヲ注込ム様ナ事ヲシテ何スルカ、又此ノ上日本ガ侵略主義ヲ顕サバ列強ハ何ト思フカ」、「併合ハ国ノ不利ニナル」（芳川寛治『為政者の大道』私家版、一九五六年）と次男に語った発言からも明らかにされている。注目されるのは、田川吉太郎の「曾禰氏と朝鮮の政治」で、田川が聞いた話として「今度曾禰が統監になつたのは、曾禰は結局失敗するだらうから、其失敗の結果朝鮮の事が大いに都合がわるくなつた時に、武力を以て威圧の政策を行ふ、曾禰は其政策の前駆となつた」という話を紹介している事である。田川はこれを「奇怪の説」とし、「朝鮮に武力を加ふるの機会が再び来らざることを祈る」と述べているが、このように啄木の同時代の言説では、山県系と伊藤系とで韓国併合をめぐる対立があり、「誰そ我に」の歌もそのような時代の枠組みの中で詠まれたものであることを確認しておきたい。

(24) なお、啄木が読んでいたかどうかは定かではないが、『大阪朝日新聞』に掲載された七月二六日の荒木氷魂郎《ひようこんろう》

（貞雄）の「巡訪記」という記事には「日本人とさへ言へば、上官下官を論ぜず普通一般の人民に至るまで恐ろしい権幕で、丸で一人で朝鮮を取つたやうな威張方をして居る、何の為に威張るのか其意味が判らぬ、（中略）韓国人に対して威張り散らす許りならばまだしもだが甚だしきは放浪無頼の徒、群を為して詐欺、脅迫、威嚇其の他有らゆる手段を講じて乱暴狼藉至らざるなしといふに至つては、実に言語道断と言はざるを得ない、（中略）於是乎《こゝにおいてか》僕は韓国を誤るものは韓国人にあらずして、日本人だと言いたい位に思つて居る」と書かれている。こうした当時の朝日新聞の韓国併合に対する姿勢については、『朝日新聞社史　明治編』（朝日新聞社、一九九〇・七）参照。ただし、荒木は『東京朝日新聞』の七月三〇日の「韓国側の覚悟」という記事では、「民間に於ける例の政党間などでは、合邦の時期尚早しといふ意見を有つて居るものもあるさうだが、是等は殆ど一顧にだに値する有力の議論でも何でもない」と書いており、併合そのものへの反対は不可能だったように思われる。

（25）大阪朝日新聞社整理部編『新聞記者打明話』（世界社、一九二八・四）七六〜七七頁。

（26）「地図の上〜」の歌については、本書第五部第二章を参照。

（27）趙景達は「啄木は、確かに韓国の亡滅に同情を禁じ得なかった。しかし、彼は伊藤博文の死にも深い哀悼の意を表している。啄木も一面ナショナリストであった。彼のこの短歌は、朝鮮に同情を寄せつつ、『冬の時代』の到来を感じさせる『秋風を聴く』に重点が置かれたものである。彼の思いはあくまでも日本にあった」としている（『近代朝鮮と日本』岩波書店、二〇一二・一一、二五四頁）。

（28）近藤典彦は、歌稿ノート「九月九日夜」三九首中、一首めから七首目、二五首めから三三首目が赤インクで書かれていることを明らかにしている（「韓国併合批判の歌　六首」『国際啄木学会研究年報』第一四号、二〇一一・三）。「誰そ我に」の歌は赤インクの七首目、「地図の上」の歌は黒インクの八首めである。近藤は、「誰そ我に」の歌を書いた後、「あることを思いつ」き、「八月三〇日の東京朝日新聞を取り出すか、その第三面を思い浮かべるかした」と見ており、作歌の流れを説明したものとして肯える。

（29）注28の近藤論文は、「韓国併合を事実上強力に推し進めた伊藤の死を賛美するかのようにも読める」「誰そ我に〜」の歌を「配置することによって」、「地図の上〜」の「韓国併合批判を韜晦したのである」という見解を示しているが、本稿で説明して来たとおり、啄木の伊藤評価と韓国併合に対する疑義は矛盾しないと考える。また、近藤論文も「時代閉塞の現状」が示す「強権」として、「元老・陸軍の大元締め山県有朋——現役陸軍大将桂太郎系の軍人と官僚」を挙げていることに注目したい。伊藤亡き後に韓国併合を推し進めていった山県、桂に対して、伊藤博文がある種批判的な意味を持ち得たと考えてもいいのではないか。

(30)『原敬日記』一九一〇年八月二九日記事（福村出版、一九六五・九）。ただし、原は、「伊藤は固より此目的（併合のこと——引用者注）にて諸事を措置せしものにて、内閣に来り問題の起る毎に最終の目的は屢々談話したり」とも述べており、〈併合〉そのものに反対する立場ではなく、伊藤もそうだと書いている。にもかかわらず、啄木の眼に伊藤が〈併合〉に消極的であると見えていたことが大事な点である。

(31)本書第五部第一章参照。

(32)河野有時は、「伊藤のように死んでみせると意気込んだところで、時の総理大臣桂太郎に手をとられた夢をみて深夜に目を覚ませているのだ」、「二首の懸隔には」、「『若き心』を相対化するような視座があるように思われる」と指摘している（「亡児追悼」——『一握の砂』の終幕」『国文学　解釈と鑑賞』二〇一〇・九）。

第四章　『呼子と口笛』論

――〈二重の生活〉のゆくえ――

一

啄木が、その晩年に発表した「はてしなき議論の後」（『創作』一九一一・七）もしくは未完刊行に終わった詩集『呼子と口笛』に収められた詩作品を、かつての啄木の詩論や、〈実行と芸術〉に関する発言と照らし合わせたときにどのように読むことができるだろうか。

これらの詩作品は、口語詩ではなく文語詩であることにおいて、また、その内容において、啄木自身の詩論「弓町より――食ふべき詩」（『東京毎日新聞』一九〇九・一一・三〇、一二・二～七、以下「食ふべき詩」）を裏切っている。〝裏切り〟と言うのは、啄木がかつて「『あゝ淋しい』と感じた事を『あな淋し』と言はねば満足されぬ心には徹底と統一が欠けてゐる。大きく言へば、判断＝実行＝責任といふ其責任を回避する心から判断を胡麻化して置く状態である」と書いたことにかかわっている。啄木は、一九〇九年秋以降、〈二重の生活〉の統一を自他に課しつつ旺盛な評論活動を展開していた。しかし、翌年三月には早くも破綻を宣言し、「意識しての二重生活」を主張するに至った。大逆事件は、そのような分裂生活を強いるものとして「強権」＝「国家」を意識させた。改めて文学に「批評」を求めることになったが、そう書いた評論「時代閉塞の現状」（一九一〇・八下旬頃）は発表できなかった。

「食ふべき詩」では、詩について、「自己の心に起り来る時々刻々の変化を、飾らず偽らず、極めて平気に正直に記載し報告する」こと、「人間の感情生活の変化の厳密なる報告、正直なる日記で」あることなどが主張される。これを『一握の砂』（東雲堂書店、一九一〇・一二）をはじめとする啄木の歌に結び付けて説明するきらいもあるが、歌集刊行時の啄木の気持ちはこれと異なっている。

僕の今の歌は殆ど全く日記を書く心持で作るのだ、日記も人によつて上手下手があらう、然し日記は上手下手によつて価値の違ふものではない、さうしてその価値は全くその日記の持主自身の外には関係のないものだ、「僕はかう感じた（或はかう考へた）」これ僕の今の歌の全体である、その外に意味がない、それ以上に意味がない、随つて作つても作らなくても同じものである、

（瀬川深宛書簡、一九一一・一・九）

同じく日記の比喩で語られているが、その内実は似て非なるものである。「食ふべき詩」では、「我々の日常の食事の香の物の如く、然《しか》く我々に『必要』な詩」を訴えており、たとえ主食ではないにしても、「一切の文芸は、他の一切のものと同じく、我等にとつては或意味に於て自己及び自己の生活の手段であり方法」だった。

さらに、啄木は右の文章に続けて次のように書いている。

僕には、平生意に満たない生活をしてゐるだけに、自己の存在の確認といふ事を刹那々々に現はれた「自己」を意識することに求めなければならないやうな場合がある、その時に歌を作る、刹那々々の自己を文字にして、それを読んでみて僅かに慰められる、随つて僕にとつては、歌を作る日は不幸な日だ、刹那々々の偽らざる自己を見つけて満足する外に満足のない、全く有耶無耶に暮らした日だ、君、僕は現在歌を作つてゐるが、

正直に言へば、歌なんか作らなくてもよいやうな人になりたい

このような「二重の生活」意識と、「はてしなき議論の後」、『呼子と口笛』として結実する啄木晩年の詩はどう関係するのか。[1]

二

「詩稿ノート　はてしなき議論の後」（以下、「詩稿ノート」）は、「一」から「九」の九篇からなる詩群である。[2]それぞれの末尾に日付が書き込まれている。これが、若山牧水主宰の『創作』明治四四（一九一一）年七月号に「はてしなき議論の後」の表題で掲載された。『創作』に発表されたものは、「詩稿ノート」のうち、「二」、「三」、「四」、「五」、「六」、「七」の詩で、一つずれたかたちで「一」から「六」までの番号が付けられている。『呼子と口笛』は、「詩稿ノート」から「一」「八」「九」が除かれ、「家」「飛行機」を加えたものである。ノートは横書きで、扉字・目次が付され、扉絵・口絵も描かれている。[3]目次の頁から口絵までに、七頁の余白がある。頁数の多さを考えると、ここに「序文」が加えられる予定があったかもしれない。現に「目次」の頁には、「目次」の一行のあと、一つ目の詩である「はてしなき議論の後」という題までに四行の空白がある。なお、それぞれの詩に頁を付した目次には「飛行機」のみ題名が抜けている。ノートは、「飛行機」を書きとめた一六頁以後も余白があり、頁が二一頁まで記載されていることから、その後も書き継がれる予定だったかもしれない。図に整理すると次の通りである。

詩稿ノート	創作	呼子と口笛
はてしなき議論の後	はてしなき議論の後	
一（六月一五日夜）		
二（六月一五日夜）	一	はてしなき議論の後（三～四頁）
三（六月一五日夜）	二	ココアのひと匙（五頁）
四（六月一五日夜）	三（「書斎の午後」に該当）	激論（六～七頁）
五（六月一六日）	四（「激論」に該当）	書斎の午後（八頁）
六（六月一六日）	五	墓碑銘（九～一一頁）
七（六月一六日）	六	古びたる鞄をあけて（一二頁）
八（六月一七日）		
九（日付の記載なし）		
		家（六月二五日）（一三～一五頁）
		飛行機（六月二七日）（一六頁）
		（頁のみ記入／一七～二一頁）
		（余白）

なお、この間の啄木の動向を確認しておくと、「詩稿ノート」の詩のそれぞれに記載されているように、六月一五日夜に「一」「二」「三」「四」の詩を作り、「五」「六」「七」を六月一六日に、「八」の詩を六月一七日に作っている。「九」の詩もまもなく作られたと思われるが、現存の資料には、日付がない[4]。奥付に「明治四十四年六月二

十五日印刷　同年七月一日発行」とある『創作』七月号への入稿は、岩城之徳の考察によると、「二十五日印刷を終るとするると少なくとも、十八、九日頃には原稿が送られていなければならない」[5]。この頃、この九篇の詩のうち、「一」「八」「九」を除いて、入稿したと思われる。なお、この入稿の前に推敲がなされ、とくに「詩稿ノート」では「二」の詩（『創作』では「一」、『呼子と口笛』で「はてしなき議論の後」と題される詩）に第三連が付け加えられている。

入稿後、『呼子と口笛』のノートが作られ、「一」「八」「九」の詩を除き、改めて「二」、「四」、「三」、「五」、「六」、「七」の順で、それぞれ題を付し、推敲を加えたうえで転記、さらに、「家」、「飛行機」の詩が付け加えられ、未完の詩集として残された。七月一日の日記には、「創作に『はてしなき議論の後』（詩）新日本、層雲、文章世界に歌載る」とあり、三日の日記には、「土岐君来る、夜富田砕花君来る。／富田君曰く、『握りしめたる拳に卓をたゝくものこゝにあり』十一時まで語る」と書きとめられており、啄木周辺の反応もわかる。

三

さて、ひとつひとつの詩について、啄木が最終的に残したかたちである『呼子の口笛』を中心にみていきたい。「はてしなき議論の後」の第一連は次の通りである。

われらの且つ読み、且つ議論を闘はすこと、
しかしてわれらの眼の輝けること、
五十年前の露西亜の青年に劣らず。

われらは何を為すべきかを議論す。
されど、誰一人、握りしめたる拳に卓をたたきて、
‘V NARÓD !’ と叫び出づるものなし。

（第一連）

「五十年前の露西亜の青年」たちが一八七〇年代のナロードニキをさすこと、クロポトキンの自伝を踏まえたものであることは、従来の研究で明らかにされている[6]。ここでは、実践活動に踏みこんでいったロシアの青年たちと、実践活動の手前で踏みとどまっている日本の青年、後にインテリゲンチャといわれる高等教育を受けた「青年」たちがイメージされ、対比される。

「はてしなき議論の後」は、あくまでも「議論の後」に焦点が置かれていることに注意したい。第一連で「議論を闘はす」「われら」が提示され、第二連で、「われら」と「民衆」の「求むるもの」を知り、「何を為すべきかを知る」ことがうたわれ、第三連で、「老人」と対比された「青年」が強調される。すべての連で、「されど、誰一人、握りしめたる拳に卓をたたきて、／‘V NARÓD !’ と叫び出づるものなし。」という言葉が繰り返され、「眼」を「輝」かせ、「議論を闘は」し、「何を為すべきかを知」りながら、〈人民の中へ〉と実践活動に踏み出そうとしないことに対する苛立ちが表現される。

われらはわれらの求むるものの何なるかを知る、
また、民衆の求むるものの何なるかを知る、
しかして、我等の何を為すべきかを知る。
実に五十年前の露西亜の青年よりも多く知れり。

されど、誰一人、握りしめたる拳に卓をたたきて、
'V NARÓD!' と叫び出づるものなし。

（第二連）

改めて第二連を見てみると、「われらの求むるもの」と「民衆の求むるもの」が対句的に提示される。「われら」や「民衆」の「求むるもの」は、「自由」（政治的・社会的自由）や、「麵麭」（経済的自由・生存権）と一応言っていいだろう。注目すべきは、三行めが「我等」と漢字で表記されていることである。「詩稿ノート」及び『創作』では、すべて、「我等」と漢字表記で統一されている。一方、『呼子と口笛』は、「われら」と「我等」を区別して表記することによって、「我等」は、「われら」と「民衆」を併せた「我等」であることを示す表現となっている。また、「青年」たちがひらがなの「われら」で、「青年」たちと「民衆」とを併せたものが漢字表記で力強い印象になっていることにも注目したい。今井泰子は、「第二連に進み、視点は『我等の何を為すべきか』つまり日本の青年にしぼられる」と述べているが、(7) 第二連の「我等」は青年に限定されない。「青年にしぼられる」のは、第三連で「此処にあつまれるものは皆青年なり」とあり、「われら」の表記に戻ってからである。

なお、この第二連について、小川武敏は「第一連の高揚した精神的緊張が、第二連で次第に下降して鎮静にむか」っていると指摘している。(8) また、「暗鬱な心的側面を感じさせる」ものとして、「われらの求めるもの、民衆の求めるもの、われらのなすべきことを、それぞれ動詞『知る』で受ける〈畳み込み法〉によって綴られている」ことを挙げているが、むしろ逆で、「知る」という文末を二回繰り返したあと、「しかして」という漢文訓読調の強い調子を受けて、「我等の何を為すべきかを知る。」と強く断定され、さらに、「実に五十年前の露西亜の青年よりも多く知れり」と力強く断定されるのである。次の第三連は、六月一五日の夜に作られた時点では三連からなる詩であったものを、『創作』に送るため、浄書した時に付け加えられたものであるが、小川は、第二連との違いについ

て「この連において少なくとも一種の高揚と希望がにじみでている」と述べている。しかし、高揚し張りつめた調子から、屈折した調子への転調という点でいうならば、「されど、」を受けた各連の最後の二行がその役割を果して おり、第二連、第三連とも最初の四行の調子は変わらないといっていい。付加された部分及び『呼子と口笛』の第三連を挙げておきたい。

此処にあつまれるものは皆青年なり、
常に世に新しきものを作り出す青年なり。
青年は勇気なり、さればまた我等の議論は激し。
我等は老人の早く死に、しかして遂に我等の勝つべきを知る。
されど誰人《ママ》——

（詩稿ノート「はてしなき議論の後」「二」第三連）

此処にあつまれるものは皆青年なり、
常に世に新らしきものを作り出だす青年なり。
われらは老人の早く死に、しかしてわれらの遂に勝つべきを知る。
見よ、われらの眼の輝けるを、またその議論の激しきを。
されど、誰一人、握りしめたる拳に卓をたたきて、
'V NARÓD !' と叫び出づるものなし。

（第三連）

「詩稿ノート」の「されど誰一人——」は、岩城之徳が指摘する通り、「握りしめたる拳に卓をたたきて、／

‘V NARÓD！’と叫び出づるものなし。」の部分が省略されたものである。(9) なお、三行目「青年は勇気なり、さればまた我等の議論は激し。」が『呼子と口笛』では削除され、四行目「見よ、われらの眼の輝けるを、またその議論の激しきを。」をあらたに付け加えている。「見よ、」という呼びかけのほか、倒置法に変更し、「輝けるを」、「激しきを」と「を」を繰り返すことにより、極めて強い表現になっている。「見よ」と呼びかける相手はここにいない「民衆」だろうか。

さて、先述の通り、ここでは、「青年」と「老人」が対比される。啄木の著述においては、評論をはじめ、老人と青年という世代的な対立を訴えたものが多い。小川は、啄木が一九一一年の一月に読んだクロポトキンの『青年に訴ふ』の「私がいま話そうとするのは青年諸君にだ。だから老人ども――勿論それは頭と心との老人ども――は、こんな本はうっちゃって、無駄に目を疲らすようなことはしないがいい」（大杉栄訳）の部分を紹介しており、典拠のひとつとしてうなずける。しかし、この詩では、「常に世に新らしきものを作り出だす青年なり。／われらは老人の早く死に、しかしてわれらの遂に勝つべきを知る。」という表現からは、〈若さ〉のみに訴えることの危うさが表現されていると見てとることもできるのではないか。例えば、啄木の小説「道」（『新小説』一九一〇・四）は、隣村の小学校の実地授業批評会に赴いた、老人側と目される教師と若い教師との対比を描いたものだが、「己はまだ二十二だ。さうだ、たつた二十二なのだ。」と心に思う男性教師を、若い女教師が「凝と目を据ゑて見つめてゐた」と描いて、一定の批評性をもたせているが、この詩にも批評性はあるように思われる。それがあらわになるのが第四連である。

ああ、蠟燭はすでに三度も取り代へられ、
飲料の茶碗には小さき羽虫の死骸浮び、

若き婦人の熱心に変りはなけれど、
その眼には、はてしなき議論の後の疲れあり。
されど、なほ、誰一人、握りしめたる拳に卓をたたきて、
'V NARÓD!' と叫び出づるものなし。

（第四連）

「蠟燭」は、「三度」「取り代へら」れ、四本目が灯されるのが第四連である、という工夫がなされている。この表現により、少なくとも蠟燭三本分以上の時間が経過したことが分かる。長時間の議論により、第一連で輝かせていた眼は、「若き婦人」の眼に表れているように「はてしなき議論の後の疲れ」を見せる。「されど、なほ、誰一人、握りしめたる拳に卓をたたきて、／'V NARÓD!' と叫び出づるものなし。」と各連で繰り返されていたフレーズに「なほ」が加わり、それだけの時間を費やしても終わらない議論に対する苛立ちとともに強調されてしめくくられる。

この詩は、〈理論〉と〈実行〉の挟間にあって逡巡する青年たちを形象化している。今井泰子は、当時の東京はランプと電燈が使われており、会合が秘密裏に行われていることを示すためのロマンチックな設定と指摘している(10)が、あくまで〈人民の中へ〉足を踏み出そうとして踏み出せない青年たちのフィクショナルなイメージである。「蠟燭」の光は、電灯と異なり、下方から照らし出されることにより、「青年」たちの影を実際の大きさより拡大して見せている。影について言えば、机上に置かれたランプでも同じ作用をもたらすものの、「蠟燭」のような揺らめきは少ないだろう。「蠟燭」の炎は、青年たちの熱気や動きに合わせて動く。それとともに青年たちの影も大きく揺れ動くのである。それは、〈理論〉と〈実行〉の間で揺れ動き、〈言葉〉のみ勇ましくても〈実行〉に踏み出せない青年たちを示している。そして、「蠟燭」の火はやがて消えるのだ。「詩稿ノート」及び『創作』では、茶碗に

浮かぶのは「小さき羽虫」だったものが、『呼子と口笛』では、「小さき羽虫の死骸」となっている。「小さき羽虫」の「羽」は、小さな飛翔力を表わし、その「死骸」は、巨大な相手を「敵」にした青年たちの〈実行〉の先にあるかもしれない〈死〉のイメージを表象するものだろう。そして、こうしたイメージは、次の詩において、「飲料の茶碗」から「冷めたるココア」へ、「小さき羽虫の死骸」から「われとわがからだを敵に擲げつくる心」を持った「テロリスト」へ、というかたちに置き換えられて反復される。

四

「はてしなき議論の後」で描かれた「われら」の〈物語〉は「ココアのひと匙」以降、「われ」の思念を中心に描かれる。

われは知る、テロリストの
かなしき心を――
言葉とおこなひとを分ちがたき
ただひとつの心を、
奪はれたる言葉のかはりに
おこなひをもて語らむとする心を、
われとわがからだを敵に擲げつくる心を――
しかして、そは真面目にして熱心なる人の常に有つかなしみなり。

はてしなき議論の後の
冷めたるココアのひと匙を啜りて、
そのうすにがき舌触りに、
われは知る、テロリストの
かなしき、かなしき心を。

第二連冒頭に「はてしなき議論の後の」とあるように、前の詩の世界と接続している。この詩では、「心を」という言葉が繰り返される。「テロリストの／かなしき心を――」という最初の提示が、ダッシュとともに記され、対象を深く見つめるかたちになる。それは、「言葉とおこなひとを分ちがたき／ただひとつの心」、「奪はれたる言葉のかはりに／おこなひをもて語らむとする心」、「われとわがからだを敵に擲げつくる心」と言い換えられ、「テロリストのかなしき心」とは「真面目にして熱心なる人の常に有つかなしみ」であると概括される。そして、二連めでは、「ココアのひと匙」の「うすにがき舌触り」という具象的なイメージが提示される。

特に「言葉とおこなひとを分ちがたき／ただひとつの心」に焦点があてられていることによって、前の詩でみた、〈思想〉と〈実行〉とが一致しない「青年」たちと対比される。「奪はれたる言葉のかはりに／おこなひをもて語らむとする心」という一節には、「俺の頭にある考へはみんな書くことの出来ない考へばかりだ。書いて書けない事はないが、書いたつて発表する事が出来ない」（「平信」一九一一・一二）と、大逆事件後の言論・思想の弾圧の中、自らの主張を公にすることができなくなっている啄木の願望にも通ずるだろう。

また、この詩で多用されているが、ひらがな表記の「かなし」には、啄木の短歌の多くに見られるように、悲哀のほかにいとおしみの「愛（かな）し」も含まれている。ただし、「われ」は心情的に共感しても、テロリズムとは一定の距離を保っている。[12]「かなしき心」をはじめとする「心」の対象化がそのことを示している。

しかしながら、それは、「はてしなき議論の後」に〈実行〉へと踏み出せない自分のうしろめたさを伴うものとしてある。テロリストの「かなしき心」を知ることは、「冷めたるココア」の「そのうすにがき舌触り」として形象化されている。ココアは、ココア豆を粉末にしたものにミルク・砂糖などを加えて煮溶かした甘い飲み物である。ココアはまず熱いお湯に溶かし、よく練られねばならない。それが革命への熱い情熱や理想、さらには実現への道筋を比喩的に示すものだとすれば、溶け残った粒子によって、苦く、ざらついた舌触りの「冷めたココア」は、革命への情熱が冷めた状態もしくは変革主体としての未熟さを示している。テロリストの「かなしき心」に寄せる感情には冷たさ、つまり冷めた視点と中途半端なうす苦さがあるのである。

五

続く「激論」は、最初の一行目にあるように、「われ」による回想である。

われはかの夜の激論を忘るること能はず、
新しき社会に於ける‘権力’の処置に就きて、
はしなくも、同志の一人なる若き経済学者Ｎと
われとの間に惹き起されたる激論を、
かの五時間に亘れる激論を。

（第一連）

「かの夜の激論」が「はてしなき議論の後」で描かれた議論の内容を指すことはいうまでもない。「詩稿ノート」及び『創作』掲載詩群では、「書斎の午後」が先に置かれている。岩城之徳は、「啄木が『激論』を『書斎の午後』の前においたのは、詩集全体の安定を保つために、ボリュウムのある作品の偏在をさけようとしたと考えられる」[13]と指摘しているが、「はてしなき議論の後」「ココアのひと匙」「激論」とつながる「われ」の思念の流れを重視すべきだろう。つまり、現在進行形でうたわれる「はてしなき議論の後」があり、「'V NARÓD!' と叫び出づるものなし」という状況に失望した「われ」が、「テロリストのかなしき心」に思いを馳せた後、改めて、「議論」の内容をふりかえるという流れである。読者は、「'君の言ふ所は徹頭徹尾煽情家の言なり。'」と評される「われ」に「テロリストのかなしき心」を見つめる「われ」のイメージが重なることで、「われ」の焦燥感が理解されるのではないか。

さて、「新しき社会に於ける'権力'の処置」について、この「権力」を近藤典彦は、「(明治)天皇またはその権力のことなのではないか。『新らしき社会に於』いては、主権者である天皇または天皇の主権はいかに『処置』されるべきか、これをめぐって『我』と『N』との間に『激論』が展開されたというのではないか」と述べている。[14]しかし、今井泰子が「資本主義社会の諸機構を倒した(革命の)後に国家権力がどうなるか、あるいは国家権力が必要か否か、といった問題」[15]と指摘しているほか、多くの論者が言うように、これは、国家体制・経済体制にかかわる〈権力〉問題であろう。「われ」と「激論」する相手は、「若き経済学者」であることからも、経済体制の問題と考えるのが妥当である。[16]

さて、この詩には、「われ」の視点をゆるがす〈対話性〉がある。第一連には「はしなくも」とあり、本来なら、どのように〈実行〉するかが議論されるはずだったところ、「権力」の在り方をめぐって議論が勃発し、「五時間」にもわたる議論になったことを示す。これは「われ」には思いがけない展開だったのである。

，君の言ふ所は徹頭徹尾煽情家の言なり。、
かれは遂にかく言ひ放ちき。
その声はさながら咆ゆるごとくなりき。
若しその間に卓子のなかりせば、
かれの手は恐らくわが頭を撃ちたるならむ。
われはその浅黒き、大いなる顔の
男らしき怒りに漲れるを見たり。

（第二連）

「われ」の発言を「徹頭徹尾煽情家」のものと批判することから、Nが改革に関して現実主義的な姿勢をとっていることをがわかる。付言すれば、彼は「経済学者」であり、かつ「婚約者」がいる。社会改革の必要は認めても、それを新たな〈生活〉と両立させねばならない。彼には守るべきものがあり、「煽情家の言」に惑わされるわけにはいかないのだ。作者啄木自身も「友も、妻も、かなしと思ふらし――／病みても猶、／革命のこと口に絶たねば。」と詠っており、「妻」の視点から「革命」を口にする夫への思いを描いている。また、「平信」（一九一一・一一稿）では、「僕には年老つた両親があり、妻子がある。何の顧慮もなく僕が僕の所信に従ふといふ事は、それらの人々に取つては、直ぐに悲惨な飢餓の襲来を意味してゐた」とも書いている。「はてしなき議論の後」が「われ」の視点でうたわれる一方、「われ」に対するまなざしも描かれていることは重要である。なお、「男らしき」という語句は「詩稿ノート」『創作』にはなく、『呼子と口笛』で付加されたものである。一方、「われ」は、第三連で「病みあがりの、しかして快く熱したるわが頬」と描写されており、「われ」の思想は、肉体的に健康でないことからくるもの、熱に浮かされたものではないか、ということが、語り手の「われ」自身によって示されていると

言ってよい。同じ第三連に「Nとわれとの間なる蠟燭の火は幾度か揺れたり。」とあるのは、時折身を乗り出すような激しい議論の様子と、二人の議論の間で揺れ動く同志たちの気持ちを象徴的に表した表現であろう。
しかし、その「蠟燭の心を截る」――迷いを断ち切る――のは、「われらの会合に常にただ一人の婦人なる／K」であり、「Nの贈れる約婚のしるし」である指輪をはめている女性である。

さてわれは、また、かの夜の、
われらの会合に常にただ一人の婦人なる
Kのしなやかなる手の指環を忘るること能はず。
ほつれ毛をかき上ぐるとき、
また、蠟燭の心を截るとき、
そは幾度かわが眼の前に光りたり。
しかして、そは実にNの贈れる約婚のしるしなりき。
されど、かの夜のわれらの議論に於いては、
かの女は初めよりわが味方なりき。

（第四連）

このNの婚約者Kが「わが味方」であることを示すことによって、「われ」の考えを擁護するかたちにもなっている。「しなやかなる手」、かき上げられた「ほつれ毛」と、ほのかな浪漫主義をかきたてる存在でもある。こうした会合に出席し、Nという「婚約者」に盲従しない点においては、〈新しい女〉の形象化といってもよい。Nは彼女を守るべき存在と考えているかもしれないのに対し、彼女は、自分の意志で発言をするのである。ただし、

「かの女は初めよりわが味方」として描かれているのは、小説「足跡」（『スバル』一九〇九・二）等、啄木の小説のなかで、女教師が啄木をモデルとした若い教師に共感を寄せているように設定しているのと同じく、主人公にとってややご都合主義的な設定ともいえる。〈語り手〉である「われ」は、そのような自身の〈甘さ〉をも描き出しているといってもよい。

なお、Kに管野すがの投影を見る見解もあるが（近藤典彦[17]）、詩の内容と整合性をもたない。婚約指輪をはめているという設定は、やはり一定の裕福な階層の青年たちを描いたものといえよう。

先述の通り、「詩稿ノート」では、「激論」の前に「書斎の午後」が配置してあったが、これを交代することによって、ここまでの最初の三つの詩が、激論が交わされた場所を舞台にした第一部のような位置づけを持つ。ただし、截然と区切られるわけではない。「激論」に続いて、「K」と対照的な「この国の女」をうたった「書斎の午後」が配置される。

六

「書斎の午後」という題は、「激論」の翌日、少し遅く起きた午後を示すのだろうか。

　われはこの国の女を好まず。

　読みさしの舶来の本の
　手ざはりあらき紙の上に、

あやまちて零したる葡萄酒の
なかなかに浸みてゆかぬかなしみ。

われはこの国の女を好まず。

「われはこの国の女を好まず」と提示されたあと、二連目でそのイメージを比喩的に示し、もう一度、「われはこの国の女を好まず。」とうたわれる。今井泰子は、「この国の女」に関して、「前詩の『K』のように独立心強く作者の思想を解する女性像を対極に暗示(18)」していると述べている。Kは「クロポトキンの自伝に描かれている女性たちの像をふまえた作者の理想的女性像(19)」であり、それと対比された「この国の女」のありようは、「舶来の本の手ざはりあらき紙の上に」「あやまちて零したる葡萄酒のなかなかに浸みてゆかぬかなしみ」と譬えられる。

川那部保明の指摘するように、「思想は『舶来の本』の中に留まって、現実と混じりあわない(20)」。しかも「読みさし」、「手ざはりあらき紙」であり、「舶来の本」は持主になじんでいない。「葡萄酒」も「舶来」のものに思われるが、ここでは、〈血〉の代わりとして供物として献ぜられる葡萄酒のイメージというより、「古い皮袋に新しいブドウ酒を入れると、それぞれが発酵し皮袋は張り裂ける」、つまり「古い生活様式に新しいものを入れることはできない」というマタイ伝にちなんだ故事をイメージするものと思われる(21)(22)。マタイ伝第九章第一六・一七節には、「誰も新しき布の裂《きれ》を旧き衣につぐことは為じ、補ひたる裂は、その衣をやぶりて、破綻《ほころび》さらに甚だしかるべし。また新しき葡萄酒をふるき革嚢《かはぶくろ》に入るることは為じ。もし然せば嚢《ふくろ》はりさけ、酒ほど《ママ》ばしり出で嚢もまた廃らん。新しき葡萄酒は新しき革嚢にいれ、斯くて両《ふたつ》ながら保つなり」とある。啄木のエッセイ「古酒新酒」（『岩手日報』一九〇六・一二）にはこの故事を踏まえた記述があり、この詩を書く際にも念頭にあったように思われる(23)。従って、「読みさし」で「手ざはりあらき紙」の「舶来の本」が意味するものは、表面上の〈新しさ〉に過ぎないものであり、〈上滑り〉でしかない思想受容である。そのことがたまたま「葡萄酒」を「あやまちて零した」ときに露わになったのである。表面的には新しそうに見えても、「古い皮袋」に過ぎないものであり、そこに「葡萄酒」を入れることはできない。それが、「この国の」、日本の女のありようだというのである。「なかなかに浸みてゆかぬかなしみ」という表現には、「われ」の苛立ちと共に、苛立つ「われ」に対する悲しみと愛おしみがある（なお、「詩稿ノート」では「悲しみ」となっている）。おそらく、思想の〈上滑り〉状況は、「この国の女」だけではあるまい。次の「墓碑銘」では、反転して、〈思想〉を血肉化したような労働者像がうたいあげられる。

七

「墓碑銘」の第五連、第六連は次のようにうたわれている。

かれは労働者――一個の機械職工なりき。
かれは常に熱心に、且つ快活に働き、
暇あれば同志と語り、またよく読書したり。
かれは煙草も酒も用ゐざりき。

かれの真摯にして不屈、且つ思慮深き性格は、
かのジユラの山地のバクウニンが友を忍ばしめたり。

かれは烈しき熱に冒されて病の床に横はりつつ、
なほよく死にいたるまで譫語を口にせざりき。

「かれ」は、「われらの会合」に出席していた一員である。インテリゲンチャ中心の〈青年〉の中にあって、「機械職工」だった。「議論すること能はず」と言う一方、「我には何時にても起つことを得る準備あり」と語る「かれ」は、議論にのみ終始する〈青年〉たちを反照する「理想の人間像」（今井泰子）[24]である。

神崎清は、「『墓碑銘』はやや理想化されているが、労働者宮下太吉にささげたと思われる作品」だと指摘し[25]、近藤典彦も、大逆事件の「聴取書」を紹介しながら、「機械職工」であること、読書家であること、「詩稿ノート」及び『創作』稿の「二十八才」などの言葉に着目し、神崎清に賛同している[26]。しかし、病床で死んだ「かれ」と大逆事件で殺された宮下を同一視できるだろうか。また、平出修に宛てた手紙に「僕は決して宮下やすがの企てを賛成するものではありません。然し『次の時代』といふものについての一切の思索を禁じようとする帯剣政治家の圧制には、何と思ひかへしても此儘に置くことは出来ないやうに思ひました」（一九一一・一・二二）と書いており、「墓碑銘」の「かれ」と宮下とを同一視することには疑問が残る[27]。

作品世界に即して見れば、「ココアのひと匙」の「テロリスト」と、ここで描かれている「労働者」はやはり区別されるべきものだ。「労働者」は「無言」で、「議論すること能はず」とされる人物だが、これと「奪はれたる言葉のかはりに／おこなひをもて語らむとする心」とは似て非なるものである。ちなみに、先に「われら」と「我等」の表記の違いを見たが、「墓碑銘」も、例外はあるものの「詩稿ノート」及び『創作』では漢字表記の「彼」であるのに対して、ひらがな表記の「かれ」となっている。

この「労働者」は、「バクウニンが友を忍ばしめた」る人物として描かれている。バクーニン（一八一四～七六）

がロシアのナロードニキ運動のイデオローグでもあった点、詩の世界とも呼応している。また、バクーニンが無神論を説いたことも、「かれ」を「一個の唯物論者」として描いている事と併せて理解すべきだろう。

ああ、かの広き額と、鉄槌のごとき腕と、
しかして、また、かの生を恐れざりしごとく
死を恐れざりし、常に直視する眼と、
眼つぶれば今も猶わが前にあり。
（第八連）

彼の遺骸は、一個の唯物論者として、
かの栗の木の下に葬られたり。
われら同志の撰びたる墓碑銘は左の如し、
〝われには何時にても起つことを得る準備あり。〟
（第九連）

そして、何よりもこの詩の世界で、「かれ」が死んでしまったこと、「墓碑銘」と題が付けられている事が重要である。「かれ」が葬られた場所は「栗の木の下」である。「栗の木」については、啄木の作品の中で何度か登場する。「去年の夏、久し振りで故郷を省した時、栗の古樹の下の父が墓は、幾年の落葉に埋れてゐた」（「二筋の血」一九〇八年）、「彼は今帰り来りぬ、ふるさとの／古木の栗の下かげに。――――／そが下に稚児こそ眠れ、二十とせを／父が手向の花も見ず。」（詩「小さき墓」詩稿ノート　制作年代不詳）など、啄木の作品の中では、「墓」〈死〉や〈過去〉に関連するものとしてうたわれている。また、栗の花といえば、「よすがらや花栗匂ふ山の宿」（正岡子規）、「花栗

に寄りしばかりに香にまみる」（橋本多佳子）、「裏山にしろく咲きたる栗のはな雨ふりくれば匂ひ来るも」（中村憲吉）など、短歌や俳句で詠まれるように、梅雨の頃開花し、なんとも言えない甘やかな香りを放つ。そして、秋には、「いが」に包まれた栗の実をつける。言うまでもなく、多くの栗の実は食用に供されるものだ。以上のような点にも寓意性がこめられているかもしれない。

先述の通り、「墓碑銘」における労働者像においても、「激論」に示された女性像と同様、〈理想化〉が見られる。「常に論者の怯懦を叱責す」る存在であり、「われは議論すること能はず、／されど、我には何時にても起つことを得る準備あり」と語る労働者は、死ぬことで〈英雄化〉され、絶えず「われら同志」を照らし出す存在となっている。

しかし、この〈理想化〉の働きは、一方で、〈生活〉からの遊離となっているのも事実である。「煙草も酒も」飲まなかった「かれ」は、「詩稿ノート」、『創作』稿では、「二十八歳」で「童貞」を保ち続けている人物として描かれている。同時代の歌集吉井勇の『酒ほがひ』（昴発行所、一九一〇・九）には、「童貞が堕つるゆふべかかなしげに卓《たく》の牡丹の白くくづるる」という歌もあり、「童貞」には積極的なイメージがあったと思われるが、それは、一方では、〈家族〉を持たないこと、〈生活〉を持たないことと同義でもあった。やや意地悪な言い方をすれば、「かれ」が「,われには何時にても起つことを得る準備あり。.」と言えたのは、捨てるものを持たないという条件に支えられていたのである。おそらく、詩編の編集者啄木はそのことに自覚的だった。もちろん、そのことで、「われ」及び「われら」は自身の「怯懦」から目を逸らすことが出来るわけではない。

なお、『呼子と口笛』において「童貞」という言葉が消える事によって、〈生活〉を持たない存在であるという含意は薄れ、「かれ」はより〈理想化〉される。しかし、その〈理想化〉の果て、「かれ」は葬られなければならなかった。「一個の唯物論者」であるはずの「かれ」が〈英雄〉視され、〈永遠〉化されるのである。

八

「墓碑銘」に続くのが「古びたる鞄をあけて」であるが、ここに登場する「わが友」は、「墓碑銘」の「労働者」の〈変奏〉でもある。

わが友は、古びたる鞄をあけて、
ほの暗き蠟燭の火影の散らぼへる床に、
いろいろの本を取り出だしたり。
そは皆この国にて禁じられたるものなりき。

やがて、わが友は一葉の写真を探しあてて、
〝これなり〟とわが手に置くや、
静かにまた窓に凭りて口笛を吹き出だしたり。
そは美くしとにもあらぬ若き女の写真なりき。

「古びたる鞄をあけて」の「わが友」は、「この国にて禁じられたる」「いろいろの本」を持っているが、それは「古びたる鞄」の中に収められている。「古びたる鞄」は、「多くの人生遍歴と貧しく繁忙な生活に疲れ汚れた『友』の秘められた心の奥底の表徴」（今井泰子）である。その「古びたる鞄」には「美くしとにもあらぬ若き女の

写真」も入っている。「探しあて」なければならないのは、「わが友」にとって、〈過去〉のものとなっていることを示す。(28)「この国にて禁じられたる」本と「若き女の写真」がいっしょに入っているとされている点に意味がある。(29)「口笛」は、未完の詩集である『呼子と口笛』のタイトルの元となるものだろう。河野仁昭は、「絶望的な『呼子の笛』に対して、『若き女の写真』にはかすかに希望がうかがえるのは確かである。『口笛』は希望の象徴であった」と述べているが、(30)むしろ、啄木は、「口笛」を「夜寝ても口笛吹きぬ／口笛は／十五の我の歌にしありけり」（『一握の砂』162）をはじめ、〈過去〉の思い出の中で〈少年〉をイメージするものとして登場させている。「これなり」と言って、写真を渡した「わが友」は、照れ隠しのためか、窓辺で口笛を吹く。〈革命運動〉に従事してきて、自己の〈生活〉を顧みる時間のなかった彼にとっての甘美な思い出である。(31)先に「墓碑銘」の「労働者」の〈変奏〉と述べたのは、彼がこうした〈私的領域〉をささやかなかたちでしか持っていなかったからにほかならない。

この写真の女を、吉田孤羊は「管野すが子の写真」と見、(32)森山重雄も「管野須賀子と即モデル的とは言えない」としながらも、「公開をはばかる種類の写真であること」としている。(33)しかし、管野すがは三〇歳で亡くなっており、写真がその数年前のものだとしても、当時の感覚からすると、「若き女」ではない。今井泰子が言うように「だれの写真かの詮議は不必要」(34)であろう。また、吉田孤羊は、「わが友」を平出修としているが、写真を取り出して「口笛」を吹く行為には違和感がある。伝記にこだわるならば、平出修はすでに結婚している。「わが友」の詮索も不必要である。

木股知史は「国禁の書を読む友の女性に対する私的な感情に焦点があてられている。変革への情熱という大義だけではなく、私的な感情の領域がたいせつだという思想がある」(35)と指摘しているが、〈われ〉（以下、作品内に「われ」という言葉がないときは〈われ〉と表記する）は、「口笛を吹き出だ」す「友」に対して、「そは美くしとにもあらぬ若き女の写真なりき」と、〈われ〉は呟く。ここには、美しいというわけではないと呟きつつ、思い出を大切にしている「わが友」を温かく見守る視線がある。[36]

『創作』に発表された詩編「はてしなき議論の後」は、この詩で終わっている。近藤典彦は、この詩編に「幸徳秋水ら〝逆徒〟への鎮魂歌」[37]を読み取っているが、これまで見て来たように、作品中の人物を特定人物に結び付けて読む必要はない。詩編「はてしなき議論の後」は、〈知識青年〉たちの、〈思想〉と〈実行〉、〈理想〉と〈現実〉、〈革命運動〉の〈実践〉と〈生活〉・〈私的領域〉という二極の間の葛藤を描いた作品といえるのではないか。

九

なお、『創作』では、「古びたる鞄をあけて」が最後に置かれているが、「詩稿ノート」では、次の「八」「九」につながっている。

げに、かの場末の縁日の夜の
活動写真の小屋の中に、
青臭きアセチリン瓦斯の漂へる中に、
鋭くも響きわたりし
秋の夜の呼子の笛はかなしかりしかな。
ひよろろろと鳴りて消ゆれば、
あたり忽ち暗くなりて、
薄青きいたづら小僧の映画ぞわが眼にはうつりたる。

声嗄れし説明者こそ、
西洋の幽霊の如き手つきして、
くどくどと何事をか語り出でけれ。
我はただ涙ぐまれき。
されど、そは三年も前の記憶なり。

はてしなき議論の後の
疲れたる心を抱き、
同志の中の誰彼の心弱さを憎みつつ、
ただひとり、雨の夜の町を帰り来れば、
ゆくりなく、かの呼子の笛が思ひ出されたり。
――ひよろろろと、
また、ひよろろろと――

我は、ふと、涙ぐまれぬ。
げに、げに、わが心の餓ゑて空しきこと、
今も猶昔のごとし。

我が友は、今日もまた、

（詩稿ノート「八」）

マルクスの「資本論《キヤピタル》」の
難解になやみつつあるならむ。

わが身のまはりには、
黄色なる小さき花片が、ほろほろと、
何故とはなけれど、
ほろほろと散るごときけはひあり。

もう三十にもなるといふ、
身の丈三尺ばかりなる女の、
赤き扇をかざして踊るを、
見せ物にて見たることあり。
あれはいつのことなりけむ。

それはさうと、あの女は――
ただ一度我等の会合に出て、
それきり来なくなりし――
あの女は、
今はどうしてゐるらむ。

明るき午後のものとなき静心なさ。

（詩稿ノート「九」）

「八」に登場する「呼子」は『呼子と口笛』の表題のもととなるものであるが、その後、「八」は『創作』にも『呼子と口笛』にも掲載されることはなかった。

今井泰子は、『学生生活』一九五六年一〇月号に発表した「啄木研究ノート」では、「『八・九』が『創作』から除かれたのは、これらの調子が弱すぎて他の各篇と同列におくことが憚られたから」と指摘し、一九六九年刊行の『日本近代文学大系23　石川啄木集』の注釈では、「八」の詩が、同年六月五日に刊行された北原白秋の『思ひ出』の「断章」の影響下に作られたものだとし、「啄木が白秋にいだいた反感は、敗北・疲労・飢渇・自己憐憫・凋落などと表裏の感情」だから、『呼子と口笛』には掲載されなかったとしている。今井によれば、『呼子と口笛』は、「不幸な人生の中に身を埋めつくし絶望しながらなお絶望しきれぬ者、あきらめながらなおあきらめきれぬ者の悲しい夢を歌いあげた詩編」であり、「一」「八」「九」のような、「作者自身の絶望・孤独・疲労・凋落・悲哀などに焦点のある諸編は、作者の制作意図からすれば発表する価値がなかった」としている。なお一方で、「八」に関しては「白秋の影響が露骨すぎるため発表がひかえられたと考えられぬこともない」とも述べている（五五〇～五五一頁）。さらに、一九七四年刊行の『石川啄木論』では、「八」は、革命の「不可能性に所以する精神的飢渇を」「直叙」したものであり、「九」で、「かく終わることの哀切感をやはり直接的に吐露している」と述べている（三五八頁）。

近藤典彦も「初稿『八』、『九』のトーンダウンは誰の目にも明らかである」としたうえで、「初稿『七』の制作と『八』の制作との間に『思ひ出』が衝撃を与え、それが以後の過程にある意味で規定的に作用した」とみなし、「啄木が『思ひ出』を手にした日時は一九一一年六月一七日の日中であろう」と推定している(38)

しかし、はたして、「八」「九」へと続く流れは、それほど大きな変化なのだろうか。これまで見てきたように、「二」（『呼子と口笛』では「はてしなき議論の後」、――以下『呼子と口笛』の表題を付記する）は、各連において、「されど」以下の詩句が続き、高揚から屈折へという調子を第三連まで繰り返したのち、「ああ」という言葉で始まる第四連へとつながっていく。ただし、屈折表現とはいえ、「されど、誰一人、握りしめたる拳に卓をたたきて、／‘V NARÓD！’と叫び出づるものなし」という調子は強い。それならば、「三」（「ココアのひと匙」）はどうだろうか。「心を」という言葉が韻を踏むように繰り返されるが、ダッシュを使った箇所もあるなど、基本的に内省的な表現となっている。「四」（「書斎の午後」、『呼子と口笛』では、「激論」と配置を交代）も「われはこの国の女を好まず」という一節の繰り返しはあるが、全体的な印象は呟きのようである。「五」（「激論」）の白熱した論争は、第三連以降、調子を変えている。「六」（「墓碑銘」）は末尾の「‘われには何時にても起つことを得る準備あり。’」という一節は力強いが、既に亡くなった人物への哀悼をささげる詩である。「七」（「古びたる鞄をあけて」）も「われ」と「わが友」の小さな物語を点描したような作品である。

「八」の詩は、「我」が「三年も前の記憶」から「呼子の笛」を思い出して、センチメンタルに表現されるが、「はてしなき議論の後の／疲れたる心を抱き、／同志の中の誰彼の心弱さを憎みつつ、」という一節があり、基本的にこれまでの〈物語〉を踏まえた世界であり、断絶感があるわけではない。「活動写真」や「いたづら小僧の映画」という表現があり、〈革命運動〉もまるで「映画」のようなものであることを暗示させるが、そもそも「二」の詩で描かれた情景自体、「五十年前の露西亜の青年」に重ね合わされた映像的世界のようだった。一方、木股知史が指摘するように、「活動小屋の闇は、ココアや洋書といったモダンな舞台装置の小道具ではなくて、大衆の無意識の領域を暗示する空間である」[39]。「七」までの〈知識青年〉たちの世界が、〈庶民的な生活現実〉によって、相対化されている。〈変化〉を指摘するならば、むしろこの〈知識青年たち〉と〈庶民的世界〉の対比こそが重要であろう。

そして、「九」の詩は「はてしなき議論の後」の〈現在〉を伝える。(40)「九」の詩は、「我が友は、今日もまた、／マルクスの「資本論《キャピタル》」の／難解になやみつつあるならむ。」と歌いだされる。「我が友」は「七」の「わが友」と同一人物であろうか。だとすれば、彼は、「若き女の写真」に自分の〈私的領域〉を封印し、社会変革のあり方の考察の為に『資本論』に取り組んでいるかもしれないのである。マルクスの書物であることも、無政府主義よりも〈実際的な〉変革を模索している事を示している。啄木作品の中で、「わが友」は往々にして啄木自身の投影であるが、この「我が友」も、〈われ〉もしくは啄木の〈理想的な〉分身であっていい。

そして、〈われ〉は、「黄色なる小さき花片」がこぼれる気配を感じ、「見せ物」となっていた「身の丈三尺ばかりなる女」を思い出した後、「ただ一度我等の会合に出て」、「それきり来なくなりし」女を思い出す。「わが身のまはり」に「黄色なる小さき花片」が「ほろほろと散るごときけはひ」を感じるとは、「青年」たちの〈運動〉が自然に解体して行くことの隠喩であろう。「見せ物」の女がかざす「赤き扇」は、〈革命運動〉の鼓舞をイメージさせるが、大きな〈敵〉を前に、「身の丈三尺ばかり」でしかなく、「もう三十にもなる」という設定には、落ち着いた生活を迎えるべき年齢が暗示されている。〈革命運動〉そのものも、「呼子」によって集められた「見せ物」ではないかという自嘲さえ漂う。「あの女」は、「われらの会合に常にただ一人の婦人なるＫ」とは別人物だが、〈運動〉から去り、日常の生活に還っているのかもしれない。

「八」の〈われ〉の「同志の中の誰彼の心弱さを憎」んだ気持ちは、「九」では、内省へと転じている。「資本論」に難解さに苦しむ「我が友」を温かく見守る心もある。ここにあるのは、落ち着いて周囲を見渡そうとする視点である。しかし、「明るき午後のものとなき静心なさ。」と、詩の主人公は、一見平穏に見える日常の中にある、小さなざわめきに耳を澄まそうとしている。はたしてここで詩が完結していたかどうかわからない。(41)しかし、ここにあるものを「作者自身の絶望・孤独・疲労・凋落・悲哀」（今井泰子、前掲）と呼ぶのは早計だろう。

以上のように、詩の連作の流れでとらえると、「八」「九」が特別に「トーン・ダウン」（近藤典彦）しているわけではなさそうだし、『思ひ出』を入手したのが、六月一七日とは必ずしもいえないだろう。(42)

それでは、「詩稿ノート」の「一」「八」「九」はなぜ、『創作』と『呼子と口笛』から省かれたのか。まず考えられるのは、当時の検閲状況である。(43)「一」の詩は、「暗き、暗き曠野にも似たる／わが頭脳の中に、／時として、電のほとばしる如く、／革命の思想はひらめけども——」と「革命」の文字がはっきりと記載されている。「九」に「資本論」が登場するのは先に見た通りである。『創作』の「寄稿概則」にも「詩歌散文其種類を撰ばず投稿はすべて自由なりと雖も時事問題は之を避くべし」とある。新しい友人であった若山牧水に啄木は迷惑をかけるわけにはいかなかっただろう。ただし、それならば、「二」をはじめ、その他の詩にも検閲を考慮しなければならない点はあるように思われる。

その意味で、「二」から「九」が、〈われ〉をめぐる〈物語〉となっているのに対して、「一」はより直截的に作者の想念を打ち出した詩であり、かつ表現が抽象的なものとなっていることも考えあわせるべきだろう。「一」は「二」とテーマ的に重なっている。そのため、より抽象的な「二」を削除したのである。こうして「一」と未完成だったかもしれない「九」を削除したとして、「八」が最後になると、「同志の中の誰彼の心弱さを憎」んだ男の感傷的な呟きとともに、「げに、げに、わが心の餓ゑて空しきこと、／今も猶昔のごとし」という詩句で終わることは、先に見た「九」の終わりと比べると、いかにも悲観的である。それよりは、「古びたる鞄をあけて」で締めくくる事を選んだのだろう。先に見たように、〈知識青年〉たちの物語として一応完結しているとみなすことができるのである。

もっとも、もし、啄木に時間が許されていたら、「八」「九」を組み込む可能性もあったかもしれない。『創作』

の締切は「毎月十日」となっている。原稿は牧水の依頼だった可能性があるが、既に一週間が過ぎている。「二」（「はてしなき議論の後」）では、一連分加筆したし、「墓碑銘」も大幅に改稿してもはや時間がない。そのため「二」は右の理由から削除し、「二」から「七」までを送った、ということも考えられる。(44)

一〇

『呼子と口笛』に戻り、「家」という詩をみてみよう。「古びたる鞄をあけて」で、「わが友」のささやかな私的な感情の領域を描いた、その続きである。ここで〈われ〉は〈家〉に対する願望をさらけだす。ここには「西洋風の木造のさつぱりとしたひと構へ」、「広き階段とバルコンと明るい書斎」に象徴される〈理想化〉された西洋風の生活が描かれる。それは「都市居住者のいそがしき心」に浮かぶ、はかなく、かなしき、実現されることのない切ない願望である。

「家」は、五連によって構成される。第一連で、はかなくかなしい空想であることを告げた後、第二～四連で具体的なイメージをうたう。第五連で再びそれがかなしい空想であること、「若き日にわかれ来」たった「都市移住者」の夢であることを確認する。

五連の詩の第一連は次の通りである。

今朝も、ふと、目のさめしとき、
わが家と呼ぶべき家の欲しくなりて、
顔洗ふ間もそのことをそこはかとなく思ひしが、

つとめ先より一日の仕事を了へて帰り来て、
夕餉の後の茶を啜り、煙草をのめば、
むらさきの煙の味のなつかしさ、
はかなくもまたそのことのひよつと心に浮び来る――
はかなくもまたかなしくも。

「今朝も」とあり、今朝だけでなく、何度も空想していることを示し、「煙草」のイメージにより、煙草の煙のようにはかなく消えてしまう空想であることを示している。煙草の火がささやかな「赤」（情熱）なら、そこから立ち上る〈紫煙〉は、煙草を吸っている時よりも、火をつけたまま吸っていない時に鮮やかだ。「家」の幻想は、火をつけたまま〈空想〉する〈われ〉の前に現前する。しかし、「はかなくもまたそのことのひよつと心に浮び来る――／はかなくもまたかなしくも。」と、ダッシュで表記された後、再度「はかなくもまたかなしくも」とうたわれるのであって、語り手は、それが儚く悲しい空想であることに十分意識的である。

はかなくも、またかなしくも、
いつとしもなく若き日にわかれ来りて、
月月のくらしのことに疲れゆく、
都市居住者のいそがしき心に一度浮びては、
はかなくも、またかなしくも、
なつかしくして、何時までも棄つるに惜しきこの思ひ、

そのかずかずの満たされぬ望みと共に、
はじめより空しきことと知りながら、
なほ、若き日に人知れず恋せしときの眼付して、
妻にも告げず、真白なるランプの笠を見つめつつ、
ひとりひそかに、熱心に、心のうちに思ひつづくる。
（第五連）

「墓碑銘」、「古びたる鞄をあけて」で独身の男たちが描かれていたのに対して、第三連に「泣く児に添乳する妻のひと間の隅のあちら向き、／そを幸ひと口もとにはかなき笑みものぼり来る。」とあるように、〈われ〉は家族を抱えた〈生活者〉である。同時に、これが〈願望〉として描かれているのは、〈現実〉には、妻を幸せにしてあげられていないことも示し、もはやそうしてあげることが不可能であるのは、「いつとしもなく若き日にわかれ」ようとしている人物であることにも明らかだ。「はてしなき議論の後」で〈われ〉は「此処にあつまれるものは皆青年なり、／常に世に新らしきものを作り出だす青年なり。／われらは老人の早く死に、しかしてわれらの遂に勝つべきを知る。」と強く主張していたはずである。しかし、「家」における〈われ〉は、「青年」期に別れを告げ、「都市居住者のいそがしき心」に浮かぶ、はかなく、かなしき、実現されることのない切ない願望を「ひとりひそかに、熱心に、心のうちに思ひつづくる」のである。「はてしなき議論の後」で、議論が何度となく繰り返されるイメージは、ここでは、「ひとり」の切ない願いを反復することへと〈変奏〉する。

ただし、森山重雄が「安楽を要求するのは人間の権利である」という「田園の思慕」（『田園』一九一〇・一一）の一節を引用して「『家』はこの『田園の思慕』と同じ思考によって書かれている」[45]と指摘しているように、それは、「必然の要求」（宮崎郁雨宛書簡、一九一〇・一二・三〇）でもある。

『呼子と口笛』の流れで言うと、〈私的領域〉と〈実行〉とが相離反していったことに対して、ここで、都市移住者の切ない願望と〈実行〉の先にあるものが、果して矛盾すべきものであったかを問いかける意味を担っているようにも思われる。「若き日」に別れ、「月月のくらしのことに疲れゆく」〈われ〉は、願望の実現はほど遠いこと、むなしきことを知りつつも「ひとりひそかに、熱心に、心のうちに思ひつづくる」のである。

かつて中野重治は、この詩について「当時の啄木の弱弱しさ、受動性が、ほとんど暴露されているといつていいくらいまでにはつきり現われている」、「このブランコを揺すつているような調子はどうしても感心できない」（「啄木について」『短歌研究』一九三六・四）と批判していたが、この詩に、作者啄木自身が色濃く投影されていることも事実であろう。「家」における〈われ〉は、「青年」期に別れを告げた、家族を抱える〈生活者〉として、〈知識青年〉たちの〈革命運動〉を相対化する役割を果たすとともに、それでも捨てきれぬ思いを抱えた〈われ〉の切実な思いを描き出している。

二

そして、この〈われ〉は、詩「飛行機」において〈読者〉に向かって呼びかける。「見よ、今日も、かの蒼空に／飛行機の高く飛べるを。」は、「はてしなき議論の後」の第三連の「見よ、われらの眼の輝けるを、またその議論の激しきを。」と呼応する。先述のように、この一節は、『呼子と口笛』の編纂段階で付け加えられたものだ。

第一連、第三連の「見よ、今日も、かの蒼空に／飛行機の高く飛べるを。」という呼びかけ部分と第二連は必ずしも接続していない。呼びかけられるのは、詩の享受者たる〈読者〉――おそらく啄木にとって次世代の――である。そこには、「少年」も含まれているだろう。

見よ、今日も、かの蒼空に
飛行機の高く飛べるを。

給仕づとめの少年が
たまに非番の日曜日、
肺病やみの母親とたつた二人の家にゐて、
ひとりせつせとリイダアの独学をする眼の疲れ……

見よ、今日も、かの蒼空に
飛行機の高く飛べるを。

第二連は、「給仕づとめの少年が」「非番の日曜日」「肺病やみの母親とたつた二人」がいて、「リイダアの独学」をしている情景を描いている。「リイダア」が繰り返し学習されるものであることも、繰り返し議論される場面を描いた「はてしなき議論の後」に呼応する。〈われ〉からすると、「少年」は次の世代である。今井泰子をはじめ、(46)「作者自身の分身」という解釈は多いが、中退とはいえ、中学に入学することができた啄木は「給仕づとめの少年」よりは恵まれていただろう。語り手〈われ〉が呼びかけるのは、かつての啄木よりさらに困難な状況にある少年である。死を内包する肺病やみの母といっしょにいる給仕勤めの少年の独学は、大きな困難を抱えている。「独学する眼の疲れ」も、『呼子と口笛』の一番目の詩「はてしなき議論の後」で「その眼には、はてしなき議論の後の疲れあり。」と描かれた婦人の眼の疲れと呼応している。彼は、当時としては少数であった中学生や高等学校生より幅広い階層の「少年」たちの象徴であり、次世代の担い手である。〈われ〉が願いを繋ごうとするのはそうした少年たちである。

今井泰子は、「飛行機」は「少年のはかない夢」を歌ったものという。(47) しかし、飛行機は、人類が実現させてきた〈夢〉であり、「今日も」高く飛んでいる。(48)〈われ〉は、そこに〈明日〉への一縷の希望を託すのである。「飛行機」のイメージは、「はてしなき議論の後」で描かれた「羽虫の死骸」からの〈再生〉であり、大きく飛翔した〈夢〉や〈希望〉の象徴である。(49)

詩集『呼子と口笛』はこの「飛行機」で終わっている。先に見たように、『呼子と口笛』はここで終わる予定ではなかった。「飛行機」が記載されたのは一六頁で、ノートには二一頁まで頁番号が記入されている。そして、何よりも詩集の題にある「呼子」が登場していない。また、一冊の詩集とするには、詩の数が足りないようにも思われる。もし、病気の悪化がなければ、詩は書き足され、「八」「九」の詩が入る可能性もあったかもしれない。行数を計算してみると、二一頁までに「八」と「九」がちょうど収まる。

しかし、これまで分析してきたように、「家」「飛行機」を加えたかたちにおいて詩編としての一応の完結をみているように思われる。「はてしなき議論の後」と「飛行機」との呼応関係も先に見た通りである。

推測するに、啄木は、『呼子と口笛』の表題で詩集を構想し、いったんは『創作』稿からはずした「詩稿ノート」の「八」「九」も収録するつもりで、詩編のまとまりをつけるために最後に置くことを考えていた。ところが、新たな詩想が湧き、「家」、「飛行機」を作詩した。ふたつの詩、特に後者は、冒頭の詩である「はてしなき議論の後」と呼応するかたちで作られた。できあがったものを見ると、すでに「飛行機」で完結したかたちとなり、「八」と「九」をつなげるのは不自然になっていた。どうするか迷っているうち、病状が悪化し、そのままになった。『呼子と口笛』はそのようなかたちで未完の詩集となったのではなかったか。(50)

今井泰子は、「『呼子と口笛』は、素材のいかんを問わずあくまでも『思ひ出』に対峙されて歌われた『見果てぬ夢』の世界」であるといい、「『呼子と口笛』は、現実に堪える詩人の夢を歌う詩群」だと論じている(51)。

一二

今井の分析には詩的世界の内容と作者自身との混同がしばしば見られるが、あえて現実の啄木の動向に言及するならば、岩城之徳が「啄木が『飛行機』の詩を書いた日――『呼子と口笛』創作時の新資料――」（『ちくま』一九八八・三）で紹介する海沼慶治宛書簡（全集未収録）が重要であろう。明治四四（一九一一）年六月二七日の日付で、「飛行機」執筆と同日である。

> 今君に逢つたら、さぞお互ひに変つた事を驚くでせう。是非一度逢つて昔の話をしてみたい。まだ病気になる前の事だが、或る必要から旧日本鉄道会社の機関士の同盟罷業の事を調べてゐて、ひよつと君の家に厄介になつてゐた頃の事を思ひ出した事がありました。何といふ名前の人だつたか忘れたが、その仲間の機関士が二人君の家にゐて、二日三日も酒をのんで休んでゐた事があつた。その時君の母上が「ストライキをやつてるのだ」と話したことを私は朧ろ気に記憶してゐた。その事は君はもうお忘れかも知れないが、然し二人の追懐には外に沢山共通の点がある筈である。是非一度逢ひたい。

啄木の従姉の長男で、幼馴染である海沼慶治に送った手紙だが、「あと一月も経つたら社に出るにいゝだらうと思ひます」という文言もあり、啄木は、病気が治ると、願望も含めたかたちで思っていたようである。そして、右の書簡に見られる通り、啄木は日本における同盟罷業について関心を寄せている。「飛行機を書いた日」、啄木は、決して、今井の言うように、「見果てぬ夢」を見ていたわけでも、絶望し、諦めていたわけでもない。

その後、七月一日付の東京朝日新聞社の校正係主任の加藤四郎宛の手紙でも「多少の発熱位は自然的の恢復に待つことにして、この湿潤な天候の去り次第出社いたします」と書き送っている。しかし、七月四日には三八度五分の熱で医者を呼び、一一日には四〇度三分で「この日以後約一週間全く氷嚢のお蔭にていのちをつなぐ」（「明治四十四年当用日記」）という状態になる。詩集は、現存するかたちで残されることになった。

『呼子と口笛』は、「意識しての二重生活」の中に生きる啄木が、虚構の〈われ〉の世界を通して描いた〈心の姿の研究〉(52)である。それは、『一握の砂』同様、連作の〈詩群〉として読むことによって、ひとつながりの〈物語〉の世界となっていることがわかる。詩編「はてしなき議論の後」は、〈知識青年〉たちの、〈思想〉と〈実行〉、〈理想〉と〈現実〉、〈革命運動〉の〈実践〉と〈生活〉・〈私的領域〉という二極の間の葛藤を描いた作品だった。そして、この詩稿が詩集『呼子と口笛』として構想され、「家」「飛行機」が加わることによって、「青年」期に別れを告げようとしている〈生活者〉の視点や、〈知識青年〉より幅広い階層の「少年」たちへの呼びかけが加わった。〈生活〉と地続きの「口語」ではなく「文語」を用いることによって、〈詩的言語〉による〈物語〉は、〈現実〉に対峙するものとなっている(53)。このとき、啄木の「意識しての二重生活」における「文学」は、〈われ〉と〈われ〉をめぐる〈世界〉への〈批評〉として機能すると同時に、啄木の切実なる〈願い〉として形象化されたのである。

注

（1）小川武敏は、「宮崎に知らせた二重生活という観念が啄木の生において漸く機能しはじめたのが」「飛行機」「家」

を執筆した「時点だったのではないか」、「詩集『呼子と口笛』は、こういった啄木の二重生活の詩的達成にほかならないのではあるまいか」と論じている（「『呼子と口笛』に関する問題」（『石川啄木』武蔵野書房、一九八九・九、三三二頁）。

（2）『呼子と口笛』成立事情に関しては、岩城之徳「『呼子と口笛』の成立をめぐる問題」（『国語国文研究』一九五七・四）参照。本稿では、近藤典彦編・岩城之徳著『石川啄木と幸徳秋水事件』（吉川弘文館、一九九六・一〇）を使用。

（3）『呼子と口笛』の口絵については、本書第二部第五章の注22参照。

（4）岩城之徳の『石川啄木全集』第二巻「解題」（一九七九・六）は、この件について、次のように書いている。

　第十一ページの一部が鋏のようなもので切り取られているため、現存する詩稿ノートの「はてしなき議論の後」は「九」の第五連「明るき午後のものとなき静心なさ。」をもって終了する。今となってはこのあと同ページに詩句の書き入れがあったのか、また「九」の末尾に「一」～「八」までの場合と同様の赤ペンによる括弧つきの日付の記載があったのかなどについて知ることができない。

なお、岩城之徳監修、遊座昭吾・近藤典彦編集の『石川啄木入門』（思文閣出版、一九九二・一一）では、白黒写真だが「九」の詩の掲載箇所を見ることができる。これによると、第五連の「明るき午後のものとなき静心なさ。」の次の行は空白で、さらにその次の行のところで切り取られている（切れたノートの向こう側に、岩城の指摘する「啄木の筆とは思えないたぐいの書き込み」の文字も見えている）。啄木は、詩の最後の行のすぐ次の行には日付を記載しており、「九」の詩は、①一応完結しているが、日付を記載しないままだった、②その後も詩句を書き足すつもりだった、③そこで詩を書くのをやめてしまった、の三通りが考えられる。

（5）注2、『石川啄木と幸徳秋水事件』一二六頁。

（6）今井泰子『石川啄木論』（塙書房、一九七四・四）、近藤典彦『石川啄木と明治の日本』（吉川弘文館、一九九四・六）等参照。

（7）今井泰子・上田博編『鑑賞日本現代文学⑥石川啄木』（角川書店、一九八二・六）七二～七三頁。

（8）注1、小川武敏「『呼子と口笛』に関する問題」（『石川啄木』、以下の記述も同書による）。

（9）岩城之徳「『呼子と口笛』の成立とその原型」（『補説石川啄木傳』さるびあ出版、一九六七・一一）二三二頁。

（10）今井泰子注「呼子と口笛」（『日本近代文学大系23　石川啄木集』角川書店、一九六九・一二）四〇七頁。

（11）典拠としては、久津見蕨村の『無政府主義』（平民書房、一九〇六・一一）によるクロポトキンの紹介が指摘されている（注6、近藤典彦『石川啄木と明治の日本』、一〇八頁）。

クロパトキンは之に答へて、熱誠勇敢なる人士は唯言葉のみにて満足するものではない。必ずや言語を行為に翻訳する。言語と行為との間には全く区別がなくなる。而して相互扶助の大義を解せず、同胞兄弟に向ひて暴政抑圧を試みて、毫も省みる所のない悪漢に対ひては、革命を言語に止めて唯其耳を打つのみで満足すべきではない。（中略）改革を談ずるの言と改革を行ふの行為とは全く区別することが出来ぬ。

（12）作者啄木に即して見ると、啄木は幸徳秋水の陳弁書を筆写しているが、そこには「成程無政府主義者中から暗殺者を出したのは事実です。併し夫れは同主義者だから必ず暗殺者たるといふ訳ではありません」という一節を含む「無政府主義者と暗殺」も含まれている（「A LETTER FROM PRISON」）。そして、筆写を行った啄木の編集ノートには、「幸徳が此処に無政府主義と暗殺主義とを混同する誤解に対して極力弁明したといふことは、極めて意味あることである」と書かれ、さらに「蓋しかの二十六名の被告中に四名の一致したテロリスト、及びそれとは直接の聯絡なしに働かうとした一名の含まれてゐたことは事実である」と書いており、啄木がテロリズムから距離を置いていることは明らかである。

（13）注2『石川啄木と幸徳秋水事件』一二四頁。

（14）注6、近藤典彦『石川啄木と明治の日本』一一五頁。なお、近藤は『創作』掲載の「はてしなき議論の後」に即して論じている。

（15）注10、『日本近代文学大系23　石川啄木集』四〇八〜四〇九頁。

また、「石川啄木晩年の思想——丸谷喜市氏に聞く」（『文学』一九七一・三）で、丸谷は次のように述べている。

わたしどの議論があの詩の背景にあるというのはそうでしょう。あの場合、権力について話しあったのは、無政府主義というものは、権力を働かす機関がないわけだ。権力の所在がない。啄木はそれを主張するわけだが、わたしからいえば、権力がどういう風に働くかは別として、権力がない状態というものは考えられない。（中略）それに対して、啄木は、権力そのものを否定するんだ。啄木は、無政府主義が実現された場合、各団体間の自由合意という形ができ、いわゆる国家権力はなくてもいいというわけだ。まあ、そんな意味の議論をしていた。

なお、本書第二部第五章も参照。

(16) 詩の作り手である啄木の関心に即して見ると、啄木が筆写した幸徳秋水の『陳弁書』には、「無政府主義者は武力、権力に強制されない万人自由の社会の実現を望む」とし、「私共は、個人競争、財産私有の今日の制度が朽廃し去つた後は、共産制が之に代り、近代的国家の圧制は無政府的自由制を以て掃蕩せらるるものと信じ、此革命を期待するのです」と書かれている。また、啄木の編集ノートには、クロポトキンの思想を紹介して、今日の社会生活に於いて人類が「苦しんでゐるのは、全く現在の諸組織、諸制度の悪いため」、「権力といふものを是認した結果に外ならぬ」としている。そして、さらに、「クロポトキン（幸徳等の奉じたる）は」、「今日の諸制度、諸組織を否認すると同時に、また今日の社会主義にも反対せざるを得なかつた」とし、「政治的には社会全体の権力といふものを承認し、経済的には労働の時間、種類、優劣によつてその社会的分配に或る差等を承認しようとする集産的社会主義者の思想は、彼の論理から見れば、甲に与へた権力を更に乙に与へんとするもの、今日の経済的不平等を来した原因を更に名前を変へただけで継続するものに過ぎなかつた」と説明している。ノートはさらに、クロポトキンの思想を説明し、「編輯者の現在無政府主義に関して有する知識は頗る貧弱である」と締めくくっている（「A LETTER FROM PRISON」）。なお、編輯ノートが書かれたのは、一九一一年五月頃であり、この詩が書かれたほんの少し前である。

また、注15にある通り、「経済学者N」のモデルは、丸谷喜市であり、啄木と丸谷の最後の面会になった一九一一年一一月一二日の日記には、「彼は今では、社会主義は到底実行されないと信ずると言つた」、「予は彼が国家社会主義者たるに止まつた事を、彼としては当然の事と思ふ」と記されていることもそのことを裏付ける。一九一一年の啄木の関心の中心が、やはり社会主義と無政府主義の実現性をめぐる問題だったことをうかがわせる。

(17) 注6、近藤典彦『石川啄木と明治の日本』一一五〜一一八頁。ただし、近藤は、「もちろん『K』の上品な挙措の描写そのものは諸記録等から受ける管野のイメージではなく、クロポトキン自伝に描かれるペローフスカヤやワルワーラ・B等のナロードニキの女性たちに通う」とも書いている。なお、Nを「新村のイニシャルととることも不可能ではない」としながらも、「新村は計画中も公判中もそして死に至るまで積極的な態度で一貫し」ており、『N』を新村のイニシャルに同定することをわたくしは躊躇する」としているが、もとより大逆事件の中心人物の一人である新村忠雄をNのイメージに投影させたとするのは無理があるだろう。丸谷喜市がモデルである、とする場合も、あくまで同一人物ではなく、丸谷のような階層・学歴・職業・専攻・気質等が投影された青年と見るべきだろう。

(18)・(19)　注10、『日本近代文学大系23　石川啄木集』四一〇頁。

(20)　川那部保明「はてしなき議論の〈後〉へ――百万のつかれし人よ……」(『国文学　解釈と教材』一九九八・一一)。川那部は、この一文に続けて、「『本』を『読みさし』の『我』の心もこの思想の方にあって、だから思想と通底しない現実の『この国の女』を好きになれない」と指摘している。

(21)　アト・ド・フリース『イメージ・シンボル事典』(大修館書店、一九八四・三)参照。

(22)　注6『石川啄木と明治の日本』(一二二〜一二三頁)で、近藤典彦は、マルコ伝等にみられる、「葡萄酒＝(イエスの)血」というイメージと推定して、「イエスの血は『衆《おほ》くの人の為に流す所のもの』であった。つい五ヶ月前管野すがも多くの人々のために自らの血を流した(絞首刑になった)のであった。わたくしは、かくて、『葡萄酒』を管野すがの血の暗喩である、との解釈を提出する」と書いている。しかし、詩を読む際に、特定のモデルを念頭に置く必要はない。また、大逆事件で「血」を流した管野すがのイメージにひきずられすぎた解釈ではないだろうか。

なお、聖書の本文は、『旧新約全書』(米国聖書会社、一九〇四年)等を参照の上、『改約新約聖書』(米国聖書会社、一九一七年)を底本とした『文語訳新約聖書』(岩波書店、二〇一四・一)を使用した。

(23)「古酒新酒」には次のように書かれている。

門松を冥土の旅の一里塚と泣き笑ひしたる人この国にあれば、かなたには又古き酒袋に新らしき酒入れかへて人々新年とは呼ぶ、と叫びて白髯《はくせん》かきむしれる人もありしといふなる。(中略)

こゝに一盞《いっさん》の冷酒あり。これ、もとより貧しき我が家の新たに供へたる屠蘇にあらず、また到来の罎詰の口切たる芳醪《はうらう》にあらず。人々が飲みかたむけたる古き盃の底の一滴二滴、また新たに注がんとする新らしき樽の下洩りの三露四露、我が硯を盃にかへて聚《あつ》めたるもの、こゝにこの「古酒新酒」なり。

啄木は、故事を踏まえて、自身及び日本社会について、明治三八年を振り返りつつ、行く末について論じている、ここでは、啄木がこの故事を知っていたということを確認しておきたい。

(24) 注10に同じ。四一一頁。

(25) 神崎清編『大逆事件記録第一巻　新編獄中手記』（世界文庫、一九七一・一二）に「編者の言葉」として「『墓碑銘』はやや理想化されているが、労働者宮下太吉にささげたと思われる作品で、革命戦士ののこした事業をつごうとする誠実な誓いの言葉であつた」と書かれている。

(26) 注6、近藤典彦『石川啄木と明治の日本』一一八～一二三頁。

(27) 森山重雄は、「啄木は平出修の宅で、『大逆事件訴訟記録』の第一冊・第二冊を読んでいて、この事件の実質的部分を把握していたはずである。だから宮下の軽率な行動から事件が発覚するにいたる経過も、おぼろげながら知っていたであろう。初稿の段階で、或いは宮下を頭において、この詩を書いたかも知れないが、改稿の詩においては、宮下とも、労働者像ともちがったものになった」と指摘している（「石川啄木」『大逆事件＝文学作家論』三一書房、一九八〇・三、六二頁）。

(28) 注10に同じ。今井は「しまいこまれていた書籍の中にまぎれこませてあったわけで、当面必要ではないが、捨てきれぬ思いとかかわるようなたぐいの写真である」と指摘している（四一三～四一四頁）。

(29) 佐藤勝は、「啄木がここで示そうとしたのは、むしろ国禁の書と『若き女の写真』との関係であり、その両者の『古びたる鞄』の中での同居である。その一方は革命、争乱を予想させるものであるのに対して、他方は人を何らかの意味で浪漫的なところにいざないやすい。粗雑な言い表わし方をするなら、革命的浪漫主義とでもいうべきもの、あるいは社会主義とロマンチシズムとを同居させようとする心情、ないしはロマンチックなしかたで革命を空想もしくは翹望せんとする心情、それがこの詩を支配する詩情である」（『現代詩鑑賞講座』第四巻、角川書店、一九六九・六）と論じている。「同居」の指摘は重要であるが、後述の通り、「若き女の写真」が「わが友」にとって、思い出でしかない点をおさえておく必要があるように思われる。

(30) 河野仁昭「『悲しき玩具』と『一握の砂』」（村上悦也・上田博・太田登編『悲しき玩具　啄木短歌の世界』世界

思想社、一九九四・四、九六頁）。

（31）　なお、注6、『石川啄木論』で今井泰子は、「口笛」に関して次のように論じている。

「友」は「窓に凭り」「口笛」を吹く。窓外はもちろん闇である。『一握の砂』五四二（「目をとぢて／口笛かすかに吹きてみぬ／寝られぬ夜の窓にもたれて」――引用者補）がただちに想起されるに違いないが、それと比較するなら、これはいっそう悲しく、暗い。なぜというに、かの「口笛」は、目を閉じて闇を遮断し、かつ「伊藤」や「桂首相」への怒り――社会への怒りを直接吐露する諸歌と対応する形で歌われていた。ここで「口笛」と対応するものは、人生への哀憐の感すら漂わせる「美くしとにもあらぬ」女の写真である。かつ、もはや闇が遮断されることもない。そしてその写真さえ、必ずやふたたび国禁の書とともに鞄にしまわれるに違いない。闇の勝利。「友」に許される平常の日々は、心中奥深く夢を蔵して堪えるだけの日々なのである。

一連の詩は、かくしてかの「理性主義」と同じ心境に達するのであった。（三七五～三七六頁）

今井は、啄木が一九一一年五月七日の日記に「今日ひよいと『理性主義』といふことを考へた。（中略）言論の自由のない日本に於ては、かうした名の下に道徳的運動を起したらどうだらうといふに過ぎなかつた。『理性主義〈新道徳の基礎〉』かういふ本をかくことを空想した」と書いたことに対し、「理性主義」とは「現実に堪えるという諦めを表わす」（三五五頁）と述べている。しかし、右の解釈は、詩の世界の中で、「わが友」が「口笛」を吹く文脈を無視し、「わが友」と「われ」の対話的な構造を考慮せず、作者啄木の伝記的解釈に一気に結びつけたもののように思われる。今井の「理性主義」解釈の問題点については、石井勉次郎『私伝石川啄木終章』（和泉書院、一九八四・五、一、八～一三三頁）を参照。

（32）　吉田孤羊『石川啄木と大逆事件』（明治書院、一九六七・六）五三頁。初出は、金田一京助・土岐善麿・石川正雄編『石川啄木研究』（楽浪書院、一九三三・一一）で「啄木の思想生活に於ける最終の転換」の表題となっている。「大逆事件」「幸徳事件」「管野すが子」などは伏字になっている。

なお、注6、近藤典彦『石川啄木と明治の日本』（一一二三～一一二六頁）は、後述の「わが友」＝平出修説とともに吉田の説に賛同している。

（33）　注27、森山重雄「石川啄木」（『大逆事件＝文学作家論』六二二頁）。

(34)　注10、四一四頁。
(35)　木股知史「詩」(『石川啄木事典』おうふう、二〇〇一・九)。
(36)　注29で佐藤勝は、「『わが友』はまた詩人自身であっていい。つまり、ここにあるのは『わが友』と詩人との間の劇ではなく、むしろ詩人自身の心情内部の表白というに近いはずである」と論じている。『一握の砂』の「あまりある才を抱きて／妻のため／おもひわづらふ友をかなしむ」(96)、「人並の才に過ぎざる／わが友の／深き不平もあはれなるかな」(99)、「わが友は／今日も母なき子を負ひて／かの城址にさまよへるかな」(543)の「友」が、歌集の主人公の分身である事を考えれば、「古びたる鞄をあけて」の「わが友」も〈われ〉の分身であり、佐藤が言うように、詩人啄木の分身でもあるだろう。私的領域と〈実践〉との相剋は〈われ〉にも作者啄木の中にもあったのである。
(37)　注6、近藤典彦『石川啄木と明治の日本』二二七頁。
(38)　近藤典彦『国家を撃つ者　石川啄木』(同時代社、一九八九・五)二四四、二四六頁。
(39)　注35に同じ。
(40)　安元隆子「『呼子と口笛』論——詩人の復活論」(『石川啄木とロシア』翰林書房、二〇〇六・二、二一九頁)は、「詩稿ノート」について、「全体を見れば『一』『八』『九』が現在の視点に立脚し、革命の不可能性や革命運動の疲労感を表出しているのに対し、革命運動の色濃い『二』から『七』までを過去のものとして回想し、入れ子型に包んでいるのだ」と指摘している。
　基本的に賛成できるが、若干修正を加えれば、「一」は序の性格を強く持った〈現在〉、「二」「三」「四」は現在進行形的にうたわれているものの、続く「五」「六」「七」の回想詩群において〈過去〉の出来事として位置付け直される。「八」において〈現在〉に近づくが、「はてしなき議論の後の／疲れたる心を抱き」とあるように、「一」に接続しており、これも〈過去〉の時間に属する。「九」だけが〈われ〉の〈現在〉を伝えるものである。
(41)　注4参照。
(42)　なお、六月一七日入手説への批判については、注40の安元隆子『石川啄木とロシア』二一五〜二一七頁参照。
(43)　注2で、岩城は、「当時は大逆事件終結後の社会主義の『冬の時代』といわれるおもくるしい時代であった点から考えて、啄木は発表に当って（詩集として刊行する場合も含めて）『革命の思想はひらめけども――』という強い表現を持つ序曲を除くということも十分ありうるわけで、一を除いたため長詩の構成がくずれたので八・九を除いて六篇のみを発表するということも考えられる」と論じている。

(44)　なお、注40の論考で安元は、「〈はてしなき議論〉に象徴される現在の疲労感、失望、そう言った下降する心情が強く表れた詩を除くことで、啄木は革命を題材にした詩の蘇生を目指そうとしたのではないか」、そのことによって「革命への志向が強調される結果となった」と論じている（二一九～二二〇頁）。本文で述べたように、時間的制約の問題とともに、そのような「革命への志向」自体を相対化する視点が詩編にあることを見ておく必要があるように思われる。

(45)　注27の森山重雄『大逆事件＝文学作家論』、六六頁。また、注38の近藤典彦『国家を撃つ者　石川啄木』三〇〇～三〇一頁参照。

(46)　注10、『日本近代文学大系23　石川啄木集』四一七頁。

(47)　注6、今井泰子『石川啄木論』、三八五頁。

(48)　注38『国家を撃つ者　石川啄木』（三〇二～三〇五頁）で、近藤は、当時の「飛行機像」を分析し、「『空想』『空想に近い希望』『憧憬』『夢』等の象徴とするのは当時の普遍的飛行機像にてらすと微妙な誤解を含んでいる」と指摘し、「夢を持った男たちの夢を現実にかえつつある営みの、そして繰りかえす失敗をのりこえて前進する英知・不屈の意志・楽天性の、それは象徴である、ということになろう」と述べている。

(49)　注35で、木股は「詩としては、連の対比によって暗示的な意味が生み出され、遠い蒼空に浮かぶ飛行機は、少年の心の中を通過していると読むことが可能になる。少年の心には蒼空があり、そこには、希望の飛行機が浮かんでいる。局所にいて彼方を夢見るという二重性が見事に表現されているのだ」との解釈を示している。

(50)　なお、注35で木股は、「八」を『創作』や『呼子と口笛』から省いた理由として「知的に構成された変革の意志と、生活意識の底にある虚無の対比が、『呼子と口笛』の物語性そのものを解体させかねないからだと、考えることもできるだろう」と指摘している。ただし、先述の通り、『創作』稿に関しては、投稿当時の時間的制約の問題が大きかったように思われる。

（51）注6、『石川啄木論』三八六～三八七頁。今井には、「はてしなき議論の後」を論じたときも「青年たちにおける認識と行動の分裂は、ただちに啄木における理想と現実の乖離、理論と行為の懸隔を意味する」（『石川啄木論』三六九頁）とみなすなど、作者＝詩的世界の〈われ〉の混同がみられる。しかし、作品に表れた作者の〈思想〉は、「はてしなき議論の後」や『呼子と口笛』でいえば、詩編全体から判断すべきであって、個々の詩に「作者の分身」をあてはめていくのは必ずしも有効とはいえない。

（52）「食ふべき詩」執筆当時、口語自由律の試みとして『東京毎日新聞』に断続的に発表された詩編の題が「心の姿の研究」であるが、その言葉を借用した。

（53）注35で、木股は、「文語を用いたのは、『呼子と口笛』が物語詩であるため、口語による記述では散文と同化してしまうという当時の口語詩のアポリアを避けるという意図がはたらいているだろう」と指摘している。

石川啄木略年譜・執筆評論・同時代文学年表

啄木の評論・エッセイ欄における※は、啄木の作であることが確定されていないものである。

同時代作品に関しては、発表月のみ記した。同時代の主要作品をはじめ、本書で取り上げられている作品で重要なものを記している。

単行本もしくはのちに単行本としてまとめられる作品に関しては二重カッコで記した。

年譜事項	啄木の評論・エッセイ	同時代動向・文学・評論
一八八六(明治一九)年		
二月二〇日、岩手県南岩手郡日戸村曹洞宗常光寺で、父一禎、母工藤カツの間に長男として生まれた(戸籍上の日付・前年の一八八五年誕生説がある)。父が僧籍にあったため、戸籍姓は「工藤」。本名は一(はじめ)。長姉サタ(11歳)、次姉トラ(9歳)。		二葉亭四迷「小説総論」(4) 徳富蘇峰『将来之日本』(経済雑誌社、10)
一八八七(明治二〇)年		
三月、父一禎が宝徳寺住職に転じたため、北岩手郡渋民村に移住した。		徳富蘇峰、民友社を創立、『国民之友』創刊(2) 中江兆民『三酔人経綸問答』(5) 二葉亭四迷『浮雲』第一篇(6)
一八八八(明治二一)年		
一一月二〇日、妹ミツ(光子)出生。		政教社結成(4) 二葉亭四迷訳・ツルゲーネフ「あひびき」(7〜8)

年	事項	文学関連事項
一八八九（明治二二）年		大日本帝国憲法発布（2） 北村透谷「楚囚之詩」（4） 森鷗外ほか『於母影』（8） 幸田露伴『風流仏』（9）
一八九〇（明治二三）年		教育勅語発布（10） 『国民新聞』創刊（2） 森鷗外「舞姫」（1）
一八九一（明治二四）年	五月二日、岩手郡渋民尋常小学校に入学。 一二月、長姉サタが田村末吉（後に叶）と結婚。	没理想論争始まる（9） 森鷗外「文づかひ」（1） 北村透谷「蓬莱曲」（5） 幸田露伴「五重塔」（11～92・3）
一八九二（明治二五）年	九月、母工藤カツの籍が石川となり、啄木も石川姓になる。	北村透谷「厭世詩家と女性」（2） 正岡子規『獺祭書屋俳話』（6～10）
一八九三（明治二六）年		『文学界』創刊（1） 北村透谷「人生に相渉るとは何の謂ぞ」（2）
一八九四（明治二七）年		日清戦争（7） 高山樗牛「滝口入道」（4～5） 与謝野鉄幹「亡国の音」（5） 志賀重昂『日本風景論』（10）

泉鏡花「義血俠血」(11)
徳富蘇峰『大日本膨張論』(12)

一八九五(明治二八)年

三月、渋民尋常小学校を卒業。
四月、盛岡高等小学校に入学。母方の叔父工藤常象(つねかた)の家に寄宿。

日清講和条約・三国干渉(4)。
『太陽』『帝国文学』創刊(1)
樋口一葉「たけくらべ」(1～96・1)
広津柳浪「変目伝」(2～3)
泉鏡花「外科室」(6)
一葉「にごりえ」(9)
正岡子規「俳諧大要」(10～12)

一八九六(明治二九)年

早春、母方の伯母海沼イヱの娘ツヱ、孫の慶治の住む盛岡市新築地に移る。

尾崎紅葉「多情多恨」(2～6、9～12)
森鷗外、幸田露伴、斎藤緑雨「三人冗語」(3～7)
与謝野鉄幹『東西南北』(7)
広津柳浪「今戸心中」(7)

一八九七(明治三〇)年

八月、次姉トラが山本千三郎と結婚。

尾崎紅葉『金色夜叉』(1～02・5)
国木田独歩ら『抒情詩』(4)
高山樗牛「日本主義を賛す」(6)
島崎藤村『若菜集』(8)

一八九八(明治三一)年

四月、岩手県盛岡尋常中学校に入学。

『心の花』創刊(2)
『中学世界』創刊(9)
国木田独歩「今の武蔵野」(1～2)
正岡子規「歌よみに与ふる書」(2～3)
内田魯庵「くれの廿八日」(3)

独歩「忘れえぬ人々」(4)
土井晩翠訳・カーライル『英雄論』(5)
徳富蘆花『不如帰』(11～99・5)

一八九九（明治三二）年

この頃、近隣在住の掘合忠操の長女節子と知り合う。

『中央公論』創刊(1)
正岡子規、根岸短歌会始める(3)
与謝野鉄幹、新詩社を創立(11)
土井晩翠『天地有情』(4)
横山源之助『日本之下層社会』(4)
高山樗牛『近世美学』(9)
子規『俳人蕪村』(12)

一九〇〇（明治三三）年

義兄田村叶家に移る。

阿部修一郎、小沢恒一、伊東圭一郎らと英語の自修サークルユニオン会を結成する。

この年、及川古志郎、野村長一、金田一京助と交流し、金田一から『明星』を借りる。

治安警察法公布(3)
『明星』創刊(4)
泉鏡花「高野聖」(2)
徳富蘆花『おもひ出の記』(3～01・3)
小杉天外『はつ姿』(8)
蘆花『自然と人生』(8)

一九〇一（明治三四）年

この年のはじめから校内刷新運動はじまる。啄木の在籍する丁三年級でもストライキ参加を決議した。

九月、回覧雑誌『爾伎多麻（にぎたま）』発行。啄木は翠江の署名で発表。

一二月、『岩手日報』に「白羊会詠草」を発表。


七日の記・死・嗜好（爾伎多麻、9・21）

社会民主党結成されるも即日禁止(5)
高山樗牛「文明批評家としての文学者」(1)
正岡子規「墨汁一滴」(1～7)
国木田独歩『武蔵野』(3)
与謝野鉄幹『紫』(4)
幸徳秋水『廿世紀の怪物帝国主義』(4)
中島徳蔵「ニイチエ対トルストイ主義」(6)

この年、高山樗牛の評論に大きな影響を受ける。

堀合節子との恋愛が進展する。

登張竹風「フリイドリヒ、ニイチエを論ず」（6～8、11）
与謝野晶子『みだれ髪』（8）
樗牛「美的生活を論ず」（8）
長谷川天渓「美的生活とは何ぞや」（8）
竹風「ニーチエ主義と美的生活」（10）
独歩「牛肉と馬鈴薯」（11）

一九〇二（明治三五）年

四月、学年末試験での不正行為のため譴責処分を受けた。

七月、一学期期末試験で不正行為をし、処分を受ける。

一〇月、『明星』に「白蘋」の名で歌一首がはじめて掲載される。

同月、「家事上の或る都合」を理由に退学。

同月三一日、上京。

日記「秋韷笛語」をつけはじめる。

一一月九日、新詩社の会合に初めて出席。

以後、歌作に励む一方、図書館に通って文学書を読み、翻訳の仕事で生計を立てようとするが、かなわず、窮乏のうちに患う。

『草わかば』を評す（岩手日報、1・11、12）
寸舌語（岩手日報、3・11～19、4回）
五月乃文壇（岩手日報、5・30～6・1、3回）
※『ゴルキイ』を読みて（岩手日報、6・20）
※夏がたり（岩手日報、6・21）

日英同盟（1）
『成功』創刊（10）
小杉天外『はやり唄』（1）
蒲原有明『草わかば』（1）
姉崎嘲風「高山樗牛に答ふるの書」（2～3）
田山花袋『重右衛門の最後』（5）
綱島梁川「悲哀の高調」（5）
正岡子規「病床六尺」（5～9）
内田魯庵『社会百面相』（6）
高山樗牛「日蓮上人と日本国」（7）
国木田独歩「少年の悲哀」（8）
永井荷風『地獄の花』（9）
『透谷全集』（10）
片山潜「青年に対する二種の圧制」（10）
独歩「空知川の岸辺」（11～12）

一九〇三（明治三六）年

二月、父一禎に伴われて帰郷。

故郷で静養中、五月から六月にかけて評論

ワグネルの思想（岩手日報、5・31～6・10、7回）

幸徳秋水、堺利彦ら平民社結成、『平民新聞』創刊（11）
藤村操の自殺（5）

「ワグネルの思想」を『岩手日報』に発表。 一一月、新詩社同人となる。 一二月、「啄木」の署名で、『明星』に詩五編(「愁調」)を発表。 秋頃から翌年二月上旬にかけて最初の詩稿ノート「EBB AND FLOW」を作る。	無題録(岩手日報、12・18、19)	小杉天外『魔風恋風』(2~9) 蒲原有明『独絃哀歌』(5) 幸徳秋水『社会主義神髄』(7) 野口米次郎『東海より』(10) 森鷗外訳・ゴビノウ『人種哲学梗概』(10) 姉崎嘲風「性格の人高山樗牛」(12)
一九〇四(明治三七)年		
一月、野口米次郎に渡米希望の手紙を送るなど、一時渡米を考える。 同月、姉崎嘲風に書簡を初めて送る。 二月、堀合節子と婚約。 同月、日露開戦に熱狂する。三月、評論「戦雲余録」を発表。 一〇月末に詩集刊行の方策のため上京し、翌年五月まで滞在した。 一二月二六日、父一禎、曹洞宗宗務局より「宗費怠納ノ為住職罷免」の処分を受ける。 この年、『明星』、『太陽』、『帝国文学』、『時代思潮』に詩作品を発表。	詩壇一則(岩手日報、1・1) 樗牛会に就て(岩手日報、1・24、26) 戦雲余録(岩手日報、3・3~19、8回) 渋民村より(岩手日報、4・28~5・1、4回) 秋草一束(盛岡中学校校友会雑誌、11・20)	日露戦争(2) 全国の小学校で国定教科書使用開始(4) 『新潮』創刊(5) 木下尚江『火の柱』(1~3) 姉崎嘲風『復活の曙光』(1) 幸徳秋水「吾人は飽くまで戦争を非認す」(1) 田山花袋「露骨なる描写」(2) 国木田独歩「春の鳥」(3) 秋水「嗚呼!増税」(3) 嘲風「高山樗牛と日蓮上人」「信仰の人高山樗牛」(3) 木下尚江「敬愛なる朝鮮」(6) 堺利彦・幸徳秋水訳「トルストイ翁の日露戦争論」(8) 与謝野晶子「君死にたまふこと勿れ」(9) 晶子「ひらきぶみ」(11) 正岡子規『竹乃里歌』(11) 堺・幸徳訳「共産党宣言」(11) 尚江『良人の告白』(12、05・7、11)
一九〇五(明治三八)年		
一月五日、新詩社の新年会に出席。 三月、郷里では、一家が宝徳寺を退去。	わかば衣(東北新聞、5) 閑天地(岩手日報、6・9~	日露講和条約調印、日比谷で講和条約反対国民大会、騒乱に(9)

四月、父ら盛岡市内に転籍。

五月、詩集『あこがれ』を東京の小田島書房から出版。

同月、堀合節子と結婚。三〇日に開催された友人主宰の結婚披露宴を欠席、友人を多く失うことになる。

六月、盛岡での新居生活はじまる。父母、妹、節子との五人の生活。

九月五日、文芸雑誌『小天地』第一号発刊。主幹・編集人石川一。一号のみで終わる。

7・18、21回）
岩手県師範学校校友会雑誌を読む（岩手日報、8・4〜15、17回）

夏目漱石『吾輩は猫である』（1〜06・8）
与謝野晶子、山川登美子、増田雅子『恋衣』（1）
小栗風葉『青春』（3〜06・11）
薄田泣菫『二十五絃』（5）
蒲原有明『春鳥集』（7）
国木田独歩『独歩集』（7）
綱島梁川「予が見神の実験」『梁川文集』（7）
梁川『病間録』（9）
窪田空穂『まひる野』（9）
上田敏訳『海潮音』（10）
堺利彦『通俗社会主義』（12）

一九〇六（明治三九）年

一月、評論「古酒新酒」を『岩手日報』に掲載。〈天才主義〉を再確認。

三月、曹洞宗宗務局より父一禎に対し特赦発令。帰村した父と宝徳寺復帰運動を始めるため、渋民村に帰る。

四月、渋民尋常高等小学校に代用教員として勤務。月給八円。

六月一〇日から一五日間の農繁休暇を使って上京。創作活動への刺激を受ける。

七月、小説「雲は天才である」を執筆（一一月補筆）。

同月、小説「面影」を執筆。

一一月、小説「葬列」を執筆（一二月、『明星』に掲載）。

一二月、長女京子生まれる。

古酒新酒（岩手日報、1・1）

第一次西園寺内閣（1）
日本社会党結成（2）
鉄道国有法公布（3）
満鉄（南満州鉄道株式会社）設立（11）
第二次『早稲田文学』創刊（1）
島村抱月「囚はれたる文芸」（1）
島崎藤村『破戒』（3）
国木田独歩『運命』（3）
夏目漱石「坊っちゃん」（4）
片山孤村「郷土芸術論」（4〜5）
薄田泣菫『白羊宮』（5）
上田敏「マアテルリンク」（5、6）
岩野泡鳴『神秘的半獣主義』（6）
漱石「草枕」（9）
二葉亭四迷『其面影』（10〜12）

長谷川天渓「幻滅時代の芸術」（10）
久津見蕨村『無政府主義』（11）
岩野泡鳴『泡鳴詩集』（11）
木下尚江『懺悔』（12）

一九〇七（明治四〇）年

三月、父一禎、宝徳寺再任をめぐる抗争に疲れ、家出。

四月、校内刷新の名目で遠藤校長排斥のストライキを高等科の生徒に指示して決行。啄木に免職の辞令が下った。

五月、北海道に向けて出発、苜蓿社同人に迎えられて函館に入る。『紅苜蓿』の編集に従事する一方、商工会議所の臨時雇となる。

六月、弥生尋常小学校代用教員になる。ここで女教師橘智恵子を知る。

七月、妻子と母を迎え青柳町に一家を構える。

同月、小説「漂泊」を『紅苜蓿』に発表。

八月、小学校に在職のまま函館日日新聞社の遊軍記者となる。同月、函館大火発生。啄木一家は罹災を免れたが、学校、新聞社は焼失。

九月、札幌の北門新報社校正係を経て、小樽日報に転出。

一二月、小樽日報退社、給料未払いのまま年末を迎える。

林中書（盛岡中学校校友会雑誌、3・1）
六月の雑誌界（紅苜蓿、7・10）
秋風記（北門新報、9・18）
一握の砂（盛岡中学校校友会雑誌、9・20）
綱島梁川氏を弔ふ（北門新報、9・24〜27、3回）
初めて見たる小樽（小樽日報、10・15）
冷火録（小樽日報、10・31）
主筆江東を送る（小樽日報、11・19）
下田歌子辞職の真相（小樽日報、11・29、30）
家庭より小学教師に望む事共（小樽日報、12・6、7）

日本社会党結社禁止される（2）
第三次日韓協約調印（7）
柳田國男、田山花袋らイプセン会組織（2）
相馬御風ら、早稲田詩社創立（3）
夏目漱石「野分」（1）
泉鏡花『婦系図』（1〜4）
岩野泡鳴「自然主義的表象詩論」（4）
片上天弦「平凡醜悪なる事実の価値」（4）
赤羽巌穴「必要は権威也」（4）
幸徳秋水『平民主義』（4）
真山青果「南小泉村」（5、08・5）
島村抱月「今の文壇と自然主義」（6）
漱石『虞美人草』（6〜10）
田山花袋「蒲団」（9）
正宗白鳥『紅塵』（9）
川路柳虹「塵溜」他三篇（9）
天弦「無解決の文学」（9）
二葉亭四迷『平凡』（10〜12）
長谷川天渓「論理的遊戯を排す」（10）
抱月ら「『蒲団』合評」（10）
太田正雄「太陽記者長谷川天渓氏に問ふ」（11）
抱月「梁川、樗牛、時勢、新自我」（11）

天弦「人生観上の自然主義」(12)

一九〇八(明治四一)年

一月、西川光二郎らの社会主義演説会を聞く。

同月、釧路新聞社への入社が決まり、家族を小樽に残して、単身釧路へ向かう。釧路新聞社では編集長格で活躍、この時芸者小奴を知る。

三月、評論「卓上一枝」を『釧路新聞』に連載。

四月、東京での創作活動を志して、家族を函館の宮崎郁雨に託して、単身上京。

五月、金田一京助の好意で、本郷区の赤心館に同宿。

この間、小説作品をいくつか書くが、文壇には受け入れられず、苦悶の日々を送る。

そうした中で「東海の小島の磯の白砂に」をはじめとする多くの歌ができる。

この頃、植木貞子との関係深まる。

「石破集」(短歌)を『明星』七月号に発表。

七月、「明治の文人で一番予に似た人は独歩だ！」と日記に書く。

九月、金田一京助の助けで蓋平館に移る。

一一月から一二月にかけて小説「鳥影」を『東京毎日新聞』に連載する。

雪中行(釧路新聞、1・24、25)
新時代の婦人(釧路新聞、1・28)
雲間寸観(釧路新聞、1・29〜2・25、5回)
予算案通過と国民の覚悟(釧路新聞、2・21)
卓上一枝(釧路新聞、3)
北海の三都(稿、5)
悲しき思出(稿、9)
空中書(岩手日報、10・13〜16、3回)
日曜通信(岩手日報、10・30〜11・1、3回)

日露戦後恐慌(1)
赤旗事件(6)
第二次桂内閣(7)
戊申詔書(10)
煤煙事件(3)
国木田独歩死去(6)、雑誌に特集号
『アララギ』創刊(10)
『明星』終刊(11)
パンの会発足(12)
正宗白鳥「何処へ」(1〜4)
田山花袋「一兵卒」(1)
蒲原有明『有明集』(1)
長谷川天渓「現実暴露の悲哀」(1)
島村抱月「文芸上の自然主義」(1)
生田葵山「都会」(2)
相馬御風「自ら欺ける詩界」(2)
二葉亭四迷「私は懐疑派だ」「文壇を警醒す」(2)
片上天弦「未解決の人生と自然主義」(2)
国木田独歩「不可思議なる大自然」(2)
御風「詩界の根本的革新」(3)
天渓「所謂余裕派小説の価値」(2)
花袋『生』(4〜7)
島崎藤村『春』(4〜8)
天渓「自然主義と本能満足主義との別」(4)
天渓「無解決と解決」(5)

抱月「自然主義の価値」（5）
御風「痩犬」（5）
岩野泡鳴「刹那主義と生慾」「霊肉合致の事実」（5）
天渓「現実主義の諸相」（6）
四迷「予が半生の懺悔」（5）
天渓『自然主義』（7）
永井荷風『あめりか物語』（8）
田中王堂（喜一）「我国に於ける自然主義を論ず」（8）
抱月「芸術と実生活の界に横たはる一線」（9）
花袋「『生』に於ける試み」（9）
夏目漱石『三四郎』（9～12）
花袋『妻』（10～09・2）
泡鳴『新自然主義』（10）
内田魯庵ほか「文芸は男子一生の事業とするに足らざる乎（11）」

一九〇九（明治四二）年

一月、「スバル」創刊。発行名義人は石川啄木。

小説「赤痢」を『スバル』一月号に発表。

小説「足跡」を『スバル』二月号に発表。

三月、東京朝日新聞に校正係として就職。

四月七日から六月一六日にかけて『ローマ字日記』を書く。

六月、北海道に残してきた家族が宮崎郁雨に伴われて上京。本郷弓町の床屋新井方に移る。

一〇月、小説「葉書」を『スバル』に発表。

樗牛死後（稿、2）
一握の砂（稿、5）
胃弱通信（岩手日報、5・26～6・2、4回）
余が地方雑誌に対する意見（敷島、7・5）
汗に濡れつゝ（函館日日新聞、7・25～8・5、9回）
汗に濡れつゝ（稿、7）
氷屋の旗（東京毎日新聞、8・31）

新聞紙法公布（5）
伊藤博文殺される（10）
『スバル』創刊（1）
後藤宙外ら文芸革新会結成（4）
人見東明ら自由詩社結成（4）
二葉亭四迷、ロシアより帰国途上死去（5）
『東京朝日新聞』誌上に「朝日文芸欄」開設（11）
田中王堂「具体理想主義は如何に現代の道徳を理解するか」（1）
金子筑水「新価値論」（1）
相馬御風「詩界革新の一年」（1）

同月二日、妻節子、置き手紙を残し、京子を連れて盛岡の実家に帰る。啄木は大きな衝撃を受けた。二六日、節子戻る。節子の家出事件以後、旺盛な評論執筆活動が展開される。

一日中の楽しき時刻（東京毎日新聞、9・24）
百回通信（岩手日報、10・5～11・21、28回）
（無題：「私は漱石氏の～」、稿、10）
正直に言へば（トクサ、10・31）
弓町より　食ふべき詩（東京毎日新聞、11・30～12・7、7回）
暗い穴の中へ（稿）
きれぎれに心に浮ぶ感じと回想（稿）
きれぎれに心に浮んだ感じと回想（スバル、12・1）
文泉子に与ふ（稿、12・6）
文学と政治（東京毎日新聞、12・19、21）
哲学の実行（田中、金子二氏の所論を読む）（稿）

森田草平『煤煙』（1～5）
幸徳秋水訳・クロポトキン『麵麭の略取』（1）
田山花袋「評論の評論」（1）
岩野泡鳴「耽溺」（2）
森鷗外「半日」（3）
永井荷風『ふらんす物語』（3）
泡鳴「実行文芸、外数件」（3）
北原白秋『邪宗門』（3）
与謝野晶子『佐保姫』（5）
泡鳴「デカダン論　外数件」（4）
島村抱月「観照即人生の為也」（5）
徳田秋江「島村抱月氏の『観照即人生の為也』を是正す」（5～7）
王堂「文芸に於ける具体理想主義」「近世文壇に於ける評論の位置」（5）
筑水「文芸と実人生」（5）
夏目漱石『それから』（6～10）
抱月『近代文芸之研究』（6）
岩城準太郎『増補　明治文学史』（6）
抱月「第一義と第二義」（6）
石橋湛山「観照と実行」（6）
鷗外『ヰタ・セクスアリス』（7）
相馬御風「自然主義論最後の試練」（7）
草平「ポシビリティの文学」（7）
長谷川天渓「芸術と実行」（8）
坪内逍遥・内田魯庵『二葉亭四迷』（8）
永井荷風『歓楽』（9）

抱月「懐疑と告白」(9)
王堂「岩野泡鳴氏の人生観及び芸術観を論ず」(9)
石橋湛山「第一義の本質」(9)
小宮豊隆「『懐疑と告白』と『移転前後』」(9)
安倍能成「軽易なる懺悔」(10)
荷風「帰朝者の日記」(10)
花袋『田舎教師』(10)
花袋『インキツボ』(11)
渋川玄耳「恐ろしい朝鮮」(11)
荷風「すみだ川」(12)
荷風「冷笑」(12～10・2)
王堂「生活の価値生活の意義」(12)
魚住折蘆「真を求めたる結果」(12)
阿部次郎「驚嘆と思慕」(12)

一九一〇(明治四三)年

一月九日付大島経男宛書簡で、自己及び自己の生活、日本人の生活の改善を求める現在の心境を綴る。

この頃、クロポトキン『麵麭の略取』を読んだか。

三月頃、『二葉亭四迷全集』第一巻の校訂終わる。

三月一三日付宮崎郁雨宛書簡で、前年秋以降の生活実験の破綻と「意識しての二重生活」を告げる。

四月、第一歌集の編集にとりかかる。

小説「道」を『新小説』四月号に発表。

一年間の回顧(スバル、1・1)
巻煙草(スバル、1・1)
性急な思想(東京毎日新聞、2・13～15、3回)
硝子窓(新小説、6・1)
文学の値下(稿)
所謂今度の事(稿、6～7か)
我が最近の興味(曠野、7・10)
〝NAKIWARAI〟を読む(東京朝日新聞、8・3)
紙上の塵(東京毎日新聞、8・

大逆事件の検挙始まる(5)
韓国併合(8)
大審院、幸徳ら二六人に対する非公開の公判開始(12)
『創作』創刊(3)
『白樺』創刊(4)
『三田文学』創刊(5)
第二次『新思潮』創刊(9)
安倍能成「自己の問題として見たる自然主義的思想」(1)
岩野泡鳴「悲痛の哲理」(1)
阿部次郎「自ら知らざる自然主義者」(2)
長谷川天渓「自己分裂と静観」(2)

五月から六月にかけて小説「我等の一団と彼」を執筆する。

六月、大逆事件に衝撃を受ける。

この頃、社会主義文献を集める。クロポトキン『麺麭の略取』を再読し、久津見蕨村『無政府主義』を読んだか。

八月下旬頃、「時代閉塞の現状」を執筆するも発表されず。

九月、「朝日歌壇」の選者となる。

「九月の夜の不平」（短歌、『創作』10月）

一〇月四日、長男真一誕生、同月、二十七日死亡。

一二月、歌集『一握の砂』出版。

4～9・5、4回）
※女郎買の歌（東京朝日新聞、8・6）
時代閉塞の現状（稿、8月下旬頃）
知己の娘（ムラサキ、9・1）
窓の内・窓の外（稿）
吉井君の歌（東京朝日新聞、9・23）
一利己主義者と友人との対話（創作、11・1）
田園の思慕（田園、11・25）
歌のいろ〳〵（東京朝日新聞、12・10～20、5回）
（無題：「幸徳等所謂～」、稿）

安倍能成「『それから』を読む」「自然主義に於ける浪漫的傾向」（2）
阿部次郎「自ら知らざる自然主義者」（2）
夏目漱石『門』（3～6）
森鷗外『青年』（3～11・8）
田山花袋『縁』（3～8）
与謝野寛『相聞』（3）
前田夕暮『収穫』（3）
次郎「再び自ら知らざる自然主義者」（3）
小宮豊隆「『それから』を読む」（3）
近松秋江『文壇無駄話』（3）
片上天弦「自然主義の主観的要素」（4）
志賀直哉「網走まで」（4）
正宗白鳥「動揺」（4）
徳田秋江『別れたる妻に送る手紙』（4～7）
土岐哀果『NAKIWARAI』（4）
若山牧水『別離』（4）
能成「自然主義に於ける主観の位置」（4）
長塚節『土』（6～11）
柳田國男『遠野物語』（6）
次郎「『それから』を読む」（6）
魚住折蘆「自然主義は窮せしや」（6）
泡鳴『放浪』（7）
折蘆「自己主張の思想としての自然主義」（8）
天弦「快楽主義の文芸」（8）
吉井勇『酒ほがひ』（9）
金子筑水「快楽主義の文芸を排す」（9）

能成「歓楽を追ふ心」（9）
尾上柴舟「短歌滅亡私論」（10）
折蘆「歓楽を追はざる心」「穏健なる自由思想家」（10）
能成「現代に殉ぜし人」（10）
漱石「思ひ出す事など」（10～11・2）
谷崎潤一郎「刺青」（11）
鷗外「沈黙」（11）

一九一一（明治四四）年

一月、弁護士平出修より、幸徳秋水が獄中から送った「陳弁書」を借り、書写。さらにノート「日本無政府主義者隠謀事件経過及び附帯現象」を作る。

同月、土岐哀果と雑誌『樹木と果実』の創刊を計画する
二月、慢性腹膜炎のため大学病院に入院。

三月、退院、自宅で療養。

四月、『樹木と果実』の発行計画が難航、土岐哀果と相談のうえ、断念する。

五月、幸徳秋水の陳弁書を筆写し、自身の解説をつけた「A LETTER FROM PRISON」を作成。

この頃、トルストイの『日露戦争論』を筆写、感想を付す。

六月、妻節子の盛岡の実家への里帰りをめぐって深刻なトラブルがおこる。

同月、九篇からなる詩「はてしなき議論の後」をもとに詩集『呼子と口笛』を計画。

大硯君足下（稿、1・7）
日本無政府主義者隠謀事件経過及び附帯現象（稿、1）
第十八号室より（稿、2）
郁雨に与ふ（函館日日新聞、2・20～3・7、8回）
日露戦争論（トルストイ）（稿、4～5）
小説「墓場」に現れたる著者木下氏の思想と平民社一派の消息（稿）
A LETTER FROM PRISON（稿、5）
抒情小曲集〝思ひ出〟（稿）
平信（稿、11）

大逆事件被告に判決、一二名を死刑執行（1）
南北朝正閏問題（2）
『青鞜』創刊（9）
与謝野晶子「婦人と思想」『春泥集』（1）
西田幾多郎『善の研究』（1）
生田長江訳・ニーチェ『ツァラトゥストラ』（1）
石橋湛山「絶対者倒潰と智見の時代」（1）
幸徳秋水『基督抹殺論』（2）
徳富蘆花「謀反論」（講演、2）
武者小路実篤『お目でたき人』（2）
阿部次郎、安倍能成、小宮豊隆ら『影と声』（3）
晶子「女子の独立自営」（4）
田山花袋「描写論」（4）
田中王堂『書斎より街頭に』（5）
豊隆「此ごろの浪漫主義」（5）
北原白秋『思ひ出』（6）
晶子『一隅より』（7）
正宗白鳥「泥人形」（7）
能成「文壇の高等遊民」（8）

七月、病状悪化。
八月、小石川区久堅町に転居。
九月、宮崎郁雨の節子への手紙が原因で、郁雨と義絶。

徳田秋声「黴」(8)
夏目漱石「現代日本の開化」(講演、8)
平塚らいてう「元始女性は太陽であつた」(9)
晶子「そゞろごと」(9)
森鷗外『雁』(9～13・5)
島崎藤村『家』(11)
谷崎潤一郎「秘密」(11)
岩野泡鳴『発展』(12～12・3)

一九一二(明治四五)年

二月二〇日で日記終わる。
三月七日、母カツ肺結核で死去。
四月一三日、父、妻、友人若山牧水に見守られて永眠。
六月、遺歌集『悲しき玩具』刊行。
九月、節子、遺児を連れて函館の実家に戻る。

病室より(学生、1)
新しい歌の味ひ(稿、1)

明治天皇死去(7)
憲政擁護大会(12)
『近代思想』創刊(10)
夏目漱石『彼岸過迄』(1～4)
森鷗外「かのやうに」(1)
姉崎嘲風「文は人なり」(1)
「所謂高等遊民問題」(新潮、2)
田中王堂『哲人主義』(2、4)
片上伸「生の要求と芸術」(3)
若山牧水『死か芸術家』(4)
石橋湛山「自己観照の足らざる文芸」(5)
「教育ある遊民の処置問題」(中央公論、7)
相馬御風『黎明期の文学』(9)
鷗外「興津弥五右衛門の遺書」(10)
平出修「計画」(10)
漱石『行人』(12～13・11)

一九一三年(大正二年)

五月五日、節子、肺結核のため死去。

北原白秋『桐の花』(1)

五月二五日、『啄木遺稿』刊行。

石橋湛山「我れに移民の要無し」（5）
大杉栄「生の拡充」（7）
平出修「逆徒」（9）
近松秋江「疑惑」（9）
斎藤茂吉『赤光』（10）

あとがき

石川啄木は二六歳で亡くなっているが、現在の私はその倍の年数を生き、まさに馬齢を重ねてしまった。平均寿命の短かった時代の人々はそれだけの〈密度〉をもって生きているため、単純な比較はできないだろうし、何よりも才能ある文学者と比較することさえおこがましいことではある。しかし、年を取った分だけ、また、啄木が生きた時代以後を知ることのできる利も手伝って、二六歳で亡くなった青年が残したものを、多少なりとも客観的に後世に伝える事ができるのではないかと思っている。

本書収録の論文を執筆するに際し、「天才啄木」などという言い古された決まり文句を排して「等身大の啄木」という言葉を念頭におきつつ、啄木の書いたものの出典を調べ、また同時代的に見てそれがどのような意味を持つのか、ということを中心に考えてきた。啄木の文学的評価を貶めるためにそうするのではない。さまざまな同時代的な影響や発想の共通性を〝引き算〟しても、なおも残るものがあり、そこに評価すべきものがあると思ったからだ。

そうした中で、啄木が知的好奇心に加え、自身の生き方を求めて同時代言説を貪欲に吸収し続けていたこと、そして、それが啄木と同時代の「青年」たちとの共通点でもあることなどを改めて確認することができた。もちろん、国家と個人との関係を問題化して考察した評論「時代閉塞の現状」をはじめ、いくつかの評論が同時代言説の中で抜きん出ていることはまちがいないだろう。しかし、そこには、二六歳の啄木自身が論じ尽くせていないことや事実誤認もある。

啄木が後世に名を残すことができたのは、同時代人の思いや〈思想〉を普遍的なものとして昇華し、〈表現〉することができたからだろう。啄木の歌集『一握の砂』が持つ魅力の多くは、同時代に生きた多くの人々、あるいは、産業資本主義の確立期において、農村から切り離され、都会に暮らす事になった〈大衆〉の思いをすくいあげたことによるものだ。

啄木の評論の魅力もそこにある。ひとつの〈思想〉として捉えたとき、そこには未完成な部分があったり、時論的であったりすることによって、〈体系的なもの〉として評価することが難しい点もある。本書は、啄木評論の内実を中心に探っていったのだが、引き算して残った重要なもののひとつに、啄木の〈思想〉における〈表現〉があることに改めて気づかされた。そうした〈表現〉なり〈文体〉があってこそ、〈思想〉は読み手の中で生きられるのではないか。

「時論的」と書いたが、それは同時代言説を摂取したり、ときに論争的であったりすることによって、〈対話的〉に開かれているということでもある。啄木の〈対話〉の相手は、高山樗牛や与謝野晶子にはじまって、国木田独歩や田山花袋、また、島村抱月ら自然主義文学の評論家、夏目漱石や後に〈大正期教養派〉と呼ばれる青年たち、さらには幸徳秋水や徳富蘇峰、伊藤博文、そして同時代の「日本人」へと広がっている。本書に「啄木と〜」という表題が多いのは、〈対話する啄木〉の魅力を明らかにしたい思いの表れだったように思う。

なお、〈対話〉という言葉に関連して思うのは、研究活動は、啄木とその同時代人をはじめ、先行研究や、同じ研究者自身との対話でもあるということだ。本書は、章によっては、「注」が多かったり、また長かったりしていて、大変読みにくいものとなっている。私自身もそのような論文や書物を読むことの煩わしさを感じることが多いのだが、啄木研究の蓄積に配慮しつつ、できるだけ同時代思想や文学との比較の中で、啄木の文学や思想の水位を明らかにしようとした結果、どうしても「注」が多く、また長くなることは避けられなかった。ご寛恕賜りたい。

本書に収録した論文は、大学院生時代の一九八八年に執筆したものから現在までの石川啄木に関する論考である。現在から見ると非常に未熟で収録をためらうものもあったが、それなりに一つのテーマを追究してきたように思われることと、同時代の評論などと比較しているため、「資料的価値」がないこともないと思われるので、それらも収録した。また、通観すると、重複箇所が目立ったり、場合によっては、論文相互の不整合も見られたりするかもしれないが、大幅な変更は加えていない。ただし、明らかな間違いや、補足すべき点については「注」を中心にできる範囲で訂正・加筆を加えた。

各章の初出は、以下の通りである。

序

第一部　啄木と日本自然主義

第一章　啄木と日本自然主義――〈実行と芸術〉論争を中心に――　『立命館文学』第五九二号　二〇〇六年二月

書き下ろし（一部分「石川啄木と田中王堂―啄木の王堂の受容と批判」『国際啄木学会会報』第三号　一九九一・一一を含む）

第二章　啄木・樗牛・自然主義――啄木の樗牛受容と自然主義――

第三章　「卓上一枝」論――自然主義の受容をめぐって――（原題「石川啄木『卓上一枝』論――自然主義の受容をめぐって――」）『立命館文学』第五二三号　一九九二年三月

第四章　啄木と独歩――ワーズワース受容を中心に――
神戸山手女子短期大学『山手国文論攷』第一七号　一九九六年五月

第五章　「食ふべき詩」論――相馬御風の詩論とのかかわりで――（原題「啄木『食ふべき詩』論――相馬御風の詩論とのかかわりで――」）
関西啄木懇話会『啄木文庫』第一九号　一九九一年九月

第六章　啄木と岩野泡鳴――「百回通信」を読む――（原題「石川啄木と岩野泡鳴――『百回通信』を読む――」）
『立命館文学』第五一五号　一九九〇年三月

第七章　近松秋江との交差――〈実行と芸術〉論争の位相――（原題「啄木と近松秋江――『実行と芸術』批判の位相――」）
『神戸山手短期大学紀要』第四七号　二〇〇四年一二月

第八章　「硝子窓」論――二葉亭四迷への共感――（原題「石川啄木『硝子窓』論――二葉亭四迷への共感――」）
神戸山手短期大学『山手日文論攷』第二六号　二〇〇七年三月

第二部　「時代閉塞の現状」論

第一章　「時代閉塞の現状」を読む――本文と注釈――
書き下ろし

第二章　「時代閉塞の現状」まで――渡米熱と北海道体験――（原題「啄木『時代閉塞の現状』まで――渡米熱と北海道体験――」）
『国際啄木学会研究年報』第五号　二〇〇二年三月

第三章　〈必要〉をめぐって（原題「啄木『時代閉塞の現状』論――『必要』をめぐって――」）
『国際啄木学会台湾高雄大会論文集』二〇〇三年七月

第四章　「時代閉塞の現状」の射程――〈青年〉とは誰か――（原題「石川啄木『時代閉塞の現状』の射程――〈青年〉とは誰か――」）
立命館大学日本文学会『論究日本文学』第一〇〇号　二〇一四年五月

第五章　啄木における〈天皇制〉について――「時代閉塞の現状」を中心に――
『国際啄木学会研究年報』第一八号　二〇一五年三月

第三部　啄木と同時代人

第一章　啄木と与謝野晶子――日露戦争から大逆事件へ――
晶子フォーラム二〇一四・国際啄木学会二〇一四年堺大会　パネルディスカッション報告「晶子と啄木における詩歌と評論の現代的意義をめぐって」（二〇一四・五・三一）をもとに書き下ろし

第二章　啄木・漱石・教養派――ネオ浪漫主義批判をめぐって――
書き下ろし

第三章　啄木と徳富蘇峰――〈或連絡〉について――（原題「石川啄木と徳富蘇峰――〈或連絡〉について――」）
『立命館文学』第六三〇号　二〇一三年三月

第四章　啄木と石橋湛山（原題「石川啄木と石橋湛山」）
財団法人石橋湛山記念財団『自由思想』第六〇号　一九九一年九月

第四部　啄木の位置をめぐって

第一章　中野重治の啄木論
立命館大学日本文学会『論究日本文学』第五二号　一九八九年五月

第二章　啄木と〈日本人〉――啄木の受容をめぐって――
関西啄木懇話会『啄木文庫』第二九号　一九九九年四月

第三章　「明日」という時間（原題「石川啄木　『明日』という時間」）
上田博編『明治文芸館Ⅴ』嵯峨野書院　二〇〇五年一〇月

第五部　『一握の砂』から『呼子と口笛』へ

第一章　『一握の砂』の構成――〈他者〉の表象を軸に――（原題「石川啄木『一握の砂』の構成――〈他者〉の表象を軸に――」）
立命館大学日本文学会『論究日本文学』第九八号　二〇一三年五月

第二章　啄木と朝鮮――「地図の上朝鮮国にくろぐろと墨をぬりつ、秋風を聴く」をめぐって――（原題「石川啄木と朝鮮――『地図の上朝鮮国にくろぐろと～』の歌をめぐって――」）
『国際啄木学会研究年報』第二号　一九九九年三月

第三章　啄木と伊藤博文――「誰そ我に／ピストルにても撃てよかし／伊藤のごとく死にて見せなむ」をめぐって――（原題「石川啄木と伊藤博文――『誰そ我に／ピストルにても撃てよかし／伊藤のごとく死にて見せなむ』をめぐって」）
『国際啄木学会研究年報』第一九号　二〇一六年三月

第四章　『呼子と口笛』論――〈二重の生活〉のゆくえ――
書き下ろし

第一部は、啄木の自然主義批判を中心としたものである。啄木の自然主義批判の拠り所となったのは、田中王堂の哲学であるが、啄木における王堂受容の重要性を指摘したのは、学部四回生から大学院まで私の指導教授であった上田博先生である。その意味で、全体としては先生の研究の枠組みの中で、その間隙を埋める作業になっている。

第二部は、啄木の代表的評論である「時代閉塞の現状」に関する論稿をまとめている。現代においても読まれるべき評論だが、同時代言説とのかかわりを整理しないと読みにくい「古典」になっており、また、ときには同時代文脈を逸脱して論者の〈願望〉が投影されることも多い。そのため、冒頭に「時代閉塞の現状」の注釈をおいた。蓄積された多くの研究にもできるだけ言及した。

第三部は、啄木を同時代人の言説の中で浮かび上がらせようとした。啄木を社会主義、無政府主義思想の視点から評価する見方は、戦前の中野重治をはじめとして根強くあるが、ベルリンの壁崩壊、ソ連邦の解体を経験した世代としては、そうした発想からもっと自由になるべきだと考えている。啄木の文学や思想を研究することは、現代という時代を考えることにつながっており、晶子、漱石、蘇峰、湛山との比較作業は、さまざまな可能性について考えさせてくれるように思う。

第四部は、啄木像、ならびに啄木の文学史的・思想史的・研究史的位置について考察した論文だが、比較的旧稿に属するものである。第一章のもととなったものは自分にとって第一論文に当たるが、今回読み直して「檄文」めいた文体だったことに自分自身が驚いたが（今回多少改めた）、ここを起点に啄木の文学や思想を考えはじめていたことを改めて確認することができた。国際啄木学会編『論集石川啄木』（おうふう、一九九七・一〇）にも再録させてもらったこともあり、幸せな論文でもある。第三章も、旧稿はどちらかというと〈戦闘的啄木像〉になっていて、実像からも、私が現在考える〈啄木像〉からもかけ離れているように思われたので、今回、変更を加えた。

第五部では、啄木の歌集や短歌、晩年の詩を考察した。第三章で取り扱った伊藤博文をうたった歌の評価は、同時代文脈をたどってみると、第二章の旧稿を改める必要が生じるなど、自分でも思いがけない結論となった。第四章の『呼子と口笛』論は、第一部で言及した〈実行と芸術〉、〈二重の生活〉の統一問題に対応するものとして考察した。その詩編の構成や詩語の選択等を再検討し、当たり前のことかもしれないが、啄木はやはり〈詩人〉であること、優れた〈表現者〉であることを再確認した。本書はほとんど〈思想家〉啄木を論じているが、啄木の作品は〈思想〉と〈表現〉とが織りなされたもので、どちらか一方を切り捨てることのできないものである。第五部に啄木の詩歌の考察を置いたのも以上の理由による。

石川啄木については、高校生の時、その歌集を通して読み、非常に感銘を受けたことを覚えているが、評論に接したのは大学生のときである。「時代閉塞の現状」を読み、細かい点はよくわからないながらも、その高揚し、張り詰めた文章とともに、「国家」を「敵」とするという内容に大いに魅せられた。それを自分の研究の主要テーマとしたのは、学部三回生のときに上田博先生の啄木評論の研究に関する授業を聞いたことがきっかけである。その後、卒論の対象として評論「きれぎれに心に浮んだ感じと回想」を選び、大学院に進学したが、指導教員と同じテーマを選ぶことの困難さをまもなく知ることになった。

啄木の思想や文学を評価するにあたって、論者にとって好都合な部分をつなぎあわせるかたちでの〈つまみぐい〉がなされることが多い。また、私自身そのような傾向があるのだが、先生は、評論の出典を丹念に調べて、ひとつひとつ注釈をつけるつもりで研究をすることの大切さを教えて下さった。啄木は愛読者も多く、それだけに思い入れをもって読まれることが多い。ときに読者の〈願望〉を投影しがちである。〈等身大の啄木〉ということを意識するようになった原点に上田先生の指導があったと思っている。

故今井泰子先生の『石川啄木論』の「あとがき」に、指導教官である風巻景次郎先生から「三十ぐらいまでに本をまとめるつもりで勉強したらよいですね」と言われていたのに、本を出版されたのが四〇歳頃で「まことに怠惰な弟子であった」と書かれている。私の場合は、三〇歳どころか、五〇を越えてしまう体たらくで、慙愧の至りである。一方で、一〇年前では、本書のようなまとまりはつけられなかったという思いもある。自分の生きている同時代を考える中で、啄木に対する評価を変えて来たこともあり、また、本書で先行研究として引用した先生方の業績を踏まえなければ完成できなかった論文もあるからだ。学問が共同作業だということをつくづく実感する。

上田先生も所属されていた関西啄木懇話会という、研究者と愛好者の集まる組織があった。故石井勉次郎先生、村上悦也先生、田中礼先生、太田登先生、木股知史先生ら啄木研究の先達をはじめ、関西啄木懇話会の会員の方々からは大いに刺激を受けた。また、一九九〇年には国際啄木学会が発足し、初代会長の故岩城之徳先生や副会長の今井泰子先生をはじめ、海外を含む多くの啄木研究者、啄木愛好者の方々からも絶えず啄木研究の刺激を受けただけでなく、学会発表や研究年報などの発表の機会を与えていただいた。感謝申し上げたい。

また、本書を刊行するまでに、研究活動の場を与えてくれた神戸山手短期大学や立命館大学にも感謝を申し上げたい。神戸山手短期大学では、『明星』や『明治社会主義史料集』などの資料を自由に使わせていただいたり、故尾末奎司先生をはじめとする同僚の先生方から学問上の刺激を受けたりした。また、神戸山手短大の学生をはじめ、非常勤先の学生も含め、啄木に関する授業を受講してもらった卒業生にも感謝している。学生に理解してもらえるよう話す事がどれだけ自身の勉強になっているかわからない。また、二〇一五年度後期に学外研究活動の資格を取得し、半年間の研究専念期間を頂戴することによって、本書の完成までこぎつけることができた。現在の同僚である立命館大学文学部日本文学研究学域の先生方には、その間、ご負担をおかけすることになった。深く感謝申し上げたい。

なお、本書の出版にあたっては、立命館大学文学部人文学会の学術出版助成をいただいている。御礼申し上げる。和泉書院の廣橋研三氏には、関西啄木懇話会編『啄木からの手紙』や共編著『小林天眠と関西文壇の形成』をはじめ、これまでもさまざまな書物の刊行を通してお世話になってきた。多くの啄木研究書を出版されている和泉書院から、単著を刊行することができたことを大変うれしく思うと同時に、機会を与えて下さったことに、心より感謝を申し上げたい。

索　　引

(1)「人名」「事項」「啄木作品」の３項目に分けた。
(2)原則として、「人名」には、啄木と同時代文献の索引を付した。巻末の年表にのみ掲載のある人名・作品名は省略した。無署名の文献については、掲載紙誌名を付した。
(3)「事項」では、著作の出典（新聞・雑誌名）は省略したほか、「文学」「評論」「批評」「短歌」「詩」「実行」などの頻出語句についても省略した。なお、「必要」は、本稿の趣旨に関わるもののみ索引を付した。
(4)「啄木作品」は、「評論・エッセイ・小説・詩」「書簡」「短歌」に分けた。「短歌」は、『一握の砂』と『悲しき玩具』、歌集未収録作品（初出も含む）に分け、それぞれ索引を付した。
(5)文献名に含まれる「事項」は、原則として同時代文献名に含まれる場合には（「自然主義」「浪漫的」等）索引を付し、「人名」は、文献名に含まれるものすべてに索引を付した。
(6)複数頁にわたって登場する項目は「　〜　」で示し、章題に含まれる場合はゴシックで表示し、枠囲いとした。また、第二部第一章「『時代閉塞の現状』を読む―本文と注釈」に登場する人名・事項・語句についてはゴシックで表示した。
(7)項目が頁を跨る場合は、最初の頁を記した。

人　　名

あ行

か 行

さ行

た行

な行

は 行

ま 行

や 行

ら 行

わ 行

新聞・雑誌記事(無署名記事)

事　　項

あ 行

か 行

さ 行

た行

な 行

は 行

ま行

や行

ら 行

わ 行

啄木作品

《評論・エッセイ・小説・詩・その他》

《書簡》

《短歌》

『一握の砂』収録作品

『悲しき玩具』収録作品

歌集未収録作品

■著者略歴

田口　道昭（たぐち みちあき）

1963年、岐阜県生まれ。1986年、立命館大学Ⅰ部文学部文学科日本文学専攻卒業。1991年、立命館大学大学院文学研究科博士課程単位取得。神戸山手女子短期大学（後、神戸山手短期大学）を経て、2011年より、立命館大学文学部教授。

主著・論文

『啄木評論の世界』（共著、世界思想社、1991･5）

『小林天眠と関西文壇の形成』（共著、和泉書院、2003・3）

「与謝野晶子『みだれ髪』を読む－『道を説く君』とは誰か－」（神戸山手女子短期大学『山手国文論攷』第20号、1999・3）

「与謝野晶子『君死にたまふこと勿れ』論争の周辺―〈私情〉のゆくえ―」（立命館大学日本文学会『論究日本文学』第96号、2012･5）ほか。

近代文学研究叢刊　60

石川啄木論攷
―青年・国家・自然主義―

二〇一七年一月一五日初版第一刷発行
（検印省略）

著　者　田口道昭
発行者　廣橋研三
印刷・製本　太洋社
発行所　有限会社　和泉書院
大阪市天王寺区上之宮町七―六
〒五四三―〇〇三七
電話　〇六―六七七一―一四六七
振替　〇〇九七〇―八―一五〇四三

本書の無断複製・転載・複写を禁じます

装訂　仁井谷伴子
装訂原案　三重野由加

© Michiaki Taguchi 2017 Printed in Japan

ISBN978-4-7576-0817-7　C3395

―― 近代文学研究叢刊 ――

41 作品より長い作品論　名作鑑賞の試み　細江光 著　一五〇〇〇円

42 芥川作品の方法　紫檀の机から　奥野久美子 著　七五〇〇円

43 石川淳後期作品解読　畦地芳弘 著　一四〇〇〇円

44 樋口一葉　豊饒なる世界へ　山本欣司 著　七〇〇〇円

45 賢治考証　工藤哲夫 著　九〇〇〇円

46 日野啓三　意識と身体の作家　相馬庸郎 著　八〇〇〇円

47 太宰治の表現空間　相馬明文 著　四〇〇〇円

48 文学・一九三〇年前後　〈私〉の行方　梅本宣之 著　七〇〇〇円

49 安部公房文学の研究　田中裕之 著　六五〇〇円

50 大江健三郎・志賀直哉・ノンフィクション　虚実の往還　一條孝夫 著　六〇〇〇円

（価格は税別）